योगदीपिका

लेखक की अन्य कृतियाँ

प्राणायाम ('लाइट ऑन प्राणायाम' का हिंदी अनुवाद)

सचित्र योगदीपिका ('इलस्ट्रेटेड लाइट ऑन योगा' का हिंदी अनुवाद)

महर्षि पतंजलि के योगसूत्रों पर आलोक भाष्य
('लाइट ऑन द योगसूत्राज़ ऑफ पतंजलि' का हिंदी अनुवाद)

योगदीपिका

बी के एस आयंगार

प्रस्तावनाः येहुदी मेनुहिन

अनुवादः चंद्रशेखर शास्त्री

ओरियंट ब्लैकस्वॉन

योगदीपिका

ओरियंट ब्लैकस्वॉन प्राइवेट लिमिटेड

मुख्य कार्यालय
3-6-752 हिमायत नगर, हैदराबाद 500 029 (तेलंगाना), भारत
ई-मेल: centraloffice@orientblackswan.com

शाखाएँ
बंग्लुरू, भोपाल, कोलकाता, चेन्नई, एर्नाकुलम, गुवाहाटी,
हैदराबाद, जयपुर, लखनऊ, मुंबई, नई दिल्ली, नोएडा, पटना, विजयवाड़ा

जार्ज एलन एंड अन्विन के साथ सह-व्यवस्था द्वारा मूल अंग्रेजी पुस्तक
'लाईट ऑन योग' से अनूदित
प्रथम प्रकाशित 1974
पुनर्मुद्रित 1983, 1993, 1994, 1999, 2003, 2004, 2005
प्रथम ओरियंट ब्लैकस्वॉन संस्करण 2009
पुनर्मुद्रित 2016

आवरण और पुस्तक सज्जा

ISBN : 978 81 250 3444 9

टाइपसेटर
लेटरक्राफ़्ट
पटना

मुद्रक
यश प्रिंटोग्राफिक्स
नोएडा

प्रकाशक
ओरियंट ब्लैकस्वॉन प्राइवेट लिमिटेड
1/24 आसफ़ अली रोड, नई दिल्ली 110 002
ई-मेल: delhi@orientblackswan.com

विनति

"महर्षि पतंजलि–
जिन्होंने योग पर अपनी कृति द्वारा मन की शांति,
व्याकरण पर अपनी रचना द्वारा वाणी की शुद्धता,
तथा औषधि पर अपने प्रयोग द्वारा शारीरिक पवित्रता प्राप्त की है–
को मैं प्रणाम करता हूँ।"

"आदिदेव शिव–
जिन्होंने सर्वप्रथम हठयोगविज्ञान की शिक्षा दी,
हठयोगविज्ञान राजयोग की ऊँचाई प्राप्त करने की
इच्छा रखनवालों के लिए एक सोपान है–
को मैं नमस्कार करता हूँ।"

समर्पण

आदरणीय गुरुवर्य
सांख्य-योग-शिखामणि; वेदांत-केसरी; वेदांत-वागीश
न्यायाचार्य; मीमांसा-रत्न; मीमांसा-तीर्थ

प्राध्यापक, **श्रीमान् टी. कृष्णमाचार्य**
मैसूर
के
करकमलों में सादर समर्पित

प्रस्तावना

प्रमा और संतुलन का सहज प्रारंभिक भान हठयोग के अभ्यास का सहज प्रतिफल है। शरीर तो हमारा आदि करण है। उसी के लास्य से अवबोध होता है निनाद और सुसंवाद का। अखंड प्रत्यह अभ्यास से हम इस काया के कण-कण की परिशुद्धि करते हैं, उन्हें जीवन-ऊर्जा प्रदान करते हैं। मानव के अंदर कुछ ऐसी सिद्धियाँ हैं, जो अनजाने ही प्रसुप्त पड़ी रहती हैं, और सामान्यत: ये सुप्त सिद्धियाँ उचित अभ्यास के अभाव में मृत्युपर्यंत दबी पड़ी रहती हैं; पर योगाभ्यास से उनके विकास का द्वार खुल जाता है।

पेशी, कोष ऊतक आदि का, मस्तिष्क और फेफड़े का अविकसित अंश संकल्प शक्ति और स्वत्व की कसौटी बन जाता है, वरन् वैफल्य का उद्‌गम बन जाता है। जिस किसी को भी आयंगार की आत्मीयतापूर्ण दृष्टि का लाभ प्राप्त हुआ है; जिसे उनकी कला-सिद्धि की प्रासादिक, सौंदर्यपूर्ण, अचूक प्रक्रियाओं का दर्शन हुआ है, उसे आदिमानव की निरागसपूर्णता का भान हो जाता है; उसके सृष्टि-स्वामित्व का, निष्पाप, अकृत्रिम, दैवी क्रियाशक्ति का जीवन के नंदन वन में अस्फुट दर्शन हो जाता है। ज्ञानवृक्ष से मानव को विविध फलप्राप्ति होती रही है–मधुर, कटु, विषाक्त। जिस रीति से हम इस फल का प्रयोग करते हैं, उसी से उसका गुण निर्धारित होता है। परन्तु जिस वृक्ष से ऐसी विविध फलप्राप्ति स्वाभाविकता से होती है, क्या यह आवश्यक नहीं है कि हम उस वृक्ष का संवर्धन करें, उसके जड़मूल को संवारें? इससे भी महत्त्वपूर्ण बात यह है कि मानव इस तरह के ज्ञान का सही विनियोग करता है या नहीं? यह बड़ी भयानक बात होगी अगर वह आत्मविकास के लिए नहीं, बल्कि दूसरों को प्रभावित करने आदि जैसे कुव्यवसाय के लिए इसका उपयोग करता है।

पंद्रह वर्षों से भी अधिक के अपने योगाभ्यास से मैंने महसूस किया है कि जीवन के प्रति हमारी जो मूल प्रवृत्तियाँ, जो दृष्टिकोण होते हैं, उन पर शरीर की अवस्थाओं का प्रभाव होता है। इसलिए यह ज़रूरी है कि पहले हम अपने शरीर के दाएँ तथा बाएँ हिस्सों में एक ऐसे अंश का संतुलन बना लें, जहाँ से तुलना करके फिर आगे भी

आवश्यक सुधार द्वारा और भी अधिक सुंदर संवाद बनाया जा सके। यदि ऐसा न हुआ तो इच्छाशक्ति के द्वारा हम अपनी आकृष्टि-क्षमता का ख्याल न कर मस्तकाग्र से पादांगुल्यग्र तक सारे शरीर को जबरन तानने लग जाएँगे। अवयवों के उन्मुक्त तथा अनियमित संचलन से संभाव्य मांसलता तथा गति से ही प्रेरणा तथा उच्च अभिलाषा का प्रारंभ होगा, बजाय इसके कि इस तरह की प्रेरणा तथा उच्चाकांक्षा का उद्गम हाथ-पैरों के दीर्घकालीन अभ्यास से जनित ऐसे सुनियंत्रित संतुलन से हो, जिससे अंगसौष्ठव का संवर्धन होता है। विभिन्न योगासनों का अभ्यास एक बार में कुछ मिनट तक करते रहने से शरीर में लचीलापन आता है, जबकि स्तब्धता और शांति के लिए आवश्यक है कि लगातार धीरे-धीरे श्वासोच्छ्वास किया जाय जिससे फुप्फुसों का विस्तार हो। तनाव के बाद विश्राम, विश्राम के बाद फिर तनाव–इस तरह एक अनिवार्य परिवर्तन-चक्र है। इस परिवर्तन के भान के साथ-साथ मानव में सातत्य और विश्वैकात्म्य की अनुभूति का संचार होता है। तनाव और विश्राम का यह चक्र निश्चित, शाश्वत, और लयबद्ध होता है। प्रत्येक श्वासोच्छ्वास से ब्रह्मांड के असंख्येय, अमेय कालचक्रों, तरंगों या कंपनों में से एक का निर्माण होता है।

योग का विकल्प क्या है? सारी व्यवस्था को उद्ध्वस्त करने वाले निराश, सिरफिरे लोगों का जमघट, सीधे-सादे लोगों की निंदा करने वाले कुटिल लोग, न्यायाधीश की तरह केवल निर्णय सुनाकर स्वयं अकर्मण्य प्रवृत्ति वाले तानाशाह और अपने स्वयं के असंतुलन और हीन भावना से दूसरों को नुकसान पहुँचाने वाले लोगों का मजमा!

श्री आयंगार की योगसाधना भक्त की योगसाधना है, जिसने स्वयं एकाकी, शुद्धचित्त, शुद्धकाय, ध्यान और धारणा में निमग्न होकर वेदी पर अपने आपको समर्पित कर दिया है। उनका यह समर्पण निरागस है, बिना किसी निहित लिप्सा के है। यह कोई ज्वलंत आत्म-बलिदान नहीं है, मात्र उन्होंने अपनी अंत:स्थित चरमावस्था को अधिगत कर लिया है।

शारीरिक और मानसिक अस्वस्थता को दूर करने के लिए तथा सामान्य रूप से शरीर की रक्षा के लिए योगाभ्यास एक आदर्श प्रक्रिया है। इससे आत्मनिर्भरता और निश्चय की भावना अनिवार्य रूप से विकसित होती है। यह अत्यंत स्वाभाविक रूप से जागतिक नियमों के साथ गहन रूप से निगड़ित है; क्योंकि एक स्वस्थ, शांत, श्वसन के लिए, चित्तशान्ति के लिए तथा दृढ़ इच्छाशक्ति के लिए जीवन के प्रति निष्ठा, सत्य और धैर्य–ये सभी अपरिहार्य तत्त्व हैं।

इसी में योग के परंपरागत गुण अन्तर्निहित हैं। यही सब कारण है कि योग-साधना के लिए संपूर्ण एवं समग्र प्रयास की आवश्यकता है, जिसमें समस्त मानवजाति का योगदान हो, और जो समस्त मानवजाति को समग्र एवं परिपूर्ण बनाए। न तो इसमें किसी प्रक्रिया को यंत्र की तरह दुहराना पड़ता है और न प्रार्थना आदि में किए जाने

वाले जप-जाप की ही आवश्यकता है। यह तो ऐसी प्रक्रिया है जो स्वाभाविक रूप से नित्य-निरंतर क्रियाशील है।

मैं आशा करता हूँ, श्री आयंगार की **योगदीपिका** से अनेक लोगों को उनका आदर्श अपने जीवन में निभाने की प्रेरणा प्राप्त होगी और उनमें से कई सफल गुरु होंगे, जिनकी मानवता को बड़ी जरूरत है। यदि यह पुस्तक मूलभूत कला का प्रसार करने में सहायक हुई और यदि उच्चतम स्तर पर इसका अभ्यास किया गया तो इस प्रस्तुतीकरण में सहभागी होने के लिए मैं अपने आप को कृतकृत्य समझूँगा।

लंदन
1964

येहुदी मेनुहिन

प्राक्कथन

मेरे अनन्य मित्रों के सतत प्रोत्साहन के लिए मैं उनका आभारी हूँ, जिनकी वजह से यह पुस्तक पूर्ण हो सकी। यदि मुझे उनका दृढ़ समर्थन और आश्वासन न मिला होता तो मेरे अपर्याप्त अंग्रेज़ी ज्ञान से न केवल मेरे कार्य में क्षण-क्षण गतिरोध होता, प्रत्युत मेरा दिल बैठ जाता।

योग एक अनंत हठविज्ञान है, जिसका विकास मानव के समग्र कायिक, नैतिक, मानसिक और आध्यात्मिक पुनरुत्थान का कार्य हज़ारों वर्षों से करते-करते हुआ है।

इस प्रक्रिया को व्यवस्थित रूप से सामने रखने वाला पहला शास्त्रीय प्रबंध **पातंजल योगसूत्र** है, जिसकी रचना ईसा से 200 वर्ष पूर्व हुई थी। यह दुर्भाग्य की बात है कि इधर योग पर प्रकाशित अधिकतर पुस्तकें विषय और अर्थ को स्पष्ट करने की दृष्टि से अप्रामाणिक हैं; क्योंकि उनमें कोई गहराई नहीं है। यह अशिष्ट है और कभी-कभी तो गलत मार्ग पर डालनेवाली है। ऐसी पुस्तकों के पाठकों ने मुझसे यहाँ तक प्रश्न किए हैं कि क्या मैं एसिड पी सकता हूँ, काँच चबा सकता हूँ, आग पर चल सकता हूँ, अपने को अदृश्य कर सकता हूँ या इसी तरह के अन्य ऐंद्रजालिक कार्य कर सकता हूँ। धार्मिक और दार्शनिक सूत्रग्रंथों के विद्वतापूर्ण एवं प्रामाणिक भाष्य अधिकतर भाषाओं में विद्यमान हैं–परंतु केवल साहित्यिक अथवा दार्शनिक विचारों का प्रकटीकरण किसी कला के प्रयोग-पक्ष के प्रकटीकरण की अपेक्षा सरल है।

इस पुस्तक का नाम है योगदीपिका और मेरा उद्देश्य है वर्तमान युग की आवश्यकताओं के अनुकूल विभिन्न आसनों एवं प्राणायामों तथा उनके ज्ञान और आवश्यकता का सहज सुंदर ढंग से विशदीकरण करना। इसलिए आसन एवं प्राणायाम संबंधी निर्देश अत्यन्त विस्तारपूर्वक दिए गए हैं, जो संसार के विभिन्न भागों में सत्ताइस वर्षों से भी अधिक के मेरे अनुभव के फल हैं। इस पुस्ताक में 592 चित्रों के साथ 200 आसनों की सम्यक् रीति से विधियाँ दी गई हैं–इनकी सहायता से आसनों पर प्रभुत्व प्राप्त किया जा सकता है। साथ ही साथ बंध, क्रिया तथा प्राणायाम के 5 चित्र और भी समाविष्ट हैं।

इस पुस्तक में परब्रह्म, पौराणिक कथाएँ और दार्शनिक एवं नैतिक सिद्धांतों का बारंबार संदर्भ दिया गया है। इस पर पाश्चात्य पाठक आश्चर्यचकित होगा। मगर उसे यह नहीं भूलना चाहिए कि प्राचीन काल में विद्या, कला तथा शक्ति के क्षेत्र में मनुष्य की जो महान उपलब्धियाँ थीं वह धर्म का अंग थीं और उनपर, परमात्मा का तथा पृथ्वी पर उसके भक्तों का अधिकार था। नि:संदेह, पश्चिम में कॅथोलिक पोप को ही पवित्र ज्ञान एवं शक्ति का अवतार माना जाता है। परन्तु इसके पूर्व, पाश्चात्य जगत में भी संगीत, चित्रकला, वास्तुविज्ञान, दर्शन और ओषधि; यहाँ तक कि युद्धविद्या भी सदा परमात्मा के नाम पर ही चला करती थी। यह तो अभी हाल ही की बात है कि भारत में इन कलाओं और शास्त्रों पर दैव का आधिपत्य कम होता जा रहा है। पर उसके प्रति हमारी आदर-भावना यथापूर्व ही है। ईश्वरी इच्छा की जगह मनुष्य की संकल्पशक्ति का विकास हमारा उपेय है। सदुद्देश्य, नम्रतापूर्ण शिष्टाचार तथा स्वार्थहीनता का महत्त्व हम मानते हैं, जो हमारी दीर्घकालीन ईश्वरशरणता की थाती है। पाठकों को विभिन्न आसनों के मूल स्रोत की जानकारी होना मेरी दृष्टि से महत्त्वपूर्ण है और मनोरंजक भी। इसीलिए मैंने योगी-मुनियों के माध्यम से परंपरागत रूढ़ पौराणिक कथाओं का उल्लेख भी जहाँ-तहाँ कर दिया है।

योग पर सभी प्राचीन भाष्य इस बात पर बल देते हैं कि गुरु के मार्गदर्शन में योगाभ्यास कराना आवश्यक है, और यद्यपि मेरा अनुभव इस तथ्य के औचित्य को प्रमाणित करता है, तथपि मैंने इस पुस्तक में इन आसनों एवं प्राणायामों पर प्रभुत्व प्राप्त करने की सही-सही तथा सुरक्षित विधि से पाठकों–गुरु तथा शिष्य– दोनों को अवगत कराने का नम्र प्रयास किया है।

परिशिष्ट 1 में मैंने आसनों को उनके रचना-क्रम के अनुसार समूह बनाकर उत्सुक साधकों के लिए 300 सप्ताह के अभ्यासक्रम में प्रस्तुत किया है।

परिशिष्ट 2 में मैंने चिकित्सा-संबंधी तथा रोगशामक महत्त्व के आसनों के समूहों को क्रमबद्ध किया है।

आसनों तथा प्राणायामों की विधियों पर प्रयत्न करने के पूर्व सूचनाओं, संकेतों तथा दक्षताओं का विस्तारपूर्वक अध्ययन करें।

मैं अपने आदरणीय मित्र एवं शिष्य येहुदी मेनुहिन के प्रति, उनकी प्रस्तावना तथा अपरिमित सहयोग के लिए हार्दिक आभारी हूँ।

मैं अपने शिष्य श्री बी.आय. तारापुरवाला का यह पुस्तक तैयार करने में उनके सहयोग के लिए ऋणी हूँ।

सर्वश्री जी.जी. वेलिंग, पूना के प्रति–जिन्होंने मेरी इच्छा के अनुसार अपने स्टूडियो (चित्रमंदिर) का साधन दिया और अगणित चित्रों के निकालने में व्यक्तिगत रूप से

दिलचस्पी ली और उनकी देखभाल की, मैं अपनी हार्दिक कृतज्ञता अभिव्यक्त करता हूँ।

मेरे तरुण मित्र श्री शंकर गोपाल नेने को मैं साधुवाद देता हूँ, जिन्होंने प्रस्तुत संस्करण का संपादन सुंदर ढंग से किया है।

मैं सर्वश्री एलन एवं अन्विन को संपूर्ण चित्रों से युक्त इस पुस्तक के प्रकाशन तथा विश्व की जनता के सम्मुख मेरे कार्य को प्रस्तुत करने में उनके प्रयत्न के लिए धन्यवाद देता हूँ और एलीन पियर्सी को चित्र प्रदान करने के लिए धन्यवाद देता हूँ।

बी. के. एस. आयंगार

अनुक्रम

पहला भाग

विषय-प्रवेश

1
योग की परिभाषा

'योग' शब्द संस्कृत की 'युज्' धातु से बना है जिसका अर्थ है– बाँधना, युक्त करना, जोड़ना, मिलना, ध्यान को नियंत्रित तथा केंद्रित करना, उपयोग में लाना, लगाना। 'योग' का अर्थ संयोग या मिलन भी होता है। अपनी इच्छा को परमात्मा की इच्छा में विलीन करना(मिलाना) ही सच्चा योग है। महादेव देसाई ने अपनी पुस्तक *Gita According to Gandhi* की भूमिका में लिखा है–"शरीर, मन और आत्मा की समग्र शक्तियों को परमात्मा में संयोजित करना योग है।" अर्थ यह है कि बुद्धि, मन, भावनाओं को अनुशासित करना''' जिसकी पूर्वकल्पना योग करता है, का तात्पर्य है आत्म समभाव, जो किसी को जीवन के प्रत्येक क्षेत्र में साम्यावस्था में प्रस्थापित करता है।

यह योगदर्शन भारतीय परंपरागत षड्दर्शनों में से एक है। पतंजलि ने अपने इस दार्शनिक सिद्धांत को योगसूत्रों में संगृहीत, विभाजित एवं क्रमबद्ध किया है जो 185 संक्षिप्त सूत्रों* में है। भारतीय विचारधारा के अनुसार प्रत्येक वस्तु उस विश्वात्मा (परमात्मा) से व्याप्त है जिसका कि जीवात्मा एक अंश है। इसे योगशास्त्र इसलिए कहते हैं कि यह मार्ग जीवात्मा को परमात्मा से युक्त करना सिखाता है; या उन दोनों को समन्वित करता है, जिससे जीवात्मा को कैवल्य की प्राप्ति हो।

जो योग मार्ग का साधन करता है वह योगी या योगिन् है। **भगवद्गीता** के छठे अध्याय में, जो कि योगदर्शन का अत्यंत महत्त्वपूर्ण प्रमाण है, श्रीकृष्ण अर्जुन को योग का अर्थ वेदना और दुःख के संबंध से मुक्ति बतलाते हैं।

उन्होंने कहा है–"जब मन, बुद्धि और अहंकार वश में होते हैं और वे चंचल इच्छाओं से रहित होते हैं, जिससे वे आत्मस्थित रह सकें, तब पुरुष 'युक्त' होता है। जहाँ वायु नहीं बहती है, वहाँ दीपक काँपता नहीं है, वही स्थिति योगी की है; जो अपनी आत्मा में लीन होकर मन, बुद्धि और अहंकार को वश मे करता है। योगाभ्यास द्वारा जब मन,

---

* उपलब्ध पुस्तकों में 195 योगसूत्रों का उल्लेख मिलता है। –अनुवादक

बुद्धि और अहंकार की चंचलता को शांत एवं स्थिर कर दिया जाता है, तब योगी परमात्मा के अनुग्रह से अपने में पूर्ण आनंद का अनुभव करता है। तब उसे आंतरिक आनंद की अनुभूति होती है जो अतींद्रिय है, जिसे बुद्धि ग्रहण नहीं कर सकती। वह इस अनुभूति में स्थिर रहता है और उससे विचलित नहीं होता। उसे वह निधि प्राप्त होती है जो सर्वोपरि है। इससे महान और कुछ नहीं है। जिसने इसे प्राप्त किया है, उसे महान से महान दु:ख भी विचलित नहीं कर सकेगा। योग का सही अर्थ यही है··· 'वेदना और दु:ख के संसर्ग से मुक्ति'।"[1]

जिस प्रकार अच्छी तरह तराशे गए हीरे के अनेक पहलू होते हैं, जो भिन्न-भिन्न प्रकाश के रंग फेंकते हैं; उसी प्रकार योग शब्द विभिन्न अर्थच्छटाएँ प्रस्तुत करता है और आंतरिक शांति तथा आनंद की प्राप्ति के लिए मनुष्य के दीर्घ प्रयास के विभिन्न रूपों को प्रकट करता है।

भगवद्गीता कर्मयोग के सिद्धांत पर आधारित योग की एक दूसरी व्याख्या प्रतिपादित करती है। कहा है, "तुझे केवल कर्म करने का अधिकार है, उसके फल पर नहीं। तेरा उद्देश्य कर्म का फल कभी न हो और न अकर्म के प्रति तेरा अनुराग हो। सब प्रकार की आसक्ति को त्यागकर परमात्मा के लिए अपना काम करता जा। सफलता और विफलता से प्रभावित न होओ। मन की यह समता(संतुलन) ही योग कहलाती है।"[2]

योग का वर्णन कर्म के ज्ञान अथवा कार्य-व्यापार, समता और संयम से जीवन-निर्वाह के रूप में हुआ है।

"योग उसके लिए नहीं है, जो बहुत अधिक खाता है; और न उसके लिए है जो बिलकुल नहीं खाता। यह उसके लिए भी नहीं है जो बहुत अधिक सोता है या जागता रहता है। आहार-विहार के संयमन, कार्य के नियमन तथा जागरण और निद्रा के नियंत्रण से योग सभी प्रकार की वेदना और दु:खों का उन्मूलन करता है।"[3]

कठोपनिषद् में योग की परिभाषा इस प्रकार की गई है– "जब कि चेतना निश्चेष्ट हो जाती है, मन शांत हो जाता है, जब कि बुद्धि अचंचल(स्थिर) हो जाती है, तब ज्ञानी उसे सर्वोच्च पद प्राप्त हुआ मानते हैं। चेतना और मन के इस दृढ़ निग्रह को ही योग की संज्ञा दी गई है; जो इसे प्राप्त करता है वही बंधनमुक्त है।"[4]

पतंजलि ने अपने योगदर्शन के प्रथम पाद के दूसरे सूत्र में योग को 'चित्तवृत्ति-निरोध' कहा है।[5] इसका भाषांतर 'मानसिक रूपांतर का नियंत्रण' अथवा 'चेतना की

---

1. भगवद्गीता, अध्याय 6, श्लोक 18 से 23
2. भगवद्गीता, अध्याय 2, श्लोक 47, 48
3. भगवद्गीता, अध्याय 6, श्लोक 16, 17
4. कठोपनिषद्
5. 'योगश्चित्तवृत्तिनिरोध:'

चंचलता का दमन' हो सकता है। 'चित्त' शब्द का अर्थ है, मन की अपनी समग्र या संपूर्ण चेतना जो कि तीन श्रेणियों में है: 1. मन, मानस अर्थात् ध्यान, स्वीकृति एवं अस्वीकृति की आंतरिक शक्ति एवं सामर्थ्य से संपन्न किसी व्यक्ति का मन; मन की (आंतरिक) शक्ति का अस्थिर कंपन, 2. बुद्धि अर्थात् पदार्थों के भेद के निश्चय की निर्णायिका स्थिति, और 3. अहंकार अर्थात् मैं का कर्ता; 'मैं जानता हूँ' की अवस्था।

'वृत्ति' शब्द व्युत्पन्न है संस्कृत के 'वृत्' धातु से; जिसका अर्थ है मोड़ना, घुमाना, लपेटना। इस प्रकार इसका अर्थ हुआ– क्रियाविधि, व्यवहार, होने की रीति या प्रकार, स्थिति या मानसिक अवस्था। योग वह प्रक्रिया है जिससे चंचल मन शांत होता है और शक्ति निर्माण की दिशा में नियंत्रित होती है। जिस प्रकार शक्तिशाली नदी जब बाँध और नहरों के द्वारा ठीक तरह से व्यवस्थित होती है, तब विशाल जलराशि बनाती है, जो सूखा अकाल होने से बचाती है और उद्योग के लिए विपुल शक्ति प्रदान करती है; उसी प्रकार मन जब वश में होता है तब जीवन में शांति प्रदान करता है और मानव की उन्नति के लिए विपुल शक्ति उत्पन्न करता है।

मन को वश में करने की समस्या का समाधान सहज नहीं है; जैसा कि **भगवद्गीता** के छठे अध्याय के नीचे लिखे संभाषण से प्रकट होता है। अर्जुन कृष्ण से पूछते हैं– "कृष्ण, आपने कहा है कि ब्रह्म(विश्वात्मा) जो सदा एक है, से तादात्म्य ही योग है। लेकिन जब मन इतना चंचल और अस्थिर है तब यह शाश्वत कैसे हो सकता है? इसको वश में करना वायु को वश में करने की भाँति बहुत ही कठिन है।" कृष्ण उत्तर देते हैं– "निस्संदेह, मन चंचल है और उसे वश में करना बहुत कठिन है। फिर भी उसे निरंतर अभ्यास और वैराग्य द्वारा वश में किया जा सकता है। जिसने अपने आपको संयमित नहीं किया है उसके लिए योग को प्राप्त कर पाना बहुत कठिन है परंतु आत्मसंयमी व्यक्ति इसे प्राप्त कर सकता है, यदि वह श्रमपूर्वक साधना करता है और अपनी शक्ति उपयुक्त साधनों से नियंत्रित करता है।" (भगवद्गीता, अध्याय 6, श्लोक 33 से 36)

2
योग की अवस्थाएँ

योग-साधना का ठीक उतना ही महत्त्व है जितना किसी कार्य के अंत या परिणाम का। महर्षि पतंजलि आत्मा की खोज के लिए योग के आठ अंगों(अष्टांग)या अवस्थाओं के नाम गिनाते हैं। वे हैं–

1. यम(व्यापक–सार्वभौम नैतिक कर्त्तव्य), 2. नियम(अनुशासन द्वारा चित्त का शुद्धीकरण), 3. आसन(शारीरिक संस्थिति), 4. प्राणायाम(श्वसन-क्रिया का समनियंत्रण), 5. प्रत्याहार(बाह्य वस्तु एवं ऐंद्रिक चेतना के प्राबल्य से मन की मुक्ति और अलगाव), 6. धारणा(किसी एक विषय में चित्त की एकाग्रता), 7. ध्यान (धारणा के विषय को चेतना केंद्र में टिकाए रखना–चिंतन) और 8. समाधि(गहन ध्यान के द्वारा प्राप्त दिव्य चेतना की वह अवस्था जिसमें साधक अपने साध्य–परमात्मा या विश्वात्मा–के साथ एक हो जाता है)।

यम और नियम योगी के विकारों एवं भावनाओं को नियंत्रित रखते हैं तथा उसे अन्य साधकों के साथ एक स्थिति में लाते हैं। आसन शरीर को स्वस्थ और सुदृढ़ तथा प्रकृति के साथ सामंजस्यपूर्ण रखते हैं। अंततः योगी अपनी शारीरिक चेतना से मुक्त हो जाता है। वह शरीर पर विजय पाता है और उसे आत्मा के योग्य साधन बनाता है। ये प्रथम तीन अवस्थाएँ बाहरी साधना–बहिरंग साधना–हैं।

आगे की दो अवस्थाएँ–प्राणायाम और प्रत्याहार–साधक को श्वासों का संचालन सिखाती हैं जिससे मन नियंत्रित होता है। यह विषय-वासना के दासत्व से चेतना को मुक्त करने में सहायक होता है। योग की ये दोनों अवस्थाएँ अंतरंग साधना कहलाती हैं।

धारणा, ध्यान और समाधि योगी को उसकी आत्मा के अंतरतम के गहन स्थान में ले जाती हैं। वह परमात्मा की खोज में आकाश की ओर टकटकी नहीं लगाता। उसे बोध होता है कि 'वह' उसमें ही है, जिसे अंतरात्मा के रूप में जाना जाता है। ये अंतिम तीन अवस्थाएँ साधक और कर्ता के बीच समस्वरता लाती हैं। ये अवस्थाएँ अंतरात्मा साधन(आत्मा की खोज) कहलाती हैं।

परम गहन ध्यान से ज्ञाता, ज्ञान और ज्ञेय एक हो जाते हैं। द्रष्टा, दृष्टि और दृश्य एक-दूसरे से पृथक् अस्तित्व नहीं रखते। जिस प्रकार एक महान संगीतकार अपने वाद्य और संगीत की ध्वनि की समस्वरता में एकरूप हो जाता है, उसी प्रकार योगी अपने में प्रकृतिस्थ होता है और आत्मसाक्षात्कार का अनुभव करता है, जो उसके अंदर परमात्मा का अंश है।

अपने कर्ता की खोज में मनुष्य अनेक मार्गों से जाते हैं। क्रियाशील व्यक्ति कर्म-मार्ग से उसका दर्शन करता है, जहाँ वह अपने कर्म और कर्त्तव्य के द्वारा अपनी दिव्यता का अनुभव स्वयं करता है। भावनाशील व्यक्ति भक्तिमार्ग से उसे प्राप्त करता है, जहाँ उसे अपने आराध्यदेव के प्रति अनन्य प्रेम और भक्ति से अनुभूति प्राप्त होती है। बुद्धिमान मनुष्य ज्ञानमार्ग से उसका अनुसरण करता है, जहाँ ज्ञान से उसके अस्तित्व का बोध होता है। ध्यानी पुरुष परमेश्वर प्राप्ति के लिए योगमार्ग का अवलंबन करते हैं, जहाँ मन को वश में करने से अपनी दिव्यता का अनुभव वे स्वयं करते हैं।

वही व्यक्ति आनंदमय है, जो अपने ज्ञान और विवेक द्वारा असत्य में सत्य, अनित्य में नित्य तथा सुंदर में शिव का दर्शन करता है। जिसे सच्चे प्रेम की पहचान है और जो विश्व के प्राणिमात्र से प्रेम कर सकता है, उसे दुगुना आनंद प्राप्त होता है। जो अपने आंतरिक प्रेम से लोक कल्याण के लिए निष्काम कर्म करता है, उसे तिगुने आनंद की प्राप्ति होती है। परंतु जो व्यक्ति अपने इस नश्वर शरीर में अनंत ज्ञान, प्रेम एवं निष्काम कर्मभाव रखता है, वह पवित्रात्मा है और वह गंगा, सरस्वती और यमुना के संगम के पुण्यतीर्थ-सा है। जो इन्हें प्राप्त करते हैं, वे शांत और पवित्र हो जाते हैं।

इंद्रियों का राजा मन है। जिसने अपने मन, इंद्रिय, वासना, विचार और बुद्धि पर विजय पा ली है, वह नरश्रेष्ठ है। वही राजयोग का अधिकारी है क्योंकि उसे आंतरिक ज्ञान है।

जिसका अपने मन पर अधिकार है, वह राजयोगी है। जीवात्मा का अपने आप पर पूर्ण अधिकार ही राजयोग है। यद्यपि पतंजलि ने मन को वश में करने के उपाय बतलाए हैं और उसे 'अष्टांगयोग' कहा है, परंतु उन्होंने कहीं पर भी अपने योगसूत्रों में नहीं बतलाया है कि यह विज्ञान 'राजयोग' है। इसे 'राजयोग विज्ञान' कहा जा सकता है, क्योंकि यह व्यक्ति का स्वयं पर पूर्ण अधिकार अभिव्यक्त करता है।

हठयोग प्रदीपिका के लेखक स्वात्माराम ने इसी मार्ग को 'हठयोग' कहा है, क्योंकि इसमें कठिन अनुशासन की आवश्यकता होती है।

प्राय: यह विश्वास किया जाता है कि राजयोग और हठयोग सभी प्रकार से पृथक्, भिन्न और एक-दूसरे के विरुद्ध हैं। कारण, पतंजलि के योगसूत्रों में केवल मानसिक अनुशासन के विषय में कहा गया है और स्वात्माराम की **हठयोग प्रदीपिका** में केवल शुद्ध शारीरिक अनुशासन बतलाया गया है। परंतु बात ऐसी नहीं है। हठयोग और राजयोग एक-दूसरे के पूरक हैं और मोक्ष(कैवल्य) की प्राप्ति के लिए ये दोनों

एकांगी प्रयोग हैं। जिस प्रकार पर्वतारोही के लिए सीढ़ियों, रस्सियों और खड़ाउओं के साथ ही साथ शारीरिक सामर्थ्य और हिमालय की बर्फीली चोटियों पर चढ़ने के लिए अनुशासन की आवश्यकता होती है उसी प्रकार योगसाधक को पतंजलि के राजयोगी के राजयोग की ऊँचाई पर पहुँचने के लिए स्वात्माराम के हठयोग के ज्ञान और अनुशासन की आवश्यकता है।

योग का यह मार्ग, अन्य तीन मार्गों का स्रोत है। इससे शांति और स्थिरता प्राप्त होती है। और यह मन को उपाधिरहित कर आत्मसमर्पण के लिए तैयार करता है, जहाँ ये चारों मार्ग एक हो जाते हैं।

चित्तवृत्ति (मन यानी चित्त के रूपांतरण के कारण)

पतंजलि ने अपने योगसूत्रों में चित्तवृत्ति के पाँच प्रकार बतलाए हैं जो आनंद एवं क्लेश(सुख और दु:ख) के कारण हैं। ये हैं–

1. **प्रमाण** (मानक या आदर्श) – जिससे वस्तुओं अथवा मूल्यों का मन के द्वारा मापन होता है या जाना जाता है, जिसे मनुष्य सीधा प्रमाण मानते हैं, जैसे कि i) प्रत्यक्ष(चक्षु द्वारा प्राप्त ज्ञान), ii) अनुमान(तर्क) और iii) आगम अर्थात् प्रमाण रूप में उक्ति या आप्तपुरुष का स्वीकारयोग्य वचन जब कि वह ज्ञान का स्रोत प्रमाणित एवं विश्वसनीय पाया जाता है।

2. **विपर्यय** (भ्रांत धारणा जो कि अध्ययन के उपरांत पाई गई है)। – दोषपूर्ण चिकित्सा संबंधी निदान भ्रांत कल्पना पर आधारित होता है। यथा, पहले खगोलविद्या में सिद्धांत बना रहा कि पृथ्वी के चारों ओर सूर्य प्रदक्षिणा करता है, यह विपर्यय का उदाहरण है।

3. **विकल्प** (प्रामाणिक आधार के बिना केवल मौखिक प्रभाव पर आधारित रुचि या भावना) – एक भिखारी जब इस बात की कल्पना करता है कि वह लाखों रुपये खर्च कर रहा है, तो उसे आनंद(सुख) की अनुभूति हो सकती है। इसके विपरीत एक धनी कंजूस व्यक्ति इस बात के विश्वास में स्वयं भूखा रह सकता है कि वह दरिद्र है।

4. **निद्रा** (नींद, जहाँ विचार और अनुभव का अभाव है) – जब आदमी गहरी नींद में सोया होता है, उसे अपने नाम, परिवार या अवस्था, अपना बोध या ज्ञान, अथवा यहाँ तक कि स्वयं अपने अस्तित्व का स्मरण नहीं रहता है। जब आदमी नींद में स्वयं को भुला देता है तब वह प्रसन्न चित्त से जागता है। परंतु जब वह नींद में होता है उस समय यदि बाधक विचार उसके मन में चलने लगते हैं तो वह अच्छी तरह विश्रांति नहीं ले पाता है।

5. **स्मृति** (स्मरण, व्यक्ति द्वारा अनुभव की हुई वस्तु की गहरी छाप बनाए रखना)– ऐसे भी आदमी हैं जो अपने भूत(अतीत) के अनुभव पर जीते हैं, यद्यपि वह पुनरावाहन के परे है। उनके दुःख एवं सुख की स्मृतियाँ उन्हें अतीत से जोड़े रखती हैं और वे अपनी शृंखलाओं को तोड़ नहीं सकते।

पतंजलि ने चित्तवृत्ति को क्लेश पहुँचानेवाले(देनेवाले) पाँच कारण गिनाए हैं:-

1. अविद्या(अज्ञान या ज्ञान का अभाव); 2. अस्मिता(अपनेपन का अनुभव जो व्यक्ति को सीमित करता है और उसे समुदाय से, चाहे वह शारीरिक, मानसिक, बौद्धिक या भावनात्मक हो, पृथक् रूप में अभिव्यक्त करता है); 3. राग(आसक्ति या वासना); 4. द्वेष(अतिघृणा या विराग) तथा 5. अभिनिवेश(जीवन की पिपासा या प्रेम, सांसारिक जीवन से स्वाभाविक लगाव तथा शारीरिक सुखभोग और इन सब से मृत्यु द्वारा पृथक् किए जाने का भय)। दुःख के ये कारण साधक(विद्यार्थी या शोधक) के मन में ऊबकी लगाए रहते हैं। वे ध्रुव-प्रदेशीय समुद्र में केवल अपने सर दिखानेवाले हिमखंड की तरह हैं। जबतक वे अभ्यास द्वारा वशीभूत तथा निर्मूल नहीं किए जाते हैं तबतक शांति संभव नहीं है। योगी भूत(अतीत) को भूल जाना सीखता है और कल(भविष्य) का विचार नहीं करता है। वह नित्य वर्तमान में रहता है।

जिस प्रकार वायु झील की(पानी के) ऊपरी सतह को चंचल कर देती है और उसमें प्रतिबिंबित छवि के रूप को नष्ट कर देती है, उसी प्रकार चित्त की वृत्तियाँ मन में खलल पैदा करती हैं। झील का स्थिर पानी अपने चतुर्दिक सौंदर्य को प्रतिबिंबित करता है। जब मन स्थिर होता है तब उसमें आत्मसौंदर्य प्रतिबिंबित दिखलाई देता है। योगी निरंतर अध्ययन और वासनाओं से स्वयं को मुक्त कर अपने मन को स्थिर करता है। योग की आठ अवस्थाएँ उसका मार्गदर्शन करती हैं।

चित्तविक्षेप (चित्त-विभ्रम एवं बाधाएँ)

चित्त-विभ्रम तथा बाधाएँ, जो योगसाधक के अभ्यास में रुकावट डालती हैं, ये हैं-

1. व्याधि– रोग जो शारीरिक संतुलन में बाधा डालता है
2. स्त्यान– शैथिल्य या कार्य के लिए मानसिक प्रवृत्ति का अभाव
3. संशय– संदेह या असामंजस्य
4. प्रमाद– उदासीनता या चैतन्यहीनता
5. आलस्य– सुस्ती, मंदता
6. अविरति– इंद्रिय-सुख। मन पर इंद्रियों के हावी होने से वासना का जगना
7. भ्रांतिदर्शन– असत्य या अग्राह्य ज्ञान अथवा भ्रम
8. अलब्धभूमिकत्व– विचारधारा या एकाग्रता के प्राप्त करने में असफल, जिसके कारण यथार्थता का ज्ञान नहीं हो सकता है

9. अनवस्थितत्व– दीर्घ अभ्यास के उपरांत प्राप्त वस्तु में एकाग्रता बनाए रखने में अस्थिरता या चंचलता

इसके अतिरिक्त और भी चार चित्त-विभ्रम हैं: 1. दु:ख–कष्ट या दुर्गति (अभाग्य), 2. दौर्मनस्य–निराशा, 3. अंगमेजयत्व–शारीरिक अस्थिरता तथा 4. श्वास-प्रश्वास–अनियमित श्वासोच्छ्वास।

सेनापति युद्ध जीतने के लिए युद्धक्षेत्र और शत्रुसैन्य का निरीक्षण(जाँच) करता है और उसके अनुसार विपरीत योजना बनाता है। इसी प्रकार योगी स्वयं को जीतने के लिए योजना बनाता है।

व्याधि–यह देखा जाता है कि सर्वप्रथम बाधा अस्वस्थता या रोग है। योगी के लिए उसका शरीर ज्ञानप्राप्ति का मुख्य उपकरण है। यदि रथ टूट जाता है तो यात्री आगे नहीं बढ़ सकता है। यदि शरीर अस्वस्थता के कारण दुर्बल है तो साधक कुछ ही(नाममात्र का) प्राप्त कर सकता है। शारीरिक स्वास्थ्य मानसिक विकास के लिए महत्त्वपूर्ण है, कारण साधारणतया मन नाड़ीमंडल द्वारा क्रियाशील होता है। जब शरीर अस्वस्थ है या नाड़ीमंडल दूषित है तो मन अस्थिर या शिथिल अथवा अक्षम होता है और एकाग्रता या ध्यान असंभव हो जाता है।

स्त्यान–जो व्यक्ति दुर्बलता(बुद्धि-दौर्बल्य) का शिकार होता है उसका न कोई लक्ष्य होता है, न आगे बढ़ने के लिए मार्ग और न साहस होता है। उसका मन और बुद्धि निष्क्रिय होने के कारण मंद हो जाते हैं और उसकी शक्ति क्षीण हो जाती है। सतत प्रवाह पर्वत की निर्झरिणी को निर्मल बनाए रखता है, परंतु गर्त(गड्ढे) का पानी स्थिर रहता है और उसमें कुछ भी विकसित नहीं हो सकता है। उदासीन मनुष्य जीवित शव के समान है क्योंकि वह किसी वस्तु पर ध्यान केंद्रित नहीं कर सकता है।

संशय–निर्बुद्ध, अविश्वासी और शंकाकुल व्यक्ति स्वयं का नाश करते हैं। किस प्रकार वे इहलोक या परलोक का आनंद ले सकते हैं या किसी प्रकार का सुख प्राप्त कर सकते हैं? अन्वेषक(साधक) को स्वयं में तथा अपने गुरु पर विश्वास होना चाहिए। उसे इस बात का विश्वास होना चाहिए कि परमात्मा मेरे साथ है और बुराई मुझे छू नहीं सकती। ज्यों ही विश्वास का स्रोत हृदय में फूट पड़ता है त्यों ही यह काम, बुरे विचार, बौद्धिक आलस्य, आत्मिक गर्व एवं संदेह को मिटा देता है और इन बाधाओं से मुक्त हृदय निर्मल एवं शांत हो जाता है।

प्रमाद– प्रमाद से आक्रांत व्यक्ति स्वयं के महत्त्व से पूर्ण और विनयहीन होता है और अपने आपको ही बुद्धिमान समझता है। निस्संदेह उसे अच्छे-बुरे का ज्ञान होता है परंतु वह अच्छे की ओर से उदासीन रहता है और जिसमें उसे सुख प्राप्त होता है उसी का वह चुनाव करता है। अपनी स्वार्थपूर्ण कामनाओं और व्यक्तिगत वैभव के स्वप्नों के मनोरथ सफल होने के मार्ग में आने वाले प्रत्येक व्यक्ति की जबरदस्ती और नैतिक

विचार के बिना हत्या करता है। ऐसा व्यक्ति परमात्मा के वैभव(प्रकाश) के प्रति अंधा होता है और उसके वचनों के लिए बधिर।

आलस्य–शैथिल्य की बाधा मिटाने के लिए मंद न होने वाले निरंतर उत्साह(वीर्य) की आवश्यकता है। साधक की स्थिति प्रेमी की तरह है जो अपनी प्रेमिका से मिलने के लिए निरंतर प्रयत्न करता है परंतु जो कभी निराश नहीं होता। आशा उसकी ढाल है और साहस उसकी तलवार होनी चाहिए। उसे घृणा और दुःख से परे होना चाहिए। उसे विश्वास व उत्साह से शारीरिक एवं मानसिक जड़ता पर विजय प्राप्त करनी चाहिए।

अविरति–इंद्रिय सुख के विषयों की भयंकर इच्छा अविरति है, जब कि ज्ञानपूर्वक उनका त्याग किया गया है जिनका दमन करना अत्यंत कठिन है। इंद्रिय के विषयों से लगाव हुए बिना ही योगी पूर्णतः अपने वशीभूत इंद्रियों की सहायता से उनका आनंद(मौज) लेना सीखता है। वह प्रत्याहार के अभ्यास द्वारा अनुराग से स्वतंत्र और वासना की दासता से मुक्त हो जाता है तथा संतुष्ट एवं संतुलित होता है।

भ्रांतिदर्शन–जो व्यक्ति झूठे ज्ञान से पीड़ित है, वह भ्रांति से कष्ट पाता है और इस बात में विश्वास करता है कि एकमात्र उसने ही सत्य प्रकाश के दर्शन किए हैं। उसमें सशक्त बुद्धि होती है परंतु नम्रता का अभाव होता है और वह ज्ञान का प्रदर्शन करता है। महान आत्माओं की सत्संगति(सहवास) में रहने तथा उनके मार्गदर्शन से वह उचित पथ पर अपना चरणक्षेप दृढ़तापूर्वक करता है तथा अपनी कमजोरी पर विजय प्राप्त करता है।

अलब्धभूमिकत्व–जिस प्रकार पर्वतारोही सहनशक्ति(जीवट) के अभाव के कारण शिखर पर पहुँचने में असफल होता है उसी प्रकार वह व्यक्ति भी, जो ध्यान केंद्रित करने की असमर्थता पर विजय प्राप्त नहीं कर सकता है, यथार्थता की खोज करने में असमर्थ है। उसने यथार्थता की झलक पाई होगी परंतु वह उसे स्पष्टतया देख नहीं सकता है। वह उस संगीतज्ञ की तरह है जिसने स्वप्न में दिव्य संगीत का श्रवण किया है परंतु जो अपने जागृत क्षणों में उसे स्मरण करने में असमर्थ है और स्वप्न को दुहरा नहीं सकता है।

अनवस्थितत्व–अनवस्थितत्व से प्रभावित व्यक्ति कठिन श्रम से सत्यता के दृष्टिक्षेप में पहुँचा होता है। अपनी प्राप्ति के आनंद और अभिमान में वह अपनी साधना(अभ्यास) में शिथिल हो जाता है। उसमें शुद्धता और ध्यान केंद्रित करने की महती शक्ति होती है और वह अपने अनुसंधान के अंतिम चौराहे पर पहुँचा होता है। इस अंतिम अवस्था में भी निरंतर प्रयत्न की आवश्यकता होती है। उसे नित्य धैर्य और संकल्पित अध्यवसाय के साथ पथ पर आगे बढ़ते रहना है और उसे शिथिलता का प्रदर्शन कदापि नहीं करना चाहिए जो परमात्मा के प्रत्यक्षीकरण के पथ की प्रगति में बाधक होती है। उसे तब तक प्रयत्नशील रहना चाहिए, जब तक दिव्य ज्योति उसमें अवतरित नहीं होती है।

कठोपनिषद् में कहा गया है–"आत्मा का साक्षात्कार अध्ययन या शिक्षा से नहीं होता है, न बुद्धि की अति सूक्ष्मता और न अति विद्वता से होता है, परंतु परमात्मा के प्रति जिसकी तीव्र अभिलाषा होती है और जिसे वह(परमात्मा) चाहता है उसे ही आत्म-साक्षात्कार होता है।" वास्तव में ऐसे व्यक्ति को आत्मा अपना सत्य स्वरूप दिखाती है।

महर्षि पतंजलि ने बाधाओं को जीतने तथा शुद्ध आनंद प्राप्त करने के कई उपाय बतलाए हैं। इनमें से मैत्री(मित्रता), करुणा(दया), मुदिता(अत्यानंद) और उपेक्षा(तिरस्कार) का चतुर्विध उपाय उत्तम है।

मैत्री केवल मित्रभाव नहीं है अपितु आत्मीयता(मित्रता) के विषय से एकत्व का अनुभव भी है। माँ अपने पुत्रों की सफलता पर आत्मीयता-एकत्व के अनुभव के कारण गहन आनंद का अनुभव करती है। पतंजलि मैत्री को सुख(आनंद या गुण) के लिए योग्य बतलाते हैं। योगी मैत्री और आत्मीयता का संपादन भले के लिए करता है और किसी के प्रति भी द्वेष न करते हुए शत्रुओं को मित्र बना लेता है।

करुणा केवल दया या कृपा दिखाना और दूसरों के दुःख पर निराशा के आँसू बहाना नहीं है। पीड़ित का दुःख दयायुक्त प्रेमपूर्ण कृति से दूर करना करुणा है। योगी दूसरों के कष्ट और वेदना को कम करने में अपने शारीरिक, आर्थिक, मानसिक अथवा नैतिक सभी साधनों का उपयोग करता है। वह दुर्बलों को अपनी शक्ति प्रदान करता है जब तक कि वे सबल नहीं हो जाते। जो भयभीत हैं उन्हें वह अपने दृष्टांत द्वारा साहस देता है जबतक कि वे शूर नहीं हो जाते। वह योग्यतम के अतिजीवन का सिद्धांत अस्वीकार करता है परंतु निर्बल को अतिजीवन के लिए पूर्ण सबल बनाता है। वह सभी का आश्रय बनता है।

दूसरों द्वारा(भले ही वह प्रतिस्पर्धी ही क्यों न हो) अच्छे काम(पुण्यकर्म) किए जाने पर आनंद का अनुभव मुदिता है। योगी मुदिता द्वारा दूसरों, जो अपने अभीप्सित लक्ष्य को पहुँचे हैं परंतु जिसे प्राप्त करने में वह स्वयं असफल रहा है, के प्रति ईर्ष्या, द्वेष या क्रोध का प्रदर्शन न करते हुए कठिन हृदयदाह से अपने को बचाता है।

उपेक्षा–दुर्गुण में फँसा हुआ या लापरवाह(उदासीन) अथवा अपने से जिसमें श्रेष्ठता है, ऐसे व्यक्ति के प्रति तिरस्कार या अवमान की भावनामात्र ही उपेक्षा नहीं है। यह ढूँढ़ निकालना कि उन्हीं प्रलोभनों के सामने आने पर व्यक्ति ने किस प्रकार का व्यवहार किया होता, यह आत्मपरीक्षण की खोज उपेक्षा है। भाग्यहीन व्यक्ति जिस अवस्था में है उस स्थिति के लिए व्यक्ति कहाँ तक उत्तरदायी है, इसका निरीक्षण तथा उसके बाद उसे उचित मार्ग पर लाने का प्रयास भी परीक्षण है।

योगी दूसरों की भूलों को पहले स्वयं में देखने और अध्ययन करने से समझता है। यह निज का अध्ययन ही उसे सबके लिए दयालु होना सिखाता है।

मैत्री, करुणा, मुदिता और उपेक्षा के चतुर्विध उपाय का गहरा महत्त्व(अर्थ) अशांत मन से अनुभूत नहीं किया जा सकता है। मैं अपने अनुभव से इस निष्कर्ष पर पहुँचा हूँ कि सारे संसार के किसी भी संप्रदाय के सामान्य पुरुष या नारी के लिए स्थिर चित्त की प्राप्ति का मार्ग पतंजलि द्वारा बतलाई गई योग की आठ अवस्थाओं में से आसन और प्राणायाम नामक दो अवस्थाओं पर संकल्पपूर्वक कार्य करना है।

मन और प्राण मित्रभाव(अभिन्न रूप) से संबंधित हैं और एक की क्रिया या प्रतिक्रिया दूसरे को प्रभावित करती है। इसी कारण पतंजलि ने मानसिक संतुलन और आंतरिक शांति की प्राप्ति के लिए प्राणायाम(लयपूर्ण नियमित श्वास-नियंत्रण) बतलाया है।

शिष्य एवं गुरु (विद्यार्थी तथा शिक्षक)

शिवसंहिता में साधक(चेला या विद्यार्थी) चार प्रकार के बतलाए गए हैं–

1. मृदु (अल्पमति), 2. मध्यम (सामान्य), 3. अधिमात्र (उत्तम) तथा 4. अधिमात्रतम (सर्वोत्तम)। आखिर का, सर्वोत्तम ही एकमात्र व्यक्त संसार-सागर को पार करने में समर्थ है।

अल्पमति साधक वे होते हैं, जिनमें उत्साह नहीं होता, जो अपने गुरुओं की निंदा करते हैं, लोभी होते हैं, बुरे कर्म करने के लिए तत्पर रहते हैं, खूब खाते हैं, नारी के कहने में होते हैं, अस्थिर, डरपोक, बुरे(अस्वस्थ), दूसरों पर निर्भर, कर्कश बोलने वाले, चरित्रहीन और पुरुषत्वहीन होते हैं। गुरु(शिक्षक या अध्यापक) ऐसे साधकों का मार्गदर्शन केवल मंत्रयोग के मार्ग से करता है। साधक बड़े प्रयत्न से बारह वर्षों में संस्कार(प्रबोधन) प्राप्त कर सकता है। (मंत्र–मूल शब्द 'मन्' से बना है, जिसका अर्थ है सोचना। इस प्रकार मंत्र शब्द का अर्थ है, पवित्र विचार या प्रार्थना उसके अर्थ की पूर्ण समझ के साथ दुहराई जाए। इसके लिए बहुत समय लगता है, कदाचित् मृदु साधक के मन में मंत्र को सिद्ध करने के लिए वर्षों लगते हैं और उससे भी अधिक उसके फल की प्राप्ति में।)

मध्यम साधक साधारण बुद्धि का, कठिनाई सहने में समर्थ, कार्य पूर्ण करने का इच्छुक, मधुरभाषी, सभी अवस्थाओं में समान होता है। इन सभी गुणों को पहचान कर गुरु उसे लय योग की शिक्षा देता है, जो उसे मुक्ति(कैवल्य) देती है। (लय का अर्थ है भक्ति, अंतर्लय या विलयन।)

उत्तम साधक स्थिरचित्त, लययोग के लिए योग्य, पौरुषपूर्ण(सशक्त), स्वतंत्र, भद्र, दयालु, क्षमाशील, विश्वासपात्र, शूर, युवा, विनयशील, अपने गुरु का पूजक, योगाभ्यास के लिए उत्सुक होता है। वह छह वर्ष के अभ्यास के बाद प्रबोधन की प्राप्ति कर सकता है। गुरु इस प्रबल पुरुष(साधक) को हठयोग की शिक्षा देता है।

सर्वोच्च साधक अत्यंत सामर्थ्यवान एवं उत्साहयुक्त, रूपवान, साहसी, धर्मग्रंथों का विद्वान, अध्ययनशील, स्वस्थचित्त, आनंदित, चिरयुवा, नियमित आहारी, अपने विषयों का नियंत्रक(वश में करनेवाला), निर्भय, स्वच्छ, चतुर, उदार, सभी का सहायक, स्थिरबुद्धिमान, स्वतंत्र, क्षमाशील, चरित्रवान, मधुरभाषी और अपने गुरु का पूजक होता है, जो सभी प्रकार के योग के लिए अनुकूल है। वह तीन वर्षों में प्रबोधन की प्राप्ति कर सकता है।

यद्यपि **शिवसंहिता** और **हठयोग प्रदीपिका** कालावधि, जिसमें सफलता प्राप्त की जा सकती है, बतलाती हैं, परंतु पतंजलि व्यक्ति की आत्मा और दिव्य विश्वात्मा के मिलन के लिए आवश्यक समय का उल्लेख कहीं नहीं करते हैं। उनके अनुसार अभ्यास(निरंतर और संकल्पित अभ्यास) तथा वैराग्य(वासनाओं से मुक्ति) मन को शांत और स्थिर करते हैं। वे अभ्यास को, निर्विघ्न तथा भक्तिपूर्वक संपन्न किया गया, लंबी अवधि का प्रयास बतलाते हैं जो पक्की नींव बनाता है।

योग का अभ्यास विश्वविद्यालय की डिग्री या डिप्लोमा के समान नहीं है कि आप निर्धारित समय में अनुकूल परिणाम की अभिलाषा करें।

गुरु की सहायता से योगमार्ग की बाधाएँ, परीक्षण एवं क्लेश बहुत हद तक दूर किए जा सकते हैं। (शब्दांश 'गु' का अर्थ है अंधकार और 'रु' का अर्थ प्रकाश होता है। वही गुरु है जो अंधकार(अज्ञान) हटाता है और प्रकाश(प्रबोधन) लाता है।) गुरु की भावना गंभीर तथा प्रभावशाली है। वह सामान्य पथदर्शक नहीं है। वह आध्यात्मिक गुरु है जो जीवन-पथ बतलाता है, न कि केवल आजीविका के लिए उपार्जन करना ही सिखाता है। वह आत्मज्ञान संप्रेषित करता है और जो यह ज्ञान अवगत करता है वह शिष्य है, चेला है।

पिता(या माता) और पुत्र, पति और पत्नी या मित्र के बीच जो संबंध है उससे बढ़कर एक अत्यंत विशिष्ट प्रकार का संबंध गुरु और शिष्य के बीच है। गुरु अहंकार(अहंता) से शून्य होता है। वह किसी प्रकार के यश या लाभ के लोभ के बिना अंतिम लक्ष्य की ओर शिष्य का अनुरागपूर्वक नेतृत्व करता है। वह परमात्मा के मंदिर का मार्ग दिखाता है और उस पथ पर नेतृत्व करते हुए अपने शिष्य की प्रगति देखता है। वह विश्वास, भक्ति, शिष्टाचार, गंभीर अवबोधन और प्रदीप्ति स्नेहपूर्वक प्रेरित(प्रोत्साहित) करता है। शिष्य द्वारा शिक्षा आत्मसात् की जाती है। इसे जानने के लिए गुरु अपने शिष्य में पूर्ण विश्वास के साथ कठिन परिश्रम करता है। वह शिष्य को प्रश्न पूछने के लिए तथा प्रश्न एवं विश्लेषण द्वारा सत्य जानने के लिए प्रोत्साहित करता है।

उच्च सिद्धि और विकास की आवश्यक योग्यता शिष्य में होनी चाहिए। उसमें अपने गुरु के प्रति विश्वास, भक्ति और प्रेम का होना आवश्यक है। गुरु और शिष्य के बीच के संबंध का सर्वोत्तम उदाहरण **कठोपनिषद्** में यम(मृत्यु का देवता) और नचिकेता तथा **भगवद्गीता** में श्रीकृष्ण और अर्जुन का है। नचिकेता और अर्जुन ने अपने

एकाग्र मन, औत्सुक्य एवं प्राश्निक(प्रश्न करने की) प्रवृत्ति के कारण ज्ञान(प्रबोधन) प्राप्त किया। शिष्य में ज्ञानपिपासा होनी चाहिए और विनयभाव, उद्देश्य के प्रति अध्यवसाय तथा दृढ़ निश्चय होना चाहिए। उसे गुरु के पास केवल कुतूहलवश नहीं जाना चाहिए। उसमें श्रद्धा होनी चाहिए और यदि वह अपेक्षित समय में अपने लक्ष्य की प्राप्ति नहीं कर पाता है तो उसे हतोत्साह नहीं होना चाहिए। पिछले असंख्य अनुभवों और संस्कारों(पिछले विचारों एवं व्यापारों का एकत्र अवशेष) से अभिभूत चंचल मन को शांत करने के लिए अत्यंत धैर्य की आवश्यकता है।

गुरु के वचन मात्र सुनने से शिष्य शिक्षा को आत्मसात् नहीं करता है। यह बात इंद्र और विरोचन की कथा से सिद्ध होती है। इंद्र देवताओं का राजा और विरोचन राक्षस राजकुमार, दोनों अपने आध्यात्मिक गुरु ब्रह्मा के पास सर्वात्मा (Supreme Self) के ज्ञान की प्राप्ति के लिए एक साथ गए। दोनों वहाँ ठहरे और अपने गुरु का एक ही उपदेश दोनों ने सुना। इंद्र को प्रबोधन(ज्ञानप्रकाश) मिला परंतु विरोचन को नहीं। पढ़ाए गए विषय के प्रति उसकी निष्ठा(भक्ति) और अपने गुरु के प्रति प्रेम और श्रद्धा के कारण इंद्र की स्मरणशक्ति का विकास हुआ। उसे गुरु के साथ एकात्मभाव का अनुभव हुआ। ये ही उसकी सफलता के कारण थे। विरोचन की स्मरणशक्ति का विकास केवल उसकी बुद्धि के द्वारा हुआ। उसमें न तो सिखाए हुए विषय के प्रति निष्ठा थी और न अपने गुरु के प्रति भक्ति। वह जैसा का वैसा बौद्धिक राक्षस ही रहा। वह संशयात्मा ही लौटा।

इंद्र में बौद्धिक नम्रता थी जब कि विरोचन में बौद्धिक गर्व था। उसने सोचा कि ब्रह्मा के पास जाना ही एक प्रकार से मेरा विनय(नम्र भाव) था। इंद्र की पहुँच भक्तिपूर्ण थी परंतु विरोचन की व्यावहारिक। विरोचन कौतूहलवश प्रवृत्त हुआ था और वह व्यावहारिक ज्ञान चाहता था। कारण, उसका विश्वास था कि वह ज्ञान बाद में शक्ति प्राप्त करने के लिए उपयोगी होगा।

शिष्य को चाहिए कि वह सब से बढ़कर प्रेम, समभाव और विनयशीलता को बहुमूल्य समझे। प्रेम से साहस का उद्‌भव होता है, समभाव से प्रचुरता की निर्मिति होती है और विनयशीलता शक्ति उत्पन्न करती है। बिना प्रेम का साहस पशुतुल्य है। बिना समभाव प्रचुरता अत्यधिक लाड़-प्यार और नाश की ओर प्रवृत्त करती है। विनयशीलता के बिना शक्ति घमंड और अत्याचार के लिए कारणीभूत होती है। सच्चा शिष्य अपने गुरु से ऐसी शक्ति प्राप्त करता है जो उसे कदापि नहीं छोड़ेगी; कारण, वह परमात्मा के अस्तित्व के स्रोत आद्यशक्ति की ओर उन्मुख हो जाता है।

साधना (स्वतंत्रता की कुंजी)

योग के सभी महत्त्वपूर्ण ग्रंथ साधना या अभ्यास(निरंतर अभ्यास) पर अधिक महत्त्व

(बल) देते हैं। साधना योग के ग्रंथों का सैद्धांतिक अध्ययन मात्र नहीं है। यह आध्यात्मिक प्रयास है। तेल निकालने के लिए तिल को दबाना आवश्यक है। अग्नि प्रज्वलित करने के लिए लकड़ी जलानी चाहिए और छिपी हुई अग्नि को प्रकट होने देना चाहिए। इसी भाँति, साधक को अपने अंदर की दिव्य ज्योति को निरंतर अभ्यास से प्रकाशित करना चाहिए।

युवा, वृद्ध, अत्यंत वयोवृद्ध यहाँ तक कि अस्वस्थ एवं दुर्बल व्यक्ति, योग के निरंतर अभ्यास से योग में सफल होते हैं। सफलता उसे मिलेगी जो अभ्यास करता है, उसे नहीं जो अभ्यास नहीं करता। धार्मिक ग्रंथों के सिद्धांत के पठनमात्र से योग में सफलता नहीं प्राप्त होती है। योगी या संन्यासी के वस्त्र परिधान करने से या इसके संबंध में बातचीत करने से सफलता प्राप्त नहीं होती है। निरंतर अभ्यास ही एकमात्र सफलता का रहस्य है। वास्तव में इसमें किंचित् संदेह नहीं है (**हठयोग प्रदीपिका**, अध्याय 1, श्लोक 64-66)।

जिस प्रकार वर्णमाला के सीखने से व्यक्ति निरंतर अभ्यास द्वारा सभी शास्त्रों पर प्रभुत्व प्राप्त कर सकता है, उसी प्रकार प्रथम शारीरिक शिक्षण के पूर्ण अभ्यास से व्यक्ति सत्य के ज्ञान(तत्त्वज्ञान) की प्राप्ति कर सकता है, क्योंकि विश्वव्यापक परमात्मा से अभिन्न होने के कारण मानव आत्मा की यह स्वाभाविक प्रवृत्ति है (**घेरण्ड संहिता** अध्याय 1, श्लोक 5)।

शरीर, इंद्रिय, मन, बुद्धि तथा आत्मा के संयुक्त एवं केंद्रित प्रयास से व्यक्ति आंतरिक शांति का पुरस्कार प्राप्त करता है और अपनी आत्मा के परमात्मा से मिलन की खोज को पूर्ण करता है। मनुष्य के जीवन में महान साहसिक कार्य उसके स्रष्टा की ओर उसकी वापसी यात्रा है। लक्ष्य प्राप्ति के लिए उसे अच्छे प्रकार से विकसित तथा संयुक्त क्रियाशील शरीर, इंद्रिय, मन, बुद्धि तथा आत्मा की आवश्यकता है। यदि प्रयास संयुक्त नहीं है तो वह अपने साहस के कार्य में असफल होता है। **कठोपनिषद्** के प्रथम अध्याय की तीसरी वल्ली में यम(मृत्यु का देवता) ने इस योग को अन्वेषक नचिकेता से रथ में बैठे हुए व्यक्ति के दृष्टांत द्वारा स्पष्ट किया है।

"आत्मा को रथ का स्वामी, बुद्धि को सारथी और मन को लगाम समझें। कहते हैं कि इंद्रियाँ घोड़े हैं और उनकी इच्छा के विषय चरागाह हैं। आत्मा जब इंद्रियों और मन से युक्त हो जाती है(मिल जाती है) तो उसे विद्वान भोक्तृ कहते हैं। अविचारी व्यक्ति अपने मन को कभी लगाम नहीं लगा सकता है: उसकी इंद्रियाँ सारथी(रथ) के दुष्ट घोड़ों के समान हैं। विचारी व्यक्ति अपने मन को सदा वश में रखता है; उसकी इंद्रियाँ अनुशासित घोड़ों के समान होती हैं। अविचारी असावधान तथा सदा दूषित होता है; वह एक शरीर से दूसरे शरीर में भटकता रहता है परंतु अपने लक्ष्य की प्राप्ति नहीं करता। विचारी सावधान और सदा पवित्र होता है; वह अपने लक्ष्य की प्राप्ति करता है और पुनर्जन्म को कभी प्राप्त नहीं होता। व्यक्ति, जिसके विचारी

सारथी उसके मन को लगाम लगाते हैं, अपनी यात्रा के अंत–अविनाशी आत्मा के सर्वोच्च स्थान–को पहुँचते हैं।"

"इच्छा(वासना) के विषयों की अपेक्षा इंद्रियाँ अधिक शक्तिशाली हैं। इंद्रियों से बढ़कर मन है, मन से बढ़कर बुद्धि है और वह आत्मा जो सब में है, बुद्धि से कहीं बढ़कर है। आत्मा से अपने को अनुशासित करो और वासना(इच्छा) के वेश में धोखा देनेवाले कपटी शत्रुओं का नाश करो।" (**भगवद्गीता**, अध्याय 3, श्लोक 42–43)।

इसकी अनुभूति के लिए केवल निरंतर अभ्यास की आवश्यकता नहीं है अपितु त्याग की भी जरूरत है। त्याग के संबंध में, प्रश्न यह उठता है कि व्यक्ति किसका त्याग करे? योगी संसार का त्याग नहीं करता, कारण इसका अर्थ स्रष्टा का त्याग होगा। योगी उन सभी का त्याग करता है जो उसे परमात्मा से दूर करते हैं। परमात्मा से सभी प्रेरणा तथा उचित कर्म प्राप्त होते हैं, इसे जानते हुए वह अपनी वासनाओं का त्याग करता है। वह उनका त्याग करता है जो परमात्मा की रचना का विरोध करते हैं, दुष्ट विचारों को फैलाते हैं और जो नैतिक मूल्य की केवल बातें करते हैं, परंतु उन्हें आचरण में नहीं लाते।

योगी कर्म का त्याग नहीं करता है। वह उन बंधनों को काटता है जो उसे उसके कर्म और उनके फलों(कर्मफलों) को परमात्मा या मानवजाति को समर्पित करने में बाधक बनते हैं। वह विश्वास करता है कि उसे अपना कर्त्तव्य-कर्म करने का स्वत्वाधिकार है और उसके कर्मफलों का अधिकार नहीं है।

जब कि दूसरे कर्त्तव्य की पुकार के समय सोते हैं और अपने अधिकार मात्र के लिए जाग उठते हैं, योगी अपने कर्त्तव्य के लिए पूर्णतः जाग्रत होता है परंतु अधिकार के समय सो जाता है। इसलिए कहा गया है कि रात्रि में सारी सृष्टि निद्रा के अधीन होती है और शांत पुरुष ज्योति जलाने के लिए जागता है।

अष्टांग योग

योग के आठ अंग हैं

पतंजलि के योगसूत्र चार पादों में विभाजित हैं। प्रथम पाद में समाधि के विषय में कहा गया है, दूसरे पाद में योगप्राप्ति की साधना वर्णित है, तीसरे पाद में विभूति(शक्ति) का निर्देश किया गया है जिसे योगी अपने अन्वेषण(खोज) में प्राप्त करता है, और चौथे पाद में कैवल्य(परमानंद या बंधन-मुक्ति) के विषय में बतलाया गया है।

यम

योग के आठ अंग दूसरे पाद में वर्णित हैं। इनमें प्रथम है यम(नैतिक शिष्टाचार)।

धर्म, देश, अवस्था तथा समय से बढ़कर महान उपदेश है–अहिंसा(हिंसा न करना), सत्य(सच्चाई), अस्तेय(चोरी न करना), ब्रह्मचर्य(इंद्रियदमन) तथा अपरिग्रह(लोभ न करना)। ये उपदेश समाज और व्यक्ति के लिए नैतिक नियम हैं जिनका यदि पालन नहीं किया गया तो हिंसा, असत्य, चोरी, व्यभिचार और लोभ के विप्लव उपस्थित होते हैं। इन बुराइयों की जड़ लोभ, वासना और आसक्ति के विकार हैं, भले ही वे मृदु, मध्यम, या तीव्र हों। वे दु:ख और अज्ञान के कारण हैं। पतंजलि ने यम के पाँच सिद्धांतों द्वारा व्यक्ति के विचार की दिशा(विचारधारा) बदल कर इन पाँचों बुराइयों के मूल पर आघात किया है।

अहिंसा–अहिंसा शब्द 'अ' उपसर्ग जिसका अर्थ 'नहीं' और 'हिंसा' संज्ञा जिसका अर्थ हत्या या बलाचरण(उग्र व्यवहार) है, से बना है। 'हत्या न करना' इस नकारात्मक उपदेश से यह अधिक प्रभावी है; कारण, इसका अति विशद स्वीकारात्मक अर्थ 'प्रेम' है। यह प्रेम सारी सृष्टि को अंगीकृत करता है; कारण, हम सभी उसी परमपिता परमात्मा की संतान हैं। योगी का विश्वास है कि किसी वस्तु या अस्तित्व की हत्या करना या नाश करना उसके निर्माता(सृष्टिकर्ता) का अपमान है। मनुष्य अपने आहार के लिए या धोखे से अपने बचाव के लिए हत्या करता है। परंतु एक आदमी शाकाहारी है इसी कारण यह समझना आवश्यक नहीं है कि वह स्वभाव से अहिंसक है अथवा वह योगी है, यद्यपि शाकाहारी भोजन योग के अभ्यास के लिए आवश्यक है। रक्तपिपासु क्रूर शासक शाकाहारी हो सकते हैं, परंतु उग्र व्यवहार(बलात्कार) मन की अवस्था है, न कि भोजन की। यह भाव मनुष्य के मन में रहता है न कि हथियार में, जिसे वह अपने हाथ में लेता है। व्यक्ति चाकू को फल काटने या शत्रु को भोंकने के लिए उपयोग में ला सकता है। दोष हथियार में नहीं है बल्कि प्रयोक्ता(प्रयोगकर्ता) में है।

मनुष्य अपने निजी स्वार्थ–अपने स्वयं के शरीर, अपने प्रियजन, अपनी संपत्ति या प्रतिष्ठा–की रक्षा के लिए बलाचरण या हिंसा करता है। परंतु मनुष्य स्वयं अकेले अपने या दूसरे की रक्षा के लिए इस पर निर्भर नहीं रह सकता है। उसका यह विश्वास कि वह ऐसा कर सकता है, गलत है। मनुष्य को परमात्मा पर अवलंबित होना चाहिए, जो कि सभी शक्तियों का स्रोत है। तब वह अनिष्ट से नहीं डरेगा।

भय, दुर्बलता, अज्ञान या उद्विग्नता से हिंसा का उद्‌गम होता है। इसे रोकने के लिए भय से मुक्ति की अत्यंत आवश्यकता है। इस मुक्ति की प्राप्ति के लिए जीवन के प्रति दृष्टिकोण में परिवर्तन तथा मन की पुन: पूर्वस्थिति की आवश्यकता है। जब मनुष्य अज्ञान तथा अनुमान की अपेक्षा यथार्थता एवं अनुसंधान पर अपने विश्वास को आधारित करना सीखेगा तब हिंसा का विनाश अनिवार्य है।

योगी का विश्वास है कि प्रत्येक प्राणी को जीने का उतना ही अधिकार है जितना कि उसे। वह विश्वास करता है कि दूसरों की सहायता करने के लिए ही उसका जन्म

हुआ है और वह प्रेम की दृष्टि से सृष्टि को देखता है। उसकी समझ है कि उसका जीवन न सुलझाने योग्य ढंग से दूसरों से जुड़ा हुआ है और यदि वह उनके प्रसन्न होने में सहायता कर सकता है तो स्वयं उसे भी आनंद प्राप्त होता है। वह दूसरों की प्रसन्नता को अपनी प्रसन्नता से पहले स्थान देता है और सब के आनंद का स्रोत बन जाता है जो उससे मिलते हैं। जिस प्रकार माता-पिता बच्चों को पहले-पहले चलने में प्रोत्साहन देते हैं, उसी प्रकार वह अपने से अधिक अभागों को प्रोत्साहित करता है और उन्हें जीने के योग्य बनाता है।

दूसरों द्वारा की गई गलती के लिए लोग न्याय की माँग करते हैं, परंतु जब वही गलती उनसे हुई होती है तब वे दया और क्षमा की प्रार्थना करते हैं। इसके विपरीत योगी का विश्वास यह है कि उसके द्वारा की गई गलती का तो न्याय होना चाहिए पर दूसरों को क्षमा मिलनी चाहिए। वह जीने की कला जानता है और दूसरों को सिखाता है। वह स्वयं को पूर्ण करने की कोशिश करता हुआ दूसरों को अपने प्रेम तथा दया से स्वयं उन्नति करने की कला सिखलाता है।

योगी दोषी के दोष का विरोध करता है न कि दोषी का। वह की गई गलती के लिए प्रायश्चित की व्यवस्था करता है न कि दंड की। दोष का विरोध और दोषी के प्रति प्रेम पास-पास रह सकते हैं। एक शराबी की पत्नी उससे प्रेम करते हुए भी उसके व्यसन का विरोध कर सकती है। प्रेम के बिना विरोध हिंसा की ओर अग्रसर होता है; दोषी के दोष का विरोध किए बिना दोषी से प्रेम करना उचित नहीं है और यह दुर्गति की ओर ले जाता है। योगी यह जानता है कि व्यक्ति से प्रेम करते हुए उसके दोष का विरोध करना ही उचित मार्ग का अनुसरण करना है। यह युद्ध विजित है, कारण वह उसे प्रेम के अस्त्र से लड़ता है। स्नेहमयी माता अपने बच्चे की बुरी आदत सुधारने के लिए उसे कभी-कभी मारती है, उसी प्रकार अहिंसा के सच्चे पुजारी अपने विरोधी से प्रेम करते हैं।

अहिंसा के साथ-साथ अभय(भय से मुक्ति) और अक्रोध(क्रोध से मुक्ति) होते हैं। जो पवित्र जीवन व्यतीत करते हैं उन्हें ही अभय की प्राप्ति होती है। योगी किसी से भयभीत नहीं है और न किसी को योगी से भयभीत होना चाहिए; कारण, वह आत्मचिंतन से पवित्र हो गया है। भय मनुष्य को जकड़ लेता है और उसे अशक्त निरुपयोगी बना देता है। वह अज्ञात और अदृश्य भविष्य से भयभीत है। वह भयभीत है कि कहीं वह अपने जीवन-निर्वाह के साधन, संपत्ति या प्रतिष्ठा खो न दे। परंतु सबसे बड़ा भय मृत्यु का है। योगी जानता है कि वह उसके शरीर, जो उसकी आत्मा का अस्थायी निवास है, से भिन्न है। वह अपनी आत्मा में संपूर्ण सृष्टि को और सपूर्ण सृष्टि में अपनी आत्मा को देखता है और इसलिए वह निर्भय हो जाता है। यद्यपि शरीर रोग, वय, नाश और मृत्यु का विषय है तथापि आत्मा निर्विकार है। योगी की दृष्टि में मृत्यु मसाला है जो जीवन को स्वादिष्ट बनाता है। योगी का अपना मन, बुद्धि और

सारा जीवन परमात्मा को समर्पित है। जब कि उसने अपना सर्वस्व परमात्मा से संबद्ध कर दिया है तो उसे किसका भय होगा?

क्रोध के दो प्रकार हैं। उनमें से एक मन को अधोगति की ओर ले जाता है जब कि दूसरा आत्मिक उन्नति की ओर। पहले का कारण अहं है। जब 'अहं' को चोट पहुँचती है तो व्यक्ति क्रुद्ध हो उठता है। यह मन को, वस्तु को उसके स्वरूप में देखने से रोकता है और व्यक्ति के निर्णय दोषयुक्त बनाता है। इसके विपरीत योगी स्वयं पर क्रुद्ध होता है, जब उसका मन नीचे झुक जाता है या उसका सारा अभ्यास और अनुभव उसे अज्ञान से रोकने में असमर्थ होते हैं। जब वह अपने निजी दोषों के प्रति कार्रवाई करता है तो निष्ठुर होता है परंतु दूसरों के दोषों के साथ सौम्य बन जाता है। मन की कोमलता योगी का गुण है; जिसका हृदय सब के दुःख से पिघल जाता है। उसके अंदर दूसरों के प्रति कोमलता और अपने प्रति कठोरता साथ-साथ चलती है, और उसकी उपस्थिति में सारी शत्रुता छोड़ दी जाती है।

सत्य–सत्य या सच्चाई आचरण अथवा नैतिकता का सर्वोच्च सिद्धांत है। महात्मा गाँधी ने कहा है, 'सत्य परमात्मा(ईश्वर) है और परमात्मा सत्य है।' जिस प्रकार अग्नि मलिनता को जलाती है और सुवर्ण को शुद्ध बना देती है, उसी प्रकार सत्य की अग्नि योगी को पवित्र बना देती है और उसके अंदर के विकार को जला देती है।

यदि मन सत्य का विचार करता है, यदि जिह्वा सत्यवचन का ही उच्चारण करती है, और यदि सारा जीवन सत्य पर आधारित है, तब वह अनंत(परमात्मा) से एकरूप होने के योग्य हो जाता है। यथार्थता अपने सैद्धांतिक(मौलिक) रूप में प्रेम और सत्य है तथा स्वयं को इन दो रूपों द्वारा प्रकट करती है। योगी के जीवन द्वारा यथार्थता के ये दो पहलू निश्चयपूर्वक प्रमाणित होने चाहिए। इसी कारण अहिंसा, जो प्रधानतया प्रेम पर आधारित है, के आनंद का अनुभव किया जाता है। सत्य विचार, वाणी एवं कर्म में पूर्ण सच्चाई की पूर्वकल्पना करता है। असत्यता किसी भी रूप में साधक को सत्य के सैद्धांतिक नियम के अनुरूप नहीं रखती है।

सत्य केवल वाणी तक सीमित नहीं है। वाणी के चार पाप हैं; निंदा और अश्लीलता, मिथ्या व्यवहार, मिथ्या आरोप या चुगली और अंत में जिसे दूसरे पवित्र मानते हैं उसका उपहास करना। चुगलखोर सर्प से अधिक विषैला होता है। वाणी का नियंत्रण द्वेष को जड़-मूल से उखाड़ता है। जब मन में किसी के प्रति भी द्वेष नहीं होता, तब उसमें सब के लिए करुणा होती है, जिसने अपनी जिह्वा को नियंत्रित(वश में) करना सीखा है, उसे बहुत हद तक आत्म-नियंत्रण प्राप्त है। ऐसा व्यक्ति जब बोलता है तब उसकी बात सम्मानसहित एवं ध्यान से सुनी जाती है। उसके वचन याद रहेंगे; कारण, वे अच्छे और सच्चे होंगे।

जब व्यक्ति, जिसने सत्य(सच्चाई) का दृढ़ व्रत लिया है, शुद्ध अंतःकरण से प्रार्थना करता है, तब उसे आवश्यक चीजें प्राप्त होती हैं; जब कि वे उसके लिए सचमुच

में आवश्यक होती हैं; उसे उनके पीछे दौड़ना नहीं होता। दृढ़ सत्यव्रती मनुष्य प्रत्यक्ष रूप से किसी चीज को किए बिना ही अपने कर्मों का फल प्राप्त करता है। सारे सत्य का स्रोत परमात्मा उसकी जरूरतों को पूरा करता है और उसके कल्याण की देखरेख करता है।

अस्तेय–दूसरे की उपलब्धि की प्राप्ति और भोग की इच्छा व्यक्ति को बुरे कर्म की ओर प्रवृत्त करती है। इस इच्छा से चोरी करने की और छल-कपट करने की तीव्र भावना उठती है। अस्तेय(अ= नहीं, स्तेय= चोरी करना) अर्थात् चोरी न करना। दूसरे की वस्तु बिना अनुमति के लेना ही केवल चोरी करना नहीं, अपितु जिस निमित्त से किसी वस्तु की माँग की गई उससे भिन्न निमित्त के लिए उसका उपयोग करना अथवा उसके स्वामी द्वारा जितनी कालावधि के लिए वस्तु प्राप्त है उससे अधिक समय के लिए उसका उपयोग करना, चोरी करने में समाविष्ट है। इस प्रकार इसमें दुरुपयोग, विश्वासघात, अव्यवस्था तथा दुर्व्यवहार का समावेश होता है। योगी अपनी शारीरिक आवश्यकताओं को इस विश्वास से न्यूनतम करता है कि यदि वह उन वस्तुओं का, जिनकी उसे आवश्यकता नहीं है, संग्रह करता है तो वह चोर है। जब कि दूसरे लोग संपत्ति, शक्ति, यश और सुख(आनंद) की ईहा करते हैं, योगी की एक ही इच्छा होती है और वह है परमात्मा की आराधना। ईहा से मुक्ति व्यक्ति को बड़े प्रलोभनों को टालने में समर्थ बनाती है। ईहा शांति के स्रोत को गँदला कर देती है। यह मनुष्य को अधम एवं घामड़ बना देती है और अपंग बनाती है। 'तुम चोरी नहीं करोगे' इस आदेश का जो व्यक्ति पालन करता है, वह संपूर्ण निधि का विश्वस्त सुरक्षा कोष हो जाता है।

ब्रह्मचर्य–शब्दकोश के अनुसार ब्रह्मचर्य शब्द का अर्थ है अविवाहित जीवन, धार्मिक अध्ययन और आत्मसंयमन। ऐसा विचार किया गया है कि वीर्यपतन मृत्यु की ओर और उसका स्तंभन जीवन की ओर ले जाता है। वीर्य की रक्षा के कारण योगी के शरीर से एक प्रकार की भीनी गंध आती है। जब तक इसे(वीर्य) धारण किया गया है तब तक मृत्यु का डर नहीं है। इसी कारण यह निर्देश है कि मन के एकाग्र(एककेंद्रीय) प्रयत्न से इसकी रक्षा करनी चाहिए। ब्रह्मचर्य का सामान्य विचार कृत्रिम आत्मसंयम और निषेध या अस्वीकृति नहीं है। शंकराचार्य के अनुसार ब्रह्मचारी(जो व्यक्ति ब्रह्मचर्य का पालन करता है) वह है जो पवित्र वैदिक विद्या के अध्ययन में लीन है, ब्रह्म में निरंतर विचरण करता है और जानता है कि सब का अस्तित्व ब्रह्म में है। दूसरे शब्दों में, जो सब में देवत्व के दर्शन करता है वह ब्रह्मचारी है। परंतु पतंजलि ने शरीर, वाणी और मन के संयम पर बल दिया है। इसका तात्पर्य यह नहीं है कि योगदर्शन का अर्थ केवल अविवाहित जीवन है। व्यक्ति अविवाहित या विवाहित है और गृहस्थ का जीवन व्यतीत करता है, इससे उसका संबंध बहुत कम है। व्यक्ति को प्रतिदिन के जीवन-क्रम में ब्रह्मचर्य के उच्च आदर्शों को प्रयुक्त करना है। कैवल्यप्राप्ति के लिए

यह आवश्यक नहीं है कि व्यक्ति अविवाहित और बिना घर-द्वार का रहे। इसके विपरीत सारी स्मृतियों (धर्म संहिताओं) ने विवाह का समर्थन किया है। मानवी प्रेम और सुख के अनुभव प्राप्त किए बिना दिव्य प्रेम को जान पाना संभव नहीं है। भारत में प्राचीन काल के लगभग सभी योगी एवं ऋषि मुनि विवाहित थे और अपने निजी परिवार के साथ रहते थे। उन्होंने अपने सामाजिक एवं नैतिक उत्तरदायित्व को नहीं छोड़ दिया था। विवाह और पितृत्व दिव्य-प्रेम के ज्ञान, सुख तथा परमात्मा से मिलने में बाधक नहीं हैं।

गृहस्थ प्रार्थी की स्थिति की चर्चा करते हुए **शिवसंहिता** में कहा गया है–"उसे (गृहस्थ प्रार्थी को) मनुष्य समाज से रहित एकांत स्थान में अभ्यास करने दें। दिखावट के लिए वह समाज में रहे परंतु उसका हृदय न रहे। उसे अपने व्यवसाय, जाति या पद का त्याग नहीं करना चाहिए, परंतु किसी प्रकार के परिणाम का विचार किए बिना, परमात्मा के साधन(निमित्त) रूप में उनका उपयोग करना चाहिए। इसमें संदेह नहीं है कि वह योग की विधि का बुद्धिमानीपूर्वक अनुसरण करने से सफलता प्राप्त करता है। जो व्यक्ति परिवार के मध्य रहते हुए, गृहस्थ के कर्त्तव्य को सतत करते हुए गुण एवं अवगुण से मुक्त है और जिसने अपनी इंद्रियों का दमन कर लिया है वह कैवल्य को प्राप्त होता है। गृहस्थ योग का अभ्यास करते हुए पाप या पुण्य से अछूता रहता है; यदि वह मनुष्यजाति की रक्षा के लिए किसी प्रकार का पाप करता है तो उससे वह भ्रष्ट नहीं होता।" (अध्याय 5, श्लोक 234-8)।

जिस व्यक्ति ने ब्रह्मचर्य व्रत ले लिया है वह चेतनत्व और शक्ति का संचय, साहसी मन और प्रबल बुद्धि का विकास करता है जिससे वह किसी प्रकार के अन्याय का सामना कर सके। ब्रह्मचारी उस सबल शक्ति का उपयोग करेगा जिसे वह बुद्धिमत्तापूर्वक संपादित करता है; वह परमात्मा के कार्य करने के लिए शारीरिक शक्ति, संस्कृति के विकास के लिए मानसिक शक्ति और आध्यात्मिक जीवन की उन्नति के लिए बौद्धिक शक्ति का उपयोग करेगा। ब्रह्मचर्य विद्युत्यंत्र(battery) है जो बुद्धि की मशाल को प्रदीप्त करता है।

अपरिग्रह–परिग्रह का अर्थ संग्रह या संचय है। संचय का न करना(संचय-मुक्त होना) अपरिग्रह है। इस प्रकार यह अस्तेय(चोरी न करना) का दूसरा पहलू है। जैसे व्यक्ति को जिस वस्तु की वास्तव में आवश्यकता नहीं है उसे वह वस्तु नहीं लेनी चाहिए, इसी प्रकार व्यक्ति को जिस वस्तु की तत्काल आवश्यकता नहीं है उसका संचय या संग्रह नहीं करना चाहिए। व्यक्ति को परिश्रम किए बिना या दूसरे के अनुग्रह के रूप में वस्तु को नहीं लेना चाहिए। कारण, यह आत्मा की दरिद्रता का द्योतक है। योगी का अनुभव है कि वस्तुओं का संग्रह या संचय करना परमात्मा में विश्वास के अभाव को प्रकट करना है जब कि अपने भविष्य के लिए सामग्री इकट्ठा करना स्वयं में अविश्वास। वह अपने सामने चंद्रमा की कल्पना रखकर विश्वास

करता है। कृष्णपक्ष में चंद्रमा विलंब से उगता है जब कि अधिकांश लोग नींद में होते हैं और इसलिए उसके सौंदर्य की प्रशंसा नहीं करते। उसका वैभव घटता है परंतु वह अपने मार्ग से विचलित नहीं होता है और न मनुष्य की प्रशंसा के अभाव के लिए उदासीन है। उसे विश्वास है कि जब वह सूर्याभिमुख होगा, पुनः पूर्ण होगा और तब मनुष्य उसके वैभवपूर्ण उदय की प्रतीक्षा उत्सुकता से करेंगे। योगी अपरिग्रह के आचरण से अपना जीवन यथासंभव सादा बनाता है और अपने मन को किसी वस्तु का अभाव या हानि का अनुभव न करना सिखलाता है। तब प्रत्येक वस्तु जिसकी उसे सचमुच में आवश्यकता है, उचित समय पर अपने आप उसके पास चली आएगी। सर्वसाधारण मनुष्य का जीवन विघ्न-बाधाओं और नैराश्य की अनंत मालाओं से तथा उनके प्रति उसकी प्रतिक्रियाओं से पूर्ण है। इस प्रकार मन को संतुलित अवस्था में रखने की कोई संभावना कठिन है। साधक जो कुछ भी होता है उसमें संतुष्ट रहने की क्षमता के विकास को प्राप्त करता है। इस प्रकार वह शांति प्राप्त करता है जो मायाप्रदेश और कृपणता, जिससे हमारा संसार परिपूर्ण है, के पार उसे ले जाती है। वह **भगवद्गीता** के नौवें अध्याय में अर्जुन से कहे गए श्रीकृष्ण के वचन का स्मरण करता है–"जो एकाग्र मन से एकमात्र मेरी भक्ति करते हैं और प्रत्येक क्षण अनन्य भाव से मुझमें स्थित हैं, मैं उनके योगक्षेम की व्यवस्था कर देता हूँ। मैं उनकी सारी आवश्यकताओं की पूर्ति करता हूँ और सदा के लिए उनकी रक्षा करता हूँ।"[1]

नियम

चरित्रसंबंधी विधान को नियम कहते हैं जो व्यक्तिगत अनुशासन के लिए लागू होता है, जब कि यम विश्व के(जागतिक) अनुशासन से संबद्ध है। पतंजलि ने पाँच नियम बतलाए हैं-

शौच(शुद्धता), संतोष(समाधान), तप(व्यग्रता या दृढ़ता), स्वाध्याय(आत्म-चिंतन) और ईश्वरप्रणिधान(परमेश्वरार्पण)।

शौच–शुद्ध व स्वच्छ रहने के लिए शारीरिक पवित्रता आवश्यक है। अच्छी आदतें जैसे स्नान शरीर को बाहर से शुद्ध कर देती हैं, आसन और प्राणायाम अंदर से स्वच्छ-शुद्ध कर देते हैं। आसनों का अभ्यास सारे शरीर को ठीक कर देता है और अति सुखभोग(मजा) के कारण उत्पन्न मल(विष) और अपवित्रता को दूर करता है। प्राणायाम फुप्फुसों को स्वच्छ करता है और वायु(आलातीय गैस) से भरता है, रक्त को प्राणवायु से पूरित करता है तथा नाड़ी-मंडल को पवित्र करता है। परंतु शरीर की

1. अनन्याश्चिन्तयो मां
ये जना पर्युपासते।
तेषां नित्याभियुक्तानां
योगक्षेमं वहाम्यहम्।।

योगक्षेमं–
भगवद् के स्वरूप की
प्राप्ति (अप्राप्त की प्राप्ति) का नाम योग है और
उस प्राप्ति की रक्षा क्षेम है।

शारीरिक(पार्थिव) स्वच्छता की अपेक्षा मन की बाधक भावनाओं, जैसे द्वेष, वासना, क्रोध, काम, लोभ, मोह और गर्व की स्वच्छता महत्त्वपूर्ण है। इससे भी अधिक महत्त्वपूर्ण है बुद्धि के अपवित्र विचारों की स्वच्छता। मन की अपवित्रताएँ भक्ति की वारिधारा से धुल जाएँगी। बुद्धि की अपवित्रताएँ स्वाध्याय(आत्मचिंतन) की अग्नि में जल जाएँगी। यह आंतरिक स्वच्छता प्रकाश-कांति और आनंद प्रदान करती है। इससे सौमनस्य की प्राप्ति होती है तथा यह मानसिक कष्ट, खिन्नता, दु:ख और निराशा को दूर करती है। जब व्यक्ति में सौमनस्य होता है तब वह दूसरों के गुण देखता है, न कि उनके दोषमात्र को। जो दूसरों के गुणों के प्रति सम्मान प्रकट करता है वही सम्मान उसके लिए भी आत्मसम्मान का कारण बनता है तथा उसे कष्ट और कठिनाइयों का सामना करने में सहायता करता है। जब मन स्वच्छ होता है तब उसे एकाग्र करने में आसानी होती है। व्यक्ति एकाग्रता से इंद्रियों को जीत लेता है। तब व्यक्ति स्वयं अपने शरीर के मंदिर में प्रवेश पाने के योग्य होता है और अपने चित्त के दर्पण में अपना यथार्थ रूप देखता है।

शरीर, विचार और वचन की शुद्धता के अलावा शुद्ध आहार(अन्न) की भी आवश्यकता है। आहार(अन्न-भोजन) बनाने की पवित्रता के अतिरिक्त व्यक्ति द्वारा अन्न प्राप्त किए जानेवाले साधनों की पवित्रता पर भी ध्यान देना आवश्यक है।

अन्न सभी के जीवन का आधार, परंतु नाश होनेवाला पदार्थ होने पर भी, ब्रह्म के रूप में माना गया है। इसे इस भावना से ग्रहण करना चाहिए कि व्यक्ति प्रत्येक ग्रास से परमात्मा की सेवा के लिए शक्ति प्राप्त कर सकता है। तब अन्न पवित्र होता है। शाकाहारी होना या न होना यह पूर्णत: व्यक्तिगत बात है। कारण, प्रत्येक व्यक्ति अपने देश की परंपरा-प्रणाली तथा अभ्यास से प्रभावित होता है, जहाँ वह पैदा हुआ और पालपोस कर बड़ा किया गया है। परंतु योग के साधक को कुछ समय की अवधि में शाकाहारी भोजन अपनाना होगा, जिससे वह एकाग्र ध्यान तथा आध्यात्मिक मुक्ति प्राप्त करे।

स्वास्थ्य, बल, तेज तथा जीवन की वृद्धि के लिए अन्न ग्रहण करना चाहिए। यह सादा, बलवर्धक, रसदार और शांतिदायक होना चाहिए। खट्टा, कड़वा, खारा(नमकीन), तीखा, उत्तेजक, बासी, स्वादहीन, गरिष्ठ और अशुद्ध भोजन ग्रहण न करें।

हम किस प्रकार अन्न ग्रहण करते हैं और हम कैसे खाते हैं, इन दो बातों से चरित्र बनता है। मनुष्य ही एक ऐसा प्राणी है कि बिना भूख के खाता है और साधारणतया खाने के लिए जीता है न कि जीने के लिए खाता है। यदि हम जिह्वा के स्वाद के लिए खाते हैं तो हम अधिक खा लेते हैं और पाचनक्रिया की अव्यवस्था से कष्ट पाते हैं जो हमारी प्रणालियों के नित्यक्रम को बिगाड़ देता है। योगी समस्वरता(जीवन के माधुर्य) में विश्वास करता है इसलिए वह जीवन-निर्वाह मात्र के लिए खाता है। वह न अधिक खाता है और न कम। वह अपने शरीर को अपनी आत्मा के विश्रामस्थल के रूप में मानता है और स्वयं को अधिक खाने-पीने से बचाता है।

आध्यात्मिक अभ्यास के लिए अन्न(आहार) के अतिरिक्त स्थान का भी महत्त्व है। दूर देश में(घर से दूर), जंगल में, भीड़भाड़वाले शहर में अथवा कोलाहल के स्थान में योगाभ्यास करना कठिन है। व्यक्ति को ऐसे स्थान का चुनाव करना चाहिए जहाँ आहार आसानी से प्राप्य हो, कीड़े-मकोड़े न हों, जो प्रकृति के प्रकोप से सुरक्षित हो और जहाँ का वातावरण(बाहर का स्थान) आनंददायक हो। तालाब या नदी का तट या समुद्र का किनारा उत्तम(आदर्श) है। इस प्रकार का शांत आदर्श(उत्तम) स्थान आज के युग में मिलना कठिन है। परंतु व्यक्ति अभ्यास के लिए अपने कमरे का एक कोना प्राप्त कर सकता है और उसे स्वच्छ हवादार, सूखा और हानिकारक वस्तुओं से मुक्त रख सकता है।

संतोष—संतोष या समाधान द्वारा अभ्यास प्राप्त करना होगा। जो चित्त संतुष्ट(प्रसन्न) नहीं है, एकाग्र नहीं हो सकता। योगी किसी वस्तु का अभाव अनुभव नहीं करता और इसी कारण वह स्वभावत: संतुष्ट है। संतोष योगी को अद्वितीय परमसुख देता है। संतुष्ट व्यक्ति पूर्ण है; कारण, वह परमात्मा के प्रेम को जान गया है और उसने अपने कर्त्तव्य को पूर्ण किया है। वह सुखी है क्योंकि उसने सत्य और आनंद को जाना है।

संतोष और शांति मन की अवस्थाएँ है। जाति, धर्म(मत), संपत्ति और शिक्षा के कारण मनुष्यों में भेद उत्पन्न होते हैं। भेद विरोध को जन्म देते हैं और तब चेतन या अचेतन का कलह होने लगता है जो व्यक्ति को व्याकुल एवं विचलित कर देता है। ऐसी स्थिति में मन एकाग्र नहीं हो सकता है और उसकी शांति अपहृत(नष्ट) हो जाती है। जब वासना रूपी वायु से आत्मदीप की लौ काँपती नहीं है तब संतोष और शांति होती है। साधक मृतक की शून्य शक्ति की खोज नहीं करता है, बल्कि उसकी शांति की खोज करता है जिसकी बुद्धि परमात्मा में दृढ़तापूर्वक स्थित है।

तपस्—मूल शब्द 'तप' है जिससे 'तपस्' बना है। इसका अर्थ है—प्रज्वलित करना, जलाना, चमकाना, कष्ट सहना अथवा उष्णता से जलना। इसलिए इसका अर्थ है, जीवन में एक निश्चित ध्येय की प्राप्ति के लिए किन्हीं भी स्थितियों में सतत अथक प्रयत्न। इसमें पवित्रता, आत्मसंयम और कठिन तपस्या समाविष्ट है। संपूर्ण चरित्र निर्माण का विज्ञान तपस्(तपश्चर्या) के अभ्यास के रूप में माना जा सकता है।

तप दिव्यात्मा से अंतिम मिलन की प्राप्ति का और इस उद्देश्य के मार्ग में बाधक बननेवाली सभी कामनाओं को जलाने का जागृत प्रयत्न है। उचित उद्देश्य जीवन को प्रकाशमान, पवित्र तथा दिव्य बनाता है। इस प्रकार के उद्देश्य के बिना कर्म और प्रार्थना का कोई मूल्य नहीं है। तप के बिना जीवन प्रेमहीन हृदय के समान है। तप के बिना चित्त परमात्मा तक पहुँच नहीं सकता है।

तप तीन प्रकार का है—कायिक, वाचिक तथा मानसिक। ब्रह्मचर्य और अहिंसा कायिक तप है। ऐसे वचन का प्रयोग करना जो कष्ट न दे, परमात्मा का गुणगान करना, अपने(स्वयं के) लिए परिणाम का विचार किए बिना सत्य कथन करना और दूसरों

की निंदा न करना वाचिक तप है। मानसिक स्थिति का विकास करना, जिससे व्यक्ति सुख और दुःख में शांत और संतुलित रहता है और आत्मसंयम करता है, मानसिक तप है।

जब व्यक्ति स्वार्थपूर्ण उद्देश्य अथवा पुरस्कार की आशा के बिना और परमात्मा की इच्छा के बिना तृण का एक पत्ता भी हिल नहीं सकता है, इस प्रकार पूर्ण विश्वास के साथ कार्य करता है तो यह तप है।

योगी तप से शरीर, मन, और चरित्र की शक्ति का विकास करता है। वह साहस, ज्ञान, स्थिरता, खरापन और सादगी प्राप्त करता है।

स्वाध्याय–'स्व' का अर्थ है स्वयं और अध्याय का अर्थ अध्ययन या शिक्षण। व्यक्ति के अंदर जो उत्तम है उसे प्रकट करना शिक्षण है। इसलिए स्वाध्याय आत्म-अध्ययन है।

स्वाध्याय, व्याख्यान जैसे एकमात्र उपदेश सुनने से भिन्न है–जहाँ व्याख्याता अपने श्रोताओं के अज्ञान पर अपनी विद्वत्ता का बाह्य प्रदर्शन करता है। जब लोग स्वाध्याय के लिए एकत्र होते हैं तब वक्ता और श्रोता एक विचार के होते हैं और उनमें परस्पर प्रेम और आदर की भावना होती है। धर्मोपदेश नहीं किया जाता परंतु अंतःकरण एक-दूसरे से कहते-सुनते हैं। उन्नत विचार जो स्वाध्याय से निकलते हैं वे व्यक्ति की रक्तवाहिनी में पहुँचते हैं, जिससे वे व्यक्ति के जीवन और अस्तित्व के अंग हो सकें।

व्यक्ति स्वाध्याय का अभ्यास करते हुए अपने स्वयं की जीवन-पुस्तक पढ़ता है, उसी समय वह उसे लिखता है और उसकी आवृत्ति करता है। जीवन के प्रति उसके दृष्टिकोण में परिवर्तन होता है। वह अनुभव करने लगता है कि सारी सृष्टि भोग के लिए नहीं, अपितु भक्ति के लिए है, सारी सृष्टि दिव्य है, दिव्यता स्वयं उसमें भी है और जो शक्ति उसमें है वही शक्ति संपूर्ण विश्व को चलायमान करती है।

श्री विनोबा भावे के अनुसार स्वाध्याय एक विषय का अध्ययन है जो आधार अथवा अन्य सभी विषयों या क्रियाओं का मूल है, जिस पर दूसरे अवलंबित हैं, परंतु जो स्वयं किसी(वस्तु) पर आधारित नहीं होता।

जीवन स्वस्थ, प्रसन्न एवं शांत बनाने के लिए पवित्र स्थान में दिव्य(धार्मिक) ग्रंथों का नियमित अध्ययन आवश्यक है। संसार के धार्मिक ग्रंथों का यह अध्ययन साधक को ध्यान केंद्रित करने में और जीवन की कठिन समस्याओं के, जब वे उपस्थित होंगी, सुलझाने में समर्थ बनाएगा। यह अज्ञान को मिटाकर ज्ञान को सुलभ कराएगा। अज्ञान का प्रारंभ नहीं है परंतु उसका अंत है। ज्ञान का प्रारंभ है परंतु उसका अंत नहीं है। साधक अपनी आत्मा के स्वभाव को स्वाध्याय से जान लेता है और दिव्य से संपर्क साधता है। संसार की धार्मिक पुस्तकें सभी के पढ़ने के लिए हैं। उनका उद्देश्य केवल एक विशेष विश्वास के मानने वाले सदस्यों के लिए नहीं है। जिस प्रकार मधुमक्खियाँ अनेक फूलों से मधु संचय करती हैं, उसी प्रकार साधक दूसरे के

विश्वास की बातों को आत्मसात करता है जो उसे अपने विश्वास का अधिक अच्छी तरह मूल्यांकन करने के लिए योग्य बनाते हैं।

जैसे भाषाशास्त्र स्वयं कोई भाषा नहीं, अपितु भाषाओं का विज्ञान है, जिसका अध्ययन विद्यार्थी को उसकी अपनी भाषा भलीभाँति समझने के योग्य बनाता है, इसी प्रकार योग स्वयं में कोई धर्म नहीं है। यह अनेक धर्मों का शास्त्र है जिसका अध्ययन साधक को अपने स्वयं के विश्वास का अधिक अच्छी तरह मूल्यांकन करने के योग्य बनाता है।

ईश्वरप्रणिधान–व्यक्ति द्वारा अपने कर्म और इच्छा का ईश्वर को समर्पण ईश्वरप्रणिधान है। जिसे ईश्वर पर विश्वास है वह निराश नहीं होता। उसमें तेज होता है। जो यह जानता है कि संपूर्ण सृष्टि ईश्वरीय है, वह अहंकार से कभी न फूलेगा और न शक्ति सामर्थ्य का मतवाला होगा। वह स्वार्थपूर्ण प्रयोजनों(उद्देश्यों) के लिए नहीं झुकेगा, उसका मस्तक एकमात्र पूजा में ही नत होगा। जब मन की पवनचक्की द्वारा भक्तिजल प्रवाहित होता है तब उसका परिणाम मानसिक शक्ति और आध्यात्मिक तेज होता है। जहाँ बिना भक्ति के केवल शारीरिक शक्ति प्राणघातक है वहीं बिना चारित्रिक बल के निरी भक्ति अफीम मिली हुई ओषधि के समान है। विषयसुख की बुरी आदत से शक्ति और गौरव(दिव्यता) का विनाश होता है। इंद्रियों की तृप्ति से मोह और लोभ उत्पन्न होते हैं; कारण, इंद्रियाँ पुनः पुनः तृप्ति की प्राप्ति के लिए सुख के पीछे दौड़ती हैं। यदि विषयों की तृप्ति नहीं होती है तो शोक होता है। उन्हें ज्ञान और सहनशीलता(क्षमा) से सही मार्ग की ओर मोड़ना चाहिए। मन को वश में करना अत्यंत कठिन है। जब व्यक्ति अपने सभी उपायों से थक जाता है और फिर भी जब उसे सफलता नहीं मिलती है तब वह परमात्मा की ओर सहायता के लिए उन्मुख होता है; कारण वह सभी शक्तियों का स्रोत है। यह वह अवस्था है जब भक्ति का उद्‌भव होता है। भक्ति में मन, बुद्धि और इच्छा परमात्मा के शरण होती हैं और साधक प्रार्थना करता है–"मैं नहीं जानता कि मेरे लिए क्या अच्छा(उचित) है। तू जो करेगा वही होगा।" दूसरे अपनी इच्छाओं के तृप्त होने या पूर्ण होने के लिए प्रार्थना करते हैं। भक्ति अथवा पूर्ण प्रेम में 'मैं' और 'मेरा' का कोई स्थान नहीं है। जब 'मैं' और 'मेरा' की भावना लुप्त हो जाती है तब व्यक्ति की आत्मा पूर्ण विकास को प्राप्त होती है।

जब मन व्यक्तिगत तृप्ति की इच्छाओं से रिक्त कर दिया गया है तब उसे परमात्मा के ध्यान से पूर्ण करना चाहिए। व्यक्तिगत तृप्ति के विचारों से पूर्ण मन में विषयवासना के पीछे मन को खींचनेवाली इंद्रियों का धोखा है। इच्छाओं से रिक्त किए बिना मन का भक्ति के अभ्यास का प्रयास गीले ईंधन से अग्नि निर्माण करने के समान है। यह धुआँ ही धुआँ करता है और इस प्रकार अग्नि प्रज्वलित करनेवाले व्यक्ति और उसके इर्दगिर्द के लोगों की आँखों में पानी(अश्रु) लाता है। वासना(इच्छा) से पूर्ण मन को जब ज्ञान-अग्नि से छूते हैं तब न तो अग्नि सुलगती है, न प्रज्वलित होती है, न प्रकाश

उत्पन्न होता है, न उष्णता प्राप्त होती है। परमात्मा का नाम सारे अंधकार को दूर करनेवाले सूर्य के समान है। जब चंद्रमा सूर्य के सम्मुख होता है तब पूर्ण होता है। व्यक्ति की आत्मा पूर्णता का अनुभव तब करती है जब वह परमात्माभिमुख होती है। जब पूर्ण चंद्र और सूर्य के बीच पृथ्वी की छाया होती है तब चंद्रग्रहण होता है। यदि 'मैं' और 'मेरा' की भावना अपनी छाया पूर्णत्व की अनुभूति पर डालती है तो साधक के शांति प्राप्ति के सभी प्रयत्न व्यर्थ हो जाते हैं।

मनुष्य का व्यक्तित्व उसके वचनों की अपेक्षा उसके कार्यों में प्रतिबिंबित होता है। योगी ने परमात्मा को सारे कर्मों को समर्पित करने की कला सीखी है और इस कारण वे कर्म उसके अंदर दिव्यता प्रतिबिंबित(प्रकट) करते हैं।

आसन

योग का तीसरा अंग 'आसन' या 'शारीरिक स्थिति' है। आसन से स्थिरता, स्वास्थ्य तथा अंग में हलकापन आता है। स्थिर और सुखकर शारीरिक स्थिति मानसिक संतुलन लाती है और मन की चंचलता को रोकती है। आसन शारीरिक व्यायाम मात्र नहीं हैं; वे शारीरिक स्थितियाँ हैं। उन्हें करने के लिए स्वच्छ हवादार जगह, एक कंबल और निश्चय(संकल्प) की आवश्यकता है जब कि शारीरिक शिक्षण की अन्य प्रणालियों के लिए विशाल मैदान और कीमती उपकरणों की आवश्यकता होती है। आसन अकेले में किए जा सकते हैं; चूँकि शरीर के अंग आवश्यक भार और प्रतिभार देते हैं, व्यक्ति आसनों के अभ्यास से चपलता, संतुलन, धैर्य और महान चेतनत्व की वृद्धि करता है। शताब्दियों पूर्व शरीर की प्रत्येक मांसपेशी, नाड़ी और ग्रंथि को प्रयोग में लाने के लिए आसनों का विकास हुआ है। वे सुंदर शरीर की बनावट को सुरक्षित रखते हैं जो पुष्ट और मांसपेशियों के गठित हुए बिना भी लचीला होता है। वे शरीर को सभी प्रकार की बीमारियों से मुक्त रखते हैं। वे थकान मिटाते हैं और नाड़ियों की पीड़ा कम करते हैं। परंतु उनका वास्तविक महत्त्व इसमें है कि वे मन को साधते हैं और अधीन करते हैं।

अनेक अभिनेता, नट, पहलवान, नर्तक, संगीतकार और खिलाड़ी भी शरीर की बनावट(डील डौल) उत्तम रखते हैं और शरीर पर उनका काफी नियंत्रण रहता है, फिर भी वे मन, बुद्धि और स्वयं पर नियंत्रण रखने में असमर्थ होते हैं। इसलिए वे स्वयं में बेसुरापन(अव्यवस्थितता) लिए होते हैं और उनमें से बिरला ही कोई संतुलित व्यक्तित्व रखता है। अन्य सभी बातों से वे शरीर को अधिक महत्त्व देते हैं। यद्यपि योगी शरीर को कम नहीं मानता, पर केवल उसके कार्य व्यापार का ही विचार नहीं करता अपितु वह अपनी इंद्रियों, मन, बुद्धि और आत्मा के बारे में भी विचार करता

है। योगी आसनों के अभ्यास से शरीर पर विजय प्राप्त करता है और उसे आत्मा के योग्य साधन बनाता है। वह जानता है कि आत्मा के लिए यह आवश्यक साधन है। आत्मा शरीर के बिना उस पक्षी के समान है जो उड़ने की शक्ति से वंचित(किया गया) है।

योगी मृत्यु से भयभीत नहीं होता। कारण, काल तो सारे मांस में से अपना कर अवश्य लेगा। वह जानता है कि शरीर निरंतर परिवर्तन को प्राप्त होता है और बचपन, जवानी और बुढ़ापे से प्रभावित होता है। जन्म और मृत्यु स्वाभाविक घटनाएँ हैं, परंतु आत्मा जन्म और मृत्यु का विषय नहीं है। जिस प्रकार मनुष्य पुराने वस्त्रों को उतार कर नए वस्त्र धारण करता है, उसी प्रकार शरीर का निवासी(आत्मा) पुराने शरीरों को छोड़कर दूसरे नए शरीरों में प्रवेश करता है।

योगी का विश्वास है कि उसका अपना शरीर परमात्मा द्वारा उसे केवल सुख-भोग के लिए ही नहीं दिया गया है, अपितु जीवन के प्रत्येक जागृत क्षण में अपने साथियों की सेवा के लिए भी प्रदत्त है। वह उसे अपनी संपत्ति नहीं मानता। वह जानता है कि परमात्मा, जिसने उसे शरीर दिया है, एक दिन उसे वापस ले लेगा।

आसनों के करने से योगी सर्वप्रथम स्वास्थ्य लाभ करता है। स्वास्थ्य कोई ऐसी चीज़ नहीं है जिसे पैसे से खरीदा जा सके। यह एक पूँजी है जो कठिन श्रम से ही प्राप्त की जाती है। यह शरीर, मन और आत्मा के पूर्ण संतुलन की अवस्था है। शारीरिक विस्मृति और मानसिक चेतना ही स्वास्थ्य है। योगी आसनों के अभ्यास से शारीरिक असमर्थता और मानसिक बाधाओं से स्वयं को मुक्त कर लेता है। वह संसार की सेवा में परमात्मा को अपने कर्म और फलों को समर्पित करता है।

योगी अनुभव करता है कि उसका जीवन और उसके सारे कार्य-कलाप मनुष्य के रूप में क्रियान्वित करना और प्रकट करना स्वभावतः दिव्य कर्म का एक अंश है। अपनी नाड़ी की धड़कन में और श्वासोच्छ्वास की लय में वह कालगति(ऋतु) की धारा और विश्वजीवन के स्पंदन का अनुभव करता है। उसका शरीर दिव्य ज्योति(स्फुल्लिंग) का मंदिर है। वह समझता है कि शरीर की आवश्यकताओं की उपेक्षा करना या उन्हें अस्वीकार करना और शरीर को कुछ ऐसा समझना कि वह दिव्य नहीं है, विश्वजीवन की उपेक्षा कर के उसे अस्वीकार करना है जिसका कि शरीर एक अंग है। शरीर की आवश्यकताएँ दिव्यात्मा की आवश्यकताएँ हैं, जिसका शरीर में निवास है। योगी परमात्मा की प्राप्ति(खोज) के लिए आकाश की ओर नहीं ताकता; कारण, अंतरात्मा के रूप में जाना गया वह उसके अंदर है। वह परमात्मा का साम्राज्य अपने अंदर और बाहर अनुभव करता है और उस आकाश को वह अपने अंदर ही पाता है। शरीर कहाँ समाप्त होता है और मन कहाँ प्रारंभ होता है? मन की समाप्ति कहाँ है और आत्मा का प्रारंभ कहाँ है? इस प्रकार इनका विभाजन नहीं किया

जा सकता; कारण, ये एक-दूसरे से संबंधित हैं और फिर भी ये उसी विभु दिव्य चैतन्य के ही विभिन्न पहलू हैं।

योगी शरीर या मन की उपेक्षा कभी नहीं करता और न कभी उनका दमन ही करता है बल्कि वह उन दोनों को प्रोत्साहित करता है। शरीर उसके लिए न तो उसकी आत्ममुक्ति में बंधन है और न उसके पतन का कारण; बल्कि वह ज्ञानप्राप्ति का उपकरण है। वह ऐसा शरीर चाहता है जो वज्र की तरह कठोर हो, स्वस्थ हो, दुःख-रहित हो, जिससे परमात्मा की सेवा के लिए प्राप्त उस शरीर को वह उसे समर्पित कर सके। जैसा कि **मुण्डकोपनिषद्** में बतलाया गया है, व्यक्ति बिना शक्ति और बिना उद्देश्य के अनायास पूर्णत्व को प्राप्त नहीं हो सकता है। जिस प्रकार मिट्टी का कच्चा घड़ा पानी में गल जाता है, उसी प्रकार शरीर शीघ्र ही क्षीण हो जाता है। इसलिए शरीर को शक्तिसंपन्न बनाने और उसे पवित्र करने के लिए योगानुशासन की अग्नि में तपाएँ। आसनों के नाम अर्थपूर्ण हैं और विकास के तत्त्व को स्पष्ट करते हैं। कुछ आसनों के नाम वृक्ष(पेड़) और पद्म(कमल) जैसे वनस्पति संबंधी हैं; कुछ के नाम शलभ(टिड्डी) और वृश्चिक(बिच्छू) जैसे कीड़ों पर हैं; कुछ के नाम मत्स्य(मछली), कूर्म(कछुआ), भेंक(मेढ़क) अथवा नक्र(मगर) जैसे जलचर और उभयचर(स्थल एवं जल दोनों में रहनेवाले) प्राणियों के नाम पर हैं। कुछ आसनों के नाम कुक्कुट(मुर्गा), बक(बगुला), मयूर(मोर) और हंस जैसे पक्षियों के नाम पर आधारित हैं। कुछ के नाम श्वान(कुत्ता), वातायन(घोड़ा), उष्ट्र(ऊँट) और सिंह जैसे चौपायों पर भी हैं। न तो भुजंग(सर्प) जैसे रेंगनेवाले प्राणी भुलाए गए हैं और न मानव के गर्भपिंड जैसी स्थिति छूटी(विस्मृत) है। वीरभद्र और पवनसुत हनुमान जैसे पौराणिक महापुरुषों के नाम पर आसन संबोधित हैं। भारद्वाज, कपिल, वसिष्ठ और विश्वामित्र के नाम पर आधारित होने के कारण आसनों के नाम से इनका स्मरण कर लिया जाता है। कुछ आसनों के नाम हिंदू मंदिरों के देवताओं के नाम पर हैं और कुछ अवतार या दिव्य शक्ति के शरीर धारण के नाम पर आधारित हैं। आसन करते समय योगी का शरीर भिन्न-भिन्न प्राणियों के समान अनेक आकृति ग्रहण करता है। उसका मन किसी प्राणी से घृणा न करने में प्रशिक्षित है; कारण, वह जानता है कि सृष्टि के संपूर्ण विस्तार में, छोटे से छोटे कृमि से लेकर बड़े से बड़े अत्यंत पूर्ण साधु(महर्षि) तक, वही विश्वात्मा, जो असंख्य रूपों को ग्रहण करता है, श्वास लेता है। वह जानता है कि निराकार रूप ही उसका सबसे महान रूप है। वह विश्वव्यापकता में एकता पाता है। सच्चा आसन वह है जिसमें साधक के मन में ब्रह्म का विचार सहज एवं निरंतर प्रवाहित होता रहता है।

आसनों पर अधिकार प्राप्त करने पर लाभ-हानि, जय-पराजय, यश-अपयश, शरीर-मन, मन-आत्मा इस प्रकार की द्वैध अवस्था नष्ट हो जाती है और तब साधक योगमार्ग की चौथी स्थिति प्राणायाम को पहुँचता है। प्राणायाम के अभ्यास में नासिकाएँ, नासिका

के मार्ग, झिल्लियाँ, वायुप्रणाली, फुप्फुस और उर:प्राचीर ये शरीर के अवयव ही सक्रियता से समाविष्ट किए जाते हैं। ये अकेले में जीवनश्वास प्राण के प्रभाव के पूर्ण समघात(टक्कर) का अनुभव करते हैं। इसलिए जल्दबाजी में प्राणायाम का पूर्ण ज्ञान प्राप्त करना(अधिकार प्राप्त करना) न सोचें। कारण, आप इस प्रकार जीवन से ही खेल रहे हैं। इसके अनुचित अभ्यास से श्वास संबंधी रोग होंगे और नाड़ीमंडल अव्यवस्थित हो जाएगा। इसके समुचित अभ्यास से व्यक्ति अनेक रोगों से मुक्त किया जा सकता है। आप अकेले में स्वयं प्राणायाम का अभ्यास करने का प्रयास कदापि न करें; कारण, गुरु का व्यक्तिगत निरीक्षण अत्यंत आवश्यक है, जो अपने शिष्य की शारीरिक शक्ति को जानता है।

प्राणायाम

जिस प्रकार 'योग' शब्द का व्यापक अर्थ है उसी प्रकार 'प्राण' का भी। 'प्राण' का अर्थ श्वास, श्वासोच्छ्वास, जीवन, चैतन्य, वायु, ऊर्जा या शक्ति है। 'शरीर' के विपरीत 'आत्मा' अर्थ भी यह सूचित करता है। साधारणत: जीव संबंधी अति आवश्यक प्राणवायु के लिए इस शब्द का बहुवचनात्मक प्रयोग होता है। 'आयाम' का अर्थ लंबाई, विस्तार, कसाव या प्रतिरोध है। इस प्रकार प्राणायाम शब्द का अर्थ श्वासों की व्याप्ति-विस्तार एवं नियंत्रण है। श्वासों के सभी प्रकार के कार्य-संपादन पर यह नियंत्रण होता है; जैसे 1. श्वसन, जिसे 'पूरक'(वायु से भरना) कहते हैं; 2. उच्छ्वसन, जिसे 'रेचक' (फुप्फुस को वायु से रिक्त करना) कहते हैं और 3. श्वासों की रोक-थाम का कारण, जिसे 'कुंभक' कहते हैं। यह वह स्थिति है जिसमें श्वास लेने और श्वास निकालने की दोनों ही स्थितियाँ नहीं होतीं। हठयोग सिद्धांत में 'कुंभक' एक स्वतंत्र व्यापक अर्थ में प्रयुक्त होता है जिसमें श्वास संबंधी तीनों विधियों(प्रक्रियाओं)—श्वसन, उच्छ्वसन एवं धारण(पूरक, रेचक तथा कुंभक) का समावेश है।

कुंभ का अर्थ है घड़ा, गागर, सुराही। घड़ा पूर्णतया वायु से रिक्त किया जा सकता है और पूरी तौर से पानी से भरा जा सकता है अथवा सारा पानी निकाला जा सकता है और पूर्णतया वायु से भरा जा सकता है। उसी प्रकार कुंभक की दो स्थितियाँ हैं। वे हैं—1. पूर्ण श्वास लेने के बाद जब श्वसन क्रिया कुछ क्षणों के लिए रुक जाती है(प्राणवायु से फुप्फुस पूर्णत: भर दिए जाते हैं), और 2. पूर्ण उच्छ्वसन के उपरांत जब श्वसन क्रिया कुछ क्षणों के लिए रुक जाती है(अपाय-कारक वायु से फुप्फुस पूर्णत: रिक्त कर दिया जाता है)। इन अवस्थाओं में से प्रथम अवस्था, जब कि पूर्ण श्वास लेने के बाद श्वसन क्रिया कुछ क्षणों के लिए रुक जाती है परंतु उच्छ्वसन क्रिया प्रारंभ नहीं होती है उसे अंतर-कुंभक कहते हैं। दूसरी अवस्था है—पूर्ण रूप से श्वास निकालने के बाद जब उच्छ्वसन क्रिया कुछ क्षणों के लिए रुक जाती है परंतु

श्वसन क्रिया प्रारंभ नहीं होती है, उसे बाह्य कुंभक कहते हैं। अंतर का अर्थ है अंदर और बाह्य का अर्थ है बाहर। इस प्रकार कुंभक पूर्ण श्वसन और उच्छ्वसन के मध्य की कालावधि(अंतर-कुंभक) अथवा पूर्ण उच्छ्वसन और श्वसन के मध्य की कालावधि(बाह्य-कुंभक) है। इन दोनों ही प्रकारों में श्वास कुछ क्षणों के लिए रोका जाता है और नियंत्रित किया जाता है।

इस प्रकार प्राणायाम श्वासविज्ञान है। यह धुरी है जिसके चारों ओर जीवन-चक्र घूमता है। **हठयोग प्रदीपिका**(अध्याय 2 श्लोक 16) सचेत करती है, "जिस प्रकार सिंह, हाथी और बाघ को धीरे-धीरे और सतर्कता से साधा जाता है उसी प्रकार प्राण को भी किसी की शारीरिक शक्ति और क्षमता के अनुसार श्रेणियों में मापन कर शनैः शनैः नियंत्रण में लाना चाहिए। अन्यथा यह साधक का प्राण ले लेता है।"

योगी का आयुमान दिनों की गणना से नहीं परंतु उसके श्वासों की गणना से होता है। इसलिए वह धीमे, गहरे श्वास लेने का उचित सुरबद्ध, लयबद्ध ढंग अपनाता है। ये सुरबद्ध ढंग ही श्वास प्रणाली को सशक्त करते हैं, नाड़ीमंडल को शांत करते हैं और लालसा को कम करते हैं। ज्यों ज्यों इच्छाएँ और लालसाएँ मिटती जाती हैं, मन मुक्त होने लगता है और एकाग्रता के लिए उपयुक्त साधन बन जाता है। प्राणायाम के गलत अभ्यास से, साधक अपने अंदर अनेक रोगों–जैसे हिचकी, वातरोग, दमा, खाँसी, जुकाम; सर, आँखों और कानों में दर्द तथा नाड़ीमंडल का चिड़चिड़ापन–को पैदा कर लेता है। धीरे, गहरे, स्थिर और उचित श्वास लेने और श्वास निकालने की क्रिया सीखने के लिए अधिक समय लगता है। कुंभक करने के पूर्व इसपर पूर्ण अधिकार प्राप्त करें। जिस प्रकार वायु द्वारा राख के आवरण हटाए जाने पर अग्नि प्रज्वलित हो जाती है, उसी प्रकार प्राणायाम के अभ्यास से वासनाओं के मिट जाने पर शरीर के अंदर की दिव्य ज्योति अपनी पूर्ण महिमा के साथ प्रकाशमान हो उठती है। "मन को उसके समस्त भ्रम से रिक्त करना ही वास्तव में शुद्ध 'रेचक' है।" "मैं आत्मा हूँ" की अनुभूति ही सही 'पूरक' है और इस दृढ़ विश्वास पर मन का स्थिरीकरण सही अर्थों में 'कुंभक' है। "यही शुद्ध प्राणायाम है"–ऐसा शंकराचार्य ने कहा है।

प्रत्येक जीवंत प्राणी प्रत्येक श्वास के साथ अनजाने ही 'सोहम्'(सः= वह; अहम्= मैं– वह अविनाशी पुरुष मैं हूँ) जप का श्वास लेता है। उसी प्रकार प्रत्येक प्राणी प्रत्येक उच्छ्वास से 'हं सः'(मैं वह हूँ) का जप करता है। यह अजप मंत्र प्रत्येक जीवंत प्राणी के जीवनकाल में सतत चलता रहता है। योगी इस अजप-मंत्र की महत्ता का भलीभाँति अनुभव करता है और इसलिए आत्मा को बाँध देनेवाले सारे बंधनों से वह मुक्त हो जाता है। वह अपने उसी श्वास को त्याग के रूप में परमात्मा को समर्पित कर देता है और परमात्मा से आशीर्वाद रूप में जीवन का श्वास ग्रहण करता है।

जीवात्मा के शरीर में प्राण परमात्मा के जागतिक श्वास का अंश है। प्राणायाम के अभ्यास द्वारा व्यक्ति के श्वास(पिंड प्राण) को जागतिक श्वास(ब्रह्मांड प्राण) से समस्वरता में लाने का प्रयास किया जाता है।

सत्रहवीं शताब्दी के रहस्यवादी करीबा एक्केन ने कहा है–"यदि तुम अपनी शांत प्रकृति(आत्मा) को प्रबुद्ध या प्रोत्साहित करना चाहते हो तो पहले अपनी श्वासक्रिया को व्यवस्थित करो। कारण, जब वह नियंत्रण(वश) में होगी तभी हृदय को शांति प्राप्त होगी। परंतु जब श्वास क्रिया अव्यवस्थित है तो उससे हानि पहुँचेगी। इसलिए किसी प्रकार का कार्य करने के पूर्व पहले श्वास को नियंत्रित करो, जिससे तुम्हारे स्वभाव में कोमलता आएगी और प्रकृति शांत होगी।"

चित्त(मन, बुद्धि एवं अहंकार) शक्तिशाली अश्वों द्वारा खींचे जानेवाले रथ के समान है। इन अश्वों में एक है प्राण(श्वास) और दूसरी वासना है। इन दोनों में जो अधिक शक्तिशाली है, उस दिशा में ही रथ(मनोरथ) चलता है। यदि श्वास प्रबल रहा तो इच्छाएँ वशीभूत होती हैं, इंद्रियों पर नियंत्रण रहता है और चित्त स्थिर रहता है। यदि वासना अधिक प्रबल होती है तो श्वास अव्यवस्थित होता है, चित्त(मन) अस्थिर एवं दुखी हो जाता है। इसलिए योगी श्वास विज्ञान(प्राणायाम) पर अधिकार प्राप्त करते हैं और श्वासों के नियंत्रण तथा व्यवस्था से वे चित्त को वश में करते हैं और उसकी निरंतर हलचल को स्थिर कर देते हैं। प्राणायाम करते समय मन को इधर-उधर भटकने से रोकने के लिए आँखें बंद की जाती हैं। जब प्राण और मन का संयोग हो जाता है तब अनिर्वचनीय आनंद की प्राप्ति होती है(**हठयोग प्रदीपिका**, अध्याय 4, श्लोक 30)।

भावनामय उत्तेजन श्वास की गति को प्रभावित करता है; उसी प्रकार संयमित श्वास प्रणाली भावनापूर्ण उत्तेजन को नियंत्रित करती है। चूँकि योग का एकमात्र उद्देश्य चित्त (मन) को वशीभूत एवं स्थिर करना है, योगी श्वास पर अधिकार प्राप्त करने के लिए सर्वप्रथम प्राणायाम सीखता है। यह उसे इंद्रियों को वश में करने के योग्य बनाता है, जिससे वह प्रत्याहार की अवस्था में पहुँचे। तभी मन ध्यान के लिए तैयार होगा।

मन की दो अवस्थाएँ बतलाई गई हैं–शुद्ध तथा अशुद्ध । जब मन वासनाओं से पूर्णतः मुक्त होता है तब शुद्ध और जब वासनायुक्त होता है तब अशुद्ध होता है। मन को निश्चल(स्थिर) करने तथा आलस्य और विघ्नों(व्याकुलताओं) से मुक्त करने से व्यक्ति अमनस्क की अवस्था को प्राप्त होता है, जो समाधि की सर्वोत्तम अवस्था है। अमनस्क की अवस्था उन्माद या अज्ञान नहीं है अपितु मन की चेतनावस्था है जब कि वह सभी प्रकार के विचारों और वासनाओं से मुक्त रहता है। एक ओर निर्बुद्ध या उन्मत्त व्यक्ति और दूसरी ओर अमनस्क की अवस्था की प्राप्ति करनेवाले योगी, इन दोनों में बहुत बड़ा अंतर है। पहला असावधान है, दूसरा चिंतामुक्त होने के लिए प्रयत्न करता है। यह श्वास और चित्त(मन) की एकता है और इसी प्रकार इंद्रियों के

अस्तित्व एवं विचार की सभी अवस्थाओं का आत्मसमर्पण है जिसे योग की संज्ञा दी गई है।

प्राणवायु–शक्ति के अत्यंत सूक्ष्म रूपों में से वायु एक है। यह व्यापक शक्ति जो मानव शरीर में भी व्याप्त है, शक्ति द्वारा संपादित किए जाने वाले विविध कार्यों के अनुसार हठयोग सिद्धांत में पाँच मुख्य श्रेणियों में वर्गीकृत है। इन्हें 'वायु' कहते हैं और उनके पाँच मुख्य भेद हैं–**प्राण**(लाक्षणिक नाम का प्रयोग विशिष्ट अर्थ में किया गया है) जो हृदय-प्रदेश में चलता है और श्वासोच्छ्वास को नियंत्रित करता है; **अपान** जो जठर के निचले अंतराल में चलता है और मूत्र निकालने की क्रिया को नियंत्रित करता है। **समान** जो पाचनक्रिया की सहायता के लिए पाचक-अग्नि को ईंधन देता है। **उदान** जो वक्ष:स्थल के छिद्रों में संचरित होता है और वायु और अन्न की नलिका के प्रवेश-मार्ग को नियंत्रित करता है, और **व्यान** जो सारे शरीर को व्याप्त करता है और अन्न और श्वास से उद्‌भूत शक्ति का विभाजन करता है। इसके अतिरिक्त और भी पाँच सहायक वायु हैं। ये हैं–नाग जो जठर के दबाव को डकार द्वारा दूर करता है; कूर्म जो बाहरी वस्तुओं तथा तेज प्रकाश के आँखों में प्रवेश को रोकने के हेतु पलकों की हलचल नियंत्रित करता है। कृकर जो छींक या खाँसी के होने से किसी वस्तु को नासिका से ऊपर या गले से नीचे जाने से रोकता है; देवदत्त जो थके शरीर में जँभाई के होने से अतिरिक्त प्राणवायु की पूर्ति करता है, और धनंजय जो मृत्यु के अनंतर भी शरीर में रहता है और कभी-कभी मृतक शरीर(शव) को फुला देता है।

प्रत्याहार

यदि मनुष्य की बुद्धि इंद्रियों के वश में होती है तो वह अपना आपा खो बैठता है। इसके विपरीत यदि श्वास का सुसंगत नियंत्रण हो, तो इंद्रियाँ वासना के बाह्य विषयों के पीछे भागने के बजाय अंतर्मुखी हो जाती हैं और मनुष्य उनके क्रूर शासन से मुक्त हो जाता है। प्रत्याहार नाम की यह पाँचवीं योगावस्था है जहाँ इंद्रियाँ वश में की जाती हैं।

जब यह अवस्था प्राप्त होती है तब साधक आत्मपरीक्षण की खोज के मार्ग से जाता है। इंद्रिय-विषयों के तीव्र परंतु आकर्षक इंद्रजाल पर विजय प्राप्त करने के लिए उसे अपनी इच्छा के विषयों के स्रष्टा का अपने मन में स्मरण करते हुए भक्ति के पृथक्करण की आवश्यकता होती है। उसे अपने पवित्र(दिव्य) पैतृक ज्ञानदीप की आवश्यकता होती है। वास्तव में मनुष्य जाति(मनुष्यमात्र) के लिए दासता एवं मुक्ति का कारण मन है। जब यह वासना के विषयों के बंधन में होता है तब दासता और जब यह विषयों से निर्लिप्त होता है तो मुक्ति का कारण बनता है। जब मन किसी

वस्तु की कामना करता है, उसके लिए शोक करता है या दु:खी होता है तो दासता होती है। जब सभी इच्छाएँ और भय निर्मूल हो जाते हैं तब मन पवित्र हो जाता है। अच्छा(उचित एवं आवश्यक) तथा प्रीतिकर दोनों मनुष्य के सामने स्वयं उपस्थित होते हैं और उसे कर्म के लिए प्रोत्साहित करते हैं। योगी मौज की अपेक्षा अच्छे को चाहता है। अपनी इच्छाओं के वशीभूत अन्य लोग अच्छे की अपेक्षा मौज को चाहते हैं और जीवन के सही उद्देश्य(लक्ष्य) को भूल जाते हैं। योगी जैसा(जिस स्थिति में) है उसी में आनंद का अनुभव करता है। किस प्रकार(कैसे) रहना है यह उसे मालूम है इसलिए वह शांतिपूर्वक रहता है। अच्छी तरह जानते हुए कि जो विष के समान कटु है, परंतु जिसका परिणाम अमृत के समान मधुर होगा, सर्वप्रथम वह उसे पसंद करता है और उसके लिए अपने अभ्यास में निरंतर प्रयास करता है। दूसरे अपनी वासनाओं के विषयों से अपने इंद्रियों के मिलन(तृप्ति) के लिए उत्कंठित होकर उसे पसंद करते हैं जो पहले तो अमृत के समान मधुर लगता है परंतु वह नहीं जानता कि अंत में वह इतना कटु होगा जितना कि विष!

योगी जानता है कि विषय-वासनाओं द्वारा इंद्रिय की संतुष्टि का मार्ग विस्तृत है, परंतु वह नाश की ओर ले जाता है और अनेकों उस पथ का अनुसरण करते हैं। योग का पथ छुरे की तेज़ धार की तरह संकीर्ण और चलने में कठिन है और कुछ ही उसे अपनाते हैं। योगी जानता है कि विनाश और मुक्ति(कैवल्य) का मार्ग उसके अंदर ही है।

हिंदू दर्शन के अनुसार चैतन्य तीन भिन्न गुणों में प्रगट होता है। मनुष्य के लिए संपूर्ण जगत के साथ उसका जीवन और उसकी चेतना एक की उत्पत्ति है और वही प्रकृति(जागतिक वस्तु या पदार्थ)–उत्पत्ति गुणों में से किसी एक गुण की विशेषता से पृथक रूप से अभिहित है। गुण ये हैं–

1) सत्त्व(प्रकाशमान, पवित्र अथवा अच्छा गुण) जो शुद्धता और मानसिक शांति की ओर ले जाता है।

2) रज(अस्थिरता या क्रियाशीलता का गुण) जो व्यक्ति को क्रियाशील तथा स्फूर्तियुक्त, दृढ़ तथा संकल्पवान बनाता है, और

3) तम(अंधकार तथा अवरोध का गुण) जो रज की प्रवृत्ति को कार्य करने और सत्त्व को प्रकट होने में विघ्न डालता है और विरोध करता है।

तम के गुण मोह, अंधकार, जड़ता और अज्ञान हैं। जिस व्यक्ति में तम की प्रबलता होती है वह व्यक्ति निश्चेष्ट और जड़ हो जाता है। सत्त्वगुण दैवी प्रवृति को जगाता है, तथा तमोगुण आसुरी प्रवृत्ति को, और इन दोनों के मध्य रजोगुण स्थित है।

अपनाया हुआ विश्वास, पचा हुआ अन्न, किए गए यज्ञ, की गई तपस्याएँ और किया हुआ दान गुणों के प्राबल्य के अनुसार बदलता है।

जिसकी प्रवृत्ति जन्मत: दिव्य की ओर है वह निर्भय और पवित्र है। वह उदार एवं आत्मसंयमी है। वह आत्मचिंतन का अनुसरण करता है। वह अहिंसक, सच्चा तथा क्रोधरहित होता है। केवल कार्य के लिए कार्य करता हुआ वह अपने श्रम के फल का त्याग करता है। वह स्थिरचित्त(संतुलित मन) का होता है और उसमें किसी के प्रति द्वेष नहीं अपितु सभी के प्रति उदारता होती है, कारण वह लालसाहीन होता है। वह नम्र, सौम्य और स्थिर होता है। कपट और गर्व से परे होने के कारण वह प्रकाशमान, नम्र तथा दृढ़ होता है।

जिस मनुष्य में रजोगुण प्रबल होता है उसमें आंतरिक पिपासा होती है और वह प्रेमी होता है। वह कामी और लोभी होता है, इस कारण दूसरों को हानि पहुँचाता है। काम तथा द्वेष, ईर्ष्या एवं कपट पूर्ण होने से उसकी वासनाएँ अतिलोलुप होती हैं। वह अस्थिर, चंचल और सहज विचलित होता है, साथ ही साथ महत्त्वाकांक्षी तथा अति उत्कंठावाला होता है। वह मित्रों की सहायता की खोज करता है और उसे अपने कुल का गर्व होता है। वह दु:खदायक वस्तुओं से दूर रहता है और सुखदायक वस्तुओं से चिपक जाता है। उसकी वाणी कर्कश और उसका उदर लोभी होता है।

जिसने राक्षसी प्रवृत्ति के साथ जन्म लिया वह कपटी, हठी और घमंडी होता है। वह क्रोध, निर्भयता और अज्ञान से भरा होता है। ऐसे आदमी में न तो पवित्रता होती है, न अच्छा चरित्र और न सचाई ही होती है। ऐसे मनुष्य अपनी काम-वासना तृप्त करते हैं। अनेक वासनाओं से व्याकुल, मोहजाल में फँसे हुए उन्हें इंद्रिय सुख के ये व्यसन नरक में ले जाते हैं।

विभिन्न गुणों की प्रधानतावाले व्यक्ति के मन की क्रिया का वर्णन 'तुम लोभ न करो' जैसे जागतिक उपदेश के प्रति उनकी पहुँच के अलग-अलग ढंग से किया जा सकता है। जिस व्यक्ति में तमोगुण की प्रधानता होती है वह इसका अर्थ इस प्रकार लगा सकता है:"दूसरे इस बात का लोभ न करें कि मेरा क्या है और मैंने उसे किस प्रकार प्राप्त किया है। यदि वे ऐसा करेंगे तो मैं उन्हें मिटा दूँगा।" (दूसरे मेरी वस्तु के प्रति आकर्षित होकर ईर्ष्या न करें तथा उसकी प्राप्ति की विधि के बारे में विचार न करें। यदि वे ऐसा करेंगे तो मैं उनका नाश कर दूँगा।) निजी स्वार्थ का विचार करनेवाला व्यक्ति रजोगुण का नमूना है जो इस सीख का इस प्रकार अर्थ करेगा-"मैं दूसरे की वस्तु का लोभ नहीं करूँगा, ऐसा न हो कि वे मेरी वस्तु का लोभ करें"। वह नीति के रूप में नियम के अक्षर का अनुसरण करेगा, परंतु सिद्धांत के रूप में नियम के सच्चे भाव का अनुसरण नहीं करेगा। सात्विक प्रकृति का व्यक्ति नीति के रूप में नहीं वरन् सिद्धांत के रूप में शाश्वत मूल्यांकन करते हुए शिक्षा के अक्षर तथा सच्चे अर्थ का अनुसरण करेगा। वह एकमात्र सच्चाई(न्यायपरायणता) के लिए सच्चा(न्यायपरायण) होगा, और इसलिए नहीं कि मानवीय नियम उसे सच्चे बने रहने के लिए दंड का विधान करते हैं।

योगी जो मनुष्य ही है, इन तीनों से प्रभावित है। वह स्वयं के तथा उसके इंद्रियों को अनुसरण करने के लिए प्रवृत्त करने वाले विषयों के निरंतर एवं नियमित अभ्यास से सीखता है कि कौन से विचार, वचन तथा कर्म तमोगुण से उत्तेजित किए जाते हैं और कौन से रजोगुण से। वह अप्रतिहत प्रयास से तमोगुण से उत्तेजित किए गए विचारों की मलिनता को निकाल बाहर करता है और उन्हें निर्मूल कर देता है तथा मन के सात्विक चौखटे(फ्रेम) को प्राप्त करने की कोशिश करता है। जब एकमात्र सत्त्वगुण शेष रह जाता है तब मनुष्य की आत्मा अंतिम लक्ष्य की ओर बहुत दूर तक आगे बढ़ी होती है।

गुणों का आकर्षण गुरुत्वाकर्षण के समान है। जिस प्रकार अंतरिक्ष में भारहीनता (अवकाश) की विचित्रता के अनुभव की प्राप्ति के लिए गहन अनुसंधान और कठिन अनुशासन की आवश्यकता होती है, उसी प्रकार साधक द्वारा(जो गुणों के आकर्षण से मुक्त है) अंतरिक्ष के स्रष्टा के साथ मिलन की अनुभूति की प्राप्ति के लिए आत्म- परीक्षण की खोज तथा योग द्वारा बतलाए गए अनुशासन की आवश्यकता होती है।

एक बार जब साधक को स्रष्टा की या सृष्टि की पूर्णता की अनुभूति होती है तब उसके इंद्रिय-विषयों की तृष्णा मिट जाती है और वह उन्हें वैराग्य की दृष्टि से सदा देखता है। वह ऊष्मा या शीत में, दुःख या सुख में, मान या अपमान में और पुण्य या पाप में अशांति(मानसिक अस्वस्थता) का अनुभव नहीं करता है। वह दो विरोधी भावनाओं(imposters)–विजय एवं पराजय के साथ स्थिर-चित्त से व्यवहार करता है। वह स्वयं इन(विरोधी) द्वंद्व भावनाओं(pair of opposites) से मुक्त है। वह गुणों(सत्त्वगुण, रजोगुण, तमोगुण) के आकर्षण के पार जा चुका है और गुणातीत (व्यक्ति, जो गुणों का अतिक्रमण कर चुका है) हो गया है। तब वह जन्म और मरण से, वेदना और दुःख से मुक्त है और अमर हो जाता है। उसका अपना व्यक्तित्व नहीं होता है; कारण, वह विश्वात्मा की पूर्णता का अनुभव करता हुआ जीता है। ऐसा व्यक्ति, किसी का तिरस्कार न करते हुए, पूर्णत्व के पथ पर सभी चीज़ों को आगे ले जाता है।

धारणा

जब शरीर आसनों द्वारा साधा गया है, जब मन प्राणायाम की अग्नि से सुसंस्कृत और पवित्र किया गया है और जब इंद्रियाँ प्रत्याहार द्वारा वश में की गई हैं, तब साधक धारणा नामक छठी अवस्था को प्राप्त करता है। यहाँ वह एक केंद्र-बिंदु या कार्य पर पूर्ण रूप से ध्यानस्थ होता है जिसमें वह पूर्णतया तल्लीन होता है। चित्त(मन) की

पूर्ण लवलीनता की इस अवस्था को प्राप्त करने के लिए मन को स्थिर करना आवश्यक है।

मन एक ऐसा साधन है जो बाह्य जगत से होनेवाले एवं स्वयं में(व्यक्ति के अंदर) उठनेवाले प्रभावों का वर्गीकरण करता है, निर्णय करता है एवं समपदीकरण(भागों को उचित संबंध में लाने की प्रक्रिया) करता है।

मन विचारों की निर्मिति है जिसे अधीन करना(वश में लाना) कठिन है, क्योंकि वह विलक्षण एवं चंचल होता है। वशीकृत मन द्वारा रक्षित सुंदर विचार सुख प्रदान करता है। किसी साधन(उपकरण) से अधिक से अधिक लाभ उठाने के लिए व्यक्ति को साधन के उपयोग की पूरी जानकारी होनी चाहिए। मन विचार करने का साधन है और इसलिए यह जानना आवश्यक है कि वह किस प्रकार कार्य करता है। मन की अवस्थाओं का वर्गीकरण पाँच वर्गों में किया गया है। इनमें पहली क्षिप्त अवस्था है जहाँ मानसिक शक्तियाँ अव्यवस्थित एवं उपेक्षित अवस्था में होने के कारण बिखरी होती हैं। इस अवस्था में रजोगुण प्रबल होने के कारण तन विषयासक्त होता है। दूसरी विक्षिप्तावस्था है जहाँ मन उत्तेजित होता है एवं व्यग्र रहता है। यह वह अवस्था है जहाँ व्यक्ति को अपने प्रयत्नों के फल के उपभोग करने की क्षमता है, परंतु वासनाएँ व्यवस्थित(क्रम में) तथा नियंत्रित नहीं होती हैं। बाद की मूढ़ अवस्था में मन निर्बुद्ध, मंद तथा मूर्ख होता है। इस अवस्था में तमोगुण प्रबल होने के कारण मन व्याकुल होता है और वह क्या चाहता है, उसके लिए हानिकारक क्या है, यह जानने में वह व्यग्र हो जाता है। मन की चौथी अवस्था एकाग्रावस्था है जहाँ सत्त्वगुण प्रबल होने से मन गुप्त रूप से सचेत रहता है और जहाँ मानसिक शक्तियाँ एकमात्र एक विषय(वस्तु) पर अथवा एक केंद्र-बिंदु पर केंद्रित होती हैं। एकाग्र व्यक्ति की बौद्धिक शक्ति उत्तम होती है और वह अच्छी तरह जानता है कि उसे किस चीज़ की आवश्यकता है, इस कारण वह अपनी सारी शक्तियाँ उद्देश्य सफल करने के लिए और लक्ष्य प्राप्ति के लिए उपयोग में लाता है। कभी-कभी दूसरों के हितों की परवाह न कर इच्छित लक्ष्य-प्राप्ति का निर्दय प्रयत्न अत्यंत दु:ख का कारण हो सकता है और प्राय: यह होता है कि यदि अभिलषित वस्तु की प्राप्ति हो भी गई तो वह अपने पीछे एक कटु अनुभव छोड़ जाती है।

महाभारत महाकाव्य के शक्तिशाली धनुर्धर अर्जुन एक उदाहरण द्वारा धारणा का तात्पर्य स्पष्ट करते हैं। एक समय राजकुमारों के गुरु द्रोण ने राजकुमारों की प्रवीणता की परीक्षा लेने के लिए धनुर्विद्या-प्रतियोगिता का आयोजन किया। वे लक्ष्य के वर्णन के लिए, जिसका उन्हें संकेत दिया गया था, एक के बाद एक बुलाए गए। यह घोंसले का पक्षी था। कुछ राजकुमारों ने वृक्षों के कुंज का वर्णन किया, दूसरों ने उस विशेष वृक्ष या उसकी शाखा का वर्णन किया, जिस पर घोंसला था। जब अर्जुन की बारी आई तो उसने पहले पक्षी का वर्णन किया। बाद में उसने उसके एकमात्र सर

को देखा और अंत में वह उस पक्षी की चमकती आँख के सिवा और कुछ नहीं देख सका, जो द्रोण द्वारा बतलाए गए लक्ष्य का केंद्र-बिंदु था।

तथापि एकाग्र व्यक्ति का अत्यधिक अहंकारी होना धोखा है। जब इंद्रियाँ बिना रोक-टोक के इधर-उधर भटकना आरंभ कर देती हैं, तब मन भी उनका अनुकरण करता है। वे मनुष्य के निर्णय को ढक देती हैं और तूफान में उत्ताल तरंगें लेते हुए समुद्र के शीर्ण जलयान की तरह उसे डाँवाडोल(अस्थिर चित्त) कर देती हैं। जहाज़ के नीचे की बड़ी शहतीर को समान बनाए रखने के लिए जहाज़ की पेंदी में भार की आवश्यकता होती है और उसे एक दिशा में चलाने के लिए कर्णधार को नक्षत्र की आवश्यकता होती है। अपना मानसिक संतुलन बनाए रखने के लिए एकाग्र व्यक्ति को भक्ति की तथा परमात्मा में ध्यान की आवश्यकता होती है जिससे वह उचित दिशा में सर्वदा जाए। वह तब तक आनंद का अनुभव नहीं कर पाएगा जब तक अहम् और मम की भावना लुप्त नहीं हो जाती।

अंतिम मानसिक अवस्था निरुद्धावस्था है जहाँ मन, बुद्धि तथा अहंकार ये सभी अधीन(नियंत्रित) किए जाते हैं और ये सारी आंतरिक शक्तियाँ परमात्मा को उसके उपयोग तथा उसकी सेवा में समर्पित की जाती हैं। यहाँ 'मैं' तथा 'मेरा' का बोध नहीं रह जाता है। जिस प्रकार 'शीशे' पर प्रकाश डालने से वह अधिक प्रकाशमान हो जाता है और उससे सर्वत्र न बुझनेवाला प्रकाश दिखाई देता है उसी प्रकार साधक जिसने अपने मन, बुद्धि एवं अहंकार को परमात्मा के लिए छोड़ दिया है, परमात्मा से एकरूप हो जाता है। कारण साधक एकमात्र उसके, जो विचारों का निर्माता(स्रष्टा) है, विषय में सोचता है और किसी अन्य के बारे में नहीं।

व्यक्ति एकाग्रता या ध्यान के बिना किसी वस्तु पर प्रभुत्व प्राप्त नहीं कर सकता है। विश्व को रूप देने वाले और उसे नियंत्रित करने वाले परमात्मा का ध्यान किए बिना व्यक्ति अपने अंतर के दिव्य(आत्मा) को प्रकाशित नहीं कर सकता है अथवा विश्वमानव नहीं बन सकता है। इस ध्यान की प्राप्ति के लिए एकतत्त्वाभ्यास बताया गया है—वह एक तत्त्व जो सभी में व्याप्त है, प्राणिमात्र की अंतरतम आत्मा है, जो अपने एक रूप को अनेक रूपों में परिवर्तित करता है। इसलिए साधक एकाग्रता की प्राप्ति के लिए 'ॐ(ओ३म्)' पर ध्यान केंद्रित करता है जो परमात्मा का प्रतीक है।

ॐ (ओम्)– श्री विनोबा भावे के अनुसार लैटिन शब्द 'ऑम'(Omne) तथा संस्कृत शब्द ॐ(ओ३म्) दोनों 'सर्व' अर्थ वाले एक ही धातु से बने हैं और दोनों शब्द सर्वज्ञान(अनंतज्ञान), सर्वव्यापकता(विश्वव्यापकता) एवं सर्वशक्ति(अनंतशक्ति) के विचार का प्रतिपादन करते हैं। ॐ(ओ३म्) के लिए दूसरा शब्द प्रणव है जो प्रार्थना(प्रशंसा-स्तुति) करना—इस अर्थ के 'णु' धातु से बना है, जिसमें श्रेष्ठता का अर्थ प्रतिपादन करनेवाला 'प्र' उपसर्ग लगा है। इसलिए इस शब्द का अर्थ है उत्तम प्रशंसा(स्तुति) या प्रार्थना(उपासना)।

प्रतीकात्मक ॐ(ओ३म्) शब्द तीन अक्षरों, जिन्हें अ, उ, म् कहते हैं, से बना है और जब लिखा जाता है तब इसके ऊपर अर्धचंद्र और उसके ऊपर एक बिंदु (अनुस्वार) होता है। इसके भिन्न-भिन्न अर्थों को प्रतिपादित करने के लिए दिए हुए कुछ उदाहरण यहाँ बतलाना उचित होगा।

अ, उ, म् ये अक्षर मन और आत्मा की क्रमशः जागृतावस्था(चेतन या उत्थित अवस्था), स्वप्नावस्था(स्वप्न–मनतरंग की अवस्था) तथा सुषुप्तावस्था(स्वप्न-रहित निद्रा की अवस्था) का अर्थ संकेतित करते हैं। अर्धचंद्र तथा बिंदु(अनुस्वार) के साथ संपूर्ण प्रतीक(संकेत) चौथी अवस्था–तुरीयावस्था का द्योतक है, जो इन सभी अवस्थाओं को एकत्र(संयुक्त) करता है और उनमें अवतरित होता है। यही समाधि की अवस्था है।

अ, उ तथा म् ये अक्षर क्रमशः वाणी, मन एवं प्राण(जीवन-श्वास) के प्रतीक हैं जब कि संपूर्ण प्रतीक जीवात्मा को अभिव्यक्त करता है जो एकमात्र दिव्यात्मा का अंश है।

ये तीन अक्षर लंबाई, चौड़ाई तथा गहराई के आयाम का प्रतिनिधित्व करते हैं जब कि संपूर्ण प्रतीक दिव्यता का प्रतिनिधित्व करता है जो आकार एवं रूप की सीमा के परे है।

अ, उ तथा म् ये तीन अक्षर क्रमशः वासना, भय एवं क्रोध के अभाव के प्रतीक हैं, जब कि संपूर्ण प्रतीक पूर्ण मानव(स्थितप्रज्ञ) का सूचक है, जिसका ज्ञान उस दिव्य से नितांत परिपूर्ण है।

ये अक्षर अलग-अलग पुँल्लिग, स्त्रीलिंग तथा नपुंसकलिंग–इन तीन लिंगों का प्रतिनिधित्व करते हैं, जब कि संपूर्ण प्रतीक स्रष्टा सहित संपूर्ण सृष्टि का सूचक है।

ये अक्षर तीन गुणों अर्थात् सत्त्व, रज तथा तम के प्रतिमान हैं जब कि संपूर्ण प्रतीक गुणातीत का प्रतिमान है जो सर्वोत्कृष्टता को प्राप्त है और गुणों के आकर्षण से सर्वथा परे है।

ये अक्षर तीन कालों–भूत, वर्तमान तथा भविष्यत् से संबद्ध होते हैं, जब कि संपूर्ण प्रतीक स्रष्टा–कालातीत की अभिव्यक्ति है जो काल की सीमा का अतिक्रमण करता है।

ये अक्षर क्रमशः माता, पिता तथा गुरु द्वारा दी गई शिक्षा की अभिव्यक्ति हैं। संपूर्ण प्रतीक ब्रह्मविद्या, आत्मज्ञान है, वह शिक्षा जो अविनाशी-अनश्वर है।

अ, उ तथा म् ये अक्षर योग-नियम की आसन, प्राणायाम तथा प्रत्याहार नामक तीन अवस्थाओं को चित्रित करते हैं। संपूर्ण प्रतीक समाधि का सूचक है। समाधि वह लक्ष्य है, जिसकी प्राप्ति के मार्ग में ये तीन अवस्थाएँ तीन चरण हैं।

ये तीन अक्षर विश्व के कर्ता, धर्ता एवं हर्ता क्रमशः ब्रह्मा, विष्णु तथा शिव, त्रिमूर्ति का प्रतिनिधित्व करते हैं। कहा जाता है कि संपूर्ण प्रतीक ब्रह्म का प्रतिनिधित्व करता है, जिससे यह विश्व निर्मित है, जिससे इसका विकास होता है और अंत में जिसमें यह विश्व लय को प्राप्त होता है। यह वृद्धि या परिवर्तन को प्राप्त नहीं होता। सब

परिवर्तित होते और चले(नष्ट हो) जाते हैं, परंतु ब्रह्म ही एक ऐसा है जो सर्वदा अपरिवर्तित रहता है।

अ, उ तथा म् ये अक्षर 'तत् त्वम् असि'(मनुष्य के अंदर उसकी अंतरात्मा की अनुभूति)–मंत्र के प्रतीक हैं। संपूर्ण प्रतीक उस अनुभूति के लिए है जो मानव की आत्मा को उसके शरीर, मन, बुद्धि तथा अहंकार के बंधन से मुक्त करती है।

ॐ(ओ३म्) के महत्त्व की अनुभूति के बाद, योगी परमात्मा के नाम के साथ ॐ(ओ३म्) शब्द को युक्त कर अपने प्रिय देवता पर अपना ध्यान केंद्रित करता है। ॐ(ओ३म्) शब्द अत्यंत व्यापक तथा अत्यंत सूक्ष्म होने के कारण, योगी परमात्मा के नाम पर ध्यान केंद्रित कर तथा एकाग्र भक्ति से ॐ(ओ३म्) शब्द को युक्त कर अपनी इंद्रियाँ, इच्छाशक्ति, बुद्धि, मन एवं विवेक को एकरूप कर देता है और इस प्रकार वह मंत्र के अर्थ एवं भाव की अनुभूति प्राप्त करता है।

योगी **मुण्डकोपनिषद्** के वाक्यों का ध्यान करता है: हे प्रिय मित्र! धनुष की तरह उपनिषद् रूपी महान शस्त्र को लेकर ध्यान से तेज किए हुए बाण को उस पर रखें। वर्णित परमात्मभाव के विचार से उसे तान कर और लक्ष्य रूप उस अविनाशी में प्रवेश करें, मेरे सखा! रहस्यपूर्ण अक्षर ॐ(ओ३म्) धनुष है। आत्मा बाण है। ब्रह्म लक्ष्य है। अविचलित(स्थितप्रज्ञ) मनुष्य से यह ब्रह्म भेदित है। ब्रह्म में स्थित होने के लिए लक्ष्य में व्यक्ति को प्रवेश करना चाहिए।

ध्यान

जिस प्रकार जल अपने पात्र(आधार) की आकृति को प्राप्त होता है, उसी प्रकार मन, जब किसी विषय का चिंतन करता है तब उस विषय के रूप में परिवर्तित हो जाता है। मन जिसे सर्वव्यापक देवता मानता है, जिसे वह पूजता है, अंत में दीर्घ निरंतर ध्यान से उस ब्रह्म के साथ सायुज्य प्राप्त करता है।

जब तेल एक पात्र से दूसरे पात्र में उँडेला जाता है तब उसकी अविचलित निरंतर धार दिखाई पड़ती है। जब एकाग्रता की धारा निर्विघ्न होती है तब जो अवस्था प्राप्त होती है वह ध्यान है। जब सतत अप्रतिहत विद्युत् प्रवाह होता है तब जैसे विद्युद्दीप में तार प्रज्वलित होता है और प्रकाश देता है, उसी प्रकार योगी का मन ध्यान से प्रकाशमान होगा। उसका शरीर, श्वास, इंद्रियाँ, मन, बुद्धि तथा अहंकार ये सभी उसके ध्यान के विषय परमात्मा में पूरक बनते हैं। वह उस चेतनावस्था में रहता है जो गुण वैशिष्ट्यरहित होता है। इसमें केवल परम आनंद की अवस्था के अतिरिक्त अन्य किसी प्रकार की अनुभूति नहीं होती है। योगी विद्युत् की रेखा के समान पृथ्वी और आकाश के पार चमकता हुआ प्रकाश देखता है। वह उस प्रकाश को देखता है जो उसके अंतर में ही प्रकाशमान है। वह स्वयं एवं दूसरे के लिए प्रकाश बन जाता है।

योग-पथ पर प्रगति के चिह्न हैं–स्वास्थ्य, शारीरिक हलकेपन का ज्ञान, स्थिरता, बदन की निर्मलता और सुंदर स्वर, शरीर की गंध की मधुरता, और लालच से मुक्ति। योगी का मन संतुलित, स्थिर एवं शांत होता है। वह विनयशीलता का सत्य प्रतीक होता है। परमात्मा में शरण लेते हुए वह अपने सारे कर्म परमात्मा को अर्पित कर देता है। स्वयं को कर्म-बंधन से मुक्त करता है और जीवन्मुक्त हो जाता है।

"जो व्यक्ति अत्यंत प्रयत्न करता है परंतु योग की सिद्धि प्राप्त करने में असफल होता है, जो श्रद्धावान है परंतु जिसका मन योग से विचलित है ऐसे व्यक्ति की गति कैसी होती है?" अर्जुन के इस प्रश्न का उत्तर भगवान श्रीकृष्ण ने इस प्रकार दिया है–

> "सदाचारी व्यक्ति अधोगति(दुर्गति) को प्राप्त नहीं होता। वह योगभ्रष्ट व्यक्ति पुण्यवानों को प्राप्त होनेवाले स्वर्ग में दीर्घ काल तक रहने के बाद सुशील वैभवसंपन्न कुल में जन्म लेता है। अथवा वह ज्ञानवान योगियों के कुल में जन्म को प्राप्त होता है, परंतु ऐसे कुल में जन्म की प्राप्ति इस लोक में अत्यंत दुर्लभ है। वहाँ वह अपने पूर्वजन्म में अर्जित ज्ञान की पुनः प्राप्ति करता है और पूर्णत्व(योग-सिद्धि) के लिए पुनः प्रयत्न करता है। अपने पूर्वजन्म के अध्ययन, अभ्यास एवं प्रयास के कारण, जो कि उसे योगाभ्यास की ओर उत्तरोत्तर आगे प्रवृत्त करते हैं, योगी निष्पाप अंतःकरण के साथ सतत प्रयत्न करता है और अनेक जन्मों के बाद उसे पूर्णत्व की प्राप्ति होती है और वह परम गति मोक्ष को प्राप्त होता है। योगी उन सबसे श्रेष्ठ है, जो केवल तप, ज्ञान अथवा कर्म के पथ का अनुसरण करते हैं। इसलिए अर्जुन, तू योगी बन! योगी, जो श्रद्धापूर्वक मेरी भक्ति करता है और जिसके अंतःकरण में मैं ही एक हूँ अर्थात् जो सद्‌रूप है वह योगियों में सर्वश्रेष्ठ है।"
>
> –**भगवद्‌गीता**, अध्याय 6, श्लोक 38 से 47

समाधि

समाधि साधक की खोज का अंत है। योगी अपने ध्यान के अत्युच्च शिखर पर पहुँचता है और समाधि की अवस्था में प्रवेश करता है, जहाँ उसका शरीर और इंद्रियाँ स्थिर होती हैं, मानो वह सो रहा हो और उसके मन एवं विवेक बुद्धि की क्रियाएँ सचेत एवं जागृत होती हैं, मानो वह जाग रहा हो, फिर भी वह चेतना के परे होता है। समाधि की अवस्था में व्यक्ति पूर्णतया सचेत एवं सक्रिय होता है।

संपूर्ण सृष्टि ब्रह्म-निर्मित है। साधक शांत और स्थिर होकर उसकी पूजा करता है। जिससे वह उत्पन्न या स्वयंप्राप्त हुआ है, (जैसे कि वह)उसमें साँस लेता है, (जैसा कि वह)और जिसमें वह विसर्जित होने वाला है। हृदय के अंदर आत्मा लघुतम बीज की अपेक्षा लघुतर है। फिर भी सभी कार्य-व्यापारों, सभी वासनाओं से पूर्ण होने पर

आकाश से भी विशाल है। इसमें साधक प्रवेश करता है। तब 'अहम्' और 'मम' का अभाव होने के कारण शरीर, मन तथा बुद्धि की क्रिया निश्चेष्ट होती है, मानो कोई गहरी निद्रा में है। साधक सच्चे योग को पहुँचा होता है; इस स्थिति में चेतना, सत्य तथा अनिर्वचनीय आनंद की अनुभूति मात्र होती है। वहाँ शांति की अनुभूति होती है जो मेधा से परे होती है। मन उस अवस्था का वर्णन करने के लिए शब्दों को ढूँढ़ने में समर्थ नहीं होता है, और जिह्वा उन्हें उच्चारित करने में असमर्थ होती है। अन्य अनुभवों से समाधि के अनुभव की तुलना करते हुए संत कहते हैं–'नेति! नेति!' 'यह नहीं है! यह नहीं है!' यह अवस्था एकमात्र गहन शांति द्वारा प्रकट की जा सकती है। योगी पार्थिव जगत से चला जाता है और नित्य में विलीन हो जाता है। तब ज्ञाता और ज्ञात में द्वैतभाव नहीं रहता है, कारण वे कर्पूर ज्योति के समान परस्पर में विलीन हो जाते हैं।

योगी के हृदय में से आत्म-संगीत प्रवाहित होता है जिसे शंकराचार्य ने आत्मषटकम् में प्रकट किया है।

आत्मा का गीत

मनोबुद्ध्यहंकारचित्तानि नाहं
न च श्रोत्रजिह्वे न च घ्राणनेत्रे।
न च व्योमभूमिर्न तेजो न वायु-
श्चिदानंदरूपः शिवोऽहं शिवोऽहम्॥१॥

मैं न अहंकार हूँ, न बुद्धि हूँ; मैं न मन हूँ, न विचार हूँ; मुझे न श्रवण किया जा सकता है, न मैं वाणी द्वारा अभिव्यक्त किया जा सकता हूँ; मुझे न गंध और दृष्टि से ग्रहण किया जा सकता है: मुझे न प्रकाश में, न पवन में, न पृथ्वी और न आकाश में पाया जाता है। शुद्ध चैतन्य तथा आनंद यही मेरा रूप है। मैं मंगलमय शिवस्वरूप हूँ, परिपूर्ण परब्रह्म हूँ।

न च प्राणसंज्ञो न वै पञ्चवायुर्
न वा सप्तधातुर्न वा पञ्चकोषः।
न वाक् पाणिपादौ न चोपस्थपायू
चिदानंदरूपः शिवोऽहं शिवोऽहम्॥२॥

मैं संज्ञाहीन एवं प्राणहीन हूँ। मैं पंचवायु(प्राण, अपान, व्यान, उदान तथा समान) नहीं हूँ। मैं सप्त धातुओं–रस, रक्त, मांस, मेद, अस्थि, मज्जा तथा शुक्र जिन्हें शरीर धारण करता है–द्वारा निर्मित नहीं हूँ। और मैं पंचकोष–अन्नमय, प्राणमय, मनोमय, विज्ञानमय तथा आनंदमय, जो आत्मस्वरूप की प्रतीति होने नहीं देते हैं–नहीं हूँ, और न ही मेरे मुख, कर, चरण, गुदा तथा उपस्थ(पंचकर्मेंद्रिय) हैं। मैं चिदानंद स्वरूप हूँ। शिव स्वरूप हूँ।

न मे द्वेषरागौ न मे लोभमोहौ
मदो नैव मे नैव मात्सर्यभावः।
न धर्मो न चार्थो न कामो न मोक्ष-
श्चिदानंदरूपः शिवोऽहं शिवोऽहम्॥३॥

मैं द्वेष तथा राग से परे हूँ। मैंने मोह एवं लोभ पर विजय प्राप्त की है। मुझे न किसी वस्तु का गर्व है, और न किसी का मत्सर है। मुझे अब न धर्म, न अर्थ, न काम और न मोक्ष की आकांक्षा है। मैं चिदानंद रूप शिवस्वरूप हूँ। मैं शिव अर्थात् परब्रह्मस्वरूप हूँ।

न पुण्यं न पापं न सौख्यं न दुःखं
न मंत्रो न तीर्थं न वेदाः न यज्ञाः।
अहं भोजनं नैव भोज्यं न भोक्ता
चिदानंदरूपः शिवोऽहं शिवोऽहम्॥४॥

मेरा न पुण्य है, न पाप है, न सुख है और न दुःख ही है। मुझे अब न मंत्र, न तीर्थ, न वेद और न यज्ञ की आवश्यकता है। मैं न भोजन हूँ, न भोज्य हूँ और न भोक्ता ही हूँ। मैं चिदानंद स्वरूप हूँ। मैं मंगलमय शिवस्वरूप हूँ।

न मे मृत्युशङ्का न मे जातिभेदः
पिता नैव मे नैव माता न जन्म।
न बंधुर्न मित्रं गुरुर्नैव शिष्य-
श्चिदानंदरूपः शिवोऽहं शिवोऽहम्॥५॥

मुझे मृत्यु से भय नहीं है। मुझ में जातिभेद– ब्राह्मण, शूद्र, अथवा चांडाल इस प्रकार का जातिभेद–शेष नहीं है। मेरा कोई पिता नहीं है, और न कोई माता है। अतः मैं अजन्मा हूँ, मैं सर्वदा जन्म-बंधन से मुक्त हूँ(तो मृत्यु का प्रश्न कैसा?)। मैं न गुरु हूँ और न शिष्य हूँ। मेरा कोई न बंधु है, न मित्र है। मैं चिदानंदरूप सत् चित् आनंदघन परिपूर्ण परब्रह्म हूँ। मैं शिवस्वरूप हूँ।

अहं निर्विकल्पो निराकाररूपो
विभुर्व्याप्त-सर्वत्र-सर्वेन्द्रियाणि।
सदा मे समत्वं न मुक्तिर्न बंध-
श्चिदानंदरूपः शिवोऽहं शिवोऽहम्॥६॥

मैं न ज्ञेय हूँ, न ज्ञान हूँ और न ज्ञाता हूँ। मैं निराकार सर्व विश्व को व्याप्त कर रहनेवाला हूँ, मैं सर्वव्यापी हूँ, सर्वस्वरूप हूँ। सारी इंद्रियों को भी व्याप्त किए हुए हूँ, परंतु वे मेरा निवासस्थान नहीं हैं। मैं सर्वदा सर्वकाल समस्वरूप अर्थात् एकरूप हूँ। मुझे मुक्ति नहीं है और न मुझे संसार के आवागमन का बंधन ही है। मैं चिदानंदरूप परब्रह्म हूँ। शिवस्वरूप हूँ।

दूसरा भाग

योगासन, बंध तथा क्रिया

संकेत, सावधानी, विधि और परिणाम

प्रत्येक आसन के बाद ताराचिह्न के साथ संख्या अक्षरों में दी गई है। ताराचिह्न के पूर्व की संख्याएँ आसन की तीव्रता–अर्थात् छोटी संख्या आसन की सहजता तो बड़ी संख्या आसन की कठिनता–प्रकट करती हैं। सहजतम आसन पर संख्या 'एक' है तो कठिनतम आसन पर संख्या 'साठ*' है।*

3

योगासन

आसन के अभ्यास के संबंध में सावधानी और संकेत

आवश्यकताएँ

1. सुदृढ़ नींव के बिना इमारत खड़ी नहीं रह सकती। यम और नियम के तत्त्वों, जो कि चरित्र निर्माण में मजबूत बुनियाद बतलाए गए हैं, के अभ्यास के बिना पूर्ण व्यक्तित्व नहीं हो सकता। यम और नियमों के आधार के बिना आसनों का अभ्यास नटों का खेल मात्र है।

2. साधक से अनुशासन, विश्वास, जीवट और निरंतर नियमित रूप से अभ्यास के लिए लगाव आदि गुण अपेक्षित हैं।

स्वच्छता और भोजन

3. आसनों के अभ्यास प्रारंभ करने के पूर्व मूत्राशय रिक्त होना चाहिए और आँत खाली होनी चाहिए। शरीर को उलट-पुलट (topsy-turvy) करनेवाले आसनों की स्थितियाँ आँत की हलचल में सहायक होती हैं। यदि साधक को कोष्ठबद्धता की शिकायत हो अथवा आसनों के अभ्यास के पहले पेट रिक्त करना संभव न हो, तो शीर्षासन एवं सर्वांगासन तथा उनके विविध प्रकारों के अभ्यास से प्रारंभ करे। पेट रिक्त होने पर ही अन्य आसनों का अभ्यास करे।

पहले आँत को रिक्त किए बिना कठिन आसनों का अभ्यास न करे।

स्नान

4. स्नान के उपरांत आसन करना आसान होता है। आसन करने के बाद स्वेद के कारण शरीर चिपचिपा लगता है और पंद्रह मिनटों के बाद स्नान करने की इच्छा होती है। आसन करने के पूर्व और बाद में स्नान शरीर तथा चित्त को प्रफुल्लित करता है।

अन्न

5. खाली पेट से ही आसन किए जाने चाहिए। यदि इसमें कठिनाई हो तो आसन

करने के पूर्व एक प्याली चाय, कॉफी, कोको अथवा दूध लिया जा सकता है। अत्यंत स्वल्प भोजन किया हो तो एक घंटे के बाद सुविधा से आसनों का अभ्यास किया जा सकता है। अभ्यास करने के पूर्व भरपेट(भारी) भोजन के बाद कम-से-कम चार घंटे बीत जाने दें। आसन करने के आधे घंटे बाद भोजन किया जा सकता है।

समय

6. आसनों के अभ्यास के लिए प्रातः सूर्योदय के पूर्व अथवा सायं सूर्यास्त के बाद का समय उचित होता है। सबेरे शरीर जकड़ा हुआ होने से आसनों का अभ्यास आसानी से नहीं हो पाता है। यद्यपि सबेरे मन प्रफुल्लित रहता है पर ज्यों-ज्यों समय गुजरता है उल्लास और निश्चय शिथिल होता जाता है। शरीर की ऐंठन आसनों के नियमित अभ्यास से शिथिल हो जाती है और व्यक्ति आसन करने में समर्थ होता है। प्रातःकाल की अपेक्षा सायंकाल में शरीर सरलता से गतिशील होता है और आसन बड़ी सरलता से और अच्छी तरह होते हैं। प्रातःकाल में अभ्यास व्यक्ति को अपने व्यवसाय के लिए अधिक तत्पर बनाता है। सायंकाल में अभ्यास शरीर की दिनभर की थकान दूर करता है और व्यक्ति को प्रफुल्लित एवं शांत बनाता है। इसलिए जब किसी व्यक्ति का पूर्ण निश्चय ही हो तो कठिन आसन प्रातःकाल में करने चाहिए और उत्तेजक आसनों(जैसे शीर्षासन, सर्वांगासन और उनके विविध प्रकार तथा पश्चिमोत्तानासन) का अभ्यास सायंकाल में करना चाहिए।

धूप

7. कई घंटे बाहर धूप में रहने के बाद आसनों का अभ्यास न करें।

स्नान

8. आसन स्वच्छ, हवादार, कीड़े-मकोड़ों और शोरगुल से रहित जगह में, किए जाने चाहिए।

9. नंगे फर्श या ऊबड़-खाबड़ जगह पर आसन न करें, परंतु समतल ज़मीन पर तहियाए हुए कंबल पर करें।

सावधानी

10. अभ्यास के समय श्वासोच्छ्वास में अथवा मुख की मांसपेशियों, कानों और आँखों में अनुचित श्रम का(ऐंठना, मरोड़ना, तानना, कसकर फैलाना, इत्यादि) अनुभव नहीं करना चाहिए।

आँखों का बंद करना

11. प्रारंभ में आँखें खुली रखें। तब आप जानेंगे कि आप क्या कर रहे हैं और कहाँ गलती कर रहे हैं। यदि आप आँखें बंद करेंगे तो आप शरीर की आवश्यक क्रियाओं अथवा उसकी दिशा का जिसमें आप आसन कर रहे हैं, निरीक्षण करने की स्थिति

में नहीं होंगे। जब आप किसी विशिष्ट आसन पर प्रभुत्व प्राप्त कर लेते हैं तभी आँखें बंद कर सकते हैं; कारण, उस समय ही आप शारीरिक क्रियाओं में सुधार तथा सही फैलाव या तनाव का अनुभव करने में समर्थ होंगे।

दर्पण

12. यदि आप दर्पण के सामने आसन कर रहे हैं तो उसे ज़मीन के समानांतर रखें तथा ज़मीन की सतह पर आने दें, अन्यथा दर्पण के कोण के कारण स्थितियाँ(आसन की) झुकती हुई दिखाई देंगी। दर्पण के जमीन की सतह पर न होने पर आप क्रियाओं तथा सिर और कंधों की उलट-पुलट अवस्थाओं का निरीक्षण नहीं कर सकेंगे।

मस्तिष्क

13. आसनों का अभ्यास करते समय केवल शरीर को सक्रिय रहना चाहिए जबकि मस्तिष्क को निष्क्रिय, मगर सतर्क, सावधान और सजग रहना चाहिए। यदि उन्हें मस्तिष्क पर तनाव दे कर किया गया तो आप अपनी गलतियों को बुद्धिपूर्वक देखने में और सुधारने में असमर्थ होंगे।

श्वासक्रिया

14. सभी आसनों में श्वासक्रिया केवल नासिका से होनी चाहिए, न कि मुँह से।

15. आसन की प्रक्रिया में अथवा उसकी स्थिति में होने पर श्वास न रोकें। आगे के विविध आसनों की विधियों के विभाग में बतलाई गई श्वास संबंधी सूचनाओं का अनुसरण करें।

शवासन

16. आसनों के अभ्यास को पूर्ण करने के बाद हमेशा कम-से-कम 10 से 15 मिनट तक शवासन में लेट जाएँ; कारण, यह थकान मिटा देगा।

आसन तथा प्राणायाम

17. प्राणायाम का प्रयास करने के पूर्व उसके अभ्यास के बारे में सूचनाओं तथा संकेतों को ध्यानपूर्वक पढ़ें(देखें विभाग 3)। प्राणायाम को प्रातःकाल में आसनों के पहले अथवा शाम को उन्हें(आसनों को) पूरा करने के बाद किया जा सकता है। यदि प्रातःकाल में पहले 15 से 30 मिनट तक प्राणायाम करते हैं तो बाद में कुछ मिनट तक शवासन करें, उसके बाद कुछ समय बीतने पर–जिस समय आप दिनक्रम के अनुसार कोई भी काम कर सकते हैं–कठिन आसनों का अभ्यास करें। परंतु यदि इन्हें शाम के समय किया जाता है तो आसनों के अभ्यास के बाद कम-से-कम आधा घंटा बीत जाने दें। फिर प्राणायाम करने के लिए बैठें।

रक्तचाप अथवा चक्कर से पीड़ित व्यक्तियों के लिए विशेष संकेत

18. यदि आप चक्कर अथवा उच्च रक्तचाप से पीड़ित हैं तो शीर्षासन तथा सर्वांगासन से प्रारंभ न करें। शीर्षासन तथा सर्वांगासन की उलट-पुलट स्थिति का प्रयास करने के पहले पश्चिमोत्तानासन, उत्तानासन और अधोमुख श्वानासन का अभ्यास करें, और उसे करने के बाद फिर उसी क्रम में इन्हें दुहराएँ।

19. आगे झुकने की क्रिया जिनमें हो, ऐसे सभी आसन उच्च या मंद रक्तचाप से पीड़ित व्यक्तियों के लिए लाभकारी हैं।

कानों में मवाद अथवा स्थलांतरित चक्षुपटल से पीड़ित व्यक्तियों के लिए विशेष सूचनाएँ

20. जो व्यक्ति कानों में मवाद अथवा स्थलांतरित चक्षुपटल से पीड़ित हैं, उन्हें उलट-पुलट स्थितियों के आसनों का प्रयास नहीं करना चाहिए।

महिलाओं के लिए विशेष संकेत

21. मासिक ऋतुस्राव–मासिक ऋतुस्राव के समय आसन न करें। परंतु यदि स्वाभाविक स्राव से अधिक स्राव है, तो लाभप्रद परिणामवाले उपविष्ट कोणासन, बद्ध कोणासन, वीरासन, जानु शीर्षासन, पश्चिमोत्तानासन तथा उत्तानासन जैसे आसन किए जा सकते हैं। मासिक ऋतुस्राव के समय किसी भी हालत में शीर्षासन जैसे(सिर पर खड़े होने के) आसन न करें।

गर्भावस्था

22. गर्भावस्था के पहले तीन महीनों में सभी आसनों का अभ्यास किया जा सकता है। खड़े रहने तथा आगे झुकने की स्थिति के सभी आसन हलकी क्रियाओं के साथ किए जा सकते हैं; कारण, इस समय मेरुदंड सशक्त और लचीला किया जाना चाहिए तथा उदर पर किसी प्रकार का दबाव नहीं पड़ना चाहिए। गर्भावस्था के पूरे काल में दिन के किसी भी समय में(भोजन के बाद भी, परंतु भोजन के बाद शीघ्र ही आगे झुकनेवाले आसन न करें) बद्ध कोणासन और उपविष्ट कोणासन का अभ्यास किया जा सकता है; कारण, ये दोनों आसन बस्तिप्रदेश के स्नायु और पीठ की दुर्बलता को बल देंगे और परिणामस्वरूप प्रसववेदना भी कम कर देंगे। गर्भावस्था के पूरे काल में बिना कुंभक(श्वास का रोकना) के प्राणायाम का अभ्यास किया जा सकता है; कारण, नियमित गहरी श्वासक्रिया परिणामस्वरूप प्रसूति के समय सहायक होगी।

प्रसूति के बाद

23. प्रसूति के बाद पहले महीने में आसन नहीं करने चाहिए। उसके बाद में हलके-हलके उसका अभ्यास किया जा सकता है। धीरे-धीरे परिशिष्ट 1 में बतलाए अनुसार क्रम बढ़ा दें। प्रसूति के तीन महीनों के बाद सभी आसन सुविधा से किए जा सकते हैं।

आसनों के परिणाम

24. गलत रीति से अभ्यास करने से कुछ ही दिनों में असुविधा तथा अस्वस्थता उत्पन्न होगी जो आसन की गलत विधि को दिखाने के लिए काफी है। यदि आप स्वयं गलती समझ नहीं पाते हैं तो यह अच्छा होगा कि आप उस व्यक्ति के पास जाएँ जिसने ठीक तरह से अभ्यास किया है, और उससे मार्गदर्शन प्राप्त करें।

25. आसन करने की सही रीति से शरीर और मन में हलकापन तथा प्रफुल्लता का अनुभव होता है और शरीर, मन तथा आत्मा की एकरूपता का अनुभव होता है।

26. निरंतर अभ्यास से साधक के दृष्टिकोण में परिवर्तन होगा। वह अपने को आहार, कामवासना, स्वच्छता और शील के संबंध में अनुशासित करेगा और एक नया रूप धारण करेगा।

27. एक बार आसनों का अभ्यास हो जाने पर आसन करने में आयास की आवश्यकता नहीं होती, वह सहज ही बन पड़ता है। शरीर की क्रियाएँ सुंदर ढंग से होती हैं। आसनों को करते समय साधक का शरीर जीव सृष्टि की प्राथमिक अवस्था के अगणित रूपों, निम्न स्तर के कीट-पतंगों से लेकर पहुँचे हुए ऋषि-मुनियों तक, को धारण करता है और वह जानने लगता है कि इन सब में विश्वात्मा का ही श्वास चल रहा है जो परमात्मा है। अभ्यास के समय वह अपने अंदर देखता है और विविध आसनों में ईश्वर के अस्तित्व का अनुभव करता है, जिन्हें वह परमेश्वर के चरणों में समर्पण की भावना से करता है।

आसन

1 ताडासन (यह समस्थिति भी कहलाता है) एक* (चित्र 1)

ताड(ताड़) का अर्थ है पहाड़। सम का अर्थ सरल, सीधा, स्थिर होता है। निश्चल खड़े रहना, स्थिरता की स्थिति है। ताडासन ऐसी स्थिति का संकेत करता है जहाँ व्यक्ति पहाड़ की तरह स्थिर और सीधा खड़ा रहता है। खड़े होने की यह मौलिक स्थिति है।

विधि

1. पैरों को एक साथ मिलाकर, एड़ियों और अँगूठों को परस्पर मिलाएँ और सीधे खड़े हों। तलवों के अग्रभाग को जमीन पर टिकाकर सारी उंगुलियों को जमीन पर तान दें।

2. घुटनों को तानें और घुटनों की चक्कियों को ऊपर की ओर खींचें, नितंब को सिकोड़ें और जाँघ के पीछे की मांसपेशियों को ऊपर तानें।

3. पेट को अंदर कर, सीने को आगे करें, रीढ़ को ऊपर की ओर तानें और गर्दन सीधी रखें।

4. शरीर का भार केवल एड़ियों या पैर की उंगुलियों पर ही न डालें बल्कि दोनों पर समान रूप से डालें।

5. सिद्धांततः ताडासन की अवस्था में बाँहें सर के ऊपर फैलाए रखते हैं परंतु सुविधा के लिए व्यक्ति जाँघों के बगल में उन्हें रख सकता है। हथेलियों को जाँघों की ओर किए ताडासन में खड़े होकर प्रारंभ करने वाला साधक नीचे वर्णित प्रत्येक खड़े होने के आसन आसानी से कर सकता है।

परिणाम

लोग खड़े होने की उचित पद्धति की ओर ध्यान नहीं देते। शरीर का भार डालकर एक पैर पर खड़ा होना होता है, या एक पैर पूरी तरह बगल में घुमाकर खड़ा होना होता है तो दूसरे लोग शरीर का भार एड़ियों पर डालते हैं या पैर के अंदर या बाहर के किनारों पर लेते हैं। जूतों के घिसे हुए तलवों और एड़ियों को देखकर यह बात ध्यान में आ सकती है। हमारे गलत ढंग से खड़े होने के और शरीर के भार को दोनों पैरों पर बराबर न देने के कारण हम विशिष्ट प्रकार के भद्देपन को प्राप्त करते हैं, जो रीढ़ के लचीलेपन में बाधक होता है। यद्यपि पैर अलग रखे जाते हैं फिर भी यह अधिक अच्छा होगा यदि एड़ियों और अँगूठों को माध्यमिक समक्षेत्र के समानांतर रखा जाए, न कि तिरछे। इस पद्धति से नितंब संकुचित किए जाते हैं, पेट अंदर खींचा जाता है और सीना आगे लाया जाता है। व्यक्ति शरीर में हलकेपन का अनुभव करता है और उसका मन स्फूर्ति प्राप्त करता है। यदि हम शरीर का भार एड़ियों पर डालकर खड़े हों तो हम संतुलन बदलता सा अनुभव करते हैं, नितंब शिथिल हो जाते हैं, पेट बढ़ जाता(आगे फूलता) है, शरीर पीछे की ओर झुक जाता है और रीढ़ में तनाव मालूम होता है। नतीजा यह होता है कि हम थकान जल्द महसूस करते हैं और मन सुस्त हो जाता है। इसलिए उचित विधि से खड़े होने की कला पर प्रभुत्व प्राप्त करना आवश्यक है।

2 वृक्षासन एक* (चित्र 2)

वृक्ष का अर्थ है पेड़।

विधि

1. ताडासन में खड़े हों(चित्र 1)।

2. दाहिनी टाँग को घुटने पर मोड़ें और दाहिनी एड़ी को बाईं जाँघ के मूल में रखें। उंगुलियों को नीचे की ओर किए पैर(दाहिना) बाईं जाँघ पर स्थिर करें।

3. बाएँ पैर पर भार सँभालें, दोनों हथेलियों को मिलाएँ और बाँहों को सर पर सीधे उठाएँ(चित्र 2)।

4. गहरी साँस लेते हुए कुछ क्षण इसी स्थिति में खड़े रहें। तब बाँहों को नीचे लाएँ और हथेलियों को अलग करें, दाहिना पैर सीधा करें और पुनः ताडासन की अवस्था में आ जाएँ।

5. दाहिनी टाँग पर खड़े होकर, दाहिनी जाँघ के मूल में बाईं एड़ी को रखकर स्थिति को दुहराएँ। उतने ही समय के लिए दोनों ओर खड़े हों, ताडासन में वापस आएँ (चित्र 1) और विश्राम लें।

परिणाम

यह स्थिति टाँग की मांसपेशियों को ठीक करती है और व्यक्ति को संतुलन और समभार का ज्ञान देती है।

3 उत्थित त्रिकोणासन तीन* (चित्र 4 तथा 5)

उत्थित का अर्थ है फैला हुआ, बढ़ा हुआ। त्रिकोण (त्रि= तीन; कोण= कोना) का अर्थ तिकोना है। खड़ी स्थिति का यह आसन तीन कोने में फैली हुई स्थिति में है।

विधि

1. ताडासन में खड़े हों(चित्र 1)।

2. गहरी साँस लें और कूदते हुए टाँगें 3 से 3½ फुट बगल में दूर फैलाएँ। हथेलियों को नीचे की ओर किए हुए कंधे की सीध में बाँहों को उठाएँ। बाँहों को भूमि के समानांतर रखें(चित्र 3)।

3. दाहिने पैर को दाहिनी ओर 90° पर बगल में घुमाएँ। बाईं टाँग को फैलाए हुए और घुटने को कसे हुए बाएँ पैर को दाहिनी ओर थोड़ा-सा घुमाएँ।

4. श्वास छोड़ें, दाहिनी हथेली को दाहिने टखने के पास लाकर, धड़ को दाहिनी बगल की ओर से झुकाएँ। यदि संभव हो, तो दाहिनी हथेली को भूमि पर पूरी तौर से टेक दें(चित्र 4 तथा 5)।

5. दाहिने कंधे की सीध में लाकर बाईं बाँह को ऊपर तानें(जैसा कि चित्र में है) और धड़ को फैलाएँ। टाँगों के पृष्ठभाग, सीने का पृष्ठभाग और नितंब एक सीध में रहने चाहिए। बाहर फैलाए हुए बाएँ हाथ के अँगूठे को एकटक देखें। चक्की को ऊपर खींचकर दाहिने घुटने को कसकर ताने रहें और उसे पैरों की उंगुलियों के सामने रखें।

6. समान रूप से गहरी साँस लेते हुए आधे मिनट से एक मिनट तक इस स्थिति में

ठहरें। बाद में दाहिनी हथेली जमीन पर से उठाएँ। श्वास लें और ऊपर की 2 की स्थिति में आ जाएँ।

7. अब, बाएँ पैर को बाईं ओर 90° पर घुमाएँ, दाहिने पैर को बाईं ओर थोड़ा-सा घुमाएँ, दोनों घुटनों को कसकर रखें और सारी क्रियाओं को उलटे क्रम से 2 से 6 तक की स्थितियों में चालू रखें। श्वास लें और 2 की स्थिति में आ जाएँ। बाईं ओर भी उतने समय के लिए ही(शारीरिक) स्थिति बनाए रखें।

8. श्वास छोड़ें। कूदकर ताडासन की स्थिति(चित्र 1) में आ जाएँ।

परिणाम

यह आसन टाँगों की मांसपेशियों को ठीक करता है, टाँगों और नितंबों की कठिनता को दूर करता है, टाँगों के छोटे-मोटे भद्देपन को ठीक करता है और उन्हें समान रूप से विकसित होने देता है। यह पीठ का दर्द और गर्दन की मोच दूर करता है, टखनों को पुष्ट करता है और सीने का विकास करता है।

4 परिवृत्त त्रिकोणासन पाँच* (चित्र 6 तथा 7)

परिवृत्त का अर्थ है घूमा हुआ, गोल या पीछे घूमा हुआ। त्रिकोण का अर्थ तिकोना है। यह घूमी हुई तिकोनी स्थिति है। यह उत्थित त्रिकोणासन की विपरीत अवस्था है (चित्र 4)।

विधि

1. ताडासन में खड़े हों(चित्र 1)। गहरी साँस लें और कूदते हुए पैरों को 3 से 3½ फुट बगल में दूर फैलाएँ। हथेलियों को नीचे किए हुए कंधे की सीध में बाँहों को फैलाएँ(चित्र-3)।

2. दाहिने पैर को दाहिनी ओर 90° पर बगल में घुमाएँ। फैलाई हुई बाईं टाँगों और तना हुआ घुटना रखते हुए बाएँ पैर को दाहिनी ओर 60° पर मोड़ें।

3. श्वास छोड़ें, धड़ को बाएँ पैर के साथ उलटी दिशा में(दाईं ओर) घुमाएँ, जिससे दाएँ पैर के बाहरी भाग के पास भूमि पर बाईं हथेली लाई जा सके।

4. बाईं बाँह की सीध में दाहिनी बाँह लाकर ऊपर की ओर फैलाएँ। दाहिने अँगूठे को एकटक देखें(चित्र 6 तथा 7)।

5. घुटनों को तना रखें। दाहिने पैर की उंगुलियों को जमीन पर से उठने न दें। ध्यान रखें कि बाएँ पैर का बाहरी भाग जमीन पर ठीक तौर से स्थिर रहे।

6. दोनों कंधों और पंखों(स्कंधास्थि=कंधे पर की चिपटी तिकोनी हड्डियाँ) को तानें।

7. स्वाभाविक साँस लेते हुए इस स्थिति में आधा मिनट ठहरें।

8. श्वास लें, जमीन से बायाँ हाथ उठाएँ, धड़ को उसकी मूल स्थिति में पीछे की ओर घुमाएँ और 1 की स्थिति में वापस आएँ।

9. श्वास छोड़ें, इसी प्रकार बाईं ओर स्थिति को दुहराएँ। बाएँ पैर को बाईं ओर 90° बगल में और दाहिना पैर बाईं ओर 60° घुमाएँ और दाहिनी हथेली बाएँ पैर के बाहरी भाग के पास जमीन पर रखें।

10. इस स्थिति में दोनों ओर उतने ही समय के लिए ठहरें, जितने समय में दोनों ओर 3 से 4 बार गहरे श्वासोच्छ्वास की क्रिया व्यवस्थित रूप से की जा सके।

11. समय पूर्ण करने के बाद श्वास लें, धड़ को उसकी मूल स्थिति में पीछे उठाएँ, पैरों की उंगुलियों को सामने लाएँ और बाँह को स्थिति 1 में लाएँ।

12. श्वास छोड़ें और कूदकर ताडासन में वापस आएँ(चित्र 1)। इस प्रकार आसन पूर्ण होता है।

परिणाम

यह आसन जाँघ, पिंडली और मंदिरशिरा (hamstring) की मांसपेशियों को ठीक करता है। रीढ़ और पीठ की मांसपेशियों को भी उचित रीति से कार्य करने के योग्य बनाता है; कारण, यह आसन रीढ़ प्रदेश के निचले भाग के चारों ओर रक्त की पूर्ति को बढ़ाता है, सीने को पूर्ण रूप से फैलाता है। यह आसन पीठ की वेदना को दूर करता है, पेट की इंद्रियों को बलशाली बनाता है और नितंब की मांसप्रेशियों को पुष्ट करता है।

5 उत्थित पार्श्वकोणासन चार* (चित्र 8 तथा 9)

पार्श्व का अर्थ है बगल या काँख। कोण का अर्थ कोना है। यह फैले हुए बगल के कोने (पार्श्व भाग के कोण) की स्थिति है।

विधि

1. ताडासन में खड़े हों(चित्र 1)। गहरी साँस लें और पैरों को 4 से 4½ फुट बगल में कूदते हुए फैलाएँ। बाँहों को कंधे की सीध में, हथेलियों को नीचे किए हुए फैलाएँ(चित्र 3)।

2. धीरे-धीरे साँस छोड़ते हुए दाहिने पैर को दाहिनी ओर 90° घुमाएँ और घुटने को तानकर फैलाए हुए बाएँ पैर को दाहिनी ओर थोड़ा-सा घुमाएँ। जाँघ और दाहिनी पिंडली समकोण बनने तक दाहिनी टाँग घुटने से मोड़ें और उसे भूमि के समानांतर रखें।

3. दाहिनी काँख दाहिने घुटने के बाहरी भाग को ढकते और छूते हुए दाहिने पैर की बगल में दाहिनी हथेली को जमीन पर रखें। बाईं बाँह को बाएँ कान के ऊपर फैलाएँ। सर ऊपर करें(चित्र 8 तथा 9)।

4. नितंब के स्नायु जकड़ें, तानें और मंदिरशिराएँ(घुटने के भीतर की नसें) तानें। सीना, नितंब और टाँगें एक सीध में रहनी चाहिए। इस स्थिति को प्राप्त करने के लिए सीने को ऊपर उठाएँ, पीछे की ओर करें, शरीर के प्रत्येक अंग को तानें, शरीर का पिछला भाग और रीढ़ ढीली न पड़ने पाए, और एक सीध में हो। कशेरुकाओं और पसलियों को गति मिलने के लिए रीढ़ को इतना तानें कि ऐसा अनुभव हो कि चमड़ी तानी और खींची जा रही हो।

5. समान रूप से(बराबर) गहरी साँस लेते हुए आधे मिनट से एक मिनट तक इस स्थिति में रहें। श्वास लें और दाहिनी हथेली को भूमि पर से उठाएँ।

6. श्वास लें, दाहिनी टाँग को सीधा करें और बाँहों को स्थिति 1 के समान उठाएँ।

7. श्वास छोड़ते हुए बाईं ओर 2 से 5 की स्थितियों में सारी क्रियाओं को उलटे क्रम से चालू करें।

8. श्वास छोड़ें और कूदकर ताडासन में वापस आएँ(चित्र 1)।

परिणाम

यह आसन टखनों, घुटनों और जाँघों को ठीक करता है। पिंडलियों और जाँघों की त्रुटियाँ सुधारता है, सीना विकसित करता है, कमर और नितंब के चारों ओर की मोटाई कम करता है और कूल्हे पर की गठिया(Sciatic pain) और संधिवात के दर्द को दूर करता है। यह शरीर के पुट्ठों में लहरदार स्वतंत्र गति को बढ़ाता है और नसों और नाड़ियों की वेदना को कम करता है। यह अँतड़ियों के क्रमिक वृत्तों में सिकुड़ने की क्रिया द्वारा मलविसर्जन में सहायता पहुँचाता है।

6 परिवृत्त पार्श्वकोणासन आठ* (चित्र 12 तथा 11)

परिवृत्त का अर्थ है घुमा हुआ, गोल या पीछे घुमा हुआ। पार्श्व का अर्थ बगल या काँख है। कोण का अर्थ कोना है। यह घूमे हुए बगल के कोने की स्थिति है।

विधि

1. ताडासन में खड़े हों(चित्र 1)।

2. गहरी साँस लें और कूदते हुए टाँगों को 4 से 4½ फुट बगल में फैलाएँ। हथेलियों को नीचे किए हुए बाँहों की बगल में कंधे की सीध में फैलाएँ(चित्र 3)।

3. दाहिने पैर को दाहिनी ओर 90° घुमाएँ और घुटने को कसकर टाँग को फैलाते हुए बायाँ पैर दाहिनी ओर 60° पर घुमाएँ। दाहिने पैर का घुटना इतना झुकाएँ कि जाँघ और दाहिनी पिंडली समकोण बनाएँ और दाहिनी जाँघ भूमि के समानांतर रहे।

4. श्वास छोड़ें, धड़ और बाईं टाँग को इस तरह घुमाएँ कि दाहिने घुटने पर बाईं

बाँह आ जाए। दाएँ घुटने के बाहरी भाग पर बाईं काँख स्थिर करें और दाहिने पैर के बाहरी भाग के पास भूमि पर बाईं हथेली रखें(चित्र 10 तथा 11)

5. रीढ़ को(दाहिनी ओर) अच्छी तरह मोड़ दें, धड़ को घुमाएँ और दाहिने कान के ऊपर दाहिनी बाँह लाएँ(जैसा कि चित्र में है) और बाहर फैलाई हुई दाहिनी बाँह की ओर टकटकी लगाएँ। बाएँ घुटने को निरंतर कसकर रखें।

6. समान रूप से गहरी साँस लेते हुए इस स्थिति को आधे मिनट से एक मिनट तक बनाए रखें। श्वास लें और बाईं हथेली जमीन से उठा लें। धड़ को उठाएँ और दाहिनी टाँग को सीधा करते हुए और बाँहों को उठाते हुए स्थिति 2 में वापस आएँ।

7. श्वास छोड़ते हुए बाईं ओर 3 से 5 की स्थितियों में सारी क्रियाएँ उलटे क्रम से करें।

8. सभी स्थितियों में, जहाँ पहले एक तरफ गतिविधि पूर्ण की गई है तब दूसरी तरफ की क्रिया के लिए हर हालत में उतना ही समय होना चाहिए। यह साधारण नियम यहाँ लागू है।

परिणाम

यह स्थिति परिवृत्त त्रिकोणासन(चित्र 6) से अधिक प्रबल होने के कारण अधिक परिणामकारक है, यद्यपि मंदिरशिराएँ परिवृत्त त्रिकोणासन में जितनी तनती हैं उतनी इस स्थिति में किसी प्रकार भी नहीं तनतीं। उदर के अवयव अधिक संकुचित होते हैं और पाचनक्रिया में सहायता करते हैं। उदर के अवयवों और रीढ़ के स्तंभ में सर्वत्र अच्छी तरह रक्त प्रवाहित होता है और इस प्रकार उन्हें पुनर्यौवन की प्राप्ति होती है। यह आसन मलाशय से बिना तनाव के मलविसर्जन में सहायता करता है।

7 वीरभद्रासन एक तीन* (चित्र 14)

एक बार दक्ष ने महायज्ञ संपन्न किया किंतु उन्होंने न तो अपनी बेटी सती और न उसके पति महादेव शिव को आमंत्रित किया। किसी प्रकार सती यज्ञ में चली गई, किंतु अत्यधिक नीचा दिखाए जाने और अपमानित होने के कारण वह यज्ञ की आग्न में कूद गई और मृत्यु को प्राप्त हो गई। जब शिव ने यह समाचार सुना तो अत्यंत क्रोधित हुए और उन्होंने अपनी जटा से एक बाल तोड़कर पृथ्वी पर फेंक दिया, उससे वीरभद्र नामक एक शक्तिशाली पराक्रमी पुरुष का आविर्भाव हुआ और वह शिव की आज्ञा की प्रतीक्षा करने लगा। उससे दक्ष के विरुद्ध शिवसेना के नेतृत्व करने और उसके यज्ञ को नष्ट करने के लिए कहा गया। वीरभद्र और उसकी सेना दक्ष के सभामंडप में प्रचंड आँधी की तरह उपस्थित हुई और उसके यज्ञ को नष्ट कर दिया। उसने अन्य देवताओं और पुरोहितों में भगदड़ मचा दी और दक्ष का सिर उतार लिया। सती के शोक में शिव कैलाश चले गए और तपस्या में लीन हो गए। हिमालय के

घर में उमा के रूप में सती फिर से पैदा हुई। फिर एक बार उसने शिव के प्रेम के लिए कोशिश की और अंत में उनके हृदय को जीत लिया। यह कथा महाकवि कालिदास द्वारा उनके महाकाव्य कुमारसंभव में कही गई है।

यह आसन शिव के जटा-केश से उत्पन्न शक्तिशाली पराक्रमी पुरुष को अर्पित है।

विधि

1. ताडासन में खड़े हों(चित्र 1)।

2. दोनों बाँहों को सिर के ऊपर उठाएँ, ऊपर की ओर खींचें और दोनों हथेलियों को मिलाएँ(चित्र 12)।

3. गहरी साँस लें और कूदते हुए टाँगों को 4 से 4½ फुट बगल में फैलाएँ।

4. श्वास छोड़ें, दाहिनी ओर घूमें। दाहिने पैर को दाहिनी ओर 90° और बाएँ पैर को दाहिनी ओर किंचित् एक साथ मोड़ें(चित्र 13)। दाहिनी जाँघ और दाहिनी पिंडली के बीच समकोण बनाते हुए, दाहिनी जाँघ जमीन के समानांतर और दाहिनी अग्रजंघा जमीन के लंबरूप में होने तक दाहिने घुटने को झुकाएँ। मुड़े हुए घुटने को टखने से आगे बढ़ना नहीं चाहिए बल्कि एड़ी की सीध में होना चाहिए।

5. बाईं टाँग फैलाएँ और घुटने को कसें।

6. जैसा कि चित्र में दिखलाया गया है, दाहिने पैर की तरह ही मुँह, सीना और दाहिना घुटना उन्मुख होना चाहिए। सिर ऊपर करें, मेरुदंड को सबसे नीचे की तिकोनी हड्डी(coccyx) से ऊपर तानें और जुटी हुई हथेलियों पर दृष्टि डालें(चित्र 14)।

7. स्वाभाविक रूप से श्वास लेते हुए 20 सेकेंड से आधे मिनट तक इस स्थिति में रहें।

8. बाईं तरफ भी, जैसा कि 4 से 6 की स्थितियाँ हैं, सभी प्रक्रियाओं को उलटे क्रम से करें।

9. श्वास छोड़ें और कूदकर ताडासन की स्थिति में वापस आएँ।

खड़े होने की सारी स्थितियों में यह स्थिति अधिक क्रियाशील है। यह आसन कमजोर दिल वाले व्यक्तियों को नहीं करना चाहिए। यहाँ तक कि जो अच्छे हृष्ट-पुष्ट हैं उन्हें भी इस आसन की स्थिति में अधिक समय नहीं रहना चाहिए।

परिणाम

इस आसन में सीना पूरी तौर से फैलता है और यह गहरी साँस लेने में मदद करता है। यह कंधों और पीठ की अकड़ को दूर करता है और टखनों और घुटनों को ठीक करता है और गर्दन की अकड़ को अच्छा करता है। यह नितंबों के चारों ओर की मोटाई को कम करता है।

8 वीरभद्रासन दो एक* (चित्र 15)

विधि

1. ताडासन में खड़ें हों(चित्र 1)।

2. गहरी साँस लें, और कूदते हुए टाँगें 4 से 4½ फुट बगल में फैलाएँ। हथेलियों को नीचे करते हुए कंधों की सीध में बाँहों को बगल में उठाएँ(चित्र 3)।

3. दाहिने पैर को दाहिनी ओर 90° और घुटने पर कसी हुई और तानी हुई बाईं टाँग को बनाए रखकर बाएँ पैर को किंचित् दाहिनी ओर घुमाएँ। बाईं टाँग की मंदिरशिरा की मांसपेशियों को तानें।

4. श्वास छोड़ें, और दाहिनी जाँघ और दाहिनी पिंडली को समकोण बनाते हुए दाहिनी जाँघ जमीन के समानांतर और दाहिनी अग्रजंघा जमीन के लंबरूप में होने तक दाहिने घुटने को झुकाएँ। मुड़े हुए घुटने को टखने के आगे नहीं बढ़ाना चाहिए, बल्कि यह एड़ी की सीध में होना चाहिए(चित्र 15)।

5. दोनों बाँहें बगल में इस प्रकार तानें जैसे दो व्यक्ति विपरीत दिशाओं में आपको खींच रहे हों।

6. मुँह को दाहिनी ओर घुमाएँ और दाहिनी हथेली पर टकटकी लगाएँ। बाईं टाँग के पीछे के स्नायुओं को पूरी तौर से खींचें। टाँग के पिछले हिस्से, पृष्ठप्रदेश और नितंब एक सीध में होने चाहिए।

7. गहरी साँस के साथ इस स्थिति में 20 सेकेंड से आधा मिनट तक रहें। श्वास लें और 2 की स्थिति में वापस आएँ।

8. बाएँ पैर को बाईं ओर 90° और दाहिने पैर को किंचित् बाईं ओर घुमाएँ, घुटने को झुकाएँ और बाईं ओर स्थिति 3 से 6, सभी प्रक्रियाओं को उलटे क्रम से करें।

9. श्वास लें, पुनः 2 की स्थिति में वापस आएँ। श्वास छोड़ें और कूदकर ताडासन की स्थिति में वापस आएँ(चित्र 1)।

परिणाम

इस आसन द्वारा टाँगों की मांसपेशियाँ उचित आकार की और पुष्ट बनती हैं। यह पिंडली और जाँघों की ऐंठन को दूर करता है, टाँग और पीठ के स्नायुओं में लचीलापन लाता है और उदर के अवयव को स्वस्थ करता है।

खड़े होने के आसनों(स्थितियों) का पूर्ण अभ्यास(प्रभुत्व) साधक को उच्च स्थितियों के लिए आगे मुड़ने में सहायता करता है जो उस समय आसानी से प्राप्त किया जा सकता है।

9 वीरभद्रासन तीन पाँच* (चित्र 17)

यह शारीरिक स्थिति(आसन) वीरभद्रासन 1 का प्रगत रूप है (चित्र 14)।

विधि

1. ताडासन में खड़े हों(चित्र 1)।

2. गहरी साँस लें और कूदते हुए टाँगों को 4 से 4½ फुट बगल में फैलाएँ (चित्र 3)।

3. दाहिनी ओर वीरभद्रासन 1 की पूर्ण स्थिति में आएँ(चित्र 14)।

4. श्वास छोड़ें, धड़ को आगे की ओर झुकाएँ और सीने को दाहिनी जाँघ पर स्थिर करें। भुजाओं को सीधे और हथेलियों को मिला हुआ रखें(चित्र 16)। दो श्वास लेकर इस स्थिति में रहें।

5. अब श्वास छोड़ें और उसी समय शरीर को किंचित् आगे की ओर झुलाते हुए बाईं टाँग को जमीन पर से उठा लें और दाहिनी टाँग को भी सींकचे की तरह सख्त बनाते हुए सीधा करें। बाईं टाँग अंदर की ओर से ऐसे घुमाएँ कि अगली टाँग जमीन के समानांतर रहे(चित्र 17)।

6. गहरी और समान रूप से साँस लेते हुए 20 से 30 सेकेंड इस स्थिति में रहें।

7. संतुलन करते हुए, सारा शरीर(दाहिनी टाँग को छोड़कर) जमीन के समानांतर रखें। दाहिनी टाँग, जिसे पूर्ण रूप से सीधा और सख्त होना चाहिए, जमीन की सीध में रखनी चाहिए। दाहिनी जाँघ के पिछले हिस्से को खींचें और भुजाओं और बाईं टाँग को फैलाएँ, मानो दो व्यक्ति आपको दोनों ओर खींच रहे हों।

8. श्वास छोड़ें और वीरभद्रासन एक(चित्र 14) में वापस आएँ।

9. इस आसन को बाईं ओर दुहराएँ।

परिणाम

चित्र 17 प्रतिपादित करता है कि इस आसन के अभ्यास से सुसंगति, संतुलन, तुल्यता और शक्ति प्राप्त होती है। यह आसन उदर के अवयवों को संकुचित और ठीक करने में सहायता करता है और टाँगों की मांसपेशियों को अधिक सुडौल और पुष्ट बनाता है। धावकों के लिए इसकी सिफारिश की गई है, क्योंकि यह शक्ति एवं स्फूर्ति प्रदान करता है।

इस आसन की सारी गतिविधियाँ व्यक्ति के आचरण और चाल को सुधारती हैं। जब हम एड़ियों पर भार देकर गलत ढंग से खड़े होते हैं तब हम यथाप्रमाण(सुडौल) वृद्धि में विलंब करते हैं और रीढ़(मेरुदंड) के लचीलेपन में विघ्न डालते हैं। एड़ियों पर भार देकर खड़े रहने के कारण पेट बढ़ जाता है और शारीरिक एवं मानसिक स्फूर्ति

कम होती है। यह आसन व्यक्ति को पैर के तलवे पर स्थिर खड़े रहने में सहायता पहुँचाता है। उदर के स्नायुओं को अंदर ले जाता है और शारीरिक एवं मानसिक स्फूर्ति प्रदान करता है।

10 अर्धचंद्रासन पाँच* (चित्र 19)

अर्ध का अर्थ है आधा। चंद्र चंद्रमा को कहते हैं। यह स्थिति अर्ध चंद्र के सदृश होती है, इसलिए यह नाम है।

विधि

1. ताडासन में खड़े हों(चित्र 1)। बाद में पीछे बतलाई हुई विधि से उत्थित त्रिकोणासन करें।

2. दाहिनी ओर त्रिकोणासन में स्थित होने पर श्वास छोड़ें और दाहिने घुटने को झुकाकर दाहिनी हथेली को दाहिने पैर से करीब एक फुट की दूरी पर जमीन पर रखें और उसी समय बाएँ पैर को दाएँ पैर के पास लाएँ(चित्र 18)।

3. इस स्थिति में ठहरें और दो श्वास लें। बाद में श्वास छोड़ें और पैर की उंगुलियों को ऊपर करते हुए बाईं टाँग को जमीन पर से उठाएँ। दाहिना हाथ और दाहिनी टाँग सीधी करें।

4. बाएँ नितंब पर बाईं हथेली को रखें और कंधों को ठीक तरह से ऊपर करते हुए फैलाएँ। सीने को बाईं ओर घुमाएँ और संतुलन करें(चित्र 19)।

5. शरीर का भार दाहिने पैर और नितंब पर पड़ता है। दाहिना हाथ संतुलन का नियंत्रण करने के लिए आधार मात्र है।

6. स्वाभाविक रूप से गहरी साँस लेते हुए 20 से 30 सेकेंड तक इस स्थिति को बनाए रखें। अनंतर बाईं टाँग को भूमि की ओर ले जाएँ और त्रिकोणासन में लौट आएँ(चित्र 4)।

7. इस स्थिति को बाईं ओर दुहराएँ।

परिणाम

यह आसन उनके लिए लाभजनक है जिनकी टाँगें पीड़ित एवं दूषित हैं। यह मेरुदंड के निचले प्रदेश और टाँगों के स्नायुओं से संबंधित नाड़ियों को ठीक करता है और यह घुटनों को मजबूत बनाता है। अन्य खड़े होने के आसनों के साथ यह आसन वायुविकार दूर करता है।

टिप्पणी

जिन्हें खड़े होने के आसनों से कमजोरी और थकावट महसूस होती है उन्हें उत्थित

त्रिकोणासन(चित्र 4) और उत्थित पार्श्वकोणासन(चित्र 8) का अभ्यास करना चाहिए; कारण, ये दोनों आसन शरीर को पुष्ट बनाते हैं। जिन्होंने शक्ति प्राप्त कर ली है और शरीर को लचीला बना लिया है, केवल उन्हें ही अन्य खड़े होने के आसन करने चाहिए।

11 उत्थितहस्तपादांगुष्ठासन सोलह* (चित्र 23)

उत्थित का अर्थ है उठा हुआ। हस्त का अर्थ हाथ है। पादांगुष्ठ पैर के अँगूठे को कहते हैं। यह आसन एक टाँग पर खड़े होकर दूसरी टाँग को सामने फैलाकर फैली हुई टाँग के अँगूठे को पकड़कर और सर को टाँग पर स्थिर करते हुए किया जाता है।

विधि

1. ताडासन में खड़े रहें(चित्र 1)।
2. श्वास छोड़ें, घुटना मोड़ते हुए दाहिनी टाँग उठाएँ और दाहिने हाथ के अँगूठे और तर्जनी(दूसरी अँगुलि) तथा मध्यमांगुलियों के बीच दाहिने पैर के अँगूठे को पकड़ें।
3. बाएँ नितंब पर बायाँ हाथ रखें और संतुलित हों(चित्र 20), दो श्वास लें।
4. श्वास छोड़ें, दाहिनी टाँग को आगे की ओर सीधा करें और खींचें(चित्र 21)। दो श्वास लें।
5. जब आप इस स्थिति में स्थिर हो जाएँ, दाहिने पैर को दोनों हाथों से पकड़ें तथा उसे और ऊपर उठाएँ(चित्र 22)। दो श्वास लें।
6. अब श्वास छोड़ते हुए, दाहिने घुटने के बाहर पहले सिर, बाद में नाक और अंत में चिबुक स्थिर करें(चित्र 23)। इस स्थिति में रहें और कुछ गहरी साँसें लें।
7. श्वास छोड़ें, हाथों को ढीला छोड़ दें और ताडासन की वापसी के लिए दाहिनी टाँग को भूमि पर लाएँ(चित्र 1)।
8. दाहिनी टाँग को जमीन पर रखकर और बाईं टाँग उठाकर इस स्थिति को दूसरी ओर दुहराएँ।
9. स्थिति 5 और 6 में संतुलन करना कठिन है और ऐसा स्थिति 4 पर प्रभुत्व प्राप्त किए बिना नहीं किया जा सकता है।

परिणाम

यह आसन टाँगों की मांसपेशियों को मजबूत बनाता है और व्यक्ति को स्थिरता तथा अंगसौष्ठव प्रदान करता है।

12 पार्श्वोत्तानासन छह* (चित्र 26)

पार्श्व का अर्थ है बगल या काँख। उत्तान(उत्=तीव्र, और तान=फैलाना, सीधा करना,

लंबा करना) का अर्थ है अत्यधिक फैलाव। यह नाम उस स्थिति को चरितार्थ करता है जहाँ सीने की बगल(पार्श्व) प्रबलता से फैलाई जाती है।

विधि

1. ताडासन में खड़े रहें(चित्र 1)। गहरी साँस लें और शरीर को किंचित् आगे की ओर झुकाएँ।

2. पीठ के पीछे हथेलियों को मिलाएँ और कंधों और कुहनियों को पीछे खींचें।

3. श्वास छोड़ें, कलाइयों को घुमाएँ और सीने के पृष्ठभाग(पीठ) के मध्य दोनों हथेलियों को लाएँ, उंगुलियों को स्कंधास्थि की सीध में रखें। आप अपनी पीठ के पीछे दोनों हाथों से 'नमस्ते' कर रहे हैं(चित्र 24)।

4. श्वास लें और टाँगों को बगल में 3 से 3½ फुट कूदते हुए फैलाएँ। इस स्थिति में रहें और श्वास न छोड़ें।

5. श्वास लें और धड़ को दाहिनी ओर मोड़ें। धड़ को सीध में पैर की उंगुलियों और एड़ी को रखते हुए दाहिने पैर के दाहिनी ओर 90° बगल में घुमाएँ; बाएँ पैर को 75° से 80° दाहिने पैर के दाहिनी ओर घुमाएँ और घुटने पर टाँग को तानते हुए बाएँ पैर को फैलाया हुआ रखें। सिर को पीछे की ओर झुकाएँ(चित्र 25)।

6. श्वास छोड़ें, धड़ को आगे की ओर झुकाएँ और सिर को दाहिने घुटने पर स्थिर करें। पीठ को तानें और धीरे-धीरे गर्दन को बढ़ाएँ जब तक कि नाक, बाद में होंठ और अंत में ठुड्डी(चिबुक) छू नहीं जाती और तब दाहिने घुटने के आगे रुकें(चित्र 26)। घुटने की चक्कियों को खींचते हुए दोनों टाँगों को तानें।

7. स्वाभाविक गति से साँस लेते हुए इस स्थिति में 20 सेकेंड से आधे मिनट तक ठहरें। बाद में धीरे-धीरे सिर तथा धड़ को नितंबों की गोलाई में झुलाते हुए बाएँ घुटने की ओर धड़ को मोड़ें। उसी समय बायाँ पैर बाईं ओर 90° और दाहिना पैर बाईं ओर 75° से 80° घुमाएँ। अब दाहिनी टाँग बिना झुकाए धड़ और सिर को जितना पीछे हो सके उतना उठाएँ। यह क्रिया एक श्वास में करनी चाहिए।

8. श्वास छोड़ें, धड़ को आगे झुकाएँ, बाएँ घुटने पर सिर रखें और गर्दन को स्थिति 6 के समान तानते हुए ठुड्डी को बाएँ घुटने के बाहर धीरे-धीरे बढ़ाएँ।

9. स्वाभाविक गति से साँस लेते हुए इस स्थिति में 20 सेकेंड से आधे मिनट तक बने रहने के बाद श्वास लें, सिर को बीच में और पैरों को उनकी मूल स्थिति में लाएँ जिससे पैर की उंगुलियाँ सीध में हो जाएँ। इसके बाद धड़ को ऊपर उठाएँ।

10. श्वास छोड़ें और पीछे से हाथों को मुक्त करते हुए ताडासन(चित्र 1) में वापस कूद जाएँ।

11. यदि आप हाथों को पीठ के पीछे तहिया नहीं सकते हैं तो कलाई को ही पकड़ लें और ऊपर की विधि का अनुसरण करें(चित्र 27 तथा 28)।

परिणाम

यह आसन टाँगों और नितंबों की मांसपेशियों की अकड़ को दूर करता है और नितंब के जोड़ तथा रीढ़ को लचीला बनाता है। जब सिर घुटनों पर स्थिर होता है तब ऊपर के अवयव संकुचित और ठीक होते हैं। कलाई आसानी से घूमती है और सभी प्रकार की कठिनता दूर होती है। यह गोल और अशक्त कंधों को भी ठीक करता है। सही स्थिति में कंधे पीछे की ओर अच्छी तरह खींचे जाते हैं और इससे गहरी साँस लेने में आसानी होती है।

13 प्रसारित पादोत्तानासन एक चार* (चित्र 33 तथा 34)

प्रसारित का अर्थ है विस्तृत, फैला हुआ, बढ़ा हुआ। पाद का अर्थ पैर है। यह स्थिति ऐसी है जिसमें फैली हुई टाँगें अत्यधिक सीधी होती हैं।

विधि

1. ताडासन में खड़े हों(चित्र 1)।

2. श्वास लें, कमर पर दोनों हाथों को रखें और टाँगों को 4½ से 5 फुट दूर फैलाएँ(चित्र 29)।

3. घुटनों की चक्कियों को ऊपर खींचते हुए टाँगों को तानें, श्वास छोड़ें, पैरों के बीच कंधों की सीध में हथेलियों को जमीन पर रखें(सामने का दृश्य, चित्र 30)।

4. श्वास लें और पीठ को अंतर्गोलाकार बनाते हुए सिर को ऊपर उठाएँ(बगल के दृश्य, चित्र 31 तथा 32)।

5. श्वास छोड़ें, कुहनियों को मोड़ें और शरीर के भार को टाँगों पर डालते हुए अग्रशिर को जमीन पर स्थिर करें(चित्र 33 तथा 34)। शरीर के भार को सिर पर न डालें। दोनों हाथ, दोनों हथेलियाँ और सिर एक सीध में होने चाहिए।

6. समान रूप से और गहरी साँस लेते हुए इस स्थिति में आधे मिनट के लिए ठहरें।

7. श्वास लें, जमीन पर से सिर उठाएँ और कुहनियों पर बाँहों को सीधा करें। स्थिति 4 की तरह पीठ को अंतर्गोलाकार बनाते हुए सिर को खूब ऊपर उठाएँ(चित्र 30)।

8. श्वास छोड़ें और स्थिति 2 में खड़े रहें(चित्र 29)।

9. कूदकर ताडासन में वापस आएँ(चित्र 1)।

14 प्रसारित पादोत्तानासन दो चार* (चित्र 35 तथा 36)

यह पूर्व स्थिति की प्रगत क्रिया है। यहाँ हाथ जमीन के बदले कमर पर रखे जाते हैं (चित्र 35) अथवा पीठ के पीछे जोड़े जाते हैं, मानो कोई पीठ के पीछे 'नमस्ते' कर रहा है(चित्र 36), जैसा कि पार्श्वोत्तानासन(चित्र 26) में वर्णित है। इस क्रिया में टाँगों का फैलाव अत्यधिक किया जाता है।

परिणाम

इस आसन में मंदिरशिरा और अपवर्तिनी मांसपेशियाँ पूरी तरह विकसित होती हैं, और रक्त धड़ और सिर में प्रवाहित किया जाता है। जो लोग शीर्षासन(चित्र 184) नहीं कर सकते हैं वे इस आसन से लाभान्वित हो सकते हैं, जो पाचनशक्ति बढ़ाता है।

उपर्युक्त खड़े होकर किए जानेवाले सभी आसन नवछात्रों के लिए अत्यावश्यक हैं। ज्यों-ज्यों साधक प्रगति करता है त्यों-त्यों वह अधिक लचीलापन प्राप्त करता है और तब खड़े होने के आसन छोड़े जा सकते हैं। फिर भी सप्ताह में एक बार उनका किया जाना उपयुक्त है। ये सभी खड़े होने के आसन शरीरभार को कम करने में सहायता करते हैं।

15 परिघासन चार* (चित्र 39)

परिघ का अर्थ धरन या फाटक बंद करने के लिए उपयोग में लाया जानेवाला छड़ है। इस आसन(स्थिति) में शरीर फाटक को बंद करने के लिए उपयोग में लाए गए छड़ के समान होता है, इसलिए आसन का यह नाम है।

विधि

1. एक साथ टखनों समेत जमीन पर घुटने टेक दें।

2. दाहिनी टाँग दाहिनी ओर बगल में फैलाएँ और धड़ और बाएँ घुटने की सीध में उसे रखें। दाहिनी टाँग का घुटना तानते हुए दाहिना पैर दाहिनी ओर बगल में घुमाएँ।

3. श्वास लेते हुए बाँहों को बगल में फैलाएँ(चित्र 37)। दो श्वास लें।

4. श्वास छोड़ें, धड़ और दाहिनी बाँह को फैलाई हुई दाहिनी टाँग की ओर नीचे ले जाएँ(चित्र 38)। दाहिनी हथेली को ऊपर करते हुए दाहिना हाथ और कलाई दाहिनी पिंडली और टखने पर क्रमश: स्थिर करें। तब दाहिने कान को दाहिनी बाँह के ऊपरी भाग पर रखें। बाईं बाँह को सिर पर से घुमाएँ और बाईं हथेली से दाहिनी हथेली को छूएँ। तब बायाँ कान दाईं बाँह के ऊपरी भाग का स्पर्श करेगा(चित्र 39)।

5. स्वाभाविक रूप से श्वास लेते हुए इस स्थिति में 30 से 60 सेकेंड रहें।

6. श्वास छोड़ें, धड़ और बाँहों को फिर से 3 की स्थिति में लाएँ। पुन: नलियों को एक साथ(एकत्र) करते हुए दाहिनी टाँग और घुटने को जमीन पर झुकाएँ।

7. दूसरी ओर इस स्थिति को बाएँ के लिए दायाँ बदलते हुए और क्रम उलटते हुए दुहराएँ। दोनों ओर इस स्थिति में उतने ही समय के लिए ठहरें।

परिणाम

इस आसन में बस्तिप्रदेश तना हुआ होता है, उदर एक बाजू से तना हुआ होता है जबकि दूसरा भाग पार्श्व में लचीला होता है। यह उदर की मांसपेशियों और अवयवों को व्यवस्थित करता है और इससे उदर(के चारों ओर) की चमड़ी सिकुड़कर लटकेगी नहीं, बल्कि स्वस्थ रहेगी। रीढ़ की बगल की क्रिया पीठ के दर्द से पीड़ित व्यक्तियों को आराम देने में मदद करती है।

16 उष्ट्रासन तीन* (चित्र 41)

उष्ट्र का अर्थ ऊँट है।

विधि

1. जाँघ और पैरों को एक साथ कर, पैर की उंगुलियों को पीछे की ओर जमीन पर रखते हुए, जमीन पर घुटने टेक दें।

2. हथेलियों को नितंबों पर रखें। जाँघ सीधी करें, रीढ़ को पीछे की ओर झुकाएँ और पसलियों को तानें(चित्र 80)।

3. श्वास छोड़ें, दाहिनी हथेली दाहिनी एड़ी पर और बाईं हथेली बाईं एड़ी पर रखें। यदि संभव हो, हथेलियों को पैरों के तलवों पर रखें।

4. हथेलियों से पैरों को दबाएँ, पीठ के पीछे सिर ले जाएँ, जाँघों की ओर रीढ़ को दबाएँ, जिससे वह जमीन की सीध में रहे।

5. नितंब संकुचित करें और गर्दन पीछे ताने हुए, पीठ की तथा रीढ़ की सबसे नीचे की तिकोनी हड्डी(coccyx) और भी आगे दबाएँ(चित्र 41)।

6. स्वाभाविक साँस के साथ इस स्थिति में लगभग आधे मिनट से एक मिनट तक रहें।

7. हाथों को एक-एक कर हटाएँ और उन्हें नितंबों पर रखें(चित्र 40)। बाद में जमीन पर बैठें और विश्राम करें।

परिणाम

यह आसन अशक्त कंधों और कुबड़े व्यक्तियों के लिए लाभकारी है।

पूरी रीढ़ पीछे की ओर खींची जाती है और ठीक होती है। बूढ़े और यहाँ तक कि जिन व्यक्तियों की रीढ़ को मार लगी है वे यह आसन करने की कोशिश आसानी से कर सकते हैं।

17 उत्कटासन दो* (चित्र 42)

उत्कट का अर्थ है शक्तिशाली, भयंकर, विषम। यह आसन किसी काल्पनिक कुर्सी पर बैठने के समान है।

विधि

1. ताडासन में खड़े हों(चित्र 1)। बाँहों को सिर के ऊपर सीधा करें और हथेलियों को मिला लें(चित्र 12)।

2. श्वास छोड़ें, घुटनों को मोड़ें और जाँघ जमीन की सीध में होने तक धड़ को नीचा करें(चित्र 42)।

3. आगे की ओर न झुकें, बल्कि जहाँ तक हो सके, सीने को पीछे ले जाएँ और स्वाभाविक रूप से साँस लें।

4. इस स्थिति में कुछ सेकेंड रहें, 30 सेकेंड काफी हैं। इस आसन में संतुलन करना कठिन है।

5. श्वास लें, टाँगों को सीधा करें(चित्र 12), बाँहों को नीचे करें, ताडासन में वापस आएँ(चित्र 1) और विश्राम करें।

परिणाम

यह आसन कंधों की कठिनता दूर करता है और टाँगों के छोटे-मोटे दोष ठीक करता है। टखने मजबूत होते हैं और टाँगों की मांसपेशियाँ सुडौल बनती हैं। उर:प्राचीर उठाया जाता है और इससे हृदय का सौम्य मर्दन होता है। उदर के अवयव तथा पीठ ठीक किए जाते हैं और पूरे फैलाव के कारण सीना विकसित हो जाता है। घुड़सवारों के लिए यह आसन लाभदायक है।

18 पादांगुष्ठासन तीन* (चित्र 44)

पाद का अर्थ है पैर। अंगुष्ठ का अर्थ अँगूठा(पैर का) है। यह आसन खड़े होकर पैर के अँगूठों को पकड़कर किया जाता है।

विधि

1. ताडासन में खड़े हों(चित्र 1)। टाँगें एक फुट के अंतर पर फैलाएँ।

2. श्वास छोड़ें, आगे की ओर झुकें, अँगूठों तथा प्रथम दोनों उंगुलियों के मध्य में(पैर के)अँगूठों को ऐसा पकड़ें कि हथेलियाँ एक-दूसरे के सम्मुख हों। कसकर पकड़े रहें(चित्र 43)।

3. सिर ऊँचा रखें, उर:प्राचीर(diaphragm) को सीने की ओर फैलाएँ और पीठ को यथासंभव अंतर्गोलाकार बनाएँ। कंधे को नीचे की ओर तानने की अपेक्षा गुदास्थि से अंतर्गोलाकार बनाने के लिए नितंबीय भाग को आगे की ओर झुकाएँ।

4. टाँगों को कड़ा रखें और पैर की उंगुलियों और घुटनों की पकड़ को ढीला न होने दें। स्कंधास्थि को खींचें। इस स्थिति में दो या तीन श्वास लें।

5. अब श्वास छोड़ें, जमीन पर से बिना उठाए पैर की उंगुलियों को खींचते हुए और घुटनों को कसते हुए उनके बीच सिर ले आएँ(चित्र 44)। सामान्य श्वासोच्छ्वास क्रिया को जारी रखते हुए करीब 20 सेकेंड तक इस स्थिति में रहें।

6. श्वास छोड़ें और 2 की स्थिति में आएँ(चित्र 43)। पैर की उंगुलियाँ छोड़ दें और सीधे खड़े हो जाएँ। पुनः ताडासन की स्थिति में आएँ(चित्र 1)।

19 पादहस्तासन छह* (चित्र 46)

पाद का अर्थ है पैर। हस्त का अर्थ है हाथ। आगे की ओर झुककर तथा अपने ही हाथ पर खड़े होकर यह आसन किया जाता है।

विधि

1. ताडासन में खड़े रहें(चित्र 1)। एक फुट की दूरी पर टाँगें फैलाएँ।

2. श्वास छोड़ें, आगे की ओर झुकें और टाँगों को घुटनों पर बिना मोड़े पैरों के नीचे हाथ डालें ताकि हथेलियाँ तलवों को छू सकें(चित्र 45)।

3. सिर ऊपर रखें और पीठ को यथासंभव अंतर्गोलाकार बनाएँ। घुटनों की पकड़ ढीली न होने दें। इस स्थिति में कुछ श्वास लें।

4. अब श्वास छोड़ें, कुहनियों को मोड़कर तथा हथेलियों से पैरों को ऊपर की ओर खींचकर घुटनों के बीच सिर ले जाएँ(चित्र 46)। स्वाभाविक रूप से श्वासोच्छ्वास करते हुए करीब 20 सेकेंड तक इस आसन में रहें।

5. श्वास लें, सिर उठाएँ और सिर को अच्छी तरह ऊपर उठाते हुए स्थिति 2 में वापस आ जाएँ(चित्र 45)। सिर ऊँचा करें और दो श्वास लें।

6. श्वास लेकर खड़े हो जाएँ और ताडासन में वापस आएँ(चित्र 1)।

परिणाम

पादांगुष्ठासन और पादहस्तासन के परिणाम–प्रथम की अपेक्षा दूसरा आसन जरा कठिन है पर दोनों का परिणाम एक ही है। जब यकृत और प्लीहा कार्यरत होते हैं तब उदर के अवयव बलवान होते हैं तथा पाचक रसों की वृद्धि होती है। इन दो आसनों के अभ्यास से पेट फूलने की शिकायत करने वाले अथवा वायु विकार से पीड़ित व्यक्तियों को लाभ पहुँचता है।

चित्र 43 और 45 के समान पीछे की अंतर्गोलाकार स्थिति में ही रीढ़ की स्थलांतरित चक्की व्यवस्थित की जा सकती है। यदि चक्की स्थलांतरित है तो आप घुटनों के बीच सिर न लाएँ। स्थलांतरित चक्की से पीड़ित व्यक्तियों पर मैंने प्रयोग किए हैं और

पीछे की अंतर्गोलाकार स्थिति उनके लिए वरदान सिद्ध हुई है। इस आसन के अभ्यास करने के पूर्व गुरु से मार्गदर्शन प्राप्त करना आवश्यक है। कारण, तत्काल पीछे की अंतर्गोलाकार स्थिति को प्राप्त करना संभव नहीं है। इस आसन के लिए प्रयास करने के पूर्व अन्य सहज आसनों पर प्रभुत्व पाना आवश्यक है।

20 उत्तानासन आठ* (चित्र 48)

उत् तीव्रता और गंभीरता का बोध कराने वाला उपसर्ग है। क्रिया तान का अर्थ है–तानना, बढ़ाना, फैलाना। इस आसन में मेरुदंड को बलपूर्वक ताना जाता है।

विधि

1. घुटनों को कड़ा रखते हुए ताडासन में खड़े हों(चित्र 1)।

2. श्वास छोड़ें, आगे की ओर झुकें और उंगुलियाँ जमीन पर रखें। पैरों की बगल में ठीक एड़ियों के पीछे जमीन पर हथेलियाँ रखें। टाँगें घुटनों पर न मोड़ें(चित्र 47)।

3. सिर सीधा रखें और मेरुदंड को तानें। नितंबों को सिर की ओर थोड़ा आगे ले जाएँ जिससे टाँगें जमीन पर लंबरूप हों।

4. इसी स्थिति में रहें और दो गहरी साँसें लें।

5. श्वास छोड़ें, धड़ टाँगों के निकट ले जाएँ और सिर घुटनों पर स्थिर करें(चित्र 48)।

6. घुटनों की पकड़ ढीली न होने दें, बल्कि घुटनों की चक्कियाँ ऊपर खींचें। गहरी और समान रूप से श्वास लेते हुए एक मिनट इसी स्थिति में रहें।

7. श्वास लें और हथेलियों को जमीन पर से उठाए बिना ही घुटनों पर से सिर उठाएँ(चित्र 47)।

8. दो श्वास लेने के बाद एक गहरी साँस लें, जमीन पर से हाथ उठा लें और ताडासन में वापस आएँ।

परिणाम

यह आसन पेट दर्द को दूर करता है और यकृत, प्लीहा तथा गुर्दों को भी ठीक करता है। उनको स्वस्थ रखता है। मासिक ऋतुस्रावकालीन पेट की पीड़ा से भी मुक्त करता है। हृदय की धड़कन मंद करता है और मेरुदंड की शिराओं को नवचेतना देता है। यदि व्यक्ति दो मिनट या उससे भी अधिक समय के लिए यह आसन करता है तो सभी प्रकार की मानसिक उदासीनता नष्ट होती है। जो व्यक्ति शीघ्र ही उत्तेजित हो जाते हैं उनके लिए यह आसन वरदान है; कारण, यह मस्तिष्क की कोशिकाओं(मज्जा तंतुओं) को शांत करता है। आसन करने के बाद व्यक्ति शांति का अनुभव करता है। आँखें ज्योतिर्मयी होती हैं और मन को शांति मिलती है।

शीर्षासन के लिए प्रयास करते समय जो व्यक्ति सिर में भारीपन, भावनावेग या अन्य विकार का अनुभव करते हैं उन्हें चाहिए कि वे पहले उत्तानासन करें; तब वे आसानी से सहज ही शीर्षासन करने में समर्थ हो सकते हैं।

21 ऊर्ध्व प्रसारित एकपादासन छह* (चित्र 49)

ऊर्ध्व का अर्थ है–सीधा खड़ा, ऊपर, ऊँचा। प्रसारित का अर्थ है–फैलाया हुआ, विस्तृत। एक का अर्थ एक और पाद का अर्थ पैर है। यह आसन एक टाँग पर दूसरी टाँग ऊपर उठाकर धड़ को आगे झुकाते हुए तथा आगे झुकते समय दूसरी टाँग ऊपर उठाकर किया जाता है।

विधि

1. ताडासन में खड़े रहें(चित्र 1)।
2. श्वास छोड़ें और धड़ को आगे की ओर झुकाएँ। दाहिने गुल्म(टखना) के पिछले भाग को बाएँ हाथ से पकड़ें। दाहिने पैर के पास दाहिने हाथ को भूमि पर तथा सिर या चिबुक को दाएँ घुटने पर स्थिर करें।
3. बाईं टाँग ऊपर आकाश में जितनी उठाई जा सके उठाएँ, दोनों घुटने तानें। उठाई हुई टाँग की उंगुलियों को ऊपर की ओर करें। दोनों टाँगें सीधी होनी चाहिए जिससे उंगुलियाँ सीधी ऊपर की ओर रहें, बगल में न मुड़ें(चित्र 49)।
4. समान रूप से श्वास लेते हुए करीब 20 सेकेंड तक इस आसन में रहें। श्वास लें, बाईं टाँग भूमि पर रखें और ताडासन में वापस आ जाएँ(चित्र 1)।
5. बाईं टाँग को भूमि पर रखें और दाहिनी टाँग को ऊपर आकाश में उठाते हुए इस आसन को दूसरी ओर दुहराएँ। इस आसन में दोनों ओर उतने ही समय के लिए रहें।

परिणाम

यह आसन टाँगों की मांसपेशियों को ठीक करता है और नितंब की स्थूलता कम करता है।

22 अर्धबद्ध पद्मोत्तानासन नौ* (चित्र 52)

अर्ध का अर्थ है आधा। बद्ध का अर्थ है बँधा हुआ, नियंत्रित, पकड़ा हुआ, रोका हुआ। पद्म कमल है। उत्तान का अर्थ है तीव्र तनाव।

विधि

1. ताडासन में खड़े रहें(चित्र 1)।
2. श्वास लें, दाहिनी टाँग भूमि पर से ऊपर उठाएँ, दाहिना घुटना मोड़ें, दाहिने पैर के तलवे को बाईं जाँघ पर रखें।

3. बाएँ हाथ से दाहिना पैर पकड़ें, दाहिनी बाँह पीठ पर लाएँ, दाहिने पैर के अँगूठे को दाहिने हाथ के अँगूठे और तर्जनी व मध्यमा के बीच पकड़ें(चित्र 50)।

4. बाएँ हाथ को मुक्त करें, श्वास छोड़ें, धड़ आगे की ओर झुकाएँ, बाएँ हाथ को भूमि पर बाएँ पैर की बगल में रखें(चित्र 51) और सिर ऊपर उठाएँ। पीठ को यथासंभव अंतर्गोलाकार बनाएँ। कुछ साँसें लें।

5. श्वास छोड़ें, सिर अथवा चिबुक बाएँ घुटने पर टिकाएँ(चित्र 52)।

6. यदि पूरी बाईं हथेली भूमि पर रखना संभव न हो सके तो पहले उंगुलियों के अग्रभाग से प्रारंभ कर धीरे-धीरे उंगुलियाँ और अंत में पूरी हथेली भूमि पर रखें। इसी प्रकार सिर की स्थिति में भी, बाएँ घुटने पर पहले ललाट रखकर, नाक के अग्रभाग को रखने के लिए गर्दन बढ़ाएँ, बाद में होठों तथा अंत में चिबुक को बाएँ घुटने पर रखें। सिर से चिबुक तक की प्रगति से यह स्पष्ट होता है कि शरीर अधिकाधिक लचीला होता रहता है।

7. इसी स्थिति में कुछ गहरे श्वासोच्छ्वास के बाद साँस लें और धड़ को 4 की स्थिति में ऊपर उठाएँ(चित्र 51)। दो श्वास लें।

8. श्वास लें, बाईं हथेली को भूमि पर से ऊपर उठाएँ और स्थिति 3 में वापस आएँ(चित्र 50)।

9. दाहिने हाथ की पकड़ से बाएँ पैर को मुक्त करें और ताडासन में वापस आएँ (चित्र 1)।

10. दाहिनी टाँग भूमि पर रखें, बाईं टाँग मोड़कर दाहिनी जाँघ पर रखें। पीछे से बाएँ हाथ से बाईं उंगुलियों को पकड़कर और आगे की ओर झुककर दाहिनी हथेली को भूमि पर रखते हुए इस स्थिति को दूसरी ओर दुहराएँ(चित्र 53)।

11. यदि हाथ पीछे कर पैर की उंगुलियाँ नहीं पकड़ सकते हों तो दोनों हथेलियों को भूमि पर रखें और ऊपर की विधि का अनुसरण करें(चित्र 54 तथा 55)।

परिणाम

इस आसन से घुटनों की कठिनता दूर होती है। उदर के अवयव संकुचित होने के कारण पाचनशक्ति बढ़ती है और अँतड़ी के स्नायुओं को क्रमिक वृत्तों में सिकोड़नेवाली क्रिया मलोत्पादक विष को पृथक् करने में मदद करती है। यह आसन कंधों को पीछे की ओर ले जाने में सहायता करता है। यह सीने को फैलाता है और मुक्त तथा गहरी साँस लेने में मदद करता है।

23 गरुड़ासन एक* (चित्र 56)

गरुड़ का अर्थ है पक्षिराज। श्वेत मुख, टेढ़ी-नुकीली चोंच, लाल पंख तथा सुनहले शरीरवाला गरुड़ विष्णु का वाहन माना जाता है।

विधि

1. ताडासन में खड़े हों(चित्र 1)। दाहिना घुटना मोड़ें।

2. दाहिने घुटने के ऊपर, दाहिनी जाँघ पर बाईं टाँग रखें और दाहिनी जाँघ के सामने के भाग पर बाईं जाँघ का पिछला भाग स्थिर करें।

3. बाद में दाहिनी पिंडली के पीछे बाएँ पैर को ले जाएँ जिससे बाईं नली दाहिनी पिंडली का स्पर्श करे और बाएँ पैर का अँगूठा दाहिने टखने के अंतर्भाग के कुछ ऊपर रहे। इस प्रकार दाहिनी टाँग के चारों ओर बाईं टाँग लपेटी जाती है।

4. आप केवल दाईं टाँग पर ही संतुलन बना रहे हैं। इसे सीखने में कुछ समय लगेगा।

5. कुहनी मोड़ें और बाँहों को सीने के बराबर ऊपर उठाएँ। बाईं बाँह की कुहनी के जोड़ के निकट और सामने के हिस्से पर दाईं कुहनी रखें। बाद में दाहिने हाथ को पीछे से दाईं तरफ और बाएँ हाथ को पीछे से बाईं ओर ले जाएँ तथा हथेलियों को मिला दें। अब बाईं बाँह दाहिनी बाँह को चारों ओर से लपेट लेगी(चित्र 56)।

6. कुछ सेकेंड तक यानी करीब 20 सेकेंड तक गहरी साँस लेते हुए इस स्थिति में रहें। तब बाँहों और टाँगों को ढीला करें और ताडासन में वापस आ जाएँ(चित्र 1)।

7. बाईं टाँग पर खड़े होकर और दाहिनी टाँग से बाईं टाँग तथा दाहिनी बाँह से बाईं बाँह को लपेट कर इस आसन को दुहराएँ। दोनों ओर उतने ही समय के लिए ठहरें।

परिणाम

यह आसन टखनों को विकसित करता है और कंधों की कठोरता दूर करता है। पिंडलियों की मांसपेशियों की ऐंठन को रोकने के लिए इसकी सिफारिश की जाती है। टाँगों की ऐंठन दूर करने के लिए और दर्द से मुक्ति पाने के लिए, गरुड़ासन, वीरासन(चित्र 89) और भेकासन जिसे मंडूकासन(चित्र 100) भी कहा जाता है और जिसका वर्णन आगे किया गया है, की सिफारिश की गई है।

24 वातायनासन ग्यारह* (चित्र 58)

वातायन का अर्थ है घोड़ा। अश्व की मुखाकृति के समान होने से इसका यह नाम है।

विधि

1. जमीन पर बैठें, बाएँ पैर को दाहिनी जाँघ के मूल पर रखें जैसे अर्ध पद्मासन में किया जाता है।

2. नितंबों की बगल में जमीन पर हाथ रखें। श्वास छोड़ें, जमीन पर से धड़ उठाएँ और बाएँ घुटने की चक्की जमीन पर रखें। मुड़े हुए बाएँ घुटने के पास दायाँ पैर रखें और दाहिनी जाँघ जमीन के समानांतर रखें(चित्र 57)।

3. बस्तिप्रदेश को आगे की ओर तानें, बाईं जाँघ जमीन के लंबरूप में रखें, हाथ उठाएँ, पीठ सीधी करें और शरीर का संतुलन बनाएँ। संतुलन बनाते समय आगे की ओर कदापि न झुकें, बल्कि पीठ सीधी रखें।

4. कुहनियों को मोड़ें और भुजाओं को सीने के बराबर उठाएँ। बाईं बाँह की कुहनी के जोड़ के ऊपर, कुहनी के पास सामने के भाग पर दाहिनी बाँह का ऊपर का पिछला भाग रखें। दोनों हाथों को एक-दूसरे से लपेटते हुए हथेलियाँ मिलाएँ। स्वाभाविक रूप से श्वास लेते हुए इस स्थिति में करीब 30 सेकेंड तक रहें(सामने की छवि–चित्र 58; पार्श्व की छवि–चित्र 59)।

5. भुजाओं को ढीला करें, जमीन पर बैठें और टाँगें सीधी करें।

6. दूसरी ओर इस स्थिति को दुहराएँ। दाहिना पैर बाईं जाँघ के मूल पर रखें। मुड़े हुए दाहिने घुटने के पास भूमि पर बायाँ पैर रखें और सीने के आगे दोनों बाहुओं को एक-दूसरे से लपेटें, जिससे बाईं बाँह दाहिनी बाँह की कुहनी के जोड़ के ऊपर रख कर और बाईं जाँघ जमीन के समानांतर रखकर संतुलन किया जाए। इस स्थिति को दोनों ओर उतने ही समय के लिए बनाए रखें। बाद में आसन मुक्त होकर जमीन पर विश्राम लें।

7. प्रारंभ में संतुलन बनाए रखना कठिन होगा तथा घुटनों में दर्द होगा। अभ्यास से दर्द दूर हो जाता है और संतुलन होने लगता है।

परिणाम

इस आसन से नितंबों के जोड़ में पूरी तरह रक्त प्रवाहित होता है और नितंब तथा जाँघों की छोटी-छोटी विकृतियाँ दूर होती हैं। यह त्रिकास्थि के ऊपर के प्रदेश की कठोरता के लिए लाभदायक है।

25 शलभासन एक* (चित्र 60)

शलभ का अर्थ है टिड्डी। जमीन पर स्थित टिड्डी जैसी आकृति के होने से आसन का यह नाम है।

विधि

1. पेट के बल भूमि पर पूरी तरह लंबे लेट जाएँ, मुख नीचे की ओर करें। भुजाओं को पीछे की ओर तानें।

2. श्वास छोड़ें। सिर, सीना और टाँगें एक ही समय यथासंभव जमीन से ऊपर उठाएं। जमीन पर हाथ न रखें और न पसलियों को ही टिकाएँ। शरीर का केवल उदरीय अग्रभाग जमीन पर टिकता है(चित्र 60)।

3. कूल्हों को संकुचित करें और जाँघ की मांसपेशियाँ तानें। जाँघ, घुटनों और टखनों को जुटाते हुए दोनों टाँगों को पूरी तरह फैलाएँ और सीधा रखें।

4. हाथों पर शरीर का भार न लें बल्कि पृष्ठ की मांसपेशियों के ऊपर के भाग की कसरत के लिए उन्हें पीछे की ओर तानें।

5. स्वाभाविक रूप से श्वास लेते हुए जितना संभव हो उतने समय तक इस आसन में रहें।

आरंभ में सीना तथा टाँगों को जमीन से ऊपर उठाना कठिन होता है परंतु जैसे-जैसे उदरीय मांसपेशियाँ मजबूत होती हैं वैसे-वैसे यह आसान हो जाता है।

परिणाम

यह आसन पाचनक्रिया को बढ़ाता है और वायुविकार तथा उदर-स्फीति से छुटकारा दिलाता है। मेरुदंड पीछे की ओर खींचे जाने के कारण लचीला बनता है और आसन से त्रिकास्थि और कटिसंबंधी दर्द दूर होते हैं। मेरा अनुभव है कि वे व्यक्ति जो स्थलांतरित चक्की से पीड़ित हैं, बिना विश्राम कराए तथा शल्य-चिकित्सा के बिना, इस आसन के नियमित अभ्यास से लाभान्वित होते हैं। अभ्यास से मूत्राशय तथा शिश्न की ग्रंथियाँ लाभान्वित होती हैं और स्वस्थ रहती हैं।

इस आसन की एक अन्य विधा से पीठ के निम्न भाग को दर्द से छुटकारा देने की कोशिश की जा सकती है। टाँगें घुटनों के पास मुड़ी होती हैं और दोनों जाँघें अलग अलग रखी जाती हैं, जबकि नलियाँ जमीन के समानांतर होती हैं। बाद में उच्छ्वसन सहित जाँघें जमीन से ऊपर की ओर उठाई जाती हैं और घुटने छूने तक एक-दूसरे के निकट लाई जाती हैं। फिर भी नलियाँ लंबरूप में रखी जाती हैं(चित्र 61)।

26 मकरासन (चित्र 62)

घेरण्ड संहिता के द्वितीय अध्याय के चालीसवें श्लोक में इसका वर्णन इस प्रकार है:

मुख नीचे किए, सीना जमीन को छूते हुए और दोनों टाँगें फैलाए जमीन पर पड़े हुए बाँह से सिर पकड़ें। यह मकर आसन है जो शरीर की उष्णता को बढ़ाता है। यह शलभासन का एक प्रकार है।

27 धनुरासन चार* (चित्र 63)

धनु का अर्थ है धनुष। इसमें हाथों का उपयोग सिर, धड़ और टाँगों को ऊपर खींचने के लिए प्रत्यंचा की तरह होता है और यह स्थिति झुके हुए धनुष के समान होती है।

विधि

1. नीचे मुँह किए, पेट के बल जमीन पर पूरी तरह लंबे लेट जाएँ।

2. साँस छोड़ें और घुटनें मोड़ें। बाँहों को पीछे की ओर तानें; बाएँ हाथ से बाएँ टखने को और दाएँ हाथ से दाएँ टखने को पकड़ें। दो साँसें लें।

3. अब पूरी तरह साँस निकाल दें और जमीन पर से घुटनों को उठाते हुए टाँगें ऊपर की ओर खींचें और उसी समय जमीन पर से सीना उठाएँ। बाँह और हाथ झुके हुए धनुष के समान शरीर को तानने में प्रत्यंचा के समान कार्य करते हैं।

4. सिर ऊपर उठाएँ और यथासंभव पीछे की ओर ले जाएँ। जमीन पर न तो बस्तिप्रदेश की हड्डियों को और न पसलियों को टिकने दें। जमीन पर उदर ही सारे शरीर का भार वहन करेगा।

5. टाँगें ऊपर उठाते समय घुटनों के पास उन्हें सरकने न दें अन्यथा काफी ऊँचाई तक टाँगें उठाई नहीं जा सकेंगी। पूरी तरह ऊपर उठाए जाने के बाद जाँघों, घुटनों और टखनों को सटा दें।

6. उदर फैलाए जाने के कारण साँस तेज चलेगी, लेकिन उसकी चिंता न करें। इस स्थिति में अपनी शक्ति के अनुसार करीब 20 सेकेंड से 1 मिनट तक रहें।

7. बाद में उच्छ्वसन के साथ टखनों को छोड़ दें, टाँगें सीधी तानें, सिर और टाँग जमीन पर ले आएँ और विश्राम करें।

परिणाम

इस आसन में मेरुदंड पीछे की ओर तना होता है। प्राय: वयस्क लोग मेरुदंड को पीछे की ओर तान नहीं पाते इसलिए उनके मेरुदंड अत्यंत कठोर हो जाते हैं। इस आसन से मेरुदंड लचीला बनता है और उदर के अवयव ठीक किए जाते हैं। मेरे अनुभव में, जो व्यक्ति स्थलांतरित चक्की से पीड़ित होते हैं, वे विश्राम किए बिना या शल्यचिकित्सा के बिना, धनुरासन और शलभासन के(चित्र 60) नियमित अभ्यास से स्वस्थ हो सकते हैं।

28 पार्श्व धनुरासन चार* (चित्र 64 और 65)

पार्श्व का अर्थ है बगल। धनुरासन के इस प्रकार में व्यक्ति अपनी एक ओर बगल में लेटकर यह आसन करता है।

विधि

1. धनुरासन करें(चित्र 63)।

2. श्वास छोड़ें, दाहिनी ओर मुड़ें और टाँगें और सीना तानें(चित्र 64)।

3. श्वास लें और स्थिति 1 में आएँ; श्वास छोड़ें और बाईं ओर लुढ़क जाएँ(चित्र 65)।

4. स्वाभाविक रूप से साँस लेते हुए यथाशक्ति उतने ही समय के लिए किसी एक ओर करें। श्वास लें, धनुरासन में वापस आएँ, टाँगें ढीली करें और सुस्ताएँ।

5. पहले की अपेक्षा अधिक थकानेवाले आसन के इस प्रकार में टखने हाथ की पकड़ से फिसल जाया करते हैं, इसलिए टखनों को मजबूती से पकड़ें।

परिणाम

इस आसन में बगल में मुड़ने की क्रिया उदर के अवयवों के जमीन पर फैलाए जाने के कारण उन्हें रगड़ देती है।

29 चतुरंग दंडासन एक* (चित्र 67)

चतुर् का अर्थ है चार। अंग का अर्थ अवयव या उसका एक भाग है। दंड का अर्थ है डंडा। अच्छी तरह जमीन पर लेट जाएँ, नीचे की ओर मुख करें और शरीर का भार हथेलियों तथा पैर की उंगुलियों पर डालें, श्वास छोड़ें, और शरीर को जमीन के समानांतर रखें, और दंड के समान कड़ा रखें। शरीर का भार वहन करनेवाले चार अवयव– दो हाथ और दो पैर हैं। यह आसन पाश्चात्य जिम्नास्टिक्स के जोर(dips) के समान है।

विधि

1. अच्छी तरह जमीन पर लेट जाएँ, नीचे की ओर मुख करें।

2. कुहनियों को मोड़ें, और हथेलियों को सीने की बगल में रखें। दोनों पैरों को एक फुट के अंतर पर रखें।

3. हाथों तथा पैर की उंगुलियों पर संतुलन बनाते हुए उच्छ्वसन के साथ जमीन के कुछ इंच ऊपर पूरे शरीर को उठाएँ। सिर से एड़ी तक जमीन के समानांतर डंडे के समान शरीर को कड़ा और घुटनों को कसा रखें। कुछ समय तक स्वाभाविक रूप से साँस लेते रहें।

4. बाद में धीरे-धीरे पूरे शरीर को आगे फैलाएँ, जिससे जमीन पर पैर की उंगुलियों के ऊपर के भाग पर पैर टिके(चित्र 67)।

5. स्वाभाविक रूप से तथा गहरी साँस लेते हुए इस आसन में करीब 30 सेकेंड तक रहें। यह क्रिया कई बार की जा सकती है। बाद में जमीन पर सुस्ताएँ।

परिणाम

यह आसन बाँहों तथा कलाइयों को मजबूत करता है तथा गति और शक्ति बढ़ाता है। उदर के अवयवों को संकुचित और ठीक करता है।

30 नक्रासन छह* (चित्र 68 से 71)

नक्र का अर्थ है घड़ियाल, मगर। मगर के अपने शिकार का पीछा करने के समान इस आसन में अनेक शक्तियुक्त गतियाँ हैं, इस कारण इसका यह नाम है।

विधि

1. मुख नीचे किए हुए जमीन पर लेट जाएँ।

2. कुहनियों को मोड़ें और हथेलियों को कमर की बगल में रखें।

3. पैरों को करीब एक फुट की दूरी पर अलग रखें। साँस छोड़ें, हथेलियों और पैर की उंगुलियों पर संतुलन बनाते हुए जमीन से कुछ इंच ऊपर सारे शरीर को उठाएँ। सींकचे के समान शरीर को कड़ा और घुटनों को कसा हुआ रखें। शरीर जमीन के समानांतर होना चाहिए(चित्र 68)।

4. कुछ साँस लें और उच्छ्वसन के साथ हाथों और पैरों को भूमि पर से एक ही समय उठाते हुए सारे शरीर को एक फुट आगे झोंक दें(चित्र 69, 70 तथा 71)। एक फुट आगे जाने के बाद कुछ साँस लें, बाद में साँस छोड़ें, और पुनः आगे झपटें।

5. चार या पाँच बार आगे झपटने की क्रिया करें। प्रत्येक बार इस क्रिया के अंत में शरीर की स्थिति ऊपर वर्णित स्थिति 3 की जैसी होनी चाहिए। शिकार करते समय मगर जिस तरह झपटता है, ठीक उसी का अनुकरण इस क्रिया में होता है। हर झोंके के बाद कुछ सेकेंड के लिए गहरी साँस लेकर सुस्ताएँ।

6. अब सारी क्रियाएँ उलटे क्रम से करें और मूल स्थिति–जहाँ से आपने प्रारंभ किया है–को पहुँचने तक, उच्छ्वसन के साथ एक ही समय 1 फुट पीछे जाएँ।

7. धड़ को जमीन पर टिकाएँ और आसन करें।

परिणाम

यह आसन कलाइयों को सशक्त बनाता है, शरीर के आलस्य तथा मानसिक थकावट को दूर करता है। पूरे शरीर को नई चेतना देता है और व्यक्ति को उत्साही और पुष्ट बनाता है। इन क्रियाओं से कलाइयों पर अत्यधिक दबाव पड़ने के कारण धीरे-धीरे इसका प्रयास करने की सलाह दी गई है, अन्यथा व्यक्ति की कलाइयाँ मरोड़ जाने की संभावना है।

31 भुजंगासन एक एक* (चित्र 73)

भुजंग का अर्थ है साँप। इस आसन में अच्छी तरह भूमि पर लेट जाएँ, नीचे की ओर मुख करें, धड़ से शरीर को ऊपर उठाएँ और आक्रमण करनेवाले साँप की तरह सिर पीछे ले जाएँ।

विधि

1. जमीन पर अधोमुख लेट जाएँ, पैरों को एक साथ रखते हुए टाँगें खींचें और सीधी रखें। घुटनों को कसा हुआ रखें और पैर की उंगुलियाँ सीधी रखें।

2. बस्तिप्रदेश की बगल में हथेलियाँ रखें।

3. साँस लें, जमीन पर हथेलियाँ दृढ़ता से दबाएँ और धड़ को ऊपर खींचें (चित्र 72)। दो साँसें लें।

4. साँस लें, भगास्थि के जमीन को छूने तक धड़ से शरीर को ऊपर उठाएँ। इस स्थिति में टाँगों और हथेलियों पर भार देते हुए ठहरें(चित्र 73)।

5. गुदा को कूल्हे के स्नायु के साथ सिकोड़ें और जाँघों को कसें।

6. स्वाभाविक रूप से श्वास लेते हुए करीब 20 सेकेंड तक इस स्थिति में रहें।

7. श्वास छोड़ें, कुहनियों को मोड़ें और जमीन पर धड़ को रखें। दो या तीन बार इस आसन को दुहराएँ और आराम करें।

परिणाम

यह आसन पीड़ित मेरुदंड के लिए रामबाण औषधि है और यदि मेरुदंड की चक्कियाँ किंचित् स्थलांतरित हों तो इस आसन के अभ्यास से वे मूल स्थिति में बिठाई जाती हैं। मेरुदंड प्रदेश ठीक किया जाता है और सीना चौड़ा होता है।

32 ऊर्ध्वमुख श्वानासन एक* (चित्र 74)

ऊर्ध्वमुख का अर्थ है मुख को ऊपर उठाना। श्वान का अर्थ है कुत्ता। आकाश में सिर उठाए और शरीर को लंबा ताने हुए कुत्ते के समान आकृति के होने से इस आसन का यह नाम है।

विधि

1. पेट के बल अधोमुख जमीन पर लेटें।

2. पैरों को एक फुट के अंतर पर रखें। पैर की उंगुलियाँ पीछे की ओर सीधी होनी चाहिए। उंगुलियों को आगे किए हुए कटि की बगल में भूमि पर हथेलियाँ रखें।

3. श्वास लें, धड़ और सिर ऊपर उठाएँ, पूरी तरह बाँहों को तानें और घुटनों से जमीन का स्पर्श किए बिना सिर और धड़ को यथासंभव पीछे की ओर ले जाएँ।

4. घुटने कस कर टाँगें सीधी रखें, लेकिन घुटनों को जमीन पर न रखें। शरीर का भार केवल हथेलियों और पैर की उंगुलियों पर ही रहता है(चित्र 74)।

5. मेरुदंड, जाँघ और पिंडली पूर्ण रूप में तने हुए और नितंब कसकर सिकुड़े हुए होने चाहिए। सीना आगे करें, गर्दन को अच्छी तरह तानें और यथासंभव सिर को पीछे करें। बाँहों के पीछे के भाग को भी ताने रहें।

6. गहरी साँस लेते हुए एकाध मिनट इस स्थिति में रहें।

7. कुहनियों को मोड़ें, तनाव को कम करें और जमीन पर आराम करें।

परिणाम

यह आसन मेरुदंड को नई चेतना देता है। कड़ी पीठ से पीड़ित व्यक्तियों के लिए विशेष रूप से इसका विधान है। घुटने की गठिया और कमर दर्द तथा मेरुदंड की स्थलांतरित या बढ़ी हुई चक्कियों से पीड़ित लोगों के लिए यह आसन लाभदायक है। यह आसन मेरुदंड को पुष्ट करता है और पीठ के दर्द को दूर करता है। सीने के फैलाव के कारण, फेफड़े(फुप्फुस) लचीले होते हैं। बस्तिप्रदेश में अच्छी तरह रक्त संचालित होता है और उसे स्वस्थ रखता है।

33 अधोमुख श्वानासन पाँच* (चित्र 35)

अधोमुख का अर्थ है मुख नीचे की ओर होना। श्वान का अर्थ है कुत्ता। सिर के साथ शरीर को ताने हुए तथा सामने की टाँगें नीचे और पीछे की टाँगें ऊपर उठाए हुए कुत्ते के समान होने से इस आसन का यह नाम है।

विधि

1. मुख नीचे किए पेट के बल जमीन पर अच्छी तरह लेट जाएँ। पैरों को एक फुट की दूरी पर रखें।

2. उंगुलियाँ सीधी और सिर की ओर संकेत करती हुई हथेलियों को सीने की बगल में रखें।

3. श्वास छोड़ें और जमीन पर से धड़ उठाएँ, बाँहों को सीधा तानें और सिर को पैरों की तरफ पीछे की ओर अंदर ले जाएँ और कुहनियों को सीधा रखते हुए तथा शरीर के पिछले भाग को(कमर, पीठ इत्यादि) तानते हुए जमीन पर सिर का मध्यभाग(ब्रह्मरंध्र) रखें(पार्श्व दृश्यः चित्र 75, पीछे का दृश्यः चित्र 76)।

4. टाँगें कड़ी रखें और घुटनों को मुड़ने न दें और एड़ियों को नीचे जमीन की ओर खींचें। पैरों को एक-दूसरे के समानांतर और पैर की उंगुलियों को सीधे तानते हुए एड़ियाँ और तलवे पूरी तरह जमीन पर टिके रहने चाहिए।

5. गहरी साँस के साथ इस स्थिति में करीब एक मिनट तक रहें। बाद में उच्छ्वसन के साथ जमीन पर से सिर उठाएँ, धड़ को आगे करें और जमीन पर धीरे-धीरे शरीर लाएँ और सुस्ताएँ।

परिणाम

जब कोई थक जाता है तब इस स्थिति में देर तक ठहरने से उसकी थकावट दूर होती है और खोई हुई शक्ति प्राप्त हो जाती है। जो कठिन दौड़ के बाद थक जाते हैं उन धावकों के लिए यह आसन विशेष रूप से लाभप्रद है। थोड़ी दूर दौड़नेवालों की गति और पैरों में फुर्ती बढ़ेगी। यह आसन एड़ी के दर्द और अकड़ाहट को दूर करता है। टखनों को पुष्ट करता है और टाँगों को सुडौल बनाता है। इस आसन का अभ्यास

स्कंधास्थि के भाग की कठोरता को दूर करने में मदद करता है, और इससे कंधों के जोड़ की सूजन दूर होती है। उदर की मांसपेशियाँ मेरुदंड की ओर खिंचती हैं और मजबूत होती हैं। उर:प्राचीर सीने के रिक्त प्रदेश की ओर उठाए जाने से हृदय की धड़कन की गति कम हो जाती है। यह आसन चित्त प्रफुल्लित करनेवाला है।

जो शीर्षासन(चित्र 184) करने से डरते हैं, वे इस आसन का अभ्यास आसानी से कर सकते हैं। इस आसन में धड़ नीचे किया जाता है, इस कारण वह पूरी तरह फैलता है और हृदय पर किसी तरह के तनाव के बिना इस भाग में शुद्ध रक्त संचार किया जाता है। यह मस्तिष्क की कोशिकाओं को नई चेतना देता है और थकावट दूर कर मस्तिष्क को सशक्त करता है।

उच्च रक्तचाप से पीड़ित व्यक्ति भी यह आसन कर सकते हैं।

34 परिपूर्ण नावासन दो* (चित्र 78)

परिपूर्ण का अर्थ है समस्त अथवा पूरा। डंडा युक्त नौका के समान आकृति होने से इसका यह नाम है।

विधि

1. टाँगें सामने सीधी फैलाकर जमीन पर बैठें। उंगुलियाँ पैरों की ओर संकेत करती हुई हथेलियों को नितंब के पास जमीन पर रखें। हाथों को सीधा तानें और पीठ को सीधा रखें।

35 दंडासन दो* (चित्र 77) इस आसन को कहते है। (दंड=छड़ी, डंडा)।

2. साँस छोड़ें; धड़ को पीछे की ओर झुकाएँ और उसी समय टाँगें जमीन पर से उठाएँ और घुटनें कसें तथा पैर की उंगुलियाँ आगे की ओर संकेत करती हुई उन्हें सींकचे(चवामत) की तरह कड़ा रखें। केवल नितंबों पर संतुलन रखा जाता है और मेरुदंड के किसी भी भाग को जमीन का स्पर्श नहीं करना चाहिए, जिससे टाँगें 60° से 65° तक के कोण में रखी जा सकें। पैर सिर से ऊपर रहते हैं न कि अर्धनावासन की तरह समान स्तर पर होते हैं(चित्र 79)।

3. जमीन पर से हाथ उठाएँ और बाँहों को जमीन के समानांतर जाँघों के पास रखते हुए आगे तानें। कंधों तथा हथेलियों को एक सतह पर होना चाहिए और हथेलियाँ एक-दूसरे के सामने होनी चाहिए(चित्र 78)।

4. स्वाभाविक रूप से श्वास लेते हुए आधे मिनट तक इस आसन में रहें। धीरे-धीरे करीब एक मिनट तक समय बढ़ा दें। 20 सेकेंड के अभ्यास के बाद व्यक्ति उसके परिणाम का अनुभव करता है।

5. बाद में श्वास छोड़ें, हाथ नीचे ले आएँ, पैर जमीन पर रखें और पीठ के बल लेटकर सुस्ताएँ।

परिणाम

जो लोग वायु के कारण पेट का फूलना महसूस करते हैं और जिन्हें वायुविकार की शिकायत है उन्हें इससे आराम मिलता है। यह आसन कटि प्रदेश की स्थूलता न्यून करता है तथा गुर्दे को ठीक करता है।

36 अर्धनावासन दो* (चित्र 79)

अर्ध का अर्थ है आधा। नाव का अर्थ नौका, जहाज़ और तरी है। नौका के आकार से मिलता-जुलता होने के कारण इसका यह नाम है।

विधि

1. जमीन पर बैठें। टाँगें आगे की ओर तानें और उन्हें सीधा रखें(चित्र 77)।

2. दोनों हाथों की उंगुलियों को परस्पर फँसाएँ और उन्हें सिर के पीछे गर्दन के कुछ ऊपर रखें।

3. श्वास छोड़ें, धड़ को पीछे झुकाएँ और उसी समय घुटनों को कसें और पैर की उंगुलियों को सामने करते हुए जमीन पर से टाँगें उठाएँ। नितंबों पर शरीर संतुलन का भार होता है और मेरुदंड के किसी भी भाग को जमीन का स्पर्श नहीं होने देना चाहिए(चित्र 79)। व्यक्ति उदर की मांसपेशियों पर और पीठ के निम्न भाग में जकड़ का अनुभव करता है।

4. टाँगें जमीन से करीब 30° से 35° तक के कोण पर और सिर का कपाल पैरों की उंगुलियों की सीध में रखें।

5. स्वाभाविक रूप से श्वास लेते हुए 20 से 30 सेकेंड तक इस आसन में रहें। इस स्थिति में एक मिनट तक रहना उदर की पुष्ट मांसपेशियों का निदर्शक है।

6. यद्यपि पूरक के बाद श्वास रोकने की प्रवृत्ति हमेशा होती है तथापि इस आसन के समय श्वास को न रोकें। यदि श्वास रोका जाता है तो उसका प्रभाव पेट की मांसपेशियों पर मालूम पड़ता है, न कि उदर के अवयवों पर। इस आसन में गहरी साँस लेने से उदर की मांसपेशियों पर की पकड़ शिथिल हो जाएगी। इस पकड़ को बनाए रखने के लिए श्वास लें, श्वास छोड़ें और श्वास रोकें और बिना गहरी साँस लिए इस प्रक्रिया को दुहराते जाएँ। यह आसन न केवल उदर की मांसपेशियों को, बल्कि उदर के अवयवों को भी व्यायाम देगा।

7. अर्ध नावासन और परिपूर्ण नावासन के अंतर को ध्यान में रखना चाहिए। दूसरे आसन(परिपूर्ण नावासन) में टाँगें अधिक ऊपर ले जाई जाती हैं और टाँगों तथा उदर के बीच का अंतर पहले आसन(अर्ध नावासन) की अपेक्षा कम होता है।

परिणाम

टाँगों की स्थितियों के कारण अर्ध नावासन और परिपूर्ण नावासन(चित्र 78) के परिणामों में अंतर होता है। परिपूर्ण नावासन का व्यायाम अँतड़ियों पर प्रभावकारी होता है जबकि अर्ध नावासन यकृत, पित्ताशय और प्लीहा को ठीक करता है।

आरंभ में इस आसन के भार को सहने में पीठ अत्यंत असमर्थ होती है। जब इस आसन में रहने की शक्ति प्राप्त होती है तो इससे सूचित होता है कि पीठ शक्ति प्राप्त कर रही है। कई दृष्टियों से कमजोर पीठ बाधक है। विशेष रूप से स्त्रियों के लिए क्योंकि उन्हें शिशुधारण करने के लिए सबल पीठ की आवश्यकता होती है। मेरुदंड के किंचित् मुड़ाव के साथ इन दोनों आसनों का संयोग पीठ को बल प्राप्त कराने में सहायक होता है। यदि हम वृद्ध लोगों के बैठने, उठने और चलने के समय, जाने या अनजाने अपनी पीठ को अपने हाथों का सहारा देते हुए ध्यान से देखेंगे तो पीठ के निचले भाग के सबल होने के महत्त्व को हम समझ सकेंगे। इससे यह स्पष्ट है कि पीठ दुर्बल है और तनाव को सह नहीं सकती है। जब तक यह सशक्त है और आधार की आवश्यकता नहीं होती है, तब तक व्यक्ति वयोवृद्ध होने पर भी तारुण्य का अनुभव करता है। ये दो आसन पीठ में जीवन और स्फूर्ति लाते हैं और हमें वैभवपूर्ण तथा सुखपूर्ण बुढ़ापे की ओर जाने में समर्थ करते हैं।

37 गोमुखासन दो* (चित्र 80)

गो का अर्थ है गाय। मुख का अर्थ है मुँह। यह गाय के मुख के समान होने से गोमुख कहलाता है। इसका और एक अर्थ एक प्रकार का वाद्ययंत्र भी है जो गोमुख के समान एक सिरे पर पतला और दूसरे सिरे पर चौड़ा होता है।

विधि

1. टाँगें सामने सीधी तानकर जमीन पर बैठें(चित्र 77)।
2. हथेलियों को जमीन पर रखें और बैठक को उठाएँ।
3. बायाँ घुटना पीछे मोड़ें और बाएँ पैर पर बैठें। जमीन पर से हाथ उठाएँ, दाहिनी टाँग उठाएँ और दाहिनी जाँघ बाईं पर रखें। नितंब उठाएँ और हाथों की मदद से टखने और एड़ियों के पीछे परस्पर स्पर्श करने तक निकट लाएँ।
4. पैर की उंगुलियाँ पीछे की ओर किए टखने स्थिर करें।
5. बाईं बाँह सिर के ऊपर उठाएँ, बाईं कुहनी मोड़ें और बाईं हथेली दोनों कंधों के बीच, गर्दन के पिछले भाग के नीचे रखें। दाईं बाँह नीचे करें, दाईं कुहनी मोड़ें, और दायाँ हाथ स्कंधास्थियों के बीच उनके बराबर होने तक ऊपर उठाएँ। पीठ के पीछे कंधों के बीच हाथों को मिलाएँ(सामने का दृश्य: चित्र 80, पीछे का दृश्य: चित्र 81)।

6. स्वाभाविक रूप से श्वास लेते हुए 30 से 60 सेकेंड तक इस स्थिति में रहें। गर्दन और सिर सीधे रखें तथा बिलकुल सीध में देखें।

7. हाथों को छोड़ दें, टाँगें सीधी करें और उतने ही समय के लिए दायाँ और दाएँ की जगह बायाँ लाते हुए दूसरी ओर आसन को दुहराएँ। फिर पीठ के पीछे हाथों को छोड़ दें, टाँगें सीधी करें और सुस्ताएँ।

परिणाम

यह आसन टाँगों की ऐंठन को दूर करता है और उनकी मांसपेशियों को लचीला बनाता है। सीना चौड़ा होता है और पीठ सीधी होती है। स्कंध-जोड़ सहजता से घूमते हैं और कटिविस्तीर्ण प्रदेश(Latissimus dorsi) पूर्ण रूप से फैलता है।

38 लोलासन छह* (चित्र 83)

लोल का अर्थ है चंचल, इधर-उधर घूमना, लोलक की तरह हिलना। इस आसन में टाँगों और पैरों को गोमुखासन की भाँति रखा जाता है(चित्र 80)। नितंबों की बगल में हाथों को जमीन पर रखा जाता है और केवल हाथों और कलाइयों के आधार पर शरीर को ऊपर उठाया जाता है। व्यक्ति अपना संतुलन आगे-पीछे होकर बनाए रखता है। इस हलचल में हिलता हुआ लोलक प्रतिबिंबित होता है।

विधि

1. सामने टाँगें सीधी फैलाकर जमीन पर बैठें(चित्र 77)।

2. नितंबों की बगल में हथेलियाँ रखें।

3. आसन को उठाएँ, दाहिने घुटने को पीछे की ओर मोड़ें, तलवे को बाएँ नितंब के नीचे रखें, और उस पर बैठ जाएँ।

4. बाएँ घुटने को पीछे करें और पुनः आसन उठाकर, दाहिने नितंब के नीचे बाएँ तलवे को रखें और उसपर बैठ जाएँ।

5. पैर एक-दूसरे पर चढ़े होंगे जिससे दाहिनी नली बाईं पिंडली के ऊपर हो। पैरों की उंगुलियों को पीछे की ओर किए रखें(चित्र 82)।

6. कुछ साँसें लें। साँस छोड़ें, धड़ तथा टाँगों को जमीन से ऊपर उठाएँ। बाँहों को फैलाए हुए, हाथों पर संतुलन बनाए रखें(चित्र 83)। धीरे-धीरे धड़ तथा टाँगों को आगे-पीछे हिलाएँ। स्वाभाविक रूप से श्वास लें।

7. जमीन पर विश्राम करें और टाँगों को खोल दें।

8. दूसरी ओर(उलटे क्रम में) टाँगों को परस्पर गुँथाएँ और हाथों पर संतुलन बनाए रखें।

9. जब तक संभव हो, संतुलन बनाए रखें।

परिणाम

यह आसन कलाइयों, हाथों, पीठ की मांसपेशियों तथा उदर के अवयवों को पुष्ट करता है। इस आसन से टाँगों की मांसपेशियाँ लचीली होती हैं और बाँहों की छोटी मांसपेशियाँ विकसित तथा ठीक होती हैं।

39 सिद्धासन एक* (चित्र 84)

'सिद्ध' का अर्थ दिव्यांश पुरुष जो अत्यंत शुद्ध, पवित्र होता है और 'सिद्धि' याने अलौकिक दैवी शक्ति। सिद्ध पुरुष इस दैवी सामर्थ्य का अधिकारी होता है। सिद्ध का अर्थ दिव्य ज्ञानयुक्त ऋषि, ज्ञानी या देवदूत भी है।

सिद्ध कहा करते हैं–"जिस प्रकार नियमों में अहिंसा और यमों में परिमित आहार अत्यंत महत्त्वपूर्ण है उसी प्रकार आसनों में सिद्धासन है।"

"व्यक्ति को 84 लाख आसनों में से सिद्धासन का सदा अभ्यास करना चाहिए। यह 72,000 नाड़ियों को शुद्ध करता है।" (नाड़ी मनुष्य के शरीर में वह मार्ग है जिससे ओजस्विनी ऊर्जा प्रवाहित होती है।)

"योगी आत्मा पर ध्यान और परिमित आहार करते हुए यदि 12 वर्ष सिद्धासन का अभ्यास करता है तो योगसिद्धि को प्राप्त होता है।" (आत्मा का अर्थ जीवात्मा और परमात्मा है। सिद्धि अलौकिक शक्ति है।)

"जब सिद्धासन पर प्रभुत्व प्राप्त किया गया है तो उन्मनी अवस्था–जो प्रकाश देती है–का बिना प्रयास के एवं स्वाभाविकतया अनुसरण किया जाता है।"

आत्मा की तीन अवस्थाएँ हैं जो चौथी अवस्था में समाविष्ट हैं। वे हैं–जाग्रत, स्वप्न, सुषुप्ति तथा तुरीय। "पहली अवस्था जागृति की है जहाँ आत्मा को स्थूल दृष्टिगोचर पदार्थमय सामान्य जगत का बोध होता है। यह स्थूल पदार्थ का उपभोग करता है। यहाँ शरीर के परावलंब भाव की प्रधानता है। दूसरी अवस्था स्वप्न की है, जहाँ आत्मा अपनी जाग्रत अवस्था के भौतिक जगत से अपने लिए एक नए प्रकार के विश्व का निर्माण कर अतिसूक्ष्म का आनंद लेती है। कहते हैं कि आत्मा शरीर के बंधनों से मुक्त होकर स्वच्छंदता से विचरण करती है। तीसरी अवस्था गहरी नींद(निद्रा) की है, जहाँ न स्वप्न हैं, न इच्छाएँ। इसे सुषुप्ति कहते हैं। कहा जाता है कि इस अवस्था में आत्मा थोड़े समय के लिए ब्रह्म से एकरूप हो जाती है और परम सुख का आनंद प्राप्त करती है। हम गहरी नींद में सभी प्रकार की इच्छाओं से ऊपर उठे होते हैं और आत्मक्लेश(दु:ख) से मुक्त होते हैं। यद्यपि आत्मा के लिए मांस का बंधन डाला गया है तथापि वह मूल रूप में दिव्य है। कहा जाता है कि नींद में आत्मा शरीर के बंधनों(कड़ी) से मुक्त हो जाती है और अपनी स्वाभाविक अवस्था को पुनः प्राप्त

करती है। परंतु इस(अर्थात् चिर निःस्वप्न निद्रा) को मात्र अचेतनता ही भ्रम से समझ लिया जाए– इसकी भी संभावना है''' स्वप्नरहित निद्रा यह उच्चतम अवस्था नहीं है, प्रत्युत एक दूसरी ही, आत्मा की चौथी अवस्था, शुद्ध अंतर्ज्ञान संबंधी चेतना की(चैतन्य की) है। जहाँ आंतरिक या बाह्य विषयों का ज्ञान नहीं होता, वही उच्चतम अवस्था है। आत्मा गहरी निद्रा में ब्रह्म से पूर्ण मिलकर एकात्मभाव के परिवर्तनपूर्ण जीवन से अत्यंत दूरस्थ प्रदेश में निवास करती है। तुरीयावस्था गहरी निद्रा की स्थिति में विशिष्ट नकारात्मक पहलुओं का विधेयात्मक स्वरूप सामने लाती है।"– श्री राधाकृष्णन ने **उपनिषद्- दर्शन** *(Philosophy of the Upanishads)* में कहा है। यह चौथी अवस्था **माण्डूक्य उपनिषद्** में अधोलिखित रूप में वर्णित है: "विद्वान कहते हैं कि यह चौथी अवस्था न तो आत्मचेतना संबंधी अनुभव है, और न बाह्य पदार्थ विषयक अनुभव है। और न इन दोनों के मध्य के अनुभव की अवस्था है और न यह चैतन्य या न अचैतन्य की अभावात्मक अवस्था ही है। यह न तो इंद्रियों का ज्ञान है और न संबंधी ज्ञान है; यहाँ तक कि यह अनुमान या तर्क-सिद्ध ज्ञान भी नहीं है। चौथी अवस्था इंद्रियातीत, ज्ञानातीत एवं सभी प्रकार से वर्णनातीत है। यह शुद्ध अर्थदीप अद्वैत चैतन्य का अनुभव है जहाँ बाह्य जगत और उसके अनेकत्व(बाहुल्य) संबंधी ज्ञान एवं सजगता का उन्मूलन किया गया है। यह सर्वोत्तम है। एकमेव अद्वितीय है। यही आत्मा है। इसे स्वयं(अकेले) जानो।"

"राजयोग, समाधि, उन्मनी, मनोमनी, अमरत्व, ध्यान, शून्याशून्य(रिक्त तथा अरिक्त भी), परमपद(सर्वोच्च अवस्था), अमनस्क जीवन्मुक्ति(मानसिक व्यापार का अस्थिर दशा में होना), अद्वैत(द्वैत का अभाव), निरावलंब(आधाररहित), निरंजन (शुद्ध), जीवन्मुक्ति(मुक्तावस्था), सहजावस्था(स्वाभाविक स्थिति) तथा तुरीय (शब्दार्थ रूप में चौथी अवस्था) ये सभी एक ही स्थिति के अभिधान हैं। जिस प्रकार पानी में फेंका गया नमक का एक टुकड़ा पानी में मिल जाता है और उससे एकरूप हो जाता है, उसी प्रकार मन और आत्मा के मध्य जो मिलन है उसे समाधि कहते हैं। जहाँ प्राण और मन तद्रूप हो जाते हैं तब लय(एकरूपता) के उदय की इस स्थिति को समाधि कहते हैं।"–**हठयोग प्रदीपिका**, अध्याय 4-श्लोक 3 से 6।

सिद्ध के समान आसन नहीं है, केवल के समान कुंभक नहीं है, खेचरी के समान मुद्रा नहीं है और नाद के समान लय(मन की लयता) नहीं है।

(खेचरी मुद्रा का शाब्दिक अर्थ है अंतरिक्ष के मध्य विचरण करना।) **घेरण्ड संहिता** के तीसरे अध्याय की श्लोक संख्या 25 से 28 में यह इस प्रकार वर्णित है–"जिह्वा के नीचे का स्नायु काटें और जिह्वा को निरंतर घुमाएँ; ताजे मक्खन से उसे रगड़ें और लोहे के उपकरण से बाहर की ओर(उसे लंबा करने के लिए) खींचें। इस प्रकार सतत अभ्यास करने से जिह्वा लंबी हो जाती है और जब यह दोनों भौंहों के बीच के स्थान पर पहुँचती है, तब खेचरी को सिद्ध किया जाता है। बाद में(जिह्वा के लंबे होने

पर) उसे ऊपर पीछे की ओर घुमाने का अभ्यास करें जिससे जिह्वा तालु को छुए, उतनी लंबाई तक कि मुँह में खुले नाक के छेदों तक पहुँचे। उन छिद्रों को जिह्वा से बंद करें(इस प्रकार श्वसन को रोककर), भौंहों के मध्य भाग पर टकटकी लगाएँ। इसे खेचरी कहते हैं। इस अभ्यास से न मूर्च्छा, न भूख, न प्यास, न सुस्ती आती है। न रोग होता है न नाश, और न मृत्यु आती है। शरीर दिव्य(पवित्र) हो जाता है।"

[नाद आंतरिक गुप्त ध्वनि है। चौथे अध्याय के श्लोक 79 से 101 तक विविध उपमाओं के साथ अधिक विशद् रूप से इसका वर्णन है। मन के सन्मार्ग से विचलन पर नियंत्रण– इस प्रकार योग की परिभाषा की गई है। मन को वश में करने के लिए यह आवश्यक है कि सर्वप्रथम किसी वस्तु पर ध्यान युक्त(केंद्रित) किया जाए। बाद में उस वस्तु पर से ध्यान धीरे-धीरे हटाया जाता है और व्यक्ति के अपने स्वयं में देखने के लिए लगाया जाता है। यही है जहाँ गुप्त(अप्रत्यक्ष) अंतर्नाद पर योगी को ध्यान केंद्रित करने के लिए कहा गया है। 'मन सर्प के समान है, नाद सुनने पर अपनी सारी अस्थिरता भुलाकर वह अन्यत्र कहीं नहीं भागता।' धीरे-धीरे ज्यों-ज्यों नाद लुप्त होता जाता है, त्यों-त्यों मन भी उसके हाथ गुप्त हो जाता है। "लकड़ी में लगी हुई अग्नि उसके साथ ही बुझ जाती है (पूरी तरह जल जाने के बाद); और इसी प्रकार मन भी नाद के साथ रममाण होता हुआ उसी के साथ गुप्त हो जाता है।"]

विधि

1. सामने टाँगों को सीधे फैलाए हुए जमीन पर बैठें(चित्र 77)।

2. बाईं टाँग को घुटने से मोड़ें। बाएँ पैर को हाथों से पकड़ें, मूलाधार के पास एड़ी रखें और बाएँ पैर के तलवे को दाहिनी जाँघ के सामने ठहराएँ।

3. अब दाहिनी टाँग को घुटने से मोड़ें और दाहिनी एड़ी को जघनास्थि(pubic bone) के सामने रखकर दाहिने पैर को बाईं नली पर रखें।

4. दाहिने पैर के तलवे को बाईं टाँग की पिंडली और जाँघ के बीच रखें।

5. एड़ियों पर शरीर को स्थिर न करें।

6. बाँहों को सामने फैलाएँ और घुटनों पर हाथों के पृष्ठभाग स्थिर करें जिससे हथेलियाँ ऊपर की ओर खुलें। अँगूठों और तर्जनियों को मिलाएँ तथा दूसरी उंगुलियों को फैलाएँ(चित्र 84)।

7. इस स्थिति में पीठ, गर्दन और सिर को सीधा रखते हुए तथा अंतर्नयन दृष्टि किए हुए– मानो नाक के अग्रभाग पर दृष्टि लगाई है–जितनी देर रह सकें, रहें।

8. पैरों को खोल दें और थोड़े समय के लिए शिथिल होने दें। बाद में दाहिनी एड़ी को पहले मूलाधार के पास और बाएँ पैर को ऊपर बतलाई गई विधि के अनुसार दाहिनी नली पर रखकर उतने ही समय के लिए इस स्थिति को दुहराएँ।

परिणाम

यह आसन पुरोनितंबीय प्रदेश को स्वस्थ रखता है। आरामदेह आसनों में पद्मासन की तरह यह आसन अत्यंत आरामदेह आसन है। बैठने की स्थिति में शरीर होने से विश्रांति रहती है, जबकि टाँगों की विपरीत(उलट-पलट) स्थिति और सीधी पीठ मन को सचेत एवं चुस्त रखती है। प्राणायाम के अभ्यास तथा ध्यान के लिए भी इस आसन को योग्य बतलाया गया है।

केवल शारीरिक दृष्टिकोण से भी यह आसन घुटनों और नलियों की सख्ती को ठीक करने के लिए अच्छा है। इस आसन से कटिप्रदेश तथा उदर में रक्त प्रवाहित होता है और यह आसन मेरुदंड के निचले प्रदेश तथा उदर के अवयवों को ठीक करता है।

40 वीरासन एक* (चित्र 89)

वीर का अर्थ पराक्रमी पुरुष, योद्धा, वीर है। यह बैठने का आसन घुटनों को एक-साथ रख, पैरों को फैलाकर और उन्हें नितंबों की बगल में स्थिर करते हुए किया जाता है।

यह आसन ध्यान तथा प्राणायाम के लिए अच्छा है।

विधि

1. जमीन पर घुटने टेकें। घुटनों को एक साथ रखें और पैरों को लगभग 18 इंच फैलाएँ।

2. नितंबों को जमीन पर स्थिर करें परंतु शरीर को पैरों पर स्थिर न करें। पैरों को जाँघों की बगल में, प्रत्येक पिंडली का अंदर का भाग अपनी संबंधित जाँघ के बाहर के भाग को छूता हुआ रखें। पैरों की उंगुलियों को पीछे की ओर किए और जमीन को छूते हुए रखें। हथेलियों को ऊपर कर और अँगूठों तथा तर्जनियों के अग्रभाग को मिलाकर कलाइयों को घुटनों पर रखें। दूसरी उंगुलियों को फैलाए रखें। पीठ को सीधा तानें(पीछे का दृश्य:चित्र 88, सामने का दृश्य:चित्र 89)।

3. गहरी साँस लेते हुए इस स्थिति में जितना समय रह सकें, रहें।

4. बाद में कुछ समय के लिए हथेलियों को घुटनों पर स्थिर करें(पार्श्व दृश्य: चित्र 90)।

5. अब उंगुलियों को आपस में गुँथाएँ और हथेलियों को ऊपर किए बाँहों को सिर के ऊपर सीधे तानें(चित्र 91)।

6. गहरी साँस लेते हुए कुछ मिनट इस स्थिति में रहें।

7. श्वास छोड़ें, उंगुलियों के गुँथन को शिथिल करें, हथेलियों को तलवों पर रखें, आगे झुकें और चिबुक को घुटनों पर स्थिर करें(चित्र 92)।

8. स्वाभाविक रूप से साँस लेते हुए कुछ मिनट इस स्थिति में रहें।

9. श्वास छोड़ें, धड़ को ऊपर उठाएँ, पैरों को आगे लाएँ और शिथिल होने दें (सुस्ताएँ)।

10. यदि आप ऊपर बतलाई गई विधि से आसन करने में कठिनाई का अनुभव करते हैं, तो पैरों को एक-दूसरे पर रखकर और नितंबों को उन पर स्थिर कर आसन करने की कोशिश करें(चित्र 85)। धीरे-धीरे पैर की उंगुलियों को आगे की ओर पृथक करें, पैरों को पृथक करें(चित्र 86 तथा 87) और उन्हें जाँघों के बाहर स्थिर करने के लिए लाएँ। तब थोड़े समय में नितंब जमीन पर ठीक तरह से स्थिर होंगे और शरीर पैरों पर स्थिर नहीं होगा।

परिणाम

यह आसन घुटनों में आमवात की पीड़ा और 'गाउट' को दूर करता है और यह चपटे पैर के लिए भी अच्छा है। नलियों और पैरों के तानने के कारण उचित मेहराब बनाई जाए– इसके लिए लंबी अवधि लगती है और कई महीने इस आसन का अभ्यास प्रतिदिन कुछ मिनट करना आवश्यक है। जिनकी एड़ियों में दर्द है या जो पार्ष्णिका कंट की वृद्धि से पीड़ित हैं, उन्हें वेदना से मुक्ति मिलेगी और कंट धीरे-धीरे लुप्त हो जाएगा।

यह आसन भोजन के बाद तत्काल भी किया जा सकता है और यह पेट के भारीपन को दूर करेगा।

41 सुप्त वीरासन दो* (चित्र 69)

सुप्त का अर्थ लेटना है। व्यक्ति इस आसन में जमीन का आश्रय लेता है और सिर के पीछे बाँहों को तानता(फैलाता) है।

विधि

1. वीरासन में बैठें(चित्र 89)।

2. श्वास छोड़ें, धड़ का पृष्ठभाग झुकाएँ और कुहनियों को एक-एक कर जमीन का सहारा लेने दें(चित्र 93)।

3. एक के बाद एक बाँहों को फैलाकर कुहनियों का भार दूर करें।

4. सर्वप्रथम जमीन पर सिर के मुकुट को स्थिर करें(चित्र 94)। धीरे-धीरे सिर के पृष्ठभाग को और बाद में पीठ को जमीन के सहारे ले जाएँ(चित्र 95)। बाँहों को सिर के ऊपर लें और उन्हें सीधे फैलाएँ(चित्र 96)। गहरी साँस लेते हुए इस स्थिति में जितनी देर रह सकें, रहें। बाद में बाँहों को धड़ की बगल में ले जाएँ, कुहनियों को जमीन पर दबाएँ और श्वास छोड़ते हुए पुनः बैठ जाएँ।

5. हाथों को सिर के ऊपर फैलाया जा सकता है या जाँघों की बगल में रखा जा

सकता है। जब वे सिर के ऊपर फैले हुए होते हैं तब स्कंधास्थि को जमीन पर से न उठाएँ।

6. नौसिखिए घुटनों को पृथक् रख सकते हैं।

परिणाम

यह आसन उदर के अवयव तथा बस्तिप्रदेश को तानता है। जिनकी टाँगों में दर्द है वे इस स्थिति में 10 से 15 मिनट रहने पर वेदना मुक्त होंगे। यह आसन पहलवानों के लिए और जिन्हें घंटों चलना या खड़े रहना पड़ता है उनके लिए उपयोगी बतलाया गया है। इसे भोजन के बाद किया जा सकता है और यदि रात्रि में सोने के पहले किया गया तो दूसरे दिन सुबह टाँगें विश्रांति का अनुभव करेंगी, टाँगों को आराम मिलेगा। मेरे अनेक शिष्य जो राष्ट्रीय सुरक्षा अकादमी (National Defence Academy) के छात्र रहे, लंबे मार्ग-संचलनों (route marches) के बाद सर्वांगासन 1 (चित्र 223) के साथ इस आसन को कर बहुत लाभान्वित हुए हैं।

42 पर्यंकासन दो* (चित्र 97)

पर्यंक का अर्थ बिस्तर, कोच या सोफा है। यह आसन सुप्त वीरासन (चित्र 96) का अगला क्रम है। इसमें शरीर कोच के सदृश होता है इसलिए इसे यह नाम दिया गया है।

विधि

1. वीरासन में बैठें (चित्र 89)।

2. श्वास छोड़ें और पीठ की तरफ झुकें (चित्र 93)। केवल सिर के मुकुट को जमीन पर स्थित कर पीठ की मेहराब ऊपर बनाते हुए गर्दन और छाती को उठाएँ (चित्र 94)। धड़ का कोई हिस्सा जमीन पर नहीं होना चाहिए।

3. कुहनी पर बाँहों को मोड़ें। दाहिने हाथ से कुहनी के पास बाईं बाँह के ऊपरी भाग को और बाएँ हाथ से कुहनी के पास दाहिनी बाँह के ऊपरी भाग को पकड़ें। सिर के पीछे जमीन पर तहियाई हुई बाँहों को स्थिर करें (चित्र 97)।

4. समान रूप से साँस लेते हुए इस स्थिति में एक मिनट ठहरें।

5. श्वास लें, जमीन पर धड़ और गर्दन को टिकाएँ, हाथों को छोड़ दें और वीरासन में बैठें (चित्र 89)।

6. बाद में टाँगों को एक-एक कर सीधा करें, पीठ के बल लेट जाएँ और विश्रांति लें।

परिणाम

मत्स्यासन (चित्र 113) और पर्यंकासन के समान पृष्ठीय प्रदेश पूर्णतया विस्तृत किया जाता

है जिससे फुप्फुस अच्छी तरह फैल जाते हैं। गर्दन के स्नायु तन जाते हैं और गलग्रंथि तथा परावटुग्रंथि उत्तेजित हो जाती है, जिससे वे ठीक तरह काम करें। जो मत्स्यासन करने में असमर्थ हैं वे इस आसन से मत्स्यासन के समान लाभ उठा सकते हैं।

वीरासन(चित्र 89) तथा सुप्त वीरासन(चित्र 96) किसी भी समय, यहाँ तक कि भोजन के बाद तत्काल किए जा सकते हैं, परंतु पर्यंकासन भोजन के उपरांत तत्काल नहीं किया जा सकता है।

43 भेकासन (**मंडूकासन** भी कहते हैं) चार* (**चित्र 100**)

भेक का अर्थ मेंढक है। इस आसन की क्रिया मेंढक के समान होती है इसलिए इसका यह नाम है।

विधि

1. पेट के बल जमीन पर नीचे मुँह किए पूरे लंबे पड़ जाएँ। बाँहों को पीछे फैला दें।

2. श्वास छोड़ें, घुटनों को मोड़ें और एड़ियों को नितंबों की ओर लाएँ। दाहिने हाथ से दाहिने पैर का तलवा और बाएँ हाथ से बाएँ पैर का तलवा पकड़ें(चित्र 98)। दो श्वास लें। श्वास छोड़ें, जमीन से सिर और धड़ उठाएँ और ऊपर देखें।

3. अब हाथों को घुमाएँ जिससे हथेलियाँ पैर के ऊपरी हिस्से को छुएँ और पैर के अँगूठे तथा उंगुलियाँ सिर की ओर लक्ष्य करें(चित्र 99)। हाथों को और नीचे ले जाएँ और पैर की उंगुलियों तथा एड़ियों को जमीन के और अधिक समीप लाएँ। बाँहों को कलाइयों से कुहनियों तक लंबरूप में रखें(चित्र 100)। जब घुटने और टखने लचकीले हो जाएँगे तब एड़ियों को जमीन पर सटाया जा सकता है।

4. इस स्थिति में 15 से 30 सेकेंड रहें, परंतु श्वास न रोकें। श्वास छोड़ें, पैरों से हथेलियों को हटा लें, टाँगों को तानें और विश्रांति लें।

परिणाम

इस व्यायाम से उदर के अवयवों को लाभ पहुँचता है। कारण, वे जमीन पर दबाए जाते हैं। घुटने मजबूत होते हैं और यह आसन गठिया(गाउट) के कारण होने वाले घुटनों के जोड़ के दर्द को दूर करता है। घुटनों के जोड़ की किसी प्रकार की आंतरिक अव्यवस्था को भी यह आसन अच्छा करता है। पैरों पर हाथों का दबाव अच्छी-सी मेहराब बनाता है और चौड़े पैर को ठीक करता है। यह मोच खाई नलियों को अच्छा करता है और उन्हें मजबूत बनाता है। यह आसन एड़ियों के दर्द को भी दूर करता है। इस आसन के नियमित अभ्यास से एड़ियाँ मुलायम होती हैं। जो व्यक्ति एड़ियों में पार्ष्णिका कंटक रोग से पीड़ित हैं वे इससे और उसी प्रकार वीरासन(चित्र 89) से लाभ उठा सकते हैं।

44 बद्ध कोणासन तीन* (चित्र 102)

बद्ध का अर्थ पकड़ा गया, बँधा हुआ है। कोण का अर्थ कोना है। इस आसन में, जमीन पर बैठें, एड़ियों को मूलाधार के पास लाएँ, पैरों को पकड़ें और जब तक दोनों ओर घुटने जमीन को छूने न लगें, तब तक जाँघों को फैलाएँ। इसी तरह मोची बैठा करते हैं।

विधि

1. सामने सीधे टाँगों को फैलाकर जमीन पर बैठें(चित्र 77)।

2. घुटनों को मोड़ें और पैरों को धड़ के समीप लाएँ।

3. पैरों के तलवे और एड़ियों को एक साथ लाएँ और उंगुलियों के पास पैरों को पकड़कर एड़ियों को मूलाधार के पास लाएँ। दोनों पैरों के बाहर के भाग जमीन पर स्थिर होने और एड़ियों के पिछले हिस्से मूलाधार को छूने चाहिए।

4. जाँघों को फैलाएँ और जबतक घुटने जमीन को छूने न लगें, तब तक उन्हें नीचे करें।

5. हाथ की उंगुलियों को परस्पर गुँथाएँ, पैरों को मजबूती से पकड़ें, रीढ़ को सीधा तानें और आगे, सीधे या नाक के अग्रभाग को एकटक देखें(चित्र 101)। इस स्थिति में जितनी देर हो सके, रहें।

6. कुहनियों को जाँघों पर रखें और उन्हें नीचे दबाएँ। श्वास छोड़ें, आगे झुकें, जमीन पर पहले सिर, बाद में नाक और अंत में चिबुक को स्थिर करें(चित्र 102)। स्वाभाविक रूप से श्वास लेते हुए आधे मिनट से एक मिनट तक इस आसन में रहें।

7. श्वास लें, जमीन पर से धड़ उठाएँ और स्थिति 5 में वापस आ जाएँ (चित्र 101)।

8. तब पैरों को मुक्त कर दें, टाँगों को सीधा कर लें और सुस्ताएँ।

परिणाम

मूत्र रोग से पीड़ितों के लिए विशेष रूप में इस आसन की सिफारिश की गई है। यह आसन बस्तिप्रदेश, उदर और पीठ में भरपूर रक्त की पूर्ति करता है और उन्हें प्रोत्साहित करता है। यह गुर्दा, शिश्न की ग्रंथियाँ तथा मूत्राशय को स्वस्थ रखता है। यह बात अच्छी तरह जानी गई है कि मोचियों में मूत्र प्रदेशीय रोग बिरले ही पाए गए हैं। इसका कारण यह है कि वे दिन भर इसी आसन में बैठा करते हैं।

यह कूल्हे की पीड़ा और हर्निया को रोकता है। यदि नियमित रूप से इसका अभ्यास किया गया तो यह अंडकोष की वेदना और भारीपन को हटाता है।

यह आसन स्त्रियों के लिए वरदान है। सर्वांगासन 1(चित्र 223) तथा उसकी माला(चित्र 235 से 271) सहित यह आसन मासिक ऋतुस्राव की अनियमितता को रोकता है

और व्यवस्थित रूप से कार्य करने में अंडाशय की सहायता करता है। यह देखा गया है कि गर्भवती स्त्रियाँ जो इस आसन में प्रतिदिन कुछ मिनट बैठा करती हैं, उन्हें प्रसूति के समय अत्यल्प वेदना होती है और वे शिराओं के सूजन से मुक्त हो जाती हैं। (डॉ. ग्रॅण्टली डिक रीड ने अपनी पुस्तक 'चाइल्डबर्थ विदाउट फिअर' में गर्भवती महिलाओं के लिए इस आसन की सिफारिश की है।)

प्राणायाम का अभ्यास और ध्यान के लिए पद्मासन(चित्र 104) तथा वीरासन (चित्र 89) सहित इस आसन को उपयुक्त बतलाया गया है। जब इस आसन में ध्यान के लिए बैठते हैं तब हथेलियाँ सीने के सामने तहियाई हुई(चित्र 103) होनी चाहिए, परंतु पीठ को सीधा किए इस आसन को करने के लिए अभ्यास की जरूरत है। यह आसन भोजन के बाद भी निर्भयतापूर्वक किया जा सकता है, जब तक जमीन पर सिर न टिके।

45 पद्मासन चार* (चित्र 104)

'पद्म' का अर्थ कमल है। यह अत्यंत महत्त्वपूर्ण तथा उपयोगी आसनों में से कमल के समान शारीरिक स्थिति का एक आसन है। यह आसन ध्यान के लिए है और प्रायः बुद्ध का चित्र इसी में बनाया गया है।

हठयोग प्रदीपिका के प्रथम अध्याय का 48वाँ श्लोक इस आसन का तथा इस आसन में बैठकर श्वासनियंत्रण के अभ्यास का वर्णन इस प्रकार करता है: "पद्मासन में बैठकर हथेलियों को एक-दूसरे पर रखकर सीने पर चिबुक को मजबूती से स्थिर करें और ब्रह्म का चिंतन करते हुए गुदा को बार-बार सिकोड़ें और अपान को ऊपर उठाएँ; इसी प्रकार गले का संकुचन करते हुए प्राण को नीचे दबाएँ। इससे कुंडलिनी(जो इस प्रक्रिया से जाग उठती है) के द्वारा असामान्य ज्ञान प्राप्त होता है।"

कुंडलिनी शरीर में दिव्य लौकिक ऊर्जा है। यह रीढ़ स्तंभ के आधार पर अत्यंत छोटे शरीर-केंद्र में कुंडली मारकर सोए हुए सर्प का एक प्रतीक है। इस गुप्त ऊर्जा को जगाना आवश्यक है और उसे सुषुम्ना नाड़ी(जिस मार्ग से ओजस्वी ऊर्जा जाती है) तथा षट्चक्र(जो शरीर-यंत्र के संतुलन चक्र होते हैं और शरीर के सूक्ष्म केंद्र होते हैं) के द्वारा मेरुदंड से मस्तिष्क तक ले जाना चाहिए। आर्थर एवॉलन, सर जॉन वुडरफ की *The Serpent Power* नामक पुस्तक में कुंडलिनी जागृत करने के संबंध में विस्तारपूर्वक वर्णन किया गया है।

यह आधारभूत शारीरिक आसनों में से एक है और शीर्षासन तथा सर्वांगासन के प्रकारों में प्रायः प्रयुक्त होता है।

विधि

1. टाँगें सीधी किए जमीन पर बैठें(चित्र 77)।

2. घुटने के पास दाहिनी टाँग मोड़ें, हाथों से दाहिना पैर पकड़ें और इसे बाईं जाँघ के मूल में रखें जिससे दाहिनी एड़ी नाभि के समीप हो।

3. अब बाईं टाँग मोड़ें और हाथों से बायाँ पैर पकड़कर दाहिनी जाँघ के मूल में रखें, जिससे बाईं एड़ी नाभि के पास हो। पैरों की एड़ियाँ ऊपर की ओर मुड़ी होनी चाहिए। यह पद्मासन की मूल स्थिति है(चित्र 104)।

4. जो लोग जमीन पर बैठा नहीं करते, उनके घुटने बिरले ही लचीले होते हैं। प्रारंभ में वे घुटनों के पास अत्यंत कष्ट देनेवाली वेदना का अनुभव करेंगे। कठिन एवं सतत प्रयास से वेदना धीरे-धीरे जाती रहेगी और तब वे इस आसन में काफी देर तक आसानी से रह सकेंगे।

5. मूल से गर्दन तक रीढ़ सीधी रहनी चाहिए। बाँहें फैली होनी चाहिए और दाहिना हाथ दाहिने घुटने पर और बायाँ हाथ बाएँ घुटने पर रखा हुआ होना चाहिए। तर्जनियाँ और अँगूठे मुड़े हों और एक-दूसरे को छूते हों। जहाँ दोनों पैर एक-दूसरे पर होते हैं वहाँ बीच में हथेली पर हथेली रखें, यह हाथों के रखने का दूसरा प्रकार है(चित्र 105)।

6. दाईं जाँघ पर बायाँ पैर और बाईं जाँघ पर दाहिना पैर रखकर टाँगों की स्थिति को बदलें। यह टाँगों को समान रूप से विकसित करेगा।

परिणाम

घुटनों का दर्द दूर होने के बाद, आरामदेह आसनों में से एक आसन पद्मासन है। बैठने के आसन में होने से शरीर बिना झुके हुए आराम की स्थिति में होता है। टाँगों के परस्पर एक-दूसरे के ऊपर होने की स्थिति और सीधी पीठ मन को सचेत और सतर्क रखती है। इसीलिए प्राणायाम(श्वासनियंत्रण) के अभ्यास के लिए सिफारिश किए गए आसनों में से यह एक है।

केवल शारीरिक दृष्टिकोण से भी यह आसन घुटनों और नलियों की कठोरता दूर करने के लिए उपयुक्त है। चूँकि रक्त को कटिप्रदेश और उदर में संचरित किया जाता है, रीढ़ और उदर के अवयव ठीक होते हैं।

46 षणमुखी मुद्रा चार* (चित्र 106)

'षट्' का अर्थ छह और 'मुख' का अर्थ मुँह है। छह मुखवाले युद्ध के देवता का नाम षणमुख है, इन्हें कार्तिकेय भी कहते हैं। मुद्रा का अर्थ मोहर या बंद करना है।

इस आसन को पराङ्मुखी(अंतर्मुखी) मुद्रा, शांभवी मुद्रा[1] भी कहते हैं। शिव की संतान शांभव हैं इस कारण इसे योनि मुद्रा भी कहते हैं। योनि का अर्थ गर्भस्थान, स्रोत

1. कार्तिकेय के पिता, शिव का नाम शंभु है।

है। इसे मुद्रा इसलिए भी कहते हैं कि साधक अपने अंतर में अपने अस्तित्व के उसी स्रोत को ढूँढ़ने के लिए देखता है।

विधि

1. पद्मासन में बैठें(चित्र 104)। रीढ़ सीधी और सिर के समान स्तर पर रखें।

2. हाथों को चेहरे के सामने उठाएँ। कुहनियों को कंधों के समान स्तर तक उठाएँ, अँगूठों को कानों के छेद में(कर्णकुहरों में) रखें जिससे बाहर की आवाज कानों में न आए। यदि अँगूठों से कर्णपुटों में पीड़ा होती है तो कान की लरों(बाहरी कान के द्वार पर की छोटी ऊँचाई) को कर्णपुटों में ले जाएँ और उन्हें अँगूठों से दबाएँ।

3. पलक बंद करें, परंतु आँखें ऊपर घुमाएँ। तर्जनियों और मध्यमाओं(उंगुलियों) को बंद पलकों पर रखें जिससे उंगली की केवल पहली दो पोरें पूरी आँख की पुतली पर रहें। परंतु कनीनिका से आँखों की पुतली को दबाएँ। पलकों को मध्यमा से नीचे खींचें। पलकों के ऊपरी भाग को तर्जनियों से ऊपर की ओर भौंहों के नीचे ढकेलें। दोनों कोनों पर आँखों को धीरे से दबाएँ।

4. कानों और आँखों पर समान दबाव बनाए रखना चाहिए।

5. अनामिका के अग्रभाग से दोनों नासापुटों को समान रूप से दबाएँ। इस प्रकार नाक के छिद्र धीमे, गहरे, निश्चित, लयपूर्ण और सूक्ष्म श्वास के लिए छोटे हो जाएँगे।

6. कनिष्ठिकाओं को ऊपर के होंठ पर रखें, जहाँ वे श्वास की लयपूर्ण गति को नियंत्रित कर सकती हैं।

7. इस आसन में दृष्टि को अंदर स्थिर करके आप जितनी देर रह सकें, रहें (चित्र 106)।

परिणाम

इंद्रियाँ अंतर्मुखी हो जाती हैं और लयपूर्ण श्वास मन के इधर-उधर भटकने को शांत करता है। इससे आंतरिक आनंद की अनुभूति प्राप्त होती है और व्यक्ति अपने स्वयं के अंदर के दिव्य नाद(अनहद नाद) को सुनता है "यहाँ देखो। अंदर देखो। बाहर नहीं, कारण संपूर्ण शांति का स्रोत तुम्हारे अंदर ही है।" इस प्रकार यह आसन साधक को योग की पाँचवी अवस्था, प्रत्याहार के योग्य बनाता है, जहाँ वह इंद्रियों की दासता से मुक्त होने और उन्हें विषयों के पीछे दौड़ने से रोकने का प्रयत्न स्वयं करता है।

47 पर्वतासन चार* (चित्र 107)

पर्वत का अर्थ पहाड़ है। पद्मासन के इस प्रकार में उंगुलियाँ परस्पर गुँथाए हुए बाँहें सिर के ऊपर फैलाई जाती हैं।

विधि

1. पद्मासन में बैठें(चित्र 104)।

2. उंगुलियों को परस्पर गुँथाएँ और हाथों को लंबरूप में सिर के ऊपर फैलाएँ। सीने की हड्डी पर चिबुक को टिकाए सिर को सामने झुकाए रखें।

3. बाँहों को लॅटीसीमस डॉर्सी से याने पीछे की पसलियों से और स्कंधास्थि से ऊपर फैलाएँ। हथेलियाँ ऊपर की ओर खुली होनी चाहिए(चित्र 107)।

4. गहरे और समान श्वास से इस आसन में एक या दो मिनट के लिए रहें। टाँगों की परस्पर स्थिति(crossing) और उंगुलियों के गुंफन को बदलें और पीठ सीधी किए आसन को दुहराएँ।

परिणाम

यह आसन संधिवात की वेदनाएँ और कंधों की जकड़ दूर करता है। यह सीने को विकसित होने और मुक्त गति में सहायता पहुँचाता है। उदर के अवयव अंदर की ओर खींचे जाते हैं और सीना अच्छी तरह फैलता है।

48 तुलासन चार* (चित्र 108)

तुला का अर्थ तराजू के दो पलड़े हैं। यह आसन तराजू के एक पलड़े के समान होता है, इसलिए यह नाम है।

विधि

1. पद्मासन में बैठें(चित्र 104)।

2. नितंबों की बगल में जमीन पर हथेलियों को स्थिर करें। श्वास छोड़ें, धड़ को उठाएँ और बाँहों को बाहर फैलाएँ, एकमात्र हाथों पर वजन सँभालें (चित्र 108)।

3. जमीन का आश्रय लें, टाँगों को खोल दें और उनकी स्थिति बदलकर फिर से गुँथाएँ और पुनः हाथों पर तोल सँभालें।

4. जितनी देर तक संतुलन कर सकें, करें।

परिणाम

यह आसन कलाइयों, हाथों और उदर की दीवारों को पुष्ट करता है।

49 सिंहासन एक एक* (चित्र 109)

सिंह का अर्थ केसरी(शेर) है। यह आसन विष्णु के अवतार नरसिंह(नर=मनुष्य, सिंह=केसरी) के नाम पर समर्पित है। ऐसा कहा जाता है कि दानवराज हिरण्यकशिपु ने ब्रह्मा से वरदान प्राप्त किया था कि वह देवता, मनुष्य या पशु के द्वारा न तो दिन में

मारा जाए न रात में, न घर में न घर के बाहर, न पृथ्वी पर न पानी पर। तब दानव-राज देवताओं और मनुष्यों को, विष्णु के अत्यंत भक्त अपने धार्मिक पुत्र प्रह्लाद सहित सभी को कष्ट देने लगा। प्रह्लाद अनेक प्रकार की क्रूरताओं से और अग्नि-जल द्वारा निर्दोष सिद्ध करने की कठिन परीक्षाओं से डराया गया, परंतु विष्णु की कृपा से वह सुरक्षित रहा, और अधिक विश्वास एवं पौरुष के साथ भगवान विष्णु की विश्व-व्यापकता, अनंतज्ञान एवं अनंतशक्ति का उपदेश देने लगा। हिरण्यकशिपु ने क्रोधोद्दीपन के आवेश में अपने पुत्र से पूछा—"यदि विष्णु सर्वव्यापी है तो वह अपने राजप्रासाद के कक्ष के खंभे में उसे क्यों नहीं देख पाता है?" दानवराज ने अपने पुत्र को उसके विश्वास की मूर्खता पर विश्वास दिलाने के लिए खंभे को तिरस्कारपूर्वक लात मारी। जब प्रह्लाद ने अपनी रक्षा के लिए विष्णु को पुकारा तब भगवान खंभे से भयानक रूप में नरसिंह (ऊपर का आधा भाग सिंह और नीचे का आधा भाग मनुष्य) के रूप में प्रकट हुए। यह संध्या का समय था जब न तो दिन था न रात। भगवान ने हिरण्यकशिपु को हवा में उठाया, स्वयं देहली पर बैठे दानवराज को अपनी जाँघ पर रखा और उसके टुकड़े-टुकड़े कर दिए। भारतीय मूर्तिकला में नरसिंह अवतार प्रायः चित्रित(खुदे हुए) हैं और इस प्रकार का शक्तिरूप चित्र एल्लोरा की गुफाओं में देखा जा सकता है।

इस आसन के दो प्रकार हैं। नीचे दी हुई विधि में वर्णित पहला प्रकार है, जबकि दूसरा प्रकार, जिसे करना कठिन है परंतु जिसके बड़े लाभदायक परिणाम हैं, बाद के सिंहासन दो(चित्र 110) में वर्णित है।

विधि

1. सामने टाँगों को सीधे फैलाएँ, जमीन पर बैठें(चित्र 77)।

2. आसन उठाएँ, दाहिने घुटने को मोड़ें और दाहिने पैर को बाएँ नितंब के नीचे रखें। बाईं नली दाईं नली के नीचे रखनी चाहिए।

3. पैर की उंगुलियों को पीछे की ओर किए एड़ियों पर बैठें।

4. शरीरभार जाँघों और घुटनों पर लाएँ।

5. धड़ को आगे तानें और पीठ सीधी रखें।

6. दाहिनी हथेली दाहिने घुटने पर और बाईं हथेली बाएँ घुटने पर रखें। बाँहों को सीधा तानें और उन्हें कठिन तनाव में रखें। उंगुलियों को फैलाएँ और उन्हें घुटनों पर दबाएँ।

7. जबड़ों को चौड़ा खोलें और जीभ को जितना अधिक हो सके उतना अधिक चिबुक की ओर तानें(चित्र 109)।

8. भौंहों के मध्य या नाक की नोक पर एकटक देखें। इस स्थिति में मुँह से श्वास लेते हुए 30 सेकेंड रहें।

9. जीभ को मुँह में खींच लें, हाथ घुटनों से हटाएँ और टाँगें सीधी करें। बाद में पहले बाएँ पैर को दाहिने नितंब के नीचे और दाहिने पैर को बाएँ नितंब के नीचे रखकर आसन को दुहराएँ।

10. दोनों ओर बराबर समय में रहें।

परिणाम

यह आसन दुर्गंधयुक्त श्वास दूर करता है और जीभ को स्वच्छ करता है। सतत अभ्यास के बाद वाणी स्पष्ट हो जाती है, इसलिए यह आसन स्खलित स्वर में बोलने वालों के लिए उपयोगी बताया गया है। व्यक्ति को तीन बंधों (भाग III देखें) पर प्रभुत्व प्राप्त करने के लिए इस आसन से सहायता प्राप्त होती है।

50 सिंहासन दो छह* (चित्र 110)

विधि

1. पद्मासन में बैठें(चित्र 104) ।

2. बाँहों को सामने फैलाएँ और उंगुलियों को आगे की ओर किए, हथेलियों को जमीन पर रखें।

3. घुटनों पर खड़े हों और तब बस्तिप्रदेश को जमीन की ओर ढकेलें।

4. बाँहों को पूरी तरह फैलाए हुए नितंबों को संकुचित करते हुए पीठ तानें। शरीर का भार केवल हथेलियों और घुटनों पर ही रहता है। मुँह खोलें और जितना अधिक हो सके, उतना अधिक जीभ को चिबुक की ओर तानें (सामने की छवि 110, पार्श्व छवि 111)।

5. भौंहों के मध्य या नाक की नोक पर एकटक देखें और इस स्थिति में लगभग 30 सेकेंड रहें। मुँह से श्वास लें।

6. पद्मासन(चित्र 104) में बैठें और हाथ जमीन पर से उठा लें। टाँगों की स्थिति परिवर्तित कर लें, पुनः पद्मासन करें और आसन को उतने ही समय के लिए दुहराएँ।

परिणाम

यह आसन यकृत को व्यायाम देता है और पित्तस्राव को नियंत्रित करता है। दुर्गंधयुक्त श्वास दूर करता है, जीभ अधिक साफ होती है और शब्द अधिक स्पष्टतया उच्चरित होते हैं। इसलिए स्खलित स्वर में बोलने(हकलाने) वालों के लिए इस आसन की सिफारिश की गई है।

यह आसन गुदास्थि की वेदना दूर करता है और जब वह स्थानांतरित हो जाती है तब उसे स्वस्थान में बिठाने में सहायता पहुँचाता है।

51 मत्स्यासन पाँच* (चित्र 113)

मत्स्य का अर्थ मछली है। विश्व एवं सभी पदार्थों के कारण एवं विधाता विष्णु के मत्स्यावतार को यह आसन समर्पित है। ऐसा वर्णन है कि एक समय संपूर्ण पृथ्वी पापमय हो गई थी और जागतिक जलप्रलय से डूबने ही वाली थी। उस समय विष्णु ने(मत्स्यावतार) मत्स्य का रूप धारण किया और सृष्टि के प्रथम पुरुष मनु को भयानक विपत्ति से सचेत किया। मत्स्य ने नौका– जिसमें मनु, उसके परिवार तथा सात महान ऋषि बैठे थे–को अपने सिर के सींग से फँसाकर उठा लिया। इसने वेदों को भी जलप्रलय से बचा लिया।

विधि

1. पद्मासन में बैठें(चित्र 104)।

2. टाँगों को जमीन पर फैलाएँ, पीठ के बल पड़ जाएँ।

3. श्वास छोड़ें, गर्दन और सीने को ऊपर उठाते हुए पीठ का अर्ध-मंडल (मेहराब) बनाएँ। गर्दन को पीछे लें और मस्तक(मुकुट) को जमीन पर रखें। एक-दूसरे पर डाले हुए पैरों को(पद्मासन में स्थित हुए) हाथों से पकड़ कर सिर को और भी पीछे खींचे और पीठ के मंडल को बढ़ाएँ(चित्र 112)।

4. अब हाथों को टाँगों से अलग कर लें, बाँहों को मोड़ें, हाथों से कुहनियों को पकड़ें और सिर के पीछे जमीन पर हाथों(कुहनी से आगे के भागों) को स्थिर करें (चित्र 113)।

5. इस स्थिति में गहरी साँस लेते हुए 30 से 60 सेकेंड रहें।

6. सिर का पिछला भाग नीचे जमीन पर रखें और पीठ के बल जमीन पर लेटें, श्वास लें, पद्मासन में आएँ, टाँगों को खोल दें और सुस्ताएँ।

7. अब पैरों को उलट कर पलथी मारें और उतने ही समय के लिए आसन को दुहराएँ।

8. यदि 3 और 4 की स्थितियाँ प्राप्त करने में कठिनाई है, तो सिर के ऊपर बाँहों को सीधे फैलाए पीठ के बल जमीन पर पड़े रहें(चित्र 114)।

परिणाम

इस आसन में पृष्ठ प्रदेश पूरी तरह ताना जाता है और सीना अच्छी तरह फैलता है। श्वासोच्छ्वास पर्याप्त होता है। गर्दन के तनने के कारण गलग्रंथियाँ इस आसन से लाभान्वित होती हैं। बस्तिप्रदेश की संधियाँ लचकीली होती हैं। यह आसन दाहयुक्त और स्रावयुक्त अर्श(बवासीर) अच्छा करता है।

52 कुक्कुटासन छह* (चित्र 115)

कुक्कुट का अर्थ मुर्गा है, यह आसन मुर्गे जैसा है।

विधि

1. पद्मासन में बैठें(चित्र 104)।

2. जाँघ और पिंडली के बीच घुटने के पास की जगह में हाथों को घुसाएँ। उंगुलियों से प्रारंभ करें और धीरे-धीरे कुहनियों तक हाथों को नीचे की ओर घुसाएँ।

3. श्वास छोड़ें, जमीन पर से शरीर उठाएँ और अँगूठों को साथ रखे हथेलियों पर संतुलन करें। साधारण साँस लेते हुए जितनी देर हो सके संतुलन बनाए रखें (चित्र 115)।

4. ज़मीन पर स्थिर हों, हाथों को निकाल लें, टाँगों की स्थिति को बदल कर आसन को दुहराएँ।

परिणाम

यह आसन कलाई और उदर की दीवारों को मजबूत बनाता है।

53 गर्भपिंडासन सात* (चित्र 116)

गर्भपिंड का अर्थ गर्भस्थान का भ्रूण है। पद्मासन के इस प्रकार में हाथों और बाँहों को पिंडलियों और जाँघों के बीच की जगह कुहनियों के मुड़ने तक घुसाएँ। तब बाँहें मोड़ी जाती हैं और हाथ कानों के पास लाए जाते हैं। तब इस आसन का आकार गर्भस्थित मानव योनि के भ्रूण(शिशु) के समान होता है। अंतर इतना ही होता है कि भ्रूण का सिर नीचे और टाँगें ऊपर होती हैं न कि पद्मासन की तरह तहियाई हुई। आसन के नाम से इस बात का संकेत मिलता है कि प्राचीन ऋषि-मुनि माता के गर्भ में भ्रूण की विकास-वृद्धि के विषय में जानते थे, यद्यपि उनके पास आयुर्वेद (शल्य-चिकित्सा) के उपकरण सीमित थे।

विधि

1. पद्मासन में बैठें(चित्र 104)।

2. पिंडलियों और जाँघों के बीच की जगह प्रत्येक हाथ को अपनी ओर घुसाएँ।

3. बाँहों को आगे की ओर ढकेलें जिससे कुहनियाँ आसानी से मुड़ सकें।

4. तब एक उच्छ्‌वसन के बाद जमीन पर से जाँघों को उठाएँ, गुदास्थि पर शरीर का संतुलन रखें और कानों को उंगुलियों से पकड़ें(चित्र 116)।

5. साधारण साँस लेते हुए 15 से 30 सेकेंड इस आसन में रहें। टाँगों को नीचे ले आएँ, टाँगों के बीच से बाँहों को एक-एक कर हटा लें, टाँगों को सीधा करें और विश्रांति लें।

6. टाँगों की स्थिति बदलें और आसन दुहराएँ।

परिणाम

इस आसन में उदर के अंग पूरी तरह संकुचित होते हैं और इन अंगों के मध्य अच्छी तरह रक्त प्रवाहित किया जाता है। यह आसन उन्हें सुगठित रखता है।

54 गोरक्षासन दस* (चित्र 117)

गोरक्ष का अर्थ चरवाहा है। यह संतुलन का एक कठिन आसन है और यदि कोई कुछ सेकेंड के लिए ही क्यों न हो संतुलन कर लेता है तो वह उत्साहित होता है।

विधि

1. पद्मासन(चित्र 104) करें, बाँहों को आगे की ओर फैलाएँ और उन्हें जमीन पर रखें।
2. हाथों का आसरा लें और नितंब जमीन पर से उठाएँ।
3. धड़ को सीधा तानें और जमीन पर घुटनों के ऊपरी हिस्से के सहारे खड़े हों।
4. जाँघों को तानें और हाथों को जमीन पर से एक-एक कर उठाते हुए धीरे-धीरे संतुलन करें।
5. जब संतुलन सध जाए, हाथों को सीने के सामने मोड़ लें और जितने समय तक हो सके आप इस स्थिति को बनाए रखें(चित्र 117)।
6. हाथों को जमीन पर रखें, बैठें, और टाँगों को ढीला छोड़ दें।
7. टाँगों की स्थिति को बदलें और उतने ही समय के लिए आसन दुहराएँ।

परिणाम

पद्मासन से होने वाले लाभ के अतिरिक्त व्यक्ति संतुलन का बोध प्राप्त करता है। इस आसन के अभ्यास से गुदास्थि में लचीलापन आता है।

55 बद्धपद्मासन छह* (चित्र 118)

बद्ध का अर्थ पकड़ा हुआ, बँधा हुआ, रोका हुआ होता है। इस आसन में दोनों हाथ पीछे पीठ की ओर लिए हुए, एक के ऊपर दूसरे रखे हुए होते हैं और पैर के अँगूठे पीछे से पकड़े हुए होते हैं। शरीर आगे एक दूसरी पर डाली हुई टाँगों से और पीछे एक दूसरे के विपरीत हाथों से बँधा हुआ होता है–इसी कारण आसन का यह नाम है।

विधि

1. पद्मासन में बैठें(चित्र 104)।

2. श्वास छोड़ें, कंधे से बाईं बाँह को पीठ की तरफ घुमाएँ और हाथ को दाहिने नितंब के पास लाएँ। बाएँ पैर के अँगूठे को पकड़ें, इस स्थिति में रहें और श्वास लें।

3. इसी प्रकार, एक उच्छ्वसन लेकर कंधे से दाईं बाँह को पीठ की तरफ घुमाएँ, हाथ को बाएँ नितंब के पास लाएँ और दाहिने पैर के अँगूठे को पकड़ें(सामने की छवि 118, पार्श्वछवि 119)।

4. यदि पैर के अँगूठों को पकड़ने में कठिनाई होती है तो कंधों को पीठ की ओर तानें, जिससे स्कंधास्थियाँ एक-दूसरे के समीप लाई जाएँ। उच्छ्वसन के साथ पीठ की ओर बाँहों के घुमाने के थोड़े अभ्यास से व्यक्ति पैर के अँगूठों को पकड़ सकेगा।

5. यदि पहले बाईं जाँघ पर दाहिना पैर हो और दाहिनी जाँघ पर बायाँ पैर हो, तब पहले बाएँ पैर के अँगूठे को पकड़ें और बाद में दाएँ पैर के अँगूठे को। यदि इसके विपरीत पहले दाहिनी जाँघ पर बायाँ पैर हो और बाईं जाँघ पर दायाँ पैर हो तब पहले दाएँ पैर के अँगूठे को पकड़ें और बाद में बाएँ पैर के अँगूठे को। जो पैर ऊपर हो उसका अँगूठा पहले पकड़ें।

6. जितना हो सके सिर को पीछे ले जाएँ और कुछ गहरी साँसें लें।

7. गहरी साँस लें, और तब एक उच्छ्वसन के साथ नितंब से लेकर धड़ को आगे झुकाएँ और हाथों की पकड़ से पैर के अँगूठों को छोड़े बिना जमीन पर सिर स्थिर करें। बद्धपद्मासन(चित्र 118) में सिर के आगे झुकने और उसके जमीन छूने के कारण इसे योगमुद्रासन भी कहते हैं।

56 योगमुद्रासन छह* (चित्र 120)

यह आसन कुंडलिनी जाग्रत करने के लिए विशेष रूप से उपयुक्त है।

8. उच्छ्वसन के साथ सिर को दाएँ और बाएँ घुटने की ओर बारी-बारी से ले जाएँ(चित्र 121 और 122)।

परिणाम

पीठ के पीछे हाथों के एक दूसरे के विपरीत होने से सीना फैलता है और कंधों के फैलाव की गति में वृद्धि होती है। योगमुद्रासन आँत के स्नायु में क्रमिक वृत्तों में सिकुड़ने वाली प्रवृत्ति को बढ़ाता है और अन्नमल(किट्ट) को बृहद् अंत्र (बड़ी आँत) में एकत्र करके नीचे ढकेलता है(चित्र 120) और इसी कारण कोष्ठबद्धता दूर करता है और पाचनशक्ति बढ़ाता है।

57 सुप्त वज्रासन बारह* (चित्र 124)

सुप्त का अर्थ लेटा हुआ है। देवताओं के राजा इंद्र के अस्त्र का नाम वज्र है। यह आसन कठिन है और इसके लिए बहुत अभ्यास की आवश्यकता है।

विधि

1. पद्मासन में बैठें(चित्र 104)। फिर बद्धपद्मासन करें(चित्र 118)।

2. श्वास छोड़ें, घुटनों और जाँघों को जमीन से उठा लें और पीठ को जमीन पर स्थिर करें(चित्र 123)। दो श्वास लें।

3. भूमि पर सिर का कपाल स्थिर करने के लिए गर्दन को पीछे की ओर तानें और सीने व धड़ का मंडल(मेहराब) बनाएँ।

4. पैर के अँगूठे की पकड़ को छोड़े बिना ही श्वास छोड़ें और भूमि पर वापस घुटनों और जाँघों को नीचे लाएँ(चित्र 124)। फिर सिर का कपाल, कुहनियाँ और पीछे परस्पर गुँथी हुई बाँहें, पीठ और नितंब, शरीर के ये भाग ही भूमि को छू रहे होंगे।

5. कुछ सेकेंड के लिए इस स्थिति में ठहरें। श्वास छोड़ें, पैर के अँगूठे की पकड़ को छोड़ें, पीठ की ओर परस्पर गुँथे हुए हाथों को खोल दें और पुनः पद्मासन (चित्र 104) में बैठें। बाद में टाँगें सीधी करें और विश्रांति लें।

6. टाँगों की स्थिति का परिवर्तन करें और आसन दुहराएँ।

परिणाम

इस आसन में पृष्ठ प्रदेश पूरी तरह फैलाया जाता है और इससे सीना अच्छी तरह फैलता है। गर्दन के तानने के कारण इस व्यायाम(आसन) से गलग्रंथियों को लाभ होता है। बस्तिप्रदेश की संधियाँ लचकीली होती हैं। एक बार इस आसन पर प्रभुत्व प्राप्त कर लिया गया तो मत्स्यासन(चित्र 113) बच्चों के खेल-सा प्रतीत होता है।

58 महा मुद्रासन पाँच* (चित्र 125)

महा का अर्थ बड़ा या श्रेष्ठ है। मुद्रा का अर्थ लगाना, बंद करना या सील करना है। बैठने की इस शारीरिक स्थिति में धड़ के ऊपर और नीचे के छिद्र मजबूती से सील किए होते हैं।

विधि

1. भूमि पर सामने टाँगें सीधी फैलाए हुए बैठें(चित्र 77)।

2. बाएँ घुटने को मोड़ें, और बाईं जाँघ के बाहरी भाग और बाईं पिंडली को भूमि पर रखते हुए उसे बाईं ओर घुमाएँ।

3. बाईं एड़ी को बाएँ पैर, जाँघ और पिंडली के बाहरी भाग के सामने मूलाधार के पास रखें। बाएँ पैर का अँगूठा दाहिनी जाँघ के हिस्से को छूना चाहिए। फैलाई हुई दाहिनी टाँग और मोड़ी हुई बाईं टाँग के बीच का कोण 90° का समकोण होना चाहिए।

4. दाहिने पैर की ओर सामने बाँहों को फैलाएँ और पैर के अँगूठे को हाथ के अँगूठों और तर्जनियों से पकड़ें।

5. सीने की हड्डी के ठीक ऊपर हँसुलियों के मध्य के गड्ढे में चिबुक स्थिर होने तक सिर धड़ की ओर झुकाएँ।

6. रीढ़ को पूरी तरह तना हुआ रखें और दाहिनी टाँग को दाहिनी ओर तिरछा होने न दें।

7. पूरी तरह साँस लें। गुदा से उर:प्राचीर तक सारे उदर को कसें। उदर को रीढ़ की ओर पीछे और उर:प्राचीर को ऊपर की ओर खींचें।

8. उदर संबंधी तनाव को शिथिल करें, श्वास छोड़ें, पुन: श्वास लें और उदर की पकड़ बनाए हुए श्वास को रोके रहें। ऊपर बतलाई गई विधि में 1 से 3 मिनट तक ठहरें(चित्र 125)।

9. उदर संबंधी तनाव शिथिल करें, श्वास छोड़ें, सिर उठाएँ, हाथों को मुक्त करें और मुड़ी हुई टाँग सीधी करें।

10. बाईं टाँग सीधी और दाहिनी टाँग को मोड़कर उतने ही समय के लिए दूसरी ओर की स्थिति में आसन को दुहराएँ।

परिणाम

यह आसन उदर के अवयवों, गुर्दा और गुर्दे की ग्रंथियों को ठीक करता है। गर्भाशय के स्थानभ्रष्ट होने से पीड़ित स्त्रियाँ आराम पाती हैं; कारण, यह आसन गर्भाशय को उसके मूलस्थान में खींचकर लाता है। इस आसन में अधिक समय स्थिर होने पर प्लीहा रोग तथा शिश्नग्रंथियों की वृद्धि से पीड़ित पुरुष लाभान्वित होते हैं। यह अजीर्ण को दूर करता है।

'यह महामुद्रा मृत्यु तथा अनेक रोगों को नष्ट करता है।' 'ऐसी कोई वस्तु नहीं है जिसे मनुष्य खा नहीं सकता अथवा जो उसे छोड़ देनी पड़े(यदि उसने उसका अभ्यास किया है)।' 'सभी स्वादहीन भोजन और यहाँ तक कि महान विष भी पचा लिया जा सकता है।' 'जो व्यक्ति महामुद्रा का अभ्यास करता है, उसे कोष्ठबद्धता, कुष्ठरोग, अर्श, प्लीहा, अजीर्ण और अन्य लंबी अवधि के रोग नहीं होते।' (**हठयोग प्रदीपिका**, अध्याय 3, श्लोक 14, 16 और 17)।

59 जानु शीर्षासन पाँच* (चित्र 127)

जानु का अर्थ घुटना है। शीर्ष का अर्थ सिर है। इस आसन में भूमि पर एक टाँग सीधी तानकर और घुटने से मुड़ी हुई दूसरी टाँग से बैठें। फिर दोनों हाथों से तने हुए पैर को पकड़ें और उसके घुटने पर सिर रखें।

विधि

1. भूमि पर टाँगों को सीधा फैलाकर बैठें(चित्र 77)।

2. बाएँ घुटने को मोड़ें और बाईं जाँघ के बाहरी भाग और बाईं पिंडली को भूमि पर रखते हुए, उसे बाईं ओर घुमाएँ।

3. बाईं एड़ी को बाईं जाँघ के अंदर के भाग के सामने मूलाधार के पास रखें। बाएँ पैर का अँगूठा दाईं जाँघ के अंदर के भाग को छूना चाहिए। दोनों टाँगों के बीच का कोण अधिक कोण(समकोण से अधिक) होना चाहिए। फैलाई हुई दाहिनी टाँग से समकोण बनाते हुए बाईं जाँघ की सीध में बाएँ घुटने को न रखें। बाएँ घुटने को यथासंभव पीछे ढकेलने की कोशिश करें, जिससे शरीर को मोड़ी हुई टाँग से दूर तक फैलाया जा सके।

4. दाहिने पैर की ओर बाँहों को आगे फैलाएँ और उसे हाथों से पकड़ें। पहले दाहिने पैर का अँगूठा पकड़ें, बाद में धीरे-धीरे तलवे को पकड़ें, उसके बाद एड़ी और अंत में फैलाए हुए पैर के बाहर बाँहों को फैलाएँ और एक हाथ की कलाई दूसरे हाथ से पकड़ें(चित्र 126)।

5. घुटना कसे हुए दाहिनी टाँग को निरंतर पसारे हुए रखें और देखें कि दाहिने घुटने का पृष्ठभाग भूमि पर है या नहीं।

6. श्वास छोड़ें, कुहनियों को मोड़ते हुए और फैलाते हुए धड़ को आगे की ओर झुकाएँ और पहले मस्तक, फिर नाक, उसके बाद ओठों और अंत में चिबुक को दाहिने घुटने के परे स्थिर करें(चित्र 127)। फिर दाहिने घुटने के किसी भी ओर स्थिर करें(चित्र 128 और 129)। प्रारंभ में दाहिना पैर दाहिनी ओर झुकेगा। टाँग को झुकने न दें।

7. पीठ को पूरी तरह तानें, धड़ को आगे खींचें और दाहिनी जाँघ के सामने सीने को रखें।

8. इस स्थिति में गहरी साँस लेते हुए आधे मिनट से एक मिनट तक ठहरें। व्यक्ति प्रत्येक उच्छ्वसन के बाद श्वास रोककर इस आसन को कर सकता है।

9. श्वास लें, सिर और धड़ उठाएँ, बाँहों को सीधा करें और रीढ़ को तानते हुए तथा मंडलाकार बनाने का प्रयास करते हुए कुछ सेकेंड ऊपर एकटक देखें (चित्र 126)।

10. दाहिने पैर के हाथ की पकड़ को छोड़ दें, बाईं टाँग सीधी करें और वापस स्थिति 1 में आ जाएँ।

11. बाईं टाँग को बाहर फैलाए रखकर और दाहिनी टाँग को घुटने से मोड़ते हुए आसन को दुहराएँ। दोनों ओर उतने ही समय के लिए आसन में ठहरें।

परिणाम

यह आसन यकृत और प्लीहा ठीक रखता है और इसी कारण पाचनक्रिया में सहायता करता है। यह गुर्दे को भी ठीक करता है और उसे क्रियाशील बनाता है; जिसके परिणाम को व्यक्ति उपर्युक्त विधि से आसन करते हुए अनुभव कर सकता है।

शिश्नग्रंथियों की वृद्धि से पीड़ित व्यक्तियों को इस आसन में अधिक समय तक ठहरने से लाभ होता है। उन्हें चाहिए कि वे सर्वांगासन(चित्र 223) के साथ इस आसन का अभ्यास करें।

पुराने मंदज्वर से पीड़ित व्यक्तियों के लिए इसे लाभप्रद बतलाया गया है।

60 परिवृत्त जानु शीर्षासन नौ* (चित्र 132)

परिवृत्त का अर्थ गोलाकार घुमाया हुआ है। जानु का अर्थ घुटना और शीर्ष का अर्थ सिर है। जानु शीर्षासन के इस प्रकार में भूमि पर एक टाँग फैलाई जाती है, दूसरी टाँग घुटने से मोड़ी जाती है, धड़ गोलाकर ऐंठा या घुमाया जाता है, फैलाए हुए पैर को दोनों हाथों से पकड़ा जाता है और रीढ़ को पीछे से मोड़कर, फैलाई हुई टाँग के घुटने पर सिर का पिछला भाग रखा जाता है।

विधि

1. भूमि पर टाँगों को सामने फैलाकर बैठें(चित्र 77)।

2. बाएँ घुटने को मोड़ें और बाईं जाँघ का बहिर्भाग तथा बाईं पिंडली का बहिर्भाग जमीन पर रखते हुए उसे(बाएँ घुटने को) बाईं ओर ले जाएँ।

3. बाईं एड़ी को बाईं जाँघ के अंतर्भाग के सामने मूलाधार के पास रखें। बाएँ पैर के अँगूठे से दाईं जाँघ के अंतर्भाग का स्पर्श होना चाहिए। दोनों टाँगों के बीच का कोण अधिक कोण होना चाहिए। बाएँ घुटने को यथासंभव पीछे तानें।

4. धड़ को बाईं ओर मोड़ें।

5. फैलाई हुई दाहिनी टाँग की ओर दाहिनी बाँह को फैलाएँ। दाहिना हाथ और कलाई घुमाएँ जिससे दाहिना अँगूठा भूमि को और दाहिनी कनिष्ठिका ऊपर को लक्ष्य करे। तब दाहिने पैर के अंतर्भाग को पकड़ें(चित्र 130)।

6. धड़ को पीछे ले जाएँ, कलाई को ऊपर करते हुए बाईं बाँह को सिर के ऊपर फैलाएँ, और बाएँ हाथ से फैलाए हुए दाहिने पैर के बहिर्भाग को पकड़ें। यहाँ भी बायाँ अँगूठा भूमि को और बाईं कनिष्ठिका ऊपर को लक्ष्य करती है(चित्र 131)।

7. कुहनियों को मोड़ें और फैलाएँ। श्वास छोड़ें, धड़ को ऊपर घुमाएँ, बाँहों के बीच में सिर ले जाएँ, और दाहिने घुटने पर सिर का पिछला भाग स्थिर करें। दाहिने कंधे के पृष्ठभाग से(पिछले पीठ के भाग से) दाहिने घुटने की संधि के अंदर की

ओर को छूने की कोशिश करें, जिससे दाहिनी ओर की पसलियों का पिछला भाग दाहिने घुटने पर स्थिर हो सके। मुड़े हुए बाएँ घुटने को और भी आगे फैलाएँ और बाईं ओर की पसलियाँ तानें(चित्र 132)।

8. लगभग 20 सेकेंड के लिए स्थिति को बनाए रखें। उदर के संकुचन के कारण श्वासक्रिया हलकी और तेज होगी।

9. श्वास लें, हाथ छोड़ दें, धड़ को पीछे अपने स्थान पर जाने दें, जिससे आप फैलाई हुई दाहिनी टाँग के सामने हों। सिर उठाएँ और 1 की स्थिति में आने के लिए बाईं टाँग सीधी करें।

10. दूसरी ओर आसन को दुहराएँ। यहाँ दाहिना घुटना मोड़ें, और बाईं टाँग सीधी रखें। मुड़े हुए दाहिने घुटने के सामने होने तक आप धड़ को दाहिनी ओर घुमाएँ और बाएँ पैर की ओर बाईं बाँह को फैलाएँ। बाद में बायाँ हाथ और बाईं कलाई को घुमाएँ, जिससे बायाँ अँगूठा भूमि को लक्ष्य करे। बाएँ पैर का अंतर्भाग बाएँ हाथ से पकड़ें, दाहिनी बाँह सिर पर लाएँ और एड़ी के पास बाएँ पैर का बहिर्भाग पकड़ें। तब बाएँ घुटने पर सिर के पृष्ठभाग को स्थिर करें और बाएँ कंधे के पृष्ठभाग से बाएँ घुटने के अंतर्भाग(अंदर की बाजू) को छूने की कोशिश करें, जिससे बाएँ घुटने पर बाईं ओर की पसलियों का पृष्ठभाग स्थिर हो सके और पसलियों का दाहिना भाग तानें। उतने ही समय के लिए इस ओर ठहरें।

परिणाम

जानु शीर्षासन(चित्र 127) की टिप्पणी में वर्णित परिणामों के अतिरिक्त, यह आसन रीढ़ में रक्तप्रवाह को उत्तेजित करता है और पीठ के दर्द को दूर करता है। जानु शीर्षासन में उदर के अवयव संकुचित होते हैं, इसमें वे दोनों ओर फैलाए जाते हैं। यह अत्यंत उत्तेजित करनेवाला आसन है।

61 अर्धबद्ध पद्म पश्चिमोत्तानासन आठ* (चित्र 135)

अर्ध का अर्थ आधा, बद्ध का अर्थ पकड़ा हुआ, बँधा हुआ और पद्म का अर्थ कमल है। पश्चिमोत्तानासन(चित्र 160) वह आसन है जिसमें सारे शरीर का पृष्ठभाग तीव्रता से तना होता है।

विधि

1. टाँगों को सामने सीधे फैलाए भूमि पर बैठें(चित्र 77)।

2. बाईं टाँग को घुटने पर मोड़ें और दाहिनी जाँघ पर बाएँ पैर को रखें। बाईं एड़ी से नाभि को दबाएँ और पैर की उंगुलियाँ फैली हुई और सीधी होनी चाहिए। यह हुई अर्ध पद्मासन की स्थिति।

3. बाईं बाँह को पीठ के पीछे से घुमा कर लाएँ और एक उच्छ्वसन के साथ बाएँ पैर का अँगूठा पकड़ें। यदि अँगूठा आसानी से पकड़ा नहीं जाता है तो बाएँ कंधे को पीछे की ओर झुकाएँ।

4. बाएँ पैर के अँगूठे को पकड़ने के बाद मुड़े हुए बाएँ घुटने को फैली हुई दाहिनी टाँग के और समीप लाएँ। दाहिनी बाँह को सामने फैलाएँ और दाएँ पैर के तलवे को दाएँ हाथ की हथेली का स्पर्श कराते हुए पकड़ें(चित्र 133 और 134)।

5. श्वास लें, पीठ तानें और बाएँ पैर के अँगूठे की पकड़ को छोड़े बिना कुछ सेकेंड के लिए एकटक ऊपर देखें।

6. श्वास छोड़ें, दाहिनी कुहनी को बाहर की ओर मोड़ते हुए धड़ को आगे लाएँ। दाहिने घुटने पर पहले मस्तक(भाल), बाद में नाक, उसके बाद ओंठ और अंत में चिबुक स्थिर करें(चित्र 135)।

7. प्रारंभिक अवस्था में फैली हुई टाँग का घुटना भूमि से उठाया हुआ होगा। जाँघ की मांसपेशियों को कसें और फैली हुई दाहिनी टाँग का सारा पिछला भाग भूमि पर स्थिर करें।

8. समान रूप से साँस लेते हुए इस स्थिति में 30 से 60 सेकेंड ठहरें।

9. श्वास लें, सिर और धड़ उठाएँ, हाथ छोड़ें, बाईं टाँग सीधी करें और 1 की स्थिति में आ जाएँ।

10. भूमि पर बाईं टाँग बाहर फैलाए हुए, दाहिना घुटना मोड़े हुए और बाईं जाँघ पर दाहिना पैर रखे हुए, दूसरी ओर आसन दुहराएँ। दोनों ओर उतने ही समय के लिए ठहरें।

11. यदि आप पीछे की ओर से हाथ से पैर का अँगूठा पकड़ नहीं सकते हैं तो दोनों हाथों से फैलाई हुई टाँग पकड़ें और उपर्युक्त विधि का अनुसरण करें(चित्र 136 और 137)।

परिणाम

अर्ध पद्मासन की स्थिति में होने के कारण, पूर्ण पद्मासन की स्थिति को क्रियान्वित करने के लिए घुटने पर्याप्त लचकीले होते हैं। फैली हुई टाँग के घुटने पर चिबुक रखने से मुड़ा हुआ घुटना फैली हुई टाँग के समीप लाया जाता है। यह आसन नाभि और उदर के अवयवों को अच्छा तनाव देता है। नाभि और बाह्य जननेंद्रियों (शिश्न और भग) के चारों ओर रक्त प्रवाहित होता है। नाभि को नाड़ीमंडल का केंद्र माना जाता है, और वहाँ मनुष्य के नाड़ीमंडल में परिशोधक संतुलन चक्रों में से एक स्वाधिष्ठान-चक्र स्थित है। यह चक्र अधोजठरीय स्नायुजाल से संबद्ध होता है। यह आसन गोल और शिथिल कंधे वाले व्यक्तियों के लिए उपयोगी बतलाया गया है।

62 त्र्यंग मुखैकपाद पश्चिमोत्तानासन पाँच* (चित्र 139)

त्र्यंग का अर्थ तीन अवयव या अंग होता है। इस आसन में तीन अंग–पैर, घुटने और नितंब हैं। मुखैकपाद(तीन शब्दों का मेल मुख=मुँह, एक=एक और पाद=टाँग या पैर) से तात्पर्य है मुख का एक पैर के साथ स्पर्श होना। पश्चिमोत्तानासन(चित्र 160) में सारे शरीर का पृष्ठभाग जोरों से तना होता है।

विधि

1. भूमि पर सामने टाँगें सीधी फैलाए बैठें(चित्र 77)।

2. घुटने पर दाहिनी टाँग मोड़ें और दाहिना पैर पीछे की ओर ले जाएँ। दाहिना पैर दाहिने नितंब के जोड़ के पास रखें, पैर की उंगुलियों को पीछे की ओर संकेत करती हुई रखें और उन्हें भूमि पर स्थिर करें। दाहिनी पिंडली का अंतर्भाग दाहिनी जाँघ के बाहरी भाग का स्पर्श करेगा।

3. मुड़े हुए घुटने पर शरीर का भार डालते हुए इस स्थिति में संतुलन करें। प्रारंभ में शरीर बाहर फैलाई हुई टाँग की ओर झुकेगा, और फैली हुई टाँग का पैर भी बाहर की ओर झुकेगा। पैर और उंगुलियों को फैलाएँ और आगे की ओर निकाले हुए इस आसन में संतुलन करना सीखें।

4. अब तलवे के किनारों को दोनों हथेलियों से पकड़ कर बायाँ पैर रखें। यदि हो सके तो आप धड़ को आगे की ओर ले जाएँ और फैले हुए बाएँ पैर के चारों ओर कलाइयों को गुँथाएँ(चित्र 138)। दो गहरी साँसें लें। इस प्रकार कलाइयों को गुँथाने में व्यक्ति को प्रायः कई महीने लगते हैं, इसलिए कुछ प्रयास के बाद निराश न हों।

5. घुटने मिलाएँ, श्वास छोड़ें, और आगे झुकें। बाएँ घुटने पर पहले ललाट (भाल), फिर नाक, उसके बाद होंठ और अंत में चिबुक स्थिर करें(चित्र 139)। इस स्थिति को प्राप्त करने के लिए कुहनियाँ फैलाएँ और एक उच्छ्वसन के साथ धड़ आगे की ओर ले जाएँ।

6. भूमि पर बाईं कुहनी स्थिर न करें। प्रारंभ में व्यक्ति संतुलन खो देता है और फैलाई हुई टाँग की ओर लुढ़क जाता है। इसलिए मुड़ी टाँग के पार्श्व की ओर धड़ थोड़ा झुका होना चाहिए और शरीर का भार मुड़े हुए घुटने पर लिया जाना चाहिए।

7. समान रूप से श्वास लेते हुए आधे मिनट से एक मिनट तक इस स्थिति में ठहरें।

8. श्वास लें, सिर और धड़ ऊपर उठाएँ, हाथ छोड़ दें, दाहिनी टाँग सीधी करें और 1 की स्थिति में आएँ।

9. दाहिनी टाँग भूमि पर फैलाएँ, बायाँ घुटना मोड़ कर और बायाँ पैर बाएँ नितंब

के जोड़ के पास रखकर, दूसरी ओर आसन दुहराएँ। दोनों ओर उतने ही समय के लिए ठहरें।

परिणाम

जो व्यक्ति टेढ़ी कमर या कूबड़(dropped arches) और चपटे पैर से पीड़ित हैं उनके लिए इस आसन की सिफारिश की गई है। यह नली और घुटने की मोच ठीक करता है और टाँग की हर प्रकार की सूजन कम करता है।

जानु शीर्षासन(चित्र 127) तथा अर्धबद्ध पद्म पश्चिमोत्तानासन(चित्र 135) के साथ यह आसन उदर के अवयवों को ठीक करता है और उन्हें मंदता(आलस्य) से दूर रखता है। हम बड़े संतोष और सामाजिक शिष्टाचार से अपने उदर के अवयवों की शिकायत करते हैं। उदर के अवयव अधिकांश रोगों के कारण हैं। प्राचीन ऋषि-मुनियों ने दृढ़तापूर्वक कहा था कि दीर्घायु, सुख और मन की शांति के लिए उनका स्वास्थ्य सुंदर होना आवश्यक है। आगे झुकानेवाले ये आसन उदर के अवयवों को स्वस्थ एवं सक्रिय रखते हैं। ये स्नायुओं(मांसपेशियों) को साँचे में ढालने के अतिरिक्त इंद्रियों पर भी कार्य करते हैं।

63 क्रौंचासन दस* (चित्र 141 तथा 142)

क्रौंच का अर्थ सारस है। यह एक पर्वत का भी नाम है। कहा जाता है कि यह हिमालय का पोता है और युद्ध के देवता कार्तिकेय और विष्णु के छठे अवतार परशुराम द्वारा भेदित(खंडित) है। बैठने की इस स्थिति में एक टाँग घुटने पर पीछे की ओर मुड़ती है और पैर नितंब के जोड़ के पास सामने रखा जाता है, जबकि दूसरी टाँग लंबरूप में उठाई जाती है और उसका पैर हाथों से पकड़ा होता है, लंबरूप में उठी टाँग के घुटने पर चिबुक टिकाया जाता है। उठाई हुई टाँग सारस की तनी हुई गर्दन और सिर तथा चट्टान की खड़ी दीवार के समान होती है। इस कारण आसन का यह नाम है।

विधि

1. सामने सीधी टाँगें फैलाए भूमि पर बैठें(चित्र 77)।

2. दाहिनी टाँग घुटने पर मोड़ें, और दाएँ पैर को पीछे ले जाएँ। दायाँ पैर नितंब की संधि के पास रखें, पैर की उंगुलियों को पीछे की ओर संकेत करती हुई रखें और उन सभी को भूमि पर स्थिर करें। दाहिनी पिंडली का अंतर्भाग दाहिनी जाँघ के बहिर्भाग का स्पर्श करेगा। घुटनों को एकत्र मिलाएँ।

3. श्वास छोड़ें, बायाँ घुटना मोड़ें, दोनों हाथों से बायाँ पैर पकड़ें, और बाईं टाँग लंबरूप में ऊपर उठाएँ(चित्र 140)।

4. बाईं टाँग पूरी तरह तानें और पीठ सीधी करें। इस स्थिति में कुछ श्वास लेने के बाद, श्वास छोड़ें, सिर और धड़ को आगे ले जाएँ और उसी समय बाईं टाँग और समीप लाने की कोशिश करें और बाईं टाँग के घुटने पर चिबुक रखें(चित्र 141 तथा 142)।

5. गहरी साँस के साथ 20 से 30 सेकेंड तक इस स्थिति में ठहरें। उठी हुई टाँग के घुटने को चिबुक-स्पर्श करते समय भूमि पर से मुड़ी टाँग उठने न दें।

6. श्वास लें, सिर और धड़ पीछे ले जाएँ(चित्र 140)। बाईं टाँग नीची करें, हाथ छोड़ दें, दाहिनी टाँग आगे की ओर सीधी लाएँ और 1 की स्थिति में लौटें।

7. बाएँ घुटने को मोड़ कर, और बाएँ नितंब के पास बायाँ पैर रख, और दाहिनी टाँग ऊपर उठाते हुए दूसरी ओर आसन को दुहराएँ। इस ओर भी उतने ही समय के लिए ठहरें।

परिणाम

त्र्यंग मुखैकपाद पश्चिमोत्तानासन(चित्र 139) के क्रम के रूप में यह आसन किया जा सकता है। पश्चिमोत्तानासन(चित्र 160) से यह आसन करना कठिन है और इस कारण इसके परिणाम भी अधिक हैं। यह टाँगों को पूरा फैलाव(विस्तार) देता है और टाँगों की मांसपेशियों को व्यायाम देता है। उदर के अवयव भी पुनः यौवन को प्राप्त होते हैं।

64 मरीच्यासन एक पाँच* (चित्र 144)

यह आसन सृष्टिकर्ता ब्रह्मा के पुत्र मरीचि ऋषि को समर्पित है। मरीचि ऋषि सूर्यदेव के दादा थे।

विधि

1. सामने सीधी टाँगें फैलाए भूमि पर बैठें(चित्र 77)।

2. बायाँ घुटना मोड़ें और भूमि पर बाएँ पैर के तलवे और एड़ी को चपटा रखें। बाईं टाँग की अग्रजंघा भूमि की सीध में होनी चाहिए और पिंडली जाँघ को छूनी चाहिए। बाईं एड़ी मूलाधार के पास रखें। बाएँ पैर का अंतर्भाग फैलाए हुए दाहिनी जाँघ के अंतर्भाग को छूना चाहिए।

3. लंबरूप बाईं अग्रजंघा को बाईं काँख छूने तक कंधे को आगे की ओर फैलाएँ। बाईं अग्रजंघा और जंघा के चारों ओर बाईं बाँह घुमाएँ, बाईं कुहनी मोड़ें, और बाईं बाँह कमर की सतह तक पीठ के पीछे ले जाएँ। बाद में दाहिना हाथ पीठ के पीछे

ले जाएँ और दाएँ हाथ से बाएँ हाथ की कलाई पकड़ें या बाएँ हाथ से दाहिने हाथ की कलाई पकड़ें। यदि यह संभव न हो तो हथेलियाँ या उंगुलियाँ पकड़ें(चित्र 143)।

4. फैलाई हुई दाहिनी टाँग सीधी रखते हुए रीढ़ को बाईं ओर घुमाएँ। फैलाए हुए दाहिने पैर के अँगूठे की ओर एकटक देखते हुए इस स्थिति में रहें और कुछ गहरी साँसें लें।

5. श्वास छोड़ें और आगे झुकें। दाहिने घुटने पर पहले भाल, बाद में नाक, उसके बाद ओठ और अंत में चिबुक को स्थिर करें(चित्र 144)। इस स्थिति में होने पर दोनों कंधों को भूमि के समानांतर रखें और सामान्य रूप से साँस लें। इस आसन में लगभग 30 सेकेंड रहें और इस बात का ध्यान रखें कि फैली हुई पूरी टाँग का पिछला भाग निरंतर भूमि से सटा है।

6. श्वास लें, दाहिने घुटने पर से सिर उठाएँ(चित्र 143), हाथ छोड़ दें, बाईं टाँग सीधी करें और 1 की स्थिति में आएँ।

7. दूसरी ओर उतने समय के लिए आसन दुहराएँ।

परिणाम

इस आसन के अभ्यास से उंगुलियों को शक्ति प्राप्त होती है। इसके पूर्व के आसनों में, जैसे जानु शीर्षासन(चित्र 127), अर्धबद्ध पद्म पश्चिमोत्तानासन(चित्र 135) और त्र्यंग मुखैकपाद पश्चिमोत्तानासन(चित्र 139) में हाथों से टाँग पकड़ने के कारण उदर के अवयव संकुचित किए जाते हैं। इस आसन में हाथ टाँग को नहीं पकड़ते। आगे झुकने और फैली हुई टाँग के घुटने पर चिबुक स्थिर करने से उदर के अवयवों को प्रयत्नपूर्वक संकुचित होना पड़ता है। यह उदर के अवयवों के चारों ओर अधिक रक्त संचार करता है और उन्हें स्वस्थ रखता है। प्रारंभ में पीठ के पीछे दोनों हाथ पकड़ने के बाद आगे झुकना अत्यंत कठिन होता है, परंतु यह अभ्यास से होता है। इस आसन में रीढ़(मेरुदंड) के पृष्ठ प्रदेश को भी व्यायाम प्राप्त होता है।

टिप्पणी

जानु शीर्षासन, अर्धबद्ध पद्म पश्चिमोत्तानासन, त्र्यंग मुखैकपाद पश्चिमोत्तानासन और मरीच्यासन एक–ये चार आसन शुद्ध पश्चिमोत्तानासन(चित्र 161) के लिए प्रारंभिक आसन हैं। अनेकशः प्रयत्न के बाद भी पश्चिमोत्तानासन(चित्र 160) में पैरों पर अच्छी पकड़ पाना अनेको साधकों के लिए कठिन है। ये चार आसन व्यक्ति की पीठ और टाँगों में काफी लचकीलापन लाते हैं, जिससे व्यक्ति आगे बतलाए गए शुद्ध पश्चिमोत्तानासन(चित्र 161) तक धीरे-धीरे पहुँचता है। यदि एक बार यह आसन आसानी से साध लिया जाता है तो इन चार आसनों का अभ्यास प्रतिदिन करने के बदले सप्ताह में एक बार या दो बार किया जा सकता है।

65 मरीच्यासन दो छह* (चित्र 146 तथा 147)

विधि

1. सामने टाँगें सीधी फैलाए भूमि पर बैठें(चित्र 77)।

2. घुटने पर बाईं टाँग मोड़ें और दाहिनी जाँघ के मूल पर बायाँ पैर रखें। बाईं एड़ी से नाभि को दबाना चाहिए और पैरों की उंगुलियाँ खुली और फैली होनी चाहिए। अब बाईं टाँग अर्ध पद्मासन में है।

3. घुटने पर दाहिनी टाँग मोड़ें। दाहिने पैर का तलवा और एड़ी भूमि पर चपटी रखें। दाहिनी टाँग की अग्रजंघा लंबरूप में रखें जिससे दाहिनी जाँघ और दाहिनी नली एक-दूसरे को स्पर्श करें और दाहिनी एड़ी मूलाधार को स्पर्श करे।

4. आगे की ओर थोड़ा झुकें, दाहिनी काँख के लंबरूप दाहिनी अग्रजंघा से स्पर्श करने तक दाहिना कंधा आगे की ओर फैलाएँ। एक उच्छ्वसन के साथ दाहिनी अग्रजंघा और जंघा के चारों ओर दाहिनी बाँह घुमाएँ, दाहिनी कुहनी मोड़ें और दाहिना हाथ कमर के बराबर में ठीक पीछे घुमाएँ। तब बायाँ हाथ पीठ के पीछे ले जाएँ और कमर पर बाएँ हाथ से दाहिने हाथ की कलाई को पकड़ लें(चित्र 145)।

5. रीढ़ को सीधा तानें, और गहरी साँस लेते हुए कुछ सेकेंड के लिए इस स्थिति में रहें।

6. श्वास छोड़ें, धड़ और सिर आगे ले जाएँ और मुड़े हुए बाएँ घुटने पर सिर रखें। तब गर्दन बढ़ाएँ और बाएँ घुटने पर चिबुक को स्थिर करें (चित्र 146 और 147)। ऊपर उठते समय श्वास लें और झुकते समय श्वास छोड़ें। इस क्रिया को तीन या चार बार दुहराएँ।

7. श्वास लें, सिर और धड़ ऊपर उठाएँ, हाथ छोड़ दें, टाँगें सीधी कर लें, और तब दूसरी ओर उतने ही समय के लिए आसन दुहराएँ।

परिणाम

यह आसन मरीच्यासन एक(चित्र 144) का तीव्रतर रूप है, अत: इसके परिणाम बड़े हैं। नाभिस्थ एड़ी का उदर पर अधिक दबाव पड़ता है, जिससे उदर के अवयव अधिक ठीक होते हैं और पुष्ट होते हैं तथा पाचनशक्ति की वृद्धि होती है।

66 उपविष्ट कोणासन नौ* (चित्र 151)

उपविष्ट का अर्थ 'बैठा हुआ' है। कोण का अर्थ कोना है।

विधि

1. सामने टाँगें सीधी फैलाए भूमि पर बैठें(चित्र 77)।

2. टाँगें एक-एक कर बगल की ओर ले जाएँ और उनके बीच के अंतर का विस्तार जितना कर सकें, करें। टाँगें निरंतर फैली हुई रहने दें और इस बात को देखें कि टाँगों का सारा पिछला हिस्सा भूमि पर स्थिर रहता है।

3. पैरों के अँगूठे संबंधित अँगूठे, तर्जनी और मध्यमा उंगुलियों के मध्य पकड़ें।

4. रीढ़ सीधी रखें और पसलियाँ फैलाएँ। उर:प्राचीर ऊपर खींचें और गहरी साँस के साथ कुछ सेकेंड के लिए इस स्थिति में रहें(चित्र 148)।

5. श्वास छोड़ें, आगे झुकें और भूमि पर सिर टिकाएँ(चित्र 149)। फिर गर्दन तानें और भूमि पर चिबुक स्थिर करें(चित्र 150)।

6. बाद में हाथों से पैरों को पकड़ें और भूमि पर सीना स्थिर करने(टिकाने) की कोशिश करें(चित्र 151)। स्वाभाविक रूप से श्वास लेते हुए इस स्थिति में 30 से 60 सेकेंड रहें।

7. श्वास लें, धड़ भूमि से ऊपर उठाएँ(चित्र 148) और पैरों की पकड़ ढीली करें, दोनों पैरों को पास-पास लाएँ और सुस्ताएँ।

8. दोनों हाथों से बायाँ पैर पकड़ें, श्वास छोड़ें और बाएँ घुटने पर चिबुक टिकाएँ (चित्र 152)। श्वास लें और सिर तथा धड़ उठाएँ। अब दाहिना पैर पकड़ें और एक उच्छ्‌वसन के साथ दाहिने घुटने पर चिबुक स्थिर करें। श्वास लें, सिर और धड़ उठाएँ, हाथ छोड़ें, दोनों पैर एकत्र लाएँ और विश्राम लें।

परिणाम

यह आसन मंदिरशिराओं को तानता है और बस्तिप्रदेश में ठीक तरह रक्त संचारित करने में सहायता करता है और उसे स्वस्थ रखता है। हर्निया की वृद्धि रोकता है, हर्निया संबंधी छोटे-मोटे दोषों को दूर करता है। और कूल्हे की वेदना को दूर करता है। यह आसन मासिक ऋतुस्राव को नियमित तथा नियंत्रित करता है और इसके साथ ही गर्भाशय को शक्ति प्रदान करता है, इस कारण यह आसन स्त्रियों के लिए वरदान है।

67 पश्चिमोत्तानासन छह* (चित्र 161)

(यह **उग्रासन** या **ब्रह्मचर्यासन** भी कहलाता है।)

पश्चिम का शाब्दिक अर्थ पश्चिम दिशा है। इससे तात्पर्य है सारे शरीर का पिछला हिस्सा—सिर से एड़ियों तक का। आगे का या पूर्वीय हिस्सा—चेहरे से पैर की उंगुलियों तक—शरीर का अग्रभाग है। सिर की खोपड़ी ऊपर की या उत्तरीय आकृति है जबकि पैर की एड़ियाँ और तलवे शरीर की निचली या दक्षिणीय आकृति बनाते हैं। इस आसन में सारे शरीर का पिछला हिस्सा जोर से ताना जाता है, इसलिए यह नाम है।

उग्र का अर्थ घोर, शक्तिशाली और तेजस्वी है। ब्रह्मचर्य का अर्थ धार्मिक अध्ययन, आत्मनियंत्रण और कुँवारापन है।

विधि

1. सामने टाँगें सीधी फैलाएँ, भूमि पर बैठें। नितंबों के पास हथेलियाँ भूमि पर रखें। गहरी साँस लें(चित्र 77)।

2. श्वास छोड़ें, हाथ फैलाएँ और पैर की उंगुलियाँ पकड़ें। दाहिने पैर का अँगूठा, दाहिने(हाथ के) अँगूठे, तर्जनी और मध्यमा उंगुलियों के बीच पकड़ें और इसी प्रकार बाएँ पैर का अँगूठा, बाएँ(हाथ के) अँगूठे, तर्जनी और मध्यमा उंगुलियों के बीच पकड़ें (चित्र 153)।

3. रीढ़ तानें और पीठ का अंतर्वक्र बनाने की कोशिश करें। प्रारंभ में पीठ पर कूबड़ होगा। यह रीढ़ को कंधे के भाग से ही तानने के कारण है। पीठ के बस्तिप्रदेश के मूल से ही ठीक तरह से मोड़ने का और बाँहों को कंधों से ही तानने का अभ्यास करें। तब कूबड़ दिखायी नहीं देगा और पीठ चित्र 153 के समान चिपटी होगी। कुछ गहरी साँसें लें।

4. अब श्वास छोड़ें, कुहनियों को मोड़ें और फैलाएँ, और उनका उत्तोलनदंड (ढेकली) की तरह उपयोग करते हुए धड़ को आगे खींचे और मस्तक घुटनों से छुआएँ(चित्र 154)। धीरे-धीरे भूमि पर कुहनियों को टिकाएँ, गर्दन और धड़ तानें, नाक से घुटने छुएँ और बाद में होठों से घुटने छुएँ(चित्र 155)।

5. जब यह क्रिया आसान हो जाती है तब आगे तलवों को पकड़ने का प्रयास करें और घुटनों पर चिबुक टिकाएँ(चित्र 156)।

6. जब यह क्रिया भी सहज हो जाती है, तब उंगुलियों को परस्पर गूँथते हुए हाथ पकड़ें और घुटने के पार अग्रजंघा पर चिबुक स्थिर करें(चित्र 157)।

7. जब स्थिति 6 सरल हो जाती है, तब फैलाए हुए पैरों के पार बाएँ हाथ से दाहिनी हथेली या दाहिने हाथ से बाईं हथेली पकड़ें और पीठ अंतर्गोल(नतोदर) रखें(चित्र 158)। कुछ गहरी साँसें लें।

8. श्वास छोड़ें और घुटनों के परे अग्रजंघा पर चिबुक स्थिर करें(चित्र 159)।

9. यदि स्थिति 8 भी आसान हो जाती है, तब बाएँ हाथ से दाहिनी कलाई या दाहिने हाथ से बाईं कलाई पकड़ें और घुटनों के परे अग्रजंघा पर चिबुक स्थिर करें(चित्र 160)।

10. ध्यान रखें कि घुटनों के जोर पर टाँगों के पृष्ठभाग भूमि पर स्थिरतापूर्वक टिकें। प्रारंभिक अवस्था में घुटने भूमि पर से ऊपर उठेंगे। जाँघों के पृष्ठभाग की मांसपेशियों को तानें और धड़ को आगे लाएँ। तब घुटनों के पृष्ठभाग भूमि पर स्थिर होंगे।

11. कोशिश करें और ऊपर की जिस किसी स्थिति को आप प्राप्त कर सकते हैं उसी में आप 1 से 6 मिनट तक, समान रूप से श्वास लेते हुए स्थिर रहें।

12. अभ्यस्त साधक हाथों को सीधा तान सकते हैं, हथेलियों को भूमि पर स्थिर कर सकते हैं, फैलाए हुए पैर के परे अँगूठों को मिला सकते हैं और घुटनों के परे अग्रजंघा पर चिबुक टिका सकते हैं(चित्र 161)। एक या दो मिनट समान रूप से श्वास लेते हुए ठहरें।

13. श्वास लें, घुटनों पर सिर उठाएँ और विश्राम करें।

14. शुद्ध पश्चिमोत्तानासन(चित्र 162) में व्यक्ति पीठ पर किसी प्रकार के भार का अनुभव नहीं करता।

परिणाम

यह आसन उदर के अवयवों को स्वस्थ रखता है और उनमें मंदता या सुस्ती आई हो तो उससे उन्हें मुक्त रखता है। यह गुर्दे को भी ठीक करता है, पूरी रीढ़ को पुनर्जीवन देता है और पाचन-शक्ति को बढ़ाता है।

जानवरों की रीढ़ें क्षितिज के समानांतर होती हैं, और उनका हृदय रीढ़ के नीचे होता है। यह उन्हें स्वस्थ रखता है और उन्हें अत्यधिक सहनशक्ति प्रदान करता है। मनुष्यों में रीढ़ लंबरूप है और हृदय रीढ़ से नीचे नहीं है, इससे वे थकान के प्रभाव का अनुभव शीघ्र करते हैं और हृदयरोगों के शिकार होते हैं। पश्चिमोत्तानासन में रीढ़ सीधी और क्षितिज के समानांतर रखी जाती है और हृदय रीढ़ से नीचे के स्तर पर होता है। इस आसन में अधिक समय ठहरने से हृदय, रीढ़ के स्तंभ और उदर के अवयवों को मालिश मिलती है जिससे वे स्फूर्ति का अनुभव करते हैं और मन स्थिर किया जाता है। बस्तिप्रदेश को अतिरिक्त तनाव देने के कारण, वहाँ प्राणवायु-पूरित रक्त लाया जाता है और जनन-ग्रंथियाँ रक्त से आवश्यक आहार ग्रहण करती हैं। यह प्राण(जीवन) शक्ति की वृद्धि करता है, और नपुंसकता ठीक करने में सहायता पहुँचाता है और विषयवासना के नियंत्रण का मार्गदर्शन करता है। इस कारण यह आसन ब्रह्मचर्यासन कहलाता है। ब्रह्मचर्य का अर्थ अविवाहित जीवन या कुँवारापन है और ब्रह्मचारी वह है जिसने विषयवासना का नियंत्रण किया है।

68 परिवृत्त पश्चिमोत्तानासन नौ* (चित्र 165)

परिवृत्त का अर्थ गोल घुमाया हुआ, या घुमा हुआ है। पश्चिम का शाब्दिक अर्थ पश्चिम दिशा है और यह सारे शरीर के सिर से एड़ियों तक के पिछले भाग की ओर संकेत करता है। उत्तान का अर्थ तीव्र तनाव है। पश्चिमोत्तानासन के इस प्रकार में धड़ एक तरफ घुमाया जाता है।

विधि

1. सामने टाँगें सीधी फैलाए भूमि पर बैठें। घुटने कसे हुए रखें तथा टाँगें इस तरह

रखें जिससे दोनों पैरों के घुटने, टखने, एड़ियाँ और अँगूठे आपस में मिल जाएँ (चित्र 77)।

2. श्वास छोड़ें, बाएँ पैर की ओर दाईं बाँह फैलाएँ। दाहिना हाथ और दाहिनी कलाई घुमाएँ, जिससे दाहिना अँगूठा भूमि की ओर और दाहिनी कनिष्ठिका ऊपर की ओर लक्ष्य करें। फिर दाहिने हाथ से बाएँ पैर का बाहरी भाग पकड़ें। श्वास लें।

3. अब श्वास छोड़ें, बाईं बाँह बाईं कलाई को ऊपर किए, दाहिने हाथ के ऊपर फैलाएँ। बायाँ हाथ और बाईं कलाई घुमाएँ जिससे बायाँ अँगूठा भूमि की ओर और बाईं कनिष्ठिका ऊपर की ओर हो। दाहिने पैर का बाहरी भाग पकड़ें(चित्र 163) और श्वास लें।

4. श्वास छोड़ें, कुहनियों को मोड़ते और फैलाते हुए धड़ लगभग 90° बाईं ओर घुमाएँ(चित्र 164)। श्वास लें। पुनः श्वास छोड़ें, बाँहों के बीच सिर घुमाएँ और ऊपर देखें। दाहिनी बाँह का ऊपरी पिछला भाग काँख के पास, बाएँ घुटने के परे स्थिर होगा। दाहिनी ओर की पसलियों को बाईं जाँघ पर स्थिर करने की कोशिश करें(सामने की छवि चित्र 165, पार्श्वछवि चित्र 166)। धड़ के पार्श्वभाग के मुड़ने के कारण श्वसनक्रिया तेज होगी। लगभग 20 सेकेंड के लिए इस स्थिति में रहें।

5. श्वास लें, हाथ छोड़ दें और धड़ को पीछे की ओर अपनी मूल स्थिति में जाने दें(चित्र 163)।

6. अब धड़ को दाहिनी ओर घुमाएँ और उतने ही समय के लिए 'दाहिने' के बदले 'बाएँ' शब्द का प्रयोग कर ऊपर बतलाई विधि का अनुसरण करते हुए, आसन दुहराएँ।

परिणाम

यह अनुप्राणित करने वाला आसन उदर के अवयवों को ठीक करता है और उन्हें मंदता से दूर रखता है। यह गुर्दे को भी ठीक करता है और पूरी रीढ़ को पुनर्यौवन देता है, जिससे पाचन-शक्ति बढ़ जाती है। पार्श्व का घुमाव रीढ़ में रक्तसंचार को उत्तेजित करता है और पीठ का दर्द दूर करता है। बस्तिप्रदेश के तनाव के कारण वहाँ प्राणवायुपूरित रक्त अधिक मात्रा में लाया जाता है और जननग्रंथियाँ रक्त से आवश्यक आहार ग्रहण करती हैं। यह प्राणशक्ति की वृद्धि करता है, नपुंसकता दूर करने में सहायता करता है और लैंगिक तृष्णा नियंत्रित करता है।

69 ऊर्ध्वमुख पश्चिमोत्तानासन एक दस* (चित्र 168)

जब ऊर्ध्व(ऊपर की ओर) और मुख(वदन, मुँह) एकत्र प्रयुक्त होते हैं तब उसका अर्थ 'मुँह ऊपर की ओर किए' होता है। पश्चिमोत्तानासन पीछे का तीव्र तनाव है।

विधि

1. सामने टाँगें सीधी फैलाकर भूमि पर बैठें(चित्र 77)।

2. घुटने झुकाएँ और नितंबों के पास पैर लाएँ।

3. हाथों से पैर की उंगुलियाँ पकड़ें, श्वास छोड़ें और हवा में टाँगें फैलाएँ, घुटने पर उन्हें सीधा करें, घुटनों की चक्कियों को जाँघों की ओर खींचें और रीढ़ को यथाशक्ति अंतर्गोलाकार(concave) रखते हुए नितंबों पर संतुलन करें। यह शारीरिक स्थिति उभय पादांगुष्ठासन कहलाती है।

70 उभय पादांगुष्ठासन तीन* (चित्र 167)

उभय=दोनों, पादांगुष्ठ=पैर का अँगूठा

प्रारंभ में व्यक्ति भूमि पर पीछे की ओर लुढ़क जाता है। केवल नितंबों पर संतुलित होने के लिए कुछ समय तथा अभ्यास आवश्यक है। स्वाभाविक रूप से श्वास लेते हुए इस स्थिति में 30 से 60 सेकेंड रहें।

4. संतुलन प्राप्त करने के बाद उंगुलियों को छोड़ दें और एड़ियों को पकड़ें।

5. जब यह स्थिति सहज हो जाती है, तब फैलाए हुए पैर के पीछे उंगुलियों को परस्पर गुथाएँ और संतुलन करें। फिर टाँगों की स्थिति में परिवर्तन किए बिना उनके पास धड़ और सिर लाएँ, गर्दन ऊपर उठाएँ और एक उच्छ्‌वसन के साथ घुटनों पर मस्तक स्थिर करें(चित्र 168)। अब पूरे फैलाव में टाँगें और रीढ़ भी ऊपर तानें। स्वाभाविक श्वास के साथ लगभग 30 सेकेंड के लिए इस स्थिति में रहें।

6. श्वास लें, हाथ छोड़ें, टाँगें मोड़ें और उन्हें भूमि पर टिकाएँ, और विश्राम लें।

71 ऊर्ध्वमुख पश्चिमोत्तानासन दो दस* (चित्र 170)

विधि

1. भूमि या दरी पर समतल लेटें और सिर के ऊपर सीधे हाथ ले जाएँ(चित्र 276)।

2. टाँगें सीधी फैलाएँ, घुटने कसें, और कुछ गहरी साँसें लें।

3. श्वास छोड़ें और टाँगों को एक साथ धीरे से उठाएँ, और सिर के ऊपर ले जाएँ।

4. उंगुलियों को परस्पर गुँथाएँ, तलवों को मिलाएँ और घुटनों को कसकर टाँगें सीधी ऊपर ले जाएं। पूरी पीठ भूमि पर स्थिर करें(चित्र 169)। तीन गहरी साँसें लें।

5. श्वास छोड़ें, कुहनियों को फैलाते हुए सिर के परे भूमि की ओर टाँगें नीचे लाएँ। कोशिश करके बस्तिप्रदेश को यथासंभव भूमि के समीप रखें। टाँगें निरंतर घुटनों पर कसी हुई रखें। घुटनों पर चिबुक स्थिर करें(चित्र 170)।

6. समान रूप से श्वास लेते हुए 30 से 60 सेकेंड इस स्थिति में रहें।

7. श्वास छोड़ें, और टाँगों को मूल स्थिति में लाएँ(चित्र 169)।

8. श्वास लें, हाथों को ढीला छोड़ें, टाँगें सीधी भूमि पर फैलाएँ(चित्र 276) और विश्राम लें।

परिणाम

यह आसन संतुलन तथा समभार करने में सहायता करता है। पूरी तरह तानी (फैलाई) हुई टाँगें, जाँघों और पिंडलियों को उचित आकार देती हैं। पश्चिमोत्तानासन (चित्र 160) से जो लाभ मिलते हैं, वही लाभ इस आसन से भी प्राप्त होते हैं और इसके अतिरिक्त यह आसन हर्निया से बचाव करता है और पीठ का सख्त दर्द दूर करता है।

72 पूर्वोत्तानासन एक* (चित्र 171)

पूर्व का शाब्दिक अर्थ पूर्व दिशा है। इसका अर्थ मस्तक से पैर की उँगलियों तक सारे शरीर का अलग भाग है। उत्तान का अर्थ तीव्र तनाव(फैलाव) है। इस शारीरिक स्थिति में, शरीर का सारा अगला भाग जोर से ताना जाता है।

विधि

1. सामने टाँगें सीधी फैलाकर भूमि पर बैठें। पैरों की दिशा में उँगलियाँ किए हथेलियाँ नितंबों के पास भूमि पर रखें(चित्र 77)।

2. घुटने मोड़ें और तलवों तथा एड़ियों को भूमि पर रखें।

3. शरीर का भार हाथों और पैरों पर लें, श्वास छोड़ें और भूमि पर से शरीर उठाएँ। बाँहें और टाँगें सीधी करें और घुटने और कुहनियों को कसकर रखें(चित्र 171)।

4. बाँहें कलाई से कंधों तक भूमि के लंबरूप में होंगी। धड़ कंधे से बस्तिप्रदेश तक भूमि के समानांतर रहेगा।

5. गर्दन तानें और सिर जितना पीछे हो सके उतना पीछे ले जाएँ।

6. स्वाभाविक रूप से श्वास लेते हुए एक मिनट के लिए इस स्थिति में रहें।

7. श्वास छोड़ें, कुहनियों और घुटनों को मोड़ें, भूमि पर स्थिर करने के लिए शरीर नीचे लाएँ और विश्राम करें।

परिणाम

यह आसन कलाइयों और टखनों को पुष्ट करता है, कंधों के जोड़ की गति बढ़ाता है और सीने को पूरी तरह विकसित करता है। यह थकाने और आगे झुकाने वाले दूसरे आसनों के करने के कारण होनेवाली थकान दूर करता है।

73 आकर्ण धनुरासन ग्यारह* (चित्र 173 तथा 175)

कर्ण का अर्थ कान है। उपसर्ग 'आ' सामीप्य की ओर का भाव प्रकट करता है। धनु का अर्थ धनुष है। इस स्थिति में एड़ी कान को छूने तक बायाँ पैर ऊपर खींचा जाता है जैसे धनुषधारी प्रत्यंचा खींचता है, जबकि दूसरा हाथ भूमि पर सीधी पड़ी टाँग के दाहिने पैर का अँगूठा पकड़ता है। दूसरी क्रिया में अधिकांशतः लंबरूप होने तक उठाई हुई टाँग ऊपर को सीधी की जाती है, ताने हुए धनुष की तरह पैर का अँगूठा हाथ से निरंतर पकड़ा हुआ रहता है।

यह आसन नीचे दी हुई दो गतिविधियों(क्रियाओं) द्वारा संपन्न होता है।

विधि

1. सामने टाँगें सीधी फैलाकर भूमि पर बैठें(चित्र 77)।

2. दाहिने पैर का अँगूठा दाहिने अँगूठे(हाथ का), तर्जनी और कनिष्ठिका के मध्य पकड़ें। इसी प्रकार बाएँ पैर का अँगूठा पकड़ें(चित्र 153)।

3. श्वास छोड़ें, बाईं कुहनी मोड़ें, और घुटना मोड़ते हुए बायाँ पैर ऊपर उठाएँ (चित्र 172)। एक श्वास लें। श्वास छोड़ें और एड़ी बाएँ कान के समीप होने तक बायाँ पैर ऊपर खींचें। उसी समय कंधे से बाईं बाँह पीछे ले जाएँ(चित्र 173)। दाहिने पैर का अँगूठा छूटने न पाए। दाहिनी टाँग निरंतर तनी हुई रखें और इस बात का ध्यान रखें कि टाँग का सारा पिछला हिस्सा भूमि पर टिके। फैलाई हुई दाहिनी टाँग घुटने पर नहीं मुड़नी चाहिए।

4. स्वाभाविक रूप से श्वास लेते हुए 15 से 20 सेकेंड इस स्थिति में रहें। यह **पहली क्रिया** है।

5. अब श्वास छोड़ें और बाईं टाँग लंबरूप में ऊपर तानें(चित्र 174)। श्वास लें, श्वास छोड़ें, बायाँ कान छूने तक टाँग और पीछे खींचें(चित्र 175)। दोनों पैरों की उँगलियों और पूरी तरह फैली हुई दोनों टाँगों की पकड़ को बनाए रखें। उन्हें घुटने पर मुड़ने न दें। इस दूसरी क्रिया में संतुलन करने की क्रिया सीखने के लिए कुछ समय लगता है। स्वाभाविक रूप से श्वास लेते हुए 10 से 15 सेकेंड इस स्थिति में रहें।

6. श्वास छोड़ें, घुटने पर बाईं टाँग मोड़ें और ऊपर की स्थिति 3 की तरह बाईं एड़ी बाएँ कान के पास लाएँ(चित्र 173)। फिर बाईं टाँग भूमि की ओर नीचे करें और दोनों टाँगें भूमि पर फैलाकर रखें(चित्र 153)।

7. दाहिना पैर दाहिने कान की ओर खींचकर और उसे दाहिने कान के पास लंबरूप में ऊपर उठाकर भूमि पर बाईं टाँग फैलाए रखकर दाहिनी ओर आसन दुहराएँ। पैरों की उंगुलियों पर हाथ की पकड़ न छोड़ें। दोनों ओर समान समय के लिए यह स्थिति बनाएँ। फिर हाथ छोड़ दें और विश्राम करें।

परिणाम

इस आसन के अभ्यास से टाँगों की मांसपेशियाँ लचीली होती हैं। उदर की मांसपेशियाँ संकुचित होती हैं और यह मलोत्सर्ग में मदद करता है। नितंब के जोड़ों के छोटे-मोटे भद्देपन को ठीक करता है। रीढ़ के निचले भाग को व्यायाम मिलता है। यह आसन सुंदरता और गुणों से परिपूर्ण है। बिना प्रयास के(सहज ही) किए जाने और धनुष से बाण छोड़ने वाले प्रशिक्षित धनुषधारी की आकृति होने तक इस आसन का अभ्यास करना चाहिए।

74 सालंब शीर्षासन एक चार* (चित्र 184, 185 और 190)

सालंब का अर्थ 'आधार के साथ' है। शीर्ष का अर्थ सिर है। यह सिर पर खड़े होने का आसन अत्यंत महत्त्वपूर्ण यौगिक आसनों में से एक है। यह मौलिक शारीरिक स्थिति है। इसके अनेक प्रकार हैं; जो बाद में शीर्षासन की माला में वर्णित हैं। इस पर प्रभुत्व-प्राप्ति शारीरिक एवं मानसिक दोनों प्रकार के संतुलन तथा शरीर भार को समत्व देती है। इसके करने की विधि दो भागों में विस्तारपूर्वक दी गई है; पहला भाग नौसिखियों के लिए है और दूसरा भाग उनके लिए है जो आसन में संतुलित रह सकते हैं। दोनों विधियों के बाद शीर्षासन(करने) के संबंध में आवश्यक संकेतों की ओर विशेष रूप से ध्यान आकर्षित किया गया है।

नौसिखियों के लिए विधि

1. चार तह किए हुए कंबल भूमि पर बिछाएँ और उनके समीप घुटने टेकें।

2. कंबलों के बीच हाथों को टिकाएँ। ऐसा करते समय इस बात की सावधानी रखें कि भूमि पर कुहनियों का अंतर कंधों से अधिक चौड़ा नहीं है।

3. उंगुलियों के अग्रभाग तक उंगुलियों को परस्पर गुँथाएँ(चित्र 176), जिससे हथेलियाँ प्याले की आकृति की बन जाएँगी। उन्हें कंबल पर कनिष्ठिकाओं के पास पंजों के पार्श्वभाग रखें। अपने सिर से ऊपर उठते या संतुलन करते समय उंगुलियाँ कसकर बंद की हुई होनी चाहिए। यदि उन्हें शिथिल छोड़ दिया गया, तो शरीर का भार उन पर पड़ता है और बाँहें दुखती हैं। इसलिए उन्हें अच्छी तरह परस्पर गुँथा कर रखने का ध्यान रखें।

4. कंबल पर केवल सिर का कपाल ही स्थिर करें, जिससे सिर का पृष्ठभाग कप की आकृति की हथेलियों का स्पर्श करे(चित्र 177)। कंबल पर केवल सिर के कपाल का मध्य(उच्चस्थान) या मूर्धा रहे। ऐसा करने के लिए सिर की ओर घुटनों को ले जाएँ।

5. सिर की स्थिति को सुरक्षित(ठीक) करने के बाद, पैर की उंगुलियों को सिर के पास ले आते हुए भूमि से घुटनों को ऊपर उठाएँ(चित्र 178)।

6. श्वास छोड़ें, भूमि पर से हलकी उछाल लें और मुड़े घुटनों से भूमि पर से टाँगें ऊपर उठाएँ(चित्र 179)। उछाल इस तरह लें कि दोनों पैर एक साथ ज़मीन से उठें। जब एक बार यह स्थिति निश्चित हो जाती है, तब टाँगों की विविध अवस्थाओं की चित्र 180, 181, 182 और 183 जैसी स्थितियों का क्रमशः अनुसरण करें।

7. टाँगें तानें और भूमि की सीध में सारे शरीर को रखते हुए सिर पर खड़े हों (सामने की छविः चित्र 184, पृष्ठ छविः चित्र 185, पार्श्व छविः चित्र 190)।

8. अंतिम स्थिति में सामर्थ्य के अनुसार एक से पाँच मिनट रहने के बाद, घुटने झुकाएँ और जैसा कि चित्र 183, 182, 181, 180, 179, 178 और 177 में है, विपरीत क्रम से भूमि की ओर नीचे आना शुरू करें।

9. इसके लिए नौसिखुए को किसी की सहायता की जरूरत पड़ सकती है या वह दीवार के सहारे आसन करे। दीवार के सहारे अभ्यास करते समय, दीवार और सिर के बीच का अंतर 2 या 3 इंच से अधिक नहीं होना चाहिए। यदि अंतर अधिक है तो रीढ़ टेढ़ी हो जाएगी और पेट बढ़ जाएगा। शरीर का भार कुहनियों पर अनुभूत होगा और सिर की स्थिति के बदलने की संभावना है। चेहरा लाल और आँखें फैलाई हुई या तानी गई मालूम पड़ेंगी। इसलिए नौसिखुओं के लिए यही उचित है कि वे जहाँ दो दीवारें मिलती हैं, उस कोने में किसी भी दीवार से लगभग 2 से 3 इंच पर सिर रखकर शीर्षासन करें।

10. दीवार या कोने के सहारे शीर्षासन करते समय नौसिखुए को चाहिए कि वह श्वास छोड़े, टाँगें ऊपर उछाले, नितंबों को दीवार का सहारा दे और पैर ऊपर ले जाए। कोने में, वह दीवारों के दोनों तरफ एड़ियाँ रख सकता है। तब उसे पीठ को लंबरूप में ऊपर तानना चाहिए, धीरे-धीरे दीवार का सहारा छोड़ना चाहिए और संतुलन पर प्रभुत्व पाना चाहिए। नीचे आते समय, वह पैरों तथा नितंबों को दीवार के सहारे टिका सकता है, नीचे सरक सकता है और भूमि पर अपने घुटने टेक सकता है। नीचे आने और ऊपर जाने की क्रिया उच्छ्वसन के साथ की जानी चाहिए।

11. कोने में संतुलन करने से नौसिखुए को यह लाभ है कि उसका सिर और टाँगें दीवारों से बने हुए समकोण में स्थिर होंगी और उसे अपनी सही स्थिति का भी विश्वास होगा। यदि वह किसी एक सीधी दीवार के सहारे संतुलन करता है तो यह बात नहीं होगी। कारण जिस समय कमर या नितंब–इन दोनों में से किसी एक पर वह झुकेगा, उसकी टाँगें दीवार के सहारे होंगी, उसका संतुलन अनिश्चित है, वह हिल सकता है, अथवा उसका शरीर अपने पुष्ट भाग की ओर झुक या हिल सकता है। नौसिखुआ इस स्थिति में नहीं होगा कि वह जाने कि वह एक ओर झुका है, और इस गलती को तो वह अपने आप सुधार ही नहीं सकता। कुछ समय में वह सिर पर संतुलन करना सीख तो ले पर आदतन उसका शरीर हमेशा एक ओर झुका रहे

या उसका सिर सीधा न रहे। शीर्षासन में गलत स्थिति को ठीक करना उतना ही कठिन है जितना कि बुरी आदत छोड़ना। इसके अलावा, यह गलत शारीरिक स्थिति सिर, गर्दन, कंधे और पीठ में वेदना और दर्द उत्पन्न करेगी। परंतु दो दीवारों का कोना नौसिखुए को आसन यथाप्रमाण रखने में सहायता करेगा।

12. जब एक बार संतुलन प्राप्त हो जाता है, तब उचित यह है कि टाँगें सीधी किए(अर्थात् घुटनों पर बिलकुल मोड़े बिना) और नितंबों के पीछे की ओर की क्रिया के साथ भूमि पर नीचे आएँ। टाँगों को मोड़े बिना ऊपर जाना और नीचे आना पहले-पहले संभव नहीं है, परंतु उचित रीति से सीखना चाहिए। एक बार जब नौसिखुए को सिर से खड़े(शीर्षासन में) होने में विश्वास हो जाता है तब वह टाँगें एकत्र और सीधी किए, किसी प्रकार के झटके के बिना, ऊपर ले जाने और नीचे लाने में इसे अधिक लाभदायक पाएगा।

13. नौसिखुए को, जबकि वह अपने सिर पर संतुलन करता है, अपने आसपास के वातावरण से परिचित होने में समय लगता है। पहले-पहल प्रत्येक वस्तु पूर्णतया अपरिचित होती हुई मालूम पड़ेगी। निर्देश और सूचनाएँ भ्रामक मालूम होंगी और वह साफ-साफ समझने और विवेकपूर्वक काम करने में कठिनाई महसूस करेगा। इसका कारण गिरने का भय है। व्यक्ति जिस स्थिति में भयभीत है स्थिर चित्त से उसका सामना करना ही भय पर विजय प्राप्त करने का उत्तम तरीका है। तब व्यक्ति शुद्ध स्वरूप पाता है और वह फिर कभी भयभीत नहीं होता। शीर्षासन को सीखते समय लुढ़ककर गिरना उतना भयंकर नहीं है कि जितना हम कल्पना करते हैं। यदि कोई अधिक भारी है तो उसे ध्यान रखना चाहिए कि वह परस्पर गुँथी हुई उंगुलियों को शिथिल कर दे, स्वयं शिथिल हो जाए, लुढ़क जाए और घुटने ढीले कर दे। तब व्यक्ति तुरंत लुढ़क पड़ेगा और हँसेगा। यदि उंगुलियाँ शिथिल नहीं की जाती हैं तो उन्हें गिरने का झटका मिलेगा जो पीड़ाजनक होगा। गिरते समय यदि हम शिथिल न हों और न लुढ़कें तो हम बड़े झटके के साथ भूमि पर मार खाते हैं। यदि हम घुटने झुकाते हैं तो उन्हें गिरते देखना हमारे लिए संभव नहीं है। व्यक्ति द्वारा दीवार के सहारे या कोने में संतुलन करना सीख लेने के बाद, उसे कमरे के बीच में शीर्षासन करने की कोशिश करनी चाहिए। कुछ गलतियाँ होंगी परंतु व्यक्ति को ऊपर बतलाई गई गिरने की कला अवश्य सीखनी चाहिए। कमरे के बीच में शीर्षासन करने का अभ्यास नौसिखुए को अत्यधिक विश्वास देता है।

संतुलन कर सकनेवालों के लिए विधि आठ*

1. नौसिखुओं के लिए बतलाई गई स्थिति 1 से 4 की विधि का अनुसरण करें।

2. सिर की स्थिति निश्चित करने के बाद, भूमि से घुटने उठाते हुए टाँगें सीधी तानें। पीठ सीधी रखते हुए पैर की उंगुलियाँ सिर के पास लाएँ और भूमि पर एड़ियाँ दबाने की कोशिश करें(चित्र 186)।

3. पृष्ठप्रदेश या रीढ़ का मध्यभाग तानें और समान रूप से श्वास लेते हुए लगभग 30 सेकेंड के लिए इस स्थिति में रहें।

4. श्वास छोड़ें, एड़ियाँ उठाएँ और नितंबों को पीछे की ओर ले जाते हुए भूमि से पैर की उंगुलियाँ हटाएँ। सींकचों-सा कड़ा करते हुए दोनों टाँगें एक ही समय उठाएँ (चित्र 187)। श्वास लें।

5. पुनः एक उच्छ्वसन के साथ भूमि के समानांतर होने तक टाँगें ऊपर ले जाएँ। इस स्थिति को उर्ध्व दंडासन (आसन संख्या 75 देखें)कहते हैं।

75 ऊर्ध्व दंडासन आठ* (चित्र 188)

(ऊर्ध्व=ऊपर, दंड=सोटा)

समान रूप से श्वास लेते हुए 10 सेकेंड के लिए इस उर्ध्व दंडासन की स्थिति में ठहरें।

6. श्वास छोड़ें, चित्र 189 के समान टाँगें ऊपर ले जाएँ और तब उन्हें लंबरूप स्थिति में ऊपर खींचें(पार्श्वभागः चित्र 190)। समान रूप से श्वास लेते हुए 1 से 5 मिनट तक इस स्थिति में ठहरें।

7. उपर्युक्त विधि उलटे क्रम से ध्यान में रखते हुए धीरे-धीरे नीचे आएँ(चित्र 189, 188, 187 और 186)। भूमि पर पैर टेक दें, घुटने मोड़ें और भूमि या कंबल पर से हाथ उठाएँ।

8. नीचे आते समय, सामर्थ्य के अनुसार एक मिनट तक समान रूप से श्वास लेते हुए ऊर्ध्व दंडासन में ठहरना उचित है। इस स्थिति में गर्दन और धड़ भूमि की सीध में नहीं रहेंगे, परंतु वे पीछे की ओर जरा झुके रहेंगे। गर्दन, कंधे और रीढ़ पर अत्यधिक तनाव पड़ेगा और प्रारंभिक अवस्था में कोई टाँगों से भूमि की सीध में कुछ सेकेंड से अधिक नहीं ठहर सकता है। जैसे जैसे गर्दन, कंधे, उदर और रीढ़ ये अधिक पुष्ट होंगे, वैसे वैसे अधिक समय के लिए ठहरना होगा।

शीर्षासन संबंधी सूचनाएँ

1. शीर्षासन में संतुलन मात्र महत्त्वपूर्ण नहीं है। व्यक्ति को क्षण-प्रतिक्षण निगरानी रखनी है और बारीक से बारीक स्थिति की जानकारी प्राप्त कर लेनी है। जब हम पैरों पर खड़े होते हैं तब हमें अतिरिक्त प्रयास, शक्ति या ध्यान की आवश्यकता नहीं होती है। कारण यह स्थिति प्राकृतिक है। फिर भी खड़े होने का ठीक तरीका हमारे ढंग और परिवहन को प्रभावित करता है। इसलिए ताडासन की सूचना में बतलाए गए उचित ढंग पर प्रभुत्व पाना आवश्यक है। शीर्षासन में भी उचित स्थिति पर प्रभुत्व प्राप्त करना चाहिए। कारण, इस आसन में गलत शारीरिक स्थिति सिर, गर्दन और पीठ में दर्द पैदा करेगी।

2. शरीर का सारा भार केवल सिर पर ही उठाना चाहिए, न कि हथेलियों और हाथों पर। हाथ और हथेली किसी प्रकार के असंतुलन को रोकने के आधार के लिए ही उपयोग में लाए जाते हैं। अच्छी स्थिति में, भूमि पर कंबल के संपर्क में, आप लगभग रुपये(सिक्के) के आकार में सिर के वर्तुल का अनुभव करेंगे।

3. सिर का पृष्ठभाग धड़, जाँघों के पृष्ठभाग और एड़ियाँ भूमि की सीध में होनी चाहिए, न कि एक ओर झुकी हुई। गला, चिबुक और सीने की हड्डी एक पंक्ति में होनी चाहिए, अन्यथा सिर एक ओर झुकेगा या आगे की ओर जाएगा। सिर के पीछे परस्पर गुँथे हाथ इसलिए हैं कि हथेलियाँ सिर से न सटने पाएँ। हथेलियों के ऊपरी और निचले हिस्से एक सीध में होने चाहिए, अन्यथा सिर का कपाल ठीक तरह से भूमि पर स्थिर नहीं होगा।

4. कुहनियाँ और कंधे एक सीध में होने चाहिए और कुहनियाँ फैलाई हुई न हों। कंधों को ऊपर ले जाते हुए और उन्हें बगल में फैलाते हुए भूमि पर से जितना हो सके उतनी ऊँचाई पर रखना चाहिए। कंधों के उचित फैलाव सीखने के लिए परस्पर गुँथी हुई उंगुलियों को छोड़ दें और सिर के पीछे से हाथ हटाएँ और कुहनियों को स्थिर रखते हुए हाथ से कलाइयों को पसारें। हथेलियों को ऊपर किए भूमि पर कलाइयाँ रखें। कलाइयाँ भूमि पर रखते हुए उंगुलियों से कंधों का स्पर्श करें और संतुलन बनाएँ (चित्र 191)। यह केवल संतुलन को ही विकसित नहीं करेगा अपितु आगे बतलाई गई शीर्षासन की स्थितियों(आसन के प्रकारांतर) के लिए आपको समर्थ करेगा।

5. जहाँ तक धड़ की स्थिति की बात है, पृष्ठप्रदेश आगे की ओर और ऊपर खींचा होना चाहिए। कटि तथा बस्तिप्रदेश आगे की ओर निकालना नहीं चाहिए, बल्कि धड़ कंधों से लेकर बस्तिप्रदेश तक एक सीध में रखना चाहिए। यदि बस्तिप्रदेश कुछ निकला है तो इसका अर्थ यह है कि आप शरीर का भार न केवल सिर पर अपितु कुहनियों पर भी उठा रहे हैं। कारण, आपने पृष्ठप्रदेश(सीने) को ठीक ढंग से नहीं ताना है। जब पार्श्व से देखा जाए तो शरीर गर्दन से एड़ियों तक एक सीध में दिखलाई देना चाहिए।

6. जाँघ, घुटने, टखने तथा पैर की उंगुलियों को यथासंभव मिलाने की कोशिश करें। टाँगों, विशेषतः घुटने और जाँघों के पीछे के भाग को पूरी तरह तानें। अगर टाँगें पीछे झुक गईं तो घुटनों तथा उदर के नीचे के मध्य भाग को पेड़ू के ऊपर कसें। इससे टाँगें सीधी रहेंगी। पैर की उंगुलियाँ ऊपर की ओर रखें। अगर टाँगें आगे की ओर झुकती हैं तो पृष्ठप्रदेश(छाती के पीछे पीठ का प्रदेश) तानें और बस्तिप्रदेश को कंधों की सीध में होने तक थोड़ा-सा पीछे ले जाएँ। तब शरीर हलका मालूम होगा और मुद्रा प्रफुल्लित होगी।

7. ऊपर जाते समय या शीर्षासन करते समय आँखें कभी रक्तपूर्ण नहीं होनी चाहिए। यदि वे होती हैं, तो आसन(स्थिति) दोषपूर्ण है।*

8. शीर्षासन के लिए कालमर्यादा व्यक्तिगत सामर्थ्य तथा व्यक्ति के पास उपलब्ध समय पर अवलंबित है। व्यक्ति इसे 10 से 15 मिनट सुविधापूर्वक(आसानी से) कर सकता है। नौसिखुआ इसे 2 मिनट के लिए कर सकता है और 5 मिनट तक बढ़ा सकता है। नौसिखुए को एक मिनट के लिए संतुलन सदा कठिन होता है, परंतु जब एक बार वह सफल हो जाता है तब वह निश्चय कर सकता है कि वह शीर्षासन पर प्रभुत्व पाने में शीघ्र समर्थ होगा।

9. ऊपर जाते या नीचे आते समय दोनों टाँगें एक साथ एक एक इंच करके धीरे-धीरे ले चलें। सारी क्रियाएँ(गतिविधियाँ) उच्छ्वसन के साथ की जानी चाहिए। जब किसी स्थिति में ठहरते हैं, तब श्वास लें। घुटने पर टाँगें मोड़े(झुकाए) बिना सीधे ऊपर जाने और नीचे आने का परिणाम यह होता है कि शांत, मंद गति प्राप्त की जाती है और सिर में रक्तप्रवाह नियंत्रित होता है। झटके देनेवाली और तेज़ क्रिया से चेहरा लाल नहीं हो जाता। कारण कमर और टाँगों का रक्तप्रवाह भी नियंत्रित होता है। जब व्यक्ति सिर-संतुलन के बाद तत्काल खड़ा हो जाता है तब मूर्च्छा या पैरों की चेतना-शून्यता से संतुलन खोने का भय नहीं रहता है। कुछ समय में ऊपर जाने, ठहरने और नीचे आने की सारी क्रियाएँ यथासंभव कोशिश किए बिना सहज होनी चाहिए। पूर्ण शीर्षासन में आपका शरीर पूरी तरह तना मालूम होता है और साथ ही साथ आपको पूर्ण विश्रांति के अनुभव का भान होता है।

10. शीर्षासन करने के पहले प्रथम सर्वांगासन(चित्र 223) सिद्ध करना सर्वदा सुरक्षित है। यदि पहले बतलाए गए खड़े होने के आसन(चित्र 1 से 36) और सर्वांगासन तथा हलासन की विविध क्रियाओं(चित्र 234 से 271) पर प्रथम प्रभुत्व प्राप्त किया जाता है तो शीर्षासन अधिक प्रयास के बिना आएगा। यदि इन प्रारंभिक आसनों पर प्रभुत्व नहीं प्राप्त किया गया है तो शीर्षासन सीखने के लिए अधिक समय लगेगा।

11. शीर्षासन में संतुलन सीखने के बाद, किसी अन्य आसन का अभ्यास करने के पूर्व प्रथम शीर्षासन और उसकी माला(चित्र 190 से 218) का अभ्यास करना उचित होगा। इसका कारण यह है कि यदि अन्य आसनों के करने से शरीर थक जाता है या यदि श्वासक्रिया तेज़ और कंपित होती है तो व्यक्ति संतुलन नहीं कर सकता या सिर के बल ठहर(शीर्षासन कर) नहीं सकता है। एक बार जब शरीर थक जाता है

* मैंने यह आसन एक 65 वर्षीय महिला को, जो 'ग्लूकोमा'(आँख का एक रोग) से पीड़ित थीं, सिखलाई है। अब वह आँखों को पूरी तरह शांत और स्थिर पाती हैं और उनकी पीड़ा काफी हद तक जाती रही है। डॉक्टरी जाँच-पड़ताल से पता चला है कि आँख की पुतलियों का तनाव घट गया है। शुद्ध शीर्षासन के महत्त्व को प्रमाणित करने के लिए मैं यह लिख रहा हूँ।

या श्वासक्रिया स्वाभाविक और सहज नहीं होती है तब शरीर कंपित होगा और संतुलन बनाए रखना कठिन होगा। जब व्यक्ति प्रफुल्लित होता है तब प्रथम शीर्षासन का करना हमेशा अधिक अच्छा होता है।

12. शीर्षासन और उसकी माला के बाद सर्वांगासन और उसकी माला का करना हमेशा उचित है। यह देखा गया है कि जो व्यक्ति सर्वांगासन के आसनों को किए बिना केवल शीर्षासन के करने में ही अभिरुचि लेते हैं वे तुच्छ बातों पर क्रुद्ध हो जाते हैं और शीघ्र चिढ़ते हैं। शीर्षासन सहित सर्वांगासन का अभ्यास इस लक्षण को रोक देता है। यदि सर्वांगासन सभी आसनों की माता है तो शीर्षासन को सभी आसनों का पिता मानना चाहिए। और ठीक उसी तरह जैसे माता-पिता दोनों घर की शांति और आनंद के लिए आवश्यक हैं। शरीर को स्वस्थ और मन को संतुलित व शांत बनाए रखने के लिए इन दोनों आसनों का अभ्यास करना आवश्यक है।

शीर्षासन के परिणाम

प्राचीन पुस्तकों में शीर्षासन को आसनों का राजा कहा गया है और इसके कारण ढूँढ़ निकालना कठिन नहीं है। जब हम जन्म लेते हैं तब प्रायः पहले सिर बाहर आता है और बाद में अन्य अवयव। खोपड़ी के अंदर मस्तिष्क बंद रहता है जो नाड़ीमंडल और ज्ञानेंद्रियों को नियंत्रित करता है। मस्तिष्क बुद्धि, चातुर्य, ज्ञान, विवेक, पांडित्य और शक्ति का स्थान है। यह ब्रह्मन् अर्थात् आत्मा का स्थान है। जिस प्रकार देश योग्य राजा या उसके मार्गदर्शन करनेवाले वैधानिक प्रमुख के बिना उन्नति नहीं कर सकता है, उसी प्रकार मानव शरीर भी स्वस्थ मस्तिष्क तथा बुद्धि के बिना उन्नति नहीं कर सकता है।

भगवद्गीता कहती है, "हे महाबाहु(अर्जुन), सत्त्व, रज और तम ये गुण प्रकृति से उत्पन्न हुए हैं; ये देह में रहनेवाले अविनाशी अर्थात् निर्विकार आत्मा को देह में अच्छी तरह बाँध लेते हैं।"[1]

ये सारे गुण बुद्धि से प्रस्फुरित होते हैं और कभी एक गुण प्रबल होता है तो कभी दूसरा। सात्त्विक गुणों का केंद्र सिर है, जो विवेक नियंत्रित करता है; राजसिक गुणों का केंद्र धड़ है, जो कामना, भावना और व्यापार नियंत्रित करता है; तथा तामसिक गुणों का केंद्र उरःप्राचीर का निम्न प्रदेश है, जो विषयगत सुख जैसे–खान-पान का उपभोग (तृप्ति) और लैंगिक स्फुरण एवं आनंद को नियंत्रित करता है।

शीर्षासन का नियमित अभ्यास मस्तिष्क की कोशिका में स्वस्थ शुद्ध रक्त प्रवाहित

---

1 सत्वं रजस्तम इति गुणाः प्रकृतिसंभवाः।
निबध्नन्ति महाबाहो देहे देहिनमव्ययम्॥
(भगवद्गीता अध्याय 14–5)

करता है। यह उन्हें पुनर्यौवन देता है, जिससे विचारशक्ति की वृद्धि होती है और विचार अधिक स्पष्ट होते हैं। जिनकी बुद्धि शीघ्र थक जाती है उनके लिए यह आसन पौष्टिक है। यह बुद्धि की पीयूषग्रंथियों (pituitary glands) तथा शीर्षग्रंथियों (pineal glands) में ठीक तरह से रक्तपूर्ति को सुरक्षित करता है। इन दो ग्रंथियों के व्यवस्थित व्यापार पर हमारा विकास, स्वास्थ्य तथा जीवन-शक्ति अवलंबित है। निद्रा, स्मृति तथा जीवन शक्ति(चैतन्य) की न्यूनता(क्षय) से पीड़ित व्यक्तियों ने इस आसन के नियमित एवं उचित अभ्यास से उनकी पुनः प्राप्ति की है और वे ऊर्जा-स्रोत बने हुए हैं। फुप्फुस किसी प्रकार की जलवायु का अवरोध करने की शक्ति प्राप्त करते हैं और किसी कार्य के लिए तत्पर रहते हैं, जो व्यक्ति को सर्दी, खाँसी, टॉन्सिल, दुर्गंध श्वास, नाड़ी की धड़कन से दूर रखता है। यह शरीर को गरम रखता है। सर्वांगासन की क्रियाओं(चित्र 234 से 271) के साथ यदि यह आसन किया जाए तो यह कोष्ठबद्धता से पीड़ित व्यक्ति के लिए वरदान है। शीर्षासन का नियमित अभ्यास रक्त के घटक हेमोग्लोबिन में विशेष प्रगति दिखलाएगा।

जब व्यक्ति अधिक या न्यून रक्तचाप से पीड़ित हो तो शीर्षासन और सर्वांगासन से प्रारंभ करना उचित नहीं है।

शीर्षासन का नियमित तथा विधिपूर्वक अभ्यास शरीर का विकास करता है, मन को अनुशासित करता है और स्फूर्ति तथा उत्साह की वृद्धि करता है। व्यक्ति दुख और सुख में, हानि और लाभ में, अपयश और यश में और हार और जीत में संतुलित तथा आत्मसंयमी रहता है।

शीर्षासन की माला

शीर्षासन की क्रियाओं के विविध प्रकार हैं जिनका सालंब शीर्षासन एक(चित्र 184) में व्यक्ति के सामर्थ्य के अनुसार कम-से-कम 5 मिनट के लिए स्थिर होने पर एक साथ अभ्यास किया जा सकता है। व्यक्ति 6 से 15 मिनट के लिए अभ्यास करें और तब इन विविध क्रियाओं को 20 से 30 सेकेंड के लिए दोनों ओर एक साथ करें।

76 सालंब शीर्षासन दो पाँच* (192)

विधि

1. कंबल चार तह कर जमीन पर फैलाएँ और उसके पास घुटने टेकें।

2. दाहिने घुटने के बाहरी भाग के पास ही भूमि पर दाईं हथेली और बाएँ घुटने के बाहरी भाग के पास बाईं हथेली रखें। हथेलियाँ एक-दूसरे के समानांतर होनी चाहिए और उंगुलियाँ सिर की ओर सीधी हों। भूमि पर हथेलियों के बीच का अंतर कंधों की चौड़ाई से अधिक चौड़ा नहीं होना चाहिए।

3. घुटने सिर की ओर ले जाएँ और कंबल के बीच खोपड़ी का मध्यबिंदु रखें।

4. सिर की स्थिति निश्चित करने के बाद, भूमि से घुटने उठाते हुए टाँगों को सीधा तानें। पैर की उंगुलियों को सिर के और समीप ले जाएँ और पीठ सीधी करते हुए भूमि पर एड़ियाँ दबाएँ।

5. सीने को आगे निकालते हुए रीढ़ का पृष्ठप्रदेश(dorsal) तानें और कुछ सेकेंड के लिए इस स्थिति में रहें। 3 से 4 साँस लें।

6. श्वास छोड़ें, भूमि पर से थोड़ा उछाल लें और घुटनों को ढीला करते हुए टाँगें ऊपर उठाएँ। दोनों टाँगों को एक साथ भूमि छोड़नी चाहिए। जब यह स्थिति निश्चित हो जाती है तब टाँगें ऊपर तानें, श्वास छोड़ें, पैर की उंगुलियों को ऊपर की ओर किए रखें, घुटने कसें और संतुलन बनाएँ(चित्र 192)।

7. संतुलन की अवस्था में केवल सिर की खोपड़ी(कपाल) और दोनों हाथ भूमि पर रहें। कलाइयों से कुहनियों तक हाथ भूमि पर लंबरूप में और एक-दूसरे के समानांतर रखे होने चाहिए। कुहनियों से कंधों तक बाँस का ऊपरी भाग भूमि और एक-दूसरे के समानांतर रखा जाना चाहिए।

8. जो संतुलन करने में समर्थ हैं वे सालंब शीर्षासन एक में दी हुई विधि और संकेतों का अनुसरण करें।

9. अन्य उन्नत आसनों, जैसे–बकासन(चित्र 410), ऊर्ध्व कुक्कुटासन(चित्र 419), गालवासन(चित्र 427 और 428) तथा कौंडिन्यासन(चित्र 438) इत्यादि का अभ्यास करने के लिए शीर्षासन के इस प्रकार पर प्रभुत्व पाना आवश्यक है।

शीर्षासन माला (चालू)

77 सालंब शीर्षासन तीन आठ* (चित्र 194 और 195)

विधि

1. कंबल के समीप भूमि पर घुटने टेकें। घुटने लगभग एक फुट फैलाएँ।

2. हथेलियों को उलटें(अधोमुख रखें) और उन्हें घुटनों के बीच कंबल पर रखें, जिससे उंगुलियाँ पैरों की ओर रहें। कलाइयों से कुहनियों तक हाथ भूमि पर लंबरूप में और एक-दूसरे के समानांतर रखना चाहिए। हथेलियों के बीच का अंतर कंधों के बीच के अंतर से अधिक नहीं होना चाहिए।

3. कलाइयों के बिलकुल पीछे कंबल पर सिर का कपाल स्थिर करें। मस्तक कलाइयों के अंतर्भाग के सम्मुख होगा। सिर दोनों हाथों के मध्य में रखा होना चाहिए जिससे कपाल भूमि पर हथेलियों के समानांतर हो।

4. कलाइयों और हथेलियों को नीचे जोर से दबाएँ, श्वास छोड़ें, भूमि से पैर उठाएँ, टाँगें लंबरूप की स्थिति में ऊपर उठाएँ और संतुलन करें। कुहनियाँ न फैलाएँ, परंतु यथासंभव उन्हें समीप लाने की कोशिश करें(चित्र 193)।

5. स्वाभाविक रूप से श्वास लेते हुए एक मिनट के लिए इस स्थिति में संतुलित हों और बाद में श्वास छोड़ें और टाँगें भूमि पर धीरे से नीचे लाएँ।

6. शीर्षासन के इस प्रकार में संतुलन सीखने के बाद हथेलियों के किनारे और कनिष्ठिकाओं के एक-दूसरे के स्पर्श होने तक हाथों को यथासंभव समीप लाने का प्रयास करें(सामने की छवि: चित्र 194; पार्श्व छवि: चित्र 195)। इसके साथ-साथ घुटनों को मोड़े बिना टाँगें सीधी रखकर ऊपर जाना और नीचे आना सीखें(चित्र 196 और 197)। शीर्षासन का यह प्रकार संतुलन में स्थिरता और विश्वास उत्पन्न करेगा।

78 बद्ध हस्त शीर्षासन चार* (चित्र 198)

बद्ध का अर्थ बँधा हुआ, पकड़ा हुआ, अधीन किया हुआ होता है। हस्त का अर्थ हाथ है। यह शीर्षासन का एक प्रकार है।

विधि

1. भूमि पर चार तह किया हुआ कंबल फैलाएँ और उसके समीप घुटने टेकें।

2. सीने के सामने बाँहों को तहियाएँ और बाएँ हाथ से दाहिनी बाँह के ऊपर कुहनी के पास पकड़ें। उसी प्रकार दाहिने हाथ से बाईं बाँह के ऊपर कुहनी के पास पकड़ें।

3. कंबल पर कुहनियाँ और कंधे तहियाए हुए हाथों को टिकाएँ। आगे झुकें और सिर का कपाल कंबल पर बँधे हाथों के थोड़ा परे रखें। मस्तक बँधे हाथों के ज़रा पीछे होगा।

4. भूमि पर से घुटने उठाएँ और टाँगें बिलकुल सीधी तानें।

5. सिर और कुहनियों पर भार निश्चित करने के बाद, बँधे हाथों को नीचे दबाएँ, श्वास छोड़ें, हाथ की पकड़ छोड़े बिना धड़ को थोड़ा पीछे धीरे से ले जाएँ और टाँगें भूमि पर से ऊपर उठाएँ(चित्र 198)।

6. जब टाँगें ऊपर लंबरूप में जा रही होती हैं, तब गर्दन पर शरीर का भार होता है और उसमें तनाव मालूम होता है। गर्दन के पिछले भाग और हाथ पर हलकेपन का अनुभव होने तक टाँगें ऊपर की ओर ले जाएँ और धड़ का पृष्ठप्रदेश आगे की ओर तानें। जब आप हलकेपन का अनुभव करें तो आप निश्चित कर लें कि शरीर सीधा है। जो संतुलन कर सकते हैं वे सालंब शीर्षासन एक में बतलाई गई विधि और संकेतों का अनुसरण करें।

7. शीर्षासन में एक मिनट के लिए सीधे रहें। फिर श्वास छोड़ें, कुहनियों को उठाए बिना नितंबों को पीछे ले जाएँ और टाँगें भूमि पर धीरे से लाएँ। टाँगें नीचे लाते समय उन्हें सीधा रखने की कोशिश करें और घुटने पर मुड़ने न दें।

79 मुक्त हस्त शीर्षासन छह* (चित्र 200 और 201)

मुक्त का अर्थ स्वतंत्र है। हस्त का अर्थ हाथ है। शीर्षासन के इस प्रकार पर प्रभुत्व प्राप्त करना अत्यंत कठिन है। जब यह आसानी से आता है, तब व्यक्ति का शीर्षासन पर पूर्ण प्रभुत्व होता है। इस आसन में संतुलन करना अन्य की तुलना में आसान है परंतु टाँगों को घुटने पर मोड़े बिना उन्हें सीधा किए ऊपर ले जाना और नीचे ले आना अत्यंत कठिन है।

विधि

1. भूमि पर चार तह किया हुआ कंबल फैला दें और उसके समीप घुटने टेकें।

2. धड़ आगे झुकाएँ और सिर के कपाल को मध्य भूमि पर टेकें।

3. पैरों की ओर सीने के सामने बाँहें एकदम सीधी तानें और कलाइयों के पृष्ठभाग को भूमि पर टेकें। हथेलियों को ऊपर किए कुहनियों पर बाँहें सीधी रखें। जितना कंधों के बीच का अंतर हो, उतना ही कलाइयों के बीच का अंतर होना चाहिए।

4. भूमि पर लंबरूप में होने तक धड़ को उठाएँ। भूमि पर कलाई धीरे से दबाएँ, श्वास छोड़ें, और पैर उठाएँ(चित्र 199)। टाँगें तानें और धीरे-धीरे उन्हें ऊपर उठाएँ जबतक वे लंबरूप हो जाएँ(पार्श्व छवि: चित्र 200)।

5. स्वाभाविक श्वास लेते हुए इस स्थिति में एक मिनट के लिए ठहरें। बाँहों को सीधा रखें, कुहनियों को तानें और कलाइयों की स्थिति बदले बिना कंधों को भूमि पर से यथाशक्ति ऊपर उठाएँ(सामने की छवि: चित्र 201)।

6. श्वास छोड़ें, नितंबों को थोड़ा पीछे झुकाएँ और कलाइयों पर शरीर का भार हलके से देकर पैरों को धीरे-धीरे भूमि पर लाएँ।

7. बाद में भूमि पर से सिर ऊपर उठाएँ, बैठें और सुस्ताएँ।

टिप्पणी

एक बार शीर्षासन के प्रकारों पर अधिकार प्राप्त कर लेने पर सिर के आधार पर संतुलन करते हुए हाथों की स्थिति को बदलना संभव है। तब व्यक्ति को हाथ की स्थिति बदलने के लिए नीचे आने की आवश्यकता नहीं होती है। व्यक्ति को धीरे-धीरे अभ्यास करना चाहिए, अन्यथा गर्दन और कंधों पर तनाव पड़ेगा।

80 पार्श्व शीर्षासन आठ* (चित्र 202 और 203)

पार्श्व का अर्थ बगल या काँख है। शीर्षासन के इस प्रकार में सिर या हाथों की स्थिति में बाधा पहुँचाए बिना संतुलन बनाते हुए धड़ और टाँगें किसी एक बगल में झुकाई जाती हैं।

विधि

1. सीधे सालंब शीर्षासन एक(चित्र 184) से, श्वास लें और सिर तथा हाथों को छोड़कर शरीर को पार्श्व में घुमाएँ, दाहिनी ओर मुड़ते हुए रीढ़ घुमाएँ(सामने की छवि: चित्र 202; पृष्ठ छवि: चित्र 203)।

2. चित्र के अनुसार टाँगें और नाभि अपनी मूल स्थिति से 90° तक बगल में झुकी होनी चाहिए। व्यक्ति को संचलित पसलियों के प्रदेश के पास तनाव का अनुभव होना चाहिए।

3. स्वाभाविक रूप से श्वास लेते हुए 20 से 30 सेकेंड इस स्थिति में रहें।

4. श्वास छोड़ें, सीधे सालंब शीर्षासन एक में वापस आ जाएँ। एक श्वास लें, आसन छोड़ें और उतने ही समय के लिए बाईं ओर आसन को दुहराएँ। श्वास छोड़ें और सीधे सालंब शीर्षासन एक की स्थिति में आ जाएँ।

परिणाम

यह आसन रीढ़ को मजबूत और लचकीला बनाता है।

81 परिवृत्तैकपाद शीर्षासन दस* (चित्र 205, 206 और 207)

परिवृत्त का अर्थ घूमा हुआ, चारों ओर घुमाया हुआ है। एक का अर्थ एक और पाद का अर्थ टाँग होता है। शीर्षासन के इस प्रकार में, पहले टाँगें फैलाई जाती हैं। और बाद में सिर या हाथों की स्थिति में बाधा पहुँचाए बिना संतुलन बनाए हुए धड़ और टाँगें किसी ओर बगल में झुकाई जाती हैं।

विधि

1. पार्श्व शीर्षासन(चित्र 202) पूर्ण करने के बाद टाँगें पृथक् फैला दें, दाहिनी टाँग आगे और बाईं टाँग पीछे एक साथ ले जाएँ(चित्र 204)। फिर श्वास छोड़ें, रीढ़ को बाईं ओर मोड़ें जिससे टाँगें घड़ी की तरह 90° पर बगल में झुक जाएँ(पार्श्व छवि: चित्र 205)।

2. बगल में घूमने के बाद, मंदिरशिराओं, घुटनों और टखनों को कसकर टाँगें सींकचे की तरह कड़ी रखें।

3. टाँगें और भी विस्तार में फैलाएँ और स्वाभाविक श्वास लेने की कोशिश करते हुए 20 से 30 सेकेंड तक इस स्थिति में रहें।

4. श्वास छोड़ें, सीधे सालंब शीर्षासन एक में आ जाएँ। अब बाईं टाँग आगे और दाहिनी टाँग पीछे ले जाएँ, दाहिनी ओर रीढ़ मोड़ें जिससे टाँगें घड़ी की विपरीत गति की तरह 90° पर बगल में झुक जाएँ(सामने की छवि: चित्र 206, पिछली छवि: चित्र 207)। उतने ही समय के लिए इस स्थिति में ठहरें। श्वास छोड़ें, सालंब शीर्षासन में लौट आएँ।

परिणाम

यह आसन टाँग की मांसपेशियों को विकसित करता है और गुर्दा, मूत्राशय, शिश्न की ग्रंथियों तथा अँतड़ियों को ठीक करता है।

82 एकपाद शीर्षासन ग्यारह* (चित्र 208 और 209)

एक का अर्थ एक है। पाद का अर्थ पैर है। शीर्षासन का यह प्रकार सिर के सामने भूमि पर एक टाँग को नीचे कर और दूसरी टाँग सीधे ऊपर उठाकर किया जाता है।

विधि

1. सालंब शीर्षासन दो में अपनी सामर्थ्य के अनुसार ठहरने के बाद, श्वास छोड़ें, और सिर के सामने भूमि पर दाहिनी टाँग नीचे ले आएँ(पार्श्व छविः चित्र 208)।

2. जब दाहिनी टाँग नीचे लाते हैं और भूमि पर स्थिर करते हैं, तब बाईं टाँग शीर्षासन की तरह ऊपर सीधी रखनी चाहिए।

3. प्रारंभ में, गर्दन में भयंकर तनाव का अनुभव होता है। बाईं टाँग भी आगे की ओर नीचे खींची जाती है। इस पर अधिकार पाने के लिए टाँगों को घुटनों पर कड़ा रखें और दोनों टाँगों की जाँघों की पीछे की मांसपेशियों को तानें। उदर के नीचे के मध्यभाग की मांसपेशियों को भी तानें।

4. दोनों टाँगों के घुटने और उंगुलियाँ एक सीध में होनी चाहिए और बगल में झुकनी नहीं चाहिए।

5. गहरी साँस लेते हुए 10 से 20 सेकेंड तक इस स्थिति में रहें। श्वास छोड़ें, और दाहिनी टाँग शीर्षासन में ऊपर ले जाएँ।

6. शीर्षासन में थोड़े समय ठहरने के बाद, बाईं टाँग भूमि पर लाएँ(सामने की छविः चित्र 209) और उसे भूमि पर उतने ही समय के लिए रखने के बाद श्वास छोड़ें, और शीर्षासन में वापस आ जाएँ।

7. टाँगें नीचे लाते और ऊपर उठाते समय उन्हें सीधा रखें और घुटने पर मुड़ने न दें। यदि घुटने मुड़ते हैं तो व्यक्ति सिर का संतुलन खो देता है।

परिणाम

यह कठिन आसन है, इसलिए प्रारंभ में भूमि का स्पर्श करना कदाचित् संभव नहीं हो सकता है। धीरे-धीरे, ज्यों-ज्यों टाँगें लचीली होंगी और पीठ मजबूत होगी त्यों-त्यों टाँगें भूमि का स्पर्श करेंगी और सिर का संतुलन खोए बिना भूमि पर स्थिर होंगी। यह आसन गर्दन और उदर की दीवारों को भी मजबूत बनाता है। उदर के अवयव संकुचित होते हैं और अच्छी तरह कार्य करने के योग्य बन जाते हैं।

83 पार्श्वैक पाद शीर्षासन बारह* (चित्र 210)

पार्श्व का अर्थ बगल है। एक का अर्थ एक और पाद का अर्थ टाँग है। इस आसन में, एक टाँग भूमि पर सिर की सीध में बगल की ओर लाई जाती है, जबकि दूसरी टाँग ऊपर सीधी(लंबरूप में) रहती है।

विधि

1. पीछे बतलाई गई विधि के अनुसार एकपाद शीर्षासन(चित्र 208 और 209) पूर्ण करने के बाद इस आसन को करें।

2. श्वास छोड़ें और दाहिनी टाँग दाहिनी ओर बगल में नीचे लाएँ और उसे सिर की सीध में भूमि पर रखें(चित्र 210)। बाईं टाँग शीर्षासन की तरह ऊपर सीधी रखें।

3. एकपाद शीर्षासन की अपेक्षा इस स्थिति में सिर के बल स्थिर होना(शीर्षासन करना) अधिक कठिन है। इस आसन में सिर पर संतुलन करने के लिए दोनों टाँगों की जाँघों के पीछे की मांसपेशियाँ तानें, घुटने और नीचे की हुई टाँग की बगल में उदर की आँतों के नीचे के भाग से संबंधित प्रदेश में उरःसंधि की मांसपेशियाँ कसें।

4. गहरी साँस लेते हुए 10 से 20 सेकेंड इस स्थिति में रहें। मंदिरशिरा और जाँघों को तानें और उच्छ्वास के साथ दाहिनी टाँग शीर्षासन की स्थिति में ले जाएँ।

5. थोड़े समय के लिए शीर्षासन में ठहरें और बाद में श्वास छोड़ें, बाईं टाँग बगल में भूमि पर सिर की सीध में स्थिर होने तक नीचे ले आएँ। यहाँ भी उतने ही समय के लिए आसन(स्थिति) बनाए रखें। बाद में श्वास छोड़ें, और शीर्षासन में लौटें।

6. टाँगें नीचे लाते या ऊपर ले जाते समय घुटनों पर न मोड़ें, अन्यथा आप संतुलन खो बैठेंगे।

परिणाम

यह आसन गर्दन, उदर की दीवारों, और जाँघों को शक्ति प्रदान करता है। अँतड़ियों और रीढ़ को ठीक करता है और बल देता है।

84 शीर्षासन में ऊर्ध्व पद्मासन छह* (चित्र 211)

ऊर्ध्व का अर्थ ऊपर या ऊँचा है। पद्मासन(चित्र 104) पीछे बतलाई गई कमल (के रूप) की स्थिति है। इस प्रकार में, शीर्षासन में पद्मासन किया जाता है।

विधि

1. एकपाद(चित्र 208 और 209) तथा पार्श्वैक पाद शीर्षासन(चित्र 210) के बाद यह आसन किया जाना चाहिए। इन दो आसनों को पूर्ण करने के बाद पद्मासन की तरह टाँगें परस्पर गुँथाएँ। पहले दाहिना पैर बाईं जाँघ पर और बायाँ पैर दाहिनी जाँघ पर रखें।

2. घुटनों को एक-दूसरे के समीप लाएँ और जाँघों को ऊपर सीधा तानें(चित्र 211)।

3. गहरे और समान रूप से श्वास लेते हुए आधे मिनट तक इस स्थिति में रहें। बाद में श्वास छोड़ें और जितना पीछे हो सके उतना पीछे जाँघों को ले जाएँ (तानें)।

4. परस्पर गुँथी टाँगें खोल दें और शीर्षासन में लौटें। अब दूसरी तरफ पहले दाईं जाँघ पर बायाँ पैर और तब बाईं जाँघ पर दायाँ पैर रखकर टाँगें परस्पर गुथाएँ। इस स्थिति में भी आधे मिनट के लिए ठहरें और तब जाँघों को पीछे ले जाएँ(तानें)।

5. जाँघों को ऊपर तानते समय सिर या गर्दन की स्थिति में परिवर्तन न करें।

परिणाम

यह आसन पृष्ठप्रदेश, पसलियों और बस्तिप्रदेश को अतिरिक्त तनाव देता है। परिणामतः सीना पूरी तरह फैलता है और बस्तिप्रदेश में ठीक तरह रक्त संचार होता है। व्यक्ति और अधिक तनाव देने के लिए, शीर्षासन करते समय, धड़ को बगल में मोड़ देते हुए इस आसन को कर सकता है। यह आसन शीर्षासन में पार्श्व उर्ध्व पद्मासन कहलाता है।

85 शीर्षासन में पार्श्व ऊर्ध्व पद्मासन सात* (चित्र 218)

पार्श्व का अर्थ बगल या काँख है।

86 शीर्षासन में पिंडासन छह* (चित्र 218)

पिंड का अर्थ भ्रूण है। शीर्षासन(चित्र 211) में पद्मासन से नितंब ढीले छोड़ दिए जाते हैं और काँख छूने के लिए टाँगें नीचे की जाती हैं।

विधि

1. उपर्युक्त विधि से शीर्षासन में पद्मासन करें(चित्र 211)। श्वास छोड़ें, नितंबों को शिथिल करें(चित्र 217) और दो श्वास लें। पुनः एक उच्छ्वसन के बाद काँखों के पास बाँहों को स्पर्श करने तक टाँगें नीची करें(चित्र 218)।

2. स्वाभाविक रूप से श्वास लेते हुए 20 से 30 सेकेंड तक इस स्थिति में रहें।

3. श्वास लें, ऊर्ध्व पद्मासन में वापस आएँ, पैरों को खोल दें और कुछ समय के लिए शीर्षासन में रहें। बाद में उलटी रीति से टाँगें परस्पर गुँथाएँ और आसन दुहराएँ।

4. परस्पर गुँथी हुई टाँगें एक के बाद एक शिथिल कर दें, शीर्षासन में उन्हें पीछे तानें और तब धीरे-धीरे नीचे करें और एक उच्छ्वसन के साथ सीधे भूमि पर लाएँ।

परिणाम

इस आसन का परिणाम पूर्व के आसन के समान ही है। इसके अतिरिक्त संकुचन तथा अधिक रक्तपूर्ति के कारण उदर के अवयव ठीक होते हैं।

87 सालंब सर्वांगासन एक दो* (चित्र 223, 224 और 234)

आलंब का अर्थ अवलंब, आधार और 'स' का अर्थ 'के साथ' या 'के सहित' है। इसलिए सालंब का अर्थ है–आधारित या अवलंबित। सर्वांग(सर्व=सारा, संपूर्ण, पूर्ण, सभी; अंग=अवयव या शरीर) का अर्थ संपूर्ण शरीर या सारे अवयव होता है। इस आसन के अभ्यास से सारा शरीर लाभान्वित होता है इसलिए इसका यह नाम है।

नौसिखुओं के लिए विधि

1. टाँगें फैलाकर दरी पर चित लेट जाएँ, घुटनों पर टाँगों को कड़ा कर लें। टाँगों की बगल में हथेलियाँ नीचे किए हाथों को रखें(चित्र 219)। कुछ गहरी साँसें लें।

2. श्वास छोड़ें, घुटने मोड़ें और जाँघों से पेट दबाए जाने तक टाँगें पेट की ओर ले जाएँ(चित्र 20)। दो श्वासें लें।

3. एक उच्छ्वसन के साथ नितंबों को भूमि पर से उठाएँ और कुहनियों पर बाँह मोड़कर हाथ उन पर टिकाएँ(चित्र 221)। दो श्वासें लें।

4. श्वास छोड़ें, सीने से चिबुक छूने तक हाथों के सहारे धड़ को लंबरूप में ऊपर उठाएँ(चित्र 222)।

5. केवल सिर और गर्दन का पिछला भाग, कंधे और कुहनियों तक बाँहों के पिछले भाग भूमि पर टिकाने चाहिए। चित्र 222 की तरह रीढ़ के बीच में हाथ रखें। दो श्वासें लें।

6. श्वास छोड़ें और पैर की उंगुलियाँ ऊपर की ओर किए टाँगें सीधी फैलाएँ (सामने की छवि: चित्र 223; पृष्ठभाग की छवि: चित्र 224)।

7. समान रूप से श्वास लेते हुए 5 मिनट के लिए इस स्थिति में रहें।

8. श्वास छोड़ें, धीरे-धीरे नीचे आएँ, हाथों को छोड़ें, लेटें और सुस्ताएँ।

9. यदि इस आसन को आधार के बिना न कर सकें तो स्टूल का सहारा लें और विधि का अनुकरण करें(देखें चित्र 225)।

प्रगत साधकों के लिए विधि

1. दरी पर पीठ के बल लेट जाएँ।

2. घुटने पर कसकर टाँगें सीधी करें। टाँगों की बगल में हाथ रखें। हथेलियाँ नीची करें(चित्र 219)।

3. कुछ गहरी साँसें लें। धीरे-धीरे श्वास छोड़ें और उसी समय दोनों टाँगें एक साथ उठाएँ और चित्र 226, 227 और 228 में जैसे दिखाया गया है वैसे उन्हें शरीर के समकोण में लाएँ। इस स्थिति में रहें और टाँगें स्थिर रखते हुए श्वास लें।

4. श्वास छोड़ें, चित्र 229, 230 और 231 के समान भूमि पर हथेलियों को धीरे से दबा कर भूमि पर से पीठ और नितंबों को उठाते हुए टाँगें और अधिक ऊपर करें।

5. जब सारा धड़ भूमि पर से ऊपर उठ जाए, कुहनियों को मोड़ें, और कंधों को भूमि पर अच्छी तरह स्थिर करते हुए पसलियों के पीछे हथेलियाँ रखें(चित्र 232)।

6. हथेलियों के दबाव का उपयोग करें और चित्र 233 के समान धड़ और टाँगें लंबरूप में उठाएँ, जिससे सीने की हड्डी मजबूत चिबुकबंध(जालंधर बंध) बनाने के लिए चिबुक दबाती है। गले का सिकोड़ना और मजबूत चिबुकबंध बनाने के लिए सीने की हड्डी के सामने चिबुक का दबाना जालंधर बंध कहलाता है। ध्यान में रहे कि चिबुक को छूने के लिए सीने को आगे लाएँ, न कि चिबुक को सीने की ओर। यदि चिबुक को सीने की ओर लाते हैं तो रीढ़ पूरी तरह तानी नहीं जाती है और इस आसन के पूर्ण परिणाम का अनुभव नहीं होता है।

7. सिर का केवल पिछला हिस्सा और गर्दन, कंधे तथा कुहनियों से ऊपर बाँह के ऊपरी भाग भूमि पर टिकने चाहिए। शरीर के शेष अवयव एक सीध में भूमि पर लंबरूप में होने चाहिए। यह अंतिम पूर्ण स्थिति है(पार्श्व छविः चित्र 234)।

8. प्रारंभ में टाँगों की यह प्रवृत्ति होती है कि वे लंबरूप में झुक जाएँ। इसे ठीक करने के लिए जाँघों की पीछे की मांसपेशियों को कसें और लंबरूप में तानें।

9. कुहनियों को कंधे से अधिक विस्तार में नहीं रखना चाहिए। गर्दन से दूर कंधों को फैलाने और कुहनियों को एक-दूसरे के पास लाने की कोशिश करनी चाहिए। यदि कुहनियाँ फैली होती हैं तो धड़ ऊपर की ओर खींचा नहीं जा सकेगा और आसन अधूरा दिखाई देगा; और यह भी देखें कि उरोस्थि पर स्थित चिबुक के मध्य की सीध में गर्दन है। प्रारंभ में गर्दन बगल में चली जाती है और यदि यह सुधारा नहीं गया तो इससे दर्द होगा और यह गर्दन को नुकसान पहुँचा सकता है।

10. इस आसन में 3 मिनट से कम न रहें। धीरे-धीरे 15 मिनट तक समय बढ़ाएँ। इसका बुरा परिणाम नहीं होगा।

11. हाथ छोड़ें, भूमि पर आ जाने दें, लेटें और सुस्ताएँ।

इस आसन को सालंब सर्वांगासन कहते हैं; कारण, सारे शरीर का भार गर्दन और कंधों पर होता है तथा भार को आधार देने के लिए हाथों का उपयोग किया जाता है। सर्वांगासन में विविध क्रियाएँ हैं जो ऊपर वर्णित मूलभूत आसन के अतिरिक्त की जा सकती हैं।

परिणाम

सर्वांगासन के महत्त्व की अतिशयोक्ति तो नहीं की जा सकती, पर हमारे ऋषि-मुनियों द्वारा मानव जाति को दिया गया यह महानतम प्रसाद है। सर्वांगासन सभी आसनों की

माता है। जिस प्रकार माँ घर में शांति और सुख के लिए प्रयत्न करती है उसी प्रकार यह आसन मानव शरीर के सुख और शांति के लिए कोशिश करता है। अनेक सर्वसाधारण रोगों के लिए यह रामबाण औषधि है। मानव शरीर में अनेक अंत:स्रावक अवयव और अप्रणाल(नलीहीन) ग्रंथियाँ हैं जो रक्त में निमज्जित हैं, रक्त से पौष्टिक तत्त्व(आहार) ग्रहण करती हैं और संतुलित तथा पूर्ण विकसित शरीर एवं मस्तिष्क के उचित व्यापार के लिए न्यासर्ग(शरीर के भीतर का एक पुष्टिकारक रासायनिक तत्त्व) को अलगाती हैं। यदि ग्रंथियाँ अपने व्यापार को उचित रीति से करने में असमर्थ रहेंगी, तो उन्हें जितनी मात्रा में न्यासर्ग उत्पन्न करना आवश्यक है, उतना वे नहीं कर पाएँगी, और शरीर का ह्रास होने लगेगा। अनेक आसन ग्रंथियों को अत्यंत आश्चर्यजनक रीति से सीधे प्रभावित करते हैं और उचित रीति से कार्य करने में उनकी मदद करते हैं। दृढ़ जालंधर बंध से रक्तपूर्ति में वृद्धि होने के कारण सर्वांगासन ग्रीवा प्रदेश में स्थित कंठग्रंथियों तथा उपकंठग्रंथियों को इसी प्रकार आश्चर्यजनक रीति से सीधे प्रभावित करता है और शरीर औंधा होने के कारण आकर्षण के प्रभाव से बिना तनाव के नाड़ियों का रक्त हृदय की ओर प्रवाहित होता है। गर्दन तथा सीने के चारों ओर शुद्ध रक्त प्रवाहित होने लगता है। परिणामस्वरूप हाफनी, हृदय की धड़कन, श्वास-रोग, श्वासनलिका दाह तथा गले के रोगों से पीड़ित लोगों को आराम मिलता है। इस अधोमुख स्थिति में सिर के स्थिर रहने तथा दृढ़ जालंधर बंध से उसके रक्त-पूर्ति के नियमित होने के कारण नाड़ियाँ शमित होती हैं और सिरदर्द–पुराना भी क्यों न हो–चला जाता है। इस आसन का सतत अभ्यास सर्वसाधारण सर्दी तथा नासिका के अन्य रोगों को निर्मूल करता है। नाड़ियों पर इस आसन के शांतिकारक प्रभाव के कारण अधिक तनाव, संताप, चिड़चिड़ापन, नाड़ियों की दुर्बलता तथा निद्रानाश से पीड़ित व्यक्ति रोगमुक्त होते हैं। शरीरभार में परिवर्तन के कारण उदर के अवयव प्रभावित होते हैं जिससे बड़ी आँत की हलचल सहज होती है तथा कोष्ठबद्धता नष्ट होती है। परिणामस्वरूप शरीर-प्रणाली रोगविष(टॉक्सिन) से मुक्त होती है और व्यक्ति पूर्ण उत्साह का अनुभव करता है। मूत्राशय की अव्यवस्था, गर्भाशय का स्थलांतर, मासिक ऋतुस्राव की पीड़ा, अर्श तथा हर्निया के लिए इस आसन को लाभप्रद बतलाया गया है। अपस्मार, जीवनशक्ति की न्यूनता तथा रक्तक्षय को दूर करने के लिए भी यह आसन मदद करता है। इसमें अतिशयोक्ति नहीं है कि यदि व्यक्ति नियमित रूप से सर्वांगासन का अभ्यास करता है तो वह नया चैतन्य तथा नई शक्ति का अनुभव करेगा और आनंदित एवं विश्वस्त होगा। उसमें नए जीवन का संचार होगा, उसके मन को शांति मिलेगी और वह जीवन के आनंद का अनुभव करेगा। लंबी बीमारी के बाद प्रतिदिन दिन में दो बार इसका नियमित अभ्यास खोई हुई शक्ति वापस लाता है। सर्वांगासन की माला उदर के अवयवों को कार्यरत करती है और पेट एवं अँतड़ियों के व्रण तथा उदर और वृहद् अंत्रदाह की गंभीर वेदना से पीड़ित व्यक्तियों को आराम पहुँचाती है।

उच्च रक्तचाप से पीड़ित व्यक्तियों को, पहले हलासन(चित्र 244) किए बिना और उसमें कम-से-कम 3 मिनट तक स्थिति बनाए बिना सालंब सर्वांगासन-एक का अभ्यास नहीं करना चाहिए।

हलासन पृष्ठ 139 पर वर्णित है(चित्र 244)।

सर्वांगासन की माला

सर्वांगासन एक(चित्र 223) में 5 से 10 मिनट तक अथवा सामर्थ्य के अनुसार उससे भी अधिक ठहरने के बाद, इन विविध क्रियाओं का अभ्यास एक दम में किया जा सकता है। हलासन– जिसमें 3 से 5 मिनट तक लगातार रहना चाहिए– को छोड़कर इन आसनों को 20 से 30 सेकेंड दोनों तरफ करें।

88 सालंब सर्वांगासन दो तीन* (चित्र 235)

पहले की अपेक्षा यह आसन कुछ कठिन है।

विधि

1. सालंब सर्वांगासन-एक(चित्र 223) करें।

2. धड़ के पीछे हाथों को शिथिल करें, उंगुलियों को परस्पर गुँथाएँ, कलाइयों को घुमाएँ और बाँहें फैलाएँ। तब अँगूठे भूमि को छूएँगे और हथेलियाँ बाहर की ओर उन्मुख होंगी(चित्र 235)। सिर लंबरूप में फैले हुए शरीर के एक ओर होगा और बाँहें दूसरी ओर होंगी।

3. टाँगें और पीठ यथासंभव स्थिर रखें।

4. सर्वांगासन-एक करने के बाद, यह आसन एक मिनट के लिए किया जा सकता है।

परिणाम

इस आसन से पीठ और गर्दन को शक्ति मिलती है। कारण, पीठ की मांसपेशियों को तानने से संतुलन किया जाता है और शरीर का भार गर्दन के पीछे पड़ता है। बाँहों की मांसपेशियाँ भी ठीक की जाती हैं।

89 निरालंब सर्वांगासन एक तीन* (चित्र 223)

आलंब का अर्थ अवलंब, आधार है। निर्–से दूर, बिना, से मुक्ति–का भाव प्रकट करता है। इसलिए निरालंब का अर्थ 'बिना आधार' है। सर्वांगासन का यह प्रकार पहले दो प्रकारों से कठिन है। कारण, इसमें शरीर को बाँहों का आधार नहीं दिया जाता है अपितु शरीर का भार और संतुलन गर्दन, पीठ और उदर की मांसपेशियों पर आधारित होता है जो इस प्रकार पुष्ट होते हैं।

विधि

1. सालंब शीर्षासन एक(चित्र 223) करें।

2. हाथ छोड़ें, उन्हें सिर पर लाएँ, सिर के समान ही लंबरूप शरीर की ओर ही भूमि पर तनी हुई बाँहें स्थिर करें और संतुलन बनाएँ(चित्र 236)।

3. यह आसन भी एक मिनट के लिए किया जा सकता है।

90 निरालंब सर्वांगासन दो चार* (चित्र 237)

यह आसन सर्वांगासन की स्थितियों में कठिनतम है। यह अन्य सर्वांगासनों से अधिक मेरुदंड की कशेरुका के बढ़ाने में व्यक्ति को समर्थ करता है और इस प्रकार पूर्ण सालंब सर्वांगासन की प्राप्ति में व्यक्ति की मदद करता है(चित्र 223)।

विधि

1. पूर्व की स्थिति में, हाथों को उठाएँ और हथेलियों को घुटनों पर या बगल में रखें(चित्र 237)। टाँगों को हथेलियों पर स्थिर न करें।

2. इस स्थिति में एक मिनट के लिए रहें। फिर थोड़े समय के लिए सालंब सर्वांगासन एक में आ जाएँ, हलासन(चित्र 244) में सरकें और सर्वांगासन की अन्य क्रियाएँ एक के बाद दूसरी इस प्रकार चालू रखें।

परिणाम

सर्वांगासन की इन विविध क्रियाओं के अभ्यास से रक्त संचार में वृद्धि एवं विष उत्पादक निरर्थक वस्तुओं(मल, मूत्र आदि) के हटाए जाने से सारा शरीर ठीक होता है। ये आसन व्यक्ति को पौष्टिक आहार की तरह प्रोत्साहित करता है। व्यक्ति रोग शमन के बाद दुर्बलता से शीघ्रतर स्वास्थ्य लाभ के लिए इनका अभ्यास कर सकता है।

91 हलासन चार* (चित्र 244)

हल का अर्थ लांगल है। उस आकृति से यह आसन मिलता-जुलता है इसलिए इसका यह नाम है। यह सर्वांगासन का एक भाग है और उसके आगे का प्रकार है।

विधि

1. मजबूत जालंधर बंध के साथ सालंब सर्वांगासन एक(चित्र 223) करें।

2. जालंधर बंध छोड़ें, सिर पर रो बाँहों और टाँगों को सरकाते हुए और भूमि पर पैर की उंगुलियाँ टिकाते हुए, धीरे-धीरे धड़ नीचे करें(चित्र 238)।

3. जाँघों के पीछे की मंदिरशिराओं की मांसपेशियों को ऊपर खींचते हुए घुटने कसें और धड़ को ऊपर उठाएँ(चित्र 239)।

4. पीठ के बीच में हाथों को रखें और धड़ को भूमि के समकोण में रखने के लिए उसे दबाएँ(चित्र 240)।

5. बाँहों को अपनी ओर की टाँगों की विपरीत दिशा में भूमि पर फैलाएँ (चित्र 241)।

6. अँगूठों को फँसाएँ और बाँहों और टाँगों को तानें(चित्र 242)।

7. उंगुलियों को परस्पर गुँथाएँ(चित्र 243) और कलाइयाँ घुमाएँ, जिससे अँगूठे भूमि पर टिकें(चित्र 244)। उंगुलियों के साथ हथेलियों को तानें। बाँहों को कुहनियों पर कसें और उन्हें कंधे से खींचें।

8. टाँगें और हाथ विपरीत दिशा में ताने जाते हैं जिससे रीढ़ पर पूरी तरह तनाव पड़ता है।

9. उंगुलियों को परस्पर गुँथाते समय यह उचित है कि परस्पर की गूँथ(स्थिति) को बदला जाए। मान लीजिए कि दाहिना अँगूठा पहले भूमि का स्पर्श करता है तो इस स्थिति को एक मिनट के लिए बनाए रखें। बाद में पकड़ छोड़ें और भूमि पर पहले बायाँ अँगूठा लाएँ, एक-एक कर उंगुलियाँ परस्पर गुँथाएँ और उतने ही समय के लिए बाँह बाहर फैलाएँ। यह दोनों कंधे, कुहनियाँ तथा कलाइयों के लयबद्ध विकास और लचीलेपन के लिए उपयोगी होता है।

10. प्रारंभ में परस्पर गूँथना कठिन होगा। ऊपर वर्णित स्थितियों के अभ्यास से धीरे-धीरे आप उंगुलियाँ सहज गुँथा सकेंगे।

11. प्रारंभ में सिर के पीछे जमीन पर पैर की उंगुलियाँ दृढ़ता से स्थिर करना भी कठिन होगा। यदि आप हलासन करने के पहले सर्वांगासन 1(चित्र 223) का समय और तनाव बढ़ाएँगे तो पैर की उंगुलियाँ अधिक समय जमीन पर रहेंगी।

12. स्वाभाविक रूप से श्वास लेते हुए 1 से 5 मिनट तक इस स्थिति में रहें।

13. हाथ छोड़ें, सर्वांगासन-एक तक टाँगें ऊपर उठाएँ और धीरे-धीरे जमीन की ओर लाएँ। पीठ के बल चित लेटें और आराम करें।

परिणाम

हलासन के परिणाम सर्वांगासन-एक(चित्र 223) के परिणामों के समान हैं। इसके अतिरिक्त उदर के अवयव सिकोड़े जाने के कारण नवचेतना प्राप्त होती है। आगे झुकने के कारण मेरुदंड में अधिक रक्त प्रवाहित होता है और इससे पीठ का दर्द कम करने में मदद होती है। हथेलियों तथा उंगुलियों के गुँथने और फैलने से हाथों की ऐंठन(अकड़) ठीक होती है। न मुड़नेवाले कंधों तथा कुहनियों, कटिवेदना और पीठ के जोड़ों की सूजन से पीड़ित लोग इस आसन से आराम पाते हैं। वायु के कारण होनेवाली पेट के मरोड़ की वेदना भी दूर होती है और तत्काल हलकेपन का अनुभव होता है।

उच्च रक्तचाप की प्रवृत्तिवाले लोगों के लिए यह आसन अच्छा है। यदि वे पहले हलासन करके बाद में सर्वांगासन एक करते हैं तो वे रक्त के अति वेग का अथवा सिर भारी होने का अनुभव नहीं करेंगे।

हलासन पश्चिमोत्तानासन(चित्र 160) की प्राथमिक अवस्था है। यदि व्यक्ति हलासन में प्रगति करता है तो परिणामस्वरूप पीठ के लचीलेपन के परिणाम से वह अच्छे ढंग से पश्चिमोत्तानासन करने में समर्थ होता है।

टिप्पणी

उच्च रक्तचापवाले लोगों के लिए सर्वांगासन एक का प्रयास करने के पहले हलासन करने के लिए निम्नलिखित विधि बतलाई गई है–

1. पीठ के बल जमीन पर लेटें।

2. श्वास छोड़ें, लंबरूप स्थिति होने तक टाँगें धीरे से उठाएँ और स्वाभाविक रूप से श्वास लेते हुए करीब 10 सेकेंड के लिए इस स्थिति में रहें।

3. श्वास छोड़ें, टाँगें ऊपर तथा सिर के परे ले जाएँ और उंगुलियों से जमीन का स्पर्श करें। उंगुलियाँ जमीन पर रखें और टाँगें घुटने पर कसी रखें।

4. अगर आपको उंगुलियाँ जमीन पर रखने में कठिनाई होती है तो सिर के पीछे कुर्सी या स्टूल रखकर उंगुलियाँ उसी पर रखें।

5. अगर साँस तेज या गहरी होती है तो जमीन पर उंगुलियाँ न रखें, उसके बदले स्टूल या कुर्सी पर रखें। तब सिर में भारीपन अथवा दबाव का अनुभव नहीं होगा।

6. हाथ सिर के ऊपर फैलाएँ, उन्हें जमीन पर रखें और स्वाभाविक रूप से श्वास लेते हुए 3 मिनट तक इस स्थिति में रहें।

7. आसन करते समय सतत आँखें बंद किए नाक के अग्रभाग की ओर एकटक देखें।

92 कर्णपीडासन एक* (चित्र 246)

कर्ण का अर्थ कान है। पीडा(पीड़ा) का अर्थ वेदना, अस्वस्थता या दबाव है। यह आसन हलासन का एक रूपांतर है और उसके साथ किया जा सकता है।

विधि

1. हलासन(चित्र 244) करें और उस आसन में निर्धारित समय पूर्ण होने पर घुटने शिथिल करें और दाएं कान के पास दायाँ घुटना तथा बाएँ कान के पास बायाँ घुटना रखें।

2. दोनों घुटने कानों पर दबाव देते हुए जमीन पर रहने चाहिए।

3. पैर की उंगुलियाँ बाहर फैलाई रखें और एड़ियाँ और उंगुलियाँ परस्पर मिलाएँ।

हाथ पसलियों के पीछे रखें(चित्र 245) अथवा उंगुलियों को गुँथाएँ और हलासन के समान बाँहें बाहर फैलाएँ(चित्र 246)।

4. स्वाभाविक श्वास लेते हुए इस स्थिति में आधे या एक मिनट तक रहें।

परिणाम

यह आसन धड़, हृदय तथा टाँगों को आराम देता है। घुटने मोड़ते समय मेरुदंड अधिक ताना जाता है और यह कटिप्रदेश के रक्ताभिसरण में मदद करता है।

93 सुप्त कोणासन दो* (चित्र 247)

सुप्त का अर्थ नीचे पड़े रहना और कोण का अर्थ कोना है। यह हलासन का एक रूपांतर है जिसमें टाँगें अलग फैलाई जाती हैं।

विधि

1. कर्णपीडासन(चित्र 246) से टाँगें सीधी तानें और उन्हें यथासंभव पृथक् फैलाएँ।
2. धड़ ऊपर खींचे और घुटने कसें।
3. दाएँ हाथ से दाएँ पैर की उंगली(अँगूठा) और बाएँ हाथ से बाएँ पैर की उंगली(अँगूठा) पकड़ें। एड़ियाँ ऊपर करें। उंगुलियाँ पकड़ने पर मेरुदंड का पृष्ठप्रदेश अधिक आगे करें और मंदिरशिराओं की मांसपेशियाँ फैलाएँ(चित्र 247 और 248)।
4. स्वाभाविक रूप से श्वास लेते हुए 20 से 30 सेकेंड तक इस स्थिति में रहें।

परिणाम

यह आसन टाँगों को ठीक करता है और उदर के अवयव सिकोड़ने में मदद करता है।

94 पार्श्व हलासन चार* (चित्र 249)

हलासन(चित्र 244) में दोनों टाँगें सिर के पीछे होती हैं। इस आसन में वे सिर की एक ओर तिरछी तथा सिर की सीध में होती हैं। यह हल के पार्श्वभाग की स्थिति है।

विधि

1. सुप्त कोणासन(चित्र 247) करें और हलासन में वापस आ जाएँ ।
2. पसलियों के पीछे हथेलियाँ रखें ।
3. यथासमय दोनों टाँगें बाईं ओर करें ।
4. दोनों घुटने कसें, हथेलियों के सहारे धड़ ऊपर उठाएँ और टाँगें तानें(चित्र 249)।
5. स्वाभाविक रूप से श्वास लेते हुए आधे मिनट तक इस स्थिति में रहें।
6. श्वास छोड़ें, सिर की सीध में होने तक टाँगें दाईं ओर ले जाएँ और आधे मिनट

तक यह स्थिति बनाए रखें। जब टाँगें बदली जाती हैं तब सीने तथा धड़ की स्थिति में परिवर्तन न आने दें। सीने तथा धड़ को सर्वांगासन या हलासन की स्थिति में रहना चाहिए।

परिणाम

इस आसन में मेरुदंड का पार्श्वभाग सक्रिय होता है, जिससे मेरुदंड अधिक लचीला बनता है। बड़ी आँत, जो आसन करते समय उलटी हो जाती है, को ठीक व्यायाम मिलता है, जिससे निष्कासन क्रिया पूर्ण हो जाती है। असाध्य अथवा पुरानी कोष्ठबद्धता, जो बहुतेरे रोगों की जननी है, से पीड़ित लोग इस आसन से बहुत लाभ पाते हैं। यदि कूड़ा-कचड़ा अपने घर के बाहर चारों ओर फेंका जाता है तो हम अस्वस्थता का अनुभव करते हैं। इसलिए निरर्थक पदार्थ को जबकि वे विष-जीव का निर्माण करते हैं कितने अधिक समय तक अपने शरीर में सहभागी होने देना उचित है? यदि निरर्थक पदार्थ हटाए नहीं जाते हैं तो रोग चोर की तरह शरीर में प्रवेश करेंगे और हमारे स्वास्थ्य की चोरी करेंगे। यदि आँतें सहज रीति से कार्य नहीं करती हैं तो मन उदास और शीघ्रकोपी होता है। यह आसन आँत को मुक्त रखने में हमारी मदद करता है और इससे हम स्वास्थ्य का पुरस्कार प्राप्त करते हैं।

95 एकपाद सर्वांगासन पाँच* (चित्र 250)

एक का अर्थ एक-अकेला है। पाद का अर्थ पैर है। सर्वांगासन के इस रूपांतर में एक टाँग हलासन में जमीन पर होती है जबकि दूसरी धड़ सहित सीधी ऊपर होती है।

विधि

1. सालंब सर्वांगासन-एक (चित्र 223) करें।

2. बाईं टाँग सर्वांगासन में ऊपर रखें। श्वास छोड़ें और दाईं टाँग हलासन की स्थिति तक(चित्र 250) जमीन की ओर ले जाएँ। वह कसी हुई तथा सीधी होनी चाहिए और घुटने पर न मुड़नी चाहिए।

3. दाईं टाँग जमीन पर टिकाते समय बायाँ घुटना कसा रखें और उसे बगल में झुकने न दें। बाईं टाँग सिर की ओर उन्मुख तथा सीधी रखें।

4. स्वाभाविक रूप से श्वास लेते हुए इस स्थिति में 20 सेकेंड के लिए रहें।

5. श्वास छोड़ें, दाईं टाँग सर्वांगासन की स्थिति तक पीछे उठाएँ और बाद में दाईं टाँग। ऊपर सीधी तथा कसकर रखते हुए बाईं टाँग हलासन में जमीन पर ले जाएँ। व्यक्ति की दोनों टाँगें एक साथ हलासन में नीचे लाने की अपेक्षा बाईं टाँग जमीन पर से वापस सर्वांगासन तक उठाना उदर के अवयवों को अधिक व्यायाम देता है।

6. उतने ही समय के लिए इस ओर रहें।

परिणाम

यह आसन गुर्दे तथा टाँगों की मांसपेशियों को ठीक करता है।

96 पार्श्वैक पाद सर्वांगासन छह* (चित्र 251)

पार्श्व का अर्थ बगल है। एकपाद सर्वांगासन(चित्र 250) में नीचे की टाँग सिर के पीछे स्थिर होती है जबकि इसमें वह धड़ की दिशा में बगल की ओर टिकती है।

विधि

1. ऊपर लिखे अनुसार प्रत्येक ओर एकपाद सर्वांगासन करें और सर्वांगासन में वापस आ जाएँ।

2. श्वास छोड़ें, धड़ की दिशा में होने तक दाईं टाँग बगल में नीचे जमीन पर लाएँ(चित्र 251)। दाईं टाँग सीधी तथा कसी रखें और घुटने पर न मोड़ें।

3. बाईं टाँग, जो सीधी ऊपर है, सरल रखें और उसे दाईं ओर मुड़ने न दें। सीने को पूरी तरह फैलाने के लिए हथेलियों से पसलियाँ उठानी चाहिए।

4. स्वाभाविक रूप से श्वास लेते हुए इस स्थिति में 20 सेकेंड के लिए रहें। श्वास छोड़ें और सर्वांगासन में वापस आ जाएँ। उतने ही समय के लिए दूसरी टाँग से पुनरावृत्ति करें और सर्वांगासन में लौट जाएँ।

परिणाम

यह आसन कोष्ठबद्धता दूर करता है तथा गुर्दे को ठीक करता है।

97 पार्श्व सर्वांगासन नौ* (चित्र 254)

पार्श्व का अर्थ बाजू या बगल है। सर्वांगासन का यह रूपांतर धड़ को पीछे से घुमाकर किया जाता है।

विधि

1. सालंब सर्वांगासन एक(चित्र 223) से धड़ तथा टाँगें दाईं ओर घुमाएँ।

2. बाईं हथेली बाएँ नितंब पर रखें, जिससे गुदास्थि कलाई पर टिके(चित्र 252)। बाएँ हाथ पर शरीर नीचे करें और शरीर भार बाईं कुहनी तथा कलाई पर लें(चित्र 253)।

3. सर्वांगासन की तरह बाईं हथेली पृष्ठभाग पर पीछे रहेगी।

4. कोण बनाते हुए टाँगें बाईं हथेली के परे ले जाएँ(चित्र 254) और स्वाभाविक रूप से श्वास लेते हुए 20 सेकेंड के लिए इस स्थिति में रहें।

5. श्वास छोड़ें, सालंब सर्वांगासन एक में वापस आएँ और उतने ही समय के लिए दाईं ओर दुहराएँ(चित्र 255)।

परिणाम

यह आसन कलाइयों को पुष्ट करता है। यह यकृत, पाचकग्रंथि(अग्न्याशय) तथा प्लीहा को व्यायाम भी देता है और उनमें नियमित रूप से विपुल रक्तपूर्ति के लिए कारण बनता है। इस कारण ये अवयव स्वस्थ रखे जाते हैं।

98 सेतुबंध सर्वांगासन(उत्तान मयूरासन) दस* (चित्र 259)

सेतु का अर्थ पुल है और सेतुबंध का अर्थ पुल का ढाँचा या रचना है। इस स्थिति में शरीर मंडलाकार होता है और कंधे, तलवे तथा एड़ियों पर आधारित होता है। कमान को कमर के पास हाथों का आश्रय मिलता है।

उत् का अर्थ तीव्र और तान का अर्थ तनाव(फैलाव) है। फैले(ताने) हुए मयूर के सदृश होने से इस आसन का यह नाम है।

विधि

1. सालंब सर्वांगासन करें(चित्र 223)।

2. पीठ पर हथेलियाँ अच्छी तरह स्थिर करें, मेरुदंड ऊपर उठाएँ, टाँगें सीधे पीछे ले जाएँ(चित्र 256) या घुटने मोड़ें(चित्र 257) और टाँगों को पीछे जमीन पर कलाइयों से आगे ले जाएँ(चित्र 258)। टाँगें बाहर तानें और उन्हें एक साथ रखें (चित्र 259)।

3. सारा शरीर पुल बनता है, जिसका भार कुहनियों पर और कलाइयों पर होता है। सिर तथा गर्दन के पृष्ठभाग, कंधे, कुहनियाँ तथा पैर शरीर के ये भाग ही जमीन से सटे रहेंगे। स्वाभाविक रूप से श्वास लेते हुए आधे मिनट से एक मिनट तक इस स्थिति में रहें।

4. जमीन पर एड़ियाँ मजबूती से टिकाए हुए, मेरुदंड को गर्दन की ओर तानकर कुहनियों तथा कलाइयों पर का भार हलका किया जा सकता है।

99 एकपाद सेतुबंध सर्वांगासन(एकपाद उत्तान मयूरासन) ग्यारह* (चित्र260)

एक का अर्थ एक है और पाद का अर्थ पैर है। एक टाँग ऊपर हवा में उठाए पहले आसन का यह एक प्रकार है।

विधि

1. सेतुबंध सर्वांगासन(चित्र 259) में ठहरने के बाद, श्वास छोड़ें और दाहिनी टाँग लंबरूप स्थिति में ऊपर उठाएँ(चित्र 260)। दोनों टाँगें पूरी तरह तानें और इस स्थिति को 10 सेकेंड के लिए बनाए रखें।

2. साँस लें, दाईं टाँग जमीन पर लाएँ, श्वास छोड़ें, बाईं टाँग लंबरूप स्थिति में ऊपर उठाएँ और दोनों टाँगें पूरी तरह तानें। उतने ही समय के लिए इस स्थिति में रहें। साँस लें और टाँग जमीन पर लाएँ।

3. श्वास छोड़ें, टाँगें सर्वांगासन में वापस ले जाएँ(चित्र 223), हाथ पीठ से हटाते हुए उन्हें जमीन पर धीरे-धीरे सरकाएँ और जमीन पर स्थिर करें।

सेतुबंध सर्वांगासन तथा एकपाद सेतुबंध सर्वांगासन के परिणाम

ये दोनों आसन मेरुदंड को पीछे की ओर मोड़(गति) देते हैं और सर्वांगासन अन्य विविध गतिविधियों से उत्पन्न गर्दन के तनाव को दूर करते हैं।

स्वस्थ एवं लचीला मेरुदंड स्वस्थ नाड़ीसंस्थान(नाड़ीमंडल) का सूचक है। यदि नाड़ियाँ स्वस्थ हैं तो मनुष्य मन तथा शरीर से स्वस्थ रहता है।

100 सर्वांगासन चार* में ऊर्ध्व पद्मासन (चित्र 261)

ऊर्ध्व का अर्थ ऊपर, ऊँचा है। पद्म का अर्थ कमल है। सर्वांगासन के इस प्रकार में टाँगें सीधी रखने के बदले घुटनों पर मोड़ी जाती हैं और परस्पर गुँथी होती हैं जिससे दायाँ पैर बाईं जाँघ पर टिके और बायाँ पैर दाईं जाँघ पर, जैसा कि कमलासन में है(चित्र 104)।

विधि

1. सालंब सर्वांगासन से टाँगें घुटनों पर मोड़ें और दोनों को परस्पर गुँथाए रखें। प्रथम दायाँ पैर बाईं जाँघ पर और बाद में बायाँ पैर दाईं जाँघ पर रखें।

2. गुँथाई हुई टाँगें सीधी तानें, घुटनों को एक-दूसरे के निकट करें और यथासंभव टाँगें नितंबीय भाग से पीछे करें(चित्र 261)।

3. गहरी तथा समान रूप से श्वास लेते हुए करीब 20 से 30 सेकेंड तक इस आसन में रहें।

4. पाश्र्व सर्वांगासन की विधि का अनुसरण करते हुए तनाव को बढ़ाने के लिए धड़ को पीछे की ओर घुमाव देकर यह आसन पूरा करें(चित्र 254)। इस आसन को सर्वांगासन में पार्श्व पद्मासन कहते हैं।

101 सर्वांगासन सात* में पार्श्व पद्मासन (चित्र 262 से 265)

पार्श्व का अर्थ बगल है

5. स्वाभाविक रूप से श्वास लेते हुए 10-15 सेकेंड तक दोनों ओर रहें।

6. श्वास छोड़ें, ऊर्ध्व पद्मासन की स्थिति में वापस आ जाएँ और थोड़ी देर आराम करें।

7. अब सेतुबंध सर्वांगासन(चित्र 259) की विधि का अनुसरण करते हुए एक उच्छ्वसन के साथ पीछे की ओर धड़ की कमान करें(चित्र 266)। धीरे-धीरे हाथों पर सेतु बनाते हुए घुटने जमीन पर टिक जाने तक जाँघों को पीछे की ओर तानें। इस आसन को उत्तान पद्म मयूरासन कहते हैं।

102 उत्तान पद्म मयूरासन पच्चीस* (चित्र 267)

उत्तान का अर्थ तीव्र तनाव है, पद्म का अर्थ कमल है और मयूर– मोर है।

8. स्वाभाविक रूप से श्वास लेते हुए 10–15 सेकेंड तक इस स्थिति में रहें।

9. श्वास छोड़ें, ऊर्ध्व पद्मासन की स्थिति में वापस आ जाएँ।

10. टाँगों की गुत्थी खोल दें, सालंब सर्वांगासन की स्थिति में वापस आ जाएँ और पहले बाएँ पैर को दाहिनी जाँघ पर रखें, बाद में दाहिने पैर को बाईं जाँघ पर रखकर इस आसन को दुहराएँ। इसके पहले वर्णित इन सब स्थितियों में उतने ही समय के लिए रहें।

103 सर्वांगासन में पिंडासन पाँच* (चित्र 269)

पिंड का अर्थ भ्रूण या गर्भस्थ शिशु है। सर्वांगासन के इस प्रकार में, जो पूर्व के आसन का अगला क्रम है, सिर पर स्थिर होने तक झुकी और गुँथी टाँगें नीचे लाएँ। इस आसन की स्थिति गर्भस्थ भ्रूण के सदृश होने के कारण इसका यह नाम है।

विधि

1. सर्वांगासन में ऊर्ध्व पद्मासन(चित्र 261) से, श्वास छोड़ें, झुकें और नितंबों के पास से गुँथी हुई टाँगों को सिर की ओर नीचे करें।

2. टाँगें सिर पर स्थिर करें(चित्र 268)।

3. पीठ पर के हाथों को मुक्त कर दें और टाँगों को परस्पर फँसा लें। फँसाते वक्त टाँगों को ठीक तरह से टिकाने के लिए धड़ को गर्दन के पास ले आएँ।

4. स्वाभाविक रूप से श्वास लेते हुए करीब 20 से 30 सेकेंड तक इस आसन में रहें और सर्वांगासन में ऊर्ध्व धनुरासन में वापस आ जाएँ।

104 सर्वांगासन में पार्श्व पिंडासन आठ* (चित्र 270 और 271)

पार्श्व का अर्थ बगल या काँख है। पूर्व के आसन के रूपांतर इस पिंडासन में दोनों मुड़े हुए घुटनों को बगल की ओर ले जाया जाता है और धड़ के उसी बगल में जमीन पर रखा जाता है। सर्वांगासन की यह पार्श्वस्थ भ्रूण की स्थिति है।

विधि

1. पिंडासन(चित्र 269) से गुँथे हाथों को मुक्त करने के बाद हाथ पीछे ले जाएँ और पसलियों के पीछे हथेलियों को रखें(चित्र 268)।

2. नितंबों को दाहिनी ओर तिरछे घुमाएँ, श्वास छोड़ें, घुटनों को भूमि की ओर नीचे करें। बायाँ घुटना दाहिने कान के पास होना चाहिए(चित्र 270)।

3. शुरू में बायाँ कंधा जमीन से ऊपर उठेगा। कंधे को जमीन की ओर ले जाएँ और पीठ पर अच्छी तरह कसकर बाएँ हाथ से दबाएँ। यदि यह नहीं किया जाता है तो आप अपना संतुलन खो बैठेंगे और एक तरफ लुढ़क जाएँगे।

4. पार्श्ववर्ती घुमाव के कारण श्वासक्रिया तेज और कठिन होगी, कारण उर:प्राचीर इस स्थिति में दब जाता है।

5. आरंभ में घुटना कान के पास जमीन पर नहीं रहेगा पर दीर्घ अभ्यास के बाद रहेगा।

6. स्वाभाविक रूप से श्वास लेते हुए इस आसन में 20 से 30 सेकेंड तक रहें।

7. श्वास छोड़ें, दाहिनी ओर से ऊपर उठें और परस्पर गुँथे पैरों को बाईं ओर बढ़ाएँ जिससे बायाँ पैर बाएँ कान के पास होगा(चित्र 271)। इस स्थिति में भी उतने ही समय तक रहें।

8. ऊर्ध्व पद्मासन में लौट आएँ(चित्र 261)। परस्पर गुँथे पैरों को मुक्त कर पद्मासन को छोड़ दें और सालंब सर्वांगासन में लौट आएँ।

9. अब परस्पर गुँथी टाँगों की स्थिति बदलें। पहले दाईं जाँघ पर बायाँ पैर और बाद में दायाँ पैर बाईं जाँघ पर रख पुन: टाँगों को दूसरी स्थिति में परस्पर गुँथाएँ, जैसा कि पहले किया गया है।

10. दोनों तरफ पुन: क्रियाओं को दुहराएँ।

सर्वांगासन में ऊर्ध्व पद्मासन तथा पार्श्व पिंडासन की क्रियाओं के परिणाम

परस्पर गुँथी टाँगों का परिवर्तन उदर तथा बड़ी आँत के दोनों ओर समान दबाव लाता है और कोष्ठबद्धता दूर करता है। जो पुराने कब्ज से पीड़ित हैं उनके लिए दीर्घ काल तक पार्श्व पिंडासन में रहना उपयोगी बताया गया है। दोनों तरफ 1–1 मिनट का समय यदि दिया जाए तो वह बहुत प्रभावोत्पादक सिद्ध होगा। इन आसनों से पेट की मरोड़ को दूर किया जाता है।

लचीले घुटनेवाले व्यक्ति इन आसनों को आसानी से कर सकते हैं। फिर भी पद्मासन में टाँगों को परस्पर गुँथाना बहुतेरे लोगों के लिए कठिन है। उनके लिए पार्श्व हलासन–(चित्र 249) (उसमें भी मेरुदंड और धड़ में पार्श्वगत मोड़ तो है ही लेकिन टाँगें सीधी रहती हैं) में ज़्यादा देर रहने की सिफारिश की गई है।

इन सभी स्थितियों में शुरू-शुरू में श्वासक्रिया पहले तेज तथा श्रमसाध्य होगी। स्वाभाविक रूप से श्वास बनाए रखने की कोशिश करें।

टिप्पणी

सर्वांगासन के इन प्रकारों में मेरुदंड को पार्श्व, पृष्ठ तथा अग्र की ओर से सक्रियता प्राप्त होती है, जबकि हलासन, एकपाद सर्वांगासन, कर्ण पिंडासन तथा पिंडासन में मेरुदंड केवल आगे की ओर झुकता है। सर्वांगासन, पार्श्व हलासन और पार्श्व पिंडासन में मेरुदंड पार्श्व से गतिशील होता है जैसा कि पार्श्व सर्वांगासन और पार्श्व ऊर्ध्व पद्मासन में होता है। सेतुबंध और उत्तान पद्म मयूरासन में उसे पीछे की ओर गति देते हैं। ये क्रियाएँ हर तरफ से मेरुदंड को ठीक रखती हैं और स्वस्थ भी।

यह कहा जाता है कि कृतयुग(विश्व का प्रथम युग) में दानवों(दैत्यों और राक्षसों) की सेना वृत्र के सेनापतित्व में संग्राम में अजेय हो गई थी और सभी दिशाओं में देवों(देवताओं) को तितर-बितर करती जा रही थी। जब तक वृत्र का नाश नहीं होता तब तक शक्ति की पुनःप्राप्ति नहीं हो सकती, ऐसा अनुभव कर देवगण अपने पूर्वज विश्वनिर्माता ब्रह्मा के समक्ष उपस्थित हुए। ब्रह्मा ने विष्णु से पूछने के लिए कहा, जिन्होंने दधीचि नामक ऋषि से उनकी अस्थियाँ प्राप्त करने के लिए कहा जिससे कि दैत्यवध के लिए हथियार तैयार किया जा सके। विष्णु के परामर्श के अनुसार देवगण ऋषि के पास पहुँचे और उन्होंने अस्थि की माँग की। देवों के हितार्थ उस ऋषि ने अपना शरीर त्याग दिया। दधीचि के मेरुदंड से वज्र बनाया गया जिसे देवताओं के राजा इंद्र ने वेग से उछाला और वृत्र का वध किया।

यह कहानी प्रतीकात्मक है। दानव मानव के तामसिक गुणों और रोगों का प्रतिनिधित्व करते हैं। देव स्वास्थ्य, समस्वरता, और शांति का प्रतिनिधित्व करते हैं। तामसिक गुणों और रोगों को नष्ट करने और स्वास्थ्य-आनंद का भोग करने के लिए हम लोगों को अपनी रीढ़ की हड्डी को वज्र के समान मजबूत बनाना पड़ता है, जैसी कि दधीचि की रीढ़ की हड्डी थी। तब हम लोग स्वास्थ्य, समस्वरता, आनंद का ज़्यादा भोग कर सकेंगे।

105 जठर परिवर्तनासन पाँच* (चित्र 274 और 275)

जठर का अर्थ उदर या पेट है। परिवर्तन का तात्पर्य घुमाव, लुढ़कना या चक्कर है।

विधि

1. जमीन पर पीठ के बल लेटें(चित्र 219)।

2. कंधों की सीध में दोनों बाँहें बगल में फैलाएँ जिससे शरीर 'क्रॉस' की स्थिति में होता है।

3. श्वास छोड़ें, दोनों टाँगों को जमीन पर लंबरूप होने तक एक साथ उठाएँ। उन्हें सींकचे की तरह कड़ा होना चाहिए जिससे वे घुटने पर न मुड़ें(चित्र 272)।

4. कुछ साँसें लेते हुए इस स्थिति में रहें। तब साँस छोड़ें, दोनों टाँगों को बाहर फैलाए हुए बाएँ हाथ की उंगुलियों के अग्रभाग को बाएँ पैर की उंगुलियाँ बहुतांश में छूने तक(चित्र 274) बाईं ओर जमीन पर तिरछे ले जाएँ(चित्र 273)। प्रयत्न करें और पीठ को जमीन पर अच्छी तरह रखें। आरंभिक अवस्थाओं में, दायाँ कंधा जमीन पर से उठा होगा। इसे रोकने के लिए, जबकि टाँगें बाईं ओर तिरछे घूमती हैं, अपने किसी मित्र को उसे दबाने के लिए कहें अथवा दाएँ हाथ से फर्नीचर की कोई वजनी चीज़ पकड़ें।

5. घुटनों को निरंतर तना रखते हुए दोनों टाँगों को एक साथ नीचे जाना चाहिए। यथासंभव पीठ का कटिभाग जमीन पर रखें और नितंब के पास ही टाँगों को घुमा दें। जब टाँगें बाहर फैलाए हुए बाएँ हाथ के निकट होती हैं, उदर को दाईं ओर झुकाएँ।

6. शुरू से अंत तक टाँगों को कड़ा रखते हुए इस स्थिति में करीब 20 सेकेंड तक रहें। बाद में एक उच्छ्वसन के साथ अभी भी कड़ी टाँगों को धीरे से पीछे लंबरूप में खिसकाएँ(चित्र 272)।

7. लंबरूप में खड़ी टाँगों के साथ कुछ साँसें लें और बाद में टाँगों को दाईं ओर नीचा कर उदर को बाईं ओर घुमाकर इन क्रियाओं को दुहराएँ(चित्र 275)। उतने ही समय के लिए इस आसन में रहें और एक उच्छ्वसन के साथ लंबरूप टाँगों की स्थिति में वापस आ जाएँ(चित्र 272)। तब धीरे से टाँगों को जमीन पर लाएँ(चित्र 219) और आराम करें।

परिणाम

यह आसन मोटाई की अधिकता को कम करने के लिए अच्छा है। यह यकृत, प्लीहा और अग्न्याशय की मंदता को खत्म करता है और उन्हें ठीक रखता है। यह जठरदाह दूर करता है और आँत को पुष्ट करता है। इसके नियमित अभ्यास से उदर के सभी अवयव व्यवस्थित रहते हैं। यह पीठ के निम्न भाग और नितंबीय प्रदेश की मरोड़, मोच और अकड़ को दूर करने में मदद करता है।

106 ऊर्ध्व पादासन एक* (चित्र 276 से 279)

ऊर्ध्व का अर्थ सीधे ऊपर या ऊँचा है। प्रसारित का अर्थ फैला हुआ, तना हुआ है। पाद का अर्थ पैर है।

विधि

1. टाँगों को तानें और घुटनों पर कड़ा किए पीठ के बल लेटें। हाथों को टाँगों की बगल में रखें(चित्र 219)।

2. श्वास छोड़ें, भुजाओं को सिर के ऊपर ले जाएँ और उन्हें सीधा तानें (चित्र 276)। दो श्वास लें।

3. श्वास छोड़ें, 30° तक टाँगों को ऊपर उठाएँ(चित्र 277) और स्वाभाविक श्वास लेते हुए 15 से 20 सेकेंड तक इस स्थिति में रहें।

4. श्वास छोड़ें, 60° तक टाँगें ऊपर करें(चित्र 278) और स्वाभाविक श्वास लेते हुए 15 से 20 सेकेंड तक इस स्थिति में रहें।

5. पुनः श्वास छोड़ें, टाँगों को और भी लंबरूप होने तक और ऊँचा करें (चित्र 279) और स्वाभाविक श्वास लेते हुए 30 से 60 सेकेंड तक इस स्थिति में रहें।

6. अब श्वास छोड़ें, धीरे-धीरे टाँगें जमीन पर लाएँ और आराम करें।

7. 2 से 6 की स्थितियों को तीन या चार बार करें।

टिप्पणी

यदि आप एक ही दम में तीनों स्थितियों को नहीं कर सकते हों तो उन्हें प्रत्येक स्थिति के बाद थोड़ी विश्रांति लेते हुए तीन चरणों में करें।

परिणाम

यह आसन उदर के चारों ओर की मोटाई कम करने के लिए आश्चर्यजनक व्यायाम है। यह पीठ के कटिभाग को मजबूत बनाता है, उदर के अवयवों को ठीक करता है और जो वायुरोग और मोटाई(उदर की) से पीड़ित हैं उन लोगों को रोगमुक्त करता है।

107 चक्रासन चार* (चित्र 280 से 286)

चक्र का अर्थ पहिया है। इस आसन में जमीन पर लेट जाएँ, दोनों टाँगें उठाएँ, फिर दोनों को एक साथ ऊपर उठाते चले जाएँ और उन्हें हलासन में(चित्र 239) सिर के ऊपर ले आएँ। कानों के पास हाथ रखें और सिर के बल लुढ़कें। यह लुढ़कना पहिए की गति का अनुकरण करता है, अतः इसका यह नाम है।

विधि

1. पीठ के बल जमीन पर लेटें(चित्र 219)।

2. श्वास छोड़ें, दोनों टाँगों को एक साथ उठाएँ और उन्हें सिर के ऊपर ले जाएँ और हलासन(चित्र 239) की भाँति जमीन पर पैर की उंगुलियों को टिकाएँ। दो या तीन साँसे लें।

3. हाथों को सिर के ऊपर ले जाएँ, कुहनियों को मोड़ें, उंगुलियों को पैरों की ओर इशारा करते हुए हथेलियों को कंधों के पास रखें(चित्र 280)।

4. श्वास छोड़ें, हथेलियों को जमीन पर दबाएँ रखें, और गर्दन का पिछला भाग

उठाने के लिए टाँगों को और आगे तानें और चित्र 281, 282 और 283 की तरह सिर के बल लुढ़कें।

5. अब भुजाओं को सीधा तानें और अधोमुख श्वानासन(चित्र 75) में आएँ।

6. कुहनियों को झुकाएँ, जमीन की ओर धड़ को नीचे ले आएँ, पीछे की ओर पलटें और आराम करें।

परिणाम

यह आसन उदर के अवयव तथा मेरुदंड को ठीक रखता है। चक्राकार गति के कारण मेरुदंड के स्तंभ में रक्त संचरित होता है और उसे अनुप्राणित करता है। वायुरोग तथा मंद यकृत से पीड़ित व्यक्तियों के लिए भी यह लाभकारी है।

108 सुप्त पादांगुष्ठासन तेरह* (चित्र 285)

सुप्त का तात्पर्य नीचे लेटना है। पाद पैर है। अंगुष्ठ का अर्थ पैर का अँगूठा है। यह आसन तीन क्रियाओं में किया जाता है।

विधि

1. पीठ के बल लेट जाएँ, दोनों टाँगों को तानें और घुटनों को कसा रखें(चित्र 219)।

2. श्वास लें, लंबरूप होने तक बाईं टाँग जमीन पर से उठाएँ। जमीन पर दाईं टाँग पूरी तरह तनी रखें और दाएँ हाथ को दाईं जाँघ पर टिकाएँ।

3. बाईं भुजा को ऊपर उठाएँ और बाएँ पैर के अँगूठे को, तर्जनी और मध्यमा के बीच पकड़ें(चित्र 284)। तीन या चार बार गहरी साँस लें।

4. श्वास छोड़ें, जमीन पर से सिर और धड़ ऊपर उठाएँ। कुहनी पर बाईं भुजा मोड़ें और घुटने पर बिना झुकाए बाईं टाँग सिर की ओर खींचे। टाँग को नीचे करें, सिर और धड़ को साथ-साथ उठाएँ, चिबुक को बाएँ घुटने पर टिकाएँ(चित्र 285)। स्वाभाविक श्वास लेते हुए, दाईं टाँग को जमीन पर सीधा तानें, लगभग 20 सेकेंड तक इस स्थिति में रहें।

5. साँस लें, सिर और धड़ को जमीन की ओर पीछे और बाईं टाँग पीछे लंबरूप में ले जाएँ(चित्र 284)। यह पहली क्रिया की पूर्ति है।

6. श्वास छोड़ें, बाएँ पैर का अँगूठा पकड़ें, बाएँ घुटने को मोड़ें और पकड़ा हुआ अँगूठा दाएँ कंधे की ओर करें। बाईं कुहनी को मोड़ें, सिर के पीछे बाईं भुजा तानें और बाईं अग्रभुजा तथा बाईं नली के बीच के अंतराल में सिर ऊपर करें(चित्र 286)। कुछ गहरी साँसें लें।

7. साँस लें, सिर पीछे जमीन की ओर करें, सिर के सामने बाईं भुजा लाएँ और बाईं

भुजा और टाँग को सीधा करें। अंत तक पैर के अँगूठे को पकड़े हुए बाईं टाँग पीछे की ओर लंबरूप में ले जाएँ(चित्र 284)। इस क्रिया में भी शुरू से अंत तक दाईं टाँग पूरी तरह जमीन पर फैली होती है और दायाँ हाथ दाईं जाँघ पर टिका होता है। यह दूसरी क्रिया की पूर्ति है।

8. श्वास छोड़ें, बिना सिर व धड़ को हिलाए या जमीन पर से दाईं टाँग उठाए, बाईं टाँग और भुजा तिरछे बाईं ओर जमीन की ओर घुमाएँ(चित्र 287)। पैर की उंगुलियों की पकड़ को न छोड़ें लेकिन बाईं भुजा को कंधे की सतह तक ले आएँ। बाईं टाँग को घुटने पर बिना मोड़े इस स्थिति में लगभग 20 सेकेंड तक रहें। स्वाभाविक रूप से श्वास लें।

9. अब साँस लें और बाईं टाँग को घुटने पर बिना मोड़े, और बाएँ पैर के अँगूठे की पकड़ को छोड़े या जमीन पर के दाएँ पैर के तनाव को कम किए बिना उसे पुनः लंबरूप में लाएँ(चित्र 284)।

10. श्वास छोड़ें, पैर की उंगुलियों की पकड़ छोड़ें, बाईं टाँग को जमीन पर दाईं टाँग के पास रखें और बायाँ हाथ बाईं जाँघ पर रखें। यह तीसरी क्रिया की पूर्ति है। आरंभ में फैली टाँग को इन तीनों क्रियाओं तक जमीन पर रहने में कठिनाई होती है। इसलिए घुटने ठीक ऊपर जाँघ को दबाते हुए या पैर को दीवार पर दबाने के लिए मित्र से कहते हुए टाँग को नीचे रखें।

11. बाईं ओर तीनों क्रियाओं को पूरा करने के बाद कुछ गहरी साँसें लें और 'दाएँ' शब्द के लिए 'बाएँ' शब्द का प्रयोग कर इन्हें दाईं ओर दुहराएँ।

परिणाम

इस आसन के अभ्यास से टाँगें अच्छी तरह विकसित होंगी। कूल्हे की वेदना तथा टाँगों के लकवे से पीड़ित व्यक्ति इससे बहुत लाभ उठाएँगे। रक्त टाँगों और नितंबों में संचारित किया जाता है जहाँ नाड़ियों को नवयौवन प्राप्त होता है। यह आसन नितंबों की संधि की जड़ता को दूर करता है और हर्निया से बचाता है। इसका अभ्यास पुरुष और स्त्री दोनों के द्वारा किया जा सकता है।

109 अनंतासन नौ* (चित्र 290)

अनंत विष्णु का नाम है और विष्णु की शैया–शेषनाग का नाम भी है। हिंदू पुराण कथाओं के अनुसार, विष्णु क्षीरसागर में सहस्रशिर शेषनाग पर शयन करते हैं। निद्रावस्था में उनकी नाभि से एक कमल निकलता है। उसी कमल से सृष्टिकर्ता ब्रह्मा का जन्म हुआ है जिन्होंने इस संसार का सृजन किया है। सृष्टि-निर्माण के बाद विष्णु वैकुंठ का राज्य करने के लिए जागते हैं। यह रूप दक्षिण भारत में त्रिवेंद्रम् के भगवान अनंत पद्मनाभ(पद्म=कमल; नाभ=नाभि) के मंदिर में पाया जाता है।

विधि

1. पीठ के बल लेट जाएँ(चित्र 219), श्वास छोड़ें, बाईं ओर घूमें और जमीन से पार्श्वगत संबंध बनाए हुए शरीर को टिकाएँ।

2. सिर उठाएँ, धड़ की सीध में बाईं बाँह सिर के परे फैलाएँ, बाईं कुहनी मोड़ें, अग्रभुजा को उठाएँ, सिर अपनी बाईं हथेली पर, जिसे कान के ऊपर रखा जाना चाहिए, टिकाएँ(चित्र 288)। स्वाभाविक या गहरी साँस लेते हुए कुछ सेकेंड के लिए इस स्थिति में रहें।

3. दाएँ घुटने को मोड़ें, और दाएँ पैर के अँगूठे को दाहिने अँगूठे, तर्जनी और मध्यमा से पकड़ें(चित्र 289)।

4. श्वास छोड़ें, दाईं भुजा और टाँग लंबरूप में साथ साथ उठाएँ(चित्र 290)। स्वाभाविक रूप से श्वास लेते हुए 15 से 20 सेकेंड तक इस स्थिति में रहें।

5. श्वास छोड़ें, दाएँ घुटने को मोड़ें और दूसरे अनुच्छेद में बतलाई गई स्थिति में आ जाएँ।

6. बाईं हथेली से सिर नीचे करें और पीठ के बल लुढ़क जाएँ(चित्र 219)।

7. उतने ही समय तक दूसरी ओर इस आसन को दुहराएँ और बाद में आराम करें।

परिणाम

इस आसन से नितंबीय भाग लाभान्वित होता है और मंदिरशिरा की मांसपेशियाँ पूरी तरह ठीक होती हैं। यह आसन पीठ के दर्द को भी दूर करता है और हर्निया को बढ़ने से रोकता है।

110 उत्तान पादासन नौ* (चित्र 292)

उत्तान का अर्थ तना हुआ या मुँह ऊपर किए पीठ के बल लेटा हुआ है। पाद का अर्थ पैर है।

विधि

1. पैरों को एक साथ रखें और घुटनों को तानें, पीठ के बल लेट जाएँ(चित्र 219)। दो या चार गहरी साँसें लें।

2. श्वास छोड़ें, जमीन से पीठ ऊपर उठाएँ और गर्दन को तानें। फिर जमीन पर कपाल छूने तक सिर को पीछे ले जाएँ(चित्र 291)। यदि जमीन पर कपाल टिकाने में कठिनाई होती है तो सिर की बगल में हाथों को लाएँ, गर्दन उठाएँ और पृष्ठप्रदेश तथा कटिप्रदेश के पिछले भाग को जमीन से ऊपर उठाते हुए सिर को यथासंभव पीछे खींचें। बाद में बगल में बाँहों को टिकाएँ। दो या तीन साँसें लें।

3. पीठ तानें तथा एक उच्छ्वसन के साथ जमीन से 45° से 50° होने तक टाँगें उठाएँ। भुजाएँ उठाएँ, हथेलियाँ मिलाएँ और उन्हें टाँगों के समानांतर रखें(चित्र 292)। भुजाएँ और टाँगें कड़ी रखी जानी चाहिए, कुहनी या घुटनों पर झुकें नहीं। जाँघें, घुटने, टखने और पैर एक साथ सटे रहें।

4. पसलियों को पूरी तरह फैलाएँ और आधे मिनट तक इस स्थिति में स्वाभाविक श्वासक्रिया के साथ रहें। शरीर का संतुलन केवल सिर के कपाल तथा नितंब पर होना चाहिए।

5. श्वास छोड़ें, जमीन की ओर टाँगों और बाँहों को नीचे करें, गर्दन को सीधा रखें, सिर की पकड़ छोड़ें, धड़ को नीचा करें और जमीन पर पीठ के बल लेटकर आराम करें।

परिणाम

यह आसन वक्षःस्थल को पूर्ण विकास देता है और मेरुदंड के पृष्ठभाग को लचीला तथा स्वस्थ रखता है। गर्दन तथा पीठ को यह ठीक करता है और शुद्ध एवं स्वस्थ रक्त की पूर्ति निश्चित करके कंठग्रंथियों के कार्य को नियमित करता है। इससे उदर की मांसपेशियाँ फैलती हैं और मजबूत होती हैं।

111 सेतुबंधासन चौदह* (चित्र 296)

सेतु का अर्थ पुल है। सेतुबंध का तात्पर्य पुल का निर्माण है। इस स्थिति में पूरा शरीर एक मेहराब का निर्माण करता है। और वह एक किनारे सिर के कपाल पर तो दूसरे किनारे पैरों पर आधारित होता है, इसलिए इसका यह नाम है।

विधि

1. पीठ के बल जमीन पर लेट जाएँ(चित्र 219), कुछ गहरी साँसें लें।

2. घुटनों को मोड़ें, घुटनों के पास टाँगों को फैलाएँ(अलग करें) तथा एड़ियों को नितंब(बैठक) की ओर अंदर ले आएँ।

3. एड़ियों को साथ रखें और जमीन पर उनके बाहरी भाग को अच्छी तरह टिकाएँ।

4. हाथ सिर की ओर लाएँ और एक उच्छ्वसन के साथ धड़ को उठाएँ और जमीन पर सिर के कपाल को टिकाने के लिए शरीर की मेहराब बनाएँ(चित्र 293)। गर्दन को ऊपर तानकर तथा पीठ और कटिप्रदेश के पिछले भागों को जमीन पर से उठाकर सिर को यथासंभव पीछे की ओर खींचें।

5. सीने पर भुजाओं को मोड़ें, दाहिने हाथ से बाईं कुहनी तथा दाहिनी कुहनी को बाएँ हाथ से पकड़ें(चित्र 294)। दो या तीन साँसें लें।

6. श्वास छोड़ें, नितंबों को ऊपर उठाएँ(चित्र 295) और टाँगें सीधी होने तक तानें(चित्र 296)। पैरों को सटा लें और जमीन पर दृढ़तापूर्वक रखें। पूरा शरीर एक सेतु या मेहराब बनता है। इसका एक किनारा सिर के कपाल पर और दूसरा किनारा पैरों पर आधारित होता है।

7. स्वाभाविक श्वास लेते हुए कुछ सेकेंड तक इस स्थिति में रहें।

8. श्वास छोड़ें, भुजाओं को मुक्त करें(खोलें) और जमीन पर हाथ रखें, घुटनों को मोड़ें, टाँगों और धड़ को जमीन की ओर झुकाएँ, शिरोभाग की पकड़ को छोड़ दें, गर्दन को सीधा करें, पीठ के बल लेट जाएँ और आराम करें।

परिणाम

यह आसन गर्दन को बल देता है और मेरुदंड की धमनी, पृष्ठ, कटि तथा त्रिकास्थि प्रदेशों को ठीक करता है। पीठ की प्रसारक मांसपेशियाँ सशक्त होती हैं और नितंब संकुचित एवं कठिन होते हैं। शीर्षग्रंथियाँ, पीयूषग्रंथियाँ और कंठग्रंथियाँ, और वृक्कशिर ग्रंथियाँ रक्त से परिप्लावित होती हैं तथा उचित रीति से कार्य करती हैं।

112 भारद्वाजासन एक एक* (चित्र 297 तथा 298)

कौरव और पांडवों के युद्धविद्या के गुरु द्रोण(जिन्होंने महाभारत में वर्णित घोर संग्राम किया) के पिता का नाम भारद्वाज था। यह आसन भारद्वाज को समर्पित है।

विधि

1. सामने सीधे पैरों को ताने जमीन पर बैठें(चित्र 77)।

2. घुटनों को मोड़ें, पैरों को पीछे ले जाएँ तथा दोनों को नितंब के पास दाहिनी ओर ले आएँ।

3. जमीन पर नितंब रखें, बाईं ओर करीब 45° धड़ को घुमाएँ, दाईं भुजा को सीधा रखें, बाएँ घुटने के पास बाईं जाँघ के बाहरी भाग पर दायाँ हाथ रखें। हथेली से जमीन का स्पर्श करते हुए दायाँ हाथ बाएँ घुटने के नीचे ले जाएँ।

4. श्वास लें, कंधे से पीठ के पीछे बाईं बाँह घुमाएँ, बाईं कुहनी मोड़ें, बाएँ हाथ से, दाईं कुहनी के ऊपर दाईं बाँह का ऊपरी भाग पकड़ें।

5. दक्षिण की ओर गर्दन घुमाएँ और दाहिने कंधे के ऊपर एकटक देखें(चित्र 297 और 298)।

6. गहरी साँस लेते हुए आधे मिनट तक इस स्थिति में रहें।

7. हाथ की पकड़ को ढीला करें, टाँगों को सीधा करें, दूसरी ओर इस स्थिति को दुहराएँ, यहाँ बाएँ नितंब की बगल में दोनों पैरों को ले आएँ, दाईं ओर धड़ को घुमाएँ,

बाईं भुजा सीधी करें, दाएँ घुटने के नीचे बाईं हथेली रखें, पीठ के पीछे से दायाँ हाथ लाकर कुहनी के पास बाईं बाँह का ऊपरी भाग पकड़ें। उतने ही समय के लिए इस स्थिति में रहें।

परिणाम

यह सुगम आसन मेरुदंड के पीठ तथा कटि भाग में कार्य करता है। अत्यंत कठिन पीड़ावाले व्यक्ति पार्श्वगत घुमाव की स्थिति को अत्यंत कठिन पाते हैं। यह आसन पीठ को लचीला बनाने में सहायता देता है। जोड़ों की सूजनवाले व्यक्ति इसे अत्यंत लाभदायक पाते हैं।

113 भारद्वाजासन दो दो* (चित्र 299 तथा 300)

विधि

1. टाँगों को सामने सीधा ताने हुए जमीन पर बैठें(चित्र 77)।

2. घुटने के पास बाईं टाँग को मोड़ें और बायाँ पैर हाथों से पकड़ें और उसे कटि प्रदेश के पास दाहिनी जाँघ के मूल में रखें, जिससे बाईं एड़ी नाभि के पास रखी जाए। तब बाईं टाँग अर्ध पद्म की स्थिति में होगी।

3. दाहिनी टाँग को घुटने पर से मोड़ें, दाहिने पैर को पीछे लाएँ और दाहिनी एड़ी को दाहिने नितंब के पार्श्व में रहने दें। दाहिनी पिंडली का भीतरी भाग दाहिनी जाँघ के बाहरी भाग का स्पर्श करेगा। दोनों घुटनों को एक-दूसरे के पास जमीन पर रखें।

4. श्वास छोड़ें, कंधे से बाईं भुजा को पीठ के पीछे घुमाएँ, बाईं कुहनी को मोड़ें, दाहिने नितंब के निकट बायाँ हाथ ले आएँ और बायाँ पैर बाएँ हाथ से पकड़ें।

5. दाहिनी भुजा को सीधा करें, दाएँ हाथ को बाएँ घुटने के पास बाईं जाँघ के बाहरी भाग पर रखें। बाएँ घुटने के नीचे दायाँ हाथ घुसाएँ, जिससे हथेली जमीन को छूए तथा उंगुलियाँ दाहिनी ओर संकेत करें(चित्र 299 तथा 300)।

6. बाएँ पैर को कसकर पकड़ें, जितना संभव हो सके बाईं ओर धड़ को घुमाएँ। गर्दन को प्रत्येक दिशा में घुमाएँ और कंधे पर दृष्टि गड़ाएँ।

7. स्वाभाविक या गहरी साँस लेते हुए इस आसन में आधे से एक मिनट तक रहें।

8. तब यह स्थिति छोड़ दें, और उतने ही समय के लिए दूसरी ओर दुहराएँ। यहाँ दाहिना पैर बाईं जाँघ के मूल पर रखा जाएगा और दाहिने हाथ से पीठ के पीछे से उसे पकड़ा जाएगा। बाईं टाँग घुटने के पास गुड़ेगी, बाएँ नितंब के पास जमीन पर बाईं एड़ी होगी। दाएँ घुटने के नीचे बायाँ हाथ रखा जाएगा और यथासंभव धड़ को दाईं ओर घुमाया जाएगा।

9. दोनों तरफ आसन पूरा करने के बाद टाँगों को तानें और भुजाओं को सीधा करें तथा आराम करें।

परिणाम

इस आसन के अभ्यास से घुटने और कंधे लचीले बनते हैं। लचीले मेरुदंड की गतिवाले लोगों के लिए यह अत्यंत प्रभावकारी नहीं होता है परंतु जोड़ों की सूजनवाले इसे वरदान स्वरूप पाएँगे।

114 मरीच्यासन तीन दस* (चित्र 303 और 304)

यह आसन बैठे हुए पार्श्वगत घुमाव के आसनों में से एक है।

विधि

1. पैरों को सामने सीधा ताने जमीन पर बैठें(चित्र 77)।

2. बायाँ घुटना मोड़ें, बाएँ पैर की एड़ी और तलवे को जमीन पर चपटा रखें। बाईं टाँग की नली जमीन पर लंबरूप में होनी चाहिए और पिंडली को जाँघ का स्पर्श करना चाहिए। बाईं एड़ी को मूलाधार के पास रखें। बाएँ पैर के भीतरी भाग को तनी दाईं जाँघ के भीतरी भाग का स्पर्श करना चाहिए।

3. एक उच्छ्वसन के साथ, बाईं ओर करीब 90° मेरुदंड को घुमाएँ जिससे सीना मुड़ी बाईं जाँघ के बाहर जाए और दाईं भुजा बाईं जाँघ पर लाएँ(चित्र 301)।

4. बाएँ घुटने के बाहर दायाँ कंधा रखें और मेरुदंड को ज्यादा बाईं ओर मोड़ कर और दाईं तैरती पसलियों के पृष्ठभाग को तानते हुए दाईं भुजा को आगे की ओर तानें(चित्र 302)। दो साँसें लें।

5. एक उच्छ्वसन के साथ बाएँ घुटने को बाईं भुजा से लपेट लें। दाईं कुहनी को मोड़ें, कमर के पृष्ठभाग पर दाईं कलाई रखें। श्वास लें और आसन को बनाए रखें।

6. गहरी साँसें लें, कंधे के पास से बाईं भुजा को पीठ के पीछे घुमाएँ। पीठ के पीछे दाएँ हाथ से बाएँ को या इसका उलटा दाएँ हाथ को बाएँ हाथ से पकड़ लें (चित्र 303 और 304)। आरंभ में व्यक्ति धड़ को तिरछे मोड़ने में कठिनाई महसूस करता है लेकिन अभ्यास से काँख मुड़े हुए घुटने को छू लेती है। घुटने को भुजा से लपेटने के बाद भी व्यक्ति एक हाथ की उंगुलियों को दूसरे हाथ की उंगुलियों के बीच फँसाने में कठिनाई महसूस करता है। वह धीरे-धीरे पीठ के पीछे उंगुलियाँ फँसाना सीखता है तब हथेली और कलाई के पास हाथ पकड़ना सीखता है।

7. दाईं भुजा से बायाँ मुड़ा घुटना कसकर जकड़ लेना चाहिए। दाईं काँख तथा मुड़े बाएँ घुटने के बीच अंतर नहीं होना चाहिए।

8. पीछे हाथों को परस्पर पकड़ने के बाद, इन पकड़े हाथों को खींचते हुए मेरुदंड को बाईं ओर और अधिक घुमाएँ।

9. बाहर फैली हुई पूरी दाहिनी टाँग सुरक्षित रूप से जमीन पर रहनी चाहिए, परंतु प्रारंभ में इस स्थिति को प्राप्त करने में आप असमर्थ होंगे। बाहर फैली हुई जाँघ की मांसपेशियों को कसें, जिससे घुटने की चक्की जाँघ की ओर खींची जाए और बाहर फैली हुई टाँग की पिंडली की मांसपेशियों को भी तानें। तब टाँगें जमीन पर फैली हुई और स्थिर रहेंगी।

10. स्वाभाविक श्वास लेते हुए आधे मिनट से एक मिनट तक इस स्थिति में रहें। जमीन पर फैली टाँग की उंगुलियों की ओर या कंधे की ओर एकटक देखने के लिए गर्दन को घुमाया जा सकता है।

11. पीठ पर के हाथों को खोल दें, और धड़ को पीछे की ओर मूल स्थिति में घुमाएँ। मुड़ी टाँग को नीचे करें और जमीन पर पूरी तरह फैलाएँ।

12. दूसरी ओर इस आसन को दुहराएँ। इस बार दाएँ घुटने को मोड़ें, जमीन पर दायाँ पैर मजबूती से रखें जिससे दाईं एड़ी मूलाधार का स्पर्श करे और दाएँ पैर का भीतरी भाग तनी बाईं जाँघ का स्पर्श करे। धड़ को करीब 90° पर दाईं ओर घुमाएँ जिससे बाईं काँख मुड़े हुए दाएँ घुटने को छूए। एक उच्छ्वसन के साथ दाएँ घुटने के चारों ओर बाईं भुजा लपेटें और बायाँ हाथ कमर के पीछे ले जाएँ। बाद में दाईं भुजा को कंधे से पीठ के पीछे झटकें और दाईं कुहनी को मोड़ कर दाएँ हाथ को बाएँ हाथ के पास लाएँ और उन्हें परस्पर मिलाएँ। दाईं ओर और अधिक घुमाएँ और तनी बाईं टाँग की उंगुलियों पर या दाएँ कंधे के ऊपर एकटक देखें। उतने ही समय के लिए इस ओर भी रहें। हाथों को खोल दें, धड़ को पीछे घुमाकर स्वाभाविक स्थिति में लाएँ, दाईं टाँग को जमीन पर तानें और आराम करें।

परिणाम

इस आसन के नियमित अभ्यास से पीठ की तीव्र वेदना, कटिपीड़ा और नितंबीय पीड़ा शीघ्र ही मिट जाती हैं। यकृत और प्लीहा सिकुड़ जाते हैं और इस प्रकार ठीक होते हैं, यह उन्हें सुस्त होने से रोकता है। गर्दन की मांसपेशियाँ शक्ति पाती हैं। कंधे की मोच और स्कंधास्थि का स्थलांतरण ठीक होता है और कंधों की क्रिया स्वाभाविक होती है। इस आसन से अँतड़ी को भी लाभ पहुँचता है। इसका प्रभाव दुबले व्यक्तियों पर कम होगा, जिनके लिए आगे अच्छे आसन बताए गए हैं। उदर के आकार को कम करने में यह मदद करता है।

115 मरीच्यासन चार ग्यारह* (चित्र 305)

यह प्रकार मरीच्यासन दो(चित्र 146) तथा मरीच्यासन तीन(चित्र 303) की क्रियाओं का योग है।

विधि

1. टाँगों को सामने सीधे तानकर बैठें(चित्र 77)।

2. घुटने के पास दाहिनी टाँग को मोड़ें और दाहिने पैर की दाहिनी जाँघ के मूल में रखें। दाहिनी एड़ी नाभि पर दबानी चाहिए और पैर की उंगुलियाँ तनी और सीधी होनी चाहिए। अब दाहिनी टाँग अर्ध पद्मासन की स्थिति में होगी।

3. घुटने के पास बाईं टाँग मोड़ें, बाएँ पैर की एड़ी और तलवे को जमीन पर रखें। नली को जमीन के लंबरूप रखें जिससे दाहिनी जाँघ और पिंडली एक-दूसरे का स्पर्श करें और बाईं एड़ी मूलाधार का स्पर्श करे।

4. उच्छ्वसन के साथ मेरुदंड को 90° पर बाईं तरफ घुमाएँ जिससे दाहिनी काँख दाहिनी जाँघ के बाहरी भाग का स्पर्श करे।

5. दायाँ कंधा बाएँ घुटने पर रखें और तरंगित पसलियों के पृष्ठभाग को तानते हुए मेरुदंड को बाईं ओर और अधिक घुमाते हुए दाहिनी भुजा को सामने फैलाएँ। श्वास लें।

6. श्वास छोड़ें, दाहिनी भुजा बाएँ घुटने के चारों ओर लपेटें, दाहिनी कुहनी को मोड़ें और अपनी कमर के पीछे दाहिना हाथ रखें। दाहिनी काँख में बायाँ घुटना कसकर बँधा होता है। श्वास लें।

7. अब गहरे उच्छ्वसन के साथ बाईं भुजा कंधे से पीठ के पीछे ले जाएँ और पीठ के पीछे दाहिने हाथ को बाएँ हाथ से पकड़ें। सीना तानें और मेरुदंड को ऊपर खींचें(चित्र 305 तथा 306)।

8. इस आसन में 30 सेकेंड के लिए रहें। साँस तेज़ होती जाएगी।

9. हाथों को छोड़ दें और टाँगें सीधी करें।

10. दूसरी ओर बाएँ के लिए दायाँ और दाएँ के लिए बायाँ पढ़ते हुए इस आसन को दुहराएँ। उतने ही समय के लिए दोनों ओर ठहरें। हाथों को छोड़ें और टाँगों को सीधा करें और आराम करें।

परिणाम

नाभि पर का एड़ियों का दबाव तथा पीठ के पीछे हाथों की पकड़ नाभि के चारों ओर की नाड़ियों को अनुप्राणित करती है। यह प्लीहा, यकृत तथा अग्न्याशय को ठीक करता है। स्कंधास्थि में संगृहीत कैल्शियम का पृथक्करण होता है और यह आसन कंधों की स्वतंत्र क्रिया को मदद करता है।

116 अर्ध मत्स्येंद्रासन एक आठ* (चित्र 311 तथा 312)

अर्ध का अर्थ आधा है। **हठयोग प्रदीपिका** में मत्स्येंद्र को हठविद्या का एक प्रवर्तक बताया गया है। यह कहा जाता है कि एक बार शिव निर्जन द्वीप में गए और उन्होंने अपनी सहचरी पार्वती को योगरहस्य बतलाया। तट के पास की मछली ने सब कुछ

ध्यान से सुना और सुनते समय वह निश्चल रही। शिव ने यह समझ कर कि मछली ने योग सीख लिया है, उस पर पानी छिड़का, तथा शीघ्र ही मछली ने दिव्यरूप प्राप्त कर लिया और मत्स्येंद्र बन गई और उसके बाद योगज्ञान का प्रचार किया। परिपूर्ण मत्स्येंद्रासन(चित्र 336 और 339) जिसमें मेरुदंड को सर्वाधिक पार्श्वगत मोड़ दिया जाता है, मत्स्येंद्र को समर्पित है। अर्ध मत्स्येंद्रासन उस आसन का सौम्य रूप है।

विधि

1. सीधे सामने टाँगों को ताने हुए जमीन पर बैठें(चित्र 77)।

2. बाएँ घुटने को मोड़ें, जाँघ और पिंडली को मिला दें, जमीन से बैठक ऊपर उठाएँ, नितंब के नीचे बाएँ पैर को रखें, और बाएँ पैर पर बैठें जिससे बाईं एड़ी बाएँ नितंब के नीचे रहे। टखनों का बाहरी भाग और पैर की छोटी उंगली जमीन पर टिकाए हुए बैठक के रूप में उपयोग किया जाए और जमीन पर समतल रखा जाना चाहिए। यदि पैर इस तरह नहीं रखा गया है तो उस पर बैठना असंभव होगा। इस स्थिति में संतुलन निश्चित रूप से करें।

3. बाद में दायाँ घुटना मोड़ें और जमीन पर से दाईं टाँग उठाकर बाईं जाँघ के बाहरी भाग के पास रखें जिससे दाएँ टखने का बाहरी भाग बाईं जाँघ के बाहरी भाग का जमीन पर स्पर्श करे। दाईं नली को लंबरूप में जमीन पर रखकर इस स्थिति में संतुलन करें(चित्र 307)।

4. बाईं काँख दाईं जाँघ के बाहरी भाग को छूने तक दाईं ओर 90° तक धड़ को घुमाएँ। दाएँ घुटने पर काँख ले आएँ(चित्र 308), श्वास छोड़ें, कंधे से बाईं भुजा तानें और दाएँ घुटने के चारों ओर लपेटें। बाईं कुहनी मोड़ें और बाईं कलाई कमर के पीछे की ओर ले जाएँ।

5. बाईं बाँह से, झुका हुआ दाहिना घुटना कसकर बँधा होना चाहिए और बाईं काँख और झुके बाएँ घुटने के बीच कोई अंतर नहीं होना चाहिए। यह प्राप्त करने के लिए श्वास छोड़ें और धड़ को आगे करें। इस आसन में रहें और दो साँसें लें।

6. अब गहरी साँस छोड़ें और दाहिनी भुजा को कंधे से पीछे की ओर ले जाएँ, दाहिनी कुहनी को मोड़ें, कमर के पीछे दाएँ हाथ को ले जाएँ और बाएँ हाथ से उसे पकड़ें या दाएँ से बायाँ हाथ पकड़ें। आरंभ में एक या दो उंगुलियाँ पकड़ पाएँगे। अभ्यास से हथेलियों को, बाद में कलाइयों को पीठ के पीछे पकड़ना संभव होगा(चित्र 309)।

7. गर्दन को बाईं ओर झुकाया जा सकता है और बाएँ कंधे पर ध्यान केंद्रित करें (चित्र 310) या दाईं ओर तथा भ्रूमध्य में केंद्रित करें(चित्र 311 तथा 312)। दाएँ की अपेक्षा यदि बाईं ओर गर्दन घुमाई जाती है तो मेरुदंडीय मोड़ अधिक होगा।

8. उर:प्राचीर मेरुदंडीय मोड़ से दब जाने के कारण पहले पहले श्वासक्रिया तेज़

और लघु हो जाती है। इससे हतोत्साह न हों। कुछ अभ्यास के बाद इस आसन में आधे मिनट से एक मिनट तक स्वाभाविक श्वासक्रिया के साथ रहा जा सकता है।

9. हाथों को मुक्त करें, जमीन से दाहिनी टाँग को हटाएँ, और दाहिनी टाँग को सीधा करें, बाद में बाईं टाँग को।

10. दूसरी ओर इस आसन को दुहराएँ और उतने ही समय के लिए इसमें रहें। दाहिनी टाँग को मोड़ें और दाहिने पैर पर बैठें जिससे दाईं एड़ी दाएँ नितंब के नीचे होगी। दाईं टाँग पर बाईं टाँग रखें और बायाँ पैर जमीन पर रखें, जिससे बाएँ टखने का बाहरी भाग बाईं जाँघ के बाहरी भाग का स्पर्श जमीन पर करे। बाएँ घुटने पर दाईं काँख रखकर धड़ को 90° बाईं ओर मोड़ें और बाएँ घुटने के चारों ओर दाईं भुजा लपेटें। दाईं कुहनी को मोड़ें और कमर के पीछे दायाँ हाथ ले जाएँ। इस स्थिति को बनाए रखें और दो साँसें लें। पुनः पूरी तरह श्वास छोड़ें और कंधे पर से बाईं भुजा पीछे ले जाएँ। बाईं कुहनी मोड़ें और कलाइयों के पृष्ठभाग पर हाथों को पीछे मिला लें। बाद में उन्हें छोड़ दें और आराम करें।

11. आरंभ में किसी भी भुजा के लिए विपरीत घुटने को लपेटना संभव नहीं होता। ऐसी स्थिति में कुहनी पर भुजा को सीधा रखते हुए विपरीत पैर को पकड़ने का प्रयत्न करें(चित्र 313 तथा 314)। पीठ के पीछे हाथों को मिलाने में कुछ समय लगता है। धीरे-धीरे भुजाओं का पीछे की ओर तनाव बढ़ेगा और व्यक्ति पहले उंगुलियों, उसके बाद हथेलियों, और बाद में कलाइयों और इस प्रकार स्थिति पर प्रभुत्व पाने पर कलाई के ऊपर अग्रभुजा भी पकड़ने में समर्थ होगा। नौसिखुए जो पैर पर बैठने में कठिनाई का अनुभव करते हैं, जमीन पर बैठ सकते हैं(चित्र 315 और 316)।

परिणाम

इस आसन के अभ्यास से व्यक्ति मरीच्यासन तीन (मुद्रा 114 चित्र 303) में वर्णित लाभ पाता है। परंतु इसमें क्रिया का विस्तार तीव्रतर होता है इसलिए परिणाम भी अपेक्षाकृत अधिक होता है। मरीच्यासन तीन में उदर का ऊपरी भाग दब जाता है। यहाँ उदर का निम्न भाग व्यायाम का लाभ पाता है। यदि कोई नियमित रूप से अभ्यास करता है तो शिश्नग्रंथियाँ तथा मूत्राशय नहीं बढ़ते।

117 मालासन एक आठ* (चित्र 321)

माला का अर्थ हार है।

इस आसन को करने की दो भिन्न विधियाँ हैं जो नीचे बतलाई गई हैं।

विधि

1. पैरों को साथ किए नितंब के बल उकड़ूँ बैठें। तलवों और एड़ियों को पूरी तरह जमीन पर टिका होना चाहिए। जमीन से बैठक ऊपर उठाएँ तथा संतुलन बनाएँ

(चित्र 317)।

2. घुटनों को फैलाएँ और धड़ को आगे की ओर करें।

3. श्वास छोड़ें, झुकी टाँगों के चारों ओर भुजाएँ लपेटें और हथेलियों को जमीन पर रखें(चित्र 318)।

4. पीठ के पीछे हाथ एक-एक कर ले जाएँ और उंगुलियों को पकड़ें(चित्र 319 तथा 320)।

5. पीठ को तानें तथा सिर को ऊपर करें।

6. स्वाभाविक श्वास लेते हुए इस आसन में 30 से 60 सेकेंड तक रहें।

7. अब श्वास छोड़ें, आगे की ओर झुकें, सिर को जमीन पर रखें(चित्र 321)। स्वाभाविक श्वास लेते हुए इस आसन में 30 से 60 सेकेंड तक रहें।

8. साँस लें, सिर जमीन पर से उठाएँ और स्थिति 5 में आ जाएँ।

9. हाथों को मुक्त कर दें और जमीन पर आराम करें।

परिणाम

यह आसन उदर के अवयवों को ठीक करता है और पीठ के दर्द को दूर करता है।

118 मालासन दो दो* (चित्र 322)

विधि

1. दोनों पैरों को एक साथ किए नितंब के बल उकड़ू बैठें। तलवों और एड़ियों को जमीन पर पूरी तरह टिका लें। जमीन पर से बैठक ऊपर उठाएँ तथा संतुलन बनाएँ (चित्र 317)।

2. जाँघों तथा घुटनों को फैलाएँ और घुटनों के परे काँख के फैलने तक धड़ को आगे ले जाएँ।

3. आगे की ओर झुकें, टखनों के पीछे का भाग पकड़ें ।

4. टखनों को पकड़ने के बाद श्वास छोड़ें, और पैर की उंगुलियों की ओर सिर झुकाएँ और ललाट को उनपर(उंगुलियों पर) टिकाएँ(चित्र 322)।

5. स्वाभाविक श्वास लेते हुए इस आसन में करीब एक मिनट रहें।

6. श्वास लें, सिर उठाएँ, टखनों की पकड़ छोड़ें और जमीन पर आराम करें।

परिणाम

इस आसन को करने से उदर के अवयवों को व्यायाम मिलता है और वे शक्ति प्राप्त

करते हैं। मासिक रक्तस्राव के समय पीठ की तीव्र वेदना से पीड़ित होनेवाली स्त्रियाँ इस आसन से आराम पाती हैं और पीठ की पीड़ा शांत होती है। इन दोनों आसनों में भुजाएँ गर्दन से माला की भाँति लटकती हैं, इसलिए आसन का यह नाम है।

119 पाशासन पंद्रह* (चित्र 328 तथा 329)

पाश का अर्थ रज्जु या रस्सी है। इस आसन में जमीन पर उकड़ू बैठ जाएँ, धड़ को किसी एक दिशा में 90° तक घुमाएँ, एक भुजा दोनों जाँघों के चारों ओर लपेटें और दूसरी भुजा कंधे पर से घुमाते हुए पीठ के पीछे दोनों हाथ परस्पर मिलाएँ। धड़ को टाँगों तक पकड़ने के लिए भुजाओं का रज्जु जैसा उपयोग किया जाता है इसलिए यह नाम है।

विधि

1. जमीन पर एड़ियों और तलवों को अच्छी तरह रखते हुए जमीन पर उकड़ूँ बैठें।

2. घुटनों और पैरों को एक साथ रखें, जमीन पर से बैठक ऊपर उठाएँ और संतुलन बनाएँ(चित्र 317)।

3. संतुलन रखते हुए दाहिने घुटने के पास दाहिनी जाँघ के बाहरी भाग के परे बाईं काँख होने तक धड़ को दाहिनी ओर 90° तक घुमाएँ(चित्र 323)। अधिक से अधिक घुमाव पाने के लिए बाएँ घुटने को एक इंच आगे की ओर मोड़ें।

4. श्वास छोड़ें, कंधे से बाईं भुजा को फैलाएँ(चित्र 324), बाईं काँख और दाईं जाँघ के बीच जरा भी अंतर न रहने दें, बाईं भुजा को दाईं जाँघ के चारों ओर घुमाएँ और बाईं कुहनी को बाईं टाँग की ओर मोड़कर बाएँ हाथ को बाएँ नितंब के पास ले आएँ। साँस लें।

5. श्वास छोड़ें, कंधे से दाहिनी भुजा को पीठ के पीछे घुमाएँ, दाहिनी कुहनी मोड़ें और पीठ के पीछे नितंब के पास उंगुलियों को परस्पर फँसा लें(चित्र 325)।

6. धीरे-धीरे हथेलियों को मिलाएँ(चित्र 326) और जब यह सध जाए, तो कलाइयों को पकड़ें(चित्र 327, 328 और 329)।

7. संतुलन बनाए रखने के लिए पिंडली की मांसपेशियों को कसें और यथासंभव मेरुदंड को दाहिनी ओर घुमाएँ और स्वाभाविक श्वास लेते हुए इस स्थिति में 30 से 60 सेकेंड तक रहें। गर्दन को घुमाएँ और कंधे की ओर एकटक देखें।

8. हाथ की पकड़ छोड़ें और दूसरी ओर इस आसन को दुहराएँ। धड़ को बाईं ओर घुमाएँ, बाईं जाँघ के चारों ओर दाईं भुजा को ले आएँ, दाहिनी कुहनी को मोड़ें, दाहिने नितंब के पास दाहिने हाथ को ले आएँ। अब एक उच्छ्वसन के साथ कंधे के पास से बाईं भुजा को घुमाएँ, बाईं कुहनी को मोड़ें और पीठ के पीछे दाहिने नितंब के पास दाहिने हाथ को बाएँ हाथ से पकड़ें।

परिणाम

यह आसन टखनों में शक्ति और लचीलापन लाता है। जिन लोगों को घंटों खड़े रहकर काम करना पड़ता है उनके पैरों को इस आसन से आराम मिलता है। यह मेरुदंड को ठीक रखता है और व्यक्ति को चुस्त बनाता है। कंधे सरलता से घूमते हैं और दृढ़तर होते हैं। यह आसन उदर के पास की मोटाई को कम करता है, उदर के अवयवों की मालिश करता है और साथ-साथ सीने को पूरी तरह से फैलाता है। अर्ध मत्स्येंद्रासन एक और दो(चित्र 311 तथा 330) की अपेक्षा यह अधिक कठिन है और इस कारण यह अधिक लाभकारी है। यह यकृत, प्लीहा तथा अग्न्याशय की मंदता को दूर करता है और मधुमेह से पीड़ित व्यक्ति के लिए यह उपयुक्त बताया जाता है। यह पाचनशक्ति को बढ़ाता है।

120 अर्ध मत्स्येंद्रासन दो उन्नीस* (चित्र 330 तथा 331)

अर्ध मत्स्येंद्रासन एक(चित्र 311) का यह एक प्रकार है और मेरुदंड को अधिक पार्श्वगत घुमाव देता है।

विधि

1. सामने सीधे टाँगें तानकर जमीन पर बैठें(चित्र 77)।

2. दाहिने घुटने को मोड़ें, नाभि पर एड़ी को दबाते हुए दाहिने पैर को उठाकर बाईं जाँघ के मूल पर रखें।

3. श्वास छोड़ें, बाईं ओर धड़ को 90° घुमाएँ, बाईं भुजा को कंधे पर से पीठ के पीछे ले जाएँ, बाईं कुहनी को मोड़ें और बाएँ हाथ से दाहिने टखने या नली को पकड़ें।

4. अंत तक बाईं टाँग जमीन पर सीधी तनी होनी चाहिए और बाएँ पैर का तलवा या अँगूठा दाहिने हाथ से पकड़ा जाना चाहिए और दाहिनी भुजा सीधी रखी जानी चाहिए। आरंभ में व्यक्ति बाईं टाँग को आरंभ से अंत तक तना हुआ रखने में कठिनाई का अनुभव करता है। ऐसी स्थिति में बाएँ घुटने को झुकाएँ, बाएँ पैर के अँगूठे को दाहिने हाथ से पकड़ें और तब दाहिनी भुजा और बाईं टाँग को सीधा तानें। गर्दन को दाहिनी ओर मोड़ें और दाहिने कंधे पर दृष्टि स्थिर करें(चित्र 330 तथा 331)।

5. घुटनों को एक-दूसरे के पास रखें, और स्वाभाविक साँस लेने का प्रयत्न करते हुए, जो शुरू में पार्श्वगत घुमाव के साथ तेज़ होगी, 30 से 60 सेकेंड तक इस स्थिति में रहें।

6. टाँगों पर की पकड़ छोड़ें, उन्हें सीधा करें, और दाहिनी की जगह बाईं और बाईं की जगह दाहिनी टाँग बदलकर दूसरी ओर इस आसन को दुहराएँ ।

7. दोनों ओर उतने ही समय के लिए ठहरें और तब आराम करें।

परिणाम

एक ओर सिकुड़कर और दूसरी ओर तनकर उदर के अवयव ठीक होते हैं। मेरुदंड के पार्श्वगत घुमाव के कारण पीठ दर्द, कमर दर्द और नितंबों के जोड़ों का दर्द शीघ्र ही दूर हो जाता है। गर्दन की मांसपेशियाँ अधिक सशक्त होती हैं और कंधों की क्रिया सहज होती है। यदि कोई आसन का अभ्यास नियमित रूप से करे तो शिश्नग्रंथियाँ तथा मूत्राशय की वृद्धि नहीं होगी। यह परिपूर्ण मत्स्येंद्रासन(चित्र 336 तथा 339) को, जिसमें मेरुदंड को अधिक से अधिक पार्श्वगत घुमाव दिया जाता है, प्राप्त करने में सहायता देता है।

121 अर्ध मत्स्येंद्रासन तीन बाइस* (चित्र 332 तथा 333)

विधि

1. सामने टाँगों को सीधा तानकर जमीन पर बैठें(चित्र 77)।

2. बाएँ घुटने को मोड़ें, एड़ी को नाभि पर दबाते हुए बाएँ पैर को दाहिनी जाँघ के मूल पर रखें।

3. दाहिने घुटने को मोड़ें, जमीन पर से दाहिनी टाँग उठाएँ और उसे बाईं जाँघ के बाहरी भाग पर रखें। तब जमीन पर दाहिने टखने का बाहरी भाग बाईं जाँघ के बाहरी भाग का स्पर्श करेगा। दो या तीन साँसें लें।

4. श्वास छोड़ें, धड़ को 90 तक दाहिनी ओर घुमाएँ, और बाएँ कंधे को दाहिने घुटने पर रखें। बाईं काँख और दाहिनी जाँघ के बीच किसी प्रकार का अंतर न छोड़ें और बाएँ हाथ से दाहिने पैर को पकड़ें।

5. कुहनी के पास मोड़ते हुए दाहिनी भुजा पीठ के पीछे ले जाएँ और दाहिने हाथ को पीठ पर रहने दें।

6. दाहिनी ओर गर्दन घुमाएँ, चिबुक उठाएँ, और भ्रूमध्य या नासिकाग्र पर अपनी दृष्टि केंद्रित करें(चित्र 332 और 333)।

7. इस आसन में यथाशक्ति करीब 30 से 60 सेकेंड तक रहें। साँस तेज होगी लेकिन उसे स्वाभाविक बनाने की कोशिश करें।

8. दाहिने पैर पर की पकड़ को छोड़ दें और उसे उठाकर बाईं जाँघ पर रखें और दाहिनी टाँग को सीधा तानें। बाद में बाईं टाँग को छोड़ दें और उसे सीधे बाहर फैलाएँ।

9. दूसरी ओर उतने ही समय के लिए इस आसन को दुहराएँ तथा आराम करें।

परिणाम

इससे उदर के अवयवों को व्यायाम और मालिश मिलती है और वे स्वस्थ रहते हैं।

यह मेरुदंड को ठीक करता है तथा उसे लचीला बनाता है। यह परिपूर्ण मत्स्येंद्रासन (चित्र 336 तथा 339) की प्रारंभिक अवस्था है।

122 परिपूर्ण मत्स्येंद्रासन अड़तीस* (चित्र 336 तथा 339)

परिपूर्ण का अर्थ समस्त या पूर्ण है। मत्स्येंद्र हठयोग के प्रवर्तकों में से एक थे।

हठयोग प्रदीपिका के 27वें श्लोक में कहा गया है कि मत्स्येंद्रासन जठराग्नि को सुलगाकर भूख को बढ़ाता है तथा शरीर के भयंकर रोग को दूर करता है। जब अभ्यास किया जाता है तो यह कुंडलिनी को जागृत करता है और चंद्रमा को स्थिर करता है।

यह कहा जाता है कि दाहिनी नासिका का श्वास ऊष्ण तथा बाईं नासिका का श्वास शीतल होता है। इसलिए दाहिनी नासिका के श्वास को सूर्यश्वास और दाहिनी नाड़ी को पिंगल(अग्नि के रंग का) कहा जाता है तथा बाईं नासिका के श्वास को चंद्रश्वास और बाईं नाड़ी को इड़ा कहा जाता है। चंद्र इड़ा में भ्रमण करते हुए समस्त प्रणाली में अमृत छिड़कता है और सूर्य पिंगल में भ्रमण करते हुए संपूर्ण प्रणाली को सुखा देता है, क्योंकि मानव शरीर को विश्व का सूक्ष्म चित्र बताया जाता है। यह कहा जाता है कि चंद्र तालु के मूल में स्थिर है और शीतल अलौकिक सुधा की बूँदें सतत टपकाता है जो जठराग्नि द्वारा खा लिए जाने से नष्ट हो जाती हैं। मत्स्येंद्रासन इसे रोकता है।

हठविद्या के प्रवर्तक मत्स्येंद्र को यह आसन समर्पित है।

विधि

1. सामने सीधे टाँगें तानकर जमीन पर बैठें(चित्र 77)।

2. दाएँ घुटने को मोड़ें और दाईं एड़ी से नाभि को दबाते हुए दायाँ पैर बाईं जाँघ के मूल पर रखें। बाएँ घुटने को ऊपर मोड़ें और सीने के पास ले आएँ।

3. श्वास छोड़ें, बाईं ओर धड़ को घुमाएँ और कंधे पर से बाईं भुजा घुमाते हुए पीठ के पीछे से बाएँ हाथ से दायाँ टखना पकड़ें(चित्र 334)। टखना कसकर पकड़ें। यही पहली अवस्था है।

4. बाएँ पैर को दाहिनी जाँघ के ऊपर से उठाकर दाएँ घुटने के बाहरी भाग के पास जमीन पर रखें(चित्र 335)। कुछ श्वास लें। यह दूसरी अवस्था है।

5. पुनः श्वास छोड़ें। बाएँ घुटने पर दायाँ कंधा लाने के लिए बाईं ओर धड़ को घुमाएँ और एकटक ऊपर देखें(चित्र 336)। यह आसन की अंतिम अवस्था है। यथाशक्ति 30 से 60 सेकेंड तक इस आसन में रहें। उरःप्राचीर पर दबाव होने के कारण साँस तेज़ होगी।

6. पहले बाएँ पैर पर की पकड़ को ढीला करें, उसे दाईं जाँघ पर से उठा कर सीधे फैलाएँ। बाद में दाएँ टखने पर की पकड़ छोड़ें और दाईं टाँग सीधे फैलाते हुए आराम करें।

7. इस आसन में मेरुदंड को अत्यधिक सीमा तक मोड़ दिया जाता है और इसलिए यदि उच्छ्वसन के साथ सारी क्रियाएँ की जाएँ तो यह आसान हो जाता है।

दूसरी ओर करने के लिए निम्नलिखित विधि को अभ्यास के लिए व्यवहार में लाया जाना चाहिए–

1. सामने सीधे टाँगों को ताने जमीन पर बैठें। बाएँ घुटने को मोड़ें और बाईं एड़ी से नाभि पर दबाव डालते हुए दाईं जाँघ के मूल पर बायाँ पैर रखें।

2. श्वास छोड़ें, धड़ को दाईं ओर घुमाएँ, कंधे पर से दाईं भुजा को झुलाएँ, दाहिने हाथ से बाएँ टखने को पीठ के पीछे से कसकर पकड़ें और दाईं टाँग ऊपर की ओर मोड़ें(चित्र 337)। यह पहली अवस्था है।

3. बायाँ पैर उठाकर बाईं जाँघ पर रखें और उसे बाएँ घुटने के बाहरी भाग के पास जमीन पर रखें(चित्र 338)। कुछ साँसें लें, यह दूसरी अवस्था है।

4. पुनः श्वास छोड़ें, बायाँ कंधा दाहिने घुटने के परे लाने के लिए धड़ को दाहिनी ओर घुमाएँ और बाएँ हाथ से दाहिना पैर पकड़ें। गर्दन को दाईं ओर घुमाएँ, चिबुक उठाएँ और ऊपर देखें(चित्र 339)। यह अंतिम अवस्था है। दूसरी ओर की भाँति उतने ही समय के लिए इस आसन में रहें।

5. दाएँ पैर की पकड़ को छोड़ें, उसे बाईं जाँघ पर उठाएँ और दाईं टाँग सीधी करें। बाद में बाएँ टखने पर की पकड़ छोड़ें, बाईं टाँग को सीधा करें और आराम करें।

परिणाम

यह कठिन पार्श्वगत क्रिया मेरुदंडीय नाड़ियों को रक्त की विपुल पूर्ति कर मेरुदंड को ठीक रखती है। यह जठरीय क्रिया को बढ़ाती है, अन्न को पचाने में सहायता देती है और विष को दूर करती है। मेरुदंड और उदर स्वस्थ होकर शरीर और मानस को शांति देते हैं। मेरुदंड को अत्यधिक पार्श्वगत घुमाव दिया जाता है।

123 अष्टावक्रासन तेरह* (चित्र 342 तथा 343)

यह आसन मुनि अष्टावक्र, जो सीता के पिता मिथिला नरेश राजा जनक के आध्यात्मिक गुरु थे, को समर्पित है। कहा जाता है कि जब वह मुनि माता के गर्भ में थे तब उनके पिता कगोल(या कहोल) ने वेद के पवित्र मंत्रोच्चारण करते समय अनेक गलतियाँ कीं। इन्हें सुनकर गर्भस्थ मुनि हँसा। उनके पिता क्रुद्ध हुए और उन्होंने अपने पुत्र को

अष्टावक्र होने का शाप दिया। इसलिए ऐसा हुआ कि जब वह पैदा हुआ उसके आठ अंग टेढ़े थे। इन वक्रों के कारण उनका अष्टावक्र नाम पड़ा। मिथिला के विद्वानों की सभा में मुनि के पिता दर्शन के शास्त्रार्थ में दंडी से पराजित हुए थे। जब वह मुनिकुमार एक महान पंडित हुआ उसने दंडी को तर्क के शास्त्रार्थ में नीचा दिखाकर तथा जनक का आध्यात्मिक गुरु बनकर अपने पिता के पराभव का बदला लिया। तब पिता ने आशीर्वाद दिया, उनकी कुरूपता(वक्रता) दूर हो गई और वे सुरूप हो गए।

विधि

1. लगभग 18 इंच की दूरी पर दोनों पैर फैलाकर खड़े हों।

2. घुटनों को मोड़ें, जमीन पर पैरों के बीच दाईं हथेली रखें और बाएँ पैर के ठीक बाहर जमीन पर बाईं हथेली रखें।

3. दाहिनी भुजा पर दाहिनी टाँग लाएँ और दाहिनी भुजा के पीछे ठीक कुहनी के ऊपर दाईं जाँघ का पृष्ठभाग टिकाएँ। बाईं टाँग को भुजाओं के बीच आगे परंतु दाहिनी भुजा के पास ले आएँ(चित्र 340)।

4. श्वास छोड़ें, जमीन पर से दोनों टाँगें उठाएँ। दाएँ पैर पर टखने के पास बायाँ पैर रखकर टाँगों को फँसाएँ(चित्र 341) और टाँगों को दाईं तरफ तिरछे फैलाएँ (चित्र 342)। दाईं भुजा, जाँघों के मध्य पकड़ में आ जाएगी और कुहनी पर जरा झुकी होगी। बाईं भुजा सीधी होनी चाहिए। स्वाभाविक श्वास-क्रिया के साथ कुछ सेकेंड के लिए इस स्थिति में हाथ पर संतुलन बनाएँ। यह पहली अवस्था है।

5. अब श्वास छोड़ें, कुहनियों को मोड़ें तथा जमीन के समानांतर होने तक धड़ तथा सिर को नीचे करें(चित्र 343)। स्वाभाविक श्वास लेते हुए सिर और धड़ को इस ओर से उस ओर घुमाएँ। यह दूसरी अवस्था है।

6. साँस लें, भुजाओं को सीधा करें, धड़ को उठाएँ(चित्र 342)। टाँगों को खोलें और ढीला करें और उन्हें जमीन पर ले आएँ।

7. ऊपर की 2 से 5 स्थितियों तक दाहिने के लिए बायाँ शब्द पढ़कर इस आसन को दूसरी ओर दुहराएँ।

परिणाम

यह आसन कलाइयों और भुजाओं को मजबूत बनाता है और उदर की मांसपेशियों को विकसित करता है।

124 एकहस्त भुजासन पाँच* (चित्र 344)

एक का अर्थ एक है। हस्त का अर्थ हाथ तथा भुजा का अर्थ बाहु है।

विधि

1. सामने सीधे टाँगें तानकर जमीन पर बैठें(चित्र 77)।

2. श्वास छोड़ें, दाहिनी टाँग घुटने पर मोड़ें और उसे दाहिने हाथ से टखने के पास पकड़ें और दाहिनी भुजा के ऊपर के पिछले भाग पर रखें। अब दाहिनी जाँघ का पिछला भाग दाहिनी भुजा के ऊपर के पिछले भाग का स्पर्श करेगा। यथाशक्ति उसे ऊपर रखें।

3. हथेलियाँ जमीन पर रखें और उच्छ्वसन के साथ जमीन पर से पूरे शरीर को उठाएँ और संतुलन करें(चित्र 344)।

4. स्वाभाविक श्वास लेते हुए 20 से 30 सेकेंड तक इस आसन में रहें।

5. संतुलन करते समय आदि से अंत तक बाईं टाँग सीधी और जमीन के समानांतर रखें।

6. श्वास छोड़ें, जमीन की ओर धड़ को झुकाएँ, दाईं टाँग को मुक्त करें, उसे सामने सीधा तानें और उतने ही समय तक दूसरी ओर इसे दुहराएँ।

परिणाम

यह आसन भुजाओं को मजबूत बनाता है और उदर के अवयवों को व्यायाम देता है।

125 द्विहस्त भुजासन चार* (चित्र 345)

द्वि का अर्थ दो या दोनों है, हस्त का अर्थ हाथ और भुजा का अर्थ बाहु है। यह एकहस्त भुजासन(चित्र 344) का एक रूप है।

विधि

1. 18 इंच की दूरी पर पैरों को फैलाकर खड़े हों।

2. घुटनों को मोड़ें और जमीन पर पैरों के बीच हथेलियाँ रखें।

3. दाहिनी भुजा पर दाईं टाँग रखें और दाहिनी भुजा के ऊपर के पिछले भाग पर दाईं जाँघ का पिछला भाग टिकाएँ। इस रीति से बाईं जाँघ को बाईं भुजा पर रखें।

4. श्वास छोड़ें, जमीन पर से पैरों को उठाएँ और हाथों पर संतुलन बनाएँ। भुजाओं को सीधा तानें और पैरों को एक साथ ऊँचा रखें(चित्र 345)।

5. स्वाभाविक श्वास लेते हुए करीब 20 से 30 सेकेंड तक इस स्थिति में रहें।

6. श्वास छोड़ें, कुहनियों को मोड़ें, जमीन की ओर शरीर को झुकाएँ, टाँगों को मुक्त करें, उन्हें सामने सीधा करें तथा आराम करें।

परिणाम

इसके परिणाम एकहस्त भुजासन के समान ही हैं।

126 भुजपीडासन आठ* (चित्र 348)

भुज का अर्थ बाहु या भुजा है। पीड(पीड़) का अर्थ पीड़ा या दबाव है। इस आसन में कंधे पर घुटनों के पीछे का भाग रखकर हाथों पर शरीर का संतुलन बनाया जाता है, अतः इसका यह नाम है।

विधि

1. ताडासन में खड़े हों(चित्र 1)। पैरों में लगभग दो फुट का अंतर होने तक टाँगों को फैलाएँ।

2. आगे की ओर झुकें और घुटनों को मोड़ें।

3. टाँगों के बीच हथेलियों को जमीन पर करीब डेढ़ फुट की दूरी पर अलग रखें(चित्र 346)।

4. भुजा के ऊपर के पिछले भाग पर जाँघ के पिछले भाग को टिकाएँ। कंधों और कुहनियों के बीच में भुजा के ऊपरी भाग के मध्य पर जाँघों को टिकाएँ।

5. इस स्थिति में जाँघों को रखते समय, आरंभ में जमीन पर से एड़ियों को ऊपर उठाएँ।

6. श्वास छोड़ें। धीरे-धीरे एक-एक कर जमीन पर से पैर की उंगुलियों को उठाएँ और हाथों पर संतुलन बनाए रखें(चित्र 347) और उसके बाद टखनों पर पैरों को परस्पर मिलाएँ(चित्र 348)। आरंभ में टाँगें फिसल जाएँगी और संतुलन में कठिनाई होगी। संतुलन के लिए प्रयत्न करें और भुजा के ऊपर के भाग पर जाँघों के पीछे का भाग यथाशक्ति ऊँचा उठाकर रखें। भुजाएँ कुहनी पर कुछ मुड़ी होंगी। प्रयत्न करें और जितना हो सके, भुजाएँ फैलाएँ और सिर ऊपर उठाएँ।

7. जबतक कलाई शरीर-भार सहन कर सकती है तबतक स्वाभाविक रूप से श्वास लेते हुए इस संतुलित स्थिति में रहें। एक-एक कर टाँगों को पीछे करते हुए पैर मुक्त करें(चित्र 349 तथा 350)। बाद में उन्हें जमीन पर रखें। जमीन पर से हाथों को उठा लें और ताडासन में खड़े हो जाएँ(चित्र 1)।

8. परस्पर मिलाए हुए टखनों की स्थिति बदलकर इस आसन को दुहराएँ। यदि आरंभ में बाएँ पैर पर टखने के पास दायाँ पैर रखा है तो इस आसन को दुहराने के लिए बाएँ पैर को दाएँ पैर के टखने के पास रखें।

परिणाम

इस आसन के अभ्यास से हाथ और कलाइयाँ मजबूत होती हैं। उसी प्रकार उदर के सिकोड़े जाने के कारण उदर के स्नायु सशक्त होते हैं। शरीर हलकेपन का अनुभव करता है। इस आसन के अभ्यास से, जिसमें किसी विशेष उपकरण अथवा व्यायाम

की आवश्यकता नहीं रहती, भुजा की छोटी मांसपेशियाँ विकसित एवं ठीक होती हैं। शरीर के विभिन्न अवयव भार और प्रतिभार की पूर्ति करते हैं। इसके लिए केवल इच्छाशक्ति(संकल्प) की आवश्यकता है।

127 मयूरासन नौ* (चित्र 354)

मयूर का अर्थ मोर है।

विधि

1. घुटनों को जरा अलग रखते हुए जमीन पर घुटने टेकें।

2. आगे की ओर झुकें, हथेलियाँ उलटें और उन्हें जमीन पर रखें। छोटी उंगुलियों को स्पर्श करना चाहिए। उंगुलियाँ पैर की ओर निकली हुई होनी चाहिए(चित्र 351)।

3. कुहनियाँ मोड़ें, अग्रभुजाओं को साथ रखें। कुहनियों पर उर:प्राचीर और भुजा के ऊपर के पिछले भाग पर सीने को टिकाएँ(चित्र 352)।

4. एक-एक कर टाँगों को सीधा तानें, दोनों को साथ और कड़ा रखें(चित्र 353)।

5. श्वास छोड़ें, कलाइयों और हाथों पर शरीर भार लें, जमीन पर से टाँगों को उठाएँ(एक-एक कर या एक साथ) और उसी समय धड़ और सिर को आगे की ओर तानें। टाँगों को सीधा तानते हुए और पैरों को एक साथ रखते हुए संपूर्ण शरीर को जमीन के समानांतर रखें(चित्र 354)।

6. जितनी देर तक संभव हो सके, धीरे-धीरे 30 सेकेंड से 60 सेकेंड तक समय बढ़ाते हुए इस स्थिति में रहें। पसलियों पर भार न दें। उर:प्राचीर के दब जाने से साँस श्रमित होगी।

7. जमीन पर पहले सिर और बाद में टाँगें ले आएँ। हाथों की बगल में जमीन पर घुटनों को रखें, तब हाथ उठाएँ और आराम करें।

8. इस स्थिति पर अधिकार पा लेने के बाद इस स्थिति का अभ्यास करते समय टाँगों को बाहर सीधे फैलाने की अपेक्षा पद्मासन(चित्र 104) की भाँति उन्हें परस्पर गूँथना सीखें। यह प्रकार पद्म-मयूरासन (आसन संख्या 128, चित्र 355) कहलाता है।

128 पद्म-मयूरासन दस* (चित्र 355)

परिणाम

यह आसन शरीर के उदरभाग को आश्चर्यजनक ढंग से ठीक करता है। उदरीय महाधमनी पर कुहनी का भार होने के कारण उदर के अवयवों में रक्त पूर्ण रूप से संचरित होता है। यह पाचनशक्ति बढ़ाता है, उदर और प्लीहा के रोगों को दूर करता है और

दोषपूर्ण भोजन की आदत से उत्पन्न होने वाले विषों के जमाव को रोकता है। मधुमेह से पीड़ित व्यक्ति इसे लाभदायक पाएँगे। जिस तरह मयूर साँपों का विनाश करता है उसी तरह यह आसन शरीर के विषों का नाश करता है। यह अग्रभुजाओं, कलाइयों तथा कुहनियों को सशक्त करता है।

129 हंसासन दस* (चित्र 356)

हंस का अर्थ मराल है। यह आसन मयूरासन(चित्र 354) से बहुत कुछ मिलता-जुलता है, इसमें केवल हाथों की स्थिति भिन्न है। मयूरासन में छोटी उंगुलियाँ छूती हैं और बड़ी उंगुलियाँ पैरों की ओर संकेत करती हैं। जबकि हंसासन में हाथ इस तरह रखे जाते हैं कि अँगूठे स्पर्श करते हैं और उंगुलियाँ सिर की ओर संकेत करती हैं। यह आसन आधुनिक व्यायाम के स्तंभ संतुलन का अनुकरण करता है।

विधि

1. जमीन पर थोड़े अंतर पर घुटने टेकें।

2. आगे की ओर झुकें और जमीन पर हथेलियाँ रखें। अँगूठे स्पर्श करें और उंगुलियों को आगे की ओर संकेत करना चाहिए।

3. कुहनियाँ मोड़ें और अग्रभुजाओं को एक साथ रखें। उर:प्राचीर को कुहनियों पर और सीने को भुजाओं के ऊपर के पृष्ठभाग पर टिकाएँ।

4. एक-एक कर टाँगों को सीधा तानें तथा उन्हें साथ रखें।

5. श्वास छोड़ें, धड़ को आगे करें, कलाइयों और हाथों पर शरीर भार लें, टाँगों को जमीन पर से उठाएँ, और पैरों को एक साथ मिलाए जमीन के समानांतर रखते हुए टाँगों को सीधा तानें(चित्र 356)।

6. जितनी देर तक कर सकते हों, उतनी देर बिना साँस रोके, इस स्थिति में संतुलन बनाएँ। हाथों की स्थिति के फलस्वरूप कलाइयों पर होनेवाले अत्यधिक दबाव के कारण अग्रभुजाएँ जमीन के समानांतर नहीं रहेंगी। मयूरासन की अपेक्षा हंसासन में संतुलन बनाना कठिन होता है। उर:प्राचीर के दब जाने के कारण श्वासक्रिया कठिन और श्रमित होगी। मयूरासन की तरह अग्रभुजाएँ शरीर भार नहीं ग्रहण करतीं।

7. श्वास छोड़ें, सिर और पैर की उंगुलियों को जमीन पर रखें, घुटनों को हाथों की बगल में जमीन पर रखें, कुहनियों पर से शरीर भार हटा लें, हाथ और सिर जमीन पर से उठा लें और आराम करें।

परिणाम

यह आसन शरीर के उदरीय भाग को ठीक रखता है, क्योंकि उदरीय महाधमनी पर कुहनियों का दबाव पड़ने के कारण, उदर के अवयवों में पर्याप्त रीति से रक्तसंचार

होता है। यह पाचनशक्ति को बढ़ाता है और पाचन प्रणाली में विष-संचार को रोकता है। यह कुहनियों, अग्रभुजाओं तथा कलाइयों को विकसित करता है एवं सशक्त बनाता है।

130 पिच्छ मयूरासन बारह* (चित्र 357)

पिच्छ का अर्थ पंख है। मयूर का अर्थ मोर है। वर्षा ऋतु के आने पर मयूर नृत्य करते हैं। आरंभ में वे अपने आम तौर पर नीचे झुके पंखों को ऊपर उठाते हैं और पंखे के आकार में फैला देते हैं। इस आसन में धड़ और टाँगें जमीन पर से उठाई जाती हैं और अग्रभुजाओं और हथेलियों पर शरीर को संतुलित किया जाता है। इस आसन में व्यक्ति नृत्यारंभ करनेवाले मयूर के समान दिखाई पड़ता है।

यह आसन नीचे दो चरणों में बताया गया है। दूसरे चरण में, संतुलन कुहनियों पर ही बनाया जाता है और जमीन पर से हाथ उठा लिए जाते हैं और हथेलियों की अंजलियों पर चिबुक स्थिर होता है। दूसरी अवस्था को शयनासन(चित्र 358) कहते हैं।

विधि

1. जमीन पर घुटने टेकें। आगे की ओर झुकें, कुहनियों, अग्रभुजाओं और हथेलियों को जमीन पर रखें। कुहनियों के बीच का अंतर कंधों के बीच के अंतर से अधिक नहीं होना चाहिए। अग्रभुजाएँ तथा हाथ एक-दूसरे के समानांतर रहें।

2. गर्दन को तानें और यथासंभव सिर ऊपर उठाएँ।

3. श्वास छोड़ें, टाँगों को ऊपर उठाएँ और सिर के पीछे टाँगों को बिना गिराए संतुलन बनाने की कोशिश करें(चित्र 357)।

4. सीने के भाग को लंबरूप में तानें। घुटनों और टखनों को सटाए रखते हुए टाँगों को लंबरूप में ताने रहें। पैर की उंगुलियाँ ऊपर की ओर निकली होनी चाहिए।

5. नितंब और घुटनों की मांसपेशियाँ कसें। संतुलन करते समय कंधों को ऊपर तानें और जाँघों को कड़ा रखें। एक मिनट के लिए संतुलन बनाएँ। यह प्रथम अवस्था है। आरंभ में, इस आसन को दीवार के सहारे कर संतुलन प्राप्त करने की कोशिश करें जिससे आप लुढ़क न जाएँ। धीरे-धीरे मेरुदंड तथा कंधों को तानना और सिर को ऊपर किए रहना सीखें, तथा संतुलन पर अधिकार कर लेने पर इस आसन को कमरे के बीच में करें।

6. प्रथम अवस्था को पूरा करने के उपरांत, जब संतुलन प्राप्त कर लिया जाता है, जमीन पर से एक-एक कर हाथ उठा लें, कलाइयों को मिला दें, हथेलियों की अंजलियाँ बनाकर उसे चिबुक के नीचे रखें। आसन की इस दूसरी अवस्था में कुहनियों पर ही शरीर संतुलित होता है। यह कठिन है परंतु निश्चय और नित्य अभ्यास से व्यक्ति इसे प्राप्त कर सकता है। यह दूसरी अवस्था आराम की अवस्था है।

131 शयनासन पंद्रह* (चित्र 358)

परिणाम

यह आसन कंधों और पीठ की मांसपेशियों को विकसित करता है। मेरुदंड को ठीक करता है और उदर की मांसपेशियों को फैलाता है।

132 अधोमुख वृक्षासन दस* (चित्र 359)

अधोमुख का अर्थ है नीचे की ओर मुख होना। वृक्ष का अर्थ पेड़ है। आधुनिक व्यायाम पद्धति में यह आसन बाँहों का संपूर्ण संतुलन है।

विधि

1. ताडासन में खड़े हों(चित्र 1)। आगे की ओर झुकें और दीवार से लगभग एक फुट की दूरी पर हथेलियाँ जमीन पर रखें। हथेलियों के बीच का अंतर कंधों के बीच के अंतर जितना ही होना चाहिए। भुजाओं को पूरी तरह ताने हुए रहें।

2. टाँगें पीछे ले जाएँ, और घुटनों को मोड़ें। साँस छोड़ें, और उछलकर टाँगों को ऊपर दीवार की ओर करें और संतुलन बनाएँ। यदि हाथों को दीवार से दूर रखा जाता है तो जब टाँगें दीवार पर आश्रित हैं, मेरुदंड पर झुकाव अधिक पड़ेगा और तनाव का कारण बनेगा। यदि दीवार से हाथ दूर रखे जाते हैं तो संतुलन बनाए रखना भी कठिन होता है। इस स्थिति में स्वाभाविक श्वास लेते हुए एक मिनट रहें।

3. दीवार के सहारे हाथों पर संतुलन का अभ्यास कर लेने के बाद, पैरों को दीवार से अलग हटाएँ। तब कमरे के बीच में इस आसन का अभ्यास करने का प्रयत्न करें। टाँगों को अच्छी तरह ताने हुए और पैर की उंगुलियाँ सीधी ऊपर की ओर निकली हुई रखें। जितना हो सके सिर को ऊपर उठाएँ(चित्र 359)।

परिणाम

यह आसन शरीर को लयबद्ध रूप से सुडौल बनाता है। यह कंधों, भुजाओं और कलाइयों को सशक्त बनाता है और सीने को पूर्ण विकसित करता है।

133 कूर्मासन चौदह* (चित्र 363 तथा 364)

कूर्म का अर्थ कछुआ है। यह आसन विश्वरक्षक विष्णु के कच्छप-अवतार को समर्पित है। अनेकानेक दिव्य निधियाँ अमृत के साथ ही, जिससे देवगण यौवन अक्षय रखा करते थे, विश्वव्यापी जलप्लावन में खो गईं। खोई निधियों की पुनः प्राप्ति के लिए देवताओं ने दैत्यों के साथ संधि की और सम्मिलित रूप से विश्वसागर के मंथन का कार्यारंभ किया। विष्णु विराट कच्छप हो गए और उन्होंने सागर-तल में डुबकी लगाई। उनकी पीठ पर मंदराचल मथानी की तरह विराजमान था और उस पहाड़ के

चारों ओर रस्सी के रूप में देवनाग वासुकि लपेटा गया। देवताओं और दैत्यों के सम्मिलित प्रयास से नाग को खींचकर पहाड़ को वेग से नचाया गया। इस तरह समुद्र मंथन हुआ। समुद्र मंथन से अमृत और ऐश्वर्य और सौंदर्य की देवी, विष्णु की पत्नी लक्ष्मी के साथ अनेक अन्य निधियाँ निकलीं।

इस आसन की तीन अवस्थाएँ हैं। अंतिम अवस्था अपने कवच में सिर तथा अवयवों को समेटे हुए कछुए का अनुकरण है और यह सुप्त कूर्मासन(चित्र 368) कहलाता है।

विधि

1. सामने सीधे टाँगें ताने जमीन पर बैठें(चित्र 77)। घुटनों के बीच का अंतर करीब डेढ़ फुट हो जाने तक दोनों टाँगें फैलाएँ।

2. घुटनों को मोड़ें और धड़ के सामने खींचकर उन्हें ऊपर उठाएँ ।

3. श्वास छोड़ें, धड़ को आगे की ओर झुकाएँ, और एक-एक कर दोनों हाथों को घुटनों के नीचे घुसाएँ(चित्र 360 तथा 361)। घुटनों के नीचे से भुजाएँ आगे ले जाएँ और उन्हें बगल में सीधी तानें। कंधों को जमीन पर रखें और हथेलियों को भी जमीन पर रखें(चित्र 362), फिर साँस लें।

4. श्वास छोड़ें, धड़ और अधिक फैलाएँ, गर्दन फैलाएँ और ललाट, बाद में चिबुक और अंत में सीना जमीन की ओर नीचे लाएँ। तब टाँगों को पुनः सीधा तानें (चित्र 363 तथा 364)। घुटने काँख के निकट होंगे और घुटनों का पृष्ठभाग भुजा के ऊपर के पृष्ठभाग को काँखों के पास स्पर्श करेगा।

5. चिबुक तथा सीना जमीन पर टिकने तक धीरे-धीरे तनाव बढ़ाते जाएँ। पूर्णतया टाँगों को भी फैलाएँ और एड़ियों को जमीन पर दबाएँ। यह पहली अवस्था है। 30 से 60 सेकेंड तक इस स्थिति में रहें।

6. अब कलाइयों को पलटें जिससे हथेलियाँ ऊपर की ओर हों, और टाँगें, धड़ तथा सिर को उसी स्थिति में रखते हुए भुजाएँ कंधों से पीछे ले जाएँ और उन्हें सीधा तानें जिससे अग्रभुजाएँ नितंबसंधि के पास हों(चित्र 365)। कुहनियों को बिना झुकाए 30 से 60 सेकेंड तक इस स्थिति में रहें। यह दूसरी अवस्था है।

7. घुटनों को मोड़ें और ऊपर उठाएँ। बाद में जमीन से सीना जरा-सा ऊपर उठाए कुहनियों पर मोड़ते हुए हाथों को पीठ के पीछे की ओर ले जाएँ और उन्हें परस्पर मिलाएँ(चित्र 366)।

8. अब सिर की ओर पैर खिसकाएँ, दाएँ पैर को बाएँ पैर पर अथवा ठीक इसके विपरीत(दाएँ पैर पर बायाँ पैर) रखकर टखने के पास पैरों को परस्पर मिलाएँ। (चित्र 367)।

9. श्वास छोड़ें, पैरों के बीच सिर डालें और ललाट जमीन पर रखें। सिर का पिछला

भाग, टखनों के पास मिलाए हुए पैरों को स्पर्श करेगा। यह अंतिम अवस्था है, जिसे सुप्त कूर्मासन (आसन संख्या 134, चित्र 368) कहते हैं।

134 सुप्त कूर्मासन चौदह* (चित्र 368)

इस स्थिति में 1 से 2 मिनट तक रहें। पैरों को मिलाते समय पैरों का स्थान बदलना उपयुक्त है, जिससे यदि आरंभ में दायाँ पैर बाएँ पैर पर रखा गया है तो पैरों का स्थान बदलते समय बायाँ पैर दाएँ पैर पर रखें। यह टाँगों को समान रूप में विकसित करता है।

10. साँस लें, सिर उठाएँ, हाथों और पैरों को मुक्त करें, टाँगों को सीधा तानें, जमीन पर झुकें और आराम करें।

11. ऊपर वर्णित तीनों अवस्थाओं में स्वाभाविक श्वास लेते रहें।

परिणाम

यह आसन योगी को समर्पित है। स्थितप्रज्ञ की विशेषताओं को बताते हुए श्रीकृष्ण अर्जुन से कहते हैं–"जिस प्रकार कछुआ अपने अंगों को सभी ओर से समेट लेता है, उसी प्रकार पुरुष जब सब ओर से अपनी इंद्रियों को विषयों से हटाकर अपने में समेट लेता है अर्थात् उन पर नियंत्रण प्राप्त कर लेता है, तब उसकी बुद्धि पूर्ण रूप से स्थिर होती है।" इस आसन में अंग समेटे जाते हैं और शरीर कछुए के रूप में होता है। मन शांत और संतुलित हो जाता है और व्यक्ति दु:ख या सुख में चित्त के समभाव को बढ़ाता है। जब काम-वासना, भय और क्रोध मन पर अपना अधिकार कम कर देंगे, यह धीरे-धीरे दु:ख की व्याकुलता से मुक्त और आनंद से उदासीन हो जाता है। शुद्ध शारीरिक स्तर पर इसके परिणाम भी बहुत हैं। यह मेरुदंड को ठीक करता है, उदर के अवयवों को सक्रिय करता है और व्यक्ति को फुर्तीला और स्वस्थ रखता है। यह मस्तिष्क के नाड़ी-तंतुओं को शांत रखता है और इसे पूरा करने के बाद वह ऐसा प्रफुल्लित होता है जैसे कि लंबी गहरी नींद से अभी जागा हो।

यह आसन योगाभ्यास की पंचम अवस्था अर्थात् प्रत्याहार(विषयों से इंद्रियों को परावृत्त करना) के लिए व्यक्ति को योग्य बनाता है।

135 एकपाद शीर्षासन पंद्रह* (चित्र 371)

एक का अर्थ एक है, पाद का अर्थ टाँग या पैर और शीर्ष का अर्थ सिर है।

विधि

1. सामने टाँगें सीधे फैलाएँ, जमीन पर बैठें(चित्र 77)।

2. घुटने को मोड़ें, बायाँ पैर उठाएँ और दोनों हाथों से बाएँ टखने को पकड़े हुए बाएँ पैर को धड़ के निकट ले आएँ(चित्र 369)।

3. साँस छोड़ें, बाईं जाँघ ऊपर पीछे की ओर ले जाएँ, धड़ को जरा-सा आगे ले आएँ और गर्दन के पृष्ठभाग पर बाईं टाँग रखें(चित्र 370)। बाईं टाँग के निचले हिस्से का बाहरी भाग, टखने के ठीक ऊपर गर्दन के पृष्ठभाग को स्पर्श करेगा।

4. गर्दन और सिर ऊपर उठाएँ, पीठ सीधी रखें, बाएँ टखने को सरकने दें और सीने के सामने हथेलियाँ मिलाएँ(चित्र 371)। तब बाईं जाँघ का पृष्ठभाग बाएँ कंधे के पृष्ठभाग का स्पर्श करेगा। यदि सिर ठीक तरह स्थिर नहीं है तो टाँग गर्दन पर से फिसल जाएगी। जमीन पर दाईं टाँग सीधी रहनी चाहिए। पूरी टाँग का पृष्ठभाग जमीन से सटा रहना चाहिए और पैर की उंगुलियाँ आगे की ओर निकली होनी चाहिए।

5. गहरी साँस के साथ 15 से 60 सेकेंड तक इस स्थिति में रहें।

6. हथेलियों को छोड़ दें, बाएँ टखने को दोनों हाथों से पकड़ें, बाईं टाँग को जमीन पर नीचे लाएँ और उसे सीधा करें।

7. गर्दन के पीछे दाईं टाँग रखकर, दाईं तरफ इस आसन को दुहराएँ। जमीन पर बाईं टाँग सीधी रहनी चाहिए। दोनों ओर समान अवधि तक इस स्थिति में रहें।

परिणाम

इस आसन के अभ्यास से गर्दन और पीठ सबल होती है, जबकि जाँघें और मंदिरशिरा की मांसपेशियाँ पूरी तरह तनती हैं।(उदर की मांसपेशियाँ सिकोड़ी जाती हैं और पाचनशक्ति बढ़ती है।) जब तक व्यक्ति इस आसन का अभ्यास नहीं करता है तब तक वह गर्दन पर पड़ी हुई टाँग के भार और दबाव का अनुभव नहीं कर सकता।

एकपाद शीर्षासन चक्र

निम्नलिखित आसन एकपाद शीर्षासन(चित्र 371) के क्रम में एक के बाद एक, एक साथ किए जा सकते हैं। उन्हें अलग अलग करने की आवश्यकता नहीं।

सर्वप्रथम, गर्दन के पृष्ठभाग पर एक टाँग चढ़ाकर एकपाद शीर्षासन करते हुए आसनों की संपूर्ण माला पूरी करें। बाद में एक या दो मिनट के लिए आराम करें और गर्दन के पृष्ठभाग पर दूसरी टाँग चढ़ाकर माला पूरी करें। ये आसन श्रमसाध्य हैं और इन पर अधिकार पाने के लिए दीर्घ अभ्यास की आवश्यकता है।

136 स्कंदासन सोलह* (चित्र 372)

स्कंद युद्धदेवता कार्तिकेय का नाम है। कालिदासलिखित महाकाव्य **कुमारसंभव** की विषयवस्तु इन्हीं के अवतार की कहानी है। एक बार तारकासुर के द्वारा देवगण उत्पीड़ित हुए। हिमालय पर्वत की रूपवती कन्या पार्वती और शिव के पुत्र द्वारा वह मारा जाएगा, ऐसी भविष्यवाणी की गई थी। परंतु अन्य देवताओं को शिव से पुत्रोत्पत्ति की आशा करना कठिन प्रतीत हुआ, क्योंकि अपनी पत्नी सती के देहांत के बाद वे

अटूट समाधि में लीन हो गए थे। पार्वती को, जो सती की पुनरावतार थीं, देवताओं ने शिव की सेवा करने के लिए भेजा। पार्वती ने अनेक प्रयत्न किए, पर शिव की समाधि भंग नहीं हुई। ऋतुराज वसंत तथा कामदेव ने पार्वती को शिवप्राप्ति के लिए पूर्ण रूप से सहयोग दिया। काम ने अपना विषयबाण उनपर चलाया और इस तरह उनकी समाधि भंग हो गई। शिव ने तीसरा नेत्र खोल दिया और उससे निकली ज्वाला से कामदेव जलकर भस्म हो गया। पूर्व जीवन के अपने पति को पाने के लिए पार्वती ने तपश्चर्या में शिव का साथ देने का निश्चय किया। उसने सारे अलंकार उतार दिए और निकटस्थ शिखर पर संन्यस्त जीवन बिताने लगी। कामबाण से आहत शिव ने इस वेष में उसे देखा और उस पर आसक्त हो गए। सभी देवगणों की उपस्थिति में शिव और पार्वती एक बड़ी सभा में विवाहबद्ध हुए। पार्वती ने युद्धदेव स्कंद को जन्म दिया जिसने यौवन प्राप्त करने पर तारकासुर का संहार किया।

विधि

1. एकपाद शीर्षासन करें(चित्र 371)।

2. एक उच्छ्वसन के साथ, धड़ को आगे की ओर झुकाएँ और पश्चिमोत्तानासन की भाँति दोनों हाथों से तनी हुई दाईं टाँग को पकड़ें(चित्र 160) और दाएँ घुटने पर चिबुक रखें।

3. टाँग को फिसलने से रोकने के लिए चिबुक को आगे ले जाएँ।

4. गहरी साँस लेते हुए करीब 20 सेकेंड तक इस स्थिति में रहें।

137 बुद्धासन बाइस* (चित्र 373)

बुद्ध का अर्थ है ज्ञानी। यह आसन स्कंदासन(चित्र 372) के अनुक्रम में है।

विधि

1. स्कंदासन(चित्र 372) के बाद गर्दन के पीछे बाईं टाँग रखें, साँस लें और सिर तथा धड़ को ऊपर उठाएँ।

2. बाएँ हाथ से बाएँ टखने को पकड़ें और टाँग को और भी नीचे करें।

3. दाईं भुजा कंधे से उठाएँ, उसे बगल की ओर ले जाएँ। बाएँ पैर के ऊपर से बाएँ टखने पर लाने के लिए अग्रभुजा को पीछे ले जाएँ(चित्र 373)।

4. गहरी साँस लेते हुए करीब 15 सेकेंड तक इस स्थिति में रहें। साँस लें, सिर और धड़ को ऊपर उठाएँ।

138 कपिलासन बाइस* (चित्र 374)

महामुनि कपिल सांख्यदर्शन के प्रवर्तक आचार्य थे। यह आसन बुद्धासन(चित्र 373) के अनुक्रम में ही है।

विधि

1. गर्दन के पृष्ठभाग पर बाईं टाँग रखें, बुद्धासन में हाथ की पकड़ को बनाए रखें, श्वास छोड़ें, धड़ को आगे की ओर झुकाएँ और पश्चिमोत्तानासन की भाँति चिबुक को बाहर किए हुए दाहिने घुटने पर रखें(चित्र 160)।

2. गहरी साँस लेते हुए 10 से 15 सेकेंड तक इस स्थिति में रहें। साँस लें, सिर तथा धड़ को उठाएँ और हाथ की पकड़ को छोड़ दें।

139 भैरवासन सोलह* (चित्र 375)

भैरव का अर्थ है भयानक, उग्र। यह शिव के आठ रूपों में से एक है।

विधि

1. कपिलासन(चित्र 374) में हाथ की पकड़ को छोड़ने के बाद श्वास छोड़ें, और पीछे की ओर लुढ़कें।

2. सीने पर भुजाओं को परस्पर गुँथाएँ। जमीन पर दाईं टाँग को सीधा ताने रखें (चित्र 375)।

3. गहरी साँस लेते हुए 20 सेकेंड तक इस स्थिति में रहें।

140 काल भैरवासन उन्नीस* (चित्र 378)

कालभैरव सृष्टि के प्रलय करनेवाले शिव का ही एक रूप है–काल अर्थात् विनाश का विग्रहावतार!

विधि

1. भैरवासन(चित्र 375) पूरा करने के बाद, सीने पर से भुजाओं को मुक्त करें। जमीन पर हथेलियाँ रखें और एकपाद शीर्षासन में वापस आ जाएँ। हथेलियाँ नितंबों की बगल में रखी जानी चाहिए।

2. दाईं टाँग को दाईं तरफ तिरछे ले जाएँ।

3. श्वास छोड़ें, जमीन पर से शरीर उठाएँ(चित्र 376) और दो साँसें लें।

4. श्वास छोड़ें, जमीन पर से दाईं भुजा उठाएँ, धड़ को दाईं ओर घुमाएँ और बाईं भुजा को दाईं जाँघ पर रखें(चित्र 377)। दो साँसें लें।

5. अब दाईं भुजा को लंबरूप में ऊपर तानें(चित्र 378)।

6. जमीन पर दाईं टाँग से 30° का कोण बनाते हुए बगल में बाईं हथेली और दाएँ पैर के बाहरी भाग पर संपूर्ण शरीर का संतुलन करें।

7. करीब 20 सेकेंड तक गहरी साँस लेते हुए इस स्थिति में रहें।

141 चकोरासन बीस* (चित्र 379 तथा 380)

चकोर तीतर के समान एक पक्षी है। कहा जाता है, इसका जीवननिर्वाह चंद्रकिरणों पर होता है।

विधि

1. काल भैरवासन(चित्र 375) के बाद, दाईं हथेली जमीन पर रखें, दाएँ घुटने को मोड़कर गर्दन के पीछे दाईं टाँग रख जमीन पर टेकें। इस तरह एकपाद शीर्षासन (चित्र 371) में वापस आएँ।

2. नितंबों की बगल में, जमीन पर हथेलियाँ दृढ़ रखें।

3. नितंबों को जमीन से ऊपर उठाएँ और हथेलियों पर शरीर का संतुलन करें। जमीन से 60° से 75° का कोण बनाने तक(चित्र 379 तथा 380) बाहर फैली हुई दाईं टाँग ऊपर उठाएँ। स्वाभाविक श्वास लेते हुए यथाशक्ति इस स्थिति में रहें।

142 दुर्वासासन इक्कीस* (चित्र 383)

दुर्वासा एक अति क्रोधी ऋषि का नाम था जिनका क्रोध अब एक कहावत बन गया है।

विधि

1. चकोरासन(चित्र 379) के बाद, बाहर फैलाई दाईं टाँग को जमीन पर रखें। दाएँ घुटने को मोड़ें और हथेलियाँ जमीन पर रखकर उकडू बैठें(चित्र 381)।

2. बाद में हथेलियों को दाईं जाँघ पर रखें। श्वास छोड़ें, दाईं जाँघ पर हथेलियाँ दबाएँ, धड़ को ऊपर उठाएँ और मांसपेशियों को अकड़ाकर रखते हुए तथा टाँग को सीधा रखते हुए, दाईं टाँग के बल पर धीरे-धीरे खड़े हो जाएँ(चित्र 382)।

3. कमर और सीने को ऊपर खींचे, सीने के सामने हाथों को परस्पर गुँथाएँ और दाईं टाँग पर शरीर संतुलित करें(चित्र 383), बाईं टाँग गर्दन के पिछले भाग पर आरपार, एक ओर से दूसरी ओर तक, पड़ी रहेगी। स्वाभाविक रूप से साँस लेने का प्रयत्न करें।

4. जितनी देर रह सकें उतनी देर इस स्थिति में रहें। चूँकि संतुलन करना कठिन है, आरंभ में दीवार अथवा किसी मित्र का सहारा लें।

143 रुचिकासन अठारह* (चित्र 384 तथा 385)

विष्णु के छठे अवतार भगवान परशुराम के दादा—एक ऋषि का नाम रुचिक था।

विधि

1. दुर्वासासन(चित्र 383) पूरा करने के बाद श्वास छोड़ें, धड़ को आगे की ओर झुकाएँ, दाएँ पैर के दोनों ओर हथेलियाँ रखें(चित्र 384 तथा 385)।

2. गर्दन के पृष्ठभाग से बाएँ पैर को फिसलने न देते हुए दाएँ घुटने पर सिर रखें। उत्तानासन की भाँति चिबुक दाएँ घुटने को स्पर्श करने तक गर्दन को बढ़ाते जाएँ (चित्र 48)।

3. स्वाभाविक साँस लेते हुए करीब 15 सेकेंड तक इस स्थिति में रहें।

4. दायाँ घुटना मोड़ें, जमीन पर बैठें, गर्दन के पृष्ठभाग से बाईं टाँग हटा लें और आराम करें।

5. बाद में दाईं टाँग गर्दन के पीछे रखें और बाएँ की जगह दायाँ तथा उसके ठीक विपरीत दाएँ की जगह बायाँ पढ़ते हुए ऊपर वर्णित आसनों की माला दुहराएँ।

एकपाद शीर्षासन माला के आसनों का परिणाम

आसनों की इस माला की विविध क्रियाएँ पूरे शरीर की स्नायुसंस्था, नाड़ी-संस्था एवं रक्ताभिसरणसंस्था को ठीक करती हैं। मेरुदंड को विपुल रक्त प्राप्त होता है, जिससे चक्र-(मेरुदंडस्थ विविध नाड़ीतंतुजाल) अर्थात् मानव शरीर यंत्र में संतुलन बनाए रखनेवाले चक्कों को ऊर्जा-शक्ति मिलती है। इन आसनों से सीना विकसित होता है, और श्वासक्रिया अधिक परिपूर्ण तथा शरीर अधिक सुदृढ़ होता है, शरीर का नाड़ी कंपन नहीं होता है और उससे होनेवाले रोग से व्यक्ति सुरक्षित रहता है, शरीर के प्रत्येक अंग को शुद्ध रक्त की पूर्ति कर तथा शुद्धीकरण के लिए अशुद्ध रक्त हृदय और फुप्फुस की ओर वापस लाकर विषों को दूर करने में भी ये आसन सहायता पहुँचाते हैं। इन आसनों के अभ्यास से रक्त के लाल कण(हेमोग्लोबिन) की मात्रा बढ़ती है, शरीर और मन बलवान होते हैं और कार्य-शक्ति बढ़ती है।

144 विरंच्यासन एक उन्नीस* (चित्र 386 और 387)

विरंच या विरंचि आदिदेव ब्रह्मा का ही एक नाम है, जिन्हें सृष्टि की उत्पत्ति का काम सौंपा गया है। ब्रह्मा-विष्णु-महेश इन त्रिदेवों में ब्रह्मा आदिम हैं।

विधि

1. टाँगों को सामने सीधा ताने बैठें(चित्र 77)।

2. दाएँ घुटने को मोड़ें और अर्ध पद्मासन में बाईं जाँघ के मूल पर दायाँ पैर रखें।

3. बाएँ घुटने को मोड़ें, पैर धड़ के निकट लाएँ और दोनों हाथों से बायाँ टखना पकड़ें। श्वास छोड़ें, बाईं जाँघ को ऊपर और पीछे खींचे, धड़ को जरा-सा आगे

झुकाएँ और गर्दन के पृष्ठभाग पर बाईं टाँग रखें। टखने के ठीक ऊपर का बाईं टाँग का बाहरी भाग गर्दन के पृष्ठभाग को स्पर्श करेगा।

4. सिर और गर्दन ऊपर उठाएँ, पीठ सीधी रखें और उनके ऊपर से बाएँ टखने को जाने दें।

5. अब बाईं भुजा को लंबरूप में ऊपर उठाएँ, उसे कुहनी पर मोड़ें और गर्दन के पृष्ठभाग पर फैलाई हुई बाईं टाँग पर पीछे ले जाएँ। दाईं भुजा नीचे करें, उसे कुहनी पर मोड़ें, दोनों पंखों के समतल तथा पंखों के बीच होने तक दाईं अग्रभुजा को पीठ के पीछे ऊपर उठाएँ। कंधों के बीच पीठ के पीछे हाथों को मिला लें(चित्र 386 तथा 387)।

6. स्वाभाविक श्वासक्रिया के साथ 10 से 20 सेकेंड तक इस स्थिति में रहें। हाथों को खोल दें, बाईं टाँग नीचे करें, दाईं को सीधा करें और 1 की स्थिति में वापस आ जाएँ।

7. दाएँ की जगह बायाँ और ठीक इसके विपरीत बाएँ की जगह दायाँ पढ़कर उतने ही समय तक दूसरी ओर इस आसन को दुहराएँ।

145 विरंच्यासन दो दस* (चित्र 388)

विधि

1. टाँगों को सामने सीधा ताने जमीन पर बैठें(चित्र 77)।

2. बाईं टाँग घुटने पर मोड़ें और उसे पीछे करें, बायाँ पैर नितंब-संधि पर रखें, पैर की उंगुलियों को पीछे की ओर संकेत करती हुई जमीन पर रखें। अब बाईं टाँग वीरासन में होगी(चित्र 89)।

3. बाद में, विरंच्यासन एक(चित्र 386) के लिए बताई विधि का अनुसरण करें।

परिणाम

ये दोनों आसन पीठ और गर्दन को सशक्त करते हैं जबकि इनमें कंधों की क्रिया अधिक सहज होती है। जाँघों और मंदिरशिरा की मांसपेशियाँ पूरी तरह फैलती हैं, उदरीय मांसपेशियाँ सिकोड़ी जाती हैं और पाचनशक्ति बढ़ती है।

146 योगनिद्रासन अठारह* (चित्र 391)

निद्रा का अर्थ है नींद। योगनिद्रा निद्रा और जागरण के बीच की अवस्था है। विश्व के एक युग के अंत में विष्णु की महानिद्रा को भी यह नाम दिया गया है।

इस आसन में पीछे गर्दन के पृष्ठभाग पर टाँगें परस्पर गुँथी होती हैं और हाथ पीछे

परस्पर मिले होते हैं, जो जमीन पर टिकते हैं। टाँगों से योगी का तकिया बनता है और पीठ उसकी चारपाई(बिछौना) है। इस आसन के अभ्यास से शरीर तत्काल गर्म हो उठता है। अत: बहुत ऊँचाई पर रहनेवाले योगी शरीर को गर्म रखने के लिए यह आसन करते हैं।

विधि

1. पीठ के बल जमीन पर लेट जाएँ(चित्र 219)।

2. दोनों घुटने मोड़ें और टाँगों को सिर पर ले आएँ।

3. श्वास छोड़ें, एकपाद शीर्षासन(चित्र 389) के समान दोनों हाथों से दायाँ पैर पकड़ें और उसे गर्दन के पृष्ठभाग पर ठीक तरह से रखते हुए दाईं टाँग दाएँ कंधे के पीछे से ले जाएँ।

4. कई बार साँस लेते हुए दाईं टाँग की वही स्थिति बनाए रखें।

5. श्वास छोड़ें, बाईं हथेली की सहायता से बाएँ कंधे के पीछे बाईं टाँग ले जाएँ और उसे दाईं टाँग के नीचे रखें(चित्र 390), टखनों पर पैरों को फँसा लें।

6. कंधे अच्छी तरह ऊपर उठाएँ, भुजाएँ पीठ के पीछे ले जाएँ और उंगुलियाँ परस्पर फँसाएँ(चित्र 391)। भुजाओं के ऊपर का पृष्ठभाग जाँघों के पृष्ठभाग का स्पर्श करता रहेगा। कुछ साँसें लें।

7. श्वास छोड़ें, सीने को अच्छी तरह ऊपर उठाएँ और गर्दन को पीछे की ओर तानें। यह अंतिम अवस्था है। यह सुप्त कूर्मासन(चित्र 368) की विपरीत स्थिति है। स्वाभाविक श्वास लेते हुए 30 से 60 सेकेंड तक इस स्थिति में रहें।

8. श्वास छोड़ें, पीठ के पीछे की हाथों की पकड़ तथा गर्दन के पीछे की टाँगों की पकड़ छोड़ दें।

9. कुछ समय के लिए टाँगों को सीधा रखकर आराम करें।

10. पहले बाईं टाँग को गर्दन के पृष्ठभाग पर तथा दाईं टाँग उसके नीचे रखकर उतने ही समय के लिए इस आसन को दुहराएँ।

11. हाथों और टाँगों की पकड़ छोड़ें और जमीन पर आराम करें।

12. पहले दोनों टाँगों को परस्पर गुँथाकर बाद में उन्हें गर्दन के पीछे न ले जाएँ। यह आसन की ठीक अनुभूति नहीं देगा। ध्यान रहे कि पहले एक टाँग गर्दन के पृष्ठभाग पर पीछे लानी है और बाद में दूसरी टाँग पहली टाँग के नीचे रखनी है। गर्दन के पीछे टाँगों को रखने के पहले गर्दन और पृष्ठप्रदेश को उठाएँ तथा कंधों को भी फैलाएँ जिससे सीने तथा टाँगों के बीच कंधे अटके न रह जाएँ। इससे निश्चित होगा कि आसन सही रूप में है।

परिणाम

इस आसन में मेरुदंड को आगे की ओर पूरा ताना जाता है और व्यक्ति पीठ में आनंददायक भावना का अनुभव करता है। आगे झुकनेवाले अच्छे आसनों में से यह एक है। पश्चिमोत्तानासन का अधिकाधिक तनाव भी ठीक अभ्यास, आराम और सुख की उतनी अनुभूति नहीं देता जितनी कि योगनिद्रासन के ठीक अभ्यास से होती है।

पीछे झुककर किए जानेवाले आसनों में फुप्फुस तथा उदर की मांसपेशियों को सर्वाधिक विस्तार दिया जाता है। इस आसन में फुप्फुस और उदर की मांसपेशियाँ पूर्णतया सिकोड़ी जाती हैं। थोड़े ही समय में इस आसन का अभ्यास गुर्दा, यकृत, प्लीहा, आँत, पित्ताशय, शिश्नग्रंथियों तथा मूत्राशय को ठीक करता है। इस आसन के सतत अभ्यास से उदर के अवयव रोगमुक्त होते हैं। यह जननग्रंथियों को व्यायाम देता है और शक्ति और बल देता है। इससे नाड़ी-तंतुओं को आराम मिलेगा और अच्छा विचार तथा अच्छे कार्य के लिए शरीर में शक्तिसंचय होगा।

147 द्विपाद शीर्षासन चौबीस* (चित्र 393)

द्विपाद(द्वि–दो या दोनों, पाद–टाँग या पैर) का अर्थ दोनों पैर है। एकपाद शीर्षासन (चित्र 371) में गर्दन के पृष्ठभाग के पीछे एक टाँग रखी जाती है। इस आसन में दोनों टाँगें उसी प्रकार रखी जाती हैं, हाथ सीने के सामने मुड़े होते हैं, शरीर बैठक के एक भाग(–पुच्छास्थि) पर संतुलित किया जाता है। यह कठिन है और व्यक्ति पीछे की ओर गिर जाने की स्थिति में होता है। यह आसन योगनिद्रासन(चित्र 391) से बहुत कुछ मिलता-जुलता है, लेकिन इसमें शरीर लंबरूप होता है जबकि योगनिद्रा में पीठ जमीन पर टिकी रहती है।

विधि

1. सामने टाँगें सीधी ताने जमीन पर बैठें(चित्र 77)।

2. घुटनों को मोड़ें और पैरों को धड़ के पास ले आएँ।

3. श्वास छोड़ें, दोनों हाथों से दाएँ टखने को पकड़ें, दाई जाँघ को ऊपर और पीछे की ओर खींचें, धड़ को जरा आगे झुकाएँ और एकपाद शीर्षासन की भाँति गर्दन के पृष्ठभाग पर दाईं टाँग रखें। तब दाएँ कंधे के पीछे के भाग को दाईं जाँघ का पृष्ठभाग स्पर्श करेगा। टखनों पर से हाथों को मुक्त करें और कुछ साँसें लें।

4. श्वास छोड़ें, बाएँ हाथ से बायाँ टखना पकड़ें, बाईं जाँघ को ऊपर और पीछे की ओर खींचें, और ऊपर बताए अनुसार बाईं टाँग दाईं टाँग पर रखें। टखने पर से हाथ मुक्त करें, पर पैरों को टखने पर परस्पर गुँथा हुआ ही रखें। नितंबों को सीधा संतुलित करें(चित्र 392)। इसके लिए अभ्यास की आवश्यकता होती है। स्वाभाविक श्वासक्रिया करने का प्रयत्न करें।

5. जमीन पर से हाथ उठाएँ, सीने के सामने उन्हें मोड़ लें और कुछ सेकेंड के लिए या 10 से 30 सेकेंड तक जितनी देर तक कर सकते हों, लंबरूप स्थिति में संतुलन बनाए रखें(चित्र 393)। यह अंतिम अवस्था है।

6. इस स्थिति में रहने के बाद, नितंबों के बगल में हथेलियाँ जमीन पर रखें, श्वास छोड़ें, भुजाएँ सीधी करें और हाथों पर भार लेकर शरीर को ऊपर की ओर उठाएँ। टखनों पर की गूँथन को न छोड़ें(चित्र 394)। अपनी शक्ति के अनुसार 10 से 20 सेकेंड तक इस स्थिति में रहें।

7. टखने पर की पैरों की गूँथन छोड़ दें, लंबरूप में टाँगों को ऊपर तानें और हाथ पर संतुलन बनाएँ। इसे टिट्टीभासन (आसन संख्या 148, चित्र 395) कहा जाता है।

148 टिट्टीभासन बाइस* (चित्र 395)

टिट्टिभ जुगनू के समान एक कीड़ा होता है।

कुछ सेकेंड तक इस स्थिति में ठहरने के बाद, घुटनों पर टाँगों को मोड़ें, जमीन की ओर शरीर को नीचे करें, भुजाओं पर से टाँगों को मुक्त करें और उन्हें सीधे सामने तानें और कुछ सेकेंड तक आराम करें।

8. इस बार पहले गर्दन के पृष्ठभाग पर बाईं टाँग रखें और बाद में दाईं टाँग बाईं टाँग के ऊपर रखकर उतने ही समय तक इन क्रियाओं को दुहराएँ। अंत में जमीन पर आराम करें।

परिणाम

इस आसन में फुप्फुस और उदर की मांसपेशियाँ सबसे अधिक कसकर सिकोड़ी जाती हैं। मेरुदंड को पूर्ण रूप से आगे की ओर तनाव मिलता है और उदर के अवयव इस व्यायाम से शीघ्र लाभ पाते हैं। योगनिद्रासन(चित्र 391) के परिणामों के समान ही इसका परिणाम है, परंतु इस आसन में जाँघें अधिक तनती हैं और गर्दन एवं मेरुदंड के त्रिककटीय भाग तथा उदर पर अधिक तनाव का अनुभव होता है।

149 वशिष्ठासन अठारह* (चित्र 398)

वशिष्ठ, सूर्यवंशी राजाओं के पुरोहित और अनेक वेदमंत्रों, विशेषतया ऋग्वेद के सातवें मंडल के रचयिता, एक प्रसिद्ध ऋषि तथा द्रष्टा थे। वे ब्राह्मणत्व के गौरव और शक्ति के विशेष प्रतिनिधि थे। वे उन सप्तर्षियों में से एक हैं जो सप्तर्षि तारा-मंडल के रूप में प्रसिद्ध हैं। उनके तथा विश्वामित्र के बीच चलनेवाली प्रतिस्पर्धा अनेक पुराणकथाओं का विषय बनी है। विश्वामित्र प्रारंभ में एक क्षत्रिय योद्धा थे, जिन्होंने बाद में धर्मनिष्ठा और वैराग्य से अपने को ब्राह्मण स्तर को पहुँचा दिया था।

यह आसन ऋषि वशिष्ठ को समर्पित है।

विधि

1. ताडासन में खड़े हों(चित्र 1)। आगे की ओर झुकें, हथेलियों को जमीन पर रखें और टाँगों को करीब 4 से 5 फुट इस तरह पीछे ले जाएँ मानो आप अधोमुख श्वानासन(चित्र 75) कर रहे हों।

2. शरीर को बाईं ओर तिरछे घुमाएँ और केवल दाएँ हाथ और पैर पर संतुलन बनाएँ। दाएँ पैर का बाहरी भाग जमीन पर अच्छी तरह टिका होना चाहिए। बायाँ पैर दाएँ पर रखें, बाईं हथेली बाएँ नितंब पर रखें, और शरीर सीधा रखकर संतुलन बनाएँ (चित्र 396)। इस स्थिति में संतुलन करने की कला सीखने के लिए दीवार से सटे रहें, जिससे दाएँ पैर का अंतर्भाग उस पर टिक सके।

3. श्वास छोड़ें, बाएँ पैर को घुटने पर मोड़ें, शरीर को जरा आगे की ओर करें और अँगूठा, तर्जनी तथा मध्यमा के बीच बाएँ पैर के अँगूठे को पकड़ें(चित्र 397)। बाईं भुजा और बाईं टाँग को लंबरूप में ऊपर की ओर खींचें (चित्र 398)। बाएँ पैर के अँगूठे पर की पकड़ सुप्त पादांगुष्ठासन में वर्णित की गई है, उसके अनुसार होगी (चित्र 284)। भुजाओं और टाँगों को कड़ा किए, गहरी श्वासक्रिया के साथ करीब 20 से 30 सेकेंड तक इस स्थिति में संतुलन बनाए रखें।

4. बायाँ हाथ एक बार फिर नितंब के पास ले आएँ।

5. श्वास छोड़ें, शरीर को बाईं ओर इस तरह घुमाएँ, जिससे वह केवल बाएँ हाथ और पैर पर संतुलित रहे। ऊपर निर्दिष्ट विधि का अनुसरण करते हुए तथा बाएँ के लिए दायाँ और दाएँ के लिए बायाँ पढ़ते हुए उतने ही समय तक इस ओर आसन को दुहराएँ।

परिणाम

यह आसन कलाइयों को पुष्ट करता है, टाँगों को व्यायाम देता है तथा मेरूदंड के कटिप्रदेश और गुदास्थिप्रदेश को ठीक करता है।

150 कश्यपासन उन्नीस* (चित्र 399 और 400)

यह आसन ब्रह्मा के पुत्र मरीची ऋषि के पुत्र कश्यप मुनि को समर्पित है। उन्होंने सृष्टि के निर्माण में महत्त्वपूर्ण भाग लिया था। कहा जाता है कि दक्ष की तेरह कन्याओं के साथ कश्यप ने विवाह किया था। उन्होंने अदिति से द्वादश(बारह) आदित्य और दिति से दैत्य(राक्षस) उत्पन्न किए। उन्हें अपनी अन्य पत्नियों से अनेक विचित्र संतानें थीं, जैसे–सर्प, रेंगनेवाले जंतु, पक्षी, चंद्र-ग्रह की अप्सराएँ। इस प्रकार वे सूर्य और सभी सजीव प्राणियों के पिता थे तथा उन्हें बहुधा प्रजापति कहा जाता है।

विधि

1. ताडासन में खड़े हों(चित्र 1), आगे की ओर झुकें, उत्तानासन(चित्र 47) की

तरह हथेलियों को जमीन पर टिकाएँ और अधोमुख श्वानासन(चित्र 75) की तरह करीब 4 से 5 फुट तक अपनी टाँगें पीछे ले जाएँ।

2. पूरे शरीर को दाईं ओर तिरछे घुमाएँ और दाएँ हाथ और पैर पर संतुलन करें। दाएँ पैर का बाहरी भाग जमीन पर अच्छी तरह जमा होना चाहिए। बायाँ पैर दाएँ पर रखें, बाएँ नितंब पर बाईं हथेली टिकाएँ और शरीर सीधा रखते हुए संतुलन बनाएँ (चित्र 396)।

3. श्वास छोड़ें, बाएँ घुटने को मोड़ें, अर्ध पद्मासन की तरह दाईं जाँघ के मूल पर बायाँ पैर रखें। कंधे पर से बाईं भुजा पीठ के पीछे झुलाएँ और बाएँ हाथ से बाएँ पैर का अँगूठा पकड़ें। यह अंतिम अवस्था है(चित्र 399 तथा 400)। गहरी श्वास-क्रिया के साथ इस स्थिति में कुछ देर तक संतुलन बनाए रखें। पूरा सीना तथा फैली दाईं भुजा की सतह एकसमान हों।

4. श्वास छोड़ें, बाएँ पैर को मुक्त करें, पुनः उसे दाएँ पर रखें और बाएँ हाथ को बाईं जाँघ पर रखें(चित्र 396)। कुछ गहरी साँसें लें।

5. श्वास छोड़ें, बाईं ओर शरीर को उलटें जिससे वह बाएँ हाथ और पैर पर संतुलित रहे। अर्ध पद्मासन में बाईं जाँघ के मूल पर दायाँ पैर रखें और दाएँ हाथ से पीठ के पीछे की ओर से दाएँ पैर का अँगूठा पकड़ें। दोनों ओर उतने ही समय के लिए संतुलन बनाएँ।

6. श्वास छोड़ें, दायाँ पैर छोड़ें, और उसे बाएँ पैर पर और दाएँ हाथ को दाईं जाँघ पर रखें।

7. जमीन पर दाईं हथेली रखें और उत्तानासन(चित्र 47) में वापस आ जाएँ, कुछ साँसें लें और एक उच्छ्वसन के साथ ताडासन(चित्र 1) में वापस आ जाएँ।

परिणाम

यह आसन हाथों को पुष्ट करता है और मेरुदंड के त्रिकास्थि प्रदेश की पीड़ा तथा अकड़न को दूर करता है।

151 विश्वामित्रासन बीस* (चित्र 403)

विश्वामित्र एक प्रसिद्ध ऋषि का नाम था। वह कान्यकुब्ज के राजा थे और मूलतः क्षत्रिय थे। एक दिन जब वे शिकार के लिए गए थे, ऋषि वशिष्ठ के आश्रम में पहुँचे और कामधेनु को देखकर उसके बदले उन्होंने ऋषि को अगणित निधियाँ देनी चाही। वशिष्ठ ने जब उनकी बात न मानी तब उसे बलात् ले जाने की चेष्टा की। दीर्घ काल तक लड़ाई चलती रही, जिसमें राजा की हार हुई। बुरी तरह संतप्त होने पर भी वे ब्राह्मणत्व की शक्ति से अत्यंत प्रभावित हुए बिना न रह सके। ऋषि, महर्षि, और अंत

में ब्रह्मर्षि, के पद तथा स्थान को सफलतापूर्वक प्राप्त करने तक राजा ने अत्यंत घोर तपस्या की, फिर भी वशिष्ठ द्वारा जब तक वह ब्रह्मर्षि नहीं कहलाए तब तक वह संतुष्ट नहीं हुए। जब वह कठोर तपश्चरण कर रहे थे, उस समय स्वर्ग की अप्सरा मेनका ने उन्हें आकृष्ट कर लिया। इस गर्भधारण से कालिदास के प्रसिद्ध नाटक की नायिका शकुंतला का जन्म हुआ।

यह आसन विश्वामित्र को अर्पित है।

विधि

1. ताडासन में खड़े हों(चित्र 1), आगे की ओर झुकें, हथेलियाँ जमीन पर टिकाएँ और अधोमुख श्वानासन(चित्र 75)की तरह टाँगें करीब 4 से 5 फुट तक पीछे ले जाएँ।

2. श्वास छोड़ें, दाईं टाँग दाएँ हाथ पर ले जाएँ और दाईं जाँघ का पृष्ठभाग दाईं भुजा के ऊपर के पिछले भाग पर रखें(चित्र 401)।

3. शीघ्र ही शरीर को दाईं ओर घुमाएँ, बाईं भुजा और बाईं जाँघ को एक साथ रखें और संतुलन बनाएँ(चित्र 402)।

4. बायाँ पैर तिरछे घुमाएँ और तलवे तथा एड़ी को जमीन पर दबाएँ।

5. दाईं टाँग सीधी ऊपर लाएँ और दो साँसें लें।

6. श्वास छोड़ें, बाईं भुजा कंधे से लंबरूप में ऊपर तानें और बाहर फैलाए बाएँ हाथ पर टकटकी लगाएँ(चित्र 403)।

7. गहरी साँस लेते हुए 20 से 30 सेकेंड तक इस आसन में रहें।

8. श्वास छोड़ें, दाईं टाँग ढीली छोड़ें और स्थिति 1 में वापस आ जाएँ।

9. ऊपर निर्दिष्ट विधि का पालन करते हुए दाएँ को बायाँ और बाएँ को दायाँ पढ़ते हुए दूसरी ओर उतने ही समय के लिए आसन को दुहराएँ।

परिणाम

यह आसन हाथों और उदर के अवयवों को पुष्ट करता है और जाँघ की मांसपेशियों को व्यायाम देता है।

152 बकासन नौ* (चित्र 406 तथा 410)

बक का अर्थ सारस या बगुला है।

इस आसन में शरीर तालाब में तैरनेवाले सारस का अनुकरण करता है, अतः यह नाम है।

यहाँ विधियाँ दो भिन्न रूपों में दी गई हैं। एक नौसिखुओं के लिए, दूसरी प्रगत साधकों के लिए।

विधि– नौसिखुओं के लिए

1. नितंब के बल पैर एक साथ रख उकड़ूँ बैठें। एड़ियाँ और तलवों को जमीन पर पूरी तरह टिका रहना चाहिए। जमीन पर से आसन उठाएँ और संतुलन करें (चित्र 317)।

2. घुटनों को अलग फैलाएँ और धड़ को आगे की ओर झुकाएँ।

3. साँस छोड़ें, मुड़ी टाँगों के चारों ओर भुजाएँ लपेट लें और हथेलियाँ जमीन पर रखें(चित्र 318)।

4. कुहनियों को मोड़ें, जमीन पर से एड़ियाँ उठाएँ, धड़ को और आगे की ओर झुकाएँ, काँख के पास बाँह के ऊपर के पृष्ठभाग पर नलियाँ टिकाएँ(चित्र 404)। दो या तीन साँसें लें।

5. साँस छोड़ें, आगे की ओर शरीर झुकाएँ और पैर की उंगुलियाँ जमीन पर से उठाएँ(चित्र 405)।

6. बाँह को सीधा तानें और हाथों पर पूरे शरीर का संतुलन बनाएँ(चित्र 406)।

7. इस स्थिति में 20 से 30 सेकेंड तक स्वाभाविक रूप से श्वास लेते हुए रहें।

8. श्वास छोड़ें, कुहनियों को मोड़ें, धड़ नीचा करें, काँख से टाँगों को ढीला करें और जमीन पर उकड़ू बैठें और आराम करें।

विधि– प्रगत साधकों के लिए

1. सालंब शीर्षासन(चित्र 192) करें।

2. श्वास छोड़ें, घुटने मोड़ें और टाँगें नीची करें, जिससे जाँघें पेट और सीने का स्पर्श करें।

3. यथासंभव काँख के पास दायाँ घुटना दाईं बाँह के ऊपर के पृष्ठभाग पर रखें। फिर उसी तरह बायाँ घुटना बाईं भुजा पर रखें। दोनों पैर साथ रखे जाने चाहिए (चित्र 407)। इस स्थिति को बनाए रखें और समान रूप से साँस लेते हुए संतुलन करें।

4. श्वास छोड़ें, धड़ को ऊपर उठाएँ, जमीन पर से सिर ऊपर उठाएँ(चित्र 408)। भुजाओं को तानें और सीधा करें और नितंबों को उठाएँ(चित्र 409)। गर्दन को बढ़ाएँ और यथासंभव सिर को ऊँचा करें(चित्र 410)।

5. उर:प्राचीर प्रदेश की मांसपेशियों को ताने हुए कुछ सेकेंड तक इस स्थिति में रहें। हाथों पर संतुलन बनाएँ। स्वाभाविक रूप से साँस लेने का प्रयत्न करें।

6. साँस छोड़ें, जमीन पर सिर टिकाएँ और सालंब शीर्षासन दो में आ जाएँ । बाद में टाँगें जमीन पर लाएँ और आराम करें। प्रगत साधक, शीर्षासन में ऊपर जाने के

बाद टाँगों को पीछे गिराकर और बाद में ताडासन(चित्र 1) में खड़े होकर ऊर्ध्व धनुरासन (चित्र 486) कर सकते हैं। जिसने विपरीत चक्रासन(चित्र 488 से 499) पर अधिकार कर लिया है ऊर्ध्व धनुरासन के अभ्यास के बाद उसके लिए यह आसन बहुत आसान होता है।

परिणाम

यह आसन भुजाओं तथा उदर के अवयवों को सशक्त बनाता है क्योंकि उदर के अवयव सिकुड़ते हैं।

153 पार्श्व बकासन सोलह* (चित्र 412)

पार्श्व का अर्थ है बगल, काँख, तिरछा; बक का अर्थ है बगुला या तैरनेवाला पंछी। इसमें टाँगें पार्श्वस्थ होती हैं।

विधि

1. सालंब शीर्षासन दो(चित्र 192) करें।

2. श्वास छोड़ें, घुटनों को मोड़ें, जिससे जाँघें उदर और सीने का स्पर्श करें।

3. दोनों जाँघों और टाँगों को एक साथ रखें, मुड़ी टाँगों और धड़ को तिरछे दाईं ओर घुमाएँ। दाईं बाँह के ऊपर के पृष्ठभाग पर बाईं जाँघ को यथासंभव काँख के पास स्थिर करें(चित्र 411)। कुछ गहरी साँसें लें और संतुलन करें।

4. बाद में एक उच्छ्वसन के साथ जमीन पर से सिर उठाएँ, उर:प्राचीर के पास मांसपेशियों को कड़ा करें, बाँहें सीधी करें और हाथों पर संतुलन बनाएँ(चित्र 412)। समान रूप से श्वास लेते हुए कुछ सेकेंड तक इस स्थिति में रहें। पूर्णतया मुक्त भुजा पर अधिक तनाव अनुभव किया जाएगा।

5. कुहनियाँ मोड़ें, जमीन पर सिर टिकाएँ(चित्र 411)। पुनः सालंब शीर्षासन एक में वापस आ जाएँ।

6. बाद में घुटनों को मोड़ लें, मुड़ी टाँगें बाईं ओर तिरछी घुमाएँ। बाईं बाँह के ऊपर के पृष्ठभाग पर दाईं जाँघ काँख के पास यथासंभव स्थिर करें। श्वास छोड़ें, जमीन पर से सिर उठाएँ और 4 की स्थिति की तरह संतुलन बनाएँ।

7. जमीन पर सिर रखकर सालंब शीर्षासन एक में पुनः आ जाएँ। बाद में प्रत्येक टाँग को जमीन पर लाएँ और आराम करें या ऊर्ध्व धनुरासन(चित्र 486) करें और ताडासन(चित्र 1) में खड़े हो जाएं। जब कोई विपरीत चक्रासन(चित्र 488 से 499) पर अधिकार कर लेता है तब ऊर्ध्व धनुरासन के बाद इसका अभ्यास आसान होता है।

परिणाम

यह आसन बाँहों को सशक्त बनाता है। इसके लगातार अभ्यास से उदर की पार्श्वगत मांसपेशियाँ बढ़ेंगी और आँतें मजबूत होंगी।

154 ऊर्ध्व कुक्कुटासन अठारह* (चित्र 417, 418 तथा 419)

ऊर्ध्व का अर्थ है ऊपर। कुक्कुट का अर्थ है मुर्गा। इस आसन में शरीर डौलदार मुर्गे जैसा होता है, अतः यह नाम है।

विधि

1. सालंब शीर्षासन दो करें(चित्र 192)।

2. स्थिरता प्राप्त करने के बाद दायाँ पैर बाईं जाँघ के मूल पर और बायाँ पैर दाईं जाँघ के मूल पर रखकर पद्मासन(चित्र 413) में आ जाएँ और तब एक उच्छ्वसन के बाद टाँगें मोड़ लें और उन्हें यथासंभव काँख के पास ऊपरी भुजाओं के पृष्ठभाग पर रखें(चित्र 414)। इस स्थिति को बनाए रखें और स्वाभाविक रूप से श्वास लेते हुए संतुलन बनाएँ।

3. श्वास छोड़ें, हथेलियाँ जमीन पर कसकर दबाएँ, धड़ को ऊपर खींचें और चित्र 415 तथा 416 में वर्णित क्रिया की अवस्थाओं का अनुसरण करते हुए सिर जमीन पर से उठाएँ। बाँह तानें और सीधी करें और नितंब उठाएँ। गर्दन बढ़ाएँ तथा सिर यथासंभव ऊँचा रखें(चित्र 417, 418 तथा 419)।

4. उर:प्राचीर प्रदेश की मांसपेशियों को तानते हुए कुछ सेकेंड तक हाथों पर संतुलन बनाएँ। स्वाभाविक रूप से श्वास लेने का प्रयत्न करें।

5. श्वास छोड़ें, कुहनियाँ मोंड़ें, चित्र 414 और 415 का अनुसरण करते हुए सिर को जमीन की ओर नीचा करें और पद्मासन के पादबंधन को मुक्त कर सालंब शीर्षासन में वापस आ जाएँ।

6. इस बार पहले बायाँ पैर दाईं जाँघ के मूल पर और दायाँ पैर बाईं जाँघ के मूल पर रखकर पुनः पद्मासन करें, तब ऊपर बतलाई गई विधि से इस आसन को दुहराएँ।

7. उतने ही समय के लिए दोनों ओर रहने के बाद सालंब शीर्षासन दो में वापस आ जाएँ। टाँगें जमीन पर लाएँ और आराम करें। प्रगत साधक टाँगों को पीछे की ओर गिराकर और भुजाएँ फैलाकर ऊर्ध्व धनुरासन(चित्र 486) कर सकते हैं और तब ताडासन(चित्र 1) में खड़े हों। जब कोई विपरीत चक्रासन(चित्र 488 से 499) पर अधिकार कर लेता है तब ऊर्ध्व धनुरासन के बाद यह आरामदायक अभ्यास होता है।

परिणाम

मेरुदंड अच्छी तरह तना होता है और पश्चिमोत्तानासन(चित्र 160) का परिणाम बहुत कम समय में प्राप्त किया जाता है। बाँहें और उदर के अवयव पुष्ट होते हैं।

यह सारे जटिल एवं कठिन आसन आसान आसनों की अपेक्षा शीघ्र परिणाम दिखाते हैं। जब शरीर लचीला हो जाता है तब सुगम आसन थोड़ा परिणाम दिखाते हैं या बिलकुल ही परिणाम नहीं दिखाते। अतः बुद्धिमान इन्हें नहीं अपनाते और जटिल आसनों का अभ्यास करते हैं, जैसे कि विद्वान प्रतिदिन वर्णमाला नहीं दुहराता है। लेकिन, जिस तरह नर्तक मूल ठेकों का नित्य अभ्यास करते हैं, ठीक उसी तरह योगाभ्यासी को शीर्षासन(चित्र 184 से 218) तथा सर्वांगासन(चित्र 234 से 271) का उनकी मालाओं के साथ प्रतिदिन अभ्यास करना चाहिए।

155 पार्श्व कुक्कुटासन चौबीस*

(चित्र 424 तथा 424 अ; 425 तथा 425 अ)

पार्श्व का अर्थ बगल, काँख है। कुक्कुट का अर्थ है मुर्गा।

विधि

1. सालंब शीर्षासन दो करें(चित्र 192)।

2. पहले दायाँ पैर बाईं जाँघ के मूल पर रखें, उसके बाद बायाँ पैर दाईं जाँघ के मूल पर रखकर पद्मासन करें(चित्र 413)। स्थिरता प्राप्त करने के बाद श्वास छोड़ें, धड़ को दाईं ओर घुमाएँ(चित्र 420) और टाँगें नीची करें, जिससे बाईं जाँघ दाईं बाँह के ऊपर के पृष्ठभाग पर टिके(चित्र 421)। इस स्थिति को बनाए रखें और धड़ के पार्श्वगत घुमाव के कारण कुछ तेज़ परंतु समान रूप से श्वास लेते हुए कुछ देर तक संतुलन बनाएँ।

3. यह आसन कठिन है, इसका दुष्करतम अंश जाँघ को सामने के हाथ पर रखना है। आरंभ में जाँघ को उचित जगह पर रखते समय संतुलन बनाना कठिन होता है और व्यक्ति प्रायः तेज़ झटके के साथ जमीन पर बैठ जाता है।

4. साँस छोड़ें, जमीन पर कसकर हाथ दबाएँ, जमीन पर से सिर उठा लें (चित्र 422) और धड़ को खींचें(चित्र 423)। बाँह तानें और सीधी रखें तथा नितंबों को उठाएँ। गर्दन को आगे बढ़ाएँ और यथासंभव सिर को ऊपर उठाए रखें(चित्र 424)।

5. यह अंतिम अवस्था है। कुछ सेकेंड के लिए जितनी देर तक आप कर सकते हैं, हाथों पर शरीर को संतुलित करें। बाईं बाँह पर दबाव ज़्यादा होगा जो स्पष्ट रूप से मुक्त है।

6. श्वास छोड़ें, कुहनी मोड़ें, जमीन की ओर सिर नीचे करें और पुनः शीर्षासन दो में ले जाएँ। बाद में पद्मासन के पादबंधन को छोड़ें।

7. कुछ देर तक शीर्षासन में रहें। इस बार पहले बायाँ पैर दाईं जाँघ के मूल पर और फिर दायाँ पैर बाईं जाँघ के मूल पर रखकर पुनः पद्मासन करें। बाद में इस

स्थिति को बाईं ओर दुहराएँ(चित्र 425)। इस स्थिति में दाईं जाँघ बाईं बाँह के ऊपरी पृष्ठभाग पर टिकेगी। बाईं ओर शरीर का संतुलन करते समय पद्मासन में टाँगों की स्थिति में परिवर्तन करना आवश्यक है। यदि वे नहीं बदली गईं तो भुजा के विरुद्ध ऊपर के पृष्ठभाग पर जाँघ का टिकाना अत्यंत कठिन होगा।

8. दोनों ओर उतने ही समय के लिए रहें।

9. अनुच्छेद 4 और 7 में बताई गई विधि के अनुसार उन स्थितियों को पूरा कर लेने के बाद अनुच्छेद 6 के पादबंधन को छोड़े बिना बाईं ओर शरीर घुमाने के लिए प्रयत्न किया जा सकता है, बाईं भुजा के ऊपरी भाग पर दाईं जाँघ टिकाएँ, जमीन पर से सिर उठाएँ और संतुलन करें(चित्र 424 अ)।

10. शीर्षासन दो में वापस आ जाएँ। उसके बाद परस्पर गुँथी टाँगों को बदले बिना शरीर को दाईं ओर घुमाते हुए अनुच्छेद 7 से आसन पूरा कर, बाईं जाँघ को दाईं भुजा के ऊपर के भाग पर रखने का प्रयत्न करें, जमीन पर से सिर उठाएँ और संतुलन बनाएँ (चित्र 425 अ)।

11. सभी स्थितियों में समान अवधि तक इस आसन में रहें । बाद में शीर्षासन दो में आ जाएँ, जमीन पर टाँगों को रखें और आराम करें। अथवा ऊर्ध्व धनुरासन (चित्र 486) करें और उसके बाद ताडासन(चित्र 1) में खड़े रहें। विपरीत चक्रासन (चित्र 488 से 499) पर अधिकार प्राप्त कर लेने के बाद और ऊर्ध्व धनुरासन के अभ्यास के बाद यह एक आनंददायक अभ्यास होता है।

परिणाम

व्यक्ति ऊर्ध्व कुक्कुटासन(चित्र 419) से अधिक इसमें लाभ यह पाता है कि इस प्रकार में मेरुदंड में पार्श्वगत ऐंठन कुछ ज्यादा होती है। वह सुचारु रूप से कार्य करता है। सीना, भुजाएँ और उदर की मांसपेशियाँ और अवयव सबलतर होती हैं और जीवनशक्ति बढ़ती है।

156 गालवासन सोलह* (चित्र 427 और 428)

गालव ऋषि विश्वामित्र के शिष्य थे। यह आसन उन्हें समर्पित है।

विधि

1. सालंब शीर्षासन दो करें(चित्र 192)।

2. दायाँ पैर बाईं जाँघ के मूल पर और बायाँ पैर दाईं जाँघ के मूल पर रखकर पद्मासन में आ जाएँ(चित्र 413)। साँस छोड़ें, धड़ मोड़ें, जिससे जाँघें सीने और उदर का स्पर्श करें।

3. कुछ साँसें लें, धड़ को दाईं ओर मोड़ें और एक उच्छ्वसन के साथ मुड़ी टाँगों

को दाहिनी बाँह के ऊपर के पृष्ठभाग पर, जहाँ नलियाँ एक-दूसरे के विपरीत होती हैं, यथासंभव काँख के पास नीचे करें(चित्र 426)। इस स्थिति में रहें, कुछ गहरी साँसें लें, और संतुलन बनाएँ।

4. श्वास छोड़ें, जमीन से सिर उठाकर शरीर को ऊपर खींचें, उर:प्राचीर के पास मांसपेशियों को तानें, भुजाएँ सीधी करें, हाथ पर संतुलन बनाएँ(चित्र 427)। अपनी शक्ति के अनुसार कुछ सेकेंड तक इस आसन में रहें। इस आसन में बाएँ कंधे तथा भुजा पर, जो स्पष्ट रूप से मुक्त है, ज्यादा दबाव अनुभव किया जाता है।

5. कुहनियाँ मोड़ें, जमीन पर सिर रखें और पद्मासन के पादबंधन को छोड़े बिना सालंब शीर्षासन दो में आ जाएँ।

6. श्वास छोड़ें, धड़ को झुकाएँ, बाईं भुजा के ऊपर के पृष्ठभाग पर टाँगें टिकाएँ और जिस तरह दाईं ओर किया उसी तरह संतुलन करें(चित्र 428)।

7. कुहनियाँ मोड़ें, जमीन पर सिर रखें और सालंब शीर्षासन दो करें और पाद-बंधन को खोलें। इस बार पहले बायाँ पैर दाईं जाँघ के मूल पर रखकर और बाईं जाँघ के मूल पर दायाँ पैर रखकर पुन: पद्मासन करें। ऊपर बताई गई विधि के अनुसार इस आसन को दुहराएँ।

8. पुन: सिर जमीन पर रखकर सालंब शीर्षासन दो करें। फिर दोनों टाँगें जमीन पर लाएँ और आराम करें या ऊर्ध्व धनुरासन(चित्र 486) करें और ताडासन(चित्र 1) में खड़ें हों। जब कोई विपरीत चक्रासन(चित्र 488 से 499) पर अधिकार कर लेता है तब ऊर्ध्व धनुरासन के अभ्यास के बाद यह अभ्यास आरामदेह होता है।

परिणाम

इस आसन के लगातार अभ्यास से कलाइयाँ और उदर के अवयव सबल होंगे और उदर की पार्श्वगत मांसपेशियाँ भी विकसित होंगी। मेरुदंड अधिक लचीला होगा और गर्दन और कंधे अधिक सशक्त होंगे। यह आसन शीर्षासन(चित्र 184), पद्मासन (चित्र 104) और पश्चिमोत्तानासन(चित्र 160) का सम्मिलित परिणाम देता है।

157 एकपाद गालवासन इक्कीस* (चित्र 431 तथा 433)

एक का अर्थ एक है, पाद का अर्थ टाँग है, गालव एक ऋषि का नाम है।

विधि

1. सालंब शीर्षासन दो(चित्र 192) करें ।

2. श्वास छोड़ें, अर्ध पद्मासन की भाँति दायाँ पैर बाईं जाँघ के मूल पर रखें तथा टाँगें जमीन के समानांतर होने तक धड़ को झुकाएँ।

3. घुटने पर बाईं टाँग मोड़ें। कुछ गहरी साँसें लें। श्वास छोड़ें और बाईं भुजा के

ऊपर के पृष्ठभाग पर दायाँ पैर रखें। पैर रखते समय उसे इस तरह घुमाएँ कि पैर की उंगुलियाँ उस दिशा की ओर संकेत करें जिधर हाथ की उंगुलियाँ करती हैं। दाएँ घुटने को दाईं भुजा के ऊपर के पृष्ठभाग पर टिकाएँ(चित्र 429)।

4. दाईं टाँग की स्थिति बनाए रखें और कुछ साँसें लें। बाईं टाँग सीधी तानें और जमीन के समानांतर रखें(चित्र 430)।

5. श्वास छोड़ें, और जमीन पर से सिर उठाकर अपना शरीर ऊपर उठाएँ। बाईं टाँग सीधी और जमीन के समानांतर रहती है। कुहनियाँ मुड़ी होती हैं, बाँह के ऊपरी भाग जमीन के समानांतर होते हैं और अग्रभुजाएँ कलाइयों से कुहनियों तक लंबाकार रहती हैं(चित्र 431)।

6. गर्दन उठाएँ और सिर यथासंभव ऊँचा रखें। कुछ सेकेंड तक इस स्थिति में रहें। चूँकि उर:प्राचीर दबा होता है, साँस तेज़ और श्रमसाध्य होगी।

7. बाईं टाँग घुटने पर मोड़ें, जमीन पर सिर रखें और पुन: सालंब शीर्षासन दो में आ जाएँ।

8. कुछ गहरी साँसें लें और इस बार अर्ध पद्मासन की भाँति बाईं टाँग मोड़कर बायाँ पैर दाईं भुजा के ऊपर के पृष्ठभाग पर और बायाँ घुटना बाईं भुजा के ऊपर के पृष्ठभाग पर रख आसन को दुहराएँ तथा जमीन पर से सिर उठाएँ(चित्र 432 तथा 433)। दोनों ओर उतने ही समय के लिए ठहरें। पुन: शीर्षासन में आ जाएँ।

9. यह आसन टाँगों को जमीन पर रखकर पूरा किया जा सकता है या ऊर्ध्व धनुरासन(चित्र 486) और बाद में ताडासन(चित्र 1) में खड़े होकर। जब व्यक्ति विपरीत चक्रासन(चित्र 488 से 499) पर अधिकार कर लेता है तब यह अभ्यास ऊर्ध्व धनुरासन के अभ्यास के बाद आनंददायक होता है।

परिणाम

यह आसन कलाइयों को पुष्ट करता है। पैरों का दबाव पेट पर पड़ता है जिससे उदर के अवयवों की मालिश हो जाती है।

158 द्विपाद कौंडिन्यासन बाईस* (चित्र 458)

द्विपाद(द्वि–दो या दोनों; पाद–टाँग या पैर) का अर्थ दोनों पैर है। कौंडिन्य ऋषि वशिष्ठ के परिवार से संबंधित थे और कौंडिन्य गोत्र के प्रवर्तक थे। यह आसन उन्हें अर्पित है।

विधि

1. सालंब शीर्षासन दो करें(चित्र 192)।

2. श्वास छोड़ें और जमीन के समानांतर होने तक टाँगों को एक साथ सीधे नीचे करें(चित्र 434)। यहाँ कुछ ठहरें और कुछ साँसें लें।

3. श्वास छोड़ें, दाईं ओर धड़ जरा-सा घुमाएँ और दोनों टाँगों को दाईं ओर मोड़ें (चित्र 435)। दाईं भुजा पर दोनों टाँगों को एक साथ रखें जिससे घुटने के ऊपर बाईं जाँघ का बाहरी भाग यथासंभव काँख के निकट दाहिनी बाँह के ऊपर के पृष्ठभाग पर टिके(चित्र 436)।

4. संतुलन करें और कुछ साँसें लें। फिर श्वास छोड़ें और जमीन पर कसकर हथेलियाँ दबाते हुए जमीन पर से सिर उठाएँ(चित्र 437)। तब धड़ उठाएँ और गर्दन तानें(चित्र 438)। यह अंतिम स्थिति है जिसमें जमीन के समानांतर आकाश में टाँगें होंगी, उस समय धड़ मुड़ा हुआ होने के कारण श्वासक्रिया तेज होगी। 10 से 20 सेकेंड तक जितनी देर संभव हो संतुलन करें। बाएँ कंधे और भुजा पर, जो स्पष्ट रूप से मुक्त हैं, ज्यादा दबाव का अनुभव होगा।

5. घुटनों को मोड़ें, जमीन पर सिर टिकाएँ और पुनः सालंब शीर्षासन दो करें। कुछ समय के लिए यहाँ ठहरें और उपर्युक्त रीति के अनुसार आसन को बाएँ को दायाँ और दाएँ को बायाँ पढ़कर बाईं ओर दुहराएँ। इस स्थिति में बाईं भुजा के ऊपर के पृष्ठभाग पर दाईं जाँघ टिकेगी। दोनों ओर उतने ही समय के लिए ठहरें। पुनः शीर्षासन करें।

6. इस आसन को पूरा करने के लिए या तो जमीन पर टाँग ले आएँ और आराम करें या ऊर्ध्व धनुरासन(चित्र 486) करें और ताडासन(चित्र 1) में खड़े हों। जब व्यक्ति विपरीत चक्रासन(चित्र 488 से 499) पर अधिकार प्राप्त कर लेता है तब ऊर्ध्व धनुरासन के बाद यह अभ्यास आनंददायक होता है।

परिणाम

यह आसन उदर के अवयवों को ठीक रखता है, इससे बड़ी आँत सक्रिय होती है और उसके अंदर के विष दूर होते हैं। इसमें अच्छी तरह तनी टाँगों पर संतुलन करने के लिए अनुभव की आवश्यकता होती है। पार्श्वगत क्रियाओं से मेरुदंड और अधिक लचीला होगा और गर्दन और भुजाएँ सबल होंगी।

159 एकपाद कौंडिन्यासन एक तेईस* (चित्र 441)

एक का अर्थ एक है। पाद का अर्थ टाँग या पैर है। कौंडिन्य एक ऋषि का नाम है।

विधि

1. सालंब शीर्षासन दो करें(चित्र 192)।

2. श्वास छोड़ें, जमीन के समानांतर होने तक दोनों टाँगों को एक साथ सीधे नीचे करें(चित्र 434), थोड़ा ठहरें और कुछ साँसें लें ।

3. श्वास छोड़ें, टाँगों को मोड़ें और बाईं टाँग को दाईं ओर बगल में घुमाएँ। दाईं भुजा के ऊपर के पृष्ठभाग पर बाईं टाँग रखें जिससे बाईं जाँघ का बाहरी भाग

घुटने के ऊपर यथासंभव दाईं काँख के निकट रहे(चित्र 439)। कुछ साँसें लें और संतुलन करें।

4. बाईं टाँग सीधे तिरछे और दाईं टाँग ठीक सीधे पीछे तानें(चित्र 440)। दो साँसें लें।

5. श्वास छोड़ें, जमीन से सिर ऊपर उठाएँ, भुजाएँ फैलाएँ और हाथ पर संतुलन बनाएँ। दोनों टाँगों को सीधा और घुटनों के पास तना रखें(चित्र 441)। यह अंतिम अवस्था है। 30 सेकेंड तक यथाशक्ति इस आसन में स्वाभाविक रूप से श्वास लेते हुए रहें।

6. दोनों घुटनों को मोड़ें, श्वास छोड़ें, जमीन पर सिर रखें और पुनः शीर्षासन करें। स्वाभाविक रूप से श्वास लेते हुए कुछ समय के लिए इस स्थिति में ठहरें।

7. दूसरी ओर उतने ही समय के लिए इस आसन को बाएँ को दायाँ और दाएँ को बायाँ पढ़कर दुहराएँ। इसमें बाईं भुजा के ऊपर के पृष्ठभाग पर दाईं जाँघ रहेगी और बाईं टाँग पीछे की ओर सीधी तनी होगी। स्थिति 6 में बताए अनुसार पुनः शीर्षासन करें।

8. इस आसन को पूरा करने के लिए या तो जमीन पर टाँगों को रखें और आराम करें या ऊर्ध्व धनुरासन(चित्र 486) करें और ताडासन(चित्र 1) में खड़े रहें। जब व्यक्ति विपरीत चक्रासन(चित्र 488 से 499) पर अधिकार पा लेता है तब यह अभ्यास ऊर्ध्व धनुरासन के बाद आनंददायक होता है।

परिणाम

इस आसन में टाँगों का दबाव पेट पर पड़ने से उदर के अवयवों की मालिश होती है। मेरुदंडीय मोड़ मेरुदंड को जीवन देता है और सबल बनाता है। भुजाएँ और गर्दन सशक्त होती हैं।

160 एकपाद कौंडिन्यासन दो चौबीस* (चित्र 442 और 443)

विधि

1. दाईं टाँग को दाईं भुजा के ऊपर के पृष्ठभाग पर रख विश्वामित्रासन(चित्र 403) करें।

2. श्वास छोड़ें, जमीन पर बाईं हथेली रखें। सिर और धड़ को जमीन की ओर ले जाएँ। दोनों कुहनियों को मोड़ें, शरीर को जमीन के समानांतर रखें; दोनों टाँगों को सीधा तानें और पैर की उंगुलियों को जमीन से ऊपर उठाएँ। जितनी देर तक संभव हो शरीर का संतुलन हाथों पर करें। बाईं टाँग पीछे की ओर सीधी तनी होगी जबकि दाईं टाँग दाईं ओर तनी हो। दाईं जाँघ का आंतरिक भाग दाईं बाँह के ऊपर के पृष्ठभाग पर टिकता है(चित्र 442 और 443)।

3. यह आसन बहुत दुष्कर है, और अधिकार पाने के लिए इसके नित्य कठिन अभ्यास की आवश्यकता होती है। श्वासक्रिया तेज और कठिन होगी। गर्दन को तानें और सिर को ऊँचा रखें।

4. जमीन पर बाईं टाँग रखें, दाईं टाँग को दाईं भुजा से हटाएँ और कुछ समय तक आराम करें।

5. अब दूसरी ओर, बाईं भुजा के ऊपर के पृष्ठभाग पर बाईं टाँग और दाईं टाँग पीछे सीधी कर इस आसन को दुहराएँ। इस स्थिति में उतने ही समय के लिए दोनों ओर रहें।

6. प्रगत साधक एकपाद कौंडिन्यासन एक(चित्र 441) की विधि का अनुसरण करते हुए सालंब शीर्षासन दो(चित्र 192) कर सकते हैं पर चित्र 444 के अनुसार एक टाँग उसी तरफ की बाँह के ऊपर के पृष्ठभाग पर रखें और बाद में जमीन से सिर उठाए हुए दोनों टाँगों को जमीन के समानांतर एवं सीधा रखें।

7. दूसरी ओर उस आसन को दुहराएँ और शीर्षासन दो(चित्र 192) की स्थिति में आ जाएँ, ऊर्ध्व धनुरासन करें(चित्र 486) और ताडासन(चित्र 1) में खड़े हों, या विपरीत चक्रासन(चित्र 488 से 499) करें।

परिणाम

यह आसन भुजाओं, उदर के अवयवों और जाँघ की मांसपेशियों को पुष्ट करता है।

161 एकपाद बकासन छब्बीस* (चित्र 446 और 447)

एक का अर्थ एक है। पाद का अर्थ टाँग या पैर है। बक का अर्थ सारस या बगुला है।

विधि

1. सालंब शीर्षासन दो करें(चित्र 192)।

2. श्वास छोड़ें, जमीन के समानांतर होने तक दोनों टाँगों को नीचा करें (चित्र 434)। दाएँ घुटने को मोड़ें, काँख के निकट जितना संभव हो सके, दाईं नली को दाईं बाँह के ऊपर के पृष्ठभाग पर रखें। बाईं टाँग को आकाश में जमीन के समानांतर रखें(चित्र 445)। इस स्थिति को बनाए रखें और स्वाभाविक रूप से श्वास लेते हुए संतुलन करें।

3. श्वास छोड़ें, धड़ को ऊपर उठाएँ, जमीन पर से सिर उठाएँ और गर्दन को आगे की ओर तानें। शरीर को जमीन के समानांतर रखने की कोशिश करें और बाईं कुहनी पर शरीर का कोई अंग न टिकाएँ(चित्र 446 और 447)।

4. मेरुदंड का पूरा विस्तार कर तथा टाँगों को ताने हुए 10 से 20 सेकेंड तक इस

आसन में रहें। स्वाभाविक रूप से श्वास लेने का प्रयत्न करें। इस आसन में संतुलन करना जरा कठिन है।

5. बाईं टाँग को मोड़ें, जमीन पर सिर रखें। श्वास छोड़ें और सालंब शीर्षासन दो की स्थिति में वापस आएँ।

6. दाईं टाँग को जमीन के समानांतर सीधे आकाश में तानें। इस आसन को बाईं ओर उतने ही समय के लिए दुहराएँ।

7. सालंब शीर्षासन दो में आ जाएँ, जमीन पर टाँगें रखें और आराम करें। प्रगत साधक ऊर्ध्व धनुरासन(चित्र 486) कर ताडासन(चित्र 1) में खड़े हो सकते हैं। जब व्यक्ति विपरीत चक्रासन(चित्र 488 से 499) पर अधिकार पा लेता है तब यह अभ्यास ऊर्ध्व धनुरासन के बाद आनंददायक होता है।

परिणाम

इस आसन में अवयव या उदर एक ओर सिकोड़ा जाता है और दूसरी ओर ताना जाता है। इस आसन में संतुलन करने के लिए उदर की मांसपेशियों और अन्य अवयवों पर भुजाओं से अधिक जोर पड़ता है।

162 एकपाद बकासन दो पचीस* (चित्र 451 तथा 452)

विधि

1. सालंब शीर्षासन दो करें(चित्र 192)।

2. श्वास छोड़ें, जमीन के समानांतर होने तक टाँगें नीचे करें(चित्र 434)। बाएँ घुटने को मोड़ें, बकासन की भाँति(चित्र 410) बाईं नली को बाईं भुजा के ऊपर के पृष्ठभाग पर यथासंभव काँख के निकट टिकाएँ। दाईं भुजा के बाहर होने तक दाईं टाँग दाईं ओर बढ़ाते जाएँ जिससे दाईं जाँघ का आंतरिक भाग दाईं भुजा के ऊपर के पृष्ठभाग का स्पर्श करे(चित्र 448)।

3. श्वास छोड़ें, धड़ को ऊपर उठाएँ, जमीन पर से सिर ऊपर करें और गर्दन को आगे की ओर तानें(चित्र 449 और 450)। दाईं टाँग को सामने लाएँ, जमीन का स्पर्श किए बिना उसे सीधा तानें। भुजाओं को सीधा तानें और संतुलन करें(चित्र 451 तथा 452)।

4. मेरुदंड और दाईं टाँग के पूर्ण विस्तार के साथ 10 से 20 सेकेंड तक इस आसन में रहें।

5. दाएँ घुटने को मोड़ें, जमीन पर रखें और सालंब शीर्षासन दो की स्थिति में आएँ(चित्र 192)।

6. बाईं टाँग सामने सीधी ताने हुए और मुड़ी दाईं टाँग को दाईं भुजा के ऊपर के पृष्ठभाग पर रखे हुए इस आसन को दूसरी ओर उतने ही समय के लिए दुहराएँ।

7. इस आसन को पूर्ण करने के दो तरीके हैं। आप सीधे सामने तनी टाँग को मोड़ सकते हैं। बाद में शीर्षासन करें और टाँगों को नीचे करें। यदि आपने इस प्रणाली पर अधिकार प्राप्त कर लिया है तो दूसरी प्रणाली अपनाने का प्रयत्न कर सकते हैं। इसमें आप टाँग सामने सीधे ताने रहते हैं। बाद में कुहनियों को मोड़ें, मुड़ी टाँग को पीछे की ओर तानें और उसे सीधे बिना जमीन का स्पर्श कराए जमीन के समानांतर रखें। सारा शरीर और सिर जमीन से ऊपर रखें। अब आप एकपाद कौंडिन्यासन दो(चित्र 442 तथा 443) में होंगे। बाद में श्वास छोड़ें, जमीन पर सिर टिकाएँ, दोनों टाँगों को मोड़ें और शीर्षासन दो में आ जाएँ। विपरीत चक्रासन(चित्र 488 से 499) के साथ ऊर्ध्व धनुरासन(चित्र 486) करें।

परिणाम

उदर के अवयव और मांसपेशियों के साथ-साथ हाथ, सीना और पीठ अधिक पुष्ट होते हैं। इसमें हमारा अपना शरीर भार उठाने वाले यंत्र की भाँति होता है और यह विभिन्न दिशाओं में शरीर के विभिन्न अवयवों को भार वहन के लिए गतिशील करता है। इस तरह सारे अवयव शक्ति प्राप्त करते हैं।

163 योगदंडासन उन्नीस* (चित्र 456)

योगदंड का अर्थ है योगी का डंडा। इस आसन में योगी एक टाँग को बैसाखी की भाँति काँख के नीचे लगाकर बैठता है। अतः इसका यह नाम है।

विधि

1. सामने सीधे टाँग तानकर जमीन पर बैठें(चित्र 77) ।

2. दाईं टाँग को घुटने पर मोड़ें और दाएँ नितंब के पास दायाँ पैर ले आएँ। दाईं टाँग वीरासन(चित्र 89) में होगी।

3. जाँघ के बीच की दूरी बढ़ाने के लिए बाईं टाँग बाईं ओर बढ़ाएँ और घुटने पर मोड़ें जिससे बायाँ पैर दाएँ घुटने के पास हो(चित्र 453)।

4. दाएँ हाथ से बायाँ पैर पकड़ें। दाईं ओर धड़ घुमाएँ और एक उच्छ्वसन के साथ, बाएँ घुटने को जमीन पर रखते हुए बाएँ पैर को सीने की ओर घुमाएँ। कुछ साँसें लें, और एक उच्छ्वसन के साथ बाईं काँख के नीचे बायाँ पैर लाएँ। अब बायाँ पैर बैसाखी के समान बाईं काँख के नीचे टिकता है। इस क्रिया में तलवा काँख को छूना चाहिए(चित्र 454)।

5. कुछ साँसें लेकर छोड़ें, कंधे पर से बाईं भुजा बाएँ पैर के चारों ओर लपेट लें

और उसे पीठ के पीछे ले आएँ(चित्र 455)। कंधे से दाईं भुजा पीठ के पीछे ले आएँ और बाईं अग्रभुजा को पकड़ें; सिर बाईं ओर घुमाएँ, चिबुक उठाएँ और ऊपर देखें(चित्र 456)।

6. गहरी साँस के साथ करीब 30 सेकेंड तक इस स्थिति में रहें।

7. हाथों को छोड़ें और टाँगों को सीधा करें और आराम करें।

8. दूसरी ओर उतने ही समय के लिए इस आसन को दुहराएँ। अब बाईं टाँग मोड़ें, जिससे बाएँ नितंब की बगल में बायाँ पैर हो और दायाँ पैर काँख के नीचे बैसाखी की भाँति रहे तथा पीठ के पीछे बाएँ हाथ से दाईं अग्रभुजा को पकड़ें।

9. इस आसन में आराम पाने के लिए समय और अभ्यास की आवश्यकता है। लेकिन जब आप अभ्यास करते हैं, तब यह आरामदेह है।

परिणाम

इस आसन में मेरुदंड आराम पाता है और शरीर ताजा होता है। यह घुटनों और टखनों को लचीला बनाता है, जिससे उनमें क्रियाशीलता बढ़ती है।

164 सुप्त भेकासन इक्कीस* (चित्र 458)

सुप्त का अर्थ झुका हुआ है। भेक का अर्थ मेढ़क है। यह आसन भेकासन की विपरीत स्थिति है(चित्र 100)।

विधि

1. वीरासन में बैठें(चित्र 89)।

2. हथेलियों को ऊपर घुमाएँ और प्रत्येक हाथ को अपने सामने के संबंधित पैरों के अंदर ले जाएँ। जमीन पर से पैरों को उठाएँ और पीछे झुकें। कुछ साँसें लें।

3. श्वास छोड़ें, जमीन पर से नितंब उठाएँ(चित्र 457)। जाँघों को ऊपर करें और जमीन पर कपाल रखकर धड़ को कमान-जैसा बनाएँ(चित्र 458)।

4. शरीर सिर, कपाल, कुहनियों और घुटनों पर टिका होता है। जमीन पर अग्रभुजाएँ लंबाकार होंगी और हाथ-पैरों के बाहरी भाग को छोटी उंगुलियों के पास पकड़ेंगे। नितंब संधि के साथ पैर की उंगुलियों को उठाने का प्रयत्न करें।

5. स्वाभाविक रूप से श्वास लेते हुए इस आसन में 20 से 30 सेकेंड तक रहें।

6. जमीन पर से सिर और पैरों पर से हाथ ऊपर उठाएँ जिससे टाँगें सुप्त वीरासन में हों(चित्र 96)।

7. वीरासन में बैठें, टाँगें सीधी करें और आराम करें।

परिणाम

यह आसन मेरुदंड को ठीक करता है। इसमें रक्त घुटनों, टखनों, नितंबों और गर्दन में संचरित होता है, पीठ का दर्द दूर होता है। यह किसी भी तरह की घुटनों की संधि की आंतरिक पीड़ा को खत्म करता है। पैरों पर हाथों का दबाव टखनों को पुष्ट करता है और सपाट पैर को ठीक करता है। टाँग की मांसपेशियों के ह्रास तथा अन्य दोष सतत अभ्यास से खत्म होते हैं। फुप्फुस पूरी तरह फैल जाते हैं और उदर के अवयव लाभ पाते हैं।

165 मूलबंधासन बत्तीस* (चित्र 462 तथा 463)

मूल का अर्थ जड़, नींव, उद्‌गम या बुनियाद है। बंध का अर्थ कड़ी, बंधन या स्थिति है।

विधि

1. बद्ध कोणासन में बैठें(चित्र 101)।
2. जाँघों और पिंडलियों के बीच हाथों को घुसाएँ और संबंधित हाथ से पैरों को पकड़ें।
3. एड़ियों और तलवों को मिलाएँ। एड़ियाँ उठाएँ, पैर की उंगुलियाँ जमीन पर रखें और पैरों को मूलाधार के पास खींचें(चित्र 459)।
4. इस स्थिति में रहें और हाथ बढ़ाएँ जिससे हथेलियाँ नितंबों के पृष्ठभाग पर टिकें(चित्र 460)।
5. हाथों के सहारे जमीन पर से शरीर को उठाएँ और बिना हिले एड़ियों को आगे की ओर ढकेलने के लिए उसी समय नितंबों को आगे की ओर करें(चित्र 461, 462 तथा 463)।
6. घुटनों और पैर की उंगुलियों पर शरीर टिकाएँ और गहरे श्वसन के साथ 30 से 60 सेकेंड तक इस स्थिति में रहें।
7. इस आसन को छोड़ने के लिए हाथों को सामने बढ़ाएँ और सारा भार उन पर ले लें। धड़ उठाएँ, एड़ियाँ घुमाएँ और तब टाँगें सीधी करें। आसन छोड़ते समय टाँगों पर कोई भार न दें।

परिणाम

यह आसन मूलाधार चक्र, शिश्नग्रंथियों और जननग्रंथियों को व्यायाम देता है। अतिशय कामवासना को नियंत्रित करने की आश्चर्यजनक शक्ति इसमें होती है और वह शक्ति सुरक्षित करने में मदद करता है। अत: यह मस्तिष्क को नियंत्रित और शांत रखता है। मन इंद्रियों का स्वामी है, प्राण मन का स्वामी है; तल्लीनता या लय प्राण का स्वामी

है और वह लय नाद(अंतर्नाद) पर निर्भर करता है। जब मन लीन हो जाता है तब वह मोक्ष कहलाता है; पर कुछ कहते हैं कि ऐसा नहीं है। तो भी जब प्राण और मन को लीन कर लिया जाता है, एक अनिर्वचनीय आनंद मिलता है।(**हठयोग प्रदीपिका:** चौथा अध्याय, श्लोक 29 तथा 30)।

अत्यधिक कामवासनावालों के लिए बद्ध कोणासन(चित्र 101) और मूलबंधासन दोनों बड़ी सहायता करते हैं। जब इच्छा नियंत्रित होती है, शक्ति उदात्त होने लगती है और जीवन के वास्तविक आनंद की सीमा ही नहीं रह जाती है।

166 वामदेवासन एक पंद्रह* (चित्र 465)

वामदेव एक ऋषि का नाम है, तथा शिव का भी–शिव अर्थात् हिंदू त्रिमूर्ति के तीसरे देवता, जिन्हें संहार का कार्य सौंपा गया है।

विधि

1. बद्ध कोणासन में बैठें(चित्र 101)।

2. दाईं जाँघ की ओर पिंडली के बीच दायाँ हाथ घुसाएँ। दाएँ पैर की उंगुलियाँ जमीन पर रखें, एड़ी उठाएँ और पैर खींचकर मूलाधार के पास लाएँ। हाथ हटाएँ और एड़ी को आगे जमीन की ओर ले जाएँ, जमीन पर से शरीर उठाएँ, दायाँ नितंब आगे करें और दायाँ घुटना जमीन पर रखें । अब दायाँ पैर मूलबंधासन में है(चित्र 464)।

3. दाईं जाँघ के मूल पर बायाँ पैर रखें जैसा कि पद्मासन में होता है(चित्र 104)।

4. कंधे पर से बाईं भुजा पीठ के पीछे ले जाएँ और एक उच्छ्‌वसन के साथ बाएँ पैर के अँगूठे को पकड़ें। बाएँ पैर का सामने का भाग दाएँ हाथ से पकड़ें।

5. गर्दन दाईं ओर घुमाएँ(चित्र 465) और गहरी साँस के साथ 30 सेकेंड तक संतुलन बनाएँ।

6. यह स्थिति छोड़कर बद्ध कोणासन में आ जाएँ और उपर्युक्त विधि के अनुसार दाएँ को बायाँ और बाएँ को दायाँ पढ़ते हुए, इस आसन को उतने ही समय के लिए दूसरी ओर दुहराएँ।

परिणाम

यह आसन टाँगों की कठिनता ठीक करता है और दर्द दूर करता है। जननेंद्रियों को स्वस्थ रखता है। मेरुदंड को भी ठीक रखता है और पाचन शक्ति को बढ़ाता है।

167 वामदेवासन दो पंद्रह* (चित्र 466)

विधि

1. जमीन पर बैठें और जाँघों को फैलाएँ।

2. बाएँ घुटने को पीछे की ओर मोड़ें जिससे बाईं पिंडली बाईं जाँघ के पृष्ठभाग का स्पर्श करे।

3. बाएँ हाथ से बाईं एड़ी और बाईं नितंब संधि का स्पर्श करने तक बायाँ पैर उठाएँ। भेकासन की भांति बायाँ पैर बाएँ हाथ से पकड़ें(चित्र 100)।

4. पद्मासन की भाँति दाएँ हाथ से दाएँ पैर को उठाकर बाईं जाँघ के मूल पर रखें।

5. दोनों हाथों से तलवों के आपस में छू जाने तक उन्हें दबाते रहें(चित्र 466)।

6. पद्मासन की भाँति धड़ टाँग की ओर झुकेगा। हाथों से पकड़कर संतुलन बनाएँ और गहरी साँस के साथ इस स्थिति में 30 सेकेंड तक रहें।

7. हाथों और टाँगों को छोड़ें, भेकासन की भाँति दाएँ पैर पर बाएँ पैर को पद्मासन की तरह रखकर इस आसन को दूसरी ओर दुहराएँ। दोनों ओर उतने ही समय के लिए ठहरें।

परिणाम

यह आसन दर्द दूर करता है, टाँगों के कड़ेपन को दूर करता है और जननेंद्रिय को स्वस्थ रखता है। यह मेरुदंड को ठीक करता है और पाचनशक्ति को भी बढ़ाता है।

168 कंदासन उनतालीस* (चित्र 470, 471, 471अ तथा 471ब)

कंद का अर्थ है मूलग्रंथि, जड़, गाँठ। **हठयोग प्रदीपिका** के तृतीय अध्याय के श्लोक 107 तथा 113 में कंद के संबंध में नीचे लिखे अनुसार बताते हैं–

107. कुंडलिनी कंद(नाभि के निकटस्थ स्थान, जहाँ नाड़ियाँ मिलती और अलग होती हैं) पर शयन करती है। यह योगियों को तो मोक्ष दिलाती है और मूर्खों को बंधन। सच्चा योगी वही है, जिसे कुंडलिनी का ज्ञान है।

113. कंद गुदाद्वार के 12 इंच ऊपर होता है और दोनों तरफ 4 4 इंच फैलता है। इसे गोल बताया गया है और मानों वस्त्र के मुलायम सफेद टुकड़े से ढका हो। पाठ में वितस्ति शब्द प्रयुक्त है जिसका अर्थ 12 अंगुल के बराबर की लंबाई का माप(एक अंगुल की चौड़ाई) फैलाए हुए अँगूठे और कनिष्ठिका के बीच की दूरी है।

विधि

1. टाँगों को सामने सीधा ताने जमीन पर बैठें(चित्र 77)। घुटनों को मोड़ें, जाँघों को चौड़ा करें, एड़ियों के मूलाधार तक आने तक धड़ की ओर पैर ले आएँ और घुटनों को जमीन पर रखें। यह आसन बद्ध कोणासन(चित्र 101) के समान है।

2. दाएँ पैर को दाईं हथेली से पकड़ें और बाएँ पैर को बाईं हथेली से पकड़ें।

3. हाथों की सहायता से पैरों को ऊपर उठाकर धड़ की ओर करें। टखनों को उलटा करें(चित्र 467), घुटनों और जाँघों को खींचें(चित्र 468)। नाभि और सीने पर एड़ियों और पैरों के बाह्य भाग को रखें(चित्र 469)। शुरू शुरू में पैर फिसलने की संभावना होती है। सीने पर पैरों को कसकर पकड़ कर कुछ हफ्तों तक अभ्यास करें।

4. हाथों को मुक्त करें और या तो भुजाएँ सीधी तानें और हाथों का पृष्ठभाग घुटनों पर टिकाएँ(चित्र 470) या सीने के सामने पंजों को परस्पर मिला लें(चित्र 471)। पीठ सीधी करें और गहरी साँस के साथ 30 सेकेंड तक इस आसन में रहें।

5. कुशल साधक हाथों और पंजों को एक साथ सिर के ऊपर उठा सकते हैं (चित्र 471अ)। बाद में पीठ के पीछे पंजे मिलाने की कोशिश करें और संतुलन बनाएँ(चित्र 471ब)। आसन का यह कठिनतम अंश है।

6. पैरों को हाथ से पकड़ें, उन्हें जमीन पर रखें और आराम करें।

7. बस्तिप्रदेश और टाँगों के अन्य जोड़ घूमते(चक्रगति में) हैं इसलिए इस आसन पर अधिकार प्राप्त करने में बहुत समय लगता है।

परिणाम

नाभि के नीचे की प्रत्येक मांसपेशी को व्यायाम मिलता है। यह आसन नितंब, घुटने और टखने की संधियों के कड़ेपन को दूर करता है। यह वीर्य को बचाता है और कामवासना को नियंत्रित करता है।

यह आसन स्वाधिष्ठान चक्र(नाड़ीचक्र) और मणिपूरकचक्र(सौर नाड़ीचक्र) को गतिशील करता है, इस कारण उचित पाचनशक्ति को मदद देता है।

169 हनुमानासन छतीस* (चित्र 475, 476, 476अ)

वायु तथा अंजना के पुत्र हनुमान विष्णु के सातवें अवतार राम के एक मित्र और सेवक थे। जब राम, उनकी पत्नी सीता और उनके भाई लक्ष्मण को दंडकारण्य के साधु की तरह निर्वासित कर दिया गया, लंका का राक्षस नृप रावण संन्यासी के वेश में उनके आश्रम में आया और सीता का अपहरण कर लंका ले गया, तब राम और लक्ष्मण दोनों शिकार करने बाहर गए हुए थे। दोनों भाइयों ने बहुत दूर-दूर तक सीता को खोजा और कपिराज सुग्रीव तथा उनके सेनापति हनुमान की सहायता स्वीकार की। हनुमान सीता की खोज में निकले, समुद्र को लाँघकर पार किया। रावण के राजभवन में सीता को देखा और राम को समाचार दिया। बंदरों और भालुओं की विशाल सेना की सहायता से राम ने लंका जाने के लिए समुद्र पर पत्थरों का पुल बनवाया और घमासान युद्ध के बाद रावण और उसके जनों का वध किया तथा सीता का उद्धार किया। युद्ध में लक्ष्मण एक तीर से घायल हुए और अचेत हो गए। और कहा गया कि इसकी एकमात्र औषधि हिमालय पर होने वाली बूटी का रस है। एक

आश्चर्यजनक छलांग मारकर हनुमान समुद्र पार कर गए और अपने साथ जिस पर्वत शिखर पर संजीवनी बूटी उगी थी, उसे लाने के लिए हिमालय पर्वत पर पहुँच गए और इस तरह लक्ष्मण की प्राणरक्षा हुई। यह आसन हनुमान को अर्पित है और उनकी काल्पनिक छलांग की याद दिलाता है। जमीन पर नीचे होकर दोनों टाँगें पार्श्व में फैलाकर और सीने के सामने हाथों को जोड़कर इसका अभ्यास किया जाता है। यह पश्चिमी 'बैले' के चरणक्षेप का अनुकरण है।

विधि

1. जमीन पर घुटने टेकें(चित्र 40)।

2. शरीर के दोनों ओर एक फुट अंतर पर जमीन पर हथेलियाँ रखें।

3. घुटनों को ऊपर उठाएँ। दाईं टाँग आगे ले आएँ और बाईं को पीछे करें (चित्र 472)। एक गहरे उच्छ्वसन के साथ दोनों टाँगों को सीधे तानने का प्रयत्न करें और नितंब को ऊपर उठाएँ(चित्र 473)। बाद में टाँगों को और नितंबों को जमीन पर टिकाएँ और सारा भार हाथों पर ले लें(चित्र 474)।

4. इस स्थिति पर अधिकार पाने के लिए ज्यादा समय लगता है और इसे प्राप्त करने के लिए व्यक्ति को प्रत्येक दिन जमीन पर टाँग को सीधा रखने के लिए नितंबों को भूमि पर सटाए कई बार प्रयत्न करना चाहिए। आगे की टाँग का पिछला हिस्सा और पीछे की टाँग का अगला हिस्सा जमीन से सटा होना चाहिए।

5. एक बार टाँगों को सीधा करने की स्थिति में आ जाएँ, तब जमीन पर बैठें, हाथों को उठाएँ, सीने पर उन्हें मोड़ लें और संतुलन करें(चित्र 475)। इस आसन में 10 से 30 सेकेंड तक स्वाभाविक रूप से श्वास लेते हुए रहें।

6. बाद में हाथों के सहारे नितंब को ऊपर उठाएँ और उतने ही समय के लिए बाईं टाँग सामने और दाईं टाँग पीछे रखकर इसे दुहराएँ(चित्र 476)।

7. यह ध्यान रहे कि सामने की टाँग के घुटने की संधि का पृष्ठभाग और पिछली टाँग। का। घुटना जमीन को अवश्य स्पर्श करें।

8. प्रगत साधक सिर के ऊपर हाथ उठा सकते हैं, तान सकते हैं, हथेलियों को साथ रख सकते हैं और संतुलन कर सकते हैं(चित्र 476अ)। यह टाँगों को अतिरिक्त तनाव देता है और पीठ के तनाव को दूर करता है।

परिणाम

यह घुटने की गठिया और टाँगों के अन्य दोषों को दूर करता है। टाँग। की मांसपेशियाँ ठीक करता है, टाँगों को अच्छी हालत में रखता है। यदि नियमित रूप से अभ्यास किया जाए तो धावक इससे बड़ा लाभ उठा सकते हैं। यह जाँघ की अपवर्तिनी मांसपेशियों को ढीला और पुष्ट करता है।

170 समकोणासन अड़तीस* (चित्र 477)

सम का अर्थ समान, अनुरूप, सम या सीधा है। कोण का अर्थ है कोना और कंपास की नोंक। इस आसन में टाँगों को तिरछे अलग फैलाकर अलगाव पूरा किया जाता है। और सीने के सामने हाथ मिलाए जाते हैं। हनुमानासन(चित्र 475) की तुलना में इस आसन को करना कठिन है। दोनों टाँगें और शरीर का बस्तिप्रदेश एक सीध में होना चाहिए।

विधि

1. ताडासन में खड़े हों(चित्र 1)। नितंब पर हाथ रखें और अपनी शक्ति के अनुसार टाँगों को तिरछा अलग-अलग फैलाएँ (चित्र 29)।

2. हथेलियाँ जमीन पर रखें(चित्र 30) और एक उच्छ्‌वसन के साथ टाँगों को आगे तानते जाएँ, जब तक कि दोनों टाँगें एक सीध में तिरछी फैलाकर आप जमीन पर बैठ नहीं जाते। टाँगों का पृष्ठभाग विशेष कर घुटनों का पृष्ठभाग जमीन पर टिका होना चाहिए।

3. सीने पर हथेलियाँ मिलाएँ(चित्र 477)। इस आसन में कुछ सेकेंड तक रहें।

4. हथेलियाँ जमीन पर रखें, नितंब उठाएँ, दोनों टाँगों को पुनः उत्तानासन में खड़े होने तक पास-पास लाते जाएँ। बाद में ताडासन(चित्र 1) में खड़े हों और आराम करें।

परिणाम

इस आसन में नितंबों की संधियों को व्यायाम मिलता है और टाँगें हर दिशा में सरलता से घुमाने के योग्य बन जाती हैं। मेरुदंड ताना जाता है और मेरुदंड के निम्न भाग में होनेवाला दोष दूर हो जाता है। यह आसन हनुमानासन(चित्र 475) की भाँति, टाँगों की मांसपेशियाँ ठीक करता है और टाँगों को सुडौल बनाता है। यह अंडकोश में आँत उतरने के रोग को बढ़ने से रोकता है और गठिया के दर्द को दूर करता है। बस्तिप्रदेश और जननेंद्रियों में होने वाले रक्तसंचार को मदद करता है और उन्हें स्वस्थ रखता है।

171 सुप्त त्रिविक्रमासन उनतालीस* (चित्र 478)

सुप्त का अर्थ है झुका हुआ। त्रिविक्रम(त्रि–तीन, विक्रम–कदम, डग, फासला) विष्णु का एक नाम है। विष्णु के वामन अवतार को यह आसन समर्पित है। यह कहा जाता है कि प्रह्लाद के प्रपौत्र दानवराज बलि ने विश्व पर अधिकार कर लिया। कठिन तपश्चर्या के कारण उसकी शक्ति इतनी बढ़ी कि उसने देवों को भी हराया, जिन्होंने विष्णु से सहायता के लिए प्रार्थना की। भगवान विष्णु पृथ्वी पर आए और उन्होंने ब्रह्मर्षि कश्यप तथा उनकी पत्नी अदिति के यहाँ एक बौने पुत्र के रूप में जन्म लिया।

बलि के एक यज्ञ में वामन के रूप में विष्णु उपस्थित हुए और उन्होंने तीन कदम जमीन की माँग की। बलि ने, जो अपनी दानशीलता के लिए विख्यात था, निस्संकोच हो उनकी यह बात मान ली। वामन ने एक कदम में पृथ्वी नाप ली और दूसरे में स्वर्ग लोक को। तीसरे कदम के लिए कोई जगह न बची। बलि ने अपना सिर आगे कर दिया, जिस पर विष्णु ने अपना पैर जमा दिया। तब उन्होंने उसे तथा उसकी पूरी सेना को पाताल लोक भेज दिया और उसे उसका शासक बना दिया। फिर एक बार विश्व पर देवगणों का अधिकार हो गया। यह आसन हनुमानासन(चित्र 475) से अधिक कठिन है। पीठ के बल जमीन पर लेट कर, उसके बाद फैलाव करते हुए सिर के पास एक पैर की एड़ी पकड़ कर जबकि दूसरी एड़ी जमीन पर रहती है, यह आसन किया जाता है।

विधि

1. दोनों टाँगों को सीधा रखें, पीठ के बल जमीन पर लेटें(चित्र 219)।

2. दाईं टाँग ऊपर उठाएँ, उंगुलियों को परस्पर गुँथाएँ(चित्र 219)। भुजाएँ तानें और हाथों की अंजुली में दाईं एड़ी को पकड़ें।

3. साँस छोड़ें, सिर के पीछे दाईं टाँग को सीधे नीचे करें और एड़ी को बिना छोड़े, जमीन पर दाएँ पैर के अँगूठे को रखें(चित्र 478)। दाईं पिंडली के अंदर का भाग दाएँ कान का स्पर्श करेगा और कुहनियाँ जरा फैली होंगी। बाईं टाँग जमीन पर सतत सीधी रहनी चाहिए।

4. इस आसन में जितनी देर तक रह सकते हों उतनी देर स्वाभाविक रूप से श्वास लेते हुए रहें।

5. बाईं एड़ी को छोड़ दें और दाईं टाँग बाईं टाँग के पास नीचे लाएँ।

6. अब बाईं एड़ी को पकड़कर और दाईं टाँग को जमीन पर रखकर उतने ही समय के लिए इस आसन को दुहराएँ।

7. इस दुष्कर आसन को करने के बाद थोड़ी देर ठहरें और आराम करें।

परिणाम

इस आसन में टाँगें पूरी तरह तन जाती हैं। यह हर्निया को रोकता है। यह कामवासना को भी कम करता है और इस तरह मन को शांत रखता है।

172 अ) ऊर्ध्व धनुरासन एक सात* (चित्र 482)

ऊर्ध्व का अर्थ ऊपर की ओर है। धनु का अर्थ धनुष है। इस आसन में शरीर को पीछे की ओर धनुषाकार बनाया जाता है और हथेलियों और एड़ियों पर टिकाया जाता है।

विधि– नौसिखुओं के लिए

1. पीठ के बल जमीन पर लेट जाएँ(चित्र 219)।

2. सिर के ऊपर कुहनियों को मोड़ें और उठाएँ और कंधों के नीचे हथेलियाँ रखें। हथेलियों के बीच की दूरी कंधों के बीच की दूरी से अधिक चौड़ी नहीं होनी चाहिए और उंगुलियाँ पैरों की ओर उन्मुख होनी चाहिए।

3. घुटनों को मोड़ें और उठाएँ, बाद में नितंबों का स्पर्श करने तक पैरों को निकट ले आएँ।

4. साँस छोड़ें, धड़ उठाएँ और जमीन पर सिर का कपाल रखें(चित्र 480)। दो साँसें लें।

5. अब साँस छोड़ें, सिर और धड़ को उठाएँ और पीठ को धनुषाकार करें जिससे उसका भार हथेलियों और तलवों पर लिया जा सके(चित्र 481)।

6. कुहनियाँ सीधी तन जाने तक, तथा साथ ही साथ जाँघ की मांसपेशियों को ऊपर करते हुए कंधे से भुजाएँ तानें(चित्र 482)।

7. अच्छा तनाव पाने के लिए साँस छोड़ें, जमीन पर से एड़ियाँ उठाकर जाँघों की मांसपेशियों को और ऊँचा उठाएँ। सीने को फुलाएँ, मेरुदंड के त्रैकभाग(sacral) को इतना ऊपर खींचें कि उदर का नीचे का भाग ड्रम की तरह सख्त हो जाए; और उसके बाद मेरुदंड के तनाव को बनाए हुए एड़ियाँ जमीन पर ले आएँ।

8. स्वाभाविक श्वास लेते हुए आधे से एक मिनट तक इस स्थिति में रहें।

9. एक उच्छ्वसन के साथ, घुटनों और कुहनियों को मोड़ कर, शरीर को जमीन पर रखें।

172 ब) ऊर्ध्व धनुरासन दो पंद्रह* (चित्र 486)

विधि–मध्यम अवस्था के साधकों के लिए

1. हथेलियाँ नितंबों पर रखे हुए तथा पैरों को एक फुट की दूरी पर अलग अलग रखकर सीधे खड़े हों।

2. बस्तिप्रदेश को थोड़ा आगे ढकेलें(चित्र 483), और श्वास छोड़ें और धड़ को पीछे की ओर मोड़ें जिससे शरीर का भार जाँघों और पैर की उंगुलियों पर मालूम पड़े।

3. सिर के ऊपर भुजाएँ उठाएँ और जमीन पर हाथ नीचे रखें(चित्र 485)। जल्द ही कुहनियों पर भुजाएँ सीधी करें और हथेलियाँ जमीन पर टिकाएँ(चित्र 486), हथेलियाँ जमीन को छूते समय यदि कुहनियाँ तत्क्षण नहीं तानी गईं तो व्यक्ति के सिर में चोट लग सकती है।

4. उपर्युक्त स्थिति को पा लेने के बाद टाँगें और भुजाएँ सीधी करें(चित्र 487)।

5. इस आसन को इस तरीके से सीखते समय मित्र या दीवार का उपयोग करना लाभप्रद होता है। दीवार की ओर पीठ किए उससे तीन फुट दूर खड़े हों। पीठ को झुकाएँ और दीवार की ओर सिर करें। भुजाएँ सिर पर उठाएँ और हथेलियाँ दीवार पर टिकाएँ। बस्तिप्रदेश को आगे की ओर ढकेलें जिससे शरीर का भार जाँघों पर महसूस किया जा सके। जमीन का स्पर्श होने तक हथेलियाँ दीवार पर से नीचे की ओर खिसकाते जाएँ। ऊपर आने के लिए इसी ढंग से दीवार का उपयोग करें। इसमें पारंगत होने पर केवल आधे ऊपर आने तक दीवार का उपयोग करें। बाद में कमरे के बीच में इस आसन को करना सीखें।

173 ऊर्ध्व धनुरासन में विपरीत चक्रासन छब्बीस*

(चित्र 488 से 499)

विधि–प्रगत साधकों के लिए

1. सीधे खड़े हों। आगे की ओर झुकें और हथेलियाँ जमीन पर रखें। श्वास छोड़ें और टाँगें ऊपर की ओर ले जाएँ, मानो आप पूरी बाँह पर का संतुलन बना रहे हों (चित्र 359)। घुटनों को मोड़ें, पीठ धनुषाकार करें और टाँगों को सिर के पीछे ले जाएँ(चित्र 486)।

2. टाँगें सिर के बाहर और पीछे लाते समय, नितंबों को सिकोड़ें, पीठ ऊपर तान, पसलियों तथा उदर को तानें और कुहनियों पर भुजाओं को सीधा करें। जब तक ऐसा नहीं करेंगे आप जमीन पर झटके के साथ नहीं बैठ सकेंगे।

3. जब इन सब पर अधिकार हो जाए तब चित्र 488 से 499 में बताए अनुसार टाँगों की विपरीत दिशा में झुलाने की क्रिया सीखें जिससे व्यक्ति अपनी टाँगें ऊपर झुला सके और विपरीत कुदान गति में आ सके। यह उलटी कुदान आगे की ओर झुकाव की स्थिति में **विपरीत चक्रासन** कहलाती है–उलटे पहिए की स्थिति (विपरीत=उलटा, विपर्यय, विरुद्ध, उलथा; चक्र=पहिया)। फिर भी बहुतेरे लोग अनुभवी गुरु की सहायता से ही इसे करना सीख सकते हैं।

4. पर यदि कोई गुरु उपलब्ध नहीं है और अपने पर विश्वास है तो आप निम्नलिखित विधि से विपरीत कुदान की क्रिया को सीखने का प्रयत्न कर सकते हैं।

दीवार के निकट ऊर्ध्व धनुरासन करें। दीवार से लगभग एक फुट की दूरी पर टाँगें रहें। एक उच्छ्वसन के साथ कंधे की ओर धड़ उछालें जिससे शरीरभार कलाइयों और कंधों पर लिया जा सके। उसके बाद जमीन पर से एक टाँग उठाएँ और लगभग दो फुट की ऊँचाई पर दीवार पर एक पैर टिकाएँ। वही पैर दीवार पर दबाकर स्थिर

करें। दूसरी टाँग जमीन पर से उठाएँ और उलटी कुदान करते हुए एक उच्छ्‌वसन के साथ सिर पर टाँगों को उछालें। बार बार प्रयत्न करने पर आपको आत्मविश्वास होगा। आप शरीर को आगे और पीछे की ओर झुलाना और उलटी कुदान में टाँगों की पीछे की गति के साथ कंधों की ओर अपना धड़ उछालना सीखेंगे। जब जमीन पर से टाँगें उठा लेने में आप निश्चित होते हैं तब दीवार से दूर कमरे के बीच विपरीत चक्रासन करें। यह वही प्रकार है, जिससे मैंने विपरीत चक्रासन में उलटी कुदानक्रिया सीखी।

परिणाम

पीछे की ओर झुकने के प्रगत एवं कठिन आसनों का यह आसन प्रारंभ है। यह मेरुदंड को पूर्णतया तानकर उसे ठीक रखता है, शरीर को चुस्त और लचीला बनाता है। पीठ मजबूत होती है और सजीव होती है। यह भुजाओं और कलाइयों को मजबूत बनाता है और सिर को बड़ी शांति देता है। एक बार विपरीत चक्रासन में पारंगत होने पर दिन में कई बार इसे किया जा सकता है। यह व्यक्ति को ऊर्जा और हलकापन प्रदान करता है।

174 एकपाद ऊर्ध्व धनुरासन बारह* (चित्र 501 तथा 502)

एक का अर्थ एक है। पाद का अर्थ टाँग है। ऊर्ध्व का अर्थ ऊपर की ओर और धनु का अर्थ धनुष है।

विधि

1. ऊर्ध्व धनुरासन(चित्र 486) करने के बाद श्वास छोड़ें और जमीन पर से दाईं टाँग उठाएँ।

2. दाईं टाँग सीधी तानें और जमीन से लगभग 45° के कोण पर रखें (चित्र 500)।

3. उसके बाद जमीन पर से दायाँ हाथ उठाएँ और दाईं जाँघ पर रखें(चित्र 501)। शरीर का संतुलन अब बाएँ हाथ और बाएँ पैर पर होगा(चित्र 501)। स्वाभाविक श्वास लेते हुए 10 से 15 सेकेंड तक इस स्थिति में रहें।

4. श्वास छोड़ें, हाथों तथा उठी टाँग को नीचे करें और ऊर्ध्व धनुरासन में वापस आ जाएँ।

5. बाईं टाँग को उठाएँ और बायाँ हाथ बाईं जाँघ पर रखकर दाएँ हाथ और टाँग पर संतुलन करते हुए इस आसन को दुहराएँ(चित्र 502)। उतने ही समय के लिए इस स्थिति में रहें।

परिणाम

ऊर्ध्व धनुरासन(चित्र 486) से होने वाले लाभों के अतिरिक्त यह सुंदर आसन संतुलन वृत्ति को बनाता है, तथा शरीरसौष्ठव और सुघड़ता लाता है।

175 कपोतासन इक्कीस* (चित्र 507 और 512)

कपोत का अर्थ है कबूतर। इस आसन में सीना फैल कर कबूतर की तरह फूलता है, अतः यह नाम है।

विधि– नौसिखुओं के लिए

1. तहियाए कंबल पर वीरासन में बैठें(चित्र 90)।

2. कंबल पर पीछे की ओर झुकें और सुप्त वीरासन(चित्र 95) करें। सिर के ऊपर भुजाएँ तानें, घुटनों को मोड़ें, उंगुलियाँ कंधे की ओर संकेत करती हुई हों, हथेलियों को कानों के पास रखें(चित्र 503)।

3. हथेलियों पर भार लें और श्वास छोड़ें। भुजाएँ तानें और जाँघों को तान कर घुटने पर से पूरा शरीर उठा लें और उसके बाद घुटनों को मिला लें(चित्र 504)।

4. नितंबों को सिकोड़ें, पूरे मेरुदंड को तानें, कुहनियाँ मोड़ें और पैर की उंगुलियाँ पकड़ें(चित्र 505)। जमीन पर कुहनियाँ टिकाएँ(चित्र 506)। श्वासक्रिया तेज़ और श्रमसाध्य होती है क्योंकि उरःप्राचीर पूर्ण रूप से सिकोड़ा जाता है।

5. जल्दी-जल्दी साँस लें, श्वास छोड़ें, जाँघों की मांसपेशियों को तान कर बस्तिप्रदेश को उठाएँ। धीरे-धीरे एड़ियों के निकट हाथों को लाएँ और पैरों की ओर सिर लाकर उन्हें पकड़ लें। अब सिर के कपाल को पैरों के तलवों पर रखें(चित्र 507)।

6. इस स्थिति में कुछ सेकेंड तक ठहरें। अपनी शक्ति के अनुसार धीरे-धीरे एक मिनट तक अपना समय बढ़ा लें।

7. श्वास छोड़ें, पैर की पकड़ को छोड़ दें और सुप्त वीरासन में पुनः आने तक अपना सिर और धड़ नीचे की ओर ले जाएँ(चित्र 95)। एक-एक कर टाँगें सीधी करें और जमीन पर सुस्ताएँ।

विधि– प्रगत साधकों के लिए

1. तहियाए कंबल पर पैरों और घुटनों को एक साथ रखकर घुटने टेक दें, नितंबों पर हाथ रखें, जाँघों को तानें और उन्हें लंबरूप में जमीन पर रखें(चित्र 40)।

2. श्वास छोड़ें, चित्र 508 और 509 के अनुसार पूरे मेरुदंड को तानें, पीछे की ओर मोड़ें। भुजाएँ सिर पर से पैरों की ओर ले जाएँ, हथेलियाँ एड़ियों पर रखें और उन्हें पकड़ लें(चित्र 510)। श्वासक्रिया तेज़ और श्रमसाध्य होगी। कुछ साँसें तेज़ी से लें।

3. श्वास छोड़ें, मेरुदंड को और पीछे तानें, घुटनों को मोड़ें और उन्हें जमीन पर रखें(चित्र 511)।

4. गर्दन को पीछे की ओर तानें और सिर के कपाल को पैरों के तलवों पर टिकाएँ। नितंबों को सिकोड़ें, बस्तिप्रदेश को ऊपर उठाएँ, जाँघों को तानें और टखनों को पकड़ें(चित्र 512)।

5. जितनी देर तक रह सकें, करीब 60 सेकेंड तक लयबद्ध श्वास लेते हुए इस स्थिति में रहें।

6. पैरों की पकड़ छोड़ दें। भुजाएँ फैलाएँ और घुटनों के बल खड़े होने तक शरीर को आगे लाएँ। फिर जमीन पर आराम करें।

परिणाम

यह आसन समग्र मेरुदंडीय भाग को स्वस्थ एवं ठीक रखता है क्योंकि इससे स्तंभ के चारों ओर रक्त अच्छी तरह संचारित होता है। जब बस्तिप्रदेश तन जाता है, जननेंद्रिय स्वस्थ रहती है। उर:प्राचीर ऊपर उठता है इस कारण हृदय की सौम्य मालिश हो जाती है और उसे पुष्ट होने में मदद मिलती है। सीना पूरी तरह फैलता है। पीछे मुड़ने वाले उन अधिक कठिन आसनों को करने के पहले, जिन्हें कपोतासन और विपरीत दंडासन(चित्र 516) से मंडलासन(चित्र 525 और 535) में आपके पारंगत होने तक नहीं किया जा सकता, कपोतासन में पारंगत होना आवश्यक है।

176 लघु वज्रासन तेईस* (चित्र 513)

लघु का अर्थ है छोटा, अल्प, सहज, साथ ही मनोरम, सुंदर, आकर्षक। वज्र– देवताओं के राजा इंद्र के एक आयुध का नाम है।

विधि

1. घुटनों और पैरों को साथ-साथ रखें, जमीन पर घुटने टेक दें। कमर की बगल में हथेलियाँ टिकाएँ(चित्र 40)।

2. श्वास छोड़ें, मेरुदंड को पीछे धनुष की तरह मोड़ें, और उसी समय जाँघों की मांसपेशियों को कसें(चित्र 504 और 509)।

3. नितंबों को आगे करें और कपाल पैरों पर टिकने तक मेरुदंड को पीछे की ओर झुकाते जाएँ। मेरुदंड को लचीला बनाना जरूरी है, जो पर्याप्त अभ्यास के बाद संभव है। शरीर का भार केवल घुटनों पर ले लिया जाता है।

4. जब इस स्थिति पर पूर्ण अधिकार कर लिया जाए तब कमर पर से हाथ हटा दें, कंधों से भुजाएँ सीधी तानें और बाएँ हाथ से बायाँ घुटना तथा दाएँ से दायाँ घुटना पकड़ें(चित्र 513)।

5. मेरुदंड के ताने जाने से तथा उदर पर दबाव पड़ने से श्वासक्रिया तेज़ और कष्टकर होगी। स्वाभाविक श्वास लेते हुए करीब 10 से 15 सेकेंड तक इस स्थिति में रहें।

6. श्वास छोड़ें, घुटनों को स्थिर रखें और धड़ को पुनः घुटनों के टेकने तक उठाते जाएँ। उसके बाद जमीन पर बैठें और आराम करें।

परिणाम

यह आसन मेरुदंडीय नाड़ियों को ठीक करता है और गुदास्थि(मेरुदंड की अंतिम तिकोनी हड्डी) को व्यायाम देता है। यदि नियमित रूप से इस आसन का अभ्यास किया जाए तो यह आसन मेरुदंड के निचले भाग में होने वाले दर्द और स्थलांतरित चक्की को ठीक करता है। धनुषाकार होने से उदर की मांसपेशियाँ और सीना पूर्ण रूप से फैलते हैं।

177 द्विपाद विपरीत दंडासन चौबीस* (चित्र 516)

द्विपाद का अर्थ है दोनों पैर। विपरीत का अर्थ है विपर्यय या उलटा। दंड का अर्थ है डंडा, छड़ का एक प्रतीक– अधिकार या दंड साथ ही साथ शरीर और उसका साष्टांग रूप। हिंदू भक्त अपने भगवान के सामने हाथों को बाहर फैलाए जमीन पर अधोमुख लेट कर साष्टांग दंडवत करता है। परंतु दूसरी ओर योगी स्वयं नीचे वर्णित आकर्षक चापाकृति में साष्टांग दंडवत करता है।

विधि– नौसिखुओं के लिए

1. पीठ के बल जमीन पर लेट जाएँ(चित्र 219)।

2. सिर के ऊपर अपनी भुजाएँ ले जाएँ, कुहनियों को मोड़ लें और उंगुलियाँ पैरों की ओर संकेत करती हुई हों, हथेलियाँ कंधों के नीचे रखें, घुटनों को भी मोड़ें और उठाएँ; नितंबों के पास पैर लाएँ और उन्हें जमीन पर रखें(चित्र 479)।

3. श्वास छोड़ें और उसी समय सिर और धड़ को उठाएँ और जमीन पर सिर का कपाल का भाग टिकाएँ(चित्र 480)। कुछ साँसें लें।

4. श्वास छोड़ें, टाँगें फैलाएँ। फिर हाथ, सिर तथा गर्दन पर भार डालते हुए बारी-बारी से दोनों टाँगों को सीधा करें(चित्र 514)।

5. जमीन पर से बायाँ हाथ उठा लें और कुहनियों को जमीन पर टिकाए हुए उसे सिर के पीछे रखें(चित्र 515), दो श्वासें लें।

6. अब दायाँ हाथ हटा लें और जमीन पर कुहनी रखें, हाथ सिर के पीछे ले जाएँ, उंगुलियों को परस्पर गुँथाएँ और गुँथे हुए हाथ सिर के पीछे रखें। यह अंतिम अवस्था है(चित्र 516)। इसमें हाथों और सिर की स्थिति सालंब शीर्षासन एक(चित्र 190) के समान होगी।

7. उर:प्राचीर के सिकुड़े होने से श्वासक्रिया तेज़ और लघु होगी। कुछ साँसें लें, श्वास छोड़ें और जमीन पर जितना ऊँचा उठा सकें, उतना कंधों, सीनें, धड़, नितंब, बाँहों और पिंड़ली को उठाएँ। बस्तिप्रदेश से टखनों तक टाँगें सीधी रखें। जमीन में एड़ियाँ धसाएँ और इस स्थिति में अपनी शक्ति के अनुसार एक से दो मिनट तक रहें।

8. पैरों को सिर की ओर ले जाएँ, घुटनों को मोड़ें, गुँथी हुई उंगुलियों को खोल दें, जमीन पर से सिर उठाएँ, धड़ को नीचे करें और आराम करें।

9. गर्दन, सीना और कंधे पूर्णतया फैले हुए होने चाहिए और जमीन पर से यथासंभव बस्तिप्रदेश ऊपर उठना चाहिए। आरंभ करते समय गर्दन जमीन पर लंबरूप में नहीं होगी जबकि होनी चाहिए और सिर तथा हाथों की झुकने की प्रवृत्ति होगी। इसलिए दीवार के सहारे पैरों को टिकाएँ और मेरुदंड तथा टाँगें फैलाते समय जमीन पर सिर तथा पैरों के बीच का अंतर व्यवस्थित होने तक कुहनियाँ दबाने के लिए अपने मित्र से कहें।

विधि– कुशल साधकों के लिए

1. सालंब शीर्षासन एक(चित्र 190) करें, घुटनों को मोड़ें और चित्र 517, 518 और 519 में निर्दिष्ट कुछ विविध क्रियाओं का अनुसरण करते हुए टाँगें जमीन पर पीछे रखें।

2. जमीन पर से बिना कुहनियाँ उठाए और जमीन पर सिर की स्थिति में बिना कोई परिवर्तन किए यह किया जाना चाहिए।

3. एक-एक कर टाँगें सीधी तानें(चित्र 520 और 516) और उसी समय मेरुदंड के कटि और पीठ के भाग को उठाएँ और सीधा तानें। जमीन पर एड़ियाँ कसकर रखें।

4. नितंबों को सिकोड़ें, बस्तिप्रदेश को ऊपर उठाएँ और घुटनों, जाँघों तथा पिंडलियों को कसें।

5. स्वाभाविक श्वास लेते हुए एक या दो मिनट तक इस परिस्थिति में रहने का प्रयत्न करें।

6. उसके बाद घुटनों को मोड़ें, और एक उच्छ्वसन के साथ टाँगों को उठाकर सालंब शीर्षासन एक में ले जाएँ। गहरी साँस लेते हुए कुछ सेकेंड तक ठहरें और टाँगों को जमीन की ओर नीचे करें। उंगुलियों की पकड़ ढीली करें, जमीन पर से सिर उठाएँ और आराम करें या ऊर्ध्व धनुरासन(चित्र 486) करें और ताडासन(चित्र 1) में खड़े रहें या विपरीत चक्रासन(चित्र 488 से 499) में आ जाएँ।

परिणाम

यह आनंददायक आसन मेरुदंड को मजबूत और स्वस्थ रखता है, इससे सीना पूर्ण रूप से फैलता है। इसके साथ व्यक्ति शीर्षासन के लाभ का भी अनुभव करता है। मेरुदंड के गुदास्थि प्रदेश के दर्द को दूर करने के लिए यह आसन उपयोगी बतलाया गया है। यह आसन मन:शांति के लिए अत्यंत प्रभावकारी है इसलिए अति भावुक दु:खी व्यक्ति इसे एक महान वरदान मानता है।

178 एकपाद विपरीत दंडासन एक छब्बीस* (चित्र 521)

एक का अर्थ है एक और पाद का अर्थ है टाँग या पैर। विपरीत का अर्थ है उलटा या विपर्यय। दंड डंडा या छड़ है जो अधिकार या दंड का प्रतीक है, उसका अर्थ शरीर भी है। यह आसन द्विपाद विपरीत दंडासन(चित्र 516) की आगे की क्रिया है।

विधि

1. द्विपाद विपरीत दंडासन करें(चित्र 516)।

2. श्वास छोड़ें और विपरीत दंडासन(चित्र 521) में दाईं टाँग जमीन पर रखते हुए बाईं टाँग लंबरूप में उठाएँ।

3. स्वाभाविक श्वास लेते हुए दस सेकेंड तक इस स्थिति में रहें।

4. बाईं टाँग को नीचे करें और विपरीत दंडासन में आ जाएँ। उच्छ्वसन के साथ दाईं टाँग को लंबरूप रखते हुए उतने ही समय के लिए इस आसन को दुहराएँ।

5. विपरीत दंडासन में वापस आ जाएँ और जमीन पर आराम करें।

6. प्रगत साधक उच्छ्वसन के साथ दोनों टाँगों को सालंब शीर्षासन एक (चित्र 190) में ऊपर ले जा सकते हैं। बाद में उन्हें जमीन की ओर नीचे करें या ऊर्ध्व धनुरासन(चित्र 486) करें और ताडासन(चित्र 1) में खड़े रहें अथवा विपरीत चक्रासन (चित्र 488 से 499) में आ जाएँ।

परिणाम

यह आसन मेरुदंड को ठीक करता है और सीने को पूरी तरह फैलाता है। इसके साथ ही शीर्षासन से होनेवाले(चित्र 190) परिणाम भी इसमें होते हैं। यह आनंदप्रद आसन मन को शांत करता है।

179 एकपाद विपरीत दंडासन दो उनतीस* (चित्र 523)

यह पहले के आसन का अत्यंत दुष्कर प्रकार है।

विधि

1. द्विपाद विपरीत दंडासन(चित्र 516) करें।

2. सिर की ओर दोनों पैर ले जाएँ।

3. उंगुलियों को छोड़ दें और कलाइयों को फैलाएँ और हथेलियों को जमीन पर रखें।

4. उच्छ्वसन के साथ जमीन पर से सिर ऊपर उठाएँ और टाँगों की ओर गर्दन को तानें और दाईं टाँग को हाथों के निकट ले आएँ।

5. दोनों हाथों से दाएँ टखने को पकड़ें और पूरे पैर को जमीन पर रखें(चित्र 522)।

6. जब टखने की पकड़ कड़ी हो जाए, तब श्वास छोड़ें और कंधों को तानते तथा मेरुदंड को फैलाते हुए बाईं टाँग को लंबरूप में ऊपर उठाएँ। घुटना कसे हुए टाँग को ऊपर रखें(चित्र 523)।

7. करीब 10 से 15 सेकेंड तक इस स्थिति में रहें। उदर की मांसपेशियों के कारण श्वास क्रिया तेज और कठिन होगी।

8. बाईं टाँग जमीन पर लाएँ।

9. दाएँ टखने को छोड़ दें और बाएँ को पकड़ें। अब दाईं टाँग को लंबरूप में उठाते हुए ऊपर वर्णित स्थिति को दुहराएँ। उतने ही समय के लिए दूसरी ओर इस आसन में रहें। उसके बाद उठी टाँग को नीचे करें।

10. घुटने को छोड़ दें और उच्छ्वसन के साथ सालंब शीर्षासन के लिए टाँगें ऊपर ले जाएँ(चित्र 190)। बाद में उन्हें जमीन पर रखें और आराम करें या ऊर्ध्व धनुरासन(चित्र 486) करें और ताडासन में खड़े रहें। या विपरीत चक्रासन में आ जाएँ (चित्र 488 से 499)।

परिणाम

इस आसन में उदर की मांसपेशियों को व्यायाम मिलता है और मेरुदंड ठीक होता है। चूँकि इसमें झुकाव अधिक कठिन होता है, इस कारण उसके अनुरूप परिणाम भी अधिक है।

180 चक्रबंधासन इकत्तीस* (चित्र 524)

चक्र का अर्थ है नाड़ी-केंद्र, मानवीय शरीर-यंत्र में संतुलन चक्र। बंध का अर्थ है शृंखला या बंधन। मेरुदंड प्रदेश में जहाँ-जहाँ नाड़ियाँ एक-दूसरे से होकर गुजरती हैं वह स्थान चक्र कहलाते हैं। सात चक्र मानव शरीर में हैं। वे हैं– 1. मूलाधार चक्र (pelvic plexus); 2. स्वाधिष्ठान चक्र (hypogastric plexus); 3. मणिपूरक चक्र (solar plexus) (सौर तंतुजाल); 4. अनाहत चक्र (cardiac plexus) (हृदय तंतुजाल); 5. विशुद्ध चक्र (pharynecal plexus); 6. आज्ञा चक्र (plexus of command between the two eyebrows) (दोनों भौहों के मध्य आज्ञा-तंतुजाल); तथा 7. सहस्रारचक्र (thousand petalled lotus, upper cerebral centre) (सहस्रदल कमल, प्रधान मस्तिष्क केंद्र)। चक्र सूक्ष्म हैं और आसानी से नहीं जाने जाते हैं। यद्यपि इनकी तुलना विभिन्न तंतुजालों से की जाती है, पर यह नहीं मान लेना चाहिए कि तंतुजाल मात्र ही चक्र हैं।

विधि

1. द्विपाद विपरीत दंडासन करें(चित्र 516)।

2. उच्छ्वसन के साथ सिर की ओर दोनों पैर करें।

3. उंगुलियाँ छोड़ दें, कलाइयाँ फैलाएँ और पैरों की ओर संकेत करती हुई उंगुलियों से हाथों को जमीन पर रखें। दो साँसें लें।

4. उच्छ्वसन के साथ जमीन पर से सिर ऊपर उठाएँ, गर्दन को टाँगों की ओर बढ़ाकर दोनों पैरों को हाथों के निकट ले आएँ।

5. बाद में दाएँ हाथ से दाएँ टखने को पकड़ लें और बाएँ टखने को बाएँ हाथ से। जमीन पर पैरों को रखें। दो साँसें लें।

6. टखनों को कसकर पकड़ें और उच्छ्वसन के साथ जमीन पर पैरों और कुहनियों को दबाएँ और कंधों तथा जाँघों को फैलाकर धड़ को धनुषाकार बनाएँ(चित्र 524)।

7. 10 से 15 सेकेंड तक इस स्थिति में रहें। साँस तेज़ चलेगी।

8. टखनों की पकड़ को छोड़ दें, सिर का कपाल जमीन पर रखें और सिर के पीछे उंगुलियाँ परस्पर गुँथाएँ। एक उच्छ्वसन के साथ सालंब शीर्षासन एक(चित्र 190) में टाँगें ऊपर ले आएँ और उसके बाद उन्हें जमीन की ओर नीचे करें और आराम करें या ऊर्ध्व धनुरासन(चित्र 486) करें और विपरीत चक्रासन(चित्र 488 से 499) करें या ताडासन में खड़े रहें।

परिणाम

सभी चक्र उत्तेजना प्राप्त करते हैं। यह आसन गुर्दाग्रंथियों(adrenal glands) को स्वस्थ रूप से क्रियाशील होने में मदद करता है। इससे गुह्यद्वार, गुर्दाओं, गर्दन और नेत्र की मांसपेशियों को व्यायाम मिलता है।

181 मंडलासन सत्ताईस* (चित्र 525 से 534)

मंडल का अर्थ चक्र, अँगूठी, परिधि या वृत्त है। सिर और हाथों को सालंब शीर्षासन एक(चित्र 190) की स्थिति में रखकर सिर के बाईं से दाईं ओर और उसके बाद दाईं से बाईं ओर घूमें। आपके पैर सिर के चारों ओर गोल-गोल चक्कर लगाएँगे, जबकि स्वयं सिर स्थिर रहेगा।

विधि

1. द्विपाद विपरीत दंडासन(चित्र 525) करें।

2. सिर की स्थिति में बिना परिवर्तन किए कंधों और सीने को जितना ऊँचा हो सके, उठाएँ।

3. टाँगें बगल की ओर एक के बाद एक घड़ी की सुई के समान घुमाएँ और इस तरह सिर के चारों ओर वर्तुल बनाएँ। जब टाँगें 3 बजे या 9 बजे की स्थिति में आ जाएँ तब विपरीत दिशा के कंधे को जरा-सा उठाएँ और सीने को उठाएँ तथा आगे

निकाले हुए, चित्रों में दर्शाई गई विधि के अनुसार धड़ को घुमाएँ(चित्र 525 से 535) मेरुदंड को 360° की मंडलाकार परिक्रमा दी जाती है।

4. घड़ी के समान पूरा चक्कर लगाने के बाद जरा ठहरें और कुछ गहरी साँसें लें। उसके बाद उलटे क्रम में चित्रों का अनुसरण करते हुए दाईं से बाईं ओर चक्राकार गति को दुहराएँ।

5. पूरा लचीलापन पाने के लिए यह आवश्यक है कि ऊर्ध्व धनुरासन(चित्र 486) में विपरीत चक्रासन(चित्र 488 से 499) के अभ्यास से मेरुदंड को पहले लचीला बनाया जाए। शुरू-शुरू में गर्दन और कंधे जमीन की ओर झुकते हैं। पर जब वे पर्याप्त शक्ति प्राप्त कर लेते हैं और पीठ लचीली बन जाती है तब यह आसन करने में सुगमता होती है।

परिणाम

चक्राकार गति में धड़ और उदर एक तरफ सिकुड़ जाते हैं और दूसरी ओर फैल जाते हैं। इससे मेरुदंड तथा उदर के अवयव सुगठित बनते हैं। स्वास्थ्य-वृद्धि होती है तथा आयु भी बढ़ती है।

182 वृश्चिकासन एक बत्तीस* (चित्र 536 और 537)

वृश्चिक का अर्थ है बिच्छू। बिच्छू शिकार को डंक मारने के लिए अपनी पूँछ पीठ की ओर धनुष के समान मोड़ता है और सिर के परे डंक मारता है। यह आसन आक्रामक बिच्छू का अनुकरण करता है अतः यह नाम पड़ा है।

विधि

1. जमीन पर घुटने टेकें। आगे की ओर झुकें। और जमीन पर कुहनियों, हाथों और हथेलियों को एक-दूसरे के समानांतर रखें। कंधों के बीच का अंतर हाथों के बीच के अंतर से अधिक नहीं होना चाहिए।

2. गर्दन तानें और जमीन पर से सिर यथाशक्ति ऊँचा उठाएँ।

3. श्वास छोड़ें, टाँगों और धड़ को ऊपर उछालें और सिर के बाहर टाँगों को बिना गिराए संतुलन बनाए रखने की कोशिश करें। कुहनी से कंधों तक भुजाओं को जमीन पर लंब रूप में रखकर सीने के भाग को लंब रूप में ऊपर तानें।

4. टाँगों को लंबरूप में ऊपर तानें और संतुलन करें। यह पिंच मयूरासन है (चित्र 357)। हाथों पर संतुलन बनाए रखने के बाद श्वास छोड़ें, घुटनों को मोड़ें, जमीन पर से यथाशक्ति गर्दन और सिर ऊपर ऊँचा उठाएँ, कंधों से मेरुदंड को तानें और एड़ियाँ कपाल पर स्थिर होने तक पैर नीचे करें(सामने की छवि: चित्र 536)। इसे सीख लेने के बाद घुटनों और टखनों को एक साथ रखने तथा उंगुलियाँ आगे की

ओर सीधी रखने का प्रयत्न करें(पार्श्व छवि: चित्र 537)। एड़ी से घुटनों तक टाँगें सिर के लंब रूप में होनी चाहिए। नलियों और भुजाओं के ऊपरी भाग एक-दूसरे के समानांतर होने चाहिए।

5. इस आसन में गर्दन, कंधे, सीना, मेरुदंड और उदर–सब तने होते हैं इसलिए श्वासक्रिया बहुत तेज़ और भारी होगी। स्वाभाविक रूप से श्वास लेने का प्रयत्न करें; करीब 30 सेकेंड तक यथासंभव इस आसन में रहें।

6. अपनी शक्ति के अनुसार इस आसन में रहने के बाद, सिर के परे जमीन पर टाँगें रखें, कुहनियाँ जमीन पर से उठाएँ और ऊर्ध्व धनुरासन करने के लिए भुजाएँ सीधी करें(चित्र 486)।

7. बाद में या तो ताडासन(चित्र 1) में खड़े हों या विपरीत चक्रासन(चित्र 488 से 499) करें।

8. वृश्चिकासन के कारण पीठ पर पड़े दबाव को दूर करने के लिए आगे की ओर झुककर और बिना घुटनों को मोड़े हथेलियों से जमीन का स्पर्श करें(चित्र 48)।

183 वृश्चिकासन दो तैंतीस* (चित्र 538)

यह आसन पहले के आसन की अपेक्षा अधिक कठिन है, कारण पूरा संतुलन केवल बाँह पर करना पड़ता है। अधोमुख वृक्षासन(चित्र 359) करते समय इसका अभ्यास किया जाता है।

विधि

1. ताडासन में खड़े हों(चित्र 1)। आगे झुकें और हथेलियाँ जमीन पर रखें। कंधों के बीच के अंतर के बराबर दोनों हाथों के बीच का अंतर होना चाहिए। भुजाओं को पूरी तरह फैला कर रखें।

2. टाँगें उठाएँ और घुटनों को मोड़ें, श्वास छोड़ें, धड़ और टाँगें लंबरूप में ऊपर उछालें और हाथों पर संतुलन करें। जमीन पर से यथासंभव गर्दन और सिर को ऊँचा उठाएँ। यह है अधोमुख वृक्षासन(चित्र 359)।

3. संतुलन बना लेने के बाद श्वास छोड़ें, घुटनें मोड़ें, मेरुदंड और सीना तानें और एड़ी के कपाल पर टिकने तक पैरों को नीचे करें। पैर की उंगुलियाँ सामने की ओर रखें। घुटनों तथा टखनों को संतुलन के समय मिलाकर रखने का प्रयत्न करें। नलियों को सिर के लंबरूप और भुजाओं को जमीन के लंबरूप में रखें। नलियाँ और भुजाएँ एक-दूसरे के समानांतर होनी चाहिए(चित्र 538)।

4. इस स्थिति में संतुलन बनाना अत्यंत कठिन है; क्योंकि पूर्ववर्णित पिंच मयूरासन (चित्र 537) की अपेक्षा इसका करना अधिक कठिन है।

5. इस आसन पर अधिकार प्राप्त करने के लिए अत्यंत सशक्त मणिबंधों की, दृढ़ संकल्प तथा निरंतर अभ्यास की बड़ी आवश्यकता है। चूँकि गर्दन, कंधे, सीना और मेरुदंड फैले होते हैं और उदर संकुचित होता है इसलिए श्वासक्रिया तेज़ और कष्टकर होगी। स्वाभाविक रूप से श्वास लेने का प्रयास करें और 10 से 15 सेकेंड तक जितना हो सके इस आसन में रहें।

6. ऊर्ध्व धनुरासन(चित्र 486) करने के लिए सिर के परे टाँगें ले जाएँ तथा या तो ताडासन(चित्र 1) में खड़े हों या विपरीत चक्रासन करें(चित्र 488 से 499)।

7. वृश्चिकासन के कारण होने वाले पीठ पर के तनाव को दूर करने के लिए आगे की ओर झुकें और घुटनों को मोड़े बिना हथेलियों से जमीन का स्पर्श करें–उत्तानासन (चित्र 48)।

परिणाम

जब उदर की मांसपेशियाँ तन जाती हैं तब फुप्फुस पूरी तरह फैलते हैं। पूरा मेरुदंड सशक्त रूप में ठीक किया जाता है और स्वस्थ रहता है। इस आसन का मनोवैज्ञानिक प्रभाव भी है। सिर, जो ज्ञान और शक्ति का स्थान है, वह गर्व, क्रोध, घृणा, ईर्ष्या, असहिष्णुता, और मत्सर का भी स्थान है। बिच्छू के डंक में होनेवाले विष से भी ये भावनाएँ अधिक विषैली हैं। योगी अपने पैरों से सिर पर मार देकर आत्मनाशक भावनाओं और वासनाओं को उन्मूलित करने का प्रयत्न करता है। अपने सिर में पदाघात कर योगी विनयशीलता, शांति और सहिष्णुता को बढ़ाता है और इस तरह अहंकार से भी मुक्त होने का प्रयास करता है। अहंकार-दमन से एकतानता और आनंद की प्राप्ति होती है।

184 एकपाद राजकपोतासन एक अट्ठाईस* (चित्र 542)

एक का अर्थ एक है, पाद का अर्थ है टाँग या पैर और कपोत का अर्थ है कबूतर। राजकपोत का अर्थ कपोतों का राजा है। इस आसन में होंठ आगे निकालने वाले कबूतर की भाँति सीने को आगे की ओर ताना जाता है, इसलिए आसन का यह नाम है।

विधि

1. सामने सीधे टाँगें फैलाकर जमीन पर बैठें(चित्र 77)।

2. दाएँ घुटने को मोड़ें और दायाँ पैर जमीन पर रखें जिससे दाईं एड़ी बाईं ऊरु:संधि का स्पर्श करे। दायाँ घुटना जमीन पर रखें।

3. बाईं टाँग को पीछे ले जाएँ, पूरी लंबाई के साथ इसे जमीन पर सीधे रखें। तब बाईं जाँघ का अगला हिस्सा, घुटना, नली का अग्रभाग तथा बाएँ पैर की उंगुलियों का ऊपरी भाग जमीन पर होगा।

4. कमर पर हथेलियाँ रखें, सीने को आगे की ओर निकालें, गर्दन तानें और यथासंभव सिर को पीछे की ओर ले जाएँ तथा आसन की प्रारंभिक गति में कुछ समय तक संतुलन बनाएँ(चित्र 539)।

5. अब जमीन पर सामने हाथ रखें, बायाँ घुटना मोड़ें और बायाँ पैर सिर के निकट ऊपर उठाएँ। टखने से घुटने तक बाईं टाँग जमीन के लंबरूप में होनी चाहिए और इस स्थिति को प्राप्त करने के लिए बाईं जाँघ की मांसपेशियों को तानें।

6. एक उच्छ्वसन के साथ दाईं बाँह सिर पर ले जाएँ और दाएँ हाथ से बायाँ पैर पकड़ें(चित्र 540), कुछ साँसें लें। तब पुनः श्वास छोड़ें और बाएँ हाथ से बायाँ पैर पकड़ें। बाएँ पैर पर सिर को टिकाएँ(चित्र 541)।

7. सीने को आगे की ओर तानें, हाथों को नीचे की ओर ले जाएँ और टखनों को पकड़ें और सिर नीचे करें जिससे ऊपरी होंठ बाईं एड़ी को छू ले(चित्र 542)। करीब 10 सेकेंड तक इस स्थिति में रहें। इसमें उदर सिकोड़ा जाता है, सीना पूरी तरह फैलता है और इस कारण श्वासक्रिया तेज़ होती है। प्रयत्न करें और स्वाभाविक रूप से श्वास लें।

8. एक-एक कर बाएँ टखने पर की हाथों की पकड़ को ढीला करें और हथेलियाँ जमीन पर रखें। बाईं टाँग सीधी करें और सामने ले जाएँ, बाद में दाईं टाँग सीधी करें।

9. उतने ही समय के लिए दूसरी ओर इस आसन को दुहराएँ। इस बार बायाँ पैर दाईं ऊरु:संधि का स्पर्श करेगा; दाईं टाँग पीछे की ओर तनी होगी और दायाँ पैर सिर के ऊपर फैले दोनों बाँहों से पकड़ा जाएगा।

185. वालखिल्यासन पैंतालीस* (चित्र 544)

वालखिल्य सृष्टिकर्ता के शरीर से उत्पन्न अँगूठे के आकार के दिव्य पुरुष थे। उनके संबंध में कहा जाता है कि वे साठ हजार की संख्या में हैं और सूर्य के रथ के आगे चलते हैं। कालिदास के महाकाव्य **रघुवंशम्** में उनका उल्लेख है। यह दुष्कर आसन एकपाद राजकपोतासन एक(चित्र 542) के आगे की अवस्था है।(एकपाद राजकपोतासन एक–जो पूर्वोक्त ढंग से आसानी से और अच्छी तरह किया जा सकता है–पर प्रभुत्व प्राप्त किए बिना इस आसन के लिए प्रयास न करें।)

विधि

1. एकपाद राजकपोतासन एक(चित्र 542) करें। दोनों हाथों से बाएँ टखने को पकड़ने के बाद नितंबों को सिकोड़ें और गुदास्थि को ऊपर करें। टखने को बिना छोड़े बाईं टाँग पीछे करें(चित्र 543) और कुछ साँसें लें।

2. श्वास छोड़ें, भुजाओं को आगे फैलाएँ और जमीन पर समतल होने तक टाँग को

नीचे ले जाएँ। जाँघ से लेकर उंगुलियों तक टाँग के आगे के पूरे भाग को जमीन का स्पर्श करना चाहिए(चित्र 544)।

3. कुछ सेकेंड तक इस आसन में रहें। तब उदर के अवयव सिकुड़ जाते हैं, सीना पूरी तरह फैल जाता है, फलस्वरूप श्वासक्रिया तेज़ और कठिन होगी।

4. टखने की पकड़ छोड़ें, पीठ को सीधा करें और थोड़े समय तक आराम करें।

5. उतने ही समय के लिए इस आसन को दूसरी ओर दुहराएँ।

परिणाम

यह आसन जानु शीर्षासन(चित्र 127) की प्रतिक्रिया है और मेरुदंड के निम्न भाग को पुनर्यौवन देता है। कट्यस्थि भाग(पुरोनितंबीय भाग) में अधिक रक्त संचरित होता है और वह स्वस्थ रहता है। इस आसन और राजकपोतासन माला की अन्य स्थितियों का अभ्यास करने से मूत्रप्रणाली के दोष दूर हो जाते हैं। गर्दन और कंधों की मांसपेशियों को पूरी तरह व्यायाम मिलता है। कंठग्रंथि(thyroids), उपकंठग्रंथि (parathyroids), गुर्दा भाग तथा जननग्रंथियाँ प्रचुर मात्रा में रक्त प्राप्त करती हैं, जिससे व्यक्ति के पौरुष की वृद्धि होती है। कामवासना के नियंत्रण के लिए यह आसन और राजकपोतासन माला के अन्य आसन उपयोगी बताए गए हैं।

186 एकपाद राजकपोतासन दो उनतीस* (चित्र 545)

विधि

1. सामने सीधी टाँग फैलाकर जमीन पर बैठें(चित्र 77)।

2. दायाँ घुटना मोड़ें और दाएँ पैर के तलवे और एड़ी को जमीन पर समतल रखें। दाईं टाँग की नली जमीन पर बहुतांश लंबरूप में होगी और पिंडली जाँघ के पृष्ठभाग का स्पर्श करेगी। दाईं एड़ी को मूलाधार(गुह्य भाग) के निकट रखें। अब दाईं टाँग मरीच्यासन एक(चित्र 144) में होगी।

3. बाईं टाँग को पीछे करें और पूरी लंबाई के साथ जमीन पर टिकाएँ।

4. बाईं नली को जमीन के लंबरूप होने तक बाईं टाँग को घुटने के पास मोड़ें। दाएँ पैर और बाएँ घुटने पर शरीर का संतुलन बनाएँ। संतुलन बनाने के लिए दाईं जाँघ जमीन के समानांतर होने तक जमीन से 40° के कोण पर नली होने तक दाएँ घुटने को आगे की ओर करें।

5. एक उच्छ्वसन के साथ दाईं भुजा सिर पर ले जाएँ और दाएँ हाथ से बाएँ पैर को कसकर पकड़ें। कुछ साँसें लें और पुनः उच्छ्वसन के बाद बाईं भुजा को सिर के ऊपर ले जाएँ और बाएँ हाथ से उसी पैर को अच्छी तरह पकड़ लें। सिर को पैर पर टिकाएँ(चित्र 545)।

6. सीने को आगे की ओर तानें और 15 सेकेंड तक इस स्थिति में रहें।

7. सीने के फैलाव और उदर के संकुचन के कारण श्वासक्रिया तेज़ होगी। इसे स्वाभाविक रखने की कोशिश करें।

8. टखनों पर की पकड़ ढीली करें और टाँगें सीधी करें।

9. दूसरी ओर आसन को दुहराएँ। इस बार बाईं टाँग मरीच्यासन एक में होगी, दायाँ पैर बाएँ हाथ द्वारा पकड़ा जाएगा और उस पर सिर टिकाने से संतुलन बनाया जाता है। दोनों ओर उतने ही समय के लिए इस स्थिति में रहें।

10. एक बार संतुलन बनाने की कठिनाई पर सफलता प्राप्त कर ली जाए तो यह आसन पहले से सुगमतर हो जाता है।

187 एकपाद राजकपोतासन तीन तीस* (चित्र 546)

विधि

1. सामने दोनों टाँगें सीधी तानकर जमीन पर बैठें(चित्र 77)।

2. घुटने के पास बाईं टाँग को मोड़ें जिससे उंगुलियाँ पीछे की ओर हों और बाएँ नितंब के पास जमीन का स्पर्श करें। बाईं पिंडली का अंतर्भाग बाईं जाँघ के बहिर्भाग के साथ छूना चाहिए और बाएँ घुटने को जमीन पर रखा जाना चाहिए। बाईं टाँग वीरासन में न होगी(चित्र 89)।

3. दाईं टाँग पीछे ले जाएँ और जमीन पर सीधी लंबी रखें।

4. हथेलियाँ जमीन पर रखें। श्वास छोड़ें, दाएँ घुटने को मोड़ें और बायाँ पैर सिर के पास ऊपर ले जाएँ। घुटने से टखने तक दाईं नली जमीन पर लंबरूप होनी चाहिए। और इस स्थिति को प्राप्त करने के लिए दाईं जाँघ की मांसपेशियों को कसें और कुछ साँसें लें।

5. श्वास छोड़ें, मेरुदंड और गर्दन को तानें, सिर पीछे करें और एक-एक कर भुजाओं को सिर के ऊपर ले जाकर दाएँ पैर को पकड़ लें और उस पर सिर टिकाएँ (चित्र 546)। 15 सेकेंड तक संतुलन करें और स्वाभाविक रूप से श्वास लेने का प्रयास करें।

6. दाएँ टखने पर की पकड़ छोड़ दें और टाँगों को सीधा करें।

7. दूरारी ओर उतने टी रागय के लिए इस आसन को दुहराएँ। अब दाईं टाँग वीरासन में होगी और सिर बाएँ पैर पर टिकेगा जो सिर के ऊपर ले जाए गए हाथों से पकड़ा हुआ होगा।

188 एकपाद राजकपोतासन चार चालीस* (चित्र 547)

विधि

1. जमीन पर घुटने टेकें और हथेलियाँ शरीर के दोनों ओर रखें। घुटनों को ऊपर उठाएँ। दाईं टाँग को आगे लाएँ और बाईं टाँग पीछे करें और एक उच्छ्वसन के साथ दोनों टाँगों को सीधा तानें। सामने टाँग के पृष्ठभाग और पीछे टाँग के ऊपरी भाग को जमीन का स्पर्श होना चाहिए। अब टाँगें हनुमानासन(चित्र 475) में होंगी, जो पाश्चात्य बैले नृत्य की एक मुद्रा के समान है।

2. सीने को आगे की ओर निकालें, गर्दन को बढ़ाएँ और जितना हो सके सिर को पीछे ले जाएँ। बायाँ घुटना मोड़ें और बाएँ पैर को सिर के पास ऊपर ले जाएँ। घुटने से टखने तक बाईं नली जमीन पर लंबरूप होनी चाहिए।

3. एक उच्छ्वसन के साथ बाईं भुजा को सिर के ऊपर ले जाएँ और बाएँ हाथ से बायाँ पैर पकड़ लें। कुछ साँसें लेने के बाद पुनः श्वास छोड़ें, दाईं भुजा सिर के ऊपर ले जाएँ और दाएँ हाथ से बाएँ पैर को पकड़ें और उस पर सिर टिकाएँ(चित्र 547)।

4. करीब 10 सेकेंड तक इस स्थिति में रहें। बाएँ पैर की पकड़ को छोड़ दें और हनुमानासन में वापस आ जाएँ(चित्र 475)। हथेलियाँ जमीन पर रखते हुए जमीन पर से नितंबों को उठाएँ।

5. इस बार सामने बाईं टाँग को जमीन पर सीधे फैलाते हुए हनुमानासन में वापस आ जाएँ। दाएँ घुटने को मोड़ें और बायाँ पैर सिर के पास ऊपर रखें।

6. दाएँ पैर को पकड़ कर तथा उस पर सिर टिकाकर इस आसन को दुहराएँ। इस ओर भी उतने ही समय के लिए ठहरें।

एकपाद राजकपोतासन माला के परिणाम

ये स्थितियाँ मेरुदंड के कटि और पृष्ठभाग को नवजीवन देती हैं। गर्दन और कंधों की मांसपेशियों को पूरा व्यायाम मिलता है और टाँगों की विभिन्न स्थितियाँ टखनों और जाँघों को मजबूत करती हैं। कंठग्रंथि, उपकंठग्रंथि, गुर्दे, जननग्रंथियाँ पर्याप्त मात्रा में रक्त प्राप्त करती हैं और अच्छी तरह क्रियाशील होती हैं; इससे जीवनशक्ति बढ़ती है। इन स्थितियों में पुरोनितंबीय भाग(कट्यस्थि भाग) में रक्त संचरित होता है, जो व्यक्ति को स्वस्थ रखता है। ये आसन मूत्र प्रणाली के दोष और कामवासना को नियंत्रित करने के लिए उपयोगी बतलाए गए हैं।

189 भुजंगासन दो सैंतीस* (चित्र 550)

भुजंग का अर्थ है साँप। यह आसन राजकपोतासन(चित्र 551) की प्रारंभिक स्थिति है और दंश करने को सन्नद्ध सर्प की आकृति के समान है।

विधि

1. पेट के बल जमीन पर लेट जाएँ। कुहनियाँ मोड़ें और कमर के किसी एक तरफ जमीन पर हथेलियाँ रखें।

2. श्वास छोड़ें, भुजाओं को पूरी तरह तान कर पुरोनितंबीय भाग और टाँगों को खिसकाए बिना सिर और धड़ ऊपर उठाएँ और पीछे करें(चित्र 73)।

3. कुछ सेकेंड के लिए स्वाभाविक रूप से श्वास लेते हुए इस स्थिति में रहें।

4. श्वास छोड़ें। घुटने मोड़ें और पैरों को ऊपर उठाएँ। बस्तिप्रदेश, जाँघों तथा हाथों पर शरीर-भार का अनुभव होगा। कुछ साँसें लें।

5. दाएँ हाथ पर अधिक दबाव देकर जमीन पर से बायाँ हाथ उठाएँ और एक गहरे उच्छ्वसन के साथ कंधे पर से बाईं भुजा झुलाकर पीछे ले जाएँ और बाएँ घुटने की चक्की पकड़ें(चित्र 548)। कुछ साँसें लेने के बाद, तेज़ और गहरी साँसें लें, दाईं भुजा कंधे पर से झुलाकर पीछे की ओर ले जाएँ और हाथ से दाएँ घुटने की चक्की पकड़ें(चित्र 549)।

6. घुटनों की पकड़ को ढीला किए बिना पुनः टाँगें जमीन पर सीधी तानें। गर्दन तानें तथा जितना पीछे कर सकें उतना सिर को पीछे करें(चित्र 550)। धीरे-धीरे दोनों घुटनों को यथासंभव निकट लाने का प्रयत्न करें।

7. गुदा को सिकोड़ें, जाँघों को कसें और करीब 15-20 सेकेंड तक इस स्थिति में रहें। जब उदर सिकोड़ा जाता है तब मेरुदंड, सीना और कंधे पूरी तरह फैलते हैं और श्वासक्रिया तेज़ और कठिन होती है।

8. घुटने मोड़, घुटनों की चक्कियों से एक-एक कर हाथ हटाएँ और जमीन पर टिकाएँ।

परिणाम

यह आसन भुजंगासन एक(चित्र 73) का तीव्रतर स्वरूप होने के कारण इसके परिणाम भी अधिक हैं। इसमें मेरुदंड के त्रिकोण, कटि व पृष्ठभाग को तो लाभ पहुँचता ही है, साथ ही गर्दन और कंधे की मांसपेशियों को भी फायदा होता है, क्योंकि इन मांसपेशियों पर काफी तनाव पड़ता है। इस आसन में पुरोनितंबीय भाग में अधिक रक्त संचरित होने से वह होता है। कंठग्रंथि(गलग्रंथि), उपकंठग्रंथि, मूत्रजननेंद्रिय(वृक्कशिर), जननग्रंथियों को प्रचुर मात्रा में रक्त प्राप्त होता है और यह जीवनशक्ति की वृद्धि में परिणामकारी होता है। सीना भी पूर्णतया फैलता है।

190 राजकपोतासन अड़तीस* (चित्र 551)

राजकपोत का अर्थ कबूतर का राजा है। यह बहुत आकर्षक परंतु कठिन आसन है।

अकड़कर चलनेवाले कबूतर की भाँति सीने को आगे की ओर किया जाता है, अतः यह नाम है।

विधि

1. पूरी लंबाई में जमीन पर पेट के बल लेटें, कुहनियाँ मोड़ें और हथेलियाँ कमर के दोनों ओर जमीन पर रखें।

2. श्वास छोड़ें, भुजाएँ पूरी तानकर तथा पुरोनितंबीय भाग और टाँगों को खिसकाए बिना सिर और धड़ को ऊपर उठाएँ और स्वाभाविक रूप से श्वास लेते हुए कुछ सेकेंड तक इस स्थिति में रहें।

3. श्वास छोड़ें, घुटनों को मोड़ें, और पैर को ऊपर उठाएँ। बस्तिप्रदेश और जाँघों पर शरीर-भार का अनुभव होगा। कुछ साँसें लें।

4. दाएँ हाथ पर भार लेते हुए बायाँ हाथ उठाएँ और एक तेज़, गहरे उच्छ्वसन के साथ कंधे पर से बाईं भुजा को पीछे की ओर ले जाएँ और बाएँ घुटने की चक्की को पकड़ें(चित्र 548)। कुछ साँसें लें, पुनः एक तेज़ और गहरे उच्छ्वसन के साथ, कंधे पर से दाईं भुजा को पीछे की ओर ले जाएँ और दाएँ घुटने की चक्की को दाएँ हाथ से पकड़ें(चित्र 549)।

5. सीने को उठाएँ और तलवों तथा एड़ियों पर सिर स्थिर होने तक, घुटने पर की पकड़ का रंभे की तरह उपयोग करते हुए रीढ़ और गर्दन को पीछे ले जाएँ। पैरों को साथ रखें और यथासंभव घुटनों को सटाएँ(चित्र 551)।

6. करीब 15 सेकेंड के लिए जितना संभव हो इस स्थिति में रहें। जब मेरुदंड और सीना पूरी तरह तन जाता है और उदर जमीन से दब जाता है, श्वासक्रिया अतितेज़ और कष्टकर होगी और 15 सेकेंड तक इस स्थिति में रहना एक युग के समान मालूम पड़ेगा। यह आसन लघुवज्रासन(चित्र 513) से बहुत कुछ मिलता-जुलता है; अंतर इतना ही है कि इसमें शरीर घुटनों से उंगुलियों तक की टाँगों के बदले बस्तिप्रदेश और जाँघों पर स्थिर होता है।

7. पुनः टाँगें सीधी तानें। घुटनों को छोड़ दें और एक-एक कर हथेलियाँ जमीन पर सामने लाएँ। यदि दोनों हाथ एक ही समय मेरुदंड के दबाव से मुक्त हो जाते हैं तो व्यक्ति मुँह के बल गिर सकता है और घायल हो सकता है। सामने हथेलियों को एक-एक कर टिकाने के बाद सीने को जमीन पर टिकाएँ और आराम करें।

8. यदि यह कठिन है तो हथेलियाँ जमीन पर रखें और पैरों पर कपाल टिका लें (चित्र 552)।

परिणाम

कपोतासन(चित्र 512) में मेरुदंड में कटिभाग पर तनाव का अनुभव होता है। दूसरी

ओर राजकपोतासन में मेरुदंड के कटि तथा पृष्ठ प्रदेश दोनों लाभान्वित होते हैं। गर्दन और कंधे की मांसपेशियाँ पूरी तरह तानी जाती हैं और उन्हें व्यायाम मिलता है। शरीर-भार पुरोनितंबीय भाग पर पड़ता है इस कारण अधिक रक्त संचरित होता है जिससे यह अंग स्वस्थ होता है। उदर के अवयव जमीन से दब जाते हैं और इस तरह रगड़े जाते हैं। जननग्रंथियाँ पर्याप्त एवं विपुल रक्तभंडार पाती हैं, जिससे जीवनशक्ति में वृद्धि होती है। मूत्रप्रणाली संबंधी दोषों के लिए यह आसन लाभकारी बताया जाता है। कंदासन(चित्र 471) तथा सुप्त त्रिविक्रमासन(चित्र 478) के साथ ही राजकपोतासन कामवासना के नियंत्रण के लिए उपयुक्त बताया जाता है।

191 पादांगुष्ठ धनुरासन तैंतालीस* (चित्र 555)

पाद का अर्थ है पैर। अंगुष्ठ का अर्थ अँगूठा और धनु का अर्थ धनुष है। यह धनुरासन का एक कठिन प्रकार है(चित्र 63)। यहाँ कंधों से घुटनों तक शरीर एक तने धनुष का अनुकरण करता है। घुटनों से उंगुलियों तक टाँगें तथा सिर के ऊपर फैलाई हुई भुजाएँ तानकर खींची हुई प्रत्यंचा के समान हैं। यह स्थिति तीन क्रियाओं में नीचे दी गई है।

विधि

1. पेट के बल जमीन पर अधोमुख लेटें।

2. हथेलियों को सीने के दोनों ओर जमीन पर रखें। उन्हें नीचे की ओर दबाएँ और भुजाएँ सीधी कर, भुजंगासन एक(चित्र 73) की तरह जमीन पर से सिर और धड़ उठाएँ। घुटने मोड़ें और पैरों को ऊपर करें। श्वास छोड़ें, पैर और सिर को एक-दूसरे के नजदीक लाएँ और पैरों से सिर को छूने का प्रयत्न करें(चित्र 552)।

3. पैर एक-दूसरे पर चढ़ाएँ, तब एक ओर हाथ पर अधिक भार देकर जमीन पर से दूसरा हाथ उठा लें। तेज़ और गहरे उच्छ्वसन के साथ उठी हुई भुजा कंधे पर से सिर के ऊपर तानें और उंगुलियों को पकड़ें(चित्र 553)। अब एक उच्छ्वसन के साथ दूसरा हाथ जमीन पर से उठाएँ और उंगुलियाँ पकड़ें। उंगुलियों को कसकर पकड़े रहें और दाएँ हाथ से दाएँ पैर के अँगूठे को कसकर पकड़ लें तथा बाएँ हाथ से बाएँ पैर के अँगूठे को पकड़ लें(चित्र 554)। कुछ साँसें लें।

4. पैरों को कसकर पकड़ें, अन्यथा वे हाथ से छूट जाएँगे। बाद में एक उच्छ्वसन के साथ यथासंभव सिर से ऊपर भुजाएँ और टाँगें तानें। कुहनियों पर भुजाएँ सीधी रखने का प्रयत्न करें। यह पहली क्रिया है(चित्र 555)। इस आसन में करीब 15 सेकेंड तक रहें।

5. उंगुलियों पर की पकड़ बनाए हुए एड़ियाँ सिर पर टिकने तक कुहनियाँ मोड़ें और पैरों को नीचे करें। धीरे-धीरे तनाव को बढ़ाते रहें जिससे एड़ियाँ पहले भाल पर

बाद में आँखों पर और अंत में अधरों पर टिकें(चित्र 556)। यह दूसरी क्रिया है। कुछ सेकेंड तक इस स्थिति में रहें।

6. अब भी उंगुलियों पर की मजबूत पकड़ को बनाए हुए कंधों की बगल को छूने तक पैरों को नीचे करते जाएँ(चित्र 557)। यह तीसरी क्रिया है। इसमें कुछ सेकेंड तक रहें।

7. तीसरी क्रिया को पूरा करने के बाद श्वास छोड़ें और टाँगों और भुजाओं को ऊपर तानें। हाथों को तत्क्षण जमीन पर रखते हुए एक-एक कर टाँगों को मुक्त करें अन्यथा मेरुदंड के पीछे की ओर मोड़ से_व्यक्ति के मुँह में मार लगने की संभावना है। बाद में जमीन पर रहें और आराम करें।

8. गर्दन, कंधों, सीने और मेरुदंड के तनाव और जमीन पर उदर के दबाव के कारण श्वास क्रिया बहुत तेज और कठिन होगी। तीनों क्रियाओं में स्वाभाविक रूप से श्वास लेने का प्रयत्न करें।

परिणाम

इस आसन में, तनाव से सभी कशेरुकाएँ लाभ पाती हैं। पूरे शरीर को तनाव मिलता है और वह अधिक लचीला बनता है। पूरा भार नाभि के निकट उदर भाग पर पड़ता है और उदरीय महाधमनी पर दबाव पड़ने के कारण उदर के अवयवों के चारों ओर पूर्ण रूप से रक्त का संचार होता है। यह उन्हें स्वस्थ रखता है और पाचनशक्ति का संवर्धन करता है। इस आसन में स्कंधास्थियाँ अच्छी तरह तानी जाती हैं इसलिए कंधों का कड़ापन दूर हो जाता है। तथापि सर्वाधिक महत्त्वपूर्ण परिणाम यह है कि सारी क्रियाओं के अत्यधिक कठिन होने पर भी मन निष्क्रिय और शांत रहता है। यह आसन व्यक्ति के शरीर को सुडौल तथा चिरयुवा बनाता है और मन को प्रफुल्ल एवं सक्रिय रखता है।

192 घेरंडासन एक चौवालीस* (चित्र 561 और 562)

घेरण्ड संहिता के रचयिता घेरंड नामक ऋषि को यह आसन अर्पित है। यह आसन भेकासन(चित्र 100) और पादांगुष्ठ धनुरासन(चित्र 555) का मिश्रण है। एक तरफ की भुजा और टाँग इस आसन में पहले आसन की जैसी जबकि दूसरी तरफ की टाँग और भुजा बाद के आसन की जैसी होती है।

विधि

1. पेट के बल जमीन पर अधोमुख लेटें।

2. श्वास छोड़ें, बायाँ घुटना मोड़ें, बाएँ पैर को बाएँ नितंब की ओर घुमाएँ।

3. बाएँ हाथ से बाएँ पैर का तलवा पकड़ें। कुछ साँसें लें। बाएँ हाथ को घुमाएँ

जिससे हथेली बाएँ पैर के अगले भाग को छुए और हाथ तथा पैर की उंगुलियाँ सिर की ओर उन्मुख हों।

4. श्वास छोड़ें, तलवे और एड़ी को जमीन के पास लाने के लिए बाएँ हाथ से बाएँ पैर को नीचे ढकेलें। जमीन पर से सिर और सीना ऊपर उठाएँ। अब बाईं बाँह और टाँग भेकासन(चित्र 100) में होंगी।

5. दाएँ घुटने को मोड़कर दाएँ हाथ से दायाँ अँगूठा पकड़ें(चित्र 558)। दाईं कुहनी और कंधे को घुमाएँ(चित्र 559) और दाईं भुजा तथा टाँग को ऊपर की ओर तानें(चित्र 560), कुछ साँसें लें।

6. श्वास छोड़ें, दाएँ अँगूठे की पकड़ को छोड़े बिना दाईं भुजा और टाँग को सीधे उठाएँ(चित्र 561 तथा 562)। दाईं भुजा और टाँग अब पादांगुष्ठ धनुरासन में होंगी(चित्र 555)।

7. 15 से 20 सेकेंड तक इस स्थिति में रहें। जमीन पर उदर का दबाव होने से श्वासक्रिया तेज़ होगी।

8. तब श्वास छोड़ें, गर्दन को तानें और सिर को पीछे झुकाएँ, दाईं कुहनी और घुटने को मोड़ें और पैर के बाएँ कंधे को छूने तक दाईं टाँग नीचे करें(चित्र 563)।

9. कुछ सेकेंड तक इस स्थिति में रहें।

10. एक उच्छ्वसन के साथ स्थिति 6 में वापस आ जाएँ(चित्र 561)।

11. अब पैरों को छोड़ें, जमीन पर टाँगें ताने सिर और सीने को नीचे करें और थोड़े समय तक आराम करें।

12. इस बार दाईं भुजा और टाँग को भेकासन में रखें और बाईं भुजा और टाँग को पादांगुष्ठ धनुरासन में रखकर इस आसन को दुहराएँ। इस स्थिति में भी उतने ही समय तक रहें। दाएँ के लिए बायाँ और बाएँ के लिए दायाँ पढ़ते हुए ऊपर निर्दिष्ट विधि का पालन करें।

193 घेरंडासन दो छयालीस* (चित्र 564 और 565)

इस आसन में एक ओर की भुजा और टाँग बद्धपद्मासन(चित्र 118) में होती हैं जबकि दूसरी ओर भुजा और टाँग पादांगुष्ठ धनुरासन(चित्र 555) में होती हैं।

विधि

1. सामने जमीन पर टाँगें सीधी फैलाकर बैठें (चित्र 77)। दाएँ पैर को बाईं जंघा के मूल पर रखें और बाद में पीठ के बल लेटें।

2. दाएँ पैर की स्थिति में बिना किसी परिवर्तन के पेट पर लुढ़कें। श्वास छोड़ें, और

दाईं भुजा को कंधे से पीछे की ओर ले जाकर और दाएँ हाथ से दायाँ अँगूठा (पैर का) पकड़ लें। अब दाईं बाँह तथा टाँग बद्धपद्मासन(चित्र 118) में होंगी। कुछ साँसें लें और जमीन पर से सिर और सीने को ऊपर उठाएँ।

3. श्वास छोड़ें, बाएँ घुटने को मोड़ें और बाएँ हाथ से बाएँ पैर के अँगूठे को पकड़ें। भुजा और कंधे को घुमाएँ तथा पैर के अँगूठे की पकड़ को छोड़े बिना बाईं भुजा और टाँग को पादांगुष्ठ धनुरासन में होने तक ऊपर उठाएँ(चित्र 564 तथा 565)।

4. 15 सेकेंड तक इस स्थिति में रहें। जमीन पर के दबाव के कारण श्वासक्रिया तेज़ और कठिन होगी।

5. तब श्वास छोड़ें, गर्दन को तानें और सिर को पीछे झुकाएँ, बाईं कुहनी और घुटने को मोड़ें और पैर से दायाँ कंधा छूने तक बाईं टाँग को नीचे करें(चित्र 566)।

6. कुछ सेकेंड तक इस आसन में रहें। उदर पर दबाव एवं संकोच होने से श्वासक्रिया कठिन होगी।

7. एक उच्छ्वसन के साथ स्थिति 3 में वापस आ जाएँ(चित्र 564)।

8. पैर की पकड़ को छोड़ें, टाँगें सीधी फैला दें, फिर टाँगें, सीना और सिर, तीनों को नीचे लाते हुए जमीन पर रख दें और थोड़े समय तक आराम करें।

9. उतने ही समय के लिए दूसरी ओर इस आसन को दुहराएँ। बाईं भुजा और टाँग बद्धपद्मासन में होंगी जबकि दाईं भुजा और टाँग पादांगुष्ठ धनुरासन में होंगी। दाएँ की जगह बायाँ और बाएँ की जगह दायाँ पढ़ते हुए ऊपर निर्दिष्ट विधि का पालन करें।

परिणाम

अधिक तनाव से सभी कशेरुकाएँ लाभ पाती हैं और पूरा शरीर अधिक लचीला बनता है। नाभि के पास का उदर भाग शरीर-भार वहन करता है और उदर की प्रमुख धमनी पर दबाव पड़ने के कारण उस भाग में रक्त पूर्णतया संचरित होता है, इससे उदर के अवयव स्वस्थ रहते हैं, और पाचनशक्ति बढ़ती है। स्कंधास्थि पूरी तन जाती है, इसलिए कंधों के जोड़ की जड़ता कम हो जाती है। यह आसन घुटनों को दृढ़ बनाता है और वातरोग या गठिया के कारण होनेवाले घुटने के जोड़ के दर्द को दूर करता है। पैरों पर हाथों का दबाव कमान को ठीक करता है और सपाट पैरों को ठीक करने में मदद करता है। यह आसन टखने के जोड़ को सुदृढ़ बनाता है, एड़ियों के दर्द को दूर करता है और पार्ष्णिका कंटक से पीड़ित व्यक्तियों को लाभ पहुँचाता है।

194 कपिंजलासन तैंतालीस* (चित्र 567)

कपिंजल एक तरह का पक्षी है। इसी को चातक कहते हैं जिसके बारे में कहा जाता है कि वह स्वाति बिंदु और ओसकण पर जीने वाला है।

यह आसन वशिष्ठासन(चित्र 398) और पादांगुष्ठ धनुरासन(चित्र 555) का मिश्रित रूप है। इस पर प्रभुत्व पाना कठिन है।

विधि

1. ताडासन में खड़े हों(चित्र 1)। आगे की ओर झुकें, जमीन पर हथेलियाँ रखें और टाँगें करीब 4 से 5 फीट तक पीछे करें–मानो अधोमुख श्वानासन(चित्र 75) कर रहे हों।

2. पूरे शरीर को दाईं ओर बगल में घुमा लें और दाईं हथेली और पैर पर संतुलन करें। दाएँ पैर का बाहरी भाग जमीन पर अच्छी तरह टिका होना चाहिए।

3. दाएँ पैर पर बायाँ पैर रखें, बाईं हथेली बाएँ नितंब पर रखें और शरीर को बिना हिलाए संतुलन करें(चित्र 396)। शरीर का दायाँ भाग वशिष्ठासन में है।

4. श्वास छोड़ें, बाईं टाँग घुटनों पर मोड़ें और बाएँ पैर के अँगूठे को बाएँ हाथ के अँगूठे, तर्जनी तथा मध्यमा से कसकर पकड़ें।

5. बाईं कुहनी और कंधे को घुमाएँ और बाईं भुजा और टाँग को धनुषाकार बनाने के लिए, बाएँ पैर के अँगूठे की पकड़ को छोड़े बिना, पीठ के पीछे की ओर तानें (चित्र 567)। बाईं भुजा और टाँग अब पादांगुष्ठ धनुरासन में होंगी।

6. दाईं भुजा और टाँग को दृढ़ रखकर तथा बाएँ पैर के अँगूठे पर की बाएँ हाथ की पकड़ को बनाए हुए कुछ सेकेंड तक संतुलन रखें। चूँकि मेरुदंड, सीना, गर्दन और कंधे पूरी तरह ताने जाते हैं और उदर सिकोड़ा जाता है, साँस श्रमित होगी।

7. बाएँ पैर के अँगूठे पर की पकड़ छोड़ दें, बाईं टाँग सीधी करें और बायाँ पैर दाएँ पैर पर और दायाँ हाथ बाएँ नितंब पर रखें। उपर्युक्त स्थिति के अनुसार दोनों हथेलियों और पैरों को जमीन पर टिकाएँ। उतने ही समय के लिए दूसरी ओर इस आसन को दुहराएँ। शरीर का बायाँ भाग अब वशिष्ठासन में होगा(चित्र 398), जबकि दायाँ भाग पादांगुष्ठ धनुरासन(चित्र 555) में होगा। दाएँ की जगह बाएँ और बाएँ की जगह दायाँ पढ़ते हुए उपरिनिर्दिष्ट विधि का अनुसरण करें।

परिणाम

इस आसन में कलाइयाँ पुष्ट होती हैं और स्कंधास्थियों को पूरा व्यायाम मिलता है, जिससे कंधों के जोड़ों की जड़ता दूर हो जाती है। टाँगें सुदृढ़ होती हैं और सभी कशेरुकाएँ लाभान्वित होती हैं। सीना पूरी तरह फैलता है और उदर की मांसपेशियाँ सशक्त होती हैं। यह आसन पूरे शरीर को स्वस्थ रखने में मदद करता है।

195 शीर्ष पादासन बावन* (चित्र 570)

शीर्ष का अर्थ है सिर और पाद का अर्थ है पैर। यह आसन पीछे झुक कर किए जाने

वाले आसनों में सबसे अधिक कठिन है और शीर्षासन में सिर पर संतुलन करते समय इसका अभ्यास किया जाता है(चित्र 190)। सिर पर खड़े(शीर्षासन) होने के बाद पीठ को मंडलाकार किया जाता है और एड़ियाँ गर्दन के पृष्ठभाग पर टिकने तक और पैर के अँगूठे हाथों से पकड़े जाने तथा सिर के पृष्ठभाग को स्पर्श किए जाने तक पैरों को नीचे किया जाता है।

विधि

1. जमीन पर कंबल फैलाएँ, घुटने टेकें और सालंब शीर्षासन एक(चित्र 190) करें।

2. घुटनों को मोड़ें, पीठ के पीछे टाँगें नीचे करें(चित्र 517 तथा 518)। श्वास छोड़ें, मेरुदंड को तानें, नितंब को सिकोड़ें और पैर की उंगुलियाँ सिर के पृष्ठभाग को छूने तक खींचें, और जाँघें(चित्र 568) और पैर(चित्र 569) नीचे करें। कुहनियों को बिना हटाए जमीन पर से कलाइयों को उठाएँ और उंगली की पकड़ को ढीला किए बिना हाथों से पैर के अँगूठे को पकड़ें(चित्र 570), सीने को आगे की ओर तानें और यथासंभव कुछ सेकेंड तक इस स्थिति में रहें।

3. पीछे की ओर झुक कर किए जाने वाले अन्य आसनों में(मेरुदंड को तानने में) व्यक्ति को कुछ मदद मिल सकती है, जबकि इस आसन में आवश्यक मोड़ के लिए मेरुदंड को अपने ही सहारे क्रियाशील होना पड़ता है।

4. मेरुदंड, सीना, कंधे और गर्दन पूरी तरह ताने जाते हैं और उदर संकुचित होता है इसलिए स्वाभाविक रूप से श्वास लेना कठिन होता है। शीर्षासन में वापस आ जाएँ (चित्र 190)। जमीन पर टाँगें सरकाएँ और आराम करें या ऊर्ध्व धनुरासन(चित्र 486) करें और ताडासन में खड़े हों(चित्र 1) या इसके बाद विपरीत चक्रासन(चित्र 488 से 499) करें।

परिणाम

शीर्षासन एक के(चित्र 190) परिणामों के अतिरिक्त सभी कशेरुकाओं को इस आसन में व्यायाम मिलता है। मेरुदंड को अधिक रक्तपूर्ति होती है, इस कारण नाड़ियाँ क्षीण नहीं होतीं। तनाव से उदर के अवयव ठीक हो जाते हैं।

196 गंड भेरुंडासन छप्पन* (चित्र 580 तथा 581)

गंड का अर्थ कपोल है, कनपट्टी-सहित चेहरे का पूर्ण पार्श्वभाग। भेरुंड का अर्थ है भयंकर, भयानक; यह पक्षी की एक जाति भी है। पीछे मुड़नेवाला यह कठिन आसन दो अवस्थाओं में नीचे बताया गया है।

विधि

1. जमीन पर कंबल तहिया कर रखें, पेट के बल पूरी लंबाई में लेटें, हाथ पीछे की

ओर तानकर मुँह नीचे करें। गर्दन तानें और चिबुक को कंबल पर दृढ़तापूर्वक रखें, जमीन पर रखने से खुरचेगा।

2. कुहनियों को मोड़ें, सिर की ओर संकेत करती हुई उंगुलियों से, हाथ सीने के पास रखें। घुटनों को मोड़ें, पैरों को सीने की ओर ले जाएँ जो धरती से ज़रा-सा ऊपर उठे होंगे(चित्र 571)।

3. श्वास छोड़ें, जमीन पर हथेलियाँ दबाएँ, टाँगों को झटका दें और सीधा तानें (चित्र 572)। चिबुक, गर्दन, भुजाएँ और ऊपर की पसलियाँ ही शरीर के वे अंग हैं जो जमीन पर कंबल का स्पर्श करेंगे।

4. शरीर का दबाव गर्दन और चिबुक पर ले लें, घुटनों को मोड़ें(चित्र 573), सिर पर टिकने तक पैर नीचे करें(चित्र 574), कुछ साँसें लें।

5. श्वास छोड़ें, टाँगें और नीचे करते रहें और सिर के सामने पैरों को लाएँ (चित्र 575)।

6. जमीन पर से हथेलियाँ उठाएँ (कंधे से भुजाएँ फैलाएँ), उन्हें एक-एक कर सिर के सामने ले जाएँ और हाथों से पैर मिलाएँ(चित्र 576 और 577)। दो श्वास लें।

7. श्वास छोड़ें, चेहरे के प्रत्येक ओर कनपट्टियों तथा गालों के पास पैरों को जमीन की ओर नीचे करें(चित्र 578)। एड़ियाँ कंधों को छूनी चाहिए। अब कलाइयों तथा अग्रभुजाओं से पैर की उंगुलियाँ नीचे दबाएँ(चित्र 579)।

8. उंगुलियों को परस्पर गुँथाएँ और कलाइयों से पैरों के ऊपर के भाग को दबाकर जमीन पर रखें।(चित्र 580)। यह पहली अवस्था है।

9. कुछ सेकेंड तक इस आसन में रहें। मेरुदंड के तीव्र तनाव तथा उदर के सिकोड़े जाने के कारण श्वासक्रिया तेज़ और श्रमित होगी। श्वास को रोकें नहीं।

10. भुजाओं को उड़नेवाले पक्षी के पंखों की भाँति बगल में सीधे फैलाएँ और कुछ सेकेंड के लिए संतुलन करें(चित्र 581)। यह दूसरी अवस्था है जो पहले से अधिक कठिन है।

11. जमीन पर हथेलियाँ रख, शरीर को चिबुक पर लुढ़काएँ(चित्र 582 तथा 583), ऊर्ध्व धनुरासन में आ जाएँ(चित्र 486) और ताडासन(चित्र 1) में खड़े हों तथा आराम करें या विपरीत चक्रासन(चित्र 488 से 499) का अभ्यास करें।

परिणाम

पूरे मेरुदंड को तथा उदर के अवयवों को ठीक करने के अतिरिक्त यह आसन मूलाधार चक्र(pelvic plexus), स्वाधिष्ठानचक्र(hypo-gastric plexus), विशुद्धि चक्र(pharyngeal plexus) के नाड़ी केंद्रों को तथा वहाँ की अन्य ग्रंथियों को उत्तेजित

करता है। इन ग्रंथियों को रक्त की विपुल पूर्ति होने के कारण उनकी कार्यक्षमता बढ़ती है और इससे जीवनशक्ति की वृद्धि होती है।

197 विपरीत शलभासन अट्ठावन* (चित्र 584)

विपरीत का अर्थ उलटा, व्यतिक्रम या विपर्यय है। शलभ टिड्डी को कहते हैं। इस आसन में गंड भेरुंडासन से अधिक तीव्र तनाव है(चित्र 580 और 581) और हलासन की क्रियाओं से इसकी क्रियाएँ विपरीत हैं(चित्र 241)।

विधि

1. जमीन पर कंबल तहिया लें और पेट के बल पूरी लंबाई के साथ उस पर अधोमुख लेटें। गर्दन तानें और चिबुक को कसकर कंबल पर टिकाएँ अन्यथा वह खुरच जाएगा।

2. कुहनियों को मोड़ें, सिर की ओर संकेत करती हुई उंगुलियों से हथेलियाँ सीने के पास रखें।

3. श्वास छोड़ें, घुटने उठाएँ और पैरों को सीने की ओर ले जाएँ जो जमीन से ज़रा-सा ऊपर उठा होगा(चित्र 571)।

4. कुछ साँसें लें, उसके बाद एक उच्छ्वसन के साथ, आकाश में अपनी टाँगें उछालें, शरीर को ऊपर तानें और चिबुक, गर्दन, कंधे, कुहनियों तथा कलाइयों पर शरीर का भार लेते हुए संतुलन बनाएँ(चित्र 572)। स्वाभाविक रूप से श्वास लेने का प्रयत्न करें।

5. श्वास छोड़ें, घुटनों को मोड़ें(चित्र 573), पैर की उंगुलियाँ जमीन पर टिकने तक टाँगें नीची करें और पैर सिर के ऊपर और बाहर ले जाएँ(चित्र 582)। सिर पर से जितनी दूर कर सकें पैर तानें और जितना संभव हो सके टाँगों को सीधा रखने का प्रयत्न करें। भुजाओं को पीछे तानें और हथेलियाँ नीचे रखें(चित्र 584)।

6. आसन की इस स्थिति में–जो हलासन(चित्र 241) की विपरीत स्थिति–सी दिखाई देती है, कुछ सेकेंड के लिए रहें। मेरुदंड के गहरे तनाव और उदर पर दबाव पड़ने से, श्वासक्रिया अत्यंत तेज़ और श्रमसाध्य होगी इसलिए श्वास न रोकें।

7. कुहनियों को मोड़ें, भुजाएँ फैलाएँ। कंधों के पास हाथ ले आएँ और जमीन पर हथेलियाँ रखें। घुटने मोड़ें, पैरों को सिर के पास निकट ले आएँ(चित्र 582), चिबुक पर शरीर लुढ़काएँ(चित्र 583) और ऊर्ध्व धनुरासन करें(चित्र 486), ताडासन(चित्र 1) में खड़े हों या एक उच्छ्वसन के साथ विपरीत चक्रासन करें (चित्र 488 से 499) और आराम करें।

परिणाम

इस आसन के परिणाम गंड भेरुंडासन(चित्र 580 और 581) के परिणामों के समान ही हैं। इन दोनों आसनों का उद्देश्य हमारे शरीर की दिव्य ब्रह्मांड शक्ति(divine cosmic energy) कुंडलिनी को जागृत करना है, जो मेरुदंड के मूल के पास निम्नतम नाड़ीकेंद्र में शिथिल पड़े हुए कुंडली मारकर सोए हुए सर्प का प्रतीक है। योगी इस सुप्त शक्ति को जागृत करने और मेरुदंड से मस्तिष्क(ऊपरी मस्तिष्क केंद्र में सहस्रार या सहस्रदल कमल) तक ले जाने का प्रयत्न करता है और उसके बाद वह सांसारिक बंधन से मुक्ति पाने के लिए सारी शक्तियों के दैवी स्रोत(divine power) पर अपना ध्यान केंद्रित कर, अपने अहं को विलीन कर देता है। जिस तरह नदियाँ सागर में विलीन हो जाती हैं और अपना नाम तथा रूप खो देती हैं, उसी तरह नाम और रूप से मुक्त हुआ प्रबुद्ध व्यक्ति परम तत्त्व(supreme being) अनंत को प्राप्त करता है।

198 त्र्यंग मुखोत्तानासन साठ* (चित्र 586)

त्र्यंग का अर्थ है तीन अवयव या उनके तीन भाग। मुख का अर्थ है चेहरा और मुख्य, प्रधान, प्रमुख भी। उत्तान अर्थात् जान बूझकर शरीर को अच्छी तरह फैला देना। पीछे मुड़कर किए जानेवाले इस आसन में भुजाओं, टाँगों और पूरे धड़ को तीव्र तनाव दिया जाता है।

विधि

1. ताडासन में खड़े हों(चित्र 1); टाँगों को एक फुट के अंतर पर फैलाएँ और हथेलियाँ नितंब पर रखें।

2. बस्तिप्रदेश को जरा आगे ले जाएँ(चित्र 483), श्वास छोड़ें, और धड़ को पीछे की ओर मोड़ें जिससे शरीर भार का जाँघों और पैरों पर अनुभव किया जाए(चित्र 484)।

3. भुजाएँ सिर के ऊपर ले जाएँ और जमीन पर हाथों को टिकाएँ(चित्र 485)। शीघ्र ही कुहनियों पर भुजाएँ सीधी करें और जमीन पर हथेलियाँ रखें। अब यह ऊर्ध्व धनुरासन है(चित्र 486)।

4. एड़ियों को बिना हिलाए पैर की उंगुलियों के बीच का अंतर बढ़ा दें जिससे पैर एक-दूसरे के समानांतर होने के बदले एक कोण पर होंगे।

5. श्वास छोड़ें, धड़ को जमीन पर से यथाशक्ति ऊपर उठाएँ और हाथों को पैरों के और नजदीक करें। यथासंभव सिर और गर्दन को पीछे की ओर तानें और पैरों को हाथों से स्पर्श करें(चित्र 585)। कुछ साँसें लें, जो उदर, सीने और पीठ के तीव्र तनाव के कारण और कठिन होंगी।

6. एक गहरे उच्छ्वसन के साथ, एक-एक कर जमीन पर से हाथ उठाएँ और ठीक टखनों के पास नलियों को पकड़ें(चित्र 586)। पैर की उंगुलियों को भीतर करें और संतुलन बनाएँ। यह अंतिम अवस्था है। कुछ सेकेंड तक यथाशक्ति इसे करने के बाद, हाथ एक-एक कर जमीन पर रखें और ऊर्ध्व धनुरासन(चित्र 486) में और उसके बाद ताडासन(चित्र 1) में वापस आ जाएँ। इस विधि में पारंगत होने पर व्यक्ति हाथों को मुक्त कर सकता है और बिना ऊर्ध्व धनुरासन में आए ताडासन में खड़ा हो सकता है।

परिणाम

यह कठिन आसन टाँगों को सुदृढ़ और मेरुदंड तथा उदर के अवयवों को ठीक और सशक्त बनाता है। सीने और कंधों के जोड़ पूरी तरह तनते हैं जबकि बस्तिप्रदेश पर्याप्त रक्त की पूर्ति प्राप्त करता है और स्वस्थ होता है।

199 नटराजासन अट्ठावन* (चित्र 590 और 591 तथा 591अ)

नटराज(नट-नर्तक, राज-देवता, नृप) शिव का एक नाम है, देवता शिव केवल रहस्य-पूर्ण शांति, मृत्यु, और संहार के देवता ही नहीं हैं अपितु नृत्य के देवता भी हैं। शिव अपने विशाल भवन कैलास पर्वत के आश्रम में और दक्षिण आश्रम चिदंबरम के मंदिर में नृत्य करते हैं। भगवान शिव ने सैकड़ों नृत्यों की उद्भावना की—कुछ शांत व कोमल और दूसरे भयंकर व रौद्र। रौद्र नृत्यों में से सर्वाधिक प्रधान तांडव—संहार का लौकिक नृत्य जिसमें शिव डमरू बजानेवाले अपने गणों से परिवृत्त हो भयानक स्वर में डमरू बजाते हैं, अपने श्वसुर दक्ष का अपनी प्राणप्रिया पत्नी सती के मरण में कारणीभूत होने के लिए नाश करते हैं और संसार को भयभीत करते हैं।

नटराज के रूप में शिव ने कुछ सुंदरतम भारतीय मूर्ति-निर्माण-कला और दक्षिण भारतीय कांस्यमूर्ति को प्रोत्साहित किया है।

यह प्रबल और सुंदर आसन नटराज शिव, जो योग के भी स्रोत और उद्गम हैं, को अर्पित है।

विधि

1. ताडासन में खड़े हों(चित्र 1), जमीन के समानांतर रखते हुए बाईं भुजा को सीधा तानें।

2. दाएँ घुटने को मोड़ें और दाएँ पैर को ऊपर उठाएँ। दाएँ पैर के अँगूठे को दाएँ हाथ के अँगूठे, तर्जनी तथा मध्यमा उंगली से पकड़ें। उठाए हुए दाएँ घुटने को मोड़ें और टाँग ऊपर उठाएँ और पीछे करें(चित्र 587)।

3. दाएँ पैर के अँगूठे के चारों ओर दाएँ हाथ की उंगुलियाँ और अँगूठे को घुमाएँ, साथ ही साथ दाईं कुहनी और कंधे को घुमाएँ और पैर के अँगूठे की पकड़ को छोड़े बिना ही दाईं भुजा को सिर के पीछे तानें(चित्र 588)। पुनः दाईं भुजा और टाँग को

ऊपर खींचें जिससे पीछे की ओर धनुषाकार बन जाए(चित्र 589)। दाईं जाँघ जमीन के समानांतर होगी और दाईं नली उसके लंबरूप होगी(चित्र 590 तथा 591)।

4. आगे संकेत करती हुई उंगुलियों से कंधे सहित बाईं भुजा एक ही सीध में सामने ले जाएँ।

5. घुटने की चक्की को ऊपर खींचे और बाईं टाँग सींकचे की तरह कड़ी और जमीन पर लंबरूप रखें।

6. गहरा और समान रूप से श्वास लेते हुए 10 से 15 सेकेंड तक अच्छी तरह संतुलन बनाए रखें।

7. दाएँ पैर की पकड़ को छोड़ दें, दोनों भुजाएँ नीची करें और पुनः ताडासन में खड़े हों(चित्र 1)। उतने ही समय के लिए दूसरी ओर इस आसन को करें। इस बार दाईं टाँग पर संतुलन बनाएँ, पीठ के पीछे बाएँ पैर के अँगूठे को बाएँ हाथ से पकड़ें और दाईं भुजा सामने तानें।

8. प्रगत साधक दोनों हाथों से पैर पकड़ सकते हैं और सिर पर टिकाकर संतुलन बना सकते हैं(चित्र 591अ)।

परिणाम

यह कठिन संतुलन का आसन समतोलता और अच्छी वहनक्षमता को बढ़ाता है। यह आसन टाँग की मांसपेशियों को ठीक और पुष्ट करता है। स्कंधास्थियों को पूर्ण गति मिलती है और सीना पूरी तरह फैलता है। इस आसन के अभ्यास से सभी कशेरुकाओं की संधियाँ लाभान्वित होती हैं।

200 शवासन या मृतासन (चित्र 592)

शव या मृत का अर्थ है मुर्दा। इस आसन में एक शव का अनुकरण करना ही उद्देश्य है। एक बार प्राण निकल जाता है, तब शरीर निश्चल हो जाता है और कोई गति संभव नहीं होती। कुछ समय के लिए निष्क्रिय रहकर और मन को अविचल रखकर आप जबकि आप पूर्ण सचेत हैं, आराम करना सीखते हैं। यह सचेत विश्राम मन और शरीर को सशक्त और प्रफुल्लित करता है। परंतु शरीर की अपेक्षा मन को स्थिर रखना अधिक कठिन है। इसलिए सुगम दिखनेवाला यह आसन सीखने में अत्यधिक कठिन है।

विधि

1. शव के समान पीठ के बल पूरी लंबाई में लेटें। हथेलियाँ ऊपर उठाए हुए अपने हाथ जाँघों से कुछ अंतर पर रखें।

2. आँखें बंद करें। यदि संभव हो, चार तह किया हुआ काला कपड़ा आँखों पर रखें। एड़ियाँ साथ में और पैर की उंगुलियाँ अलग रखें।

3. प्रारंभ में गहरी साँसें लें। बाद में शरीर या मेरुदंड को बिना हिलाए-डुलाए हलका तथा धीमा श्वास लें।

4. गहरे और धीमे उच्छ्वसन पर ध्यान दें, जिसमें नासिका रंध्र श्वास की उष्णता का अनुभव न करें।

5. नीचे का जबड़ा ढीला, लटका होना चाहिए और जकड़ा न हो। जीभ को विचलित नहीं किया जाना चाहिए और यहाँ तक कि आँखों की पुतलियाँ भी पूरी तरह निःस्पंद होनी चाहिए।

6. पूरी तरह विश्राम लें और धीरे से श्वास छोड़ें।

7. यदि मन भटकता है, तो प्रत्येक मंद उच्छ्वसन के बाद बिना किसी दबाव के ठहरें।

8. इस स्थिति में 15 से 20 मिनट तक रहें।

9. आरंभ में व्यक्ति सो जाने की स्थिति में हो जाता है, धीरे-धीरे जब नाड़ियाँ निष्क्रिय हो जाती हैं, व्यक्ति पूर्णतया विश्राम और प्रफुल्लता का अनुभव करता है।

पूर्ण विश्राम की स्थिति में मस्तिष्क के पृष्ठभाग से एड़ी की ओर शक्ति के प्रवाह का अनुभव किया जा सकता है। यह प्रवाह और दूसरे किसी तरह नहीं होता। ऐसा लगता है जैसे शरीर का विस्तार हो गया है।

परिणाम

हठयोग प्रदीपिका के प्रथम अध्याय के 32वें श्लोक में कहा गया है–पीठ के बल जमीन पर शव की तरह व्यक्ति का पूरी लंबाई में लेटना ही शवासन कहलाता है। यह अन्य आसनों से उत्पन्न थकावट को दूर करता है और मन को शांति प्रदान करता है।

घेरण्ड संहिता के द्वितीय अध्याय के 11वें श्लोक में मृतासन इस तरह वर्णित है: शव की भाँति(पीठ के बल) जमीन पर लेट जाना ही मृतासन है। यह आसन थकावट दूर करता है और मन की चंचलता को शांत करता है।

'मन इंद्रियों का राजा है, प्राण मन का राजा है। जब मन विलीन होता है तो वह मोक्ष कहलाता है; जब प्राण और मनस्(मन) विलीन होते हैं तब अनिर्वचनीय आनंद उद्‌भूत होता है।'(**हठयोग प्रदीपिका** अध्याय 4, श्लोक 29 तथा 30)

प्राण-पोषण नाड़ियों पर निर्भर है। शरीर में हलचल के बिना स्थिर, कोमल, मंद तथा गहरी श्वासक्रिया नाड़ियों की थकान को कम करती है तथा मन को शांत करती है। आधुनिक सभ्यता का दबाव नाड़ियों पर बोझ है जिसके लिए शवासन सर्वोत्तम औषधि है।

4

बंध और क्रिया

201 उड्डीयान बंध बारह* (चित्र 593 और 594)

उड्डीयान का अर्थ है उड़ता हुआ। यदि सही तौर पर कहा जाए तो यह एक आसन नहीं है, एक बंध है, संयम है। जिस तरह कंडेंसर(condensers), फ्यूज(fuse) और स्विच(switches) विद्युत् प्रवाह को नियंत्रित करते हैं उसी तरह बंध जीवनशक्ति को नियंत्रित करते हैं। इस बंध में जीवनशक्ति को उदर के निचले भाग से सिर की ओर ऊर्ध्वोन्मुख किया जाता है। बंध और प्राण के विस्तृत विवरण के लिए देखें भाग 3 में वर्णित प्राणायाम।

विधि

1. ताडासन में खड़े हों(चित्र 1)।

2. एक फुट अंतर पर अपनी टाँगें रखें।

3. घुटनों को जरा-सा मोड़कर आगे की ओर झुकें और जाँघों के मध्य में उंगुलियाँ फैलाकर हाथ रखें।

4. सीने की हड्डी के ऊपरी भाग पर, हँसुलियों के बीच दाँतों के चिबुक स्थिर होने तक हाथों को नीचे करें।

5. गहरी साँस लें और उसके बाद जल्द साँस छोड़ें जिससे फेफड़े से बड़ी तेजी में सारी वायु बाहर निकाली जाए।

6. साँस रोके रहें। पूरे उदर भाग को मेरुदंड की ओर पीछे करें। उदर भाग को सिकोड़ें और हाथों को जाँघों पर दबाएँ, उसे सीने की हड्डी की ओर ऊपर करें(चित्र 593)।

7. उदर की पकड़ बनाए हुए जाँघों पर से हाथ उठा लें और उन्हें नितंब पर टिकाएँ।

8. बिना उदर की पकड़ को ढीला किए या बिना चिबुक को सीने की हड्डी पर से उठाए दोनों टाँगें और पीठ सीधी करें(चित्र 594)।

9. बिना सिर और चिबुक को हिलाए उदर की मांसपेशियों को ढीला करें। यदि सिर खिसकता है तो हृदय पर तुरंत भार का अनुभव होता है।

10. धीरे से गहरी साँस लें।

11. 6 से 9 की स्थितियों के बीच साँस न लें। अपनी सहनशक्ति पर निर्भर रहते हुए 6 से 10 सेकेंड से ज्यादा इस स्थिति में न रहें।

12. कुछ साँसें लें। उसके बाद ऊपर के 1 से 10 अनुच्छेदों में निर्दिष्ट चक्र को दुहराएँ। तो भी 24 घंटों में एक दम में छह से आठ बार से अधिक न दुहराएँ। एक अनुभवी गुरु के निर्देशन में ही केवल आसन की अवधि या चक्र की आवृत्ति बढ़ाएँ।

13. एक दम में चक्रों को दिन में एक ही बार करना चाहिए।

14. मूत्राशय और आँत को रिक्त करने के बाद खाली पेट से अभ्यास करना चाहिए।

15. खड़े होकर पहले उड्डीयान बंध का अभ्यास करें, बाद में प्राणायाम के अभ्यास के लिए प्राथमिक अवस्था की तरह, बैठने की स्थिति में इसका अभ्यास करें।

16. तीसरे भाग में वर्णित प्राणायाम के अनेक प्रकारों में रेचक और कुंभक के समय इसे किया जाना चाहिए।

परिणाम

यह उदर के अवयवों को ठीक करता है। जठराग्नि को प्रज्वलित करता है, पाचन मार्ग के जहर का नाश करता है।

202 नौलि सोलह* (चित्र 595 और 596)

नौलि शब्द मानक शब्दकोशों में नहीं मिलता है। तरंग या लहर अर्थ के वाचक उल्लोल शब्द से नौलि की प्रक्रिया का कुछ ज्ञान हो सकता है, जिसमें उदर की मांसपेशियाँ और उदर के अवयवों को तरंग की गति में तिरछे और लंबरूप में गतिशील किया जाता है। 'नौ' का अर्थ नौका है और 'लि' का अर्थ चिपकना, लेटना, छिपाना, या ढकना है। तूफानी समुद्र में नौका का डगमगाना 'नौलि' की प्रक्रिया का कुछ भाव व्यक्त करता है।

नौलि एक क्रिया या प्रक्रिया है, न कि आसन। इसे करते समय सावधानी बरतनी चाहिए अन्यथा यह प्रक्रिया अनेक रोगों का कारण बन जाती है। अतः यह सभी अभ्यासकों को नहीं बताया जाता है। नौलि को, जो घेरण्ड संहिता में लौलिकी के नाम से वर्णित है, करने के पूर्व पहले उड्डीयान बंध में पारंगत हों।

विधि

1. ताडासन में खड़े हों (चित्र 1)।

2. एक फुट की दूरी पर टाँगों को फैलाएँ, घुटनों के पास जरा-सा मोड़ें और आगे की ओर झुकें।

3. घुटने के ठीक ऊपर जाँघों पर, उंगुलियाँ फैलाते हुए हाथों को रखें।

4. सीने की हड्डी के ऊपरी भाग पर, हँसुलियों के बीच के दाँतों में चिबुक स्थिर होने तक सिर नीचा करें।

5. गहरी साँस लें, उसके बाद तेज़ी से श्वास छोड़ें जिससे फेफड़ों से बड़ी तेज़ी में सारी वायु बाहर निकाली जा सके।

6. साँस रोके रहें (बिना उच्छ्वसन के), मेरुदंड की ओर पूरे उदर भाग को ले जाएँ।

7. उदर के दोनों ओर नितंबीय घेरा और तरंगित पसलियों के बीच के भाग को खोखला बनाने के लिए निष्क्रिय किया जाना चाहिए। उसी समय उदर के घेरे को आगे लाएँ (चित्र 595 सामने की छवि और चित्र 596 पार्श्व छवि)।

8. अपनी शक्ति के अनुसार इस स्थिति में 5 से 10 सेकेंड तक रहें।

9. घेरे की पकड़ को छोड़ दें और ऊपर के अनुच्छेद 6 में वर्णित स्थिति में वापस आ जाएँ।

10. उदर को शिथिल करें और धीरे धीरे साँस लें।

11. कुछ गहरी साँसें लें। ऊपर वर्णित 1 से 10 अनुच्छेद के अनुसार इस चक्र को 6 से 8 बार एक दम में 24 घंटे में एक ही बार करें।

12. मूत्राशय तथा बड़ी आँत को रिक्त करने के बाद खाली पेट नौलि का अभ्यास करें।

परिणाम

उदरीय घेरे सशक्त होते हैं। उड्डीयान बंध के समान ही नौलि के अन्य परिणाम हैं।

तीसरा भाग

प्राणायाम

5
प्राणायाम – संकेत और दक्षता

आगे बताए गए प्राणायामों की विधियों के लिए कोशिश करने के पूर्व नीचे लिखी सूचनाओं और सावधानियों को अच्छी तरह पढ़ें और समझें।

1. पात्रता

1. जिस प्रकार पदव्युत्तर पढ़ाई व्यक्ति द्वारा पदवी प्राप्ति के विषय में अधिकार प्राप्ति की योग्यता एवं अनुशासन पर निर्भर है, ठीक उसी प्रकार प्राणायाम की शिक्षा के लिए आसनों पर अधिकार और उनसे प्राप्त शक्ति तथा अनुशासन की आवश्यकता होती है।

2. प्राणायाम की शिक्षा एवं प्रगति के लिए साधक की पात्रता, अनुभवी गुरु या शिक्षक द्वारा प्रमाणित होनी चाहिए और उनका व्यक्तिगत निरीक्षण आवश्यक है।

3. वायुसंचालित हथियार कठिन से कठिन चट्टान को काट सकते हैं। योगी प्राणायाम में अपने फुप्फुसों को वायुसंचालित शस्त्र की तरह उपयोग में लाता है। यदि उनका उपयोग ठीक तरह से नहीं किया गया तो वे दोनों–हथियार और उनके उपयोग करनेवाले व्यक्ति–का नाश कर देते हैं। प्राणायाम की भी यही वास्तविक स्थिति है।

2. स्वच्छता तथा अन्न

4. व्यक्ति अशुद्ध मन एवं शरीर से मंदिर में प्रवेश नहीं करता है। योगी अपने शरीर-मंदिर में प्रवेश करने के पूर्व स्वच्छता के नियमों पर ध्यान देता है।

5. प्राणायाम का अभ्यास प्रारंभ करने के पूर्व अँतड़ियों को खाली और मूत्राशय को रिक्त कर देना चाहिए। इससे बंधों में सुविधा होती है।

6. यह उचित है कि खाली पेट से प्राणायाम का अभ्यास करना चाहिए, परंतु यह कठिन है, तो एक कप दूध, चाय, कॉफी या कोको लिया जा सकता है। प्राणायाम का अभ्यास करने के पूर्व भोजन के बाद कम-से-कम छह घंटे बीत जाने दें।

7. प्राणायाम का अभ्यास समाप्त करने के आधे घंटे के बाद हलका भोजन किया जा सकता है।

3. समय और स्थान

8. अभ्यास के लिए उत्तम समय बड़े सबेरे(सूर्योदय से पहले) और सूर्यास्त के बाद का है। हठयोग प्रदीपिका के अनुसार प्राणायाम का अभ्यास दिन में चार बार–प्रातः, मध्याह्न, संध्या तथा मध्यरात्रि में एक दम में 80 चक्र करना चाहिए (अध्याय 2, श्लोक 1)। आधुनिक गतिमान युग में इसकी संभावना अत्यंत कठिन है। इसलिए दिन में कम-से-कम 15 मिनट अभ्यास करने को कहा गया है। परंतु 80 चक्र, गंभीरता से तत्पर अभ्यासकों के लिए कहा गया है न कि साधारण गृहस्थों के लिए।

9. अभ्यास आरंभ करने की उत्तम ऋतु वसंत तथा शरद् है, जबकि जलवायु समशीतोष्ण होती है।

10. प्राणायाम स्वच्छ, हवादार और कीड़े-मकोड़ों से रहित स्थान में किया जाना चाहिए। चूँकि आवाज़ अशांति पैदा करती है, अतः शांति के समय में अभ्यास करें।

11. प्राणायाम का अभ्यास संकल्प एवं नियमितता के साथ, एक ही समय और स्थान पर तथा एक ही स्थिति में करना चाहिए। प्राणायाम के प्रकारों में अभ्यस्त होने पर ही उसके दूसरे प्रकार को करने की अनुमति है; जैसे यदि पहले दिन सूर्यभेदन प्राणायाम किया गया है, तो दूसरे दिन शीतली की जा सकती है और तीसरे दिन भस्त्रिका की जाए। फिर भी प्रतिदिन नाड़ीशोधन प्राणायाम का अभ्यास करना चाहिए।

4. स्थिति

12. शीतली और शीतकारी को छोड़कर प्राणायाम के अभ्यास में श्वसन क्रिया केवल नाक से करनी चाहिए।

13. प्राणायाम भूमि पर तहियाए कंबल पर बैठकर उत्तम प्रकार से किया जाता है। सिद्धासन, वीरासन, पद्मासन और बद्ध कोणासन की स्थितियाँ योग्य हैं। कोई अन्य बैठने का आसन भी अपनाया जा सकता है, यदि उसमें मेरुदंड के मूल से गर्दन तक और भूमि के समकोण में पीठ बिलकुल सीधी रहे। तथापि कुछ प्रकार आगे वर्णित झुक कर किए जाने वाले आसनों में किए जा सकते हैं।

14. अभ्यास करते समय मुख के स्नायुओं में, आँखों और कानों अथवा गर्दन की मांसपेशियों में, कंधों, बाँहों, जाँघों और पैरों में तनाव का अनुभव नहीं होना चाहिए। जाँघों और बाँहों को जानबूझकर विश्रांति देनी चाहिए; क्योंकि प्राणायाम करते समय उन पर अनजाने तनाव पड़ता है।

15. जीभ को निष्क्रिय रखें अन्यथा मुँह में लार एकत्र होगी। यदि ऐसा होता है तो रेचक के पूर्व निगल जाएँ, न कि कुंभक के समय।

16. पूरक और कुंभक के समय पसलियों का पिंजर आगे और बगल में दोनों ओर

फैलना चाहिए; परंतु स्कंधास्थि और काँख के नीचे के भाग केवल आगे की ओर फैलने चाहिए।

17. प्रारंभ करते समय प्रस्वेद और प्रकंपन होंगे, जो थोड़े समय में लुप्त हो जाएँगे।

18. बैठे हुए आसन में किए जानेवाले सभी प्राणायामों के अभ्यासों में चिबुक हँसुलियों और सीने (हृदय पर बीच की) की हड्डियों के बीच दाँतों में स्थिर करते हुए ग्रीवापृष्ठ(nape of the neck) से नीचे झुका होना चाहिए। यहाँ से आगे विशेष रूप से वर्णित विधियों को छोड़कर अन्यत्र इस जालंधर बंध का प्रयोग करना चाहिए।

19. आँखें सतत बंद किए रहें; कारण, अन्यथा मन बाहरी वस्तुओं में भटकेगा और विक्षिप्त होगा। अगर आँखें खुली रह गईं तो जलन और खुजलाहट मालूम होगी।

20. प्राणायाम का अभ्यास करते समय कान के अंदर दबाव का अनुभव नहीं होना चाहिए।

21. बाईं कलाई के पिछले भाग को बाएँ घुटने पर स्थिर करते हुए बाईं बाँह सीधे रखी जाती है। तर्जनी का सिरा अँगूठे के सिरे का स्पर्श करता हुआ, तर्जनी अँगूठे की ओर झुकी होती है। यही 'ज्ञानमुद्रा' आगे की विधि में वर्णित है।

22. दाईं बाँह कुहनी पर मुड़ी होती है और श्वास की समान गति बनाने और उसकी चंचलता का प्रमाण निश्चित करने के लिए हाथ नाक पर रखा जाता है। तर्जनी और कनिष्ठिका के अग्रभागों से, जो बाईं नासिका नियंत्रित करते हैं और अँगूठे के सिरे से, जो दाईं नासिका नियंत्रित करता है, इसका अनुभव किया जाता है। दाएँ हाथ की स्थिति के बारे में विधि में बतलाया गया है। प्राणायाम की कुछ पद्धतियों में दोनों हाथ ज्ञानमुद्रा में घुटनों पर होते हैं।

23. जब बच्चा स्वयं चलना सीखता है तब माता शरीर से निष्क्रिया बनी रहती है परंतु मन से सजग रहती है। संकट में, जब बच्चा गिरने लगता है तो उसे गिरने से बचाने के लिए उसका शरीर तत्क्षण सक्रिय हो जाता है। इसी प्रकार प्राणायाम के अभ्यास में बुद्धि निष्क्रिय परंतु सजग रखी जाती है। जब शरीर के अवयव ठीक तरह से काम नहीं करते हैं तब सतर्क बुद्धि चेतावनी का संदेश भेजती है। कान को श्वास की उचित ध्वनि सुनने के लिए कहा गया है(जिसका वर्णन नीचे दिया गया है)। हाथ और नाक को नासिकारंध्र से प्रवाहमान श्वास की अनुभूति की ओर ध्यान देने के लिए कहा गया है।

24. यह पूछा जा सकता है कि यदि बुद्धि के लिए अवयवों को चेतावनी भेजना आवश्यक है तो व्यक्ति प्राणायाम पर कैसे ध्यान केंद्रित कर सकता है? अपने काम में लगे चित्रकार को देखिए–वह अनेक बातों–जैसे, रूप और रचना, रंगों की छवि एवं छटा(रंगों के प्रकाश और अंधकार का दिखावा) और समीप का प्रधान भाग तथा दूर के पृष्ठ भाग का गौण भाग और रंग की तूलिका का हलका गहरा स्पर्श इन सभी

बातों पर एक साथ ध्यान देता है। संगीतज्ञ वादक किसी धुन को बजाते समय अपनी उंगुलियों की हलचल, स्वर के रूप, वाद्ययंत्र की ध्वनि और उसके आरोह को देखता है। यद्यपि कलाकार और संगीतज्ञ अनेक बातों पर ध्यान देते हैं और उन्हें ठीक करते हैं, परंतु वे अपने काम में एकाग्रचित्त होते हैं। इसी प्रकार योगी भी अनेक बातों–जैसे समय, स्थिति और यहाँ तक कि श्वास की लय पर ध्यान देता है, और अपने प्राण के अजस्र प्रवाह के प्रति सतर्क एवं सचेत रहता है।

25. जिस प्रकार सावधान माता अपने बच्चे को निश्‍चिंत होकर चलना सिखाती है, उसी प्रकार योगी की सतर्क बुद्धि इंद्रियों को निश्‍चिंत होना सिखाती है। प्राणायाम के सतत अभ्यास से इंद्रियाँ उस विषयलोलुपता की प्रेत–बाधा से मुक्त हो जाती हैं, जिसने उन्हें पहले बहुत ही त्रस्त किया होता है।

26. प्राणायाम करते समय प्रत्येक व्यक्ति को अपने सामर्थ्य की सीमा से परिचित होना चाहिए और उससे आगे नहीं बढ़ना चाहिए। यह इस प्रकार मापा जा सकता है: मान लीजिए, पाँच मिनट के समय में एक व्यक्ति लयपूर्ण माला में श्वसन और उच्छ्‌वसन, दोनों 10–10 सेकेंड के लिए आसानी से करता है। यदि लय में किसी प्रकार का परिवर्तन है, जिसमें श्वसन या उच्छ्‌वसन का समय घट जाता है, या यों कहिए कि 7 या 8 सेकेंड होता है, तो व्यक्ति अपने सामर्थ्य की सीमा तक पहुँचा है। इस सीमा का अतिक्रमण करना, फुप्फुस पर अनुचित रीति से दबाव डालना है और श्वास–संबंधी रोगों को निमंत्रण देना है।

27. गलत अभ्यास फुप्फुसों और उरःप्राचीर पर अनुचित दबाव डालता है। श्वसनसंस्था बिगड़ती है और नाड़ीमंडल पर विपरीत प्रभाव पड़ता है। प्राणायाम के गलत अभ्यास के कारण स्वस्थ शरीर और स्वस्थ मन का मूल ही हिल जाता है। भस्त्रिका प्राणायाम को छोड़कर शेष प्राणायामों में बलपूर्वक और खींचा हुआ श्वसन या उच्छ्‌वसन गलत है।

28. श्वासक्रिया की समता ज्ञानतंतुओं को स्वस्थ रखती है और उसी तरह मन तथा स्वभाव को समता प्रदान करती है।

29. प्राणायाम के बाद, शीघ्र ही आसनों का अभ्यास कदापि नहीं करना चाहिए। यदि प्राणायाम पहले किया गया है, तो आसन प्रारंभ करने के पूर्व एक घंटा व्यतीत हो जाने दें। कारण स्नायु, जो प्राणायाम में शांत, स्थिर हो जाते हैं, आसनों में होने वाली हलचल से अस्तव्यस्त तथा असम हो जाते हैं।

30. प्राणायाम आसनों के सहज अभ्यास के बाद, कम–से–कम 15 मिनट पर किए जा सकते हैं।

31. दुष्कर आसनों से थकान आती है। जब थक गए हों तो किसी भी बैठी हुई स्थिति में प्राणायाम का अभ्यास नहीं करना चाहिए। कारण, पीठ सीधी नहीं रह

सकती है, शरीर काँपता है, और मन विचलित होता है। विश्राम एवं शवासन की स्थिति में की गई उज्जायी के समान गहरी श्वासक्रिया थकान दूर करती है।

32. जब गहरी, स्थिर, दीर्घ श्वासक्रिया लय में नहीं की जा सकती है तब ठहर जाएँ। आगे न बढ़ें। पूरक('इ श् श् श् श् श्' जो साइकल के छिद्रवाले ट्यूब के समान ध्वनि करता है) और रेचक(हूम ऽ ऽ ऽ ऽ ऽ ऽ ध्वनि करता है) में उत्पन्न नासिका की ध्वनि से इस लय की अवधि नापी जानी चाहिए। यदि ध्वनि का विस्तार न्यून होता है तो ठहर जाएँ।

33. पूरक और रेचक में सम अनुपात प्राप्त करने की कोशिश करें। उदाहरणार्थ, यदि एक दी हुई निरंतर माला का समय 5 सेकेंड के लिए है तो दूसरी भी उतने ही समय के लिए होनी चाहिए।

34. प्राणायाम के उज्जायी तथा नाड़ीशोधन प्रकार अत्यधिक लाभप्रद हैं, जिनका अभ्यास विशेषत: गर्भवती स्त्रियाँ बद्ध कोणासन में कर सकती हैं। तथापि गर्भावस्था में अनुभवी शिक्षक के मार्गदर्शन के बिना श्वास कभी नहीं रोकना चाहिए।

35. प्राणायाम का प्रत्येक अभ्यास पूर्ण करने के बाद, हमेशा शवासन(चित्र 592) में मुर्दे के समान पीठ के बल कम-से-कम 5 या 10 मिनट के लिए शांत लेट जाएँ। मन पूर्णत: निश्चल और सभी अवयव तथा ज्ञानेंद्रियाँ पूर्णतया निष्क्रिय होने चाहिए, मानो वे मृत हैं। प्राणायाम के बाद शवासन शरीर और मन दोनों को प्रफुल्लित बनाता है।

5. कुंभक

36. जालंधर, उड्डीयान तथा मूल–ये तीनों बंध कुंभक(पूर्ण पूरक के बाद श्वास का रोकना अथवा अनुगामी पूर्ण रेचक का अवरोध करना, जो आगे वर्णित है) में किए जाने चाहिए। बंध सुरक्षा यंत्र(safety valve) के समान हैं, जिन्हें कुंभक का अभ्यास करते समय बंद किया जाना चाहिए।

37. अंतर-कुंभक सीखने का प्रयास करने के पूर्व पूरक(श्वसन) और रेचक (उच्छ्वसन) पर पूर्ण अधिकार प्राप्त करना आवश्यक है।

38. जब तक अंतर-कुंभक स्वाभाविक रीति से नहीं होता है तब तक बाह्य कुंभक के लिए प्रयास नहीं करना चाहिए।

39. कुंभक का अभ्यास करते समय वायु को अंदर लेने तथा अवरोध की अवधि बढ़ाने के लिए उर:प्राचीर एवं उदर के अवयवों को तानने और शिथिल करने की प्रवृत्ति होती है। यह अज्ञान से और निर्हेतुक होता है। इसे टालने के लिए सावधानी रखनी चाहिए।

40. प्रत्येक पूरक और रेचक के बाद श्वास रोकने में यदि कठिनाई होती है तो गहरे श्वसन के कुछ चक्रों को करें और बाद में कुंभक का अभ्यास करें। उदाहरण के

लिए, गहरे श्वसन के तीन चक्र करने के बाद कुंभक का चक्र किया जा सकता है। बाद में गहरे श्वसन के दूसरे तीन चक्र करने के बाद कुंभक का दूसरा एक चक्र किया जा सकता है और इसी प्रकार आगे भी।

41. यदि श्वास रोकने से पूरक अथवा कुंभक की लय में किसी प्रकार का व्यत्यय होता है तो कुंभक की कालावधि कम करें।

42. आँख अथवा कान के रोग [जैसे–चक्षुरोग(ग्लुकोमा) और कान से पीव बहना] से पीड़ित व्यक्तियों को श्वास रोकने का प्रयास नहीं करना चाहिए।

43. कुंभक का प्रारंभ करते समय कभी-कभी प्राथमिक अवस्था में कोष्ठबद्धता की शिकायत होती है। वह अल्पकालिक है और कुछ समय में नहीं रह जाती।

44. श्वास की स्वाभाविक गति प्रति मिनट 15 है। अजीर्ण, ज्वर, सर्दी और खाँसी अथवा भय, क्रोध या काम जैसी भावनाओं से जब शरीर अस्वस्थ हो जाता है तब यह गति बढ़ जाती है। श्वसन की स्वाभाविक गति प्रत्येक 24 घंटे में 21,600 श्वसित तथा उच्छ्वसित श्वसन है। योगी अपना आयुमान दिनों की गणना से नहीं अपितु श्वासों की गणना से करता है। चूँकि प्राणायाम में श्वसन की अवधि बढ़ाई जाती है, इसका अभ्यास दीर्घायु की ओर ले जाता है।

45. प्राणायाम का सतत अभ्यास साधक के वैचारिक दृष्टिकोण में परिवर्तन लाएगा तथा ऐहिक सुख, जैसे–धूम्रपान, मद्यपान और विषय-भोग की ओर उसके इंद्रियों की लालसा बहुत कुछ कम कर देगा।

46. प्राणायाम के अभ्यास में इंद्रियाँ अंतर्मुखी होती हैं और कुंभक की शांति में साधक अपने अंतर्नाद की पुकार सुनता है–"अंदर देखो, सारे आनंद का स्रोत अंदर है।" यह उसे योग की अगली अवस्था, प्रत्याहार के योग्य भी बनाता है, जो इंद्रियों की प्रबलता और दु:शासन से मुक्त होने में प्रवृत्त करता है।

47. चूँकि प्राणायाम के अभ्यास में आँखें निरंतर बंद की हुई होती हैं, पवित्र मंत्र या नाम के जप से कालावधि जानी जाती है। पवित्र मंत्रों अथवा नामों का यह जप योगी के मन में बोया हुआ बीज है। यह बीज अंकुरित एवं विकसित होता है और उसे योग की छठी अवस्था–ध्यान अथवा एकाग्रता के योग्य बनाता है। परिणामत: यह समाधि का फल प्राप्त करता है, जहाँ पूर्ण चैतन्य और दिव्य आनंद की अनुभूति होती है, जहाँ योगी सृष्टिकर्ता के साथ तादात्म्य स्थापित करता है और ऐसा अनुभव करता है जिसे वह प्रकट नहीं कर सकता है फिर भी पूर्णत: उसे छिपा भी नहीं सकता। शब्द उस अनुभूति को पूर्ण व्यक्त करने में असमर्थ होते हैं; कारण, मन ऐसे शब्दों को नहीं जानता है, जिनसे वह उसका ठीक वर्णन कर सके। यह उस शांति की अनुभूति है, जो ज्ञानातीत है।

बंध, नाड़ी एवं चक्र

प्राणायाम की विधियों का अनुसरण करने के लिए बंधों, नाड़ियों एवं चक्रों के संबंध में कुछ जानकारी प्राप्त करना आवश्यक है।

बंध का अर्थ बंधन, एकत्र मिलाना, शृंखला या पकड़ है। यह एक शारीरिक स्थिति भी है, जिसमें शरीर के कुछ अवयव या भाग सिकोड़े और नियंत्रित किए जाते हैं।

नाड़ी शरीर में नली मार्ग है, जिससे ऊर्जा प्रवाहित होती है।

चक्र पहिए या वर्तुल हैं, जो शरीर में शरीर-यंत्र के संतुलन पहिए हैं।

जब विद्युत् शक्ति उत्पन्न की जाती है तब उस शक्ति को निश्चित स्थान पर ले जाने के लिए ट्रांस्फॉर्मर, कंडक्टर, फ्यूज, स्विच् और इंसुलेटेड वायर की जरूरत होती है; कारण, इनके बिना उत्पन्न की गई विद्युत् शक्ति प्राणघातक हो सकती है। जब प्राणायाम के अभ्यास से योगी के शरीर में प्राण का संचार किया जाता है तब ऊर्जा के अपव्यय को रोकने में बंध का उपयोग करना और अन्यत्र हानि पहुँचाए बिना उसे उचित कक्ष में ले जाना योगी के लिए समान रूप से आवश्यक हो जाता है। बंध के बिना प्राण घातक है।

प्राणायाम के लिए महत्त्वपूर्ण तीन मुख्य बंध ये हैं: 1. जालंधर बंध, 2. उड्डीयान बंध और 3. मूलबंध।

1. प्रथम जालंधर बंध है, जिस पर योगी का अधिकार होना चाहिए। जाल का अर्थ फंदा, जाला, जाली या झंझरी होता है। जालंधर में गर्दन और गले को संकुचित किया जाता है और चिबुक को हँसुली और सीने की हड्डी के ऊपरी सिरे कें बीच गड्ढे में टिकाया जाता है। सर्वांगासन(देखें चित्र 233-234) और उसकी मालाएँ करते समय इस पर अधिकार प्राप्त किया जाता है। कारण, यहाँ पर भी चिबुक उरोस्थि पर दबाया जाता है। जालंधर बंध रक्तप्रवाह और प्राण को हृदय, ग्रीवाग्रंथियों तथा मस्तिष्क सहित सिर में संचालित करता है। यदि प्राणायाम जालंधर बंध के बिना किया जाता है तो तत्काल हृदय, आँख की पुतलियों के पीछे तथा कान के छिद्रों में दबाव का अनुभव होता है और सिर भ्रमित मालूम पड़ता है। जालंधर बंध प्राणायाम की तीन प्रक्रियाओं–पूरक(श्वास लेना), रेचक(श्वास छोड़ना) और कुंभक(श्वास रोकना)–में आवश्यक है।

2. उड्डीयान का अर्थ है ऊपर उड़ना। उड्डीयान बंध की प्रक्रिया में उर:प्राचीर को ऊपर वक्ष:स्थल की ओर उठाया जाता है और अधोउदरीय अवयवों को मेरुदंड की ओर। कहते हैं कि उड्डीयान बंध के द्वारा महापक्षी प्राण को नाड़ी की ऊर्जा प्रवाहित होने के मुख्य मार्ग अर्थात् सुषुम्ना नाड़ी से होकर उड़ने के लिए विवश किया जाता है। सुषुम्ना नाड़ी मेरुदंड या रीढ़स्तंभ के अंदर स्थित है। कहा जाता है कि बंधों में

सर्वोत्तम बंध उड्डीयान है और जो अपने गुरु या शिक्षक द्वारा सिखाई गई पद्धति से इस बंध का सतत अभ्यास करता है, वह पुनः युवा हो जाता है। यह आसन वह सिंह है जो मृत्युरूपी गज को मार डालता है। यह रेचक के बाद एकमात्र बाह्य कुंभक में करना चाहिए, अर्थात् पूर्ण उच्छ्वसन और नवीन श्वसन के बीच के समय में, जब श्वासोच्छ्वास क्रिया रुकी रहती है। यह उर:प्राचीर और उदर के अवयवों को व्यायाम देता है। उर:प्राचीर के उठने से निर्मित खोह हृदय की मांसपेशियों को सौम्य मालिश देता है, जिससे वह ठीक होता है। अंतर-कुंभक के समय अर्थात् पूर्ण श्वसन और उच्छ्वसन प्रारंभ करने के बीच के समय, जब श्वास रुका रहता है, उड्डीयान बंध कदापि नहीं करना चाहिए, अन्यथा यह हृदय और उर:प्राचीर पर दबाव डालेगा और आँखें बाहर खींची जाएँगी।

3. मूल का अर्थ जड़, स्रोत, प्रारंभ या कारण, नींव या बुनियाद है। मूलबंध गुदा और अंडकोष की थैली के बीच का प्रदेश है। इस जगह के सिकुड़ने से नीचे की ओर गतिवाला अपानवायु(उदर के निचले भाग में स्थित प्राण) हृदयस्थ प्राणवायु के साथ गतिशील होता है।

मूलबंध पहले अंतर-कुंभक(श्वास को रोके रखना) में करना चाहिए। नाभि और गुदा के मध्य निचले उदर-प्रदेश को रीढ़ की ओर सिकोड़ा जाता है और उर:प्राचीर की ओर खींचा जाता है। उड्डीयान बंध में गुदा से उर:प्राचीर तथा ऊपरी उरोस्थि तक सारा प्रदेश मेरुदंड की ओर पीछे खींचा और ऊपर उठाया जाता है। परंतु मूलबंध में गुदा और नाभि के मध्य सारा निचला उदर का भाग सिकोड़ा जाता है, मेरुदंड की ओर खींचा जाता है और उर:प्राचीर की ओर ऊपर उठाया जाता है।

गुदा के समीप की संकोचक मांसपेशियों को सिकोड़ने का अभ्यास–अश्विनी मुद्रा–मूलबंध पर अधिकार प्राप्त करने में व्यक्ति की मदद करता है। अश्व का अर्थ है घोड़ा। मूत्र करते हुए घोड़े का सूचक होने से इसे अश्विनी मुद्रा कहते हैं। इसे विविध आसन–विशेषत: ताडासन, शीर्षासन, सर्वांगासन, ऊर्ध्व धनुरासन, उष्ट्रासन तथा पश्चिमोत्तानासन करते समय सीखना चाहिए।

कहा जाता है कि इन बंधों के अभ्यास से सोलह आधार बंद हो जाते हैं। आधार(धृ धातु से–सहारा देना) का अर्थ अवलंब, मर्मस्थान है। सोलह मर्मस्थान हैं– अँगूठे, टखने, घुटने, जाँघ, शिश्न के ऊपर की खुली त्वचा, जननेंद्रियाँ, नाभि, हृदय, ग्रीवा, कंठ, तालु, नासिका, भ्रूमध्य, भाल, सिर तथा ब्रह्मरंध्र(सिर के कपाल का छिद्र जिसके द्वारा, कहते हैं, शरीर छोड़ते समय आत्मा बाहर निकल जाती है)।

अनुभवी गुरु या शिक्षक के व्यक्तिगत निरीक्षण के बिना स्वयं उड्डीयान और मूलबंध सीखने के प्रयास में अत्यंत खतरा है। उड्डीयान बंध का गलत प्रयोग अनैच्छिक वीर्यपतन का और पौरुष की हानि का कारण होगा; जब कि मूलबंध पौरुषहीन साधक को अत्यंत दुर्बल बना देंगे। मूलबंध के उचित प्रयोग में भी खतरा बना रहता है।

यह लैंगिक धारणाशक्ति की वृद्धि करता है जिससे उस शक्ति के दुरुपयोग के लिए साधक लालायित होता है। यदि वह उस लोभ के वशीभूत होता है तो उसका सर्वनाश होता है। उसकी सभी सुप्त वासनाएँ उत्तेजित की जाती हैं और लाठी से मार खाए सोए हुए सर्प की तरह प्राणघातक होती हैं। तीन बंधों पर प्रभुत्व प्राप्ति से योगी अपने गंतव्य के चौराहे पर होता है। एक मार्ग भोग या सांसारिक आनंद के सुखभोग की ओर जाता है; दूसरा मार्ग योग या परमात्मा से मिलन की ओर ले जाता है। सांसारिक सुखभोग का आकर्षण बहुत होता है। फिर भी योगी के लिए इन आनंदोपभोगों के कर्ता के प्रति अधिक आकर्षण होता है। इंद्रियाँ बहिर्मुखी होती हैं और परिणामतः वे विषयों की ओर आकृष्ट होती हैं और भोग के मार्ग को अपनाती हैं। यदि इंद्रियों की दिशा परिवर्तित की जाती है, जिससे वे अंतर्मुखी हो जाएँ, तब वे योगमार्ग का अनुसरण करती हैं। योगी की इंद्रियाँ संपूर्ण सृष्टि के स्रोत, सृष्टिकर्ता से मिलने के लिए अंतर्मुख होती हैं। गुरु के मार्गदर्शन की वास्तविक आवश्यकता उस समय होती है जब कि साधक ने तीन बंधों पर प्रभुत्व प्राप्त कर लिया होता है। कारण केवल उचित मार्गदर्शन में ही यह बढ़ी हुई शक्ति उच्च एवं सुंदर उद्देश्य की प्राप्ति के लिए उदात्तत्व प्राप्त करती है। फिर साधक ऊर्ध्वरेतस्(ऊर्ध्व– ऊपर की ओर; रेतस्– वीर्य) होता है अथवा ब्रह्मचर्य का जीवन व्यतीत करता है और अपने पौरुष को नष्ट नहीं करता है। बाद में वह नैतिक और आध्यात्मिक शक्ति प्राप्त करता है। उसके अंदर की शक्ति सूर्य के समान तेजपूर्ण होगी।

मूलबंध का अभ्यास करते समय योगी सच्चे स्रोत अर्थात् संपूर्ण सृष्टि के मूल तक पहुँचने के लिए प्रयास करता है। उसका लक्ष्य पूर्ण नियंत्रण, अर्थात् चित्तबंध है जिसमें मन, बुद्धि, और अहंकार समाविष्ट हैं।

मनुष्य का शरीर स्वयं में विश्व का एक लघुरूप है। हठ–यह शब्द 'ह' और 'ठ' इन दो अक्षरों के योग से बना हुआ है, जिसका अर्थ क्रमशः सूर्य और चंद्र है। कहा जाता है कि सौर एवं चांद्र ऊर्जाएँ दो मुख्य नाड़ियों–पिंगला तथा इड़ा–से होकर बहती हैं, जो क्रमशः दाहिने और बाएँ नासिकारंध्र से प्रारंभ होती हैं तथा नीचे मेरुदंड के मूल को जाती हैं। पिंगला सूर्यनाड़ी है तो इड़ा चंद्रनाड़ी है। इन दोनों के मध्य सुषुम्ना नाड़ी है जो अग्निनाड़ी है। जैसा कि पहले कहा गया है सुषुम्ना नाड़ी जीवन ऊर्जा के बहने का मुख्य मार्ग है और यह मेरुदंड या रीढ़ में स्थित है। पिंगला और इड़ा एक-दूसरे से होकर गुज़रती हैं और इस प्रकार सुषुम्ना भी अनेक स्थानों पर उनसे होकर गुज़रती है। ये संगम स्थल चक्र या पहिए कहलाते हैं और इंजन को संचालित करने वाले संतुलनचक्र की तरह शरीर यंत्र को संचालित करते हैं।

मुख्य चक्र हैं:

मूलाधार चक्र जो गुदा के ऊपर कटिप्रदेश में स्थित है (मूल=जड़, कारण, स्रोत; आधार-अवलंब, मर्मस्थान);

जननेंद्रियों के ऊपर स्वाधिष्ठान चक्र(स्व= प्राणभूत शक्ति, आत्मा; अधिष्ठान=स्थान या निवास);

नाभि मणिपूरक चक्र है(मणिपूरक= नाभि);

नाभि और हृदय के मध्य मनस् और सूर्य चक्र(मनस्=मन; सूर्य=रवि);

हृदय प्रदेश में अनाहत चक्र(अनाहत=हृदय);

अन्न प्रणाली प्रदेश में विशुद्ध चक्र(विशुद्ध= पवित्र);

भौहों के मध्य आज्ञा चक्र(आज्ञा=आदेश);

मस्तिष्क की खोह में का सहस्रार चक्र, जो सहस्र-दलों का कमल कहलाता है;

ललाट चक्र, जो भाल के ऊपर स्थित है(ललाट=भाल)।

हो सकता है कि ये चक्र अंत:स्रावक ग्रंथियों के अनुरूप हों, जो दूसरी प्रणाली के न्यासर्ग(शरीर के अंदर का एक पुष्टिकर रासायनिक तत्त्व) और अंतर्गत स्राव(शरीर से निकला हुआ रस या मल) की पूर्ति करते हैं। मूलाधार तथा स्वाधिष्ठान चक्र कदाचित् जननेंद्रियों(पुरुषों के अंडाशय, शिश्न और शिश्न की ग्रंथियों और स्त्रियों के अंडाशय, गर्भाशय और योनि) से संबंधित हैं। इन दो चक्रों के बीच जननेंद्रियों(शिश्न और भग) का स्थान है जिसे कामदेव के नाम पर कामरूप कहते हैं। उदर के अवयव–जैसे पेट, प्लीहा, यकृत और अग्न्याशय कदाचित् मणिपूरक चक्र से संबंधित हैं। सूर्य और मनस् चक्रों का संबंध संभवत: दो मूत्रपिंडों(गुर्दों)से है। अनाहत चक्र हृदय है और मुख्य रक्तवाहिनी नलियाँ उसके चारों ओर हैं। विशुद्ध चक्र संभवत: कंठग्रंथि, उपकंठग्रंथि तथा हृदयासन्न ग्रंथियों से संबंधित है। आज्ञा, सहस्रार और ललाट चक्रों का संबंध मस्तिष्क की वस्तु, पीयूषग्रंथि तथा शीर्षग्रंथि से है।

तांत्रिक सिद्धांतों के अनुसार प्राणायाम का उद्देश्य शरीर में स्थित ब्रह्मांड-शक्ति कुंडलिनी को जागृत करना है। मेरुदंड के मूल में स्थित सबसे नीचे नाड़ी केंद्र–मूलाधार चक्र में कुंडली मारकर सोए हुए सर्प का प्रतीक है कुंडलिनी। इस गुप्त शक्ति को जगाना होगा और मेरुदंड प्रदेश से चक्रों को भेदन करते हुए सहस्रार चक्र(सिर में सहस्रदलयुक्त कमल, मस्तिष्क में नाड़ियों का तंतुजाल) तक ऊपर ले जाना और वहाँ परमात्म तत्त्व से मिलना होगा। कदाचित् अत्यधिक चेतना-शक्ति का वर्णन करने की यह लाक्षणिक रीति है, विशेषत: जीवनीशक्ति, जिसे ऊपर वर्णित उड्डीयान और मूलबंध के अभ्यास से प्राप्त किया जाता है। कुंडलिनी को जगाना और उसे ऊपर ले जाना, कदाचित् वासना शक्ति के उदात्तीकरण का प्रतीक है।

6
प्राणायाम – विधि एवं परिणाम

203 उज्जायी प्राणायाम (चित्र 597)

क्रिया और संज्ञा के साथ प्रयुक्त 'उद्' उपसर्ग का अर्थ है–'ऊपर की ओर' या 'पद में श्रेष्ठ'। इसका अर्थ 'हवा भरना' और 'फैलाना' भी है। यह प्रकर्ष तथा सामर्थ्य को भी व्यक्त करता है।

जय का अर्थ जीतना, विजय, विजयोत्सव या सफलता है। दूसरे दृष्टिकोण से देखें तो इसका अर्थ प्रतिरोध या अवरोध है।

उज्जायी वह प्रक्रिया है जिसमें फुप्फुस पूरी तरह फैलाए जाते हैं और अभिमानी विजेता के समान सीना बाहर निकाला जाता है।

विधि

1. पद्मासन(चित्र 104), सिद्धासन(चित्र 84) अथवा वीरासन(चित्र 89) जैसे किसी सुविधाजनक आसन में बैठें।

2. पीठ को सीधा और कड़ा रखें। धड़ की ओर सिर को नीचा करें। सीने की हड्डी के ठीक ऊपर हँसुलियों के बीच कटाव पर चिबुक स्थिर करें(यह जालंधर बंध है)।

3. बाँहों को सीधे बाहर फैलाएँ और घुटनों पर कलाइयों का पिछला भाग टिकाएँ। दूसरी उंगुलियों को फैलाए हुए अँगूठों के अग्रभागों को तर्जनियों के अग्रभागों से मिलाएँ। हाथ की यह स्थिति या भाव ज्ञानमुद्रा कहलाती है। तर्जनी जीवात्मा का और अँगूठा विश्वात्मा का प्रतीक है। दोनों का मिलन ज्ञान का प्रतीक है।

4. आँखें बंद करें और दृष्टि को अंतर्मुखी कर लें(चित्र 597)।

5. पूरी तरह श्वास छोड़ें।

6. अब श्वास की उज्जायी प्रणाली प्रारंभ होती है।

7. दोनों नाकों से धीमी, गहरी, स्थिर श्वास लें। अंदर आती हुई हवा के मार्ग का

अनुभव तालु के ऊपरी भाग पर होता है और सिंसकार की ध्वनि(स) होती है। इस ध्वनि को सुनना चाहिए।

8. फुप्फुस को ऊपर तक पूरा भरें। इस बात का ध्यान रखना चाहिए कि पूरक की प्रक्रिया में उदर न फूले(सभी प्रकार के प्राणायामों में इसका ध्यान रखें)। यह वायुभरण पूरक(श्वसन) कहलाता है।

9. संपूर्ण उदर का भाग भगास्थि से ऊपर सीने की हड्डी तक मेरुदंड की ओर पीछे खींचा होना चाहिए।

10. एक या दो सेकेंड के लिए श्वास रोकें। अंदर श्वास रोकने की इस क्रिया को 'अंतर-कुंभक' कहते हैं।

11. फुप्फुस पूरी तरह रिक्त होने तक धीरे, गहरे और स्थिर श्वास छोड़ें। रेचक के प्रारंभ में, उठाए हुए उर:प्राचीर को शिथिल न करें, 2 या 3 सेकेंड के रेचक के अनंतर उर:प्राचीर को धीरे-धीरे एवं क्रमश: शिथिल करें। तभी रेचक में बाहर जाती हुई हवा के मार्ग का अनुभव तालु के ऊपरी भाग पर होता है। तालु पर हवा के साफ करने की ध्वनि साँस खींचकर हवा निकालने की ध्वनि(ह्) जैसी हो। श्वास निकालने की इस क्रिया को रेचक कहते हैं।

12. पुन: नया श्वास लेने के पहले कुछ सेकेंड के लिए ठहरें। ठहरने की इस अवधि को 'बाह्य कुंभक' कहते हैं।

13. अनुच्छेद 7 से अनुच्छेद 12 तक वर्णित प्रक्रिया द्वारा उज्जायी प्राणायाम की एक मालिका पूरी होती है।

14. सतत आँखें बंद किए हुए पाँच से दस मिनट के लिए इस मालिका को दुहराएँ।

15. भूमि पर शवासन(चित्र 592) में चित लेट जाएँ।

16. जालंधर बंध के बिना चलते समय या नीचे लेटे हुए भी उज्जायी प्राणायाम किया जाए। यही एक ऐसा प्राणायाम है जिसे दिन और रात में सभी समय किया जा सकता है।

परिणाम

प्राणायाम का यह प्रकार फुप्फुसों को हवा से भरता है, कफ दूर करता है, धैर्य-सहिष्णुता देता है, नाड़ियों को शांत करता है और सारी प्रणालियों को ठीक करता है। झुकी हुई स्थिति में बिना कुंभक के किया गया उज्जायी प्राणायाम उच्च रक्तचाप या कपालवेदना से पीड़ित व्यक्तियों के लिए उत्तम है।

204 सूर्यभेदन प्राणायाम (चित्र 599)

सूर्य का अर्थ रवि है। 'भिद्' धातु से भेदन बना है। भिद् का अर्थ छेदना, तोड़ना या आर-पार जाना है।

सूर्यभेदन प्राणायाम में, दाहिने नासिकारंध्र से श्वास लिया जाता है। दूसरे शब्दों में, प्राण पिंगला या सूर्य नाड़ी से गुज़रता है। बाद में कुंभक किया जाता है और तब बाईं नाक से श्वास छोड़ा जाता है जो कि इड़ा नाड़ी कहलाती है।

विधि

1. पद्मासन(चित्र 104), सिद्धासन(चित्र 84) अथवा वीरासन(चित्र 89) जैसे किसी सुविधाजनक आसन में बैठें।

2. पीठ को सीधा और कड़ा रखें। सिर को धड़ की ओर नीचे लाएँ। सीने की हड्डी के ठीक ऊपर हँसुलियों के मध्य कटाव में चिबुक स्थिर करें(यह जालंधर बंध है)।

3. बाईं बाँह फैलाएँ। बाएँ घुटने पर बाईं कलाई का पिछला हिस्सा टिकाएँ। बाएँ हाथ से ज्ञानमुद्रा करें(जैसा कि उज्जायी की विधि की स्थिति 3 में वर्णित है)।

4. कुहनी पर दाईं बाँह मोड़ें। तर्जनी और मध्यमा को निष्क्रिय बनाए हथेली की ओर मोड़ें। अनामिका और कनिष्ठिका को अंगुष्ठ की ओर ले आएँ(चित्र 598)।

5. दाहिना अँगूठा नाक की दाहिनी ओर नाक की हड्डी के ठीक नीचे और अनामिका व कनिष्ठिका नाक की बाईं ओर नाक की हड्डी के ठीक नीचे, ऊपर के जबड़े पर नाक की मोटी रचना के मोड़ के ठीक ऊपर रखें।

6. नाक की बाईं ओर को पूरी तरह बंद करने के लिए अनामिका और कनिष्ठिका को दबाएँ।

7. दाहिने अँगूठे से दाहिनी ओर की मोटी कोशाओं को दबाएँ जिससे नासिका पटल की कोमलास्थि के निचले किनारे के समानांतर दाहिनी नाक का बाहरी किनारा रहे।

8. दाहिना अँगूता ऊपरी जोड पर मुड़ता है और अँगूठे का अग्रभाग नासिका पटल के समकोण में रखा जाता है(चित्र 599)।

9. अब अँगूठे के नख के पास के अग्रभाग से दाहिनी नाक का छेद नियंत्रित करते हुए धीरे और गहरी साँस लें। फुप्फुसों को वायु से लबालब भर दें(पूरक)।

10. बाद में दाहिना नासिका रंध्र बंद करें जिससे अब दोनों नासिका रंध्र बंद हो जाएँ।

11. मूलबंध का अभ्यास करते समय 5 सेकेंड के लिए श्वास रोकें(अंतर-कुंभक)।

12. दाहिनी नाक पूरी तरह बंद रखते हुए, बाईं नाक का थोड़ा भाग खोलें और धीरे तथा गहराई से साँस छोड़ें(रेचक)।

13. श्वास छोड़ते समय, अनामिका और कनिष्ठिका से दबाव व्यवस्थित करते हुए बाईं नाक से वायु को समप्रवाह में जाने दें, जिससे नासिका पटल के समानांतर बाईं नाक का बाहरी भाग रखा जा सके। दबाव उंगुलियों के अंदर के भाग से(नखों से दूर) देना चाहिए।

14. इस प्रकार सूर्यभेदन प्राणायाम का एक चक्र पूरा होता है। शक्ति के अनुसार, एक दम में पाँच से दस मिनट तक और भी चक्र करते रहें।

15. सूर्यभेदन प्राणायाम में सभी श्वसन दाहिनी नाक से और सभी उच्छ्वसन बाईं नाक से होते हैं।

16. प्रक्रिया के बीच वायु का मार्ग उंगुलियों के अग्रभाग, अँगूठे और नाक की झिल्लियों–जहाँ दबाव डाला जाता है, से जाना जाता है। वायु की गति से उसी प्रकार की आवाज़ आती है जिस प्रकार साइकिल के ट्यूब से हवा निकलते समय होती है। इस आवाज़ को नाकों पर के दबाव बदलते हुए भी सतत बनाए रखना चाहिए।

17. आँखों, कनपट्टियों, भौंहों और ललाट की चमड़ी को सर्वथा निष्क्रिय होना चाहिए और उन पर किसी तरह के तनाव का चिह्न नहीं दिखना चाहिए।

18. वायु की गति को योग्य ध्वनि के सुनने और श्वासक्रिया में उचित लयबद्धता बनाए रखने में मन को पूरी तरह लगाना चाहिए।

19. प्रत्येक श्वसन एवं उच्छ्वसन दोनों बराबर समय तक टिकना चाहिए।

20. श्वसन एवं उच्छ्वसन को बलपूर्वक नहीं करना चाहिए। सर्वदा समान और मंद लयबद्धता बनाई रखनी चाहिए।

21. प्राणायाम करने के बाद शवासन में लेट जाएँ(चित्र 592)।

परिणाम

नासिका रंध्रों पर दबाव पड़ने के कारण, उज्जायी की अपेक्षा इस प्राणायाम में फुप्फुसों को अधिक कार्य करना पड़ता है। उज्जायी की अपेक्षा सूर्यभेदन में वे अधिक मंद, स्थिर एवं पूर्ण भरे जाते हैं। सूर्यभेदन पाचनशक्ति बढ़ाता है, नाड़ियों को शांत करता है और शक्ति देता है तथा नासूर को दूर करता है।

टिप्पणी

प्राय: ऐसा होता है कि दोनों नासिकारंध्रों के मार्ग समान रूप से चौड़े नहीं होते, एक-दूसरे से बड़े होते हैं। ऐसी स्थिति में उंगुलियों के दबाव से उन्हें व्यवस्थित किया जाना चाहिए। किन्हीं अवस्थाओं में दाहिनी नाक पूरी तरह बंद होती है जब कि बाईं नाक खुली रहती है। उस अवस्था में केवल बाईं नाक से श्वास लेना चाहिए जब कि उच्छ्वसन केवल दाईं नाक से किया जाना चाहिए। उंगुलियों के व्यापार से कुछ समय में दाहिनी नाक खुल जाती है और उससे श्वसन संभव हो जाता है।

सावधानी

मंद रक्तचाप से पीड़ित व्यक्ति इससे लाभान्वित होंगे परंतु उच्च रक्तचाप या हृदयरोग से पीड़ित व्यक्तियों को इस प्राणायाम के अभ्यास के समय में पूरक के बाद श्वास रोकना नहीं चाहिए(अंतर-कुंभक)।

205 नाड़ीशोधन प्राणायाम

नाड़ी–प्राण या ऊर्जा के मार्ग के लिए, नस या धमनी के समान शरीर का नलिका रूप अवयव है। 'इंसुलेटेड इलेक्ट्रिक वायर' की तरह नाड़ी की तीन तहें होती हैं। सबसे अंदर की तह को शिरा कहते हैं, बीच की तह को धमनी और संपूर्ण अवयव और साथ ही साथ बाहरी तह को नाड़ी कहते हैं।

शोधन का अर्थ है पवित्र करना या स्वच्छ करना–इस प्रकार नाड़ीशोधन प्राणायाम का उद्देश्य नाड़ी का शुद्धीकरण है। पानी के नल में थोड़ा-सा व्यवधान जलपूर्ति को पूरी तरह बंद कर देता है। नाड़ियों में थोड़ा व्यवधान अत्यंत असुविधा के लिए कारणीभूत हो सकता है और अंग या अवयव को निष्क्रिय बना सकता है।

विधि

1. सूर्यभेदन प्राणायाम(चित्र 599) के अनुच्छेद 1 से 8 में बतलाई गई विधि का अनुसरण करें।

2. दाहिनी नाक से फुप्फुस को पूरी तरह रिक्त करें। दाहिनी नाक के छिद्र को, नख से दूर दाहिने अँगूठे के अंदरूनी भाग से नियंत्रित करें।

3. बाद में, नख के समीप दाहिने अँगूठे के अग्रभाग से, छिद्र को नियंत्रित करते हुए दाहिनी नाक से मंद, स्थिर तथा गहरी साँस लें। फुप्फुस को ऊपर तक भरें(पूरक)। इस श्वसन के समय बाईं नाक अनामिका और कनिष्ठिका से पूरी तरह बंद होती है।

4. पूर्ण श्वसन के बाद अँगूठे के दबाव से दाहिनी नाक को पूरी तरह बंद करें और बाईं नाक पर की तर्जनी तथा कनिष्ठिका का दबाव हटा लें। बाईं नाक के बाहरी किनारे पर उन्हें फिर से रखें और उसे नासिका पटल के समानांतर रखें। बाईं नाक से मंद, स्थिर तथा गहरी साँस छोड़ें। फुप्फुसों को पूरी तरह रिक्त करें। तर्जनी और कनिष्ठिका के अग्रभाग के अंतर्भाग(नखों से दूर) से दबाव का प्रयत्न करना चाहिए(रेचक)।

5. बाईं नाक से पूर्ण उच्छ्वसन के बाद, उंगुलियों को ठीक कर उस पर के दबाव को बदलें। बदली हुई स्थिति में, तर्जनी और कनिष्ठिका के नखों के समीप के अग्रभाग दबाव का काम कर सकते हैं।

6. बाद में, फुफ्फुसों को ऊपरी छोर तक भरते हुए बाईं नाक से मंद, स्थिर तथा गहरी साँस लें(पूरक)।

7. बाईं नाक से पूर्ण श्वसन के बाद उसे बंद करें और जैसा कि ऊपर अनुच्छेद 2 में बतलाया गया है, दाहिनी नाक पर दाहिने अँगूठे का दबाव डालते हुए दाहिनी नाक से साँस छोड़ें(रेचक)।

8. यह क्रिया नाड़ीशोधन प्राणायाम की एक माला पूर्ण करती है। यहाँ श्वासोच्छ्वास की लयबद्धता नीचे के अनुसार है:

(1) दाहिनी नाक से श्वास छोड़ें।
(2) दाहिनी नाक से श्वास लें।
(3) बाईं नाक से श्वास छोड़ें।
(4) बाईं नाक से श्वास लें।
(5) दाहिनी नाक से श्वास छोड़ें।
(6) दाहिनी नाक से श्वास लें।
(7) बाईं नाक से श्वास छोड़ें।
(8) बाईं नाक से श्वास लें।
(9) दाहिनी नाक से श्वास छोड़ें।
(10) दाहिनी नाक से श्वास लें। और इसी प्रकार आगे करें।

ऊपर (1) की अवस्था प्राथमिक स्वरूप की है। नाड़ीशोधन प्राणायाम की पहली माला वस्तुत: (2) की अवस्था में प्रारंभ होती है और अवस्था (5) पर समाप्त होती है। दूसरी माला अवस्था (6) में प्रारंभ होती है और अवस्था (9) पर समाप्त होती है। अवस्था (10) एक सुरक्षात्मक कदम है, जिसे हाँफने, श्वासहीनता तथा हृदय पर दबाव रोकने के लिए माला के पूर्ण होने के बाद किया जाता है।

9. ऊपर बतलाई गई विधि से 8 से 10 मालाएँ एक दम में करें। इसमें 6 या 8 मिनट लगेंगे।

10. प्रत्येक ओर से श्वसन और उच्छ्वसन दोनों समान अवधि में होना चाहिए। प्रारंभ में अवधि विषम होगी। उसे सम होने तक खूब लगकर अभ्यास करें।

11. सम अवधि पर अधिकार और दोनों ओर श्वसन एवं उच्छ्वसन में पूरी तरह पटुता प्राप्त करने के बाद, श्वसन के उपरांत श्वास रोकने(अंतर-कुंभक) का प्रयास किया जाना चाहिए।

12. दीर्घ अभ्यास के बाद ही यह कुशलता प्राप्त होती है।

13. श्वास के अवरोध को श्वसन और उच्छ्वसन की लयबद्धता व समानता में

खलल पैदा नहीं करना चाहिए। यदि दोनों में से किसी एक में भी गड़बड़ी होती है तो कुंभक की अवधि कम करें अथवा एक चक्र छोड़कर दूसरे चक्र में श्वास रोकें।

14. श्वसन के बाद कुंभक के समय मूलबंध का अभ्यास करें।

15. जब तक आपने श्वसन के बाद श्वास रोकने(अंतर-कुंभक) पर अधिकार प्राप्त नहीं किया है, तब तक उच्छ्वसन के बाद श्वास रोकने(बाह्य कुंभक, चित्र 600) की कोशिश न करें। बाद में बाह्य कुंभक के समय मूलबंध के साथ उड्डीयान (चित्र 593, 594) का अभ्यास करें।

16. अनुभवी गुरु के मार्गदर्शन तथा मदद से ही कुंभक तथा श्वसन एवं उच्छ्वसन की अवधि बढ़ाने का प्रयास करना चाहिए।

17. हमेशा शवासन(चित्र 592) में लेटकर समाप्त करें।

परिणाम

स्वाभाविक श्वासक्रिया की अपेक्षा नाड़ीशोधन में रक्त के लिए प्राणवायु की पूर्ति अधिक होती है, जिससे व्यक्ति प्रफुल्लता का अनुभव करता है और नाड़ियाँ शांत एवं शुद्ध होती हैं। मन स्थिर तथा निर्मल हो जाता है।

टिप्पणी

प्रारंभ में शरीर से पसीना छूटता है और शरीर काँपता है जबकि जाँघ और बाँहों की मांसपेशियों पर तनाव मालूम होता है। इस प्रकार के तनाव से बचना चाहिए।

सावधानियाँ

1. जो व्यक्ति उच्च रक्तचाप या हृदयरोग से पीड़ित हैं उन्हें श्वास रोकने(कुंभक) की कोशिश कभी नहीं करनी चाहिए। वे कुंभक के बिना लाभकारी परिणामयुक्त नाड़ीशोधन प्राणायाम का अभ्यास कर सकते हैं।

2. जो व्यक्ति मंद रक्तचाप से पीड़ित हैं वे श्वसन के बाद अवरोध(अंतर- कुंभक) के साथ ही, लाभकारी परिणामयुक्त इस प्राणायाम को कर सकते हैं।

7
प्राणायाम के प्रकार

206 भस्त्रिका प्राणायाम

भस्त्रिका का अर्थ भट्ठी के लिए उपयोग में लाई जाने वाली धौंकनी है। लुहार की धौंकनी की तरह यहाँ जबरदस्ती हवा अंदर और बाहर की जाती है। इसलिए यह नाम है। यहाँ विधि दो अवस्थाओं में दी गई है।

विधि:अवस्था 1

1. उज्जायी के अनुच्छेद 1 और 2 विधि का अनुसरण करें।

2. तेज़ और प्रबल श्वास लें और तेज़ और ज़ोर से श्वास छोड़ें। एक श्वसन और एक उच्छ्वसन से भस्त्रिका का एक चक्र पूरा होता है। जो ध्वनि होती है वह धौंकनी से वेग से गुजरती हुई हवा की आवाज के समान होती है।

3. एक दम में 10 से 12 चक्र पूरा करें। बाद में उज्जायी की तरह मंद गहरी साँस लें। 2 से 3 सेकेंड के लिए मूलबंध के साथ श्वास रोकें। बाद में उज्जायी की तरह धीरे से गहरी साँस छोड़ें।

4. श्वासक्रिया का यह उज्जायी-भेद फुप्फुसों और उर:प्राचीर को विश्रांति देता है और उन्हें भस्त्रिका के नए चक्रों के लिए तैयार करता है।

5. बीच-बीच में उज्जायी श्वासक्रिया के साथ तीन से चार बार तक भस्त्रिका की माला दुहराएँ।

6. यदि वायु की ध्वनि न्यून होती है और प्रबलता समाप्त होती है तो उनकी संख्या घटा दें।

7. अंत में शवासन(चित्र 592) में लेट जाएँ।

अवस्था 2

207 कपालभाति

1. उज्जायी की अनुच्छेद 1 और 2 विधि का अनुसरण करें।

2. सूर्यभेदन की विधि में बतलाए अनुसार नाकों पर अँगूठे और उंगली का दबाव रखें।

3. बाईं नाक पूरी तरह बंद करें परंतु दाहिनी नाक थोड़ी खुली रखें।

4. ऊपर की अवस्था 1 की तरह भस्त्रिका की 10 से 12 मालाओं के लिए दाहिनी नाक से ज़ोर से श्वास लें और श्वास छोड़ें।

5. दाहिनी नाक बंद करें। बाईं नाक थोड़ी खोलें और भस्त्रिका के उतने ही चक्र दुहराएँ।

6. नाकों पर से उंगुलियाँ हटा लें।

7. उज्जायी की तरह कुछ गहरी साँसें लें।

8. बीच-बीच में उज्जायी करते हुए तीन से चार बार दोनों ओर मालाओं को दुहराएँ।

9. पूरा करने के बाद शवासन(चित्र 592) में लेट जाएँ।

टिप्पणी

भस्त्रिका प्राणायाम का सहज रूप कपालभाति(चित्र 207) (कपाल=खोपड़ी; भाति= प्रकाश, चमक) की प्रक्रिया है। कपालभाति में श्वसन मंद होता है परंतु उच्छ्वसन प्रबल होता है। प्रत्येक उच्छ्वसन के बाद अवरोध(कुंभक) के सूक्ष्म कण होते हैं। यदि बाद की श्वासक्रिया अधिक श्रमसाध्य प्रतीत होती है तो भस्त्रिका के बदले कपाल-भाति का कुछ चक्र करें। कपालभाति पूरा करने के बाद शवासन (चित्र 592) में लेट जाएँ।

परिणाम

भस्त्रिका और कपालभाति दोनों यकृत, प्लीहा, पाचनग्रंथि तथा उदर की मांसपेशियों को क्रियाशील और शक्तिशाली बनाती हैं। इस प्रकार पाचनशक्ति की वृद्धि होती है, नासूर सूख जाता है, आँखें ठंडी मालूम पड़ती हैं और व्यक्ति प्रफुल्लता का अनुभव करता है।

सावधानियाँ

1. जिस प्रकार ट्रेन को खींचने के हेतु भाप पैदा करने के लिए लोकोमोटिव इंजिन में कोयला झोंकते हैं, उसी प्रकार सारे शरीर को सक्रिय बनाने के लिए भस्त्रिका प्राण

को उत्पन्न करती है। बहुत अधिक कोयले के झोंकने से इंजिन का बॉयलर जल जाता है। इस प्रकार भस्त्रिका का दीर्घ अभ्यास शरीर-यंत्र को जर्जर कर देता है; कारण, श्वासक्रिया ज़ोर से होती है।

2. दुर्बल शारीरिक प्रकृति एवं क्षीण फुप्फुस के सामर्थ्यवाले व्यक्तियों को भस्त्रिका या कपालभाति की कोशिश नहीं करनी चाहिए।

3. जो व्यक्ति कान या आँख की शिकायत(कान में मवाद, आँख के पिछले पटल से अलगाव या आँख के रोगविशेष 'ग्लूकोमा') के शिकार हैं, उन्हें इन दोनों में से किसी एक के लिए भी प्रयास नहीं करना चाहिए।

4. और न उच्च रक्तचाप या मंद रक्तचाप वाले व्यक्ति को ही करना चाहिए।

5. यदि नाक से रक्त बहने लगता है अथवा कान फड़कने या दर्द करने लगते हैं, तो तत्काल भस्त्रिका या कपालभाति रोक दें।

6. दोनों में से किसी एक को भी कुछ समय के लिए न करें।

208 भ्रामरी प्राणायाम

भ्रमरी का अर्थ बड़ी काली मधुमक्खी है।

विधि

1. भ्रामरी प्राणायाम की विधि वही है जो उज्जायी की है। अंतर यह है कि भ्रामरी में उच्छ्वसन के समय, मधुमक्खियों की भनभनाहट की तरह, मंद भनभन की ध्वनि की जाती है। इसे पूरा करने के बाद शवासन(चित्र 592) में लेट जाएँ।

भ्रामरी प्राणायाम में भनभन ध्वनि निद्रानाश की स्थिति में सहायक है।

209 शीतली प्राणायाम (चित्र 601)

शीतल का अर्थ है ठंडा। यह प्राणायाम शरीर यंत्र को शीतल करता है, अत: यह नाम है।

विधि

1. पद्मासन(चित्र 104), सिद्धासन(चित्र 84), अथवा वीरासन(चित्र 89) में बैठें।

2. सिर के समतल में पीठ को सीधा और कड़ा रखें। हाथों से ज्ञानमुद्रा करें। यहाँ जालंधर बंध श्वसन के समय नहीं किया जाता है, अपितु बाद में करते हैं।

3. मुँह खोलें और ओठों को 'O'-सा गोल करें।

4. जीभ के किनारे और अग्रभाग दाढ़ों तथा आगे के दाँतों को छूते हुए जीभ ऊपर उठानी और घुमानी चाहिए। जीभ की आकृति अभी-अभी खुलने वाले ताजे मुड़े हुए पत्ते के समान होगी(चित्र 601)।

5. मुड़ी हुई जीभ को ओठों के बाहर निकालें। फुप्फुसों को पूरी तरह भरने के लिए सिसकार की ध्वनि(इ श् श् श् श् श् श्) के साथ मुड़ी हुई जीभ से हवा को अंदर खींचें। मानो हवा पतली नलिका या पीने की नली से अंदर खींची जाती हो। पूर्ण श्वसन के बाद जीभ अंदर कर लें और मुँह बंद कर लें।

6. पूर्ण श्वसन के बाद, सिर को गर्दन के पिछले भाग से धड़ की ओर झुकाएँ। चिबुक को हँसुली और सीने की हड्डी के ज़रा ऊपर बीच में कटाव पर स्थिर होना चाहिए। अब सिर जालंधर बंध की स्थिति में है।

7. फिर मूलबंध(देखें पृष्ठ 256) का अभ्यास करते हुए 5 सेकेंड के लिए श्वास रोकें(अंतर-कुंभक करें)।

8. उज्जायी की तरह नाक से हवा छोड़ने की ध्वनि(हू ऽ ऽ ऽ ऽ ऽ म) के साथ धीरे से श्वास छोड़ें।

9. इस प्रकार शीतली प्राणायाम का एक चक्र पूरा होता है।

10. सिर उठाएँ और 5 से 10 मिनट के लिए माला दुहराएँ।

11. पूरा करने के बाद शवासन(चित्र 592) में लेट जाएँ।

परिणाम

यह शरीरयंत्र को ठंडा रखता है और आँखों और कानों को शक्ति देता है। यह मंदज्वर और पित्त की अवस्था में लाभदायक है। यह यकृत और प्लीहा को क्रियाशील बनाता है, पाचनशक्ति बढ़ाता है और प्यास बुझाता है।

सावधानियाँ

1. उच्च रक्तचाप से पीड़ित व्यक्तियों को अंतर-कुंभक नहीं करना चाहिए।

2. जो व्यक्ति हृदय रोग से पीड़ित हैं उन्हें प्रारंभ में शीतली प्राणायाम के लिए प्रयास नहीं करना चाहिए।

210 शीतकारी प्राणायाम

शीतकारी का अर्थ है ठंडा करने वाला। यह शीतली प्राणायाम का एक प्रकार है।

विधि

यहाँ जीभ घुमी हुई नहीं होती है। ओंठ किंचित् खुले हुए रखे जाते हैं और दाँतों के बीच जीभ का केवल अगला भाग निकला होता है। जीभ को उसकी स्वाभाविक स्थिति में समतल रखा जाता है। शीतली प्राणायाम की विधि का ही अनुसरण करें।

परिणाम

परिणाम वैसे ही हैं जैसे कि शीतली प्राणायाम के लिए बतलाए गए हैं।

सावधानी

उच्च रक्तचाप से पीड़ित व्यक्ति शीतली प्राणायाम की अपेक्षा शीतकारी में अत्यधिक तनाव पा सकते हैं।

211 समवृत्ति प्राणायाम

1. सम का अर्थ है वही, अभिन्न, सीधा, सारा, संपूर्ण, सर्व, अनुरूप, उसी ढंग में।

2. वृत्ति का अर्थ क्रिया, हलचल, व्यापार या प्रवृत्ति, आचरण या व्यवहार पद्धति है।

3. इसलिए समवृत्ति प्राणायाम में, प्राणायाम के किसी प्रकार में श्वास की तीनों प्रक्रियाओं, जैसे पूरक(श्वास लेना), कुंभक(श्वास रोकना) और रेचक(श्वास छोड़ना) की कालावधि में अनुरूपता प्राप्त करने की कोशिश की जाती है। यदि एक 5 सेकेंड रहता है तो दूसरों को भी वैसा ही करें।

4. 5 सेकेंड की यह अनुरूपता, प्राणायाम के किसी प्रकार में, जैसे–उज्जायी, सूर्यभेदन, नाड़ीशोधन, शीतली या अन्य किसी की श्वासक्रिया की मालाओं में बनाए रखना चाहिए।

सावधानियाँ

1. प्रारंभ में समवृत्ति प्राणायाम केवल पूरक(श्वास लेने) और रेचक(श्वास छोड़ने) तक सीमित होना चाहिए।

2. प्रथम पूरक तथा रेचक में समय की अवधि की समानता प्राप्त करें, उसके बाद ही अंतर-कुंभक(पूर्ण श्वसन के बाद श्वास रोकने) का प्रयास करें।

3. अंतर-कुंभक शनैः शनैः प्रारंभ करें। प्रारंभ में पूरक, अंतर-कुंभक और रेचक के लिए समय का अनुपात 1:¼:1 रखना चाहिए। इसके बाद अनुपात 1:½:1 में बहुत धीरे से बढ़ाना चाहिए। इसके बाद अनुपात 1:¾:1 का प्रयास दृढ़तापूर्वक स्थिर करें। इस पर अधिकार प्राप्त करने के बाद ही अंतर-कुंभक का अनुपात 1:1:1 तक बढ़ाएँ।

4. जब तक आप पूरक, अंतर-कुंभक और रेचक में 1:1:1 के इच्छित अनुपात को प्राप्त नहीं कर लेते, तब तक आप बाह्य कुंभक(पूर्ण उच्छ्वसन के बाद श्वास रोकने) के लिए प्रयत्न न करें।

5. यदि फुप्फुसों से वायु पूरी तरह निकाल दी गई है तो अंदर का आकाश और बाहर के वायुमंडल का दबाव फुप्फुसों पर भयंकर तनाव पैदा करेगा। इसलिए प्रारंभ में अंतर-कुंभक और बाह्य कुंभक दोनों एक साथ न करें।

6. अंतर-कुंभक या बाह्य कुंभक का अभ्यास अलग-अलग करें या एक के बाद दूसरा–इस क्रम से करें। शुरू-शुरू में गहरी श्वास क्रिया के साथ पूरक और रेचक की दो या तीन मालाओं के बीच छितराकर कुंभक करें, उदाहरणार्थ–दो या तीन

श्वासक्रिया की मालाएँ और अंतर-कुंभक की एक माला करें। बाद में दो या तीन श्वासक्रिया की मालाएँ करें और उसके बाद बाह्य कुंभक की एक माला करें। 3 अंतर- कुंभक और 3 बाह्य कुंभक से प्रारंभ करें और कुंभकों की संख्या बहुत धीरे-धीरे बढ़ाएँ।

212 विषमवृत्ति प्राणायाम

1. विषम का अर्थ है—कई वस्तुओं में जो अनियमित तथा कठिन हो।

2. इसको विषमवृत्ति प्राणायाम इसलिए कहते हैं कि पूरक, कुंभक और रेचक के लिए समय की समान अवधि रखी नहीं जाती है। यह लयबद्धता में बाधा उत्पन्न करता है और अनुपात की भिन्नता साधक के लिए कठिनाई और धोखा पैदा करती है।

3. इस प्रकार के प्राणायाम में, अनुपात 1:4:2 होने से पूर्ण श्वसन 5 सेकेंड होता है, 20 सेकेंड के लिए श्वास रुकता है(अंतर-कुंभक) और उच्छ्वसन 10 सेकेंड होता है। प्रथमतया साधक उच्छ्वसन के समय लयबद्धता बनाने में कठिनाई का अनुभव करेंगे, परंतु यह अभ्यास से सहज हो जाता है।

4. इसके विपरीत, यदि श्वसन 10 सेकेंड के लिए है; श्वसन 20 सेकेंड के लिए रोका जाता है, और उच्छ्वसन 5 सेकेंड होता है तो यहाँ अनुपात 2:4:1 है।

5. पुनः यदि समय का विस्तार इस प्रकार बदला जा सकता है कि यदि श्वसन 20 सेकेंड के लिए है, अवरोध 10 सेकेंड के लिए और उच्छ्वसन 5 सेकेंड के लिए; तो अनुपात 4:2:1 होगा।

6. प्राणायाम की एक माला में अनुपात 1:2:4, 2:4:1 और 4:1:2 अपनाया जा सकता है। तब ये तीनों अनुपात मिलकर प्राणायाम की एक माला गिनी जाती है।

7. यदि बाह्य कुंभक(पूर्ण उच्छ्वसन के बाद और नए श्वसन के पूर्व का अवरोध) का भी विचार किया जाता है तो अनुपात का योग और भी बड़ा होगा।

8. यदि उज्जायी, सूर्यभेदन, नाड़ीशोधन, भ्रामरी, शीतली और शीतकारी जैसे प्राणायाम के मूल प्रकारों में(नीचे वर्णित) प्राणायाम की विलोम, अनुलोम और प्रतिलोम पद्धतियों के विभिन्न अनुपातों को देखा जाए तो गणकों की संख्या नक्षत्रों जैसी होगी, अनगिनत होगी।

9. मनुष्य अपने जीवन काल में इन विभिन्न गणकों को कभी संपादित नहीं कर सकता है।

10. विषमवृत्ति प्राणायाम का मार्ग भयपूर्ण है। इसलिए अनुभवी गुरु या शिक्षक के व्यक्तिगत निरीक्षण के बिना अपने आप अभ्यास करने के प्रयास का स्वप्न न देखें।

11. पूरक, कुंभक और रेचक के लिए समय के पृथक्-पृथक् अनुपातों के कारण

उत्पन्न लयहीनता से शरीर की सारी व्यवस्था, विशेषत: श्वास एवं स्नायु-संबंधी व्यवस्था पर अत्यधिक जोर पड़ता है और उन पर अनुचित रीति से तनाव दिया जाता है।

12. कुंभक के अभ्यास के संबंध में अनुच्छेद 5 से ·10 में समवृत्ति प्राणायाम में बतलाई गई सावधानियों का विषमवृत्ति प्राणायाम में अत्यधिक महत्त्व है।

13. **हठयोग प्रदीपिका** के दूसरे अध्याय में स्वात्माराम के कथन की सत्यता का अनुभव व्यक्ति अब करने लगता है:"सिंह, हाथी और बाघ से भी अधिक धीरे-धीरे क्रमश: प्राणों को व्यक्ति के सामर्थ्य और शारीरिक मर्यादा के अनुसार बस में लाना चाहिए; अन्यथा यह साधक का प्राण ले लेगा।"

विलोम, अनुलोम एवं प्रतिलोम प्राणायाम

समवृत्ति और विषमवृत्ति प्राणायाम का संबंध पूरक, कुंभक और रेचक में लिए गए समय के विशिष्ट अनुपात को बनाए रखने से है।

प्राणायाम के विलोम, अनुलोम तथा प्रतिलोम भेद पूरक एवं रेचक की प्रणालियों तथा विधियों से संबंधित हैं। विलोम में पूरक(श्वसन) या रेचक(उच्छ्वसन) निरंतर एक प्रक्रिया नहीं है, परंतु धीरे-धीरे अनेक विरामों के साथ किया जाता है। अनुलोम में उज्जायी की भाँति दोनों नासिकारंध्रों से श्वसन और नाड़ीशोधन की तरह प्रत्येक नाक से पारी-पारी से उच्छ्वसन किया जाता है। प्रतिलोम में संपूर्ण श्वसन प्रत्येक नाक द्वारा पारी-पारी से किया जाता है जबकि संपूर्ण उच्छ्वसन उज्जायी की भाँति दोनों नाकों से किया जाता है।

213 विलोम प्राणायाम

'लोम' का अर्थ रोम अथवा केश है। 'वि' उपसर्ग निषेध अथवा अभाव के अर्थ में प्रयुक्त होता है। इस प्रकार विलोम का अर्थ केशरहित, इच्छा-अभिलाषा के विपरीत, वस्तुओं के स्वाभाविक स्थिति-क्रम के विपरीत है।

विलोम प्राणायाम में श्वसन अथवा उच्छ्वसन एक कोई अव्यवहित निरंतर प्रक्रिया नहीं है, बल्कि अनेक विरामों से बाधित है। उदाहरणार्थ, यदि फुप्फुसों को वायुपूरित करने के लिए निरंतर श्वसन या वायु रिक्त करने के लिए निरंतर उच्छ्वसन की प्रत्येक अवस्था में 15 सेकेंड लगते हैं, तो विलोम में श्वसन या उच्छ्वसन के प्रत्येक दूसरी-तीसरी अवस्था के बाद 2 सेकेंड का विराम होगा। इस प्रकार श्वसन अथवा उच्छ्वसन की प्रक्रिया 25 सेकेंड लंबी है। नीचे दो अवस्थाओं में स्पष्ट रूप से विधि दी गई है।

विधि:अवस्था 1

1. विलोम प्राणायाम बैठे हुए आसन में अथवा लेटे हुए किया जा सकता है।

2. यदि बैठे हुए किया जाए तो पीठ सीधी रखें, सिर को धड़ की ओर झुकाएँ जिससे चिबुक सीने की हड्डी के ऊपर हँसुलियों के बीच के गड्ढे में स्थिर रहे। यह जालंधर बंध है। हाथों को ज्ञानमुद्रा में रखें।

3. दो सेकेंड तक श्वास लें, श्वास रोकें, दो सेकेंड तक रुकें, फिर दो सेकेंड तक श्वास लें, पुनः श्वास रोककर दो सेकेंड रुकें और इसी प्रकार फुप्फुसों के पूर्ण भरने तक इसी प्रकार चालू रखें।

4. अब मूलबंध का अभ्यास करते हुए अपने सामर्थ्य के अनुसार 5 से 10 सेकेंड तक श्वास रोकें(अंतर-कुंभक)।

5. श्वसन करते समय बीच में जब रुकते हैं, उस समय मूलबंध का अभ्यास किया जाना चाहिए।

6. श्वास निकालने की वायुध्वनि(हू ऽ ऽ ऽ ऽ ऽ म) युक्त उज्जायी के समान धीरे और गहरी साँस लें। उच्छ्वसन के समय मूलबंध छोड़ दें।

7. इस प्रकार विलोम प्राणायाम की पहली अवस्था की एक मालिका पूर्ण होती है।

8. पहली अवस्था की 10 से 15 मालिकाएँ एक साँस में दुहराएँ।

अवस्था 2

9. एक या दो मिनट के लिए विश्राम करें।

10. बाद में सीने की हड्डी के ऊपर चिबुक को रखते हुए, उज्जायी की तरह श्वास खींचते हुए वायुध्वनि(इ स् स् स् स् स्) के साथ बिना किसी विराम के एक गहरी साँस लें। फुप्फुसों को पूरी तरह भरें।

11. मूलबंध की पकड़ बनाए 5 से 10 सेकेंड तक श्वास रोकें(अंतर-कुंभक)।

12. दो सेकेंड तक श्वास छोड़ें और 2 सेकेंड तक रुकें। पुनः दो सेकेंड तक श्वास छोड़ें और 2 सेकेंड तक रुकें और इस प्रकार फुप्फुसों को पूर्ण रिक्त होने तक चालू रखें।

13. रुकाव के समय मूलबंध की पकड़ को बनाए रखें।

14. इस प्रकार विलोम प्राणायाम की दूसरी अवस्था की एक मालिका पूर्ण होती है।

15. विलोम की दूसरी अवस्था 10 से 15 बार एक दम में दुहराएँ।

16. यह विलोम प्राणायाम की पूर्ति है।

17. बाद में शवासन(चित्र 592) में लेट जाएँ।

परिणाम

विलोम प्राणायाम पहली अवस्था में मंद रक्तचाप से पीड़ित व्यक्तियों को सहायता

पहुँचाता है। दूसरी अवस्था में यह उच्च रक्तचाप से पीड़ित व्यक्तियों के लिए लाभप्रद है।

सावधानियाँ

1. विलोम की दूसरी अवस्था का अभ्यास उच्च रक्तचाप से पीड़ित व्यक्तियों को लेटे हुए ही करना चाहिए।

2. जो हृदयरोग से पीड़ित है उन्हें चाहिए कि वे जब तक नाड़ीशोधन और उज्जायी प्राणायाम पर अधिकार प्राप्त नहीं कर लेते तब तक उसके लिए प्रयास न करें।

214 अनुलोम प्राणायाम

अनु का अर्थ है सहित, के साथ अथवा संबंधित; साथ ही 'एक के बाद' यह भी दूसरा अर्थ है। इसलिए अनुलोम का अर्थ क्रमशः, केशसहित, अभिलाषा के साथ अथवा स्वाभाविक क्रम में है। अनुलोम प्राणायाम में दोनों नासिकाओं से श्वसन तथा पारी-पारी से प्रत्येक नाक द्वारा उच्छ्वसन किया जाता है।

विधि

1. पद्मासन(चित्र 104), सिद्धासन(चित्र 84) अथवा वीरासन(चित्र 89) जैसे किसी सुविधाजनक आसन में बैठें ।

2. पीठ को सीधा और कड़ा रखें। सिर को धड़ की ओर नीचा करें और चिबुक को सीने की हड्डी के ठीक ऊपर हँसुलियों के बीच गड्ढे में स्थिर करें(यह जालंधर बंध है)।

3. फुप्फुस वायुपूरित होने तक उज्जायी के समान दोनों नासिकाओं से गहरी साँस लें।

4. मूलबंध बनाए हुए यथाशक्ति 5 से 10 सेकेंड तक श्वास लेने के बाद(पूरक) श्वास रोकें(अंतर-कुंभक)।

5. सूर्यभेदन प्राणायाम में बतलाए अनुसार दायाँ हाथ नाक के पास लाएँ, मूलबंध छोड़ दें, और बाईं नासिका को पूरी तरह बंद रखते हुए अधखुली दाईं नासिका से धीरे-धीरे श्वास छोड़ें। फुप्फुस को पूरी तरह रिक्त करें और तब हाथ नीचे करें।

6. अनुच्छेद 3 के अनुसार फुप्फुस वायुपूरित होने तक दोनों नासिकाओं से श्वास लें।

7. मूलबंध बनाए हुए 5 से 10 सेकेंड तक यथाशक्ति श्वास लेने(पूरक) के बाद श्वास रोकें(अंतर-कुंभक)। अनुच्छेद 4 तथा इस अनुच्छेद में बतलाई गई श्वास रोकने की अवधि समान होनी चाहिए।

8. पुनः दायाँ हाथ नाक के पास लाएँ। मूलबंध छोड़ दें और दाईं नासिका पूर्णतया

बंद करें। अब बाईं नासिका अधखुली रखें और फुफ्फुस को पूरी तरह रिक्त करने के लिए धीरे-धीरे गहरी साँस छोड़ें।

9. यह अनुलोम प्राणायाम का एक चक्र पूरा करता है।

10. एक ही दम में 5 से 8 चक्र करें।

11. तब शवासन(चित्र 592) में लेट जाएँ।

परिणाम

उज्जायी, नाड़ीशोधन और सूर्यभेदन के परिणामों के समान ही इसके परिणाम हैं।

सावधानियाँ

1. अनुलोम प्राणायाम में पूरक की अपेक्षा रेचक अधिक काल तक रहता है। श्वासोच्छ्वास की लय इसमें एक नहीं रह पाती, उसमें विविधता आ जाती है। यह कठिन है और इसलिए केवल प्रगत साधकों के द्वारा ही किया जाना चाहिए।

2. रक्तचाप अथवा हृदय रोगों और नाड़ियों की अव्यवस्था से पीड़ित व्यक्तियों को इसका प्रयास करना नहीं चाहिए, कारण परिणाम हानिकारक होने की संभावना है।

215 प्रतिलोम प्राणायाम

प्रति का अर्थ विपरीत है। प्राणायाम का यह प्रकार अनुलोम के विपरीत है। इसमें प्रत्येक नासिका से पारी-पारी से श्वास लिया(पूरक किया) जाता है और बाद में उज्जायी के समान दोनों नासिकाओं से श्वास छोड़ा(रेचक) जाता है।

विधि

1. पद्मासन(चित्र 104), सिद्धासन(चित्र 84) अथवा वीरासन(चित्र 89) जैसे किसी सुविधाजनक आसन में बैठें।

2. पीठ सीधी तथा कड़ी रखें। सिर धड़ की ओर झुकाएँ। सीने की हड्डी के ऊपर हँसुलियों के बीच गड्ढे में चिबुक स्थिर करें। यह जालंधर बंध है।

3. बाईं भुजा फैलाएँ। बाईं कलाई का पिछला भाग बाएँ घुटने पर टिकाएँ। बाएँ हाथ से ज्ञानमुद्रा करें(देखें 203, 3)।

4. दाईं भुजा कुहनी पर मोड़ें, तथा तर्जनी व मध्यमा को निष्क्रिय रखते हुए, उन्हें हथेली की ओर मोड़ें। अनामिका व कनिष्ठिका अँगूठे की ओर ले जाएँ(चित्र 598)।

5. नासिका के मांसल वक्रभाग के ठीक ऊपर तथा नासिकास्थि के ठीक नीचे दाईं नाक पर दायाँ अँगूठा और बाईं नाक पर अनामिका और कनिष्ठिका रखें।

6. बाईं नाक को पूर्ण रूप से बंद करने के लिए अनामिका और कनिष्ठिका को दबाएँ।

7. नासिका के बाहरी किनारे को नासिकापटल के नीचे के वक्र किनारे के समानांतर करने के लिए दाएँ अँगूठे से मांसल भाग के दाईं ओर दबाएँ।

8. दायाँ अँगूठा ऊपरी जोड़ पर मुड़ेगा और अँगूठे का अग्रभाग नासिकापटल के समकोण पर रहेगा(चित्र 599)।

9. अब दाएँ अँगूठे के नख के पास के अग्रभाग से दाईं नासिका को नियंत्रित करते हुए धीरे-धीरे गहरी साँस लें। फुप्फुस को पूरी तरह लबालब भरें(पूरक)।

10. अब बाईं नासिका बंद करें जिससे दोनों नासिकाएँ बंद हो जाती हैं।

11. 5 से 10 सेकेंड तक श्वास रोकें(अंतर-कुंभक) और मूलबंध में रहें।

12. दायाँ हाथ नीचे करें। मूलबंध की पकड़ छोड़ दें। फुप्फुसों के पूरी तरह रिक्त होने तक उज्जायी(203) की तरह धीरे-धीरे गहरी साँस छोड़ें।

13. पुनः दायाँ हाथ नाक की ओर उठाएँ। दाईं नासिका को पूरी तरह बंद किए अध-खुली बाईं नासिका से धीरे-धीरे गहरी साँस लें।

14. फुप्फुस को पूरी तरह लबालब भरें।

15. मूलबंध की पकड़ के साथ 5 से 10 सेकेंड तक श्वास रोकें। प्रत्येक नासिका से श्वास लेने(पूरक) के बाद का श्वास का रोकना(अंतर-कुंभक) समान अवधि तक होना चाहिए।

16. दायाँ हाथ नीचे करें, मूलबंध छोड़ दें। उज्जायी के समान फुप्फुसों में से सारी वायु पूरी तरह बाहर निकालते हुए, धीरे-धीरे गहरी साँस छोड़ें।

17. यह प्रतिलोम प्राणायाम का एक चक्र पूरा करता है।

18. एक ही दम में 5 से 8 चक्र करें।

19. तब शवासन(चित्र 592) में लेट जाएँ।

परिणाम

उज्जायी नाड़ीशोधन तथा सूर्यभेदन प्राणायाम के समान ही इसके परिणाम हैं।

सावधानियाँ

1. अनुलोम के अनुसार यहाँ रेचक(उच्छ्वसन) की अपेक्षा पूरक(श्वसन) अधिक समय तक होने से श्वास की लय में विविधता है। इसलिए प्राणायाम का यह कठिन प्रकार केवल प्रगत साधकों द्वारा ही किया जाना चाहिए।

2. रक्तचाप, हृदयरोगों तथा नाड़ियों की अव्यवस्था से पीड़ित व्यक्तियों को इसके लिए प्रयास नहीं करना चाहिए। कारण, हानिकारक परिणाम होने की संभावना है।

216 सहित तथा केवल कुंभक प्राणायाम

सहित का अर्थ 'से युक्त', 'के साथ', 'से संबद्ध' है।

जब बाह्य और अंतर-कुंभक की सहेतुक मदद तथा विचारपूर्वक सहायता से प्राणायाम का अभ्यास किया जाता है तब वे सहित कुंभक प्राणायाम के नाम से जाने जाते हैं।

केवल का अर्थ पृथक्, शुद्ध, केवल तथा पूर्ण है। जब कुंभक का अभ्यास स्वाभाविक होता है तब वे केवल कुंभक कहलाते हैं।

जब साधक केवल कुंभक पर अधिकार प्राप्त कर लेता है तब वह अपने को संसार से पृथक् कर लेता है और अनंत में विलीन हो जाता है। उसने परमाणुओं में से एक सूक्ष्मतम एवं प्रबलतम परमाणु पर नियंत्रण की लयबद्धता प्राप्त कर ली है, जो लघुतम छिद्र से लेकर विशाल आकार को व्याप्त कर सकता है। उसका मन पूर्णतया प्राणमय हो जाता है और प्राण के सदृश मुक्त एवं स्वच्छंद हो जाता है।

जिस प्रकार वायु आकाश से धुआँ और अशुद्धि को उड़ा देता है उसी प्रकार प्राणायाम शरीर तथा मन की मलिनता दूर करता है। महर्षि पतंजलि का कथन है कि इस स्थिति में उसके अंदर दिव्यज्योति अपने पूर्ण प्रभाव में भासमान होती है तथा वह धारणा और ध्यान के अनुकूल होता है(**योगसूत्र**, अध्याय 2, सूत्र 52 और 53)। इसके लिए बहुत समय लगता है। उषा के आगमन पर ही शनैः शनैः अंधकार नष्ट हो जाता है।

परिशिष्ट

I. *आसनों का अभ्यासक्रम*

II. *विभिन्न रोगों के नाशक आसन*

III. *चित्रों के साथ वर्णित आसनों का संबंध प्रदर्शित करने वाली तालिका*

परिशिष्ट-I

आसनों का अभ्यासक्रम

मैं आसनों को तीन वर्गों में विभाजित कर रहा हूँ; प्राथमिक, माध्यमिक तथा उच्च अभ्यासक्रम। अभ्यास के लिए क्रमानुसार आसनों की मालाएँ तथा इन तीन अभ्यासक्रमों पर प्रभुत्व पाने के लिए आवश्यक अवधि का उल्लेख मैं यहाँ कर रहा हूँ।(आसनों के बाद कोष्ठक में दिए हुए अंक चित्रों के अनुक्रमांक बतलाते हैं।)

अभ्यासक्रम एक

पहला और दूसरा सप्ताह

ताडासन(1); वृक्षासन(2); उत्थित त्रिकोणासन(4 तथा 5); उत्थित पार्श्वकोणासन (8 और 9); वीरभद्रासन 1 तथा 2(14 और 15); पार्श्वोत्तान आसन(26); सालंब सर्वांगासन 1(223); हलासन(244); शवासन(592)।

तीसरा और चौथा सप्ताह

उत्थित त्रिकोणासन(4 और 5); उत्थित पार्श्वकोणासन(8 और 9); वीरभद्रासन 1 तथा 2(14 और 15); परिवृत्त त्रिकोणासन(6 और 7); पार्श्वोत्तानासन(26); प्रसारित पादोत्तानासन 1(33 और 34); सालंब सर्वांगासन 1(223); हलासन(244); शवासन(592)।

पाँचवाँ और छठा सप्ताह

उत्थित त्रिकोणासन(4 और 5); उत्थित पार्श्वकोणासन(8 और 9); वीरभद्रासन 1 तथा 2(14 और 15); परिवृत्त त्रिकोणासन(6 और 7); पार्श्वोत्तानासन(26); प्रसारित पादोत्तानासन 1(33 और 34); ऊर्ध्व प्रसारित पादासन(276 से 279); परिपूर्ण नावासन (78); अर्ध नावासन(79); सालंब सर्वांगासन(223); हलासन(244); उज्जायी प्राणायाम (विभाग 203); शवासन(592) में पाँच मिनट।

सातवाँ सप्ताह

आसनों में अभ्यस्त हो जाने पर अभ्यास का समय बढ़ाएँ।

आठवाँ सप्ताह

उत्थित त्रिकोणासन(4 और 5); उत्थित पार्श्वकोणासन(8 और 9); वीरभद्रासन 1, 2 तथा 3(14, 15 और 17); अर्ध चंद्रासन(19); परिवृत्त त्रिकोणासन(6 और 7); पार्श्वोत्तानासन(26); प्रसारित पादोत्तानासन 1 तथा 2(33 और 34, 35 और 36); ऊर्ध्व प्रसारित पादासन(276 से 279); परिपूर्ण नावासन(78); अर्ध नावासन(79); सालंब सर्वांगासन(223); हलासन(244); उज्जायी प्राणायाम(विभाग 203); शवासन (592) में पाँच मिनट।

नवाँ और दसवाँ सप्ताह

उत्थित त्रिकोणासन(4 और 5); उत्थित पार्श्वकोणासन(8 और 9); वीरभद्रासन 1, 2 तथा 3(14, 15 और 17); अर्ध चंद्रासन(19); परिवृत्त त्रिकोणासन(6 और 7);परिवृत्त पार्श्वकोणासन(10 और 11); पार्श्वोत्तानासन(26); प्रसारित पादोत्तानासन 1 तथा 2 (33 और 34, 35 और 36); परिघासन(39); ऊर्ध्व प्रसारित पादासन(276 से 279); परिपूर्ण नावासन(78); अर्ध नावासन(79); सालंब सर्वांगासन 1(223); हलासन(244); कर्णपीडासन(246); एकपाद सर्वांगासन(250); जठर परिवर्तनासन(274 और 275); उज्जायी प्राणायाम–पूरक कुंभक के साथ(विभाग 203); शवासन(592) में पाँचमिनट।

ग्यारहवाँ और बारहवाँ सप्ताह

उत्थित त्रिकोणासन(4 और 5); परिवृत्त त्रिकोणासन(6 और 7); उत्थित पार्श्वकोणासन (8 और 9); परिवृत्त पार्श्वकोणासन(10 और 11); वीरभद्रासन 1, 2 तथा 3(14, 15 और 17); अर्ध चंद्रासन(19); पार्श्वोत्तानासन(26); प्रसारित पादोत्तानासन 1 तथा 2(33 और 34, 35 और 36); पादांगुष्ठासन(44); पादहस्तासन(46); उत्तानासन (48); परिघासन(39); ऊर्ध्व प्रसारित पादासन(276 से 279); परिपूर्ण नावासन (78); अर्ध नावासन(79); सालंब सर्वांगासन 1(223); हलासन(244); कर्णपीडासन (246); एकपाद सर्वांगासन(250); जठर परिवर्तनासन(274 और 275); उज्जायी प्राणायाम–पूरक कुंभक के साथ(विभाग 203); शवासन(592) में।

तेरहवाँ सप्ताह

पूर्व-अभ्यास दुहराते जाएँ और नियमित रूप से अभ्यास करें। जो इस अवधि में इन सभी आसनों पर प्रभुत्व पाने में कठिनाई का अनुभव करते हैं, वे कुछ और सप्ताह इनका अभ्यास जारी रख सकते हैं।

चौदहवाँ और पंद्रहवाँ सप्ताह

सालंब शीर्षासन 1(184); उत्थित तथा परिवृत्त त्रिकोणासन(4 और 5, 6 और 7); उत्थित तथा परिवृत्त पार्श्वकोणासन(8, 9, 10 और 11); वीरभद्रासन 1, 2 तथा 3(14, 15 और 17); अर्ध चंद्रासन(19); पार्श्वोत्तानासन(26); प्रसारित पादोत्तानासन 1 तथा 2(33, 34, 35 और 36); पादांगुष्ठासन(44); पादहस्तासन(46);

उत्तानासन(48); परिघासन(39); शलभासन अथवा मकरासन(60 या 62); धनुरासन(63); भुजंगासन 1 (73); ऊर्ध्व प्रसारित पादासन(276 से 279); परिपूर्ण नावासन(78); अर्ध नावासन (79); सालंब सर्वांगासन 1(223); हलासन(244); कर्णपीडासन(246); सुप्त कोणासन (247); पार्श्व हलासन(249); एकपाद सर्वांगासन(250); जठर परिवर्तनासन(274 और 275); महामुद्रा(125); जानु शीर्षासन(127); दंडासन(77); पश्चिमोत्तानासन (160); उज्जायी प्राणायाम–पूरक कुंभक के साथ(विभाग 203); शवासन(592) में।

सोलहवाँ और सतरहवाँ सप्ताह

(यहाँ आसन के क्रम–परिवर्तन का ध्यान रखें) सालंब शीर्षासन 1(184); उत्थित तथा परिवृत्त त्रिकोणासन(4, 5, 6 और 7); उत्थित तथा परिवृत्त पार्श्वकोणासन(8, 9, 10 और 11); वीरभद्रासन 1, 2 तथा 3(14, 15 और 17); अर्ध चंद्रासन(19);पार्श्वोत्तानासन (26); प्रसारित पादोत्तानासन 1 तथा 2(33, 34, 35 और 36); पादांगुष्ठासन(44); पादहस्तासन(46); उत्तानासन(48); ऊर्ध्व प्रसारित एकपादासन(49); उत्कटासन (42); परिघासन(39); उष्ट्रासन(41); शलभासन अथवा मकरासन(60 या 62); धनुरासन(63); चतुरंग दंडासन(67); भुजंगासन 1(73); ऊर्ध्वमुख श्वानासन(74); अधोमुख श्वानासन(75); वीरासन(89); सालंब सर्वांगासन 1(223); हलासन(244); कर्णपीडासन(246); सुप्त कोणासन(247); पार्श्व हलासन(249); एकपाद सर्वांगासन (250); पार्श्वैक पाद सर्वांगासन(251); जठर परिवर्तनासन(274 और 275); ऊर्ध्व प्रसारित पादासन(276 से 279); परिपूर्ण नावासन(78); अर्ध नावासन(79); महामुद्रा (125); जानु शीर्षासन(127); पश्चिमोत्तानासन(160); पूर्वोत्तानासन(171); शवासन (592); सिद्धासन(84); सिद्धासन में उज्जायी प्राणायाम बिना पूरक कुंभक के करें (विभाग 203)।

अठारहवाँ सप्ताह

दुहराएँ।

यदि आप खड़े होकर किए जानेवाले आसनों को काफी आसान पाते हैं तो इन्हें आप एक दिन के अंतर से या सप्ताह में दो बार कर सकते हैं।

उन्नीस से इक्कीसवाँ सप्ताह

सालंब शीर्षासन 1(184); पार्श्व शीर्षासन(202 और 203); एकपाद शीर्षासन(208 और 209); सालंब सर्वांगासन 1(223); सालंब सर्वांगासन 2(235); निरालंब सर्वांगासन 1(236); निरालंब सर्वांगासन 2(237); हलासन(244); कर्णपीडासन(246); सुप्त कोणासन(247); पार्श्व हलासन(249); एकपाद सर्वांगासन(250); पार्श्वैक पाद सर्वांगासन(251); ऊर्ध्व प्रसारित पादासन(276 से 279); जठर परिवर्तनासन(275);

चक्रासन(280 से 283); परिपूर्ण नावासन(78); अर्ध नावासन(79); उत्कटासन (42); उष्ट्रासन(41); वीरासन(89); शलभासन(60); धनुरासन(63); चतुरंग दंडासन (67); भुजंगासन 1(73); ऊर्ध्वमुख श्वानासन(74); अधोमुख श्वानासन(75); महामुद्रा(125); जानु शीर्षासन(127); त्र्यंग मुखैकपाद पश्मिोत्तानासन(139); अर्धबद्ध पद्म पश्चिमोत्तानासन(135); मरीच्यासन 1 तथा 2(144, 146 और 147); उभय पादांगुष्ठासन(167); ऊर्ध्वमुख पश्चिमोत्तानासन 1(168); पश्चिमोत्तानासन(160); पूर्वोत्तानासन(171); भारद्वाजासन 1 तथा 2(297, 298, 299 और 300); मालासन 2 (322); बद्ध कोणासन(102); शवासन(592); सिद्धासन(84) में उज्जायी प्राणायाम बिना पूरक कुंभक के(विभाग 203)।

बाईस से पचीसवाँ सप्ताह

उन्नीसवें सप्ताह के अनुक्रमानुसार चक्रासन(280 से 283) तक आसनों का अनुसरण करें। बाद में:शलभासन(60); धनुरासन(63); चतुरंग दंडासन(67); भुजंगासन 1 (73); ऊर्ध्वमुख श्वानासन(74); अधोमुख श्वानासन(75); जानु शीर्षासन(127); अर्धबद्ध पद्म पश्चिमोत्तानासन(135); त्र्यंग मुखैकपाद पश्मिोत्तानासन(139); मरीच्यासन 1 तथा 2(144, 146 और 147); पश्चिमोत्तानासन(160); उभय पादांगुष्ठासन(167); ऊर्ध्वमुख पश्चिमोत्तानासन 1(168); लोलासन(83); गोमुखासन(80); सिंहासन 1 (109); पद्मासन(104); पर्वतासन(107); तुलासन(108); वीरासन(89); सुप्त वीरासन (96); पर्यंकासन(97); उष्ट्रासन(41); उत्कटासन(42); उत्तानासन(48); भारद्वाजासन 1 तथा 2(297, 298, 299 और 300); मरीच्यासन 3(303 और 304); अर्ध मत्स्येंद्रासन 1(311 और 312); मालासन 2(322); बद्ध कोणासन(102); शवासन (592); सिद्धासन(84) में कुंभक के बिना उज्जायी प्राणायाम(विभाग 203)।

छब्बीस से तीसवाँ सप्ताह

सालंब शीर्षासन 1(184); पार्श्व शीर्षासन(202 और 203); एकपाद शीर्षासन(208 और 209); ऊर्ध्व पद्मासन(211); शीर्षासन में पिंडासन(218); सालंब सर्वांगासन 1 तथा 2(233 और 235); निरालंब सर्वांगासन 1 तथा 2(236 और 237); हलासन (44); कर्णपीडासन(246); सुप्त कोणासन(247); पार्श्व हलासन(249); एकपाद सर्वांगासन(250); पार्श्वैक पाद सर्वांगासन(251); ऊर्ध्व पद्मासन(261); सर्वांगासन में पिंडासन(269); जठर परिवर्तनासन(275); परिपूर्ण नावासन(78); अर्ध नावासन (79); जानु शीर्षासन(127); अर्धबद्ध पद्म पश्चिमोत्तानासन(135); त्र्यंग मुखैकपाद पश्मिोत्तानासन(139); मरीच्यासन 1(144); पश्चिमोत्तानासन(160); ऊर्ध्वमुख पश्चिमोत्तानासन 1(168); गोमुखासन(80); लोलासन(83); सिंहासन 1(109); पद्मासन(104); पर्वतासन(107); तुलासन(108); मत्स्यासन(113); वीरासन(89); सुप्त वीरासन(96); पर्यंकासन(97); मरीच्यासन 3(303 और 304); अर्ध मत्स्येंद्रासन

1(311 और 312); बद्ध कोणासन(102); अधोमुख श्वानासन(75); ऊर्ध्वमुख श्वानासन(74); चतुरंग दंडासन(67); शलभासन(60); धनुरासन(63); उष्ट्रासन (41); उत्कटासन(42); उत्तानासन(48); गरुड़ासन(56); शवासन(592); सिद्धासन (84) अथवा वीरासन(89) अथवा पद्मासन(104) में अंतर-कुंभक के साथ उज्जायी प्राणायाम(विभाग 203)।

जब आप खड़े होने के आसन करते हैं तब शीर्षासन और सर्वांगासन की मालाओं के विविध प्रकारों को छोड़कर शेष आसन करें। यदि आपने पद्मासन पर प्रभुत्व प्राप्त नहीं किया है तो कई सप्ताह तक इन आसनों को जारी रखते हुए पद्मासन पर प्रभुत्व पाने की कोशिश करें। यदि आप बिना थकान के अधिक आसन करने में समर्थ हैं तो अपने कार्यक्रम में और अधिक आसन समाविष्ट कर सकते हैं।

जो पहले अभ्यासक्रम के आसन सफलतापूर्वक करते हैं, उनके लिए मैं तीन दिनों का एक छोटा अभ्यासक्रम दे रहा हूँ। यह जब किया जाएगा तब शरीर के लिए लाभदायी होगा और मन को शांति देगा।

सप्ताह का पहला दिन

सालंब शीर्षासन 1(184) 10 मिनट के लिए; सालंब सर्वांगासन 1(223) 10 मिनट के लिए; 5 मिनट के लिए हलासन(244); आधे मिनट के लिए दोनों ओर जठर परिवर्तनासन(275); एक मिनट के लिए परिपूर्ण नावासन(78); 20 से 30 सेकेंड के लिए अर्ध नावासन(79); तीन से पाँच मिनट के लिए पश्चिमोत्तानासन(160); दोनों ओर 30 सेकेंड के लिए मरीच्यासन 3(303 और 304); दोनों ओर 30-30 सेकेंड के लिए अर्ध मत्स्येंद्रासन 1(311 और 312); यदि मरीच्यासन 3 अथवा अर्धमत्स्येंद्रासन 1 करने में कठिनाई होती है तो भारद्वाजासन 1 तथा 2(297, 298, 299 और 300) करें; एक मिनट के लिए पर्वतासन(107); 20 से 30 सेकेंड के लिए मत्स्यासन(113); 20 से 30 सेकेंड के लिए शलभासन(60); 30 सेकेंड के लिए धनुरासन(63); 20 से 30 सेकेंड के लिए ऊर्ध्वमुख श्वानासन(74); एक मिनट के लिए अधोमुख श्वानासन (75); 1 से 2 मिनट के लिए उत्तानासन(48); 5 मिनट के लिए शवासन(592); तथा 10 मिनट के लिए अंतर-कुंभक के साथ नाड़ीशोधन प्राणायाम पद्मासन(104) अथवा वीरासन(89) अथवा सिद्धासन(84) में तथा 6 उड्डीयान(विभाग 201) और फिर शवासन(592) करें।

सप्ताह का दूसरा दिन

10 मिनट के लिए सालंब शीर्षासन 1(184); दोनों ओर 20-20 सेकेंड के लिए पार्श्व शीर्षासन(202 और 203); प्रत्येक ओर 10 से 15 सेकेंड के लिए एकपाद शीर्षासन (208 और 209); 20 सेकेंड के लिए ऊर्ध्व पद्मासन(211); 30 सेकेंड के लिए शीर्षासन में पिंडासन(218); (इन सबको एक दम में करें।) 8 से 10 मिनट

के लिए सालंब सर्वांगासन 1(223); 30 सेकेंड के लिए सालंब सर्वांगासन 2(235); प्रत्येक 30 सेकेंड के लिए निरालंब सर्वांगासन 1 तथा 2(236 और 237); 5 मिनट के लिए हलासन (244); 30 सेकेंड के लिए कर्णपीडासन(246); 20 सेकेंड के लिए सुप्त कोणासन (247); प्रत्येक ओर 20 सेकेंड के लिए पार्श्व हलासन(249); प्रत्येक ओर 15 सेकेंड के लिए एकपाद सर्वांगासन(250); प्रत्येक ओर 15 सेकेंड के लिए पार्श्वैक पाद सर्वांगासन(251); 20 सेकेंड के लिए ऊर्ध्व पद्मासन(261); 20 सेकेंड के लिए सर्वांगासन में पिंडासन(269); (इन सबको एक दम में करें।) प्रत्येक ओर 15 सेकेंड के लिए जठर परिवर्तनासन(275); प्रत्येक स्थिति में 15 सेकेंड के लिए ऊर्ध्व प्रसारित पादासन(276 से 279); प्रत्येक ओर 20 से 30 सेकेंड के लिए महामुद्रा(125); जानु शीर्षासन(127), अर्धबद्ध पद्म पश्चिमोत्तानासन(135), त्र्यंग मुखैकपाद पश्चिमोत्तानासन (139), मरीच्यासन 1 तथा 2(142, 146 और 147)–ये सभी आसन प्रत्येक ओर 20 सेकेंड के लिए; 3 मिनट के लिए पश्चिमोत्तानासन(160); 1 मिनट के लिए ऊर्ध्वमुख पश्चिमोत्तानासन 1(168); प्रत्येक ओर आधे मिनट के लिए मरीच्यासन 3(303 और 304); प्रत्येक ओर आधे मिनट के लिए अर्ध मत्स्येंद्रासन 1(311 और 312); 1 मिनट के लिए बद्ध कोणासन(102); 2 मिनट के लिए उत्तानासन(48); 5 मिनट के लिए शवासन(592)। किसी सुविधाजनक आसन में 8 मिनट के लिए उज्जायी प्राणायाम (विभाग 203) अथवा नाड़ीशोधन प्राणायाम(विभाग 205) कर शवासन(592) में पुनः आ जाएँ।

सप्ताह का तीसरा दिन

10 मिनट के लिए सालंब शीर्षासन 1(184); प्रत्येक ओर आधे मिनट के लिए उत्थित त्रिकोणासन(4 और 5); प्रत्येक ओर आधे मिनट के लिए परिवृत्त त्रिकोणासन(6 और 7); प्रत्येक ओर 20 सेकेंड के लिए उत्थित पार्श्व कोणासन तथा परिवृत्त पार्श्व कोणासन (8, 9, 10 और 11); प्रत्येक ओर 15 सेकेंड के लिए वीर भद्रासन 1, 2 तथा 3(14, 15 और 17); प्रत्येक ओर 20 सेकेंड के लिए अर्ध चंद्रासन(19); प्रत्येक ओर 30 सेकेंड के लिए पार्श्वोत्तानासन(26); प्रसारित पादोत्तानासन 1(33 और 34) और पादांगुष्ठासन(44)–दोनों 30 सेकेंड के लिए; 30 सेकेंड के लिए पादहस्तासन(46); 1 मिनट के लिए उत्तानासन(48); प्रत्येक ओर 15 सेकेंड के लिए ऊर्ध्व प्रसारित एकपादासन(49); प्रत्येक ओर 10 सेकेंड के लिए गरुड़ासन(56); 15 सेकेंड के लिए उत्कटासन(42); प्रत्येक ओर 15 सेकेंड के लिए परिघासन(39); 20 सेकेंड के लिए उष्ट्रासन(41); 20 से 30 सेकेंड के लिए भुजंगासन 1(73); वीरासन (89); सुप्त वीरासन(96) तथा पर्यंकासन(97)–प्रत्येक आसन 30 से 40 सेकेंड के लिए; पद्मासन(104), पर्वतासन(107), तुलासन(108) तथा मत्स्यासन(113)–प्रत्येक आसन 30 सेकेंड के लिए; प्रत्येक ओर 15 सेकेंड के लिए गोमुखासन (80); 15 सेकेंड के लिए लोलासन(83); 20 सेकेंड के लिए सिंहासन

1(109); 3 से 5 मिनट के लिए पश्चिमोत्तानासन(160); 10 मिनट के लिए बिना कुंभक के उज्जायी प्राणायाम(विभाग 203) अथवा नाड़ीशोधन प्राणायाम(विभाग 205); 5 मिनट के लिए शवासन(592)।

इसी क्रम से अगले दिनों में भी इसे दुहराया जा सकता है। रविवार को विश्राम करें या केवल 10 मिनट के लिए शीर्षासन1(184); 10 मिनट के लिए सालंब सर्वांगासन 1(223); 5 मिनट के लिए हलासन(244); 5 मिनट के लिए पश्चिमोत्तानासन(160) तथा 15 मिनट के लिए अंतर-कुंभक के साथ नाड़ीशोधन प्राणायाम(विभाग 205) तथा 5 मिनट के लिए शवासन(592) कर सकते हैं।

यदि आपकी समझ में आसनों की संख्या और समय की अवधि अधिक है तो आप अपने सामर्थ्य और उपलब्ध समय के अनुसार उसकी व्यवस्था कर सकते हैं। प्राणायाम के बाद शवासन(592) अवश्य करें।

बिना किसी झटके के गहरे पूरक और गहरे रेचक करने की कला पर प्रभुत्व प्राप्त करने पर ही आप अंतर-कुंभक करें।

आसन और प्राणायाम एक साथ न करें। आप तनाव और थकान अनुभव करेंगे।

यदि आप प्रात:काल प्राणायाम करते हैं तो सायंकाल आसन किए जा सकते हैं अथवा आसन करने के आधे घंटे के उपरांत प्राणायाम किए जा सकते हैं।

प्राणायाम के उपरांत तुरंत आसन कदापि न करें, परंतु आसन करने के बाद भी आपमें स्फूर्ति है तो आप प्राणायाम का अभ्यास कर सकते हैं।

यदि आप सूर्यनमस्कार कर अपने बाहुओं और सीने को विकसित करना चाहते हैं तो आप निम्नलिखित आसनों के क्रम से प्रारंभ में छह बार तथा बाद में शक्ति के अनुकूल संख्या बढ़ाते हुए कर सकते हैं:

आसन	श्वास की पद्धति
1. ताड़ासन(1)	पूरक
2. उत्तानासन(47 और 48) तथा कूदकर(चित्र 47)	रेचक, पूरक
3. चतुरंग दंडासन(66 और 67)	रेचक
4. ऊर्ध्वमुख श्वानासन(74) तथा पुन: लौट जाएँ	पूरक
5. चतुरंग दंडासन(67) में	श्वास छोड़ें, श्वास लें
6. अधोमुख श्वानासन(75) और यहाँ से कूदकर,	श्वास छोड़ें

7.	उत्तानासन(47 और 48) और तब लौट जाएँ	पूरक
8.	ताडासन(1) में	रेचक

अभ्यासक्रम एक के महत्त्वपूर्ण आसन

उत्थित त्रिकोणासन(4 और 5); परिवृत्त त्रिकोणासन(6 और 7); उत्थित पार्श्वकोणासन (8 और 9); परिवृत्त पार्श्वकोणासन(10 और 11); वीरभद्रासन 1 तथा 3(14 और 17); अर्ध चंद्रासन(19); पार्श्वोत्तानासन(26); प्रसारित पादोत्तानासन 1(33 और 34); उष्ट्रासन(41); उत्तानासन(48); शलभासन(60); धनुरासन(63); अधोमुख श्वानासन(75); परिपूर्ण नावासन(78); अर्ध नावासन(79); सिद्धासन(84); वीरासन (89); बद्ध कोणासन(102); पद्मासन(104); मत्स्यासन(113); जानु शीर्षासन (127); पश्चिमोत्तानासन(160); सालंब शीर्षासन 1(184); सालंब सर्वांगासन 1(223); हलासन(244); मरीच्यासन 3(303 और 304); अर्ध मत्स्येंद्रासन(311 और 312) तथा शवासन(592)।

यदि इन आसनों पर प्रभुत्व प्राप्त किया गया है तो इस अभ्यासक्रम के अन्य आसन नियमित अभ्यास के बिना भी आएँगे।

अभ्यासक्रम दो

इकतीस से पैंतीसवाँ सप्ताह

सालंब शीर्षासन 1(184); ऊर्ध्व दंडासन(188); पार्श्व शीर्षासन(202 और 203); परिवृत्त पाद शीर्षासन(206 और 207); एकपाद शीर्षासन(208 और 209); पार्श्वैक पाद शीर्षासन(210); शीर्षासन में पिंडासन(218); सालंब सर्वांगासन 1 तथा 2(223और 235); निरालंब सर्वांगासन 1 तथा 2(236 और 237); हलासन(244); कर्णपीडासन (246); सुप्त कोणासन(247); पार्श्व हलासन(249); एकपाद सर्वांगासन(250); पार्श्वैक पाद सर्वांगासन(251); ऊर्ध्व पद्मासन(261); सर्वांगासन में पिंडासन(269); पार्श्व पिंडासन(270 और 271); सेतुबंध सर्वांगासन(259); एकपाद सेतुबंध सर्वांगासन (260); जठर परिवर्तनासन(275); सुप्त पादांगुष्ठासन(285 से 287); चक्रासन(280 से 283); परिपूर्ण नावासन(78); अर्ध नावासन(79); उष्ट्रासन(41); वीरासन(81); सुप्त वीरासन(96); पर्यंकासन(97); जानु शीर्षासन(127); अर्धबद्ध पद्म पश्चिमोत्तानासन (135); त्र्यंग मुखैकपाद पश्चिमोत्तानासन(139); क्रौंचासन(141 और 142); मरीच्यासन 1 (144); पश्चिमोत्तानासन(160); बद्धपद्मासन(118); योगमुद्रासन(120); पर्वतासन (107); कुक्कुटासन(115); गर्भ पिंडासन(116); [पद्मासन की संपूर्ण माला(प्रकारांतर)

एक दम में की जा सकती है।] उपविष्ट कोणासन(102); मरीच्यासन 3(303 और 304); अर्ध मत्स्येंद्रासन 1(311 और 312); शलभासन(60); धनुरासन(63); पार्श्वधनुरासन(64 और 65); उत्तानासन(48); 10 मिनट के लिए बिना अंतर-कुंभक के नाड़ीशोधन प्राणायाम(विभाग 205) तथा शवासन(592) में उज्जायी प्राणायाम (विभाग 203)।

छत्तीस से चालीसवाँ सप्ताह

सुप्त पदांगुष्ठासन(285 से 287) तक उपर्युक्त क्रमानुसार सालंब शीर्षासन और उसकी माला तथा सालंब सर्वांगासन और उसकी माला का अनुसरण करें। उत्थित तथा परिवृत्त त्रिकोणासन(4 और 5, 6 और 7); उत्थित तथा परिवृत्त पार्श्वकोणासन(8 और 9, 10 और 11); वीरभद्रासन 1 तथा 3(14 और 17); अर्ध चंद्रासन(19); पार्श्वोत्तानासन (26); पादांगुष्ठासन(44); पादहस्तासन(46); उत्तानासन(48); उत्थित हस्त-पादांगुष्ठासन (23); अर्धबद्ध पद्मोत्तानासन(52); वातायनासन(58); जानु शीर्षासन(127); परिवृत्त जानु शीर्षासन(132); अर्धबद्ध पद्म पश्चिमोत्तानासन(135); क्रौंचासन(141 और 142); मरीच्यासन 1(144); पश्चिमोत्तानासन(160); ऊर्ध्वमुख पश्चिमोत्तानासन 1 (168); ऊर्ध्वमुख पश्चिमोत्तानासन 2(170); बद्धपद्मासन(118); योगमुद्रासन(120); कुक्कुटासन(115); गर्भपिंडासन(116); सिंहासन 2(110); मत्स्यासन(113); बद्ध कोणासन(102); उपविष्ट कोणासन(151); आकर्ण धनुरासन(173 और 175); मरीच्यासन 3(303 और 304); अर्ध मत्स्येंद्रासन 1(311 और 312); उत्तान पादासन (292); शलभासन(60); धनुरासन(63); पार्श्व धनुरासन(64 और 65); ऊर्ध्व धनुरासन 1(482); शवासन(592)।

5 मिनट के लिए नाड़ीशोधन प्राणायाम(विभाग 205); 5 मिनट के लिए अंतर-कुंभक के साथ सूर्यभेदन प्राणायाम(विभाग 204); 8 बार उड्डीयान।

इकतालीस से चवालीसवाँ सप्ताह

अभ्यासक्रम एक में जो आसन नहीं लिए गए हैं, उन पर ध्यान केंद्रित करते हुए सभी स्थितियों को दृढ़ करें।

पैंतालीस से पचासवाँ सप्ताह

सालंब शीर्षासन(184); सालंब शीर्षासन 2(192); सालंब शीर्षासन 3(194 और 195); बद्ध हस्त शीर्षासन(198); मुक्त हस्त शीर्षासन(200 और 201); पार्श्व शीर्षासन(202 और 203); परिवृत्तैकपाद शीर्षासन(206 और 207); एकपाद शीर्षासन (208 और 209); पार्श्वैक पाद शीर्षासन(210); ऊर्ध्व पद्मासन(211); पार्श्व ऊर्ध्व पद्मासन(215 और 216); शीर्षासन में पिंडासन(218); सालंब सर्वांगासन 1 तथा 2 (223 और 225); निरालंब सर्वांगासन 1 तथा 2(236 और 237); हलासन(244); कर्णपीडासन(246); सुप्त कोणासन(247); पार्श्व हलासन(249); एकपाद सर्वांगासन

(250); पार्श्वैक पाद सर्वांगासन(251); पार्श्व सर्वांगासन(254); सेतुबंध सर्वांगासन (259); एकपाद सेतुबंध सर्वांगासन(260); ऊर्ध्व पद्मासन(261); पार्श्व ऊर्ध्व पद्मासन (264 और 265); सर्वांगासन में पिंडासन(269); पार्श्व पिंडासन(270 और 271); सुप्त पदांगुष्ठासन(285 से 287); अनंतासन(290); पश्चिमोत्तानासन(160); परिवृत्त पश्चिमोत्तानासन(165); जानु शीर्षासन(127); परिवृत्त जानु शीर्षासन(132); क्रौंचासन (141 और 142); आकर्ण धनुरासन(173 और 175); बद्धपद्मासन(118); योगमुद्रासन (120); कुक्कुटासन(115); गर्भपिंडासन(116); गोरक्षासन(117); सिंहासन 2(110); मत्स्यासन(113); सुप्त वीरासन(96); भेकासन(100); बद्ध कोणासन(102); अर्ध मत्स्येंद्रासन 1(311 और 312); मरीच्यासन 3(303 और 304); मरीच्यासन 4 (305); मालासन 1(321); उत्तान पादासन(292); ऊर्ध्व धनुरासन 1(482) छह बार तथा शवासन (592)।

[शीर्षासन 1(184), जहाँ आपको 5 मिनट ठहरना आवश्यक है, के अलावा शीर्षासन की संपूर्ण माला दोनों ओर 10 से 15 मिनट तक के लिए की जा सकती है। सालंब सर्वांगासन 1(234) तथा हलासन(244)–ये दोनों भी 5 मिनट के लिए और शेष आसन दोनों ओर 15 सेकेंड के लिए किए जा सकते हैं। 3 से 5 मिनट के लिए पश्चिमोत्तानासन (160) तथा शेष आसन 15 से 20 सेकेंड करें।]

10 मिनट के लिए नाड़ीशोधन प्राणायाम (विभाग 205), 3 मिनट के लिए भस्त्रिका (विभाग 206) तथा 8 बार उड्डीयान(चित्र 593, 594) करें।

इक्यावन से चौवनवाँ सप्ताह

अभ्यासक्रम 1 के महत्त्वपूर्ण आसन करें तथा अभ्यासक्रम 2 की स्थितियों पर पूर्ण प्रभुत्व प्राप्त करें। कुछ व्यक्ति शीघ्र ही प्रभुत्व पाएँगे, परंतु किन्हीं-किन्हीं को अधिक समय लग सकता है। इसलिए अपनी सुविधा के अनुसार व्यवस्था करें।

पचपन से साठवाँ सप्ताह

शीर्षासन और उसकी माला(184 से 218); सर्वांगासन और उसकी माला(267 को छोड़कर 234 से 271); जठर परिवर्तनासन(275); सुप्त पादांगुष्ठासन(285 से 287); अनंतासन(290); ऊर्ध्व प्रसारित पादासन(276 से 279); पश्चिमोत्तानासन(160); परिवृत्त पश्चिमोत्तानासन(165); ऊर्ध्वमुख पश्चिमोत्तानासन 1(168); आकर्ण धनुरासन(173 और 174); भुजपीडासन(348); कूर्मासन(363 और 364); सुप्त कूर्मासन(368); एकपाद शीर्षासन(371); पद्मासन माला(104 से 120); सुप्त वज्रासन (124); भेकासन(100); बद्ध कोणासन(102); मरीच्यासन 3(303 और 304); अर्ध मत्स्येंद्रासन 1(311 और 312); मालासन 1(321); पाशासन(328 और 329); उत्तान पादासन(292); सेतुबंधासन(296); ऊर्ध्व धनुरासन 2(486) आसन विभाग में बतलाई गई विधि 2 का 12 बार अनुसरण करते हुए; उत्तानासन(408); शवासन

(592); उपर्युक्त विधि से प्राणायाम कर सिद्धासन(84), वीरासन(89), बद्ध कोणासन (102) अथवा पद्मासन(104) में ध्यान लगाना आरंभ करें।

इकसठ से पैंसठवाँ सप्ताह

शीर्षासन और उसकी माला(184 से 218)। यदि सालंब शीर्षासन 2 तथा 3(192, 194 और 195), बद्ध हस्त शीर्षासन(198) तथा मुक्त हस्त शीर्षासन(200 और 201) साध लिया है तो उन्हें दैनिक अभ्यासक्रम के रूप में छोड़ा जा सकता है परंतु कभी-कभी करना चाहिए जिससे संतुलन बना रहे। सर्वांगासन और उसकी माला(234 से 271, 267 को छोड़कर); जठर परिवर्तनासन(275); सुप्त पादांगुष्ठासन(285 से 287); अनंतासन (290); पश्चिमोत्तानासन(160); परिवृत्त पश्चिमोत्तानासन(165); आकर्ण धनुरासन (173 और 175); कूर्मासन(363 और 364); सुप्त कूर्मासन(368); एकपाद शीर्षासन (371); स्कंदासन(372); भुजपीडासन(348); अष्टावक्रासन(342 और 343); एकपाद भुजासन(344); द्विहस्त भुजासन(345); अधोमुख वृक्षासन(359–दीवार से सटकर); पद्मासन माला(104 से 124); मरीच्यासन 3(303 और 304); अर्धमत्स्येंद्रासन 1 (311 और 312); पाशासन(328 और 329); उत्तान पादासन(292); सेतुबंधासन (296); ऊर्ध्व धनुरासन 12 से 15 बार जैसा कि 55वें सप्ताह में बतलाया गया है; उत्तानासन(48); शवासन(592)।

पूर्वोक्त विधि से प्राणायाम करें तथा पूरक, अंतर-कुंभक, रेचक और इनकी मालाओं के समय की अवधि बढ़ाएँ तथा उपर्युक्त विधि से ही आसनों में ध्यानस्थ हों।

छियासठ से सत्तरवाँ सप्ताह

शीर्षासन 1 और उसकी माला(184 से 218, 192, 194, 195, 198 और 200-201 छोड़कर); अधोमुख वृक्षासन(359); मयूरासन(354); पद्म मयूरासन(355); नक्रासन (68 से 71); सालंब सर्वांगासन और उसकी माला(234 से 271, 267 छोड़कर); जठर परिवर्तनासन(275); सुप्त पादांगुष्ठासन(285 से 287); अनंतासन(290); उत्तान पादासन(292); सेतुबंधासन(296); ऊर्ध्व धनुरासन(486); 12 बार वृक्षासन(359) कर वृत्तखंड(मेहराब) बनाते हुए ताड़ासन(1); मरीच्यासन 3(303 और 304); अर्ध मत्स्येंद्रासन 1(311 और 312); पाशासन(328 और 329); भुजपीडासन(348); अष्टावक्रासन(342 और 343); बकासन(406); पश्चिमोत्तानासन(160); परिवृत्त पश्चिमोत्तानासन(165); उपविष्ट कोणासन(151); आकर्ण धनुरासन(173 और 175); पद्मासन माला(104 से 124); कूर्मासन(363 और 364); सुप्त कूर्मासन(368); एकपाद शीर्षासन(371); स्कंदासन(372); बद्ध कोणासन(102); भेकासन(100); सुप्त वीरासन(96); शवासन(592)।

इकहत्तर से तिहत्तरवाँ सप्ताह

छियासठवें सप्ताह में वर्णित आसन करें, परंतु ऊर्ध्व धनुरासन(486) करते समय

एकपाद ऊर्ध्व धनुरासन भी करें और मरीच्यासन 3(303 और 304) से आगे(बढ़कर) शेष आसन करें। उपर्युक्त प्राणायाम करें और उड्डीयान के बाद नौली(विभाग 202) 6 से 8 बार कर अंत में ध्यानस्थ हों।

चौहत्तर से अठहत्तरवाँ सप्ताह

अभ्यासक्रम 1 तथा अभ्यासक्रम 2 के सभी आसन दुहराएँ।

अभ्यासक्रम दो के महत्त्वपूर्ण आसन

उत्थित हस्तपादांगुष्ठासन(23); वातायनासन(58); नक्रासन(68 से 71); भेकासन (100); सिंहासन 2(110); गर्भपिंडासन(116); योगमुद्रासन(120); सुप्त वज्रासन (124); परिवृत्त जानु शीर्षासन(132); क्रौंचासन(141 और 142); उपविष्ट कोणासन (151); परिवृत्त पश्चिमोत्तानासन(165); आकर्ण धनुरासन(173 और 175); ऊर्ध्व दंडासन(188); शीर्षासन और सर्वांगासन की मालाएँ; सुप्त पादांगुष्ठासन(285 से 287); अनंतासन(290); सेतुबंधासन(296); पाशासन(328 और 329); अष्टावक्रासन (342 और 343); भुजपीडासन(348); मयूरासन(354); अधोमुख वृक्षासन(359); कूर्मासन(363 और 364); सुप्त कूर्मासन(368); एकपाद शीर्षासन(371); स्कंदासन (372); बकासन(406) तथा ऊर्ध्व धनुरासन(486)।

साप्ताहिक अभ्यासक्रम

जो व्यक्ति अभ्यासक्रम एक तथा दो के आसन करना चाहते हैं, उनके लिए साप्ताहिक अभ्यासक्रम पद्धति दी जा रही है-

सप्ताह का पहला दिन

शीर्षासन और उसकी माला(184 से 218, 192, 194, 195, 198, 200, 201 को छोड़कर); सर्वांगासन और उसकी माला(234 से 271, 267 छोड़कर); सुप्त पादांगुष्ठासन (285 से 287); अनंतासन(290); पश्चिमोत्तानासन(160); उत्थित तथा परिवृत्त त्रिकोणासन(4 और 5, 6 और 7); उत्थित तथा परिवृत्त पार्श्वकोणासन(8 और 9, 10 और 11); वीरभद्रासन 1, 2 और 3 (14, 15 और 17); अर्धचंद्रासन(19); उत्थित हस्तपादांगुष्ठासन(23); पार्श्वोत्तानासन(26); प्रसारित पादोत्तानासन 1 तथा 2(33 और 34, 35 और 36); अर्धबद्ध पद्मोत्तानासन(52); पादांगुष्ठासन(44); पादहस्तासन (46); उत्तानासन(48); मरीच्यासन 2, 3 तथा 4(144-6, 303-4, 305); अर्ध मत्स्येंद्रासन 1(311 और 312); मालासन 1 तथा 2(321 और 322); पाशासन(328और 329); ऊर्ध्व धनुरासन(486) 12 बार; शवासन(592)।

15 मिनट के लिए नाड़ीशोधन प्राणायाम तथा 5 मिनट के लिए ध्यान।

सप्ताह का दूसरा दिन

शीर्षासन और उसकी माला(184 से 218); अधोमुख वृक्षासन(359); मयूरासन (354); पद्ममयूरासन(355); नक्रासन(68 से 71); शलभासन या मकरासन(69 या 62); धनुरासन(63); पार्श्व धनुरासन(64 और 65); चतुरंग दंडासन(67); भुजंगासन 1 (73); ऊर्ध्वमुख श्वानासन(74); अधोमुख श्वानासन(75); सालंब सर्वांगासन माला(234 से 271, 267 छोड़कर); जठर परिवर्तनासन(275); सुप्त पादांगुष्ठासन (285 से 287); ऊर्ध्व प्रसारित पादोत्तानासन(276 से 279); चक्रासन(282 से 283); परिपूर्ण नावासन(78); अर्ध नावासन(79); उत्कटासन(42); उष्ट्रासन(41); परिघासन (39); गरुड़ासन(56); वातायनासन(58); मरीच्यासन 3(303 और 304); अर्ध मत्स्येंद्रासन 1(311 और 312); पाशासन(328 और 329); पश्चिमोत्तानासन(160); कूर्मासन तथा सुप्त कूर्मासन(363-4 और 368); एकपाद शीर्षासन तथा स्कंदासन (371 और 372); ऊर्ध्व धनुरासन(486) 15 बार; तथा शवासन(592); उड्डीयान (विभाग 201) तथा नौली(विभाग 202)–प्रत्येक 8 बार; 10 मिनट के लिए उज्जायी प्राणायाम(विभाग 203) अंतर-कुंभक के साथ तथा 5 मिनट के लिए ध्यान।

सप्ताह का तीसरा दिन

सालंब शीर्षासन(184) 10 मिनट के लिए; 10 मिनट के लिए सर्वांगासन 1(234); 5 मिनट के लिए हलासन(244); सुप्त पादांगुष्ठासन(285 से 287); ऊर्ध्व प्रसारित पादासन(276 से 279); परिपूर्ण नावासन(78); अर्ध नावासन(79); जानु शीर्षासन (127); परिवृत्त जानु शीर्षासन(132); अर्धबद्ध पद्म पश्चिमोत्तानासन(135); त्र्यंग मुखैकपाद पश्चिमोत्तानासन(139); क्रौंचासन(141 और 142); मरीच्यासन 1(144); पश्चिमोत्तानासन(160); ऊर्ध्वमुख पश्चिमोत्तानासन 1 तथा 2(168 और 170); परिवृत्त पश्चिमोत्तानासन(165); आकर्ण धनुरासन(173 और 175); कूर्मासन तथा सुप्त कूर्मासन(363-4 और 368); एकपाद शीर्षासन तथा स्कंदासन(371 और 372); ऊर्ध्व धनुरासन(486) 15 बार; एकपाद ऊर्ध्व धनुरासन(501 और 502); उत्तानासन (48) तथा शवासन(592)। 10 मिनट के लिए सूर्यभेदन प्राणायाम(विभाग 204); 5 मिनट के लिए उज्जायी प्राणायाम(विभाग 203); 3 मिनट के लिए भस्त्रिका(विभाग 206) तथा 5 मिनट के लिए ध्यान।

सप्ताह का चौथा दिन

सालंब शीर्षासन और उसकी माला(184 से 218, 192, 194, 195, 198, 200 तथा 201 को छोड़कर); सालंब सर्वांगासन और उसकी माला(234 से 271, 267 छोड़कर); जठर परिवर्तनासन(275); सुप्त पादांगुष्ठासन(285 से 287); पश्चिमोत्तानासन(160) 5 मिनट के लिए; पद्मासन और उसकी माला(104 से 124); वीरासन(89); सुप्त

वीरासन(96); पर्यंकासन(97); उपविष्ट कोणासन(151); बद्ध कोणासन(101); कूर्मासन(363 और 364) प्रत्येक 1 मिनट के लिए; 3 मिनट के लिए सुप्त कूर्मासन (368); प्रत्येक ओर एक मिनट के लिए एकपाद शीर्षासन(371); प्रत्येक ओर 30 सेकेंड के लिए स्कंदासन(372); मरीच्यासन 3(303 और 304); अर्ध मत्स्येंद्रासन 1 (311 और 312); पाशासन(328 और 329); उत्तान पादासन(292); सेतुबंधासन (296); 20-20 सेकेंड के लिए 12 बार ऊर्ध्व धनुरासन (486); शवासन(592)।

15 मिनट के लिए नाड़ीशोधन प्राणायाम अंतर-कुंभक के साथ(विभाग 205) तथा पूर्व लिखित किसी आसन में क्षमतानुसार ध्यान।

सप्ताह का पाँचवाँ दिन

सालंब शीर्षासन और उसकी माला(184 से 218); सालंब सर्वांगासन और उसकी माला (234 से 271, 267 को छोड़कर); सुप्त पादांगुष्ठासन(285 से 287); पश्चिमोत्तानासन (160); परिवृत्त पश्चिमोत्तानासन(165); कूर्मासन(363 और 364); सुप्त कूर्मासन (368); भुजपीडासन(348); अष्टावक्रासन(342 और 343); मयूरासन तथा पद्म मयूरासन(354 और 355); ऊर्ध्वमुख श्वानासन(74); बकासन(406); लोलासन (83); अधोमुख वृक्षासन(359); अधोमुख श्वानासन(75); चतुरंग दंडासन(67); नक्रासन(68 से 71); 15 से 20 बार ऊर्ध्व धनुरासन(486); शवासन(592)।

तीसरे दिन के अनुसार प्राणायाम और ध्यान।

सप्ताह का छठा दिन

15 मिनट के लिए सालंब शीर्षासन(184); 1 मिनट के लिए ऊर्ध्व दंडासन(188); 10 मिनट के लिए सर्वांगासन 1(234); 5 मिनट के लिए हलासन(244); 5 मिनट के लिए पश्चिमोत्तानासन(160); 1 मिनट के लिए ऊर्ध्वमुख पश्चिमोत्तानासन 1(168); 1 मिनट के लिए परिपूर्ण नावासन(78); 30 सेकेंड के लिए अर्ध नावासन(79); 3 से 5 मिनट के लिए सुप्त वीरासन(96); प्रत्येक ओर 20 सेकेंड के लिए क्रौंचासन(141 और 142); प्रत्येक ओर 1 मिनट के लिए कूर्मासन और सुप्त कूर्मासन(363, 364 और 368); प्रत्येक ओर 30 सेकेंड के लिए अर्ध मत्स्येंद्रासन 1(311 और 312); प्रत्येक ओर 1 मिनट के लिए पाशासन(328 और 329); 1 मिनट के लिए अधोमुख वृक्षासन (359); 1 मिनट के लिए मयूरासन(354); 6 बार, प्रत्येक समय 20 से 30 सेकेंड के लिए, ऊर्ध्व धनुरासन(486); 10 से 15 मिनट शवासन(592)।

(जहाँ कहीं समय का उल्लेख नहीं है, वहाँ व्यक्ति की शक्ति और उसे उपलब्ध समय के अनुसार आसन किए जाने चाहिए।)

सप्ताह का सातवाँ दिन

आप विश्राम ले सकते हैं अथवा केवल सभी प्रकार के प्राणायाम कर सकते हैं। उड्डीयान (विभाग 201) तथा नौली(विभाग 202)–प्रत्येक 8 बार।

अभ्यासक्रम तीन

यह अभ्यासक्रम केवल उन्हीं के लिए है जो आगे बढ़ने में प्रयत्नशील हैं तथा इस शास्त्र में पूरी श्रद्धा रखते हैं।

उन्यासी से चौरासीवाँ सप्ताह

शीर्षासन तथा उसकी माला(184 से 218 तक, 192, 194–5, 198, 200–01 को छोड़कर); सर्वांगासन तथा उसकी माला(234 से 271, 267 को छोड़कर); पश्चिमोत्तानासन (160); कूर्मासन तथा सुप्त कूर्मासन(363–4 और 368); एकपाद शीर्षासन(371); स्कंदासन(372); भैरवासन(375); योगनिद्रासन(391); भुजपीडासन(348); बकासन (406); अष्टावक्रासन(342 और 343); अधोमुख वृक्षासन(359); पिच्छ मयूरासन (357); मयूरासन(354); मरीच्यासन 3(303 और 304); अर्ध मत्स्येंद्रासन 1(311 और 312); पाशासन(328 और 329); अर्ध मत्स्येंद्रासन 2(330 और 331); सेतुबंधासन(296); ऊर्ध्व धनुरासन(486) 8 बार; द्विपाद विपरीत दंडासन(516); एकपाद ऊर्ध्व धनुरासन(501 और 502); उत्तानासन(48); शवासन(592)।

10 मिनट के लिए नाड़ीशोधन प्राणायाम(विभाग 205) तथा 5 मिनट के लिए सिद्धासन(84) अथवा वीरासन(89) अथवा पद्मासन(104) अथवा बद्ध कोणासन (102) में ध्यान।

पचासी से नब्बेवाँ सप्ताह

शीर्षासन तथा उसकी माला(184 से 218); सर्वांगासन तथा उसकी माला(234 से 271, 267 छोड़कर); जठर परिवर्तनासन(275); ऊर्ध्व प्रसारित पादासन(276 से 279); सुप्त पादांगुष्ठासन(285 से 287); अनंतासन(290); जानु शीर्षासन(127); परिवृत्त जानु शीर्षासन(132); अर्धबद्ध पद्म पश्चिमोत्तानासन(135); त्र्यंग मुखैकपाद पश्चिमोत्तानासन (139); क्रौंचासन(141 और 142); मरीच्यासन 1(144); पश्चिमोत्तानासन(160); परिवृत्त पश्चिमोत्तानासन(165); उपविष्ट कोणासन(151); बद्ध कोणासन(102); बद्धपद्मासन(118); योगमुद्रासन(120); कुक्कुटासन(115); गर्भ पिंडासन(116); सिंहासन 2(110); गोरक्षासन(117); मत्स्यासन(113) अथवा सुप्त वज्रासन(124); वीरासन(89); सुप्त वीरासन(96); पर्यंकासन(97);

भेकासन(100); कूर्मासन तथा सुप्त कूर्मासन(363-64 और 368); योगनिद्रासन(391); एकपाद शीर्षासन(371); भैरवासन(375); स्कंदासन(372); चकोरासन(379 और 380); भुजपीडासन(348); बकासन(406); पिच्छ मयूरासन(357); अधोमुख वृक्षासन(359); मयूरासन(354); अर्ध मत्स्येंद्रासन 1 तथा 2(311-12 और 330-31); मालासन 1 तथा 2(321 और 322); पाशासन(328 और 329); द्विपाद विपरीत दंडासन(516); ऊर्ध्व धनुरासन (486) 8 बार तथा शवासन(592)।

उन्नीसवें सप्ताह में बतलाई गई विधि से प्राणायाम करें।

इक्यानवे से चौरानवेवाँ सप्ताह

अभ्यासक्रम एक तथा दो के महत्त्वपूर्ण आसन, साथ ही साथ शीर्षासन एवं सर्वांगासन की मालाओं सहित अभ्यासक्रम तीन में बतलाए गए आसन करें।

पंचानवे से सौवाँ सप्ताह

शीर्षासन तथा उसकी माला(184 से 218); सर्वांगासन तथा उसकी माला(234 से 271, 267 छोड़कर); सुप्त पादांगुष्ठासन(285 से 287); पश्चिमोत्तानासन(160); कूर्मासन तथा सुप्त कूर्मासन(363-64 और 368); योगनिद्रासन(391); एकपाद शीर्षासन(371); भैरवासन(275); स्कंदासन(372); चकोरासन(379 और 380); पिच्छ मयूरासन (357); शयनासन(358); मयूरासन(354); हंसासन(356); भुजपीडासन(348); बकासन(406); अधोमुख वृक्षासन(359); वशिष्ठासन(398); विश्वामित्रासन(403); ऊर्ध्व धनुरासन(486) 8 बार; आसन के बाद पीठ की अकड़ दूर करने के लिए प्रत्येक बार टाँग और भुजाओं को सीधे फैलाएँ(487); द्विपाद विपरीत दंडासन(516) 1 मिनट के लिए; कपोतासन(507); अर्ध मत्स्येंद्रासन 1 तथा 2(311-12 और 330-31); पाशासन(328 और 329); उत्तानासन(48); शवासन(592); पूर्वोक्त रीति से प्राणायाम।

एक सौ एक से एक सौ आठवाँ सप्ताह

पंचानवेवें सप्ताह के अनुसार परंतु सालंब शीर्षासन 1(184) से विपरीत दंडासन(516) तक कर, पुनः शीर्षासन 1 में आ जाएँ। बहुतों के लिए यह कालावधि विपरीत दंडासन पर प्रभुत्व पाने के लिए बहुत कम है। इसलिए इस आसन पर ज्यादा लक्ष्य केंद्रित करें और दूसरे आसनों का समय कम करें।

एक सौ नौवें से एक सौ पचीसवाँ सप्ताह

पंचानवेवें सप्ताह के अभ्यासक्रम को दुहराएँ और उपर्युक्त विधि से विपरीत दंडासन (516) का समावेश करें तथा प्रतिदिन एक साथ 15 बार विपरीत चक्रासन(488 से 499) करें। यह आसन कठिन है और इसके अभ्यस्त होने के लिए दृढ़ संकल्प की आवश्यकता है। यदि इस प्रकार इस निर्धारित समय में आप अभ्यस्त नहीं हो सकते

हैं तो निरुत्साह होने की आवश्यकता नहीं है, परंतु कुछ और सप्ताह तक इसे चालू रखें।

एक सौ छब्बीस से एक सौ तीसवाँ सप्ताह

शीर्षासन और उसकी माला(184 से 218); ऊर्ध्व कुक्कुटासन(419); शीर्षासन 2 (192) से बकासन(410); अधोमुख वृक्षासन(359); पिच्छ मयूरासन(357); इन चार आसनों के साथ ऊर्ध्व धनुरासन(486) तथा विपरीत चक्रासन(488 से 499); भुजपीडासन(348); अष्टावक्रासन(342-43); मयूरासन(354); हंसासन(356); वशिष्ठासन(398); कश्यपासन(399 से 400); विश्वामित्रासन(403); सालंब सर्वांगासन तथा उसकी माला(234 से 271, 267 छोड़कर); सुप्त पादांगुष्ठासन(285 से 287); पश्चिमोत्तानासन(160); कूर्मासन(363-64); सुप्त कूर्मासन(368); योगनिद्रासन(391); एकपाद शीर्षासन(371); स्कंदासन(372); भैरवासन(375); काल भैरवासन(378); चकोरासन(379-80); शीर्षासन(184) में द्विपाद विपरीत दंडासन(516); कपोतासन (507); विपरीत चक्रासन(488 से 499) 6 बार; अर्ध मत्स्येंद्रासन 1 तथा 2(311-12, 330-31); पाशासन(328-29); उत्तानासन(48); शवासन(592) तथा पूर्वोक्त रीति से ध्यान सहित प्राणायाम।

एक सौ इकतीस से एक सौ छत्तीसवाँ सप्ताह

अभ्यासक्रम 1 तथा 2 की ओर लौटें और ऊर्ध्व कुक्कुटासन(419) करें; योगनिद्रासन (391); विपरीत चक्रासन(488 से 499) 15 बार; द्विपाद विपरीत दंडासन(516) तथा कपोतासन(507)।

टिप्पणी

विपरीत चक्रासन (488 से 499) परिश्रमसाध्य आसन होने के कारण एकाध व्यक्ति प्रतिदिन प्राणायाम करने में समर्थ नहीं हो सकते हैं। इस स्थिति में प्राणायाम एक दिन के अंतर पर करें और शीर्षासन तथा सर्वांगासन की मालाएँ एक दिन के अंतर पर करें। और यदि शरीर सख्त है और उपर्युक्त तालिका के अनुसार करने में असमर्थ है, तो अपनी सुविधा के अनुसार आसन और सप्ताहों का विभाजन करें। जब तक पीठ के झुकाव की इन शारीरिक स्थितियों को नहीं साधते हैं, तब तक आप अन्य कठिन आसनों की ओर नहीं बढ़ सकते हैं। यह भी संभव है कि जिनकी अवस्था पैंतीस वर्ष से अधिक है वे इतने थोड़े समय में विपरीत चक्रासन पर प्रभुत्व पाने में कठिनाई का अनुभव करेंगे। मैंने अलग-अलग अवस्था के बहुतेरे लोगों को सिखाया है और उनमें से कई दूसरों की अपेक्षा अधिक जल्दी सीख गए। परंतु इन आसनों के लिए अवस्था की मर्यादा नहीं है।

एक सौ सैंतीस से एक सौ बयालीसवाँ सप्ताह

शीर्षासन और उसकी माला(184 से 218); ऊर्ध्व कुक्कुटासन(419); शीर्षासन 2

(192) से बकासन(410); पार्श्व बकासन(412); गालवासन(427 और 428); अधोमुख वृक्षासन(359); पिच्छ मयूरासन(357); मयूरासन(354); वशिष्ठासन(398); कश्यपासन(399 और 400); विश्वामित्रासन(403); सालंब सर्वांगासन तथा उसकी माला(234 से 271, 267 छोड़कर); सुप्त पादांगुष्ठासन(285 से 287); पश्चिमोत्तानासन (160); कूर्मासन तथा सुप्त कूर्मासन(363-64 और 368); योगनिद्रासन(391); एकपाद शीर्षासन(371); स्कंदासन(372); भैरवासन(375); काल भैरवासन(378); दुर्वासासन(383); रुचिकासन(384); शीर्षासन 1(184) से द्विपाद विपरीत दंडासन(516) और वापस तीन बार; मंडलासन(525 से 535); कपोतासन(507); विपरीत चक्रासन(488 से 499) 12 बार; अर्ध मत्स्येंद्रासन 1 तथा 2(311-12 और 330-31); पाशासान(328 और 329); उत्तानासन(48); शवासन(592)।

पूर्वोक्त रीति से ध्यान सहित प्राणायाम।

एक सौ तैंतालीस से एक सौ पैंतालीसवाँ सप्ताह

एक सौ सैंतीसवें सप्ताह के अभ्यासक्रम के रुचिरासन(384) तक के आसन दुहराएँ और विरंच्यासन 1 तथा 2(386-7 और 388) का समावेश करें तथा द्विपाद विपरीत दंडासन(516) से प्रारंभ करें। उसी अभ्यासक्रम के शेष आसन भी करें।

यदि आप विभाग तीन में वर्णित प्राणायाम की अन्य विधि का समावेश कर सकते हैं तो वैसा करें। तब ब्राह्ममुहूर्त में प्राणायाम और प्रात:काल में कठिन आसन करें और सायंकाल में केवल शीर्षासन और सर्वांगासन की मालाएँ करें।

एक सौ छियालीस से एक सौ पचपनवाँ सप्ताह

शीर्षासन तथा उसकी माला(184 से 218); ऊर्ध्व कुक्कुटासन(419); बकासन(410); पार्श्व बकासन(412); गालवासन(427 और 428); एकपाद गालवासन(432 और 433); अधोमुख वृक्षासन(359); पिच्छ मयूरासन(357); विपरीत चक्रासन(488 से 499) सहित इन आसनों को करें; वशिष्ठासन(398); कश्यपासन(399 तथा 400); विश्वामित्रासन(403); सालंब सर्वांगासन तथा उसकी माला(234 से 271 सहित) अथवा उत्तान पद्म मयूरासन(267); सुप्त पादांगुष्ठासन(285 से 287); पश्चिमोत्तानासन (160); कूर्मासन तथा सुप्त कूर्मासन(363-64 और 368); एकपाद शीर्षासन(371); स्कंदासन(372); बुद्धासन(373); कपिलासन(374); भैरवासन(375); काल भैरवासन (378); चकोरासन(379 और 380); दुर्वासासन(383); रुचिकासन(384); विरंच्यासन 1 तथा 2(386 और 388); द्विपाद शीर्षासन(393); टिट्टिभासन(395); अर्ध मत्स्येंद्रासन 1 तथा 2(311-12 और 330-31); पाशासन(328); अर्ध मत्स्येंद्रासन 3(332 और 333); द्विपाद विपरीत दंडासन(516); मंडलासन(525 से 535); कपोतासन(512); एकपाद विपरीत दंडासन(521); चक्रबंधासन(524); शवासन(592)।

अंतर-कुंभक के साथ उज्जायी(विभाग 203) अथवा सूर्यभेदन(विभाग 204) अथवा

नाड़ीशोधन(विभाग 205) प्राणायाम; 8 बार उड्डीयान(विभाग 201); 8 बार नौली(विभाग 202) और 5 से 10 मिनट के लिए ध्यान।

एक सौ छप्पन से एक सौ साठवाँ सप्ताह

अभ्यासक्रम 1 तथा 2 के महत्त्वपूर्ण आसन दुहराएँ और तब अभ्यासक्रम तीन के अब तक सीखे हुए आसन करें।

एक सौ इकसठ से एक सौ पैंसठवाँ सप्ताह

शीर्षासन तथा उसकी माला(184 से 218); ऊर्ध्व कुक्कुटासन(419); बकासन (410); पार्श्व बकासन(412); गालवासन(427 और 428); एकपाद गालवासन(432 और 433); द्विपाद कौंडिन्यासन(438); एकपाद कौंडिन्यासन 1(441); अधोमुख वृक्षासन(359); पिच्छ मयूरासन(357); विपरीत चक्रासन(488 से 499) सहित प्रत्येक आसन कर अष्टावक्रासन(342 और 343); भुजपीडासन(348); वशिष्ठासन (398); विश्वामित्रासन(403); सर्वांगासन तथा उसकी माला(234 से 271); पश्चिमोत्तानासन(160); कूर्मासन तथा सुप्त कूर्मासन(363-64 और 368); एकपाद शीर्षासन तथा उसकी माला(371 से 384); द्विपाद शीर्षासन तथा टिट्टिभासन(393 और 395); योगनिद्रासन(391); अर्ध मत्स्येंद्रासन 1, 2 तथा 3(311-12, 330-31और 332-33); पाशासन(328); योगदंडासन(456); सुप्त भेकासन(458)।

एक सौ छियासठ से एक सौ पचहत्तरवाँ सप्ताह

10 मिनट के लिए सालंब शीर्षासन 1(184); 10 मिनट के लिए सालंब सर्वांगासन 1 (234); 5 मिनट के लिए हलासन(244); जठर परिवर्तनासन(275); सुप्त पादांगुष्ठासन (285 से 287); ऊर्ध्व कुक्कुटासन(419); बकासन(410); बकासन(412); गालवासन (427); एकपाद गालवासन(432); द्विपाद कौंडिन्यासन(438); एकपाद कौंडिन्यासन 1 तथा 2(441 और 442); एकपाद बकासन 1 तथा 2(446 और 451); विपरीत चक्रासन(488 से 499) सहित प्रत्येक आसन कर; पश्चिमोत्तानासन(160); कूर्मासन तथा सुप्त कूर्मासन(363-64 और 368); एकपाद शीर्षासन तथा उसकी माला(371 से 384); द्विपाद शीर्षासन(393); योगनिद्रासन(391); योगदंडासन(456); सुप्त भेकासन (458); मूलबंधासन(462 और 463); वामदेवासन 1 तथा 2(465 और 466); द्विपाद विपरीत दंडासन(516); मंडलासन(525 से 535); एकपाद विपरीत दंडासन 1 तथा 2 (521 और 522); चक्रबंधासन(524); कपोतासन(512); लघुवज्रासन(513); अर्ध मत्स्येंद्रासन 1, 2 तथा 3(311, 330 और 332); पाशासन(328); शवासन (592)।

पूर्वोक्त विधि से प्राणायाम।

एक सौ छिहत्तर से एक सौ अस्सीवाँ सप्ताह

एक सौ छियासठवें सप्ताह का अभ्यासक्रम दुहराएँ और ऊर्ध्व कुक्कुटासन(419) के

बाद पार्श्व कुक्कुटासन(424 और 425) तथा पाशासन(328) के बाद परिपूर्ण मत्स्येंद्रासन(336 और 339) का समावेश करें।

परिपूर्ण मत्स्येंद्रासन(336 और 339) पर प्रभुत्व पाने के लिए मेरी आशा से अधिक समय लगने की संभावना है। असफलता के बावजूद व्यक्ति इस आसन का अभ्यास प्रतिदिन करें। यदि कोई अभ्यासक्रम तीन के आसनों पर निर्धारित समय में प्रभुत्व नहीं पा सकता है तो उन्हें कई सप्ताह तक बढ़ा दें।

चूँकि दूसरे आसनों पर प्रभुत्व पाने के लिए बरसों लगते हैं, इसलिए मैं इन आसनों के प्रतिदिन के अभ्यास की तालिका देने की कोशिश करूँगा।

सप्ताह का पहला दिन

8 से 10 मिनट के लिए सालंब शीर्षासन 1(184); 10 मिनट के लिए सालंब सर्वांगासन 1(234); 5 मिनट के लिए हलासन(244); जठर परिवर्तनासन(274); सुप्त पादांगुष्ठासन (285 से 287); भुजपीडासन(348); अष्टावक्रासन(342 और 343); अधोमुख वृक्षासन(359); पिच्छ मयूरासन(357); मयूरासन(354); हंसासन(359); ऊर्ध्व कुक्कुटासन(419); पार्श्व कुक्कुटासन(424 और 425); बकासन(410); पार्श्व बकासन(412); द्विपाद कौंडिन्यासन(438); एकपाद कौंडिन्यासन 1 तथा 2(441 और 442); एकपाद बकासन 1 तथा 2(446 और 451); गालवासन(427); एकपाद गालवासन(432) तथा विपरीत चक्रासन(488 से 499) सहित प्रत्येक आसन करें; उत्तानासन(48); शवासन(592)।

10 मिनट के लिए नाड़ीशोधन प्राणायाम(विभाग 205); 8 बार उड्डीयान(विभाग 201) तथा 8 बार नौली(विभाग 202)।

सप्ताह का दूसरा दिन

शीर्षासन तथा उसकी माला(184 से 218); सर्वांगासन तथा उसकी माला(234 से 271); जठर परिवर्तनासन(274); सुप्त पादांगुष्ठासन(285 से 287); जानु शीर्षासन (127); परिवृत्त जानु शीर्षासन(132); अर्धबद्ध पद्म पश्चिमोत्तानासन(135); त्र्यंग मुखैकपाद पश्चिमोत्तानासन(139); क्रौंचासन(141); मरीच्यासन 1 तथा 2(144 और 146); उपविष्ट कोणासन(151); पश्चिमोत्तानासन(160); पद्मासन तथा उसकी माला (104 से 124); बद्ध कोणासन(102); वीरासन(89); वातायनासन(58); परिपूर्ण नावासन(78); अर्ध नावासन(79); गोमुखासन(80); ऊर्ध्वमुख पश्चिमोत्तानासन 1 (168); योगनिद्रासन(391); शवासन(592)।

भस्त्रिका(विभाग 206) सहित पूर्वोक्त विधि के अनुसार प्राणायाम तथा शीतली (विभाग 209)।

सप्ताह का तीसरा दिन

शीर्षासन तथा उसकी माला(184 से 218); सर्वांगासन तथा उसकी माला(234 से

271); खड़े होने की स्थिति के सभी आसन(4 से 36); धनुरासन(63); शलभासन (60); चतुरंग दंडासन(67); ऊर्ध्वमुख श्वानासन(74); अधोमुख श्वानासन(75); पश्चिमोत्तानासन(160); परिवृत्त पश्चिमोत्तानासन(165); आकर्ण धनुरासन(163 और 175); उत्तानापादासन(292); सेतुबंधासन(296); मरीच्यासन 3 तथा 4(303 और 305); अर्ध मत्स्येंद्रासन 1(311); पाशासन(328); मयूरासन(354); योगनिद्रासन (391); द्विपाद शीर्षासन(393); द्विपाद विपरीत दंडासन(516); मंडलासन(525 से 535); कपोतासन(512); विपरीत चक्रासन(488 से 499)एक दम में 8 बार; उत्तानासन(48); शवासन(592)।

बिना तनाव के क्षमता के अनुसार प्राणायाम।

सप्ताह का चौथा दिन

शीर्षासन तथा उसकी माला(184 से 218); सर्वांगासन तथा उसकी माला(234 से 271); अधोमुख वृक्षासन(359); पिच्छ मयूरासन(357); शयनासन(358); मयूरासन (354); हंसासन(356); पश्चिमोत्तानासन(160); कूर्मासन तथा सुप्त कूर्मासन(363-64, 368); एकपाद शीर्षासन तथा उसकी माला(371 से 384); विरंच्यासन 1 तथा 2(386 और 388); योगनिद्रासन(391); द्विपाद विपरीत दंडासन(516); मंडलासन(525 से 535); एकपाद विपरीत दंडासन 1 तथा 2(521 और 523); चक्रबंधासन(524); लघुवज्रासन(513); कपोतासन(512); उत्तानासन(48); शवासन(592)।

15 मिनट के लिए बिना कुंभक के नाड़ीशोधन प्राणायाम(विभाग 205) तथा सिद्धासन(84) अथवा पद्मासन(104) में ध्यान।

सप्ताह का पाँचवाँ दिन

10 मिनट के लिए सालंब शीर्षासन 1(184); 10 मिनट के लिए सालंब सर्वांगासन 1 (234); 5 मिनट के लिए हलासन(244); 5 मिनट के लिए पश्चिमोत्तानासन(160); वशिष्ठासन(398); कश्यपासन(399); विश्वामित्रासन 403); ऊर्ध्व कुक्कुटासन(429); पार्श्व कुक्कुटासन(424 और 425); बकासन(410); पार्श्व बकासन(412); द्विपाद कौंडिन्यासन(438); एकपाद कौंडिन्यासन 1 तथा 2(441 और 442); एकपाद बकासन 1 तथा 2(446 और 451)[इन सभी संतुलित करने वाले आसनों को एक दम में करें।]; योगदंडासन(456); मूलबंधासन(462); वामदेवासन 1 तथा 2(465 और 466); द्विपाद विपरीत दंडासन(516); मंडलासन(525 से 535); कपोतासन(512); 5 मिनट के लिए पश्चिमोत्तानासन(160); 3 मिनट के लिए उत्तानासन(48); 5 मिनट के लिए शवासन(592); 10 मिनट के लिए उज्जायी प्राणायाम।

सप्ताह का छठा दिन

शीर्षासन तथा उसकी माला(184 से 218); सर्वांगासन तथा उसकी माला(234 से

279); 5 मिनट के लिए पश्चिमोत्तानासन(160); योगनिद्रासन(391) एक-एक मिनट प्रत्येक तरफ टाँग बदलते हुए; द्विपाद शीर्षासन(393) हर तरफ आधा मिनट; मरीच्यासन 3(303); अर्ध मत्स्येंद्रासन 1, 2 तथा 3(311, 330 और 332); मालासन 1 तथा 2 (321 और 322); पाशासन(328); परिपूर्ण मत्स्येंद्रासन(336 और 339); द्विपाद विपरीत दंडासन(516); मंडलासन(525 से 535); एकपाद विपरीत दंडासन 1 तथा 2 (521 और 523); कपोतासन(512) तथा विपरीत चक्रासन(488 से 499) 6 बार; शवासन(592)।

सप्ताह का सातवाँ दिन

पूर्ण विश्राम लें अथवा केवल प्राणायाम करें।

एक सौ इक्यासी से एक सौ नब्बेवाँ सप्ताह

शीर्षासन तथा उसकी माला(184 से 218); सर्वांगासन तथा उसकी माला(234 से 271); ऊर्ध्व कुक्कुटासन(419); पार्श्व कुक्कुटासन(424); बकासन(410); पार्श्व बकासन(412); द्विपाद कौंडिन्यासन(438); एकपाद कौंडिन्यासन 1 तथा 2(441 से 442); एकपाद बकासन 1 तथा 2(446 और 451); वशिष्ठासन(398); विश्वामित्रासन (403); पश्चिमोत्तानासन(160); कूर्मासन तथा सुप्त कूर्मासन(363-64 और 368); एकपाद शीर्षासन तथा उसकी माला(371 से 384); योगनिद्रासन(391); द्विपाद शीर्षासन तथा टिट्टिभासन(393 और 395); योगदंडासन(456); मूलबंधासन(46); अर्ध मत्स्येंद्रासन 1(311); पाशासन(328); परिपूर्ण मत्स्येंद्रासन(326); द्विपाद विपरीत दंडासन(516); मंडलासन(525 से 535); एकपाद विपरीत दंडासन 1 तथा 2(521 और 523); कपोतासन(512); लघुवज्रासन(513); एकपाद राजकपोतासन 1(542); हनुमानासन(475 और 476); उत्तानासन(48); शवासन(592)।

20 मिनट के लिए नाड़ीशोधन प्राणायाम(विभाग 205)।

एक सौ इक्यानवे से दो सौवाँ सप्ताह

शीर्षासन(184); सर्वांगासन(234); हलासन(244); ऊर्ध्व कुक्कुटासन(419); पार्श्व कुक्कुटासन(424); बकासन(410); पार्श्व बकासन(412); द्विपाद कौंडिन्यासन(438); एकपाद कौंडिन्यासन 1 तथा 2(441 और 442); एकपाद बकासन 1 तथा 2(446 और 451); विपरीत चक्रासन(488 से 499) सहित प्रत्येक आसन करें; द्विपाद विपरीत दंडासन(516); मंडलासन(525 से 535); एकपाद विपरीत दंडासन 1 तथा 2(521 से 523); चक्रबंधासन(524); कपोतासन(512); एकपाद राजकपोतासन 1(542); हनुमानासन(475); समकोणासन(476); योगदंडासन(456); मूलबंधासन(462); वशिष्ठासन(398); विश्वामित्रासन(403); पश्चिमोत्तानासन(160); कूर्मासन तथा सुप्त कूर्मासन(363-64 और 368); योगनिद्रासन(391); एकपाद शीर्षासन तथा उसकी माला(371 से 384); द्विपाद शीर्षासन(393); अर्ध मत्स्येंद्रासन 1(311); पाशासन

(328); परिपूर्ण मत्स्येंद्रासन(336); स्कंदासन(470); शवासन(592)।

पूर्वोक्त विधि से प्राणायाम।

दो सौ एक से दो सौ पच्चीसवाँ सप्ताह

एक सौ इक्यानवेवें सप्ताह के अभ्यासक्रम के एकपाद राजकपोतासन 1(542) तक के आसन कर फिर इन आसनों को करें; एकपाद राजकपोतासन 2(545); पादांगुष्ठ धनुरासन(555); भुजंगासन 2(550); राजकपोतासन(551); हनुमानासन(475); समकोणासन(477); सुप्त त्रिविक्रमासन(478); योगदंडासन(456); मूलबंधासन(462); कंदासन(470); अर्ध मत्स्येंद्रासन 1(311); पाशासन(328); परिपूर्ण मत्स्येंद्रासन (336); योगनिद्रासन(391); द्विपाद शीर्षासन(393); पश्चिमोत्तानासन(160); शवासन (592)।

पूर्वोक्त विधि के अनुसार प्राणायाम।

दो सौ छब्बीस से दो सौ पचासवाँ सप्ताह

दो सौ एकवें सप्ताह के अभ्यासक्रम के राजकपोतासन(551) तक के आसन कर, आगे के आसनों का समावेश करें; वृश्चिकासन 1 तथा 2(537 और 538); घेरंडासन 1 तथा 2(561 और 564); कपिंजलासन(567) तथा पुनः दो सौ एकवें सप्ताह के हनुमानासन (475) से शेष अभ्यासक्रम करें।

दो सौ इक्यावन से दो सौ पचहत्तरवाँ सप्ताह

शीर्षासन तथा उसकी माला(184 से 218); सर्वांगासन तथा उसकी माला(234 से 271); ऊर्ध्व कुक्कुटासन(419); पार्श्व कुक्कुटासन(224); बकासन(410); पार्श्व बकासन(412); द्विपाद कौंडिन्यासन(438); एकपाद कौंडिन्यासन 1(441); एकपाद कौंडिन्यासन 2 सहित एकपाद बकासन 1 तथा एकपाद बकासन 2(446, 451 और 442); विपरीत चक्रासन(488 से 499) सहित प्रत्येक आसन करें; द्विपाद विपरीत दंडासन(516); मंडलासन(525 से 535); एकपाद विपरीत दंडासन 1 तथा 2(521 से 523) एक दम में; कपोतासन(512); वृश्चिकासन 1 (537); भुजंगासन 2(550); राजकपोतासन(551); पादांगुष्ठ धनुरासन(555); घेरंडासन 1 तथा 2(561 और 564); एकपाद राजकपोतासन 1, 2, 3 तथा 4(542, 545, 546 और 547); गंड-भेरुंडासन(580); नटराजासन(590 और 591); तदनंतर दो सौ एक वाले सप्ताह के अभ्यासक्रम के हनुमानासन(475) से आगे का अभ्यास करें।

दो सौ छिहत्तर से तीन सौवाँ सप्ताह

दो सौ इक्यावनवें सप्ताह के अभ्यासक्रम के एकपाद राजकपोतासन 1(542) तक के आसन करें; तदनंतर वालखिल्यासन(544); एकपाद राजकपोतासन 2, 3 तथा 4(545, 546 और 547); शीर्षपादासन(570); गंडभेरुंडासन तथा विपरीत शलभासन(580, 581 और 584) दोनों एक दम में करें; ऊर्ध्व धनुरासन(486); त्र्यंगमुखोत्तानासन

(586); नटराजासन(590 और 591)। बाद में दो सौवें सप्ताह के अभ्यासक्रम के हनुमानासन(475) से आगे के आसन करें और प्राणायाम पूर्वोक्त विधि के अनुसार करें।

बहुतेरे लोग शुरू-शुरू में एक सौ छियासठवें सप्ताह में दिए हुए अभ्यासक्रम में प्रगति नहीं कर पाते। परंतु व्यक्ति दृढ़ता एवं निरंतर अभ्यास से इस पुस्तक में बतलाए हुए सभी आसन तथा प्राणायाम पर प्रभुत्व प्राप्त कर सकता है। मेरे प्रारंभ के वर्षों में इसके लिए मुझे चार वर्ष कठिन श्रम करना पड़ा, जिसमें आशा और निराशा बराबर बनी रही। जब आपने एक सौ छियासठवें सप्ताह के अभ्यासक्रम पर प्रभुत्व पाया है, तो मेरा आपसे हार्दिक कथन है कि जिस काम को आपने प्रसन्नता से हाथ में लिया है और अब तक जिसका प्रयत्न किया है, उसे करने में छोटी-मोटी सामयिक असफलताओं से निराश न होकर, निरंतर प्रयत्नशील रहें। बहुत-से लोग इन सभी आसनों पर आसानी से एवं सुविधापूर्वक प्रभुत्व पाने के लिए मेरे निर्देशित समय से अधिक समय लेते हैं। जब आपने इस अभ्यासक्रम तीन में विस्तार से बतलाई गई सभी बातों को पूर्ण किया है तो आप उन्हें आगे बतलाई गई विधि से साप्ताहिक अभ्यासक्रम में विभाजित कर सकते हैं। फिर आप दैनिक अभ्यास से इन सभी पर प्रभुत्व बनाए रखना सीखें।

सप्ताह का पहला दिन

शीर्षासन तथा उसकी माला(184 से 218); सर्वांगासन तथा उसकी माला(234 से 271); भुजपीडासन(348); अष्टावक्रासन(342 और 343); बकासन(410); पार्श्व बकासन(412); ऊर्ध्व कुक्कुटासन(419); पार्श्व कुक्कुटासन(424); द्विपाद कौंडिन्यासन (438); एकपाद कौंडिन्यासन 1(451); एकपाद बकासन 1(446); एकपाद कौंडिन्यासन 2 सहित एकपाद बकासन 2(442 सहित 451); गालवासन(427); एकपाद गालवासन (432); विपरीत चक्रासन(488 से 499) सहित प्रत्येक आसन कर; अधोमुख वृक्षासन (359); पिच्छ मयूरासन(357); मयूरासन(354); 5 मिनट के लिए पश्चिमोत्तानासन (160); शवासन(592)।

15 मिनट के लिए नाड़ीशोधन प्राणायाम; 8 मिनट के लिए अंतर-कुंभक सहित उज्जायी प्राणायाम; 5 मिनट के लिए पद्मासन(104) अथवा सिद्धासन(84) में ध्यान।

सप्ताह का दूसरा दिन

शीर्षासन तथा उसकी माला(184 से 218); सर्वांगासन तथा उसकी माला(234 से 271); सुप्त पादांगुष्ठासन(285 से 287); जठर परिवर्तनासन(274); पश्चिमोत्तानासन (160); आकर्ण धनुरासन(173 और 175); कूर्मासन तथा सुप्त कूर्मासन(363-64 और 368); एकपाद शीर्षासन तथा उसकी माला(371 से 384); विरंच्यासन 1 तथा

2(386 और 388); द्विपाद शीर्षासन(393); योगनिद्रासन(391); योगदंडासन(456); मूलबंधासन(462); वामदेवासन 1 तथा 2(465 और 466); कंदासन(470); हनुमानासन (475); उत्तानासन(48); शवासन(592)।

उड्डीयान तथा नौली प्रत्येक आठ बार कर पूर्वोक्त विधि के अनुसार प्राणायाम।

सप्ताह का तीसरा दिन

शीर्षासन तथा उसकी माला(184 से 218); सर्वांगासन तथा उसकी माला(234 से 271); द्विपाद विपरीत दंडासन(516); मंडलासन(525 से 535); एकपाद विपरीत दंडासन 1 तथा 2(521 से 523); चक्रबंधासन(524); कपोतासन(512); लघुवज्रासन (515); वृश्चिकासन 1(537); भुजंगासन 2(550); राजकपोतासन(551); पादांगुष्ठ धनुरासन(555); घेरंडासन 1 तथा 2(561 और 562); एकपाद राजकपोतासन 1 तथा 2(542 और 545); वालखिल्यासन(544); शीर्षपादासन(570) तथा गंडभेरुंडासन, विपरीत शलभासन और त्र्यंगमुखोत्तानासन(580, 581, 584 और 586) सब एक साथ; पश्चिमोत्तानासन(160); मरीच्यासन 3(303); अर्ध मत्स्येंद्रासन 1(311); पाशासन (328); परिपूर्ण मत्स्येंद्रासन(336); शवासन(592)।

10 से 15 मिनट के लिए बिना कुंभक के नाड़ीशोधन प्राणायाम।

सप्ताह का चौथा दिन

शीर्षासन तथा उसकी माला(184 से 218); सर्वांगासन तथा उसकी माला(234 से 271); पश्चिमोत्तानासन(160); योगनिद्रासन(391); मरीच्यासन 3(303); अर्ध मत्स्येंद्रासन 1(311); पाशासन(328); परिपूर्ण मत्स्येंद्रासन(336); योगदंडासन(456); मूलबंधासन(462); कंदासन(470); हनुमानासन(475); समकोणासन(477); सुप्त त्रिविक्रमासन(478); ऊर्ध्वमुख पश्चिमोत्तानासन 1 तथा 2(168 और 170); शवासन (592)।

सप्ताह के पहले दिन के अनुसार प्राणायाम।

सप्ताह का पाँचवाँ दिन

शीर्षासन तथा उसकी माला(184 से 218); सर्वांगासन तथा उसकी माला(234 से 271); ऊर्ध्व कुक्कुटासन(419); पार्श्व कुक्कुटासन(424); बकासन(410); पार्श्व बकासन(412); द्विपाद कौंडिन्यासन(438); एकपाद कौंडिन्यासन 1(441); एकपाद बकासन 1 तथा 2(446 और 451); एकपाद कौंडिन्यासन 2(442); गालवासन (427); एकपाद गालवासन(432); ऊर्ध्व धनुरासन(486) के पहले के ये सभी आसन एक ही दम में करें; वशिष्ठासन(398); कश्यपासन(399); विश्वामित्रासन(403); मंडलासन(525 से 535); कपोतासन(512); वृश्चिकासन 1(537); राजकपोतासन (551); पादांगुष्ठ धनुरासन(555); शीर्षपादासन(570); गंडभेरुंडासन(580 और 581); उत्तानासन(48); शवासन(592)।

15 मिनट के लिए बिना कुंभक के नाड़ीशोधन प्राणायाम।

सप्ताह का छठा दिन

शीर्षासन तथा उसकी माला(184 से 218); सर्वांगासन तथा उसकी माला(234 से 271); पश्चिमोत्तानासन(160); योगनिद्रासन(391); मरीच्यासन 3(303); अर्ध मत्स्येंद्रासन 1(311); पाशासन(328); परिपूर्ण मत्स्येंद्रासन(336); हनुमानासन(475); समकोणासन (477); सुप्त त्रिविक्रमासन(478); मूलबंधासन(462); कंदासन(470); मंडलासन (525 से 535); कपोतासन(512); वृश्चिकासन 1(537); राजकपोतासन (551); एकपाद राजकपोतासन 1(542); वालखिल्यासन(544); शीर्षपादासन(570); गंडभेरुंडासन(580 और 581); उत्तानासन(48); शवासन(592)।

बिना अंतर-कुंभक के नाड़ीशोधन प्राणायाम तथा उज्जायी प्राणायाम और 8 बार उड्डीयान।

सप्ताह का सातवाँ दिन

पूर्ण विश्राम अथवा केवल शीर्षासन 1(184); सालंब सर्वांगासन 1(234); हलासन (244); पश्चिमोत्तानासन(160) तथा 30 मिनट के लिए बिना अंतर-कुंभक के नाड़ीशोधन प्राणायाम।

परिशिष्ट-II

विभिन्न रोगों के नाशक आसन

शिक्षक के नाते 25 वर्ष कार्य करने के बाद, अपने शिष्यों के साथ जो अनुभव प्राप्त किया है उसके आधार पर भिन्न-भिन्न क्रियात्मक तथा शारीरिक रोगों के लिए आसनों के समूह दे रहा हूँ।

मैंने प्रत्येक रोग के लिए कुछ आसनों की सूची दी है। अनुभवी शिक्षक के मार्गदर्शन में अपनी क्षमता, शरीर के लचीलेपन एवं रोग के अनुसार इनका अभ्यास करना होगा।

आसनों का अभ्यास करते समय अपनी व्यावहारिक बुद्धि का प्रयोग करना चाहिए। शरीर की प्रतिक्रिया की ओर भी आपका ध्यान होना बहुत ज़रूरी है। और उससे आसनों की अवधि का भी निर्णय ठीक-ठीक करना चाहिए।

अम्लता (Acidity)

उत्थित त्रिकोणासन(4 और 5); परिवृत्त त्रिकोणासन(6 और 7); उत्थित पार्श्वकोणासन (8 और 9); परिवृत्त पार्श्वकोणासन(10 और 11); वीरभद्रासन 1, 2 और 3(14, 15 और 17); अर्ध चंद्रासन(19); पार्श्वोत्तानासन(26); पादांगुष्ठासन (44); पादहस्तासन (46); उत्तानासन (48); सालंब शीर्षासन तथा उसकी माला(184 से 218); सालंब सर्वांगासन तथा उसकी माला(234 से 271); जठर परिवर्तनासन(275); परिपूर्ण नावासन(78); अर्ध नावासन(79); ऊर्ध्व प्रसारित पादासन(276 से 279); जानु शीर्षासन(127); परिवृत्त जानु शीर्षासन(132); पश्चिमोत्तानासन(160); मरीच्यासन 1, 2 और 3(144, 146 और 303); अर्ध मत्स्येंद्रासन 1, 2 तथा 3(311, 330 और 332); पाशासन(328); परिपूर्ण मत्स्येंद्रासन(336); योगनिद्रासन(391); सालंबासन (60); धनुरासन(63); भुजंगासन 1(73); मयूरासन(354); ऊर्ध्व धनुरासन(486) तथा उड्डीयान(विभाग 201)।

रक्तक्षय (Anaemia)

शीर्षासन तथा उसकी माला(184 से 218); सर्वांगासन तथा उसकी माला(234 से 271); पश्चिमोत्तानासन(160); उत्तानासन(48); उज्जायी प्राणायाम; 2 से 3 मास के लिए बिना कुंभक के नाड़ीशोधन प्राणायाम; 3 महीनों के बाद अंतर-कुंभक करें। जब संभव हो तब एक दम में 10 से 15 मिनट के लिए शवासन(592)।

गुल्फ (Ankles)

उत्थित तथा परिवृत्त त्रिकोणासन (4, 5, 6 और 7); उत्थित तथा परिवृत्त पार्श्वकोणासन (8, 9, 10 और 11); वीरभद्रासन 1, 2 तथा 3 (14, 15 और 17); पार्श्वोत्तानासन (26); प्रसारित पादोत्तानासन (33); अधोमुख श्वानासन (75); गोमुखासन (80); वीरासन (89); सुप्त वीरासन (96); भेकासन (100); बद्धपद्मासन तथा उसकी माला (104 से 124); बद्ध कोणासन (102); सुप्त पादांगुष्ठासन (285 से 287); त्र्यंगमुखैकपाद पश्चिमोत्तानासन (139); क्रौंचासन (141); भारद्वाजासन 1 तथा 2 (297 और 299); आकर्ण धनुरासन (173 और 175); शलभासन (60); धनुरासन (63); उष्ट्रासन (41); वातायनासन (58); गरुड़ासन (56); सुप्त भेकासन (458); मालासन 1 तथा 2 (321 और 322)।

आंत्रपुच्छशोथ (Appendicitis)

शीर्षासन तथा उसकी माला (184 से 218); सर्वांगासन तथा उसकी माला (234 से 271); पश्चिमोत्तानासन (160); ऊर्ध्वमुख पश्चिमोत्तानासन 1 तथा 2 (168 और 170); पूर्वोत्तानासन (171); महामुद्रा (125); जानु शीर्षासन (127); अर्ध मत्स्येंद्रासन 1 (311); पाशासन (328); ऊर्ध्व धनुरासन (468); द्विपाद विपरीत दंडासन (516); उत्तानासन (48); 2 मास के लिए बिना कुंभक के नाड़ीशोधन प्राणायाम (विभाग 205), बाद में अंतर-कुंभक के साथ।

पीठ के निचले भाग का संधिवात (Arthritis of the lower back)

उत्थित तथा परिवृत्त त्रिकोणासन (4, 5, 6 और 7); उत्थित तथा परिवृत्त पार्श्वकोणासन (8, 9, 10 और 11); वीरभद्रासन 1, 2 तथा 3 (14, 15 और 17); अर्धचंद्रासन (19); पादांगुष्ठासन (44); पादहस्तासन (46); उत्तानासन (48); शीर्षासन तथा उसकी माला (184 से 218); सर्वांगासन तथा उसकी माला (234 से 271); मरीच्यासन 1, 2, 3 और 4 (143, 145, 303 और 305); भारद्वाजासन 1 तथा 2 (297 और 299); अर्ध मत्स्येंद्रासन 1 (311); पाशासन (328); परिघासन (39); शलभासन (60); धनुरासन (63); पार्श्व धनुरासन (64 और 65); उत्तानपादासन (292); उष्ट्रासन (41); सेतुबंधासन (296); ऊर्ध्व धनुरासन (486); द्विपाद विपरीत दंडासन (516); अधोमुख वृक्षासन (359); पिच्छ मयूरासन (357)।

पृष्ठीय संधिवात (Arthritis of the dorsal region)

पद्मासन तथा उसकी माला (104 से 124); वीरासन (91); पर्यंकासन (97); गोमुखासन (80); खड़े रहने की स्थिति के सब आसन (4 से 36); परिघासन (39); पश्चिमोत्तानासन (160); ऊर्ध्वमुख पश्चिमोत्तानासन 1 तथा 2 (168 और 170); भुजंगासन 1 (73); ऊर्ध्वमुख श्वानासन (74); अधोमुख श्वानासन (75); पिच्छ मयूरासन (357);

अधोमुख वृक्षासन(359); शीर्षासन तथा उसकी माला(184 से 218); सर्वांगासन तथा उसकी माला(234 से 271); भारद्वाजासन 1 तथा 2(297 और 299); मरीच्यासन 1 तथा 3(143 और 303); अर्ध मत्स्येंद्रासन 1 तथा 2(311 और 330); पाशासन (328); उष्ट्रासन(41); धनुरासन(63); ऊर्ध्व धनुरासन(486 और 487); एकपाद ऊर्ध्व धनुरासन(501); द्विपाद विपरीत दंडासन(516); एकपाद विपरीत दंडासन(521); कपोतासन(512); लघुवज्रासन(513)।

स्कंधास्थि का संधिवात (Arthritis of the shoulder joint)
उत्थित तथा परिवृत्त त्रिकोणासन(4, 5, 6 और 7); उत्थित तथा परिवृत्त पार्श्वकोणासन (8, 9, 10 और 11); वीरभद्रासन 1, 2 तथा 3(14, 15 और 17); अर्धचंद्रासन(19); पार्श्वोत्तानासन(26); सालंब शीर्षासन(184); सालंब सर्वांगासन 1 तथा 2(234 और 235); हलासन(244); धनुरासन(63); ऊर्ध्वमुख श्वानासन(74); अधोमुख श्वानासन (75); वीरासन(91); पर्वतासन(107); अर्धबद्ध पद्मोत्तानासन(52); अर्धबद्ध पद्म पश्चिमोत्तानासन(135); पश्चिमोत्तानासन(160); गोमुखासन(80); बद्धपद्मासन(118); योगमुद्रासन(120); पिच्छ मयूरासन(357); अधोमुख वृक्षासन(359); वशिष्ठासन (398); कश्यपासन(399); विश्वामित्रासन(403); भुजपीडासन(348); बकासन(410); मरीच्यासन 1, 2 तथा 3(144, 146 और 303); अर्ध मत्स्येंद्रासन 1 तथा 2(311 और 330); भारद्वाजासन 1 तथा 2(297 और 299); पाशासन(328); परिपूर्ण मत्स्येंद्रासन (336); उष्ट्रासन(41); योगदंडासन(456); ऊर्ध्व धनुरासन(486); कपोतासन(512); मंडलासन(525 से 535); पादांगुष्ठ धनुरासन(555)।

बाहु एवं जठर के अवयव (Arms and abdominal organs)
चतुरंग दंडासन(67); नक्रासन(68 से 71); ऊर्ध्वमुख श्वानासन(74); अधोमुख श्वानासन(75); लोलासन(83); तुलासन(108); सिंहासन 2(110); मयूरासन(354); पद्ममयूरासन(355); हंसासन(356); अष्टावक्रासन(342); भुजपीडासन(348); पिच्छ मयूरासन(357); अधोमुख वृक्षासन(359); बकासन(410); पार्श्व बकासन(412); एकहस्त भुजासन(344); द्विहस्त भुजासन(345); चकोरासन(379); वशिष्ठासन (398); विश्वामित्रासन(403); टिट्टिभासन(395); ऊर्ध्व कुक्कुटासन(419); पार्श्व कुक्कुटासन(424); द्विपाद कौंडिन्यासन(438): एकपाद कौंडिन्यासन 1 तथा 2(441 और 442); एकपाद बकासन 1 तथा 2(446 और 451); गालवासन(427); एकपाद गालवासन(432); विपरीत चक्रासन(488 से 499)।

दमा (Asthma)
शीर्षासन तथा उसकी माला(184 से 218); सर्वांगासन तथा उसकी माला(234 से 271); महामुद्रा(125); जानु शीर्षासन(127); उत्तानासन(48); पश्चिमोत्तानासन (160); भुजंगासन 1 तथा 2(73 ओर 550); शलभासन(60); धनुरासन(63); ऊर्ध्वमुख

श्वानासन(74); अधोमुख श्वानासन(75); वीरासन(89); सुप्त वीरासन (96); पर्यंकासन(97); पद्मासन तथा उसकी माला(104 से 124); उत्तान पादासन (292); सेतुबंधासन(296); पूर्वोत्तानासन(171); अर्ध मत्स्येंद्रासन 1 तथा 2(311 और 330); पाशासन(328); उष्ट्रासन(41); ऊर्ध्व धनुरासन(486); द्विपाद विपरीत दंडासन(516); जब दौरा (रोग का) हो तब बिना कुंभक के उज्जायी प्राणायाम(विभाग 203) तथा नाड़ीशोधन प्राणायाम(विभाग 205), अन्यथा अंतर-कुंभक के साथ करें तथा उड्डीयान(विभाग 201)।

पृष्ठशूल (Backache)

शीर्षासन तथा उसकी माला(184 से 218); सर्वांगासन तथा उसकी माला(234 से 271); खड़े रहने की स्थिति के सभी आसन(4 से 36); जठर परिवर्तनासन(275); सुप्त पादांगुष्ठासन(285 से 287); महामुद्रा(125); जानु शीर्षासन(127); परिवृत्त जानु शीर्षासन(132); पश्चिमोत्तानासन(160); ऊर्ध्वमुख पश्चिमोत्तानासन 1 तथा 2 (168 और 170); परिवृत्त पश्चिमोत्तानासन(165); मरीच्यासन 1 तथा 3(144 और 303); अर्ध मत्स्येंद्रासन 1 तथा 2(311 और 330); पाशासन(328); परिपूर्ण मत्स्येंद्रासन(336); मालासन 1 तथा 2(321 और 322); अधोमुख श्वानासन(75); उष्ट्रासन(41); शलभासन(60); धनुरासन(63); पार्श्व धनुरासन(64 और 65); ऊर्ध्व धनुरासन(486); विपरीत चक्रासन(488 से 499); द्विपाद विपरीत दंडासन (516); मंडलासन(525 से 535)।

उच्च रक्तचाप (High blood pressure)

हलासन(244); जानु शीर्षासन(127); अर्धबद्ध पद्म पश्चिमोत्तानसन(135); त्र्यंग मुखैकपाद पश्चिमोत्तानासन(139); पश्चिमोत्तानासन(160); वीरासन(89); सिद्धासन (84); पद्मासन(104); शवासन(592)। बिना कुंभक के नाड़ीशोधन प्राणायाम(विभाग 205), आँखें बंद कर ध्यान[यदि रक्तचाप अधिक है, तो पहले 5 मिनट के लिए बिना तकिए के लेटे हुए ही उज्जायी प्राणायाम(विभाग 203) और तब नाड़ीशोधन प्राणायाम (विभाग 205)करना उचित है, बाद में तुरंत ही 15 मिनट के लिए शवासन(592) करें]।

निम्न रक्तचाप (Low blood pressure)

सालंब शीर्षासन 1(184); सालंब सर्वांगासन 1(234); हलासन(244); कर्णपीडासन (246); पश्चिमोत्तानासन(160); वीरासन(89); सिद्धासन(84); पद्मासन(104); बद्ध कोणासन(102); प्रारंभ में बिना कुंभक के नाड़ीशोधन प्राणायाम(विभाग 205) तथा शवासन(592)।

मस्तिष्क (Brain)

शीर्षासन तथा उसकी माला(184 से 218); सर्वांगासन तथा उसकी माला(234 से

271); अधोमुख श्वानासन(75); पश्चिमोत्तानासन(160); उत्तानासन(48); कूर्मासन तथा सुप्त कूर्मासन(363, 364 और 368); योगनिद्रासन(391); ऊर्ध्व धनुरासन (486); विपरीत चक्रासन(488 से 499); द्विपाद विपरीत दंडासन(516); एकपाद विपरीत दंडासन 1 तथा 2(521 और 523); वृश्चिकासन 1 तथा 2(537 और 538); शीर्षपादासन(570); गंडभेरुंडासन(580 और 581); विपरीत शलभासन(584); नाड़ीशोधन(विभाग 205); सूर्यभेदन(विभाग 204); भस्त्रिका(विभाग 206) तथा शीतली प्राणायाम(601); शवासन(592)।

स्मृतिनाश (Loss of memory)
शीर्षासन तथा उसकी माला(184 से 218); सर्वांगासन तथा उसकी माला(234 से 271); उत्तानासन(48); पश्चिमोत्तानासन(160); ऊर्ध्वमुख पश्चिमोत्तानासन 1 तथा 2(168 और 170); त्राटक अथवा दोनों भौहों के मध्य अथवा नासिका के अग्रभाग पर टकटकी लगाना। अंतर-कुंभक के साथ नाड़ीशोधन प्राणायाम(विभाग 205) तथा भस्त्रिका प्राणायाम(विभाग 206)।

श्वासहीनता (Breathlessness)
सालंब शीर्षासन 1(184); सालंब सर्वांगासन 1(234); हलासन(244); पश्चिमोत्तानासन (160); उत्तानासन(48); अधोमुख श्वानासन(75); पर्वतासन(107); ऊर्ध्व धनुरासन (486); उज्जायी प्राणायाम, नाड़ीशोधन प्राणायाम, उड्डीयान; शवासन(592)।

श्वासनलिका रोग (Bronchitis)
खड़े रहने की स्थिति के सभी आसन(4 से 39); शीर्षासन तथा यदि संभव हो तो उसकी माला (184 से 218); सर्वांगासन तथा उसकी माला(234 से 271, 267 छोड़कर); पश्चिमोत्तानासन(160); जठर परिवर्तनासन(275); ऊर्ध्वमुख पश्चिमोत्तानासन 1 तथा 2(168 और 170); जानु शीर्षासन(127); महामुद्रा(125); भुजंगासन 1(73); अधोमुख श्वानासन(75); गोमुखासन(80); मरीच्यासन 1 तथा 3(144 और 303); अर्ध मत्स्येंद्रासन 1(311); मालासन 1 तथा 2(321 और 322); पाशासन(328); वीरासन(89); सुप्त वीरासन(96); पर्यंकासन(97); पद्मासन तथा उसकी माला में से जो संभव हों वे आसन(104 से 124); बद्ध कोणासन(102); उपविष्ट कोणासन (151); एकपाद शीर्षासन तथा उसकी माला(371 से 384); योगनिद्रासन(391); द्विपाद शीर्षासन(393); कूर्मासन तथा सुप्त कूर्मासन(363, 364 और 368); शलभासन (60); धनुरासन(63); उष्ट्रासन(41); ऊर्ध्व धनुरासन(486); कपोतासन(512); द्विपाद विपरीत दंडासन(516); उज्जायी(विभाग 203); नाड़ीशोधन(विभाग 205) तथा सूर्यभेदन प्राणायाम(विभाग 204) अंतर-कुंभक के साथ।

फुप्फुसनलिका दाह (Broncho Pneumonia)
सालंब शीर्षासन 1(184); सालंब सर्वांगासन 1(234); हलासन(244); पश्चिमोत्तानासन

(160); उत्तानासन(48); महामुद्रा(125); अधोमुख श्वानासन(75); वीरासन(89); सिद्धासन(84); पद्मासन(104); बद्धपद्मासन(118); बद्ध कोणासन(102); उज्जायी (विभाग 203); नाड़ीशोधन(विभाग 205) तथा सूर्यभेदन प्राणायाम(विभाग 204); शवासन(592)।

उरोरोग (Chest)

खड़े रहने की स्थिति के सब आसन(1 से 48); शीर्षासन तथा उसकी माला(184 से 218); सर्वांगासन तथा उसकी माला(234 से 271); धनुरासन(63); चतुरंग दंडासन (67); भुजंगासन 1 तथा 2(73 और 550); ऊर्ध्वमुख श्वानासन(74); अधोमुख श्वानासन(75); पद्मासन तथा उसकी माला(104 से 124); पश्चिमोत्तानासन(160); आकर्ण धनुरासन(173 ओर 175); उभय पादांगुष्ठासन(167); ऊर्ध्वमुख पश्चिमोत्तानासन 1 तथा 2(168 और 170); बद्ध कोणासन(101); भुजपीडासन(348); मरीच्यासन 3 (303); अर्ध मत्स्येंद्रासन 1, 2 तथा 3(311, 330 और 332); पाशासन(328); पिच्छ मयूरासन(357); अधोमुख वृक्षासन(359); बकासन(410); पार्श्व बकासन(412); द्विपाद कौंडिन्यासन(348); एकपाद कौंडिन्यासन 1 तथा 2(441 और 442); एकपाद बकासन 1 तथा 2(446 और 451); ऊर्ध्व कुक्कुटासन(419); पार्श्व कुक्कुटासन (424); वामदेवासन 1 तथा 2(465 और 466); ऊर्ध्व धनुरासन(486); विपरीत चक्रासन(488 से 499); कपोतासन(512); लघुवज्रासन(513); द्विपाद विपरीत दंडासन (516); एकपाद विपरीत दंडासन 1 तथा 2(521 और 523); चक्रबंधासन(524); मंडलासन(525 से 535); वृश्चिकासन 1(537); राजकपोतासन(551); एकपाद राजकपोतासन 1, 2, 3 तथा 4(542, 545, 546 और 547); वालखिल्यासन(544); पादांगुष्ठ धनुरासन(555); गंडभेरुंडासन(580 और 581); विपरीत शलभासन(584); त्र्यंगमुखोत्तानासन(586); नटराजासन(590); उज्जायी(विभाग 203) तथा नाड़ी-शोधन प्राणायाम(विभाग 205) अंतर-कुंभक के साथ।

शैत्य (Chill)

शीर्षासन तथा उसकी माला(184 से 218); सर्वांगासन तथा उसकी माला(234 से 271); उत्तानासन(48); पश्चिमोत्तानासन(160); अर्ध मत्स्येंद्रासन 1(311); पाशासन (328); ऊर्ध्व धनुरासन(486); उज्जायी (विभाग 203); भस्त्रिका (विभाग 206); नाड़ीशोधन (विभाग 205) तथा सूर्यभेदन (विभाग 204) प्राणायाम।

गुदास्थि(वेदना तथा स्थलांतर) (Coccyx) (pain and displacement)

वीरासन(89); सुप्त वीरासन(96); पद्मासन तथा उसकी माला(104 से 124); शीर्षासन 1(184); सर्वांगासन 1(234); सेतुबंध सर्वांगासन तथा एकपाद सेतुबंध सर्वांगासन(259 और 260); शलभासन(60); धनुरासन(63); पार्श्व धनुरासन(64 और 65); भुजंगासन 1 तथा 2(73 और 550); अधोमुख वृक्षासन(359); पिच्छ मयूरासन(357); ऊर्ध्वमुख

श्वानासन(74); वातायनासन(58); उष्ट्रासन(41); ऊर्ध्व धनुरासन(486 और 487); द्विपाद विपरीत दंडासन(516); कपोतासन(512); लघुवज्रासन (513); वृश्चिकासन 1(537); राजकपोतासन(551); एकपाद राजकपोतासन 1, 2, 3 तथा 4(542, 545, 546 और 547); वालखिल्यासन(544); गंडभेरुंडासन(580 और 581); विपरीत शलभासन(584); पादांगुष्ठ धनुरासन(550); त्र्यंगमुखोत्तानासन (586); हनुमानासन(475); मूलबंधासन(462)।

शीत(सर्दी) (Cold)
शीर्षासन तथा उसकी माला(184 से 218); सर्वांगासन तथा उसकी माला(234 से 271); उत्तानासन(48); पश्चिमोत्तानासन(160); कूर्मासन तथा सुप्त कूर्मासन(363, 364, और 368); योगनिद्रासन(391); अंतर-कुंभक के साथ उज्जायी प्राणायाम (विभाग 203)।

कास(खाँसी) (Cough)
शीर्षासन तथा उसकी माला(184 से 218); सर्वांगासन तथा उसकी माला(234 से 271); उत्तानासन(48); पश्चिमोत्तानासन(160); अर्ध मत्स्येंद्रासन 1(311); पाशासन (328); ऊर्ध्व धनुरासन(486); अंतर-कुंभक के साथ उज्जायी प्राणायाम(विभाग 203)।

उदरशूल (Colic)
शीर्षासन तथा उसकी माला(184 से 218); सर्वांगासन तथा उसकी माला(234 से 271); उत्तानासन(48); जठर परिवर्तनासन(275); परिपूर्ण नावासन(78); अर्ध नावासन(79); वीरासन(89); सुप्त वीरासन(96); महामुद्रा(125); 6 से 8 बार उड्डीयान(विभाग 201)।

बृहदंगदाह (Colitis)
शीर्षासन तथा उसकी माला(184 से 218); सर्वांगासन तथा उसकी माला(234 से 271); उत्तानासन(48); पश्मिोत्तानारान(160); वीरासन(89); सुप्त वीरासन(96); जठर परिवर्तनासन(275); परिपूर्ण नावासन(78); अर्ध नावासन(79); मरीच्यासन 3 (303); अर्ध मत्स्येंद्रासन 1(311); पाशासन(328); महामुद्रा(125); अधोमुख श्वानासन(75); जानु शीर्षासन(127); योगनिद्रासन(391); शलभासन(60); धनुरासन(63); ऊर्ध्व धनुरासन(486); उज्जायी(विभाग 203) तथा नाड़ीशोधन प्राणायाम (विभाग 205)।

कोष्ठबद्धता (Constipation)
शीर्षासन तथा उसकी माला(184 से 218); सर्वांगासन तथा उसकी माला(234 से 271); खड़े रहने की स्थिति के सब आसन(4 से 36); उत्तानासन(48); पश्चिमोत्तानासन (160); जठर परिवर्तनासन(275)। नाड़ीशोधन प्राणायाम(विभाग 205)।

मस्तिष्क की रक्तवाहिका का रक्तस्तंभन (Coronary Thrombosis)
कुंभक के बिना लेटे हुए(स्थिति में) उज्जायी प्राणायाम(विभाग 203)। (उज्जायी प्राणायाम में गहरा श्वासोच्छ्वास भी बिना तनाव के किया जाए। यह अनुभवी गुरु के मार्गदर्शन में किया जाना अधिक उत्तम होगा।) दिन में दो बार 15 मिनट के लिए शवासन (592)।

पाद-विरूपता (Deformity in legs)
खड़े रहने की स्थिति के सभी आसन(4 से 48); जानु शीर्षासन(127); अर्धबद्ध पद्म पश्चिमोत्तानासन(135); त्र्यंग मुखैकपाद पश्चिमोत्तानासन(139); क्रौंचासन (141); उपविष्ट कोणासन(151); उभय पादांगुष्ठासन(167); ऊर्ध्वमुख पश्चिमोत्तानासन 1 तथा 2(168 और 170); हलासन(244); जठर परिवर्तनासन(275); सुप्त पादांगुष्ठासन (284 से 287); अनंतासन(290); अधोमुख श्वानासन(75); शलभासन(60); हनुमानासन (475); समकोणासन(477); सुप्त त्रिविक्रमासन(478)।

बाहु-विरूपता (Deformity in arms)
खड़े रहने की स्थिति के सब आसन(1 से 48); पर्वतासन(107); हलासन(244); ऊर्ध्वमुख श्वानासन(74); अधोमुख श्वानासन(75); अधोमुख वृक्षासन(359); गोमुखासन (80); मरीच्यासन 1 तथा 3(144 और 303); अर्ध मत्स्येंद्रासन 1(311); बद्धपद्मासन (118); मालासन 1(321); पाशासन(328)।

मधुमेह (Diabetes)
शीर्षासन तथा उसकी माला(184 से 218); सर्वांगासन तथा उसकी माला(234 से 271); महामुद्रा(125); जानु शीर्षासन(127); पश्चिमोत्तानासन(160); वीरासन (89); सुप्त वीरासन(96); आकर्ण धनुरासन(173 और 175); शलभासन(60); धनुरासन (63); परिपूर्ण नावासन(78); अर्ध नावासन(79); जठर परिवर्तनासन(275); उत्तानासन (48); मरीच्यासन 1, 2, 3 तथा 4(146, 303 और 305); अर्ध मत्स्येंद्रासन 1, 2 तथा 3(311, 330 और 332); पाशासन(328); परिपूर्ण मत्स्येंद्रासन(336); ऊर्ध्व धनुरासन(486); द्विपाद विपरीत दंडासन(516); मयूरासन(354); हंसासन(356); भुजंगासन 1 तथा 2(73 और 550); उड्डीयान(विभाग 201); नौली(विभाग 202); नाड़ीशोधन प्राणायाम(विभाग 205) बिना अंतर-कुंभक के; शवासन(592)।

अतिसार (Diarrhoea)
सालंब शीर्षासन(184); सालंब सर्वांगासन 1(234); बिना कुंभक के नाड़ीशोधन प्राणायाम(विभाग 205)।

हृदयवितति (Dilation of heart)
बिना कुंभक के नाड़ीशोधन प्राणायाम(विभाग 205)।

गर्भाशय का स्थानांतर (Displacement of uterus)
शीर्षासन तथा उसकी माला(184 से 218); सर्वांगासन तथा उसकी माला(234 से 271); उत्तानासन(48); पादांगुष्ठासन(44); पाद-हस्तासन(46); अधोमुख श्वानासन (75); दंडासन(77); पर्वतासन(107); मत्स्यासन(114); बद्ध कोणासन(101); उपविष्ट कोणासन(151); उज्जायी(विभाग 203); तथा नाड़ीशोधन प्राणायाम(विभाग 205); उड्डीयान(विभाग 201)।

पृष्ठवंशीय(मेरुदंडीय) चक्र का स्थानांतर (Displacement of spinal discs)
खड़े रहने की स्थिति के सब आसन(4 से 19); पादांगुष्ठासन(43); पाद-हस्तासन (45); उत्तानासन(47); पश्चिमोत्तानासन(160); शलभासन(60 और 61); मकरासन (62); धनुरासन(63); उष्ट्रासन(41); भुजंगासन 1(73); ऊर्ध्वमुख श्वानासन(74); उत्तान पादासन(292); सेतुबंधासन(296); सर्वांगासन 1(234); सेतुबंध सर्वांगासन (259); पिच्छ मयूरासन(357); अधोमुख वृक्षासन(359); पर्वतासन(107); मत्स्यासन (113); सुप्त वीरासन(96); पर्यंकासन(97); परिघासन(39); ऊर्ध्व धनुरासन(486 और 487); द्विपाद विपरीत दंडासन(516); उज्जायी(विभाग 203) तथा नाड़ीशोधन प्राणायाम(विभाग 205)।

आमांश (Dysentry)
शीर्षासन तथा उसकी माला के आसन जो संभव हो(184 से 218); सर्वांगासन तथा उसकी माला के आसन जो संभव हो(234 से 271); महामुद्रा(125); जानु शीर्षासन (127); बिना कुंभक के नाड़ीशोधन प्राणायाम(विभाग 205)।

अजीर्णता(अग्निमांद्य) (Dyspepsia)
अम्लता के उपचारात्मक आसनों का अनुसरण करें।

अपस्मार(मृगी) (Epilepsy)
सालंब शीर्षासन 1 (184); सालंब सर्वांगासन 1 (234); हलासन (244) महामुद्रा (125); पश्चिमोत्तानासन(160); अतर-कुंभक के साथ उज्जायी प्राणायाम तथा बिना कुंभक के नाड़ीशोधन प्राणायाम 5 मिनट के लिए; षण्मुखी मुद्रा(106); उपलब्ध समय के अनुसार अधिक काल तक शवासन(592)। शीतली प्राणायाम (601); ध्यान।

नेत्र (Eyes)
शीर्षासन तथा उसकी माला(184 से 218); सर्वांगासन तथा उसकी माला(234 से 271); उत्तानासन(48); पश्चिमोत्तानासन(160); त्राटक अथवा नासिका के अग्रभाग पर तथा दोनों भौहों के मध्य अर्धोन्मीलित नयनों से (आँखें बंद करके) कुछ क्षणों के लिए निर्निमेष देखें। षण्मुखी मुद्रा(106), शीतली(601) तथा नाड़ीशोधन प्राणायाम (विभाग 205); शवासन(592)।

मंदता(आलस्य) (Fatigue)

सालंब शीर्षासन 1(184); सालंब सर्वांगासन 1(234); हलासन(244); पश्चिमोत्तानासन (160); ऊर्ध्वमुख पश्चिमोत्तानासन 2(170); अधोमुख श्वानासन(75); उत्तानासन (48); अर्ध मत्स्येंद्रासन 1(311); पाशासन(328); मालासन 2(322); द्विपाद विपरीत दंडासन(516)); बिना कुंभक के नाड़ीशोधन प्राणायाम(विभाग 205); शवासन (592)।

सपाटपाद (Flat foot)

खड़े रहने की स्थिति के सब आसन(1 से 48); शीर्षासन (184); सर्वांगासन 1(234); वीरासन(89); सुप्त वीरासन(96); पर्यंकासन(97); भेकासन(100); सुप्त भेकासन (458); त्र्यंग मुखैकपाद पश्चिमोत्तानासन(139); क्रौंचासन(141); बद्धपद्मासन(118); बद्ध कोणासन(102); मूलबंधासन(462); सुप्त पादांगुष्ठासन (284 से 287); गोमुखासन (80); योगदंडासन(456); वामदेवासन 1 तथा 2(465 और 466); घेरंडासन 1 (561)।

वातरोग (Flatulence)

शीर्षासन तथा उसकी माला(184 से 218); सर्वांगासन तथा उसकी माला(234 से 271); खड़े रहने की स्थिति के सब आसन(1 से 36); पादांगुष्ठासन (44); पाद-हस्तासन(46); उत्तानासन(48); महामुद्रा(125); जानु शीर्षासन(127); अर्धबद्ध पद्म पश्चिमोत्तानासन(135); त्र्यंग मुखैकपाद पश्चिमोत्तानासन(139); क्रौंचासन (142); मरीच्यासन 1(144); परिपूर्ण नावासन(78); अर्ध नावासन(79); मरीच्यासन 3 (303); अर्ध मत्स्येंद्रासन 1 तथा 3(311 और 332); मालासन 2(322); पाशासन (328); परिपूर्ण मत्स्येंद्रासन(336); पश्चिमोत्तानासन(160); ऊर्ध्वमुख पश्चिमोत्तानासन 1 तथा 2(168 और 170); जठर परिवर्तनासन(275); ऊर्ध्व प्रसारित पादासन(276 से 279); चक्रासन(280 से 283); सुप्त वीरासन(96); योगमुद्रासन(120); एकपाद शीर्षासन तथा उसकी माला(371 से 384); कूर्मासन तथा सुप्त कूर्मासन(363, 364 और 368); योगनिद्रासन(391); द्विपाद शीर्षासन(393); शलभासन(60); धनुरासन (63); मयूरासन(354); ऊर्ध्व धनुरासन(486); द्विपाद विपरीत दंडासन(516); मंडलासन (525 से 535); उड्डीयान(विभाग 201) तथा नौली(विभाग 202)।

पित्ताशय एवं यकृतसंबंधी व्यायाम (Gall bladder and liver exercises)

अम्लता, अजीर्णता तथा वातरोग शीर्षक में बतलाए गए आसनों का अनुसरण करें।

जठरशूल (Gastritis)

वातरोग के आसनों का अनुसरण करें।

घूर्णन (Giddiness)

सालंब शीर्षासन 1(184); सालंब सर्वांगासन 1(234); हलासन(244); पश्चिमोत्तानासन

(160); षण्मुखी मुद्रा(106); बिना कुंभक के नाड़ीशोधन प्राणायाम(विभाग 205); शवासन(592)।

संधिवात (Gout)
शीर्षासन तथा उसकी माला के आसन, जितने संभव हों(184 से 218); सर्वांगासन तथा उसकी माला के आसन जितने संभव हों(234 से 271); खड़े रहने की स्थिति के आसन (4 से 36); यदि संभव हो तो पद्मासन तथा उसकी माला(104 से 124); वीरासन (89); सुप्त वीरासन(96); पर्यंकासन(97); परिघासन(39); गरुड़ासन(56); गोमुखासन (80); उत्तानासन(48); पश्चिमोत्तानासन(160); उभय पादांगुष्ठासन(167); आकर्ण धनुरासन(173 और 175); क्रौंचासन(142); मरीच्यासन 3(303); अर्ध मत्स्येंद्रासन 1 (311); मालासन 1 तथा 2(321 और 322); पाशासन(328); योगदंडासन(436); भेकासन(100); सुप्त भेकासन(458); मूलबंधासन(462); वामदेवासन 1 तथा 2 (465 और 466); कंडासन(470); हनुमानासन(475)।

दुर्गंधित श्वास (Halitosis या Bad breath)
शीर्षासन तथा उसकी माला(184 से 218); सर्वांगासन तथा उसकी माला(234 से 271); उत्तानासन(48); जठर परिवर्तनासन(275); पश्चिमोत्तानासन(160); सिंहासन 1 तथा 2(109 और 110); उज्जायी(विभाग 203); नाड़ीशोधन(विभाग 205); शीतली प्राणायाम(601) तथा उड्डीयान(विभाग 201)।

(आसन तथा प्राणायाम का अभ्यास करते समय सर्वदा मुँह खोलकर जीभ को तानें और ऊपर की ओर घुमाएँ जिससे उसका अग्रभाग ऊपर की ओर खींचा जाए और उपजिह्वा के समीप लाया जाए। यह क्रिया केवल दुर्गंध ही दूर नहीं करती अपितु प्यास भी बुझाती है। योग में यह काकमुद्रा कहलाती है। काक का अर्थ है कौआ और मुद्रा का अर्थ प्रतीक)।

मंदिरशिरा के स्नायु (Hamstring muscles)
खड़े रहने की स्थिति के सभी आसन(4 से 36); सालंब शीर्षासन तथा उसकी माला के जितने आसन संभव हों उतने आसन(184 से 218); सालंब सर्वांगासन तथा जितने संभव हों उतने उसकी माला के आसन(234 से 271); जठर परिवर्तनासन(275); सुप्त पादांगुष्ठासन(284 से 287); अनंतासन(290); पश्चिमोत्तानासन(160); पूर्वोत्तानासन (171); बद्ध कोणासन(101); उपविष्ट कोणासन(151); आकर्ण धनुरासन(173 और 175); कूर्मासन(363 और 364); उष्ट्रासन(41); शलभासन(60); धनुरासन (63); ऊर्ध्व धनुरासन(486 और 487); द्विपाद विपरीत दंडासन(516); मंडलासन (525 से 535); अर्ध मत्स्येंद्रासन (311); मालासन 2(322); पाशासन(328); हनुमानासन(475); समकोणासन(477); सुप्त त्रिविक्रमासन(478)।

शिरोवेदना (Headache)

सालंब शीर्षासन 1(184) 10 मिनट के लिए; 10 मिनट के लिए सालंब सर्वांगासन 1 (234); 5 मिनट के लिए हलासन(244) तथा सर्वांगासन माला के संभवनीय आसन; 5 मिनट के लिए पश्चिमोत्तानासन(160); 3 मिनट के लिए उत्तानासन(48); 10 से 15 मिनट के लिए बिना कुंभक के नाड़ीशोधन प्राणायाम(विभाग 205); 10 मिनट के लिए शवासन(592)।

हृदयविकार (Heart trouble)

बिना कुंभक के तथा बिना तनाव के उज्जायी(विभाग 203) अथवा नाड़ीशोधन प्राणायाम(विभाग 205)। ध्यान। शवासन(592)।

अम्लपित्त (Heartburn)

अम्लता शीर्षक में बतलाए गए आसनों का अनुसरण करें।

एड़ियाँ(वेदना अथवा सूजन) (Heels) (Pain or Spurs)

शीर्षासन तथा उसकी माला(184 से 218); सर्वांगासन तथा उसकी माला(234 से 271); अधोमुख श्वानासन(75); वीरासन(89); सुप्त वीरासन(96); पर्यंकासन (97); भेकासन(100); सुप्त भेकासन(458); बद्ध कोणासन(101); मूलबंधासन (462); अर्ध मत्स्येंद्रासन 1(311); मालासन 1 तथा 2(321 और 322); पाशासन (328); परिपूर्ण मत्स्येंद्रासन(336); ऊर्ध्वमुख पश्चिमोत्तानासन 1 तथा 2(168 और 170); गोमुखासन(80); पिच्छ मयूरासन(357); अधोमुख वृक्षासन(359); वामदेवासन 1 तथा 2(465 और 466); योगदंडासन(456); कंडासन(470)।

अंत्रवृद्धि (नाभिगत) (Hernia) (Umbilical)

शीर्षासन तथा उसकी माला(184 से 218); सर्वांगासन तथा उसकी माला(234 से 271); बद्ध कोणासन(103); उपविष्ट कोणासन(151); पश्चिमोत्तानासन(160); ऊर्ध्वमुख पश्चिमोत्तानासन 1 तथा 2(168 और 170); आकर्ण धनुरासन(173 और 175); सुप्त पादांगुष्ठासन(284 से 287); महामुद्रा(125); अधोमुख श्वानासन(75); पादांगुष्ठासन(43); पाद हस्तासन(45); उत्तानासन(47); ऊर्ध्व धनुरासन(486); द्विपाद विपरीत दंडासन(516); कूर्मासन तथा सुप्त कूर्मासन(363, 364 और 368); एकपाद शीर्षासन तथा उसकी माला(371 से 384); योगनिद्रासन(391); द्विपाद शीर्षासन(393); परिपूर्ण नावासन(78); अर्ध नावासन(79); उड्डीयान।

अंत्रवृद्धि(ऊरुसंधिसंनिध) (Hernia) (Inguinal)

शीर्षासन तथा उसकी माला(184 से 218); सर्वांगासन तथा उसकी माला(234 से 271); उभय पादांगुष्ठासन(167); ऊर्ध्वमुख पश्चिमोत्तानासन 1 तथा 2(168 और 170); क्रौंचासन(141); आकर्ण धनुरासन(173 और 175); सुप्त पादांगुष्ठासन(284

से 287); उपविष्ट कोणासन(151); बद्ध कोणासन(102); हनुमानासन(475); समकोणासन(477); सुप्त त्रिविक्रमासन(478); योगदंडासन(456); मूलबंधासन(462); योगनिद्रासन(391); उड्डीयान(विभाग 201)।

[आराम करते समय लेट कर बद्ध कोणासन(101) करना उचित है। आसन करने के उपरांत शीघ्र ही खड़े न हों या किसी प्रकार की हलचल न करें। उपर्युक्त आसन के बाद शवासन(592) करें।]

कूबड़ (Hunch-back)

खड़े रहने की स्थिति के सभी आसन(1 से 36); चतुरंग दंडासन(67); शलभासन (60); मकरासन(62); धनुरासन(63); उष्ट्रासन(41); पादांगुष्ठासन(43); पाद हस्तासन(45); उत्तानासन(47); भुजंगासन 1(73); ऊर्ध्वमुख श्वानासन(74); अधोमुख श्वानासन(75); महामुद्रा(125); जानु शीर्षासन(127); उपविष्ट कोणासन (151); गोमुखासन(80); पर्वतासन(107); भारद्वाजासन 1 तथा 2(297 और 299); मरीच्यासन 1, 2 3 तथा 4(144, 146, 303 और 305); बद्धपद्मासन(118); पर्यंकासन (97); अर्ध मत्स्येंद्रासन 1 तथा 2(311 और 330); जठर परिवर्तनासन(275); सुप्त पादांगुष्ठासन(285 से 287); ऊर्ध्व धनुरासन(486); पिच्छ मयूरासन(357); अधोमुख वृक्षासन(359); द्विपाद विपरीत दंडासन(516)।

अंडवृद्धि (Hydrocele)

शीर्षासन तथा उसकी माला(184 से 218); सर्वांगासन तथा उसकी माला(234 से 271); पद्मासन तथा उसकी माला(104 से 124); अधोमुख वृक्षासन(359); पिच्छ मयूरासन(357); अधोमुख श्वानासन(75); जठर परिवर्तनासन(275); सुप्त पादांगुष्ठासन (285 से 287); बद्ध कोणासन(101); उपविष्ट कोणासन(151); पश्चिमोत्तानासन (160); योगनिद्रासन(391); योगदंडासन(456); मूलबंधासन(462); वामदेवासन 1 तथा 2(465 और 466); कंडासन(470); हनुमानासन(475); समकोणासन(477); उड्डीयान(विभाग 201); तथा नौली(विभाग 202)।

नपुंसकता (Impotency)

शीर्षासन तथा उसकी माला(184 से 218); सर्वांगासन तथा उसकी माला(234 से 271); पश्चिमोत्तानासन(160); उत्तानासन(48); महामुद्रा(125); बद्ध कोणासन (101); अर्ध मत्स्येंद्रासन 1(311); पाशासन(328); मूलबंधासन(462); कंडासन (470); हनुमानासन(475); योगनिद्रासन(391); ऊर्ध्व धनुरासन(486); द्विपाद विपरीत दंडासन(516); उड्डीयान; नाड़ीशोधन प्राणायाम(विभाग 205) अंतर-कुंभक के साथ।

अजीर्ण (Indigestion)

खड़े रहने की स्थिति के सभी आसन(4 से 48); शीर्षासन तथा उसकी माला(184 से 218); सर्वांगासन तथा उसकी माला(234 से 271); जठर परिवर्तनासन(275);

ऊर्ध्व प्रसारित पादासन(276 से 279); परिपूर्ण नावासन(78); अर्ध नावासन(79); महामुद्रा (125); शलभासन(60); धनुरासन(63); पश्चिमोत्तानासन(160); योगनिद्रासन(391); मरीच्यासन 3(303); अर्ध मत्स्येंद्रासन 1(311); पाशासन(328); परिपूर्ण मत्स्येंद्रासन (336); सुप्त वीरासन(96); उड्डीयान(विभाग 201) तथा नौली(विभाग 202) भस्त्रिका प्राणायाम(विभाग 206); नाड़ीशोधन प्राणायाम(विभाग 205) अंतर-कुंभक के साथ।

निद्रानाश (Insomnia)

शीर्षासन तथा उसकी माला(184 से 218); सर्वांगासन तथा उसकी माला(234 से 271); पश्चिमोत्तानासन(160); उत्तानासन(48); बिना कुंभक के भस्त्रिका, नाड़ी-शोधन तथा सूर्यभेदन प्राणायाम, षण्मुखी मुद्रा(106) तथा शवासन(592)।

मूत्रपिंड (Kidneys)

शीर्षासन तथा उसकी माला(184 से 218); सर्वांगासन तथा उसकी माला(234 से 271); खड़े रहने की स्थिति के सभी आसन(4 से 48); ऊर्ध्वमुख श्वानासन(74); अधोमुख श्वानासन(75); शलभासन(60); धनुरासन (63); जानु शीर्षासन(127); परिवृत्त जानु शीर्षासन(132); पश्चिमोत्तानासन(160); परिवृत्त पश्चिमोत्तानासन(165); बद्ध कोणासन(103); उपविष्ट कोणासन(151); जठर परिवर्तनासन(275); अर्ध नावासन(79); मरीच्यासन 3(303); अर्ध मत्स्येंद्रासन 1, 2 तथा 3(311, 330 और 332); पाशासन(328); परिपूर्ण मत्स्येंद्रासन(336); भुजंगासन 1 तथा 2(73 और 550); मूलबंधासन(462); कंडासन(470); हनुमानासन(475); योगनिद्रासन(391); ऊर्ध्व धनुरासन(486 और 487); द्विपाद विपरीत दंडासन(516); मंडलासन(525 से 535); कपोतासन(512); राजकपोतासन(551); वृश्चिकासन 1 अथवा 2(537 अथवा 538); पादांगुष्ठ धनुरासन(555); शीर्षपादासन(570); गंडभेरुंडासन(580 और 581); विपरीत शलभासन(584); त्र्यंगमुखोत्तानासन(586); नटराजासन(590); उड्डीयान(विभाग 201) तथा नाड़ीशोधन प्राणायाम(विभाग 205)।

जानु (Knees)

खड़े रहने की स्थिति के सभी आसन(1 से 48); जानु शीर्षासन(127); परिवृत्त जानु शीर्षासन(132); अर्धबद्ध पद्म पश्चिमोत्तानासन(135); त्र्यंग मुखैकपाद पश्चिमोत्तानासन (139); क्रौंचासन(141); मरीच्यासन 1, 2 तथा 4(144, 146, 303 और 305);आकर्ण धनुरासन(173 और 175); पद्मासन तथा उसकी माला(104 से 124); वीरासन(89); सुप्त वीरासन(96); पर्यंकासन(97); गोमुखासन(80); सिद्धासन(84); बद्धकोणासन (101); भारद्वाजासन 1 तथा 2(297 और 299); अर्ध मत्स्येंद्रासन 1(311); मालासन 1 तथा 2(321 और 322); पाशासन(328); कूर्मासन तथा सुप्त कूर्मासन(363,364, और 368); योगनिद्रासन(391); योगदंडासन(456); भेकासन(100); सुप्त भेकासन

(458); मूलबंधासन(462); वामदेवासन 1 तथा 2(465 और 466); कंडासन(470); हनुमानासन(475); घेरंडासन 1 तथा 2(561 और 564)।

प्रसववेदना (Labour pain)

वीरासन(89); बद्ध कोणासन(101 और 103); पैर के अँगूठे को पकड़कर या बिना पकड़े उपविष्ट कोणासन(148); अंतर-कुंभक के साथ उज्जायी प्राणायाम(विभाग 201) तथा बिना कुंभक के नाड़ीशोधन प्राणायाम(विभाग 203); शवासन(592)।

टाँगें (Legs)

खड़े रहने की स्थिति के सभी आसन(1 से 58); शलभासन(60) धनुरासन(63); भुजंगासन 1 तथा 2(73 और 550); चतुरंग दंडासन(67); ऊर्ध्वमुख श्वानासन(74); अधोमुख श्वानासन(75); परिपूर्ण नावासन(78); अर्ध नावासन(79); पश्चिमोत्तानासन (160); ऊर्ध्वमुख पश्चिमोत्तानासन 1 तथा 2(168 और 170); आकर्ण धनुरासन (173 और 175); उपविष्ट कोणासन(151); जठर परिवर्तनासन(275); सुप्त पादांगुष्ठासन (285 से 287); क्रौंचासन(141); सालंब शीर्षासन 1(184); सालंब सर्वांगासन (234); हलासन(244); पिच्छ मयूरासन(357); अधोमुख वृक्षासन(359); अनंतासन (290); एकपाद शीर्षासन तथा उसकी माला(371 से 384); वशिष्ठासन(398); विश्वामित्रासन(403); हनुमानासन(475); समकोणासन(477); सुप्त त्रिविक्रमासन (478)।

यकृत, **प्लीहा**, **स्वादुपिंड** तथा **पक्वाशय** (Liver, Spleen, Pancreas and Intestines)

बाहु तथा **मूत्रपिंड** शीर्षक के अंतर्गत आसनों का अनुसरण करें।

कटिशूल (Lumbago)

खड़े रहने की स्थिति के सभी आसन(4 से 48); शलभासन(60); धनुरासन(63); भुजंगासन 1(73); पूर्वोत्तानासन(171); मालासन 1 तथा 2(321 और 322); भारद्वाजासन 1 तथा 2(297 और 299); मरीच्यासन 3(303); अर्ध मत्स्येंद्रासन 1(311); पाशासन (328); ऊर्ध्वमुख पश्चिमोत्तानासन 2(170); जठर परिवर्तनासन(275); पर्वतासन (107); शीर्षासन तथा उसकी माला(184 से 218); सर्वांगासन तथा उसकी माला (234 से 271); ऊर्ध्व धनुरासन(486 और 487); विपरीत चक्रासन(488 से 499); द्विपाद विपरीत दंडासन(516); मंडलासन (525 से 535)।

फुफ्फुस (Lungs)

शीर्षासन तथा उसकी माला(184 से 218); सर्वांगासन तथा उसकी माला(234 से 271); पद्मासन तथा उसकी माला(104 से 124); वीरासन(89); सुप्त वीरासन(96); पर्यंकासन(97); खड़े रहने की स्थिति के सभी आसन(4 से 36); ऊर्ध्व धनुरासन (486); द्विपाद विपरीत दंडासन(516); अंतर-कुंभक के साथ प्राणायाम के सभी प्रकार।

ऋतुस्त्रावव्याधि(अनियमित ऋतुस्त्राव) (Menstrual disorders)
शीर्षासन तथा उसकी माला(184 से 218); सर्वांगासन तथा उसकी माला(234 से 271); पश्चिमोत्तानासन(160); उत्तानासन(48); अधोमुख श्वानासन(75); बद्धपद्मासन (118); योगमुद्रासन(120); पर्वतासन(107); मत्स्यासन(113); कूर्मासन तथा सुप्त कूर्मासन(363, 364 और 368); वीरासन(89); सुप्त वीरासन(96); पर्यंकासन(97); बद्ध कोणासन(102); उपविष्ट कोणासन(151); ऊर्ध्वमुख पश्चिमोत्तानासन 1 तथा 2 (168 और 170); योगनिद्रासन(391); मरीच्यासन 3(303); अर्ध मत्स्येंद्रासन 1 (311) पाशासन(328); ऊर्ध्व धनुरासन(486); द्विपाद विपरीत दंडासन(516); शवासन(592); अंतर-कुंभक के साथ नाड़ीशोधन प्राणायाम तथा उड्डीयान(विभाग 201)।

अर्धशिरोवेदना (Migraine)
सालंब शीर्षासन(184); यदि संभव हो तो शीर्षासन की माला; सर्वांगासन(और उसकी माला के संभवनीय आसन)(234 से 271); पश्चिमोत्तानासन(160); उत्तानासन (48); बिना कुंभक के नाड़ीशोधन प्राणायाम; शीतली प्राणायाम; षण्मुखी मुद्रा(106); वीरासन(89) अथवा सिद्धासन(84) अथवा बद्ध कोणासन(103) अथवा पद्मासन (104) में ध्यान; शवासन(592)।

नासिका-शैत्य (Nasal Catarrh)
शीर्षासन तथा उसकी माला(184 से 218); सर्वांगासन तथा उसकी माला(234 से 271); पश्चिमोत्तानासन(160); उत्तानासन(48); अधोमुख श्वानासन(75); उज्जायी (विभाग 203); भस्त्रिका(विभाग 206); सूर्यभेदन(विभाग 204) तथा नाड़ीशोधन प्राणायाम(विभाग 205)।

मज्जातंतु दौर्बल्य (Nervous debility)
शीर्षासन तथा उसकी माला(184 से 218); सर्वांगासन तथा उसकी माला(234 से 271); उत्तानासन(48); पश्चिमोत्तानासन(160); बिना कुंभक के नाड़ीशोधन प्राणायाम; षण्मुखी मुद्रा(106); ध्यान तथा शवासन(592)।

मेदवृद्धि (मोटापा) (Obesity)
अम्लता, अजीर्णता तथा जठरशूल शीर्षक के अंतर्गत बतलाए गए आसनों का अनुसरण करें।

अंडाशय (Ovaries)
ऋतुस्रावव्याधि शीर्षक के अंतर्गत के आसनों का अनुसरण करें।

हृदयस्पंदन (Palpitation)
सालंब शीर्षासन 1(184); सालंब सर्वांगासन 1(234); हलासन(244); पश्चिमोत्तानासन

(160); उत्तानासन(48); अधोमुख श्वानासन(75); द्विपाद विपरीत दंडासन(516); वीरासन(89); सुप्त वीरासन(96); प्रारंभ में बिना कुंभक के उज्जायी(विभाग 203) तथा नाड़ीशोधन प्राणायाम(विभाग 205)। 2-3 मास के उपरांत 5 सेकेंड के लिए अंतर-कुंभक के साथ(उपर्युक्त प्राणायाम) प्रारंभ करें तथा शनैः शनैः समय को बढ़ाएँ। शवासन(592)।

पोलियो (Polio)
खड़े रहने की स्थिति के सभी आसन(1 से 36); शलभासन(60); धनुरासन(63) और इसी प्रकार आगे। परंतु मेरे अनुभव के अनुसार पोलियो के लिए पुस्तक का अनुसरण न कर अनुभवी शिक्षक के प्रत्यक्ष मार्गदर्शन की स्थिति के अनुसार आसनों का अभ्यासक्रम निश्चित किया जाना चाहिए।

पक्षाघात (लकवा) (Paralysis)
यहाँ भी अनुभवी शिक्षक का मार्गदर्शन आवश्यक है। खड़े रहने की स्थिति के सभी आसन(1 से 36); पादांगुष्ठासन(44); पाद हस्तासन(46); उत्तानासन(48); शलभासन (60 और 61); मकरासन(62); धनुरासन(63); भुजंगासन 1(73); सालंब शीर्षासन 1(184); सालंब सर्वांगासन 1(234); हलासन(244); एकपाद सर्वांगासन(250); पार्श्वैक पाद सर्वांगासन(251); पार्श्व हलासन(249); सुप्त कोणासन(247); सुप्त पादांगुष्ठासन(284, 285 और 287); ऊर्ध्व प्रसारित पादासन(276 से 279); शवासन (592); उज्जायी(विभाग 203) तथा नाड़ीशोधन प्राणायाम(विभाग 205)।

अर्श (Piles)
शीर्षासन तथा उसकी माला(184 से 218); सर्वांगासन तथा उसकी माला(234 से 271); जठर परिवर्तनासन(275); सुप्त पादांगुष्ठासन(285 से 287); मत्स्यासन(114); सिंहासन 2(110); शलभासन(60); धनुरासन(63); ऊर्ध्व धनुरासन(486); द्विपाद विपरीत दंडासन(516); कुंभक के साथ उज्जायी(विभाग 203) तथा नाड़ीशोधन प्राणायाम(विभाग 205) तथा शवासन(592)।

उरस्तोय तथा फुप्फुसावरण दाह (Pleurisy and pneumonia)
(थोड़े समय में शक्ति की पुनर्प्राप्ति तथा दैनिक जीवनचर्या प्राप्त करने के लिए औषधोपचार तथा विश्रांति के उपरांत रोगी सुविधानुसार योगाभ्यास कर सकता है।)

सालंब शीर्षासन 1(184); सालंब सर्वांगासन 1(234); हलासन(244); पश्चिमोत्तानासन(160); उत्तानासन(48); वीरासन(89); पर्वतासन(107); मत्स्यासन (114); बिना कुंभक के उज्जायी(विभाग 203); तथा नाड़ीशोधन प्राणायाम(विभाग 205), ध्यान तथा शवासन(592)।

पौरुषग्रंथि (Prostates)
शीर्षासन तथा उसकी माला(184 से 218); सर्वांगासन तथा उसकी माला(234 से

271); जठर परिवर्तनासन(275); उत्तानासन(48); शलभासन(60); धनुरासन(63); अधोमुख श्वानासन(75); परिपूर्ण नावासन(78); अर्ध नावासन(79); जानु शीर्षासन (127); वीरासन(89); सुप्त वीरासन(96); बद्ध कोणासन(102); पद्मासन तथा उसकी माला(104 से 124); कूर्मासन तथा सुप्त कूर्मासन(363, 364 और 368); एकपाद शीर्षासन तथा उसकी माला(371 से 384); योगनिद्रासन(391); अर्ध मत्स्येंद्रासन 1 तथा 2(311 और 320); पाशासन(328); परिपूर्ण मत्स्येंद्रासन(336); मूलबंधासन (462); कंडासन(470); हनुमानासन(475); समकोणासन(477); ऊर्ध्व धनुरासन (486); विपरीत चक्रासन(488 से 499); द्विपाद विपरीत दंडासन(516); मंडलासन (525 से 535); उड्डीयान(विभाग 201); नाड़ीशोधन(विभाग205) तथा उज्जायी प्राणायाम(विभाग 203) कुंभक के साथ।

संधिवात पीड़ा(गठिया) (Rheumatic pains)
संधिवात(Arthritis) तथा **कटिशूल** शीर्षक के अंतर्गत के आसनों का अनुसरण करें।

जांघिक स्नायुशूल (Sciatica)
खड़े रहने की स्थिति के सभी आसन(1 से 36); शीर्षासन तथा उसकी माला के जितने संभव हों उतने आसन करें(184 से 218); सर्वांगासन तथा उसकी माला के संभवनीय आसन(234 से 271); जठर परिवर्तनासन(275); सुप्त पादांगुष्ठासन(284 से 287); अनंतासन(290); उत्तान पादासन(292); सेतुबंधासन(296); पश्चिमोत्तानासन(160); शलभासन(60); धनुरासन(63); भुजंगासन 1(73); ऊर्ध्वमुख श्वानासन(74); अधोमुख श्वानासन(75); ऊर्ध्वमुख पश्चिमोत्तानासन 1 तथा 2(168 और 170); पूर्वोत्तानासन(171); कूर्मासन(363 और 364); मूलबंधासन(462); भारद्वाजासन 1 तथा 2(297 और 299); मूलबंधासन(462); भारद्वाजासन 1 तथा 2(297 और 299); मरीच्यासन 3(303); अर्ध मत्स्येंद्रासन 1 (311); मालासन 1 तथा 2(321और 322); पाशासन(328); हनुमानासन(475); सुप्त त्रिविक्रमासन(478); उष्ट्रासन(41); द्विपाद विपरीत दंडासन(516)। यदि संभव हो तो, परिपूर्ण मत्स्येंद्रासन(336)।

अनैच्छिक शुक्रस्राव (Spermatorrhoea)
शीर्षासन तथा उसकी माला(184 से 218); सर्वांगासन तथा उसकी माला(234 से 271); पश्चिमोत्तानासन(160); बद्ध कोणासन (103); मूलबंधासन(462); कंडासन (470); 2 से 3 महीनों तक बिना कुंभक के उज्जायी(विभाग 203) तथा नाड़ी-शोधन प्राणायाम(विभाग 205), बाद में अंतर-कुंभक के साथ करें।

वंध्यत्व (Sterility)
अनैच्छिक शुक्रस्राव शीर्षकांतर्गत आसनों का अनुसरण करें।

पाद रक्तवाहिका का रक्त स्तंभन (Thrombosis of the legs)
सालंब सर्वांगासन 1, यदि संभव हो(234); हलासन(244); वीरासन(89); सिद्धासन (84); बद्ध कोणासन(102) तथा बिना तनाव के कोई भी बैठे आसन करें। उज्जायी (विभाग 203) तथा नाड़ीशोधन प्राणायाम(विभाग 205) तथा शवासन(592)।

गलशुंडी शोथ (Tonsillitis)
शीर्षासन तथा उसकी माला के जो भी आसन संभव हों(184 से 218); सर्वांगासन तथा उसकी माला के संभवनीय आसन(234 से 271); वीरासन(89); पर्यंकासन (97); पद्मासन तथा उसकी माला(104 से 124); खड़े रहने की स्थितियाँ(1 से 36); उष्ट्रासन (41); धनुरासन(63); ऊर्ध्वमुख श्वानासन(74); मरीच्यासन 3(303); अर्ध मत्स्येंद्रासन 1(311); पाशासन(328); परिपूर्ण मत्स्येंद्रासन(336); पश्चिमोत्तानासन(160); योगनिद्रासन(391); ऊर्ध्व धनुरासन(486); द्विपाद विपरीत दंडासन(516); उज्जायी (विभाग 203) तथा नाड़ीशोधन प्राणायाम(विभाग 205); भस्त्रिका(विभाग 206) तथा उड्डीयान(विभाग 201)।

क्षयरोग (Tuberculosis)
औषधोपचार के उपरांत योग्य गुरु का मार्गदर्शन प्राप्त करना उचित है।

उदरग्रंथि (Tumour of the stomach)
(यदि रोग प्रारंभिक अवस्था में हो तभी)सालंब शीर्षासन 1 तथा उसकी माला के संभवनीय आसन(184 से 218); सालंब सर्वांगासन 1 तथा उसकी माला के संभवनीय आसन(234 से 271); खड़े रहने की स्थितियाँ(1 से 36); उत्तानासन(48); महामुद्रा (125); जानु शीर्षासन(127); सुप्त वीरासन(96); मत्स्यासन(114); पर्वतासन (107); पश्चिमोत्तानासन(160); उड्डीयान(विभाग 201) तथा उज्जायी(विभाग 203) अथवा नाड़ीशोधन प्राणायाम(विभाग 205)।

व्रण (उदरस्थ) (Ulcer Gastric)
अम्लता, **अजीर्णता** तथा **वातरोग** शीर्षकों के अंतर्गत बताए गए आसनों का अनुसरण करें।

व्रण (आँत का) (Ulcer) (Duodenal)
शीर्षासन तथा उसकी माला(184 से 218); सर्वांगासन तथा उसकी माला(234 से 271); महामुद्रा(125); जानु शीर्षासन(127); पश्चिमोत्तानासन(160); कूर्मासन तथा सुप्त कूर्मासन(363, 364 और 368); योगनिद्रासन(391); मरीच्यासन 3(303); अर्ध मत्स्येंद्रासन 1(311); पाशासन(328); द्विपाद विपरीत दंडासन(516); उड्डीयान (विभाग 201); उज्जायी(विभाग 203) तथा नाड़ीशोधन प्राणायाम(विभाग 205) अंतर-कुंभक के साथ।

मूत्र (मूत्रकृच्छ्र अथवा मूत्रदोष) (Urine) (Dribbling or Excessive)
शीर्षासन तथा उसकी माला(184 से 218) के आसन जितने आप कर सकें; सर्वांगासन तथा उसकी माला(234 से 271) के आसन जितने आप कर सकें; सुप्त वीरासन(96); मत्स्यासन(114); सिंहासन 2(110); महामुद्रा(125); बद्ध कोणासन(101); उड्डीयान (594); अंतर-कुंभक तथा बाह्य कुंभक के साथ नाड़ीशोधन प्राणायाम(विभाग 205)।

शोथयुक्तशिरा (Varicose Veins)
शीर्षासन तथा उसकी माला(184 से 218); सर्वांगासन तथा उसकी माला(234 से 271); वीरासन(89); सुप्त वीरासन(96); पर्यंकासन(97); भेकासन(100)।

परिशिष्ट-III

चित्रों के साथ वर्णित आसनों का संबंध प्रदर्शित करने वाली तालिका

आसनादि के नाम	*मध्य स्थिति के आसन चित्र क्रमांक*	*पूर्ण स्थिति के आसन चित्र क्रमांक*
1. ताडासन	–	1
2. वृक्षासन	–	2
3. उत्थित त्रिकोणासन	3	4 और 5
4. परिवृत्त त्रिकोणासन	–	6 और 7
5. उत्थित पार्श्वकोणासन	–	8 और 9
6. परिवृत्त पार्श्वकोणासन	–	10 और 11
7. वीरभद्रासन 1	12 और 13	14
8. वीरभद्रासन 2	–	15
9. वीरभद्रासन 3	16	17
10. अर्ध चंद्रासन	18	19
11. उत्थित हस्तपादांगुष्ठासन	20 और 22	23
12. पार्श्वोत्तानासन	24 और 25	26, 27 और 28
13. प्रसारित पादोत्तानासन 1	29 से 32	33 से 34
14. प्रसारित पादोत्तानासन 2	–	35 और 36
15. परिघासन	37 और 38	39
16. उष्ट्रासन	40	41
17. उत्कटासन	–	42
18. पादांगुष्ठासन	43	44
19. पादहस्तासन	45	46
20. उत्तानासन	47	48
21. ऊर्ध्व प्रसारित एकपादासन	–	49
22. अर्धबद्ध पदोत्तानासन	50 और 51	52, 53, 54 और 55

आसनादि के नाम	*मध्य स्थिति के आसन चित्र क्रमांक*	*पूर्ण स्थिति के आसन चित्र क्रमांक*
23. गरुड़ासन	–	56
24. वातायनासन	57	58 और 59
25. शलभासन	61	60
26. मकरासन	–	62
27. धनुरासन	–	63
28. पार्श्व धनुरासन	–	64 और 65
29. चतुरंग दंडासन	66	67
30. नक्रासन	–	68 से 71
31. भुजंगासन 1	72	73
32. ऊर्ध्वमुख श्वानासन	–	74
33. अधोमुख श्वानासन	–	75 और 76
34. दंडासन	–	77
35. परिपूर्ण नावासन	–	78
36. अर्ध नावासन	–	79
37. गोमुखासन	–	80 और 81
38. लोलासन	82	83
39. सिद्धासन	–	84
40. वीरासन	85 से 88 90 से 92	89
41. सुप्त वीरासन	93 से 95	96
42. पर्यंकासन	–	97
43. भेकासन	98 और 99	100
44. बद्ध कोणासन	101	102 और 103
45. पद्मासन	–	104 और 105
46. षण्मुखी मुद्रा	–	106
47. पर्वतासन	–	107
48. तुलासन	–	108
49. सिंहासन 1	–	109
50. सिंहासन 2	–	110 और 111
51. मत्स्यासन	112 और 114	113

आसनादि के नाम	मध्य स्थिति के आसन चित्र क्रमांक	पूर्ण स्थिति के आसन चित्र क्रमांक
52. कुक्कुटासन	–	115
53. गर्भपिंडासन	–	116
54. गोरक्षासन	–	117
55. बद्धपद्मासन	–	118 और 119
56. योग मुद्रासन	–	120, 121 और 122
57. सुप्त वज्रासन	123	124
58. महामुद्रा	–	125
59. जानु शीर्षासन	126	127, 128 और 129
60. परिवृत्त जानु शीर्षासन	130 और 131	132
61. अर्धबद्ध पद्म पश्चिमोत्तानासन	133, 134 और 136	135 और 137
62. त्र्यंग मुखैकपाद पश्चिमोत्तानासन	138	139
63. क्रौंचासन	140	141 और 142
64. मरीच्यासन 1	143	144
65. मरीच्यासन 2	145	146 और 147
66. उपविष्ट कोणासन	148 से 150	151 और 152
67. पश्चिमोत्तानासन (अथवा अग्रासन अथवा ब्रह्मचर्यासन)	153 से 160	161 और 162
68. परिवृत्त पश्चिमोत्तानासन	163 और 164	165 और 166
69. उभय पादांगुष्ठासन	–	167
70. ऊर्ध्वमुख पश्चिमोत्तानासन 1	–	168
71. ऊर्ध्वमुख पश्चिमोत्तानासन 2	169	170
72. पूर्वोत्तानासन	–	171
73. आकर्ण धनुरासन	172 और 174	173 और 175
74. सालंब शीर्षासन 1	176 से 183 और 186 से 189, 191	184, 185 और 190
75. ऊर्ध्व दंडासन	–	188
76. सालंब शीर्षासन 2	–	192
77. सालंब शीर्षासन 3	193, 196 और 197	194 और 195
78. बद्ध हस्त शीर्षासन	–	198
79. मुक्त हस्त शीर्षासन	199	200 और 201

आसनादि के नाम	*मध्य स्थिति के आसन चित्र क्रमांक*	*पूर्ण स्थिति के आसन चित्र क्रमांक*
80. पार्श्व शीर्षासन	–	202 और 203
81. परिवृत्तैकपाद शीर्षासन	204	205 और 206, 207
82. एकपाद शीर्षासन	–	208 और 209
83. पार्श्वैक पाद शीर्षासन	–	210
84. शीर्षासन में ऊर्ध्व पद्मासन	–	211 और 212
85. शीर्षासन में पार्श्व ऊर्ध्व पद्मासन	–	213 से 216
86. शीर्षासन में पिंडासन	217	218
87. सालंब सर्वांगासन 1	219 से 222 और	223 और 224
	226 से 235	225 और 234
88. सालंब सर्वांगासन 2	–	235
89. निरालंब सर्वांगासन 1	–	236
90. निरालंब सर्वांगासन 2	–	237
91. हलासन	238 से 243	244
92. कर्णपीडासन	245	246
93. सुप्त कोणासन	–	247 और 248
94. पार्श्व हलासन	–	249
95. एकपाद सर्वांगासन	–	250
96. पार्श्वैक पाद सर्वांगासन	–	251
97. पार्श्व सर्वांगासन	252 और 253	254 और 255
98. सेतुबंध सर्वांगासन (अथवा उत्तान मयूरासन)	256 से 258	259
99. एकपाद सेतुबंध सर्वांगासन (अथवा एकपाद उत्तान मयूरासन)	–	260
100. सर्वांगासन में ऊर्ध्व पद्मासन	–	261
101. सर्वांगासन में पार्श्व ऊर्ध्व पद्मासन	–	262 से 265
102. उत्तान पद्म मयूरासन	266	267
103. सर्वांगासन में पिंडासन	268	269
104. सर्वांगासन में पार्श्व पिंडासन	–	270 और 271
105. जठर परिवर्तनासन	272 और 273	274 और 275
106. ऊर्ध्व प्रसारित पादासन	–	276 से 279

आसनादि के नाम	मध्य स्थिति के आसन चित्र क्रमांक	पूर्ण स्थिति के आसन चित्र क्रमांक
107. चक्रासन	–	280 से 283
108. सुप्त पादांगुष्ठासन	284	285 से 287
109. अनंतासन	288 और 289	290
110. उत्तान पादासन	291	292
111. सेतुबंधासन	293 से 295	296
112. भारद्वाजासन 1	–	297 और 298
113. भारद्वाजासन 2	–	299 और 300
114. मरीच्यासन 3	301 और 302	303 और 304
115. मरीच्यासन 4	–	305 और 306
116. अर्ध मत्स्येंद्रासन 1	307 से 310 और 313 से 316	311 और 312
117. मालासन 1	317 से 320	321
118. मालासन 2	–	322
119. पाशासन	323 से 327	328 और 329
120. अर्ध मत्स्येंद्रासन 2	–	330 और 331
121. अर्ध मत्स्येंद्रासन 3	–	332 और 333
122. परिपूर्ण मत्स्येंद्रासन	334 और 335 337 और 338	336 और 339
123. अष्टावक्रासन	340 और 341	342 और 343
124. एकहस्त भुजासन	–	344
125. द्विहस्त भुजासन	–	345
126. भुजपीडासन	346 और 347 349 और 350	348
127. मयूरासन	351 से 353	354
128. पद्म मयूरासन	–	355
129. हंसासन	–	356
130. पिच्छ मयूरासन	–	357
131. शयनासन	–	358
132. अधोमुख वृक्षासन	–	359
133. कूर्मासन	360 से 362	363 और 364

आसनादि के नाम	*मध्य स्थिति के आसन चित्र क्रमांक*	*पूर्ण स्थिति के आसन चित्र क्रमांक*
134. सुप्त कूर्मासन	365 से 367	368
135. एकपाद शीर्षासन	369 और 370	371
136. स्कंदासन	–	372
137. बुद्धासन	–	373
138. कपिलासन	–	374
139. भैरवासन	–	375
140. काल भैरवासन	376 और 377	378
141. चकोरासन	–	379 और 380
142. दुर्वासासन	381 और 382	383
143. रुचिकासन	–	384 और 385
144. विरंच्यासन 1	–	386 और 387
145. विरंच्यासन 2	–	388
146. योगनिद्रासन	389 और 390	391
147. द्विपाद शीर्षासन	392	393 और 394
148. टिट्टिभासन	–	395
149. वशिष्ठासन	396 और 397	398
150. कश्यपासन	–	399 और 400
151. विश्वामित्रासन	401 और 402	403
152. बकासन	404 और 405 407 से 409	406 और 410
153. पार्श्व बकासन	411	412
154. ऊर्ध्व कुक्कुटासन	413 से 416	417 से 419
155. पार्श्व कुक्कुटासन	420 से 423 425 और 425 अ	424 और 424अ
156. गालवासन	426	427 और 428
157. एकपाद गालवासन	429, 230 और 432	431 और 433
158. द्विपाद कौंडिन्यासन	434 से 437	438
159. एकपाद कौंडिन्यासन 1	439 और 440	441
160. एकपाद कौंडिन्यासन 2	444	442 और 443
161. एकपाद बकासन 1	445	446 और 447

आसनादि के नाम	मध्य स्थिति के आसन चित्र क्रमांक	पूर्ण स्थिति के आसन चित्र क्रमांक
162. एकपाद बकासन 2	448 से 450	451 और 452
163. योगदंडासन	453 से 455	456
164. सुप्त भेकासन	457	458
165. मूलबंधासन	459 से 461	462 और 463
166. वामदेवासन 1	464	465
167. वामदेवासन 2	–	466
168. कंडासन	467 से 469	470 से 471ब
169. हनुमानासन	472 से 474	475 से 476 अ
170. समकोणासन	–	477
171. सुप्त त्रिविक्रमासन	–	478
172. ऊर्ध्व धनुरासन 1	479 से 481	482
172(अ). ऊर्ध्व धनुरासन 2	483 से 485	486 और 487
173. विपरीत चक्रासन ऊ.ध. में	–	488 से 499
174. एकपाद ऊर्ध्व धनुरासन	500	501 औरर 502
175. कपोतासन	503 से 506 और 508 से 511	507 और 512
176. लघुवज्रासन	–	513
177. द्विपाद विपरीत दंडासन	514 और 515 517 से 520	516
178. एकपाद विपरीत दंडासन 1	–	521
179. एकपाद विपरीत दंडासन 2	522	523
180. चक्र बंधासन	–	524
181. मंडलासन	–	525 से 535
182. वृश्चिकासन 1	–	536 और 537
183. वृश्चिकासन 2	–	538
184. एकपाद राजकपोतासन 1	539 से 541	542
185. वालखिल्यासन	543	544
186. एकपाद राजकपोतासन 2	–	545
187. एकपाद राजकपोतासन 3	–	546
188. एकपाद राजकपोतासन 4	–	547

आसनादि के नाम	*मध्य स्थिति के आसन चित्र क्रमांक*	*पूर्ण स्थिति के आसन चित्र क्रमांक*
189. भुजंगासन 2	548 और 549	550
190. राजकपोतासन	552	551
191. पादांगुष्ठ धनुरासन	553 और 554 556 और 557	555
192. घेरंडासन 1	558 से 560	561 से 563
193. घेरंडासन 2	–	564 से 566
194. कपिंजलासन	–	567
195. शीर्षपादासन	568 और 569	570
196. गंडभेरुंडासन	571 से 579 582 और 583	580 और 581
197. विपरीत शलभासन	–	584
198. त्र्यंगमुखोत्तासन	585	586
199. नटराजासन	587 से 589	590, 591 और 591अ
200. शवासन(अथवा मृतासन)	–	592
201. उड्डीयान बंध	–	593 और 594
202. नौली	–	595 और 596
प्राणायाम		
203. उज्जायी	–	597
204. सूर्यभेदन	598	599
बाह्य कुंभक	–	600
205. नाड़ीशोधन	–	–
206. भस्त्रिका	–	–
207. कपालभाति	–	–
208. भ्रामरी	–	–
209. शीतली	–	601
210. शीतकारी	–	–
211. सम वृत्ति	–	–
212. विषम वृत्ति	–	–
213. विलोम	–	–

आसनादि के नाम	*मध्य स्थिति के आसन चित्र क्रमांक*	*पूर्ण स्थिति के आसन चित्र क्रमांक*
214. अनुलोम	–	–
215. प्रतिलोम	–	–
216. सहित और केवल	–	–
ध्यान	–	602

परिशिष्ट–IV

अनुक्रमणिका

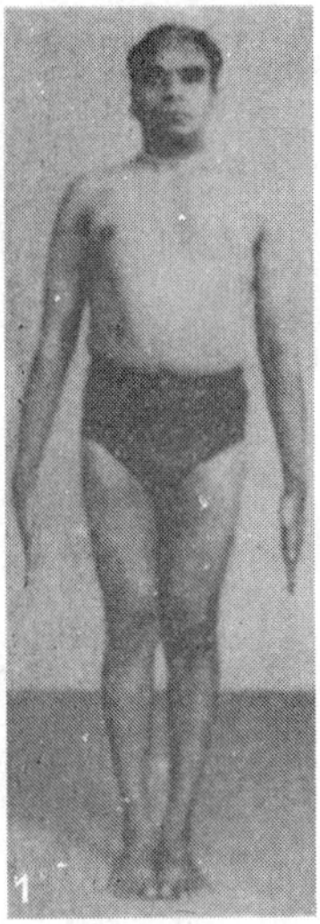

1. ताडासन

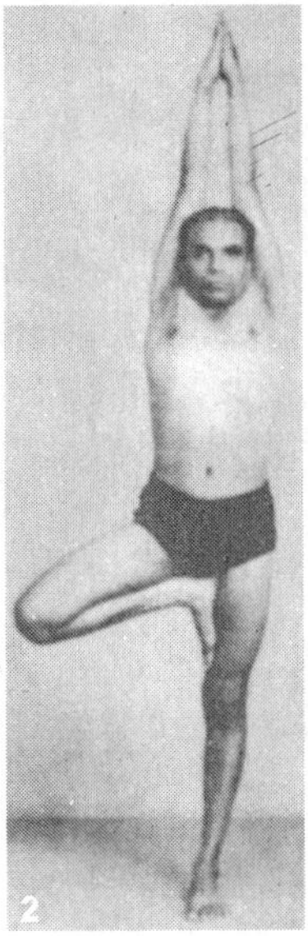

2. वृक्षासन

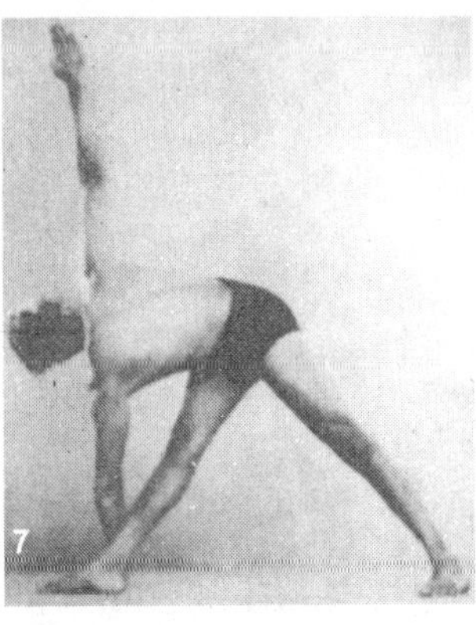

परिवृत्त त्रिकोणासन (6, 7)

उत्थित त्रिकोणासन (3-5)

उत्थित पार्श्वकोणासन (8, 9)

परिवृत्त पार्श्वकोणासन (10,11)

वीरभद्रासन-एक (12–14)

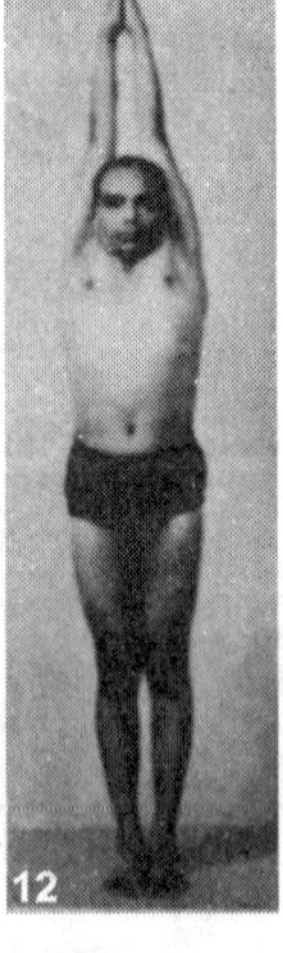

15. वीरभद्रासन-दोन

वीरभद्रासन-तीन (16, 17)

अर्धचंद्रासन (18,19)

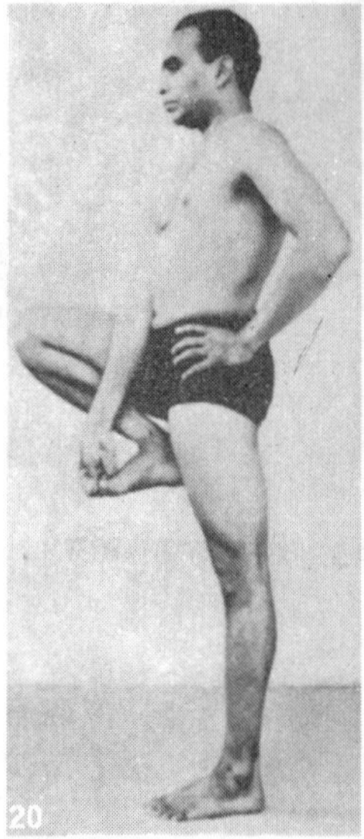

20

21

22

23

उत्थितहस्तपादांगुष्ठासन (20–23)

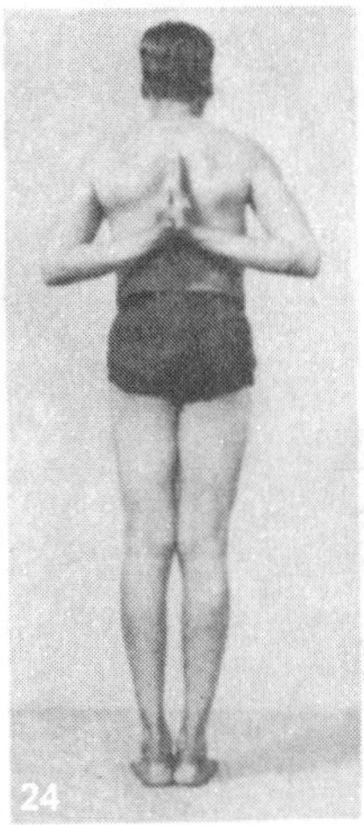

24

पार्श्वोत्तानासन (24-28)

25

26

27

28

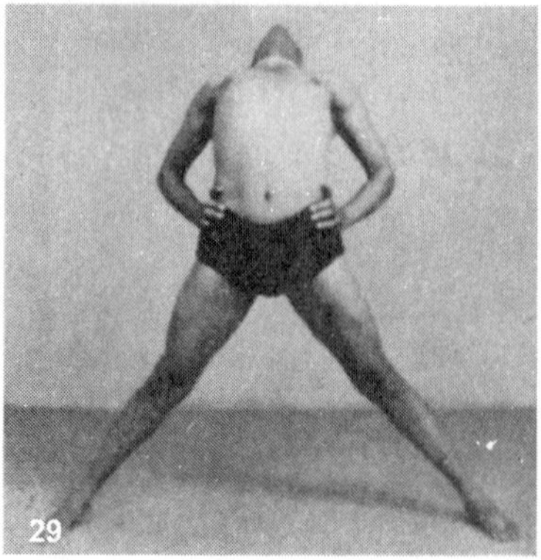
29

30

31

32

प्रसारित पादोत्तानासन–एक (29–34)

प्रसारित पादोत्तानासन–दोन (35–36)

33

34

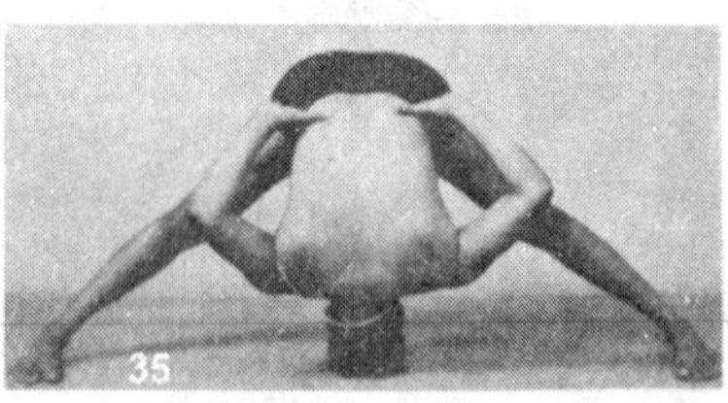
35

36

परिघासन (37–39)

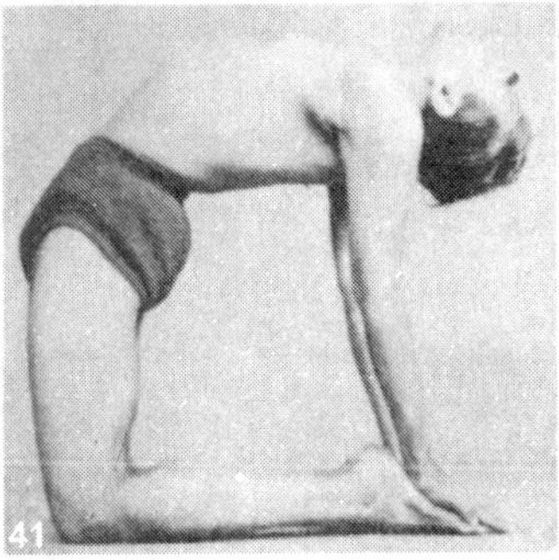

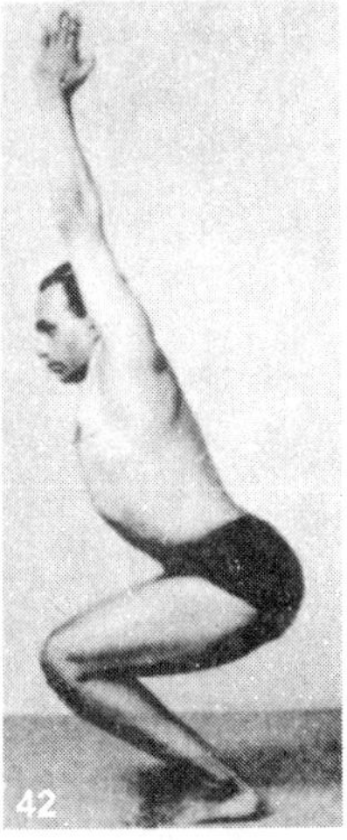

उष्ट्रासन (40, 41)

42. उत्कटासन

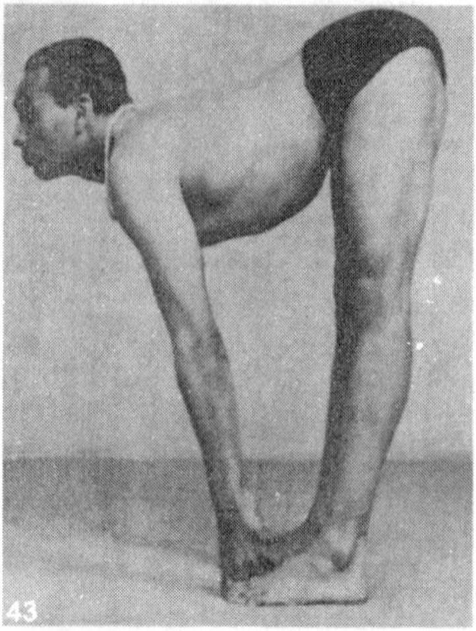
43

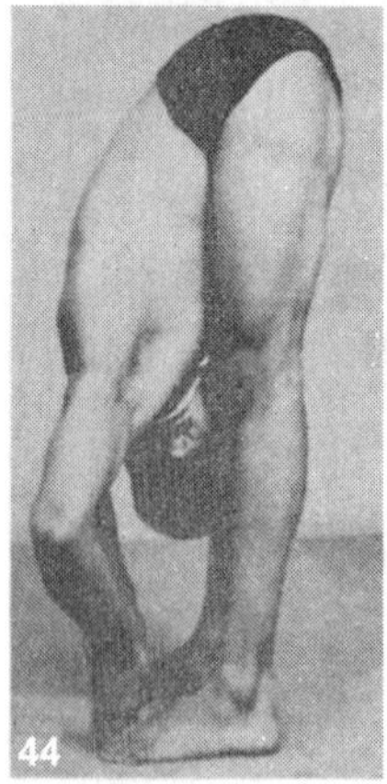
44

पादांगुष्ठासन (43, 44)

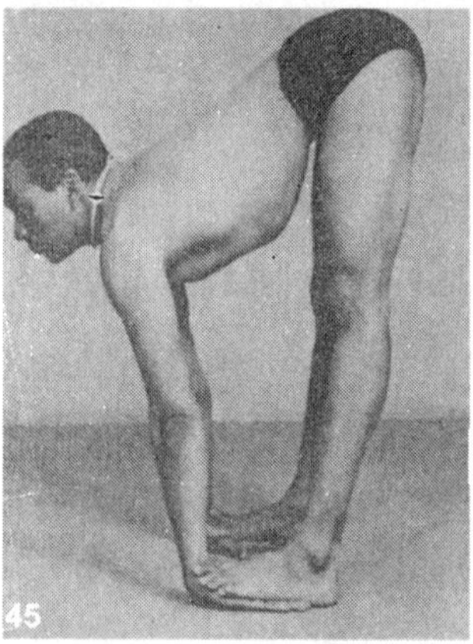
45

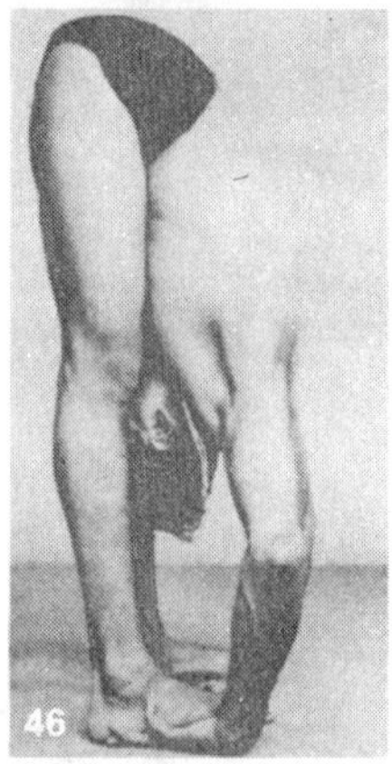
46

पादहस्तासन (45 , 46)

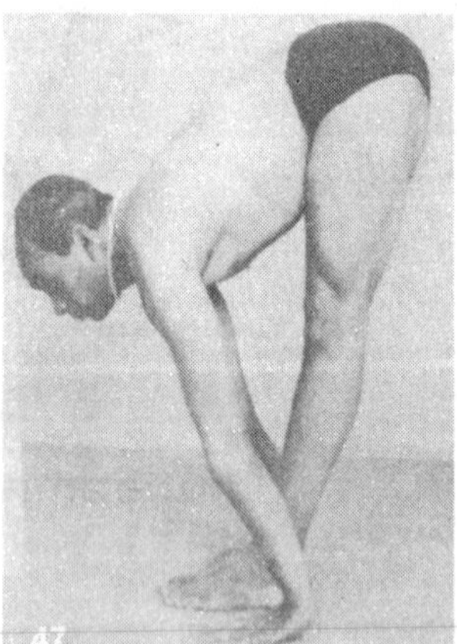
47

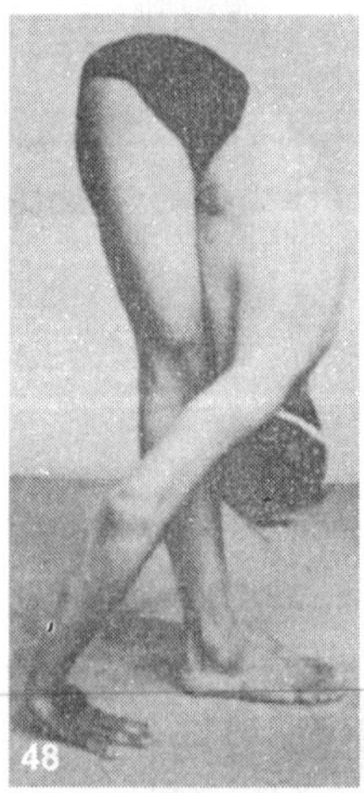
48

उत्तानासन (47, 48)

9

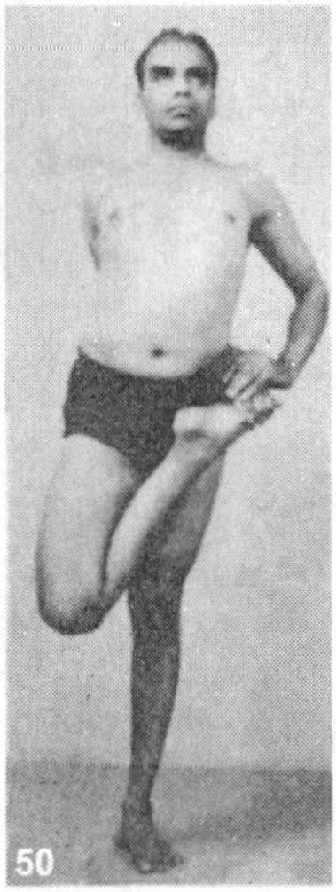

50

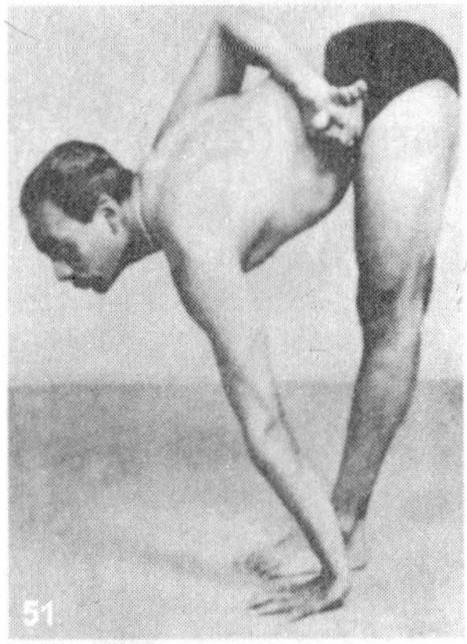

51

9. ऊर्ध्वप्रसारित एकपादासन

अर्धबद्ध पद्मोत्तानासन (50–55)

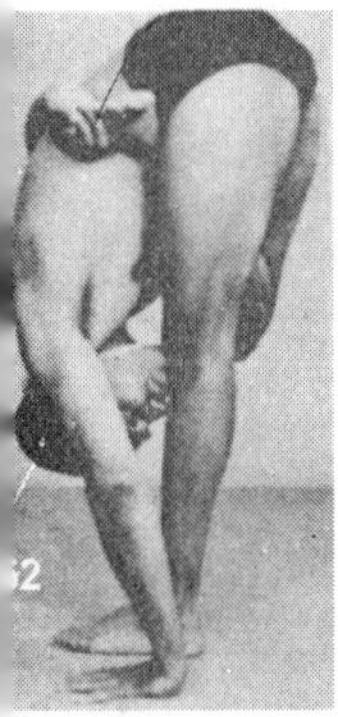

2

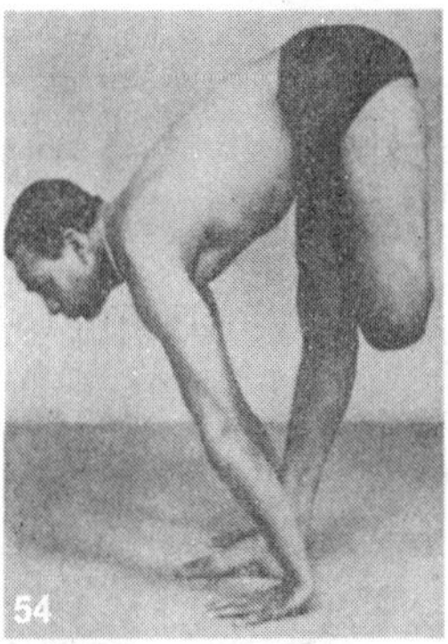

54

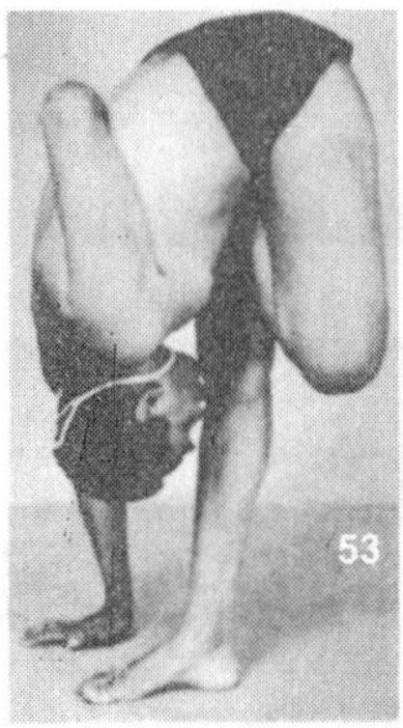

53

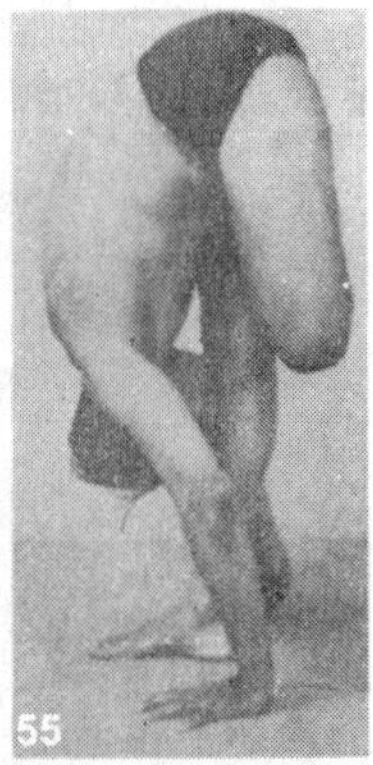

55

56. गरुडासन

वातायनासन (57–59)

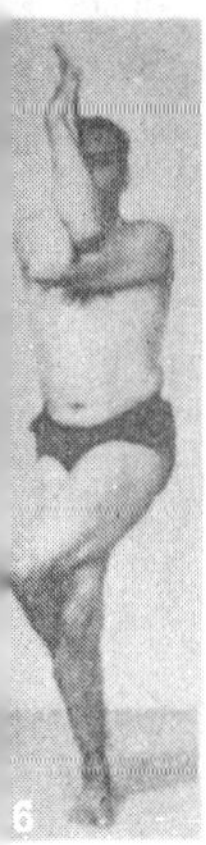

6

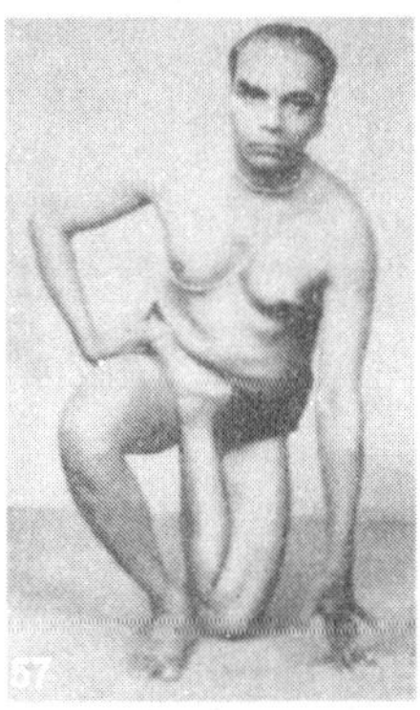

57

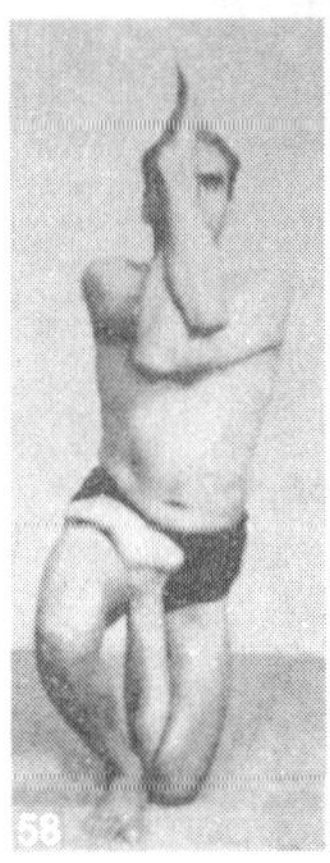

58

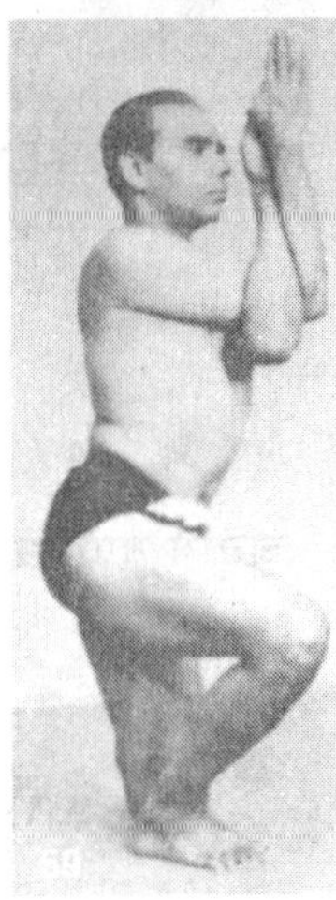

59

शलभासन (60, 61)

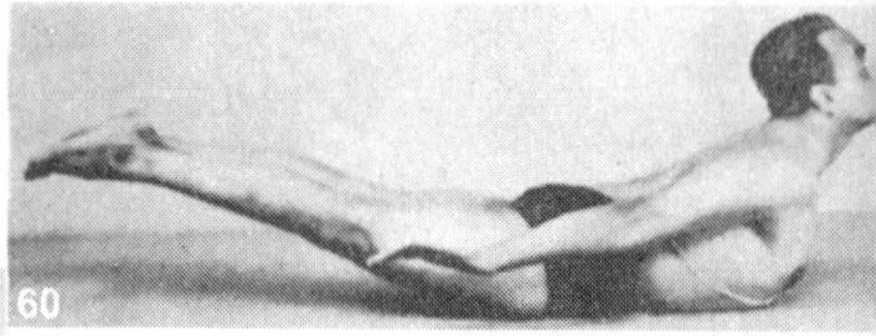

60

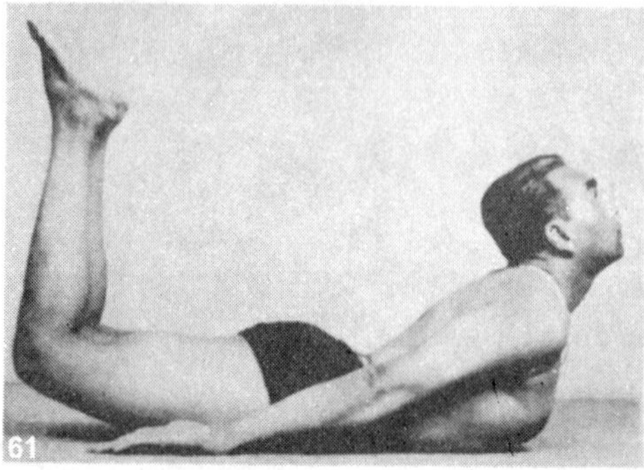

61

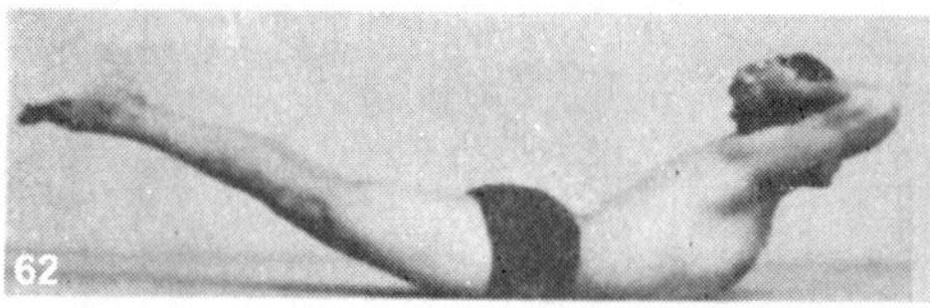

62

62. मकरासन

63. धनुरासन

पार्श्व धनुरासन (64, 65)

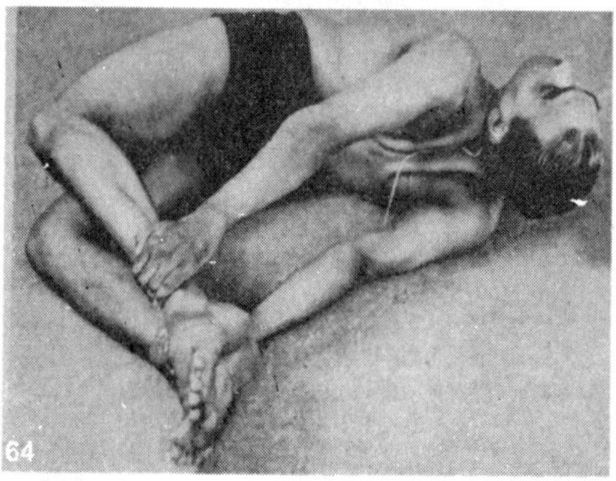

64

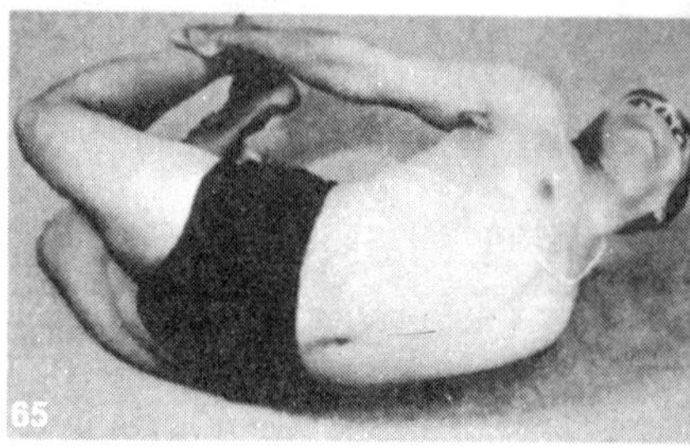

65

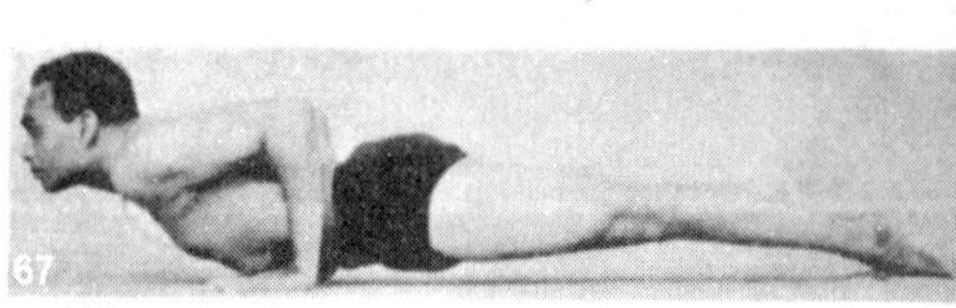

67

चतुरंग दण्डासन (66, 67)

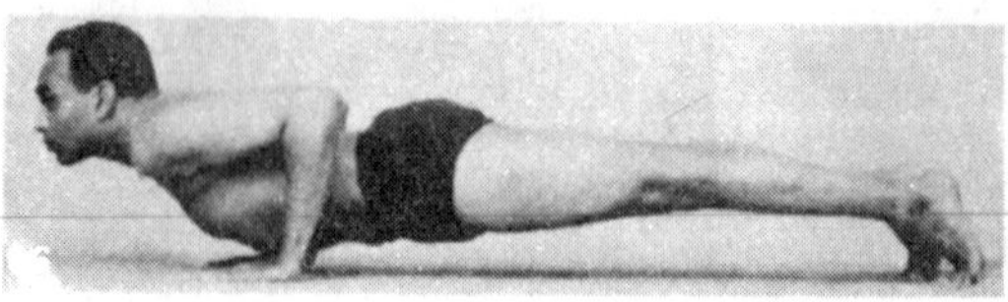

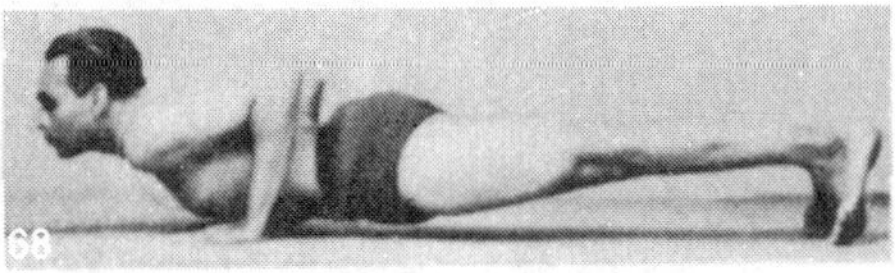

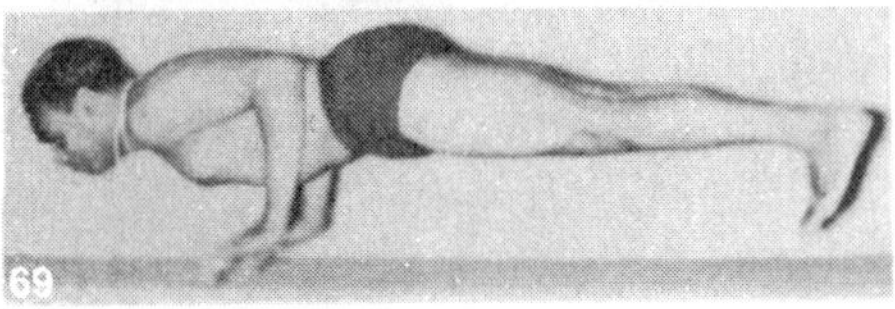

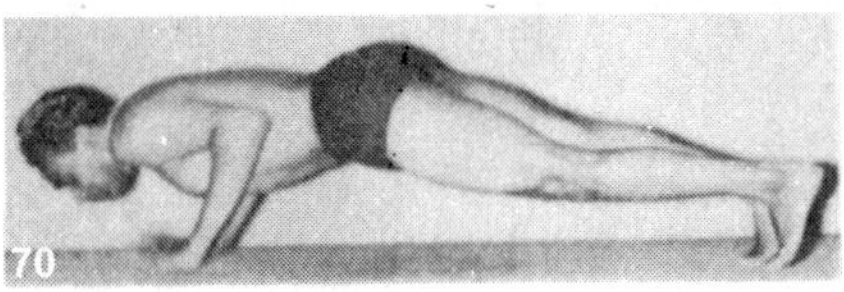

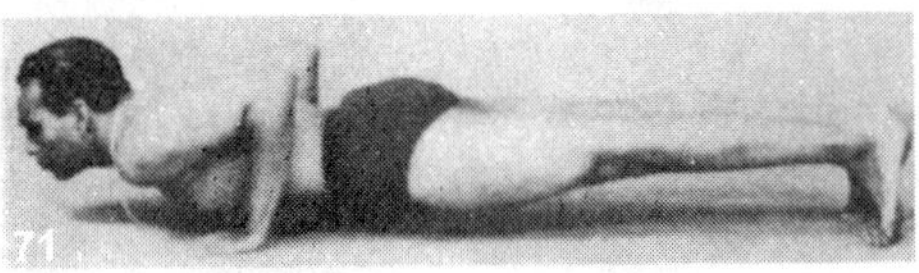

नक्रासन (68–71)

भुजंगासन (72, 73)

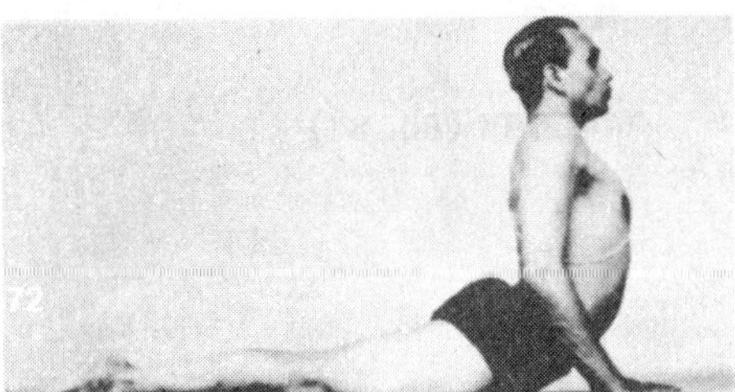

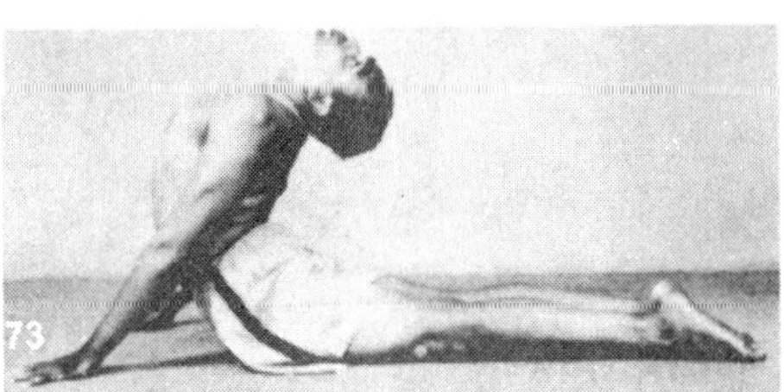

74. ऊर्ध्वमुख श्वानासन

अधोमुख श्वानासन (75, 76)

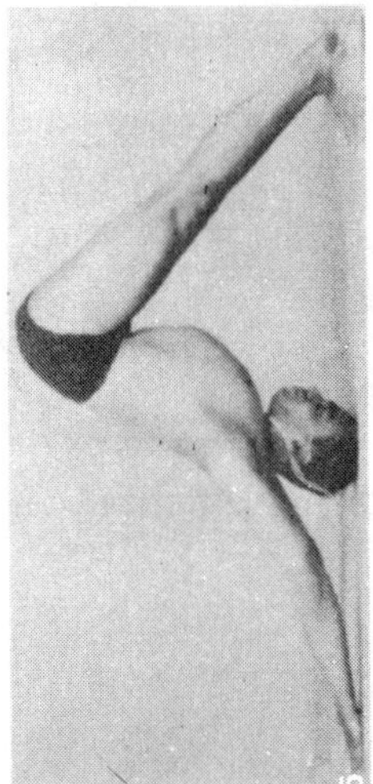

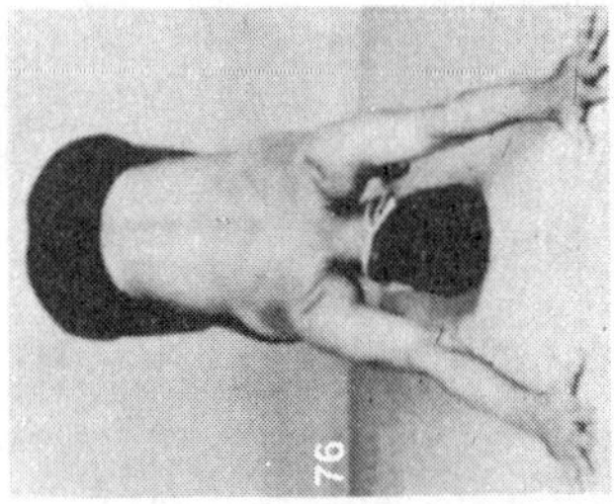

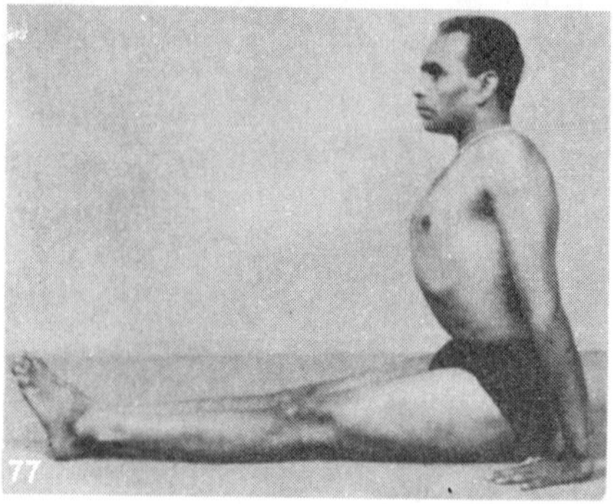

77. दण्डासन

78. परिपूर्ण नावासन

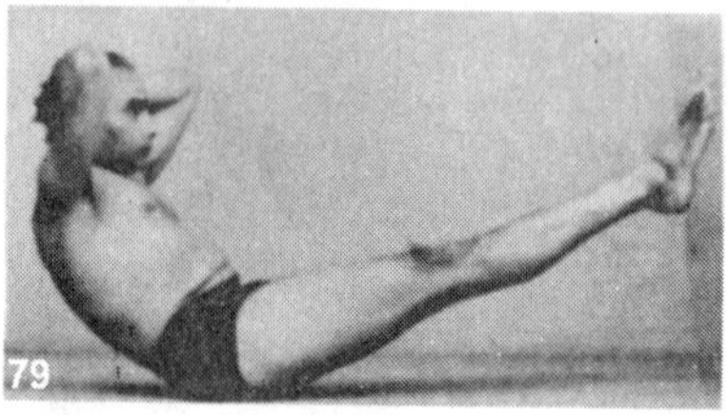

79. अर्ध नावासन

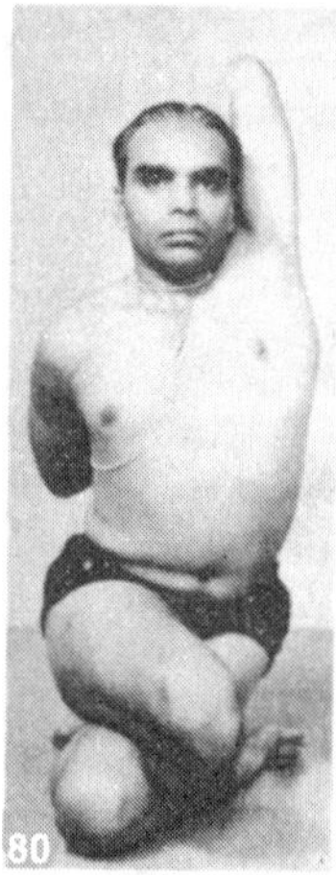

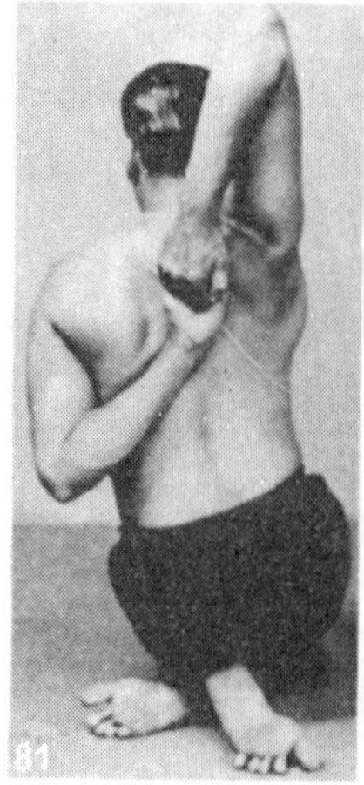

गोमुखासन (80, 81)

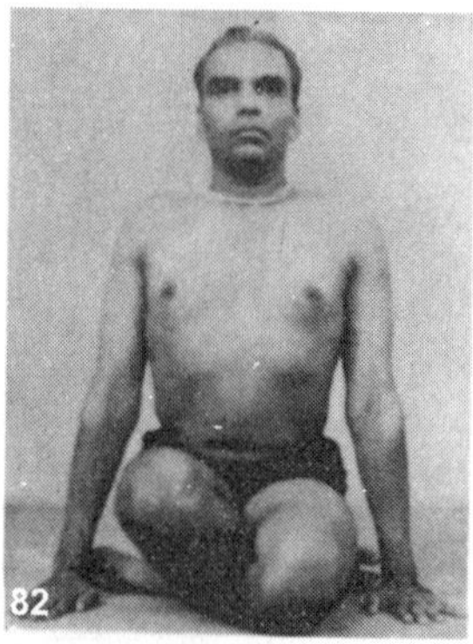

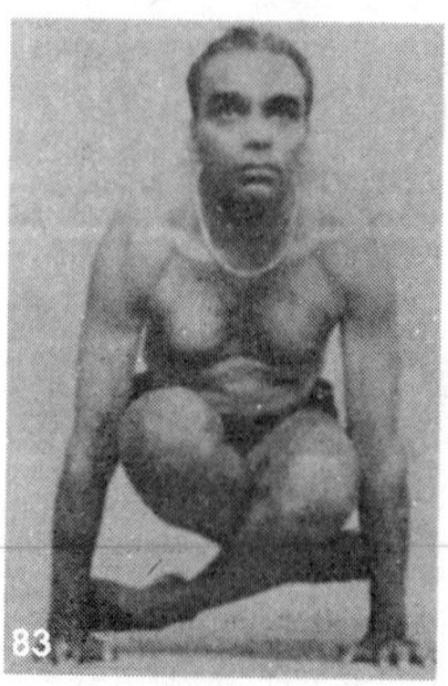

लोलासन (82, 83)

84. सिद्धासन

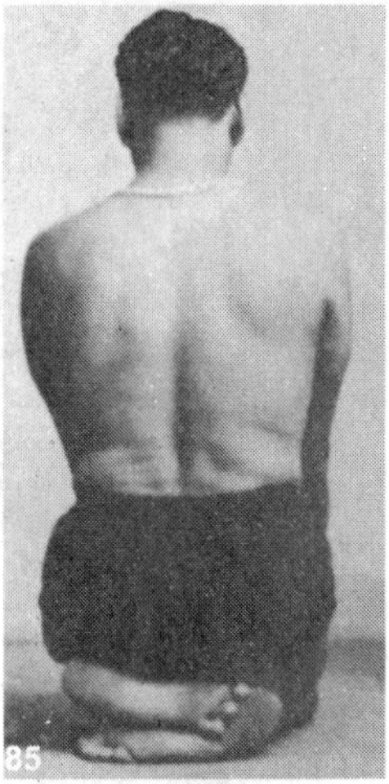
85

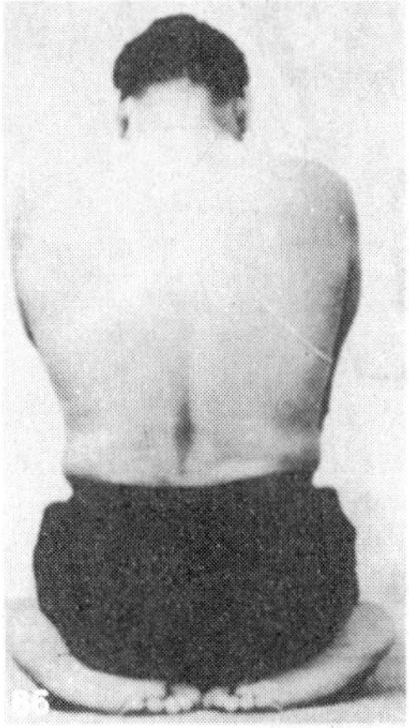
86

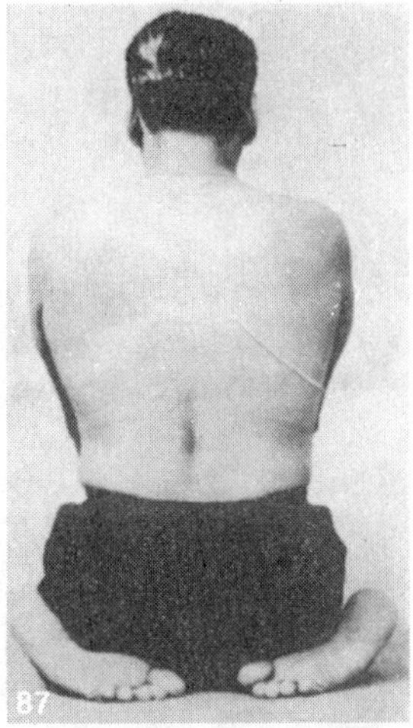
87

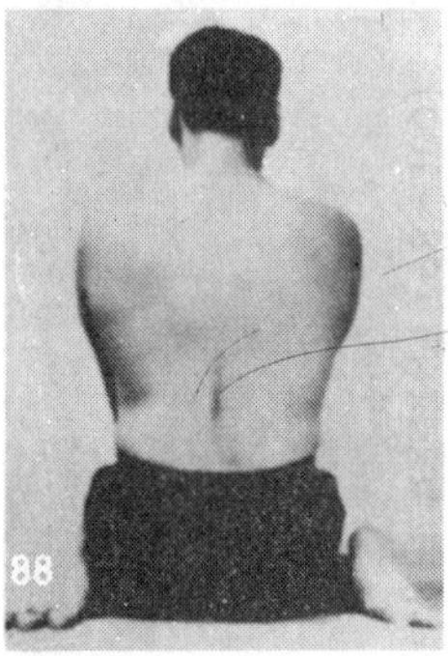
88

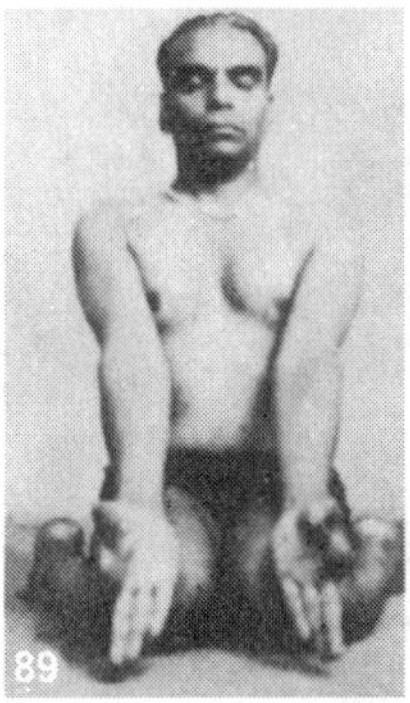
89

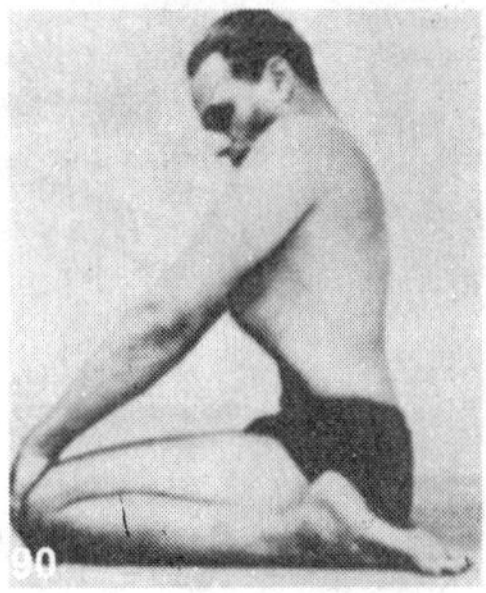
90

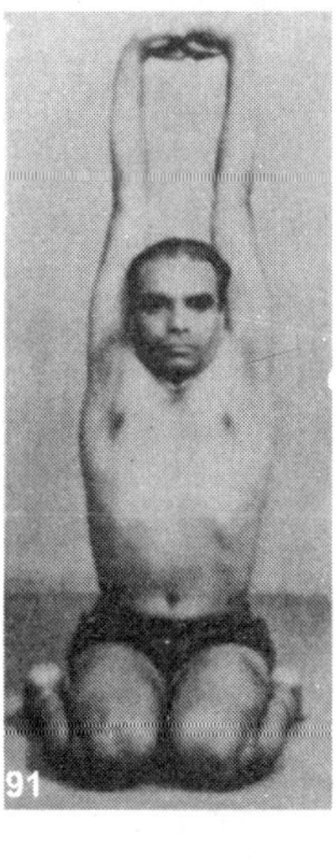
91

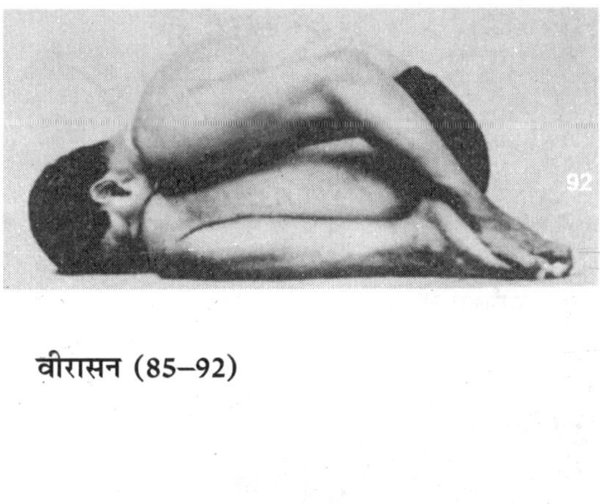
92

वीरासन (85–92)

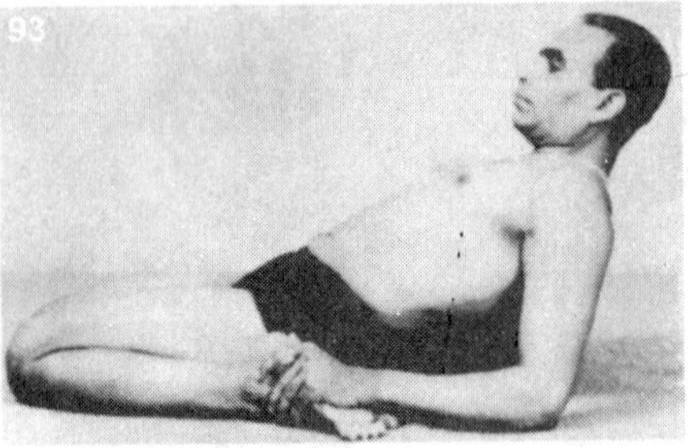

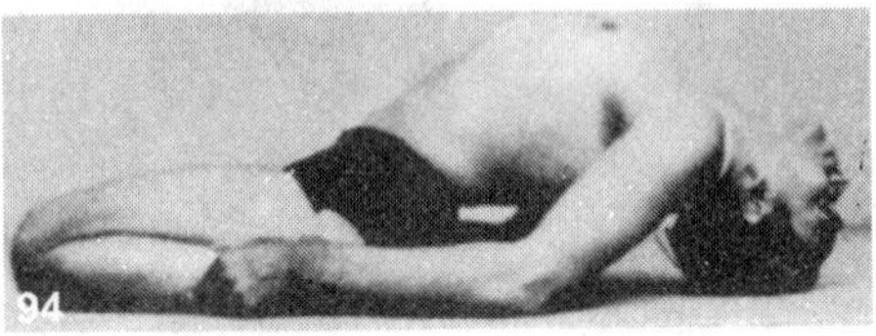

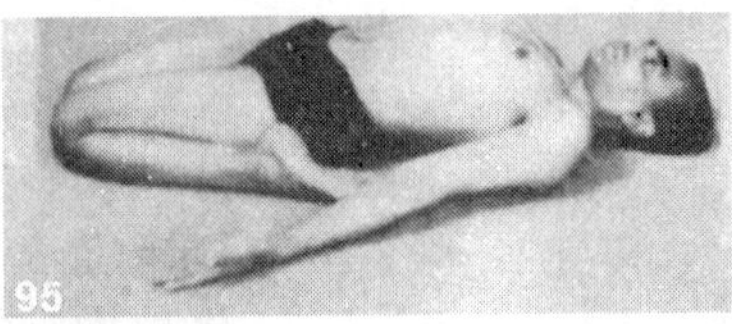

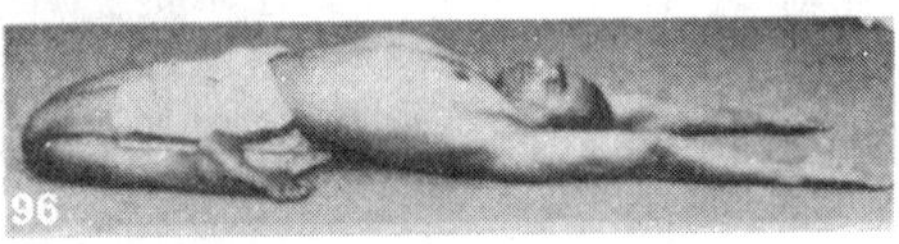

सुप्त वीरासन (93–96)

97. पर्यंकासन

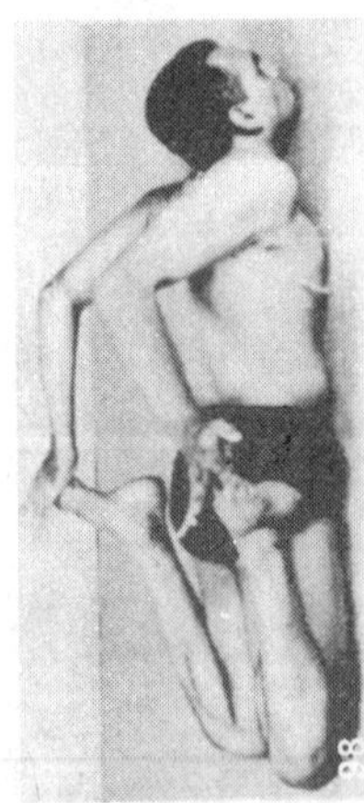

भेकासन मंडूकासन (98–100)

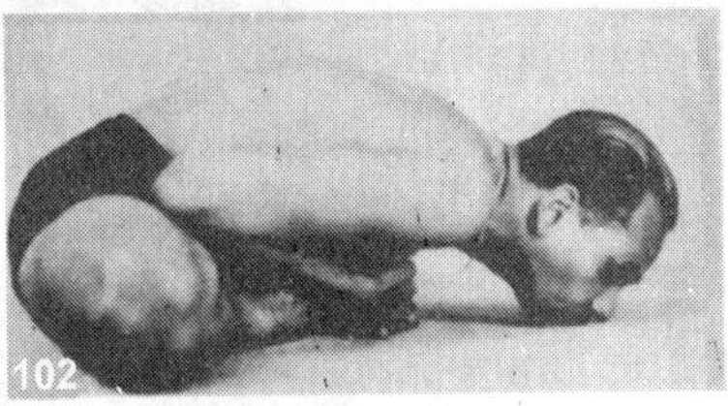

बद्ध कोणासन (101–103)

पद्मासन (104, 105)

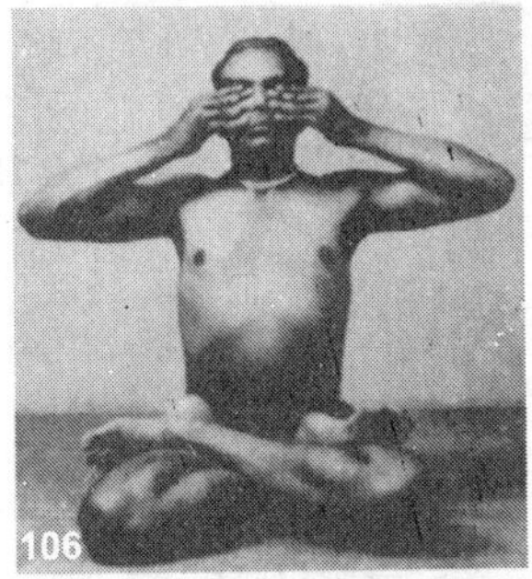

106. षण्मुखी मुद्रा

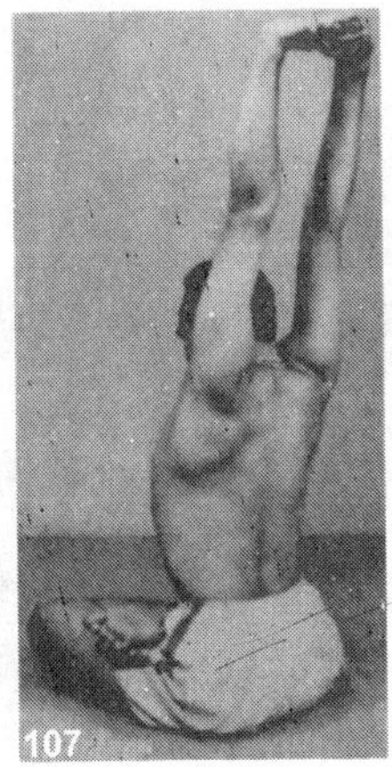

107. पर्वतासन

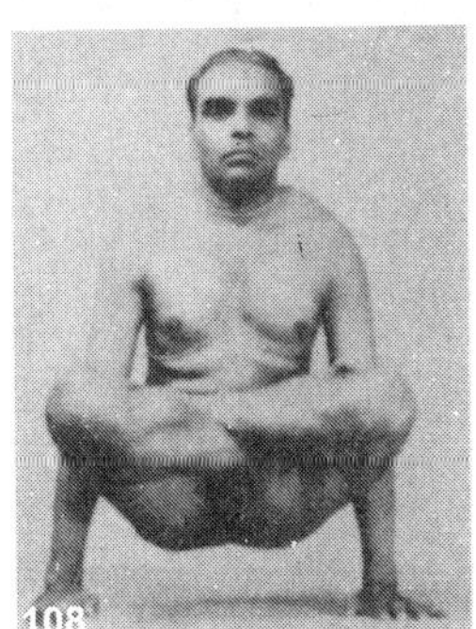

108. तुलासन

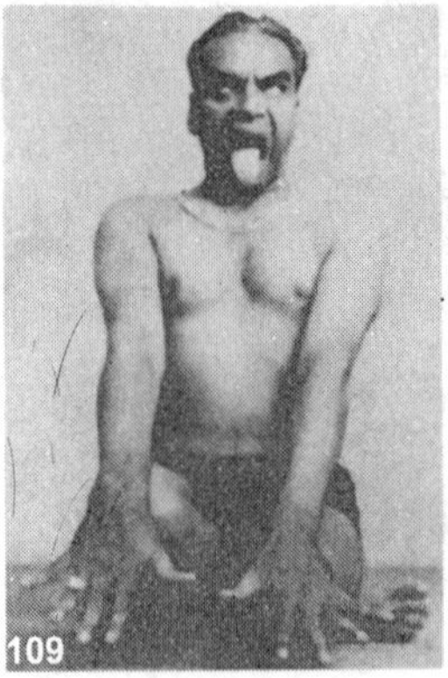

109. सिंहासन-एक

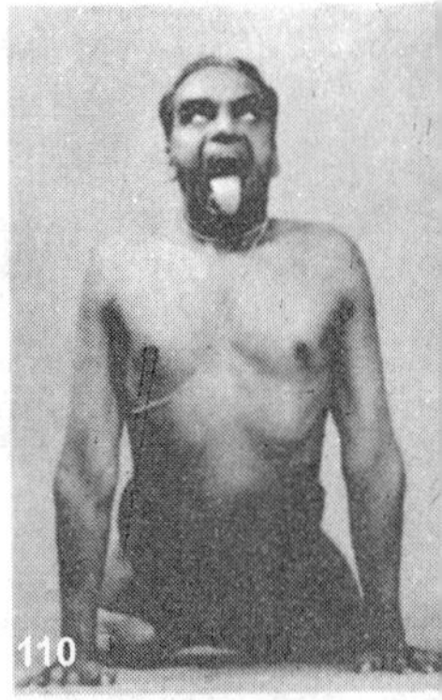

सिंहासन-दोन (110, 111)

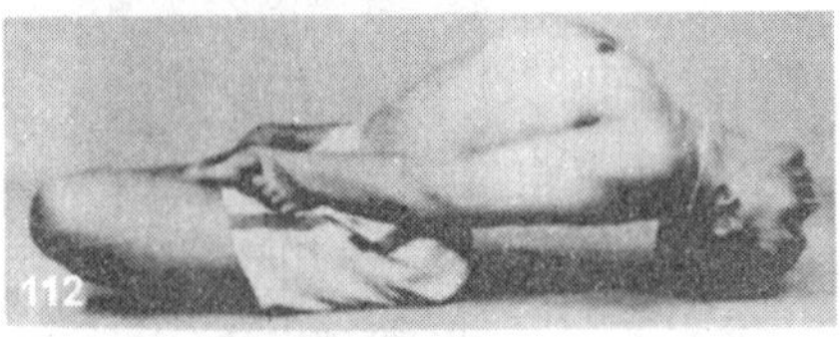

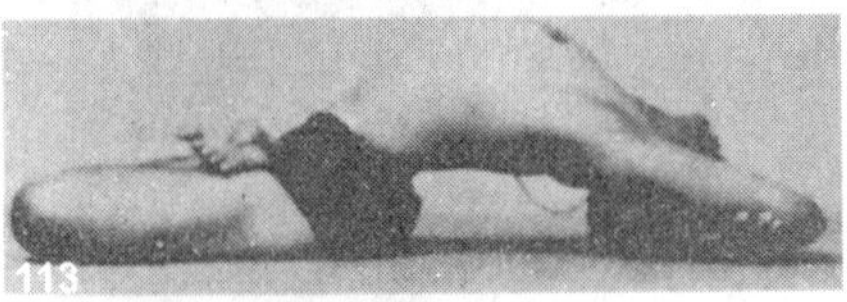

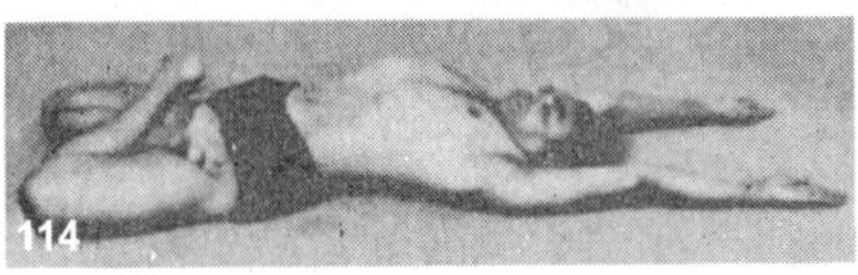

116. गर्भपिंडासन

मत्स्यासन (112–114)

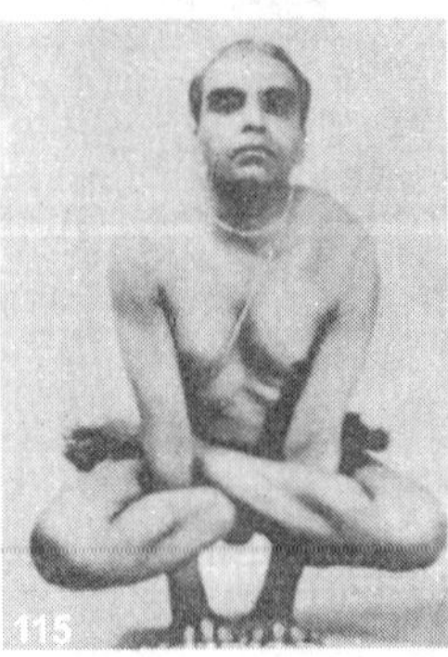

115. कुक्कुटासन

117. गोरक्षासन

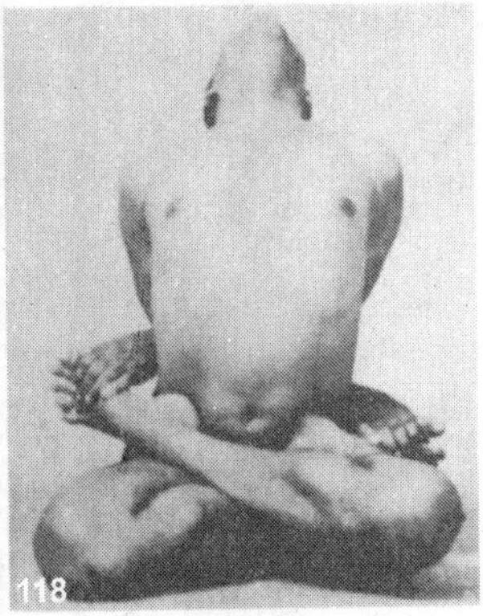
118

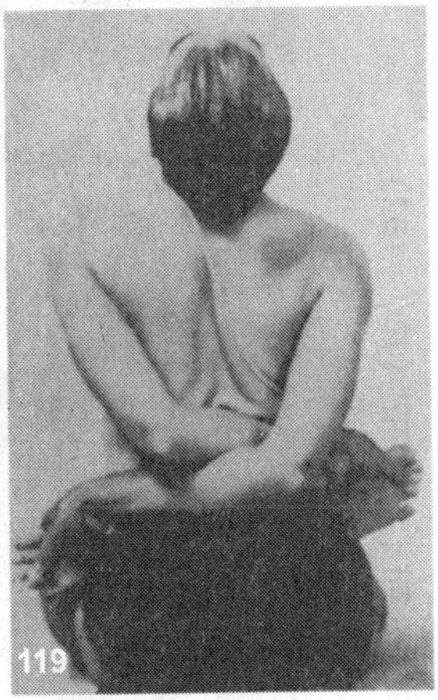
119

बद्धपद्मासन (118, 119)

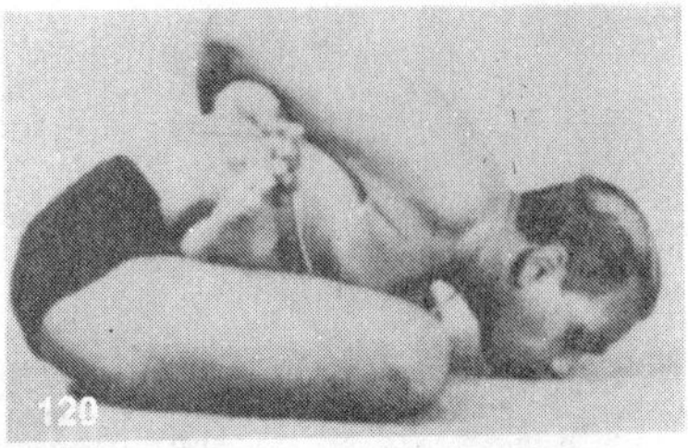
120

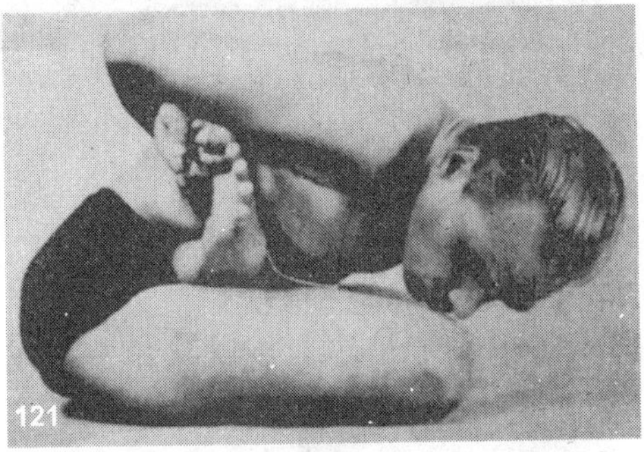
121

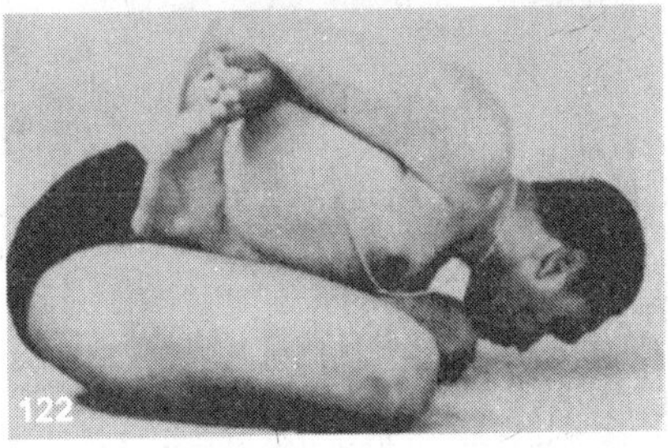
122

योगमुद्रासन (120–122)

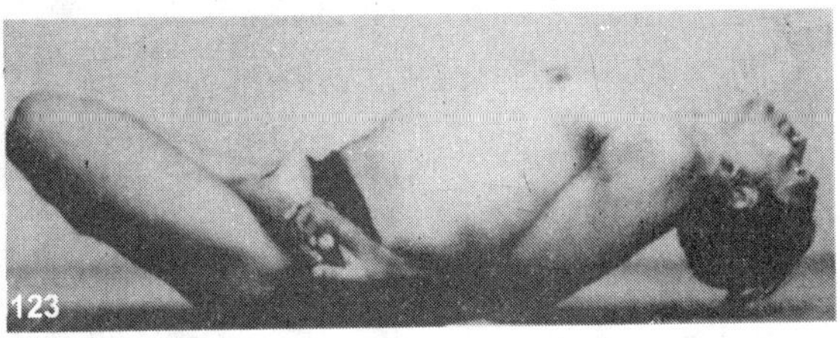
123

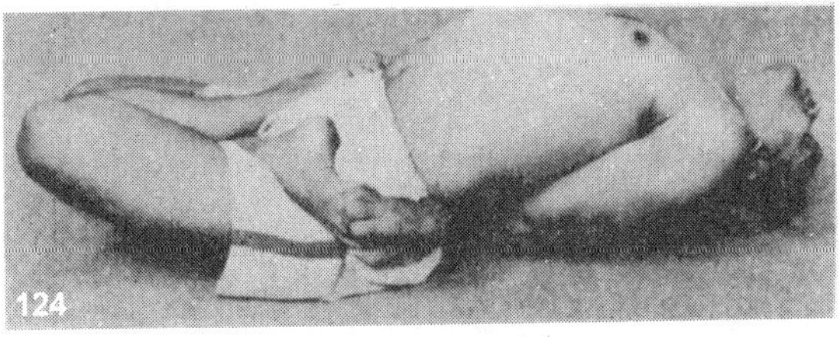
124

सुप्त वज्रासन (123, 124)

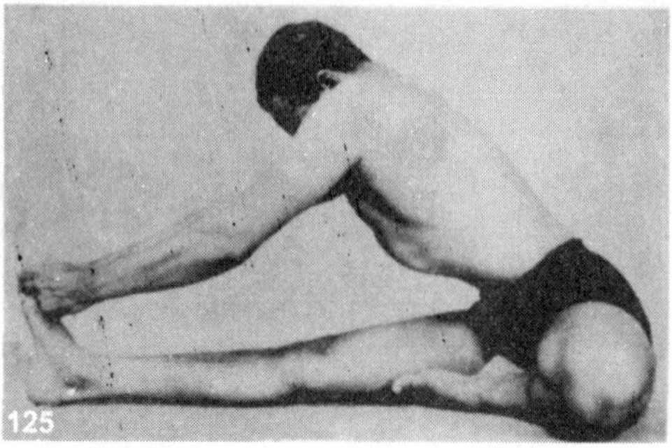

125. महामुद्रासन

जानु शीर्षासन (126–129)

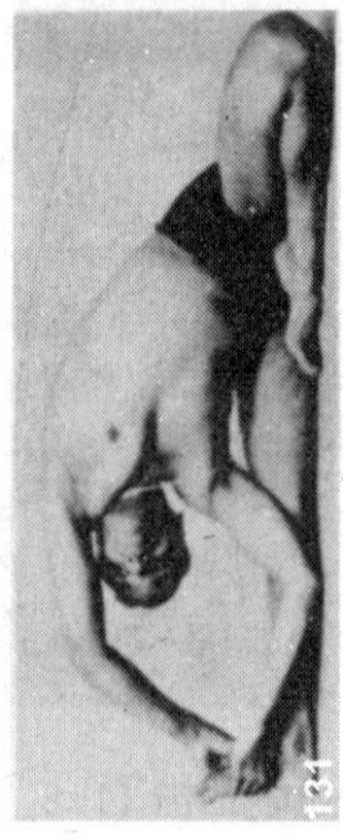

परिवृत्त जानु शीर्षासन (130–132)

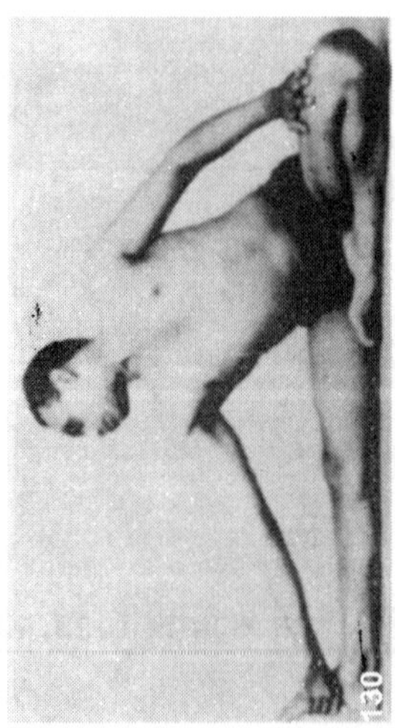

133

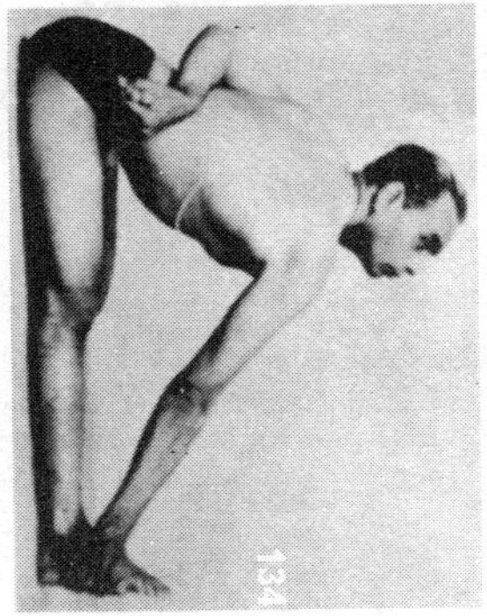
134

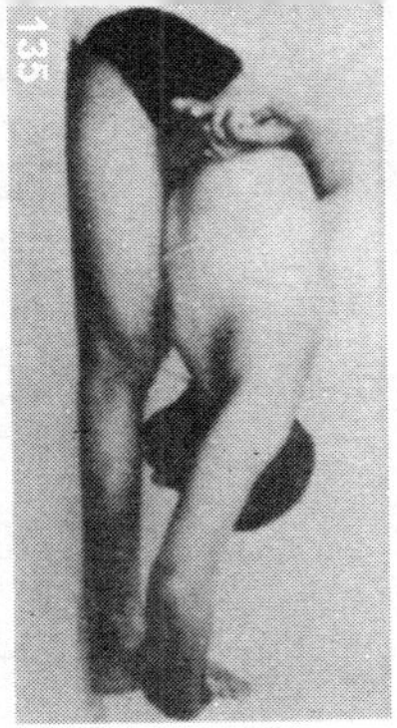
135

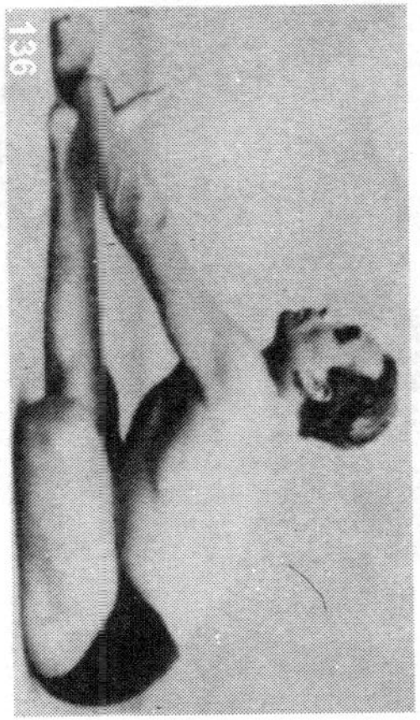
136

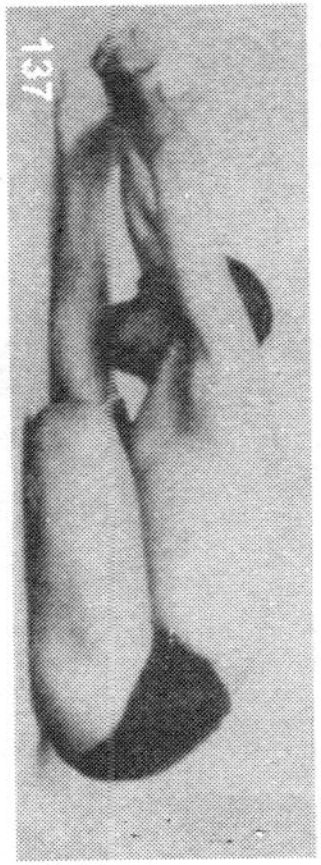
137

अर्ध बद्ध पद्म पश्चिमोत्तानासन (133–137)

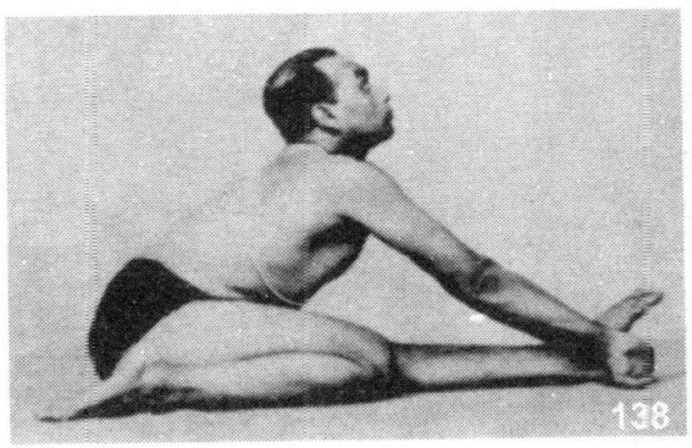
138

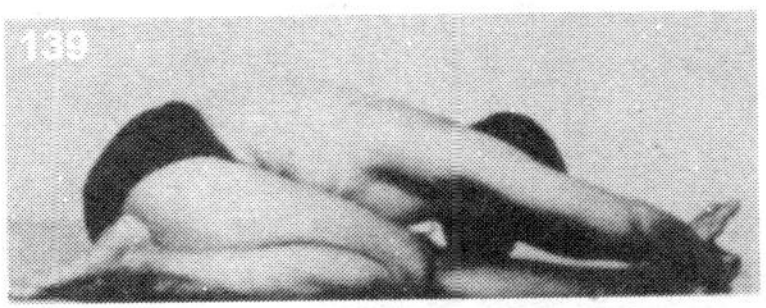
139

त्र्यंग मुखैकपाद पश्चिमोत्तानासन (138, 139)

140

141

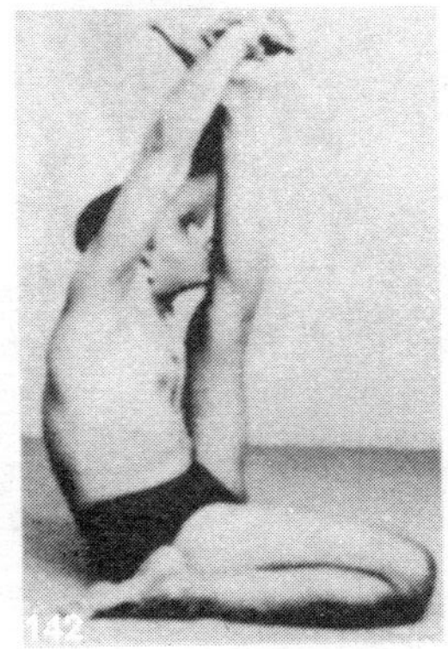
142

क्रौंचासन (140–142)

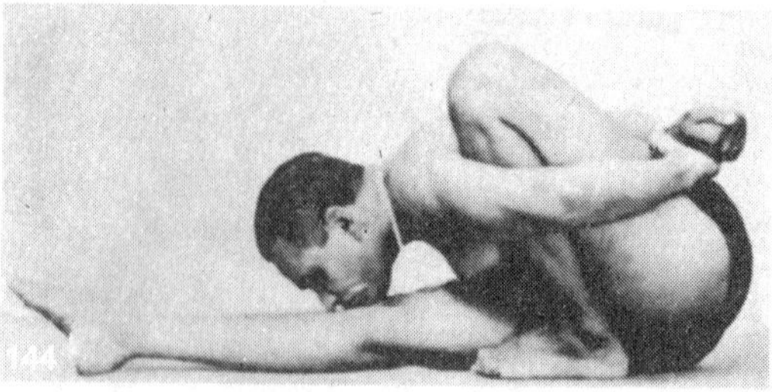

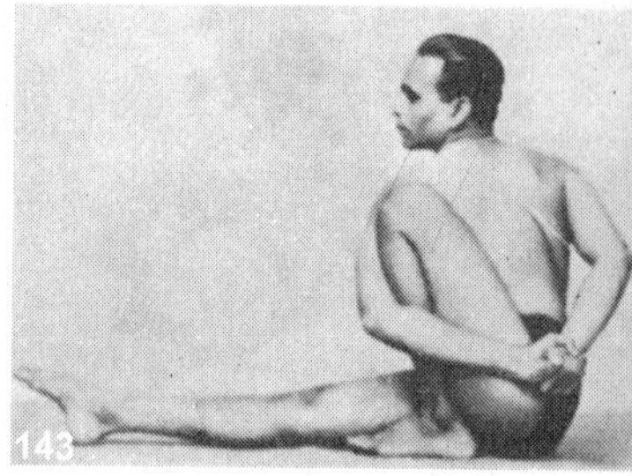

मरीच्यासन-एक (143, 144)

मरीच्यासन-दोन (145–147)

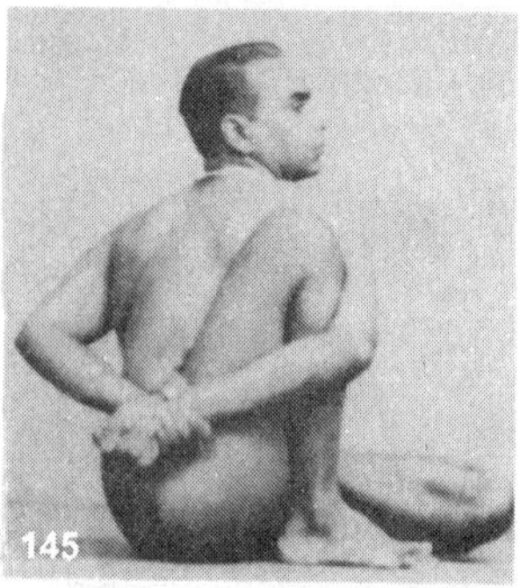

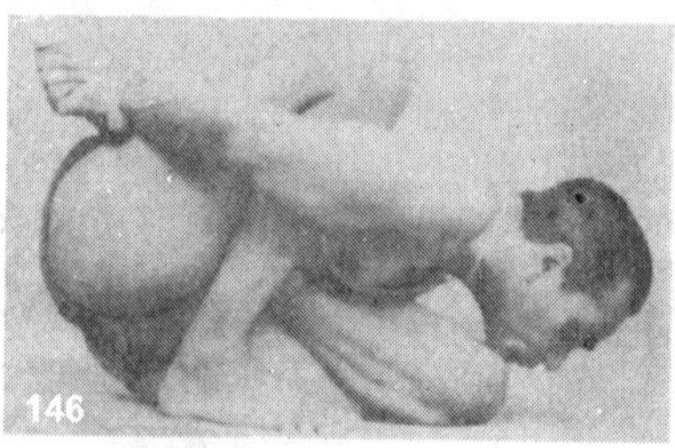

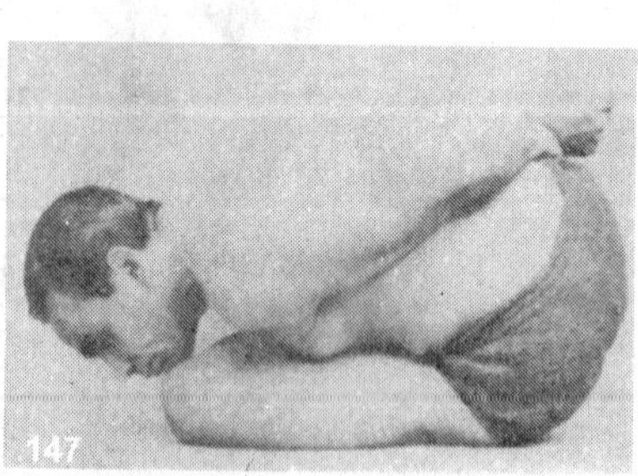

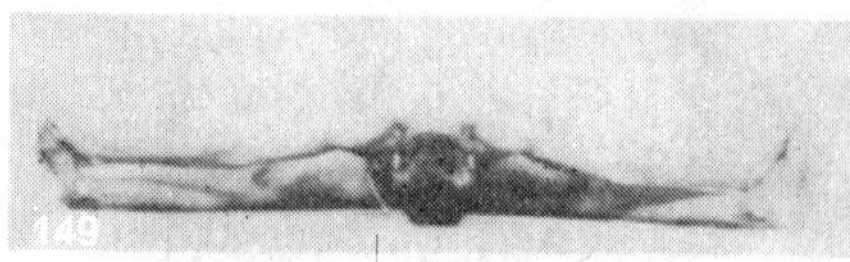

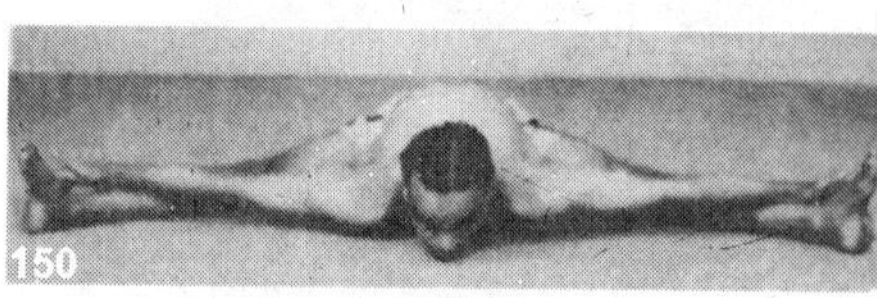

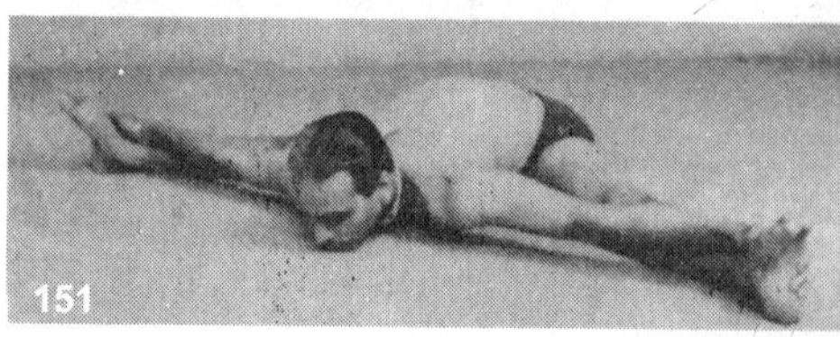

उपविष्ट कोणासन (148–152)

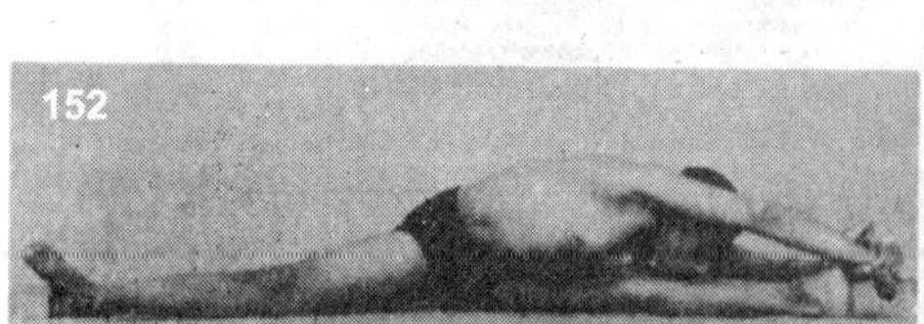

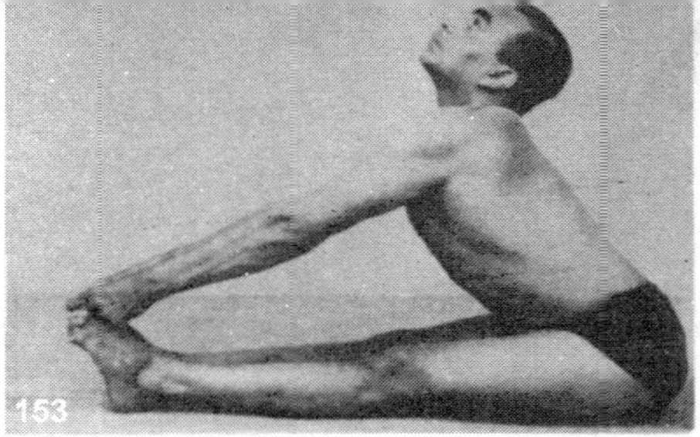

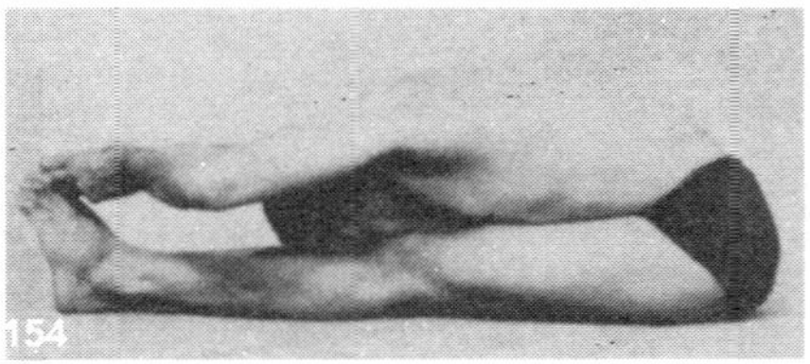

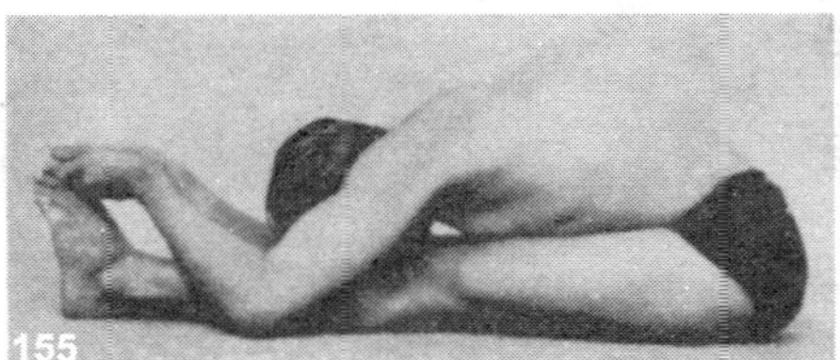

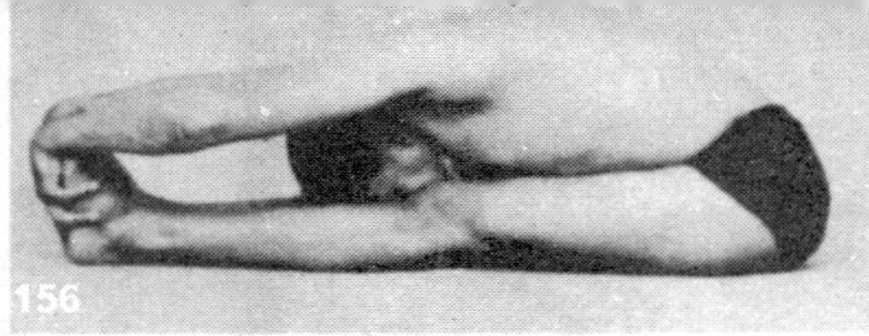

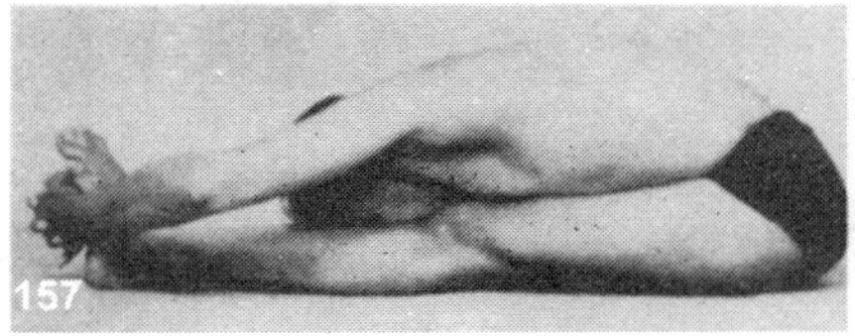

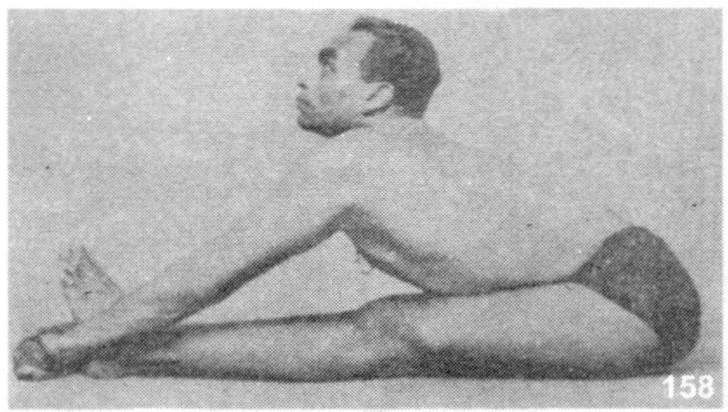

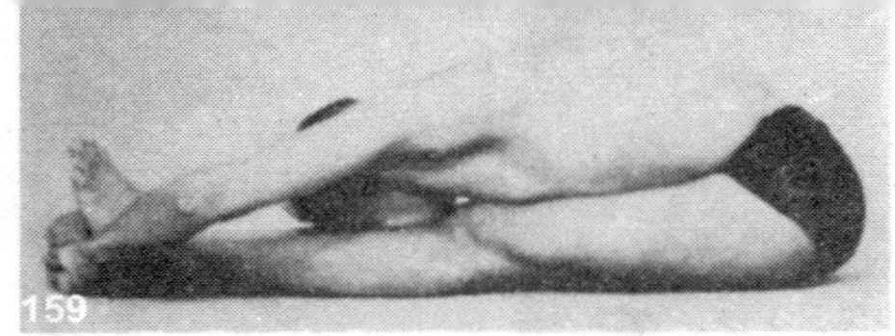

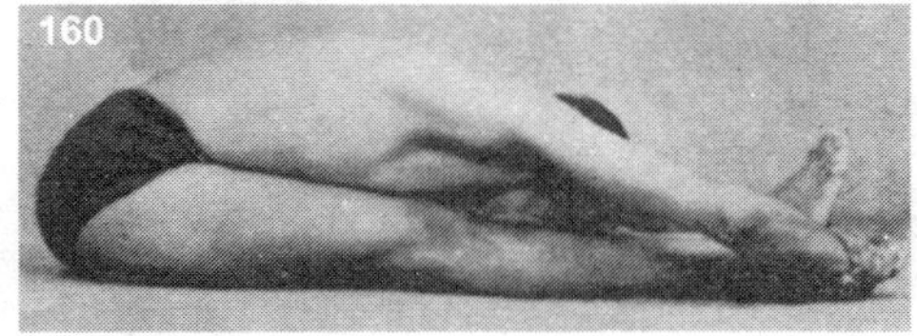

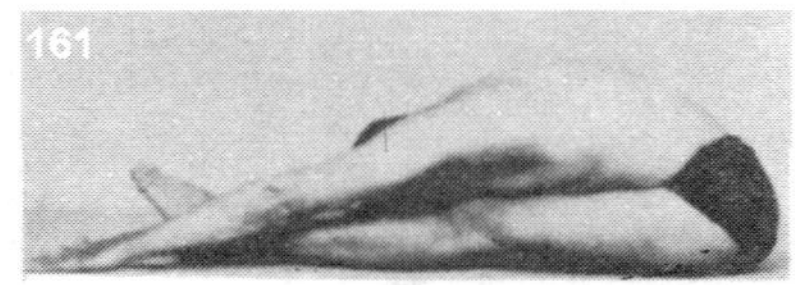

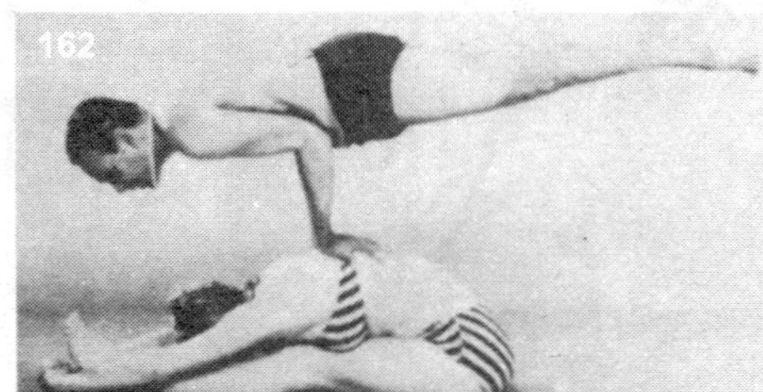

पश्चिमोत्तानासन (153–162)

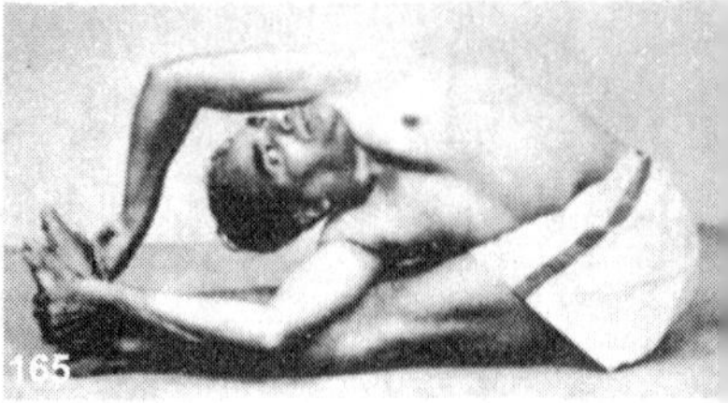

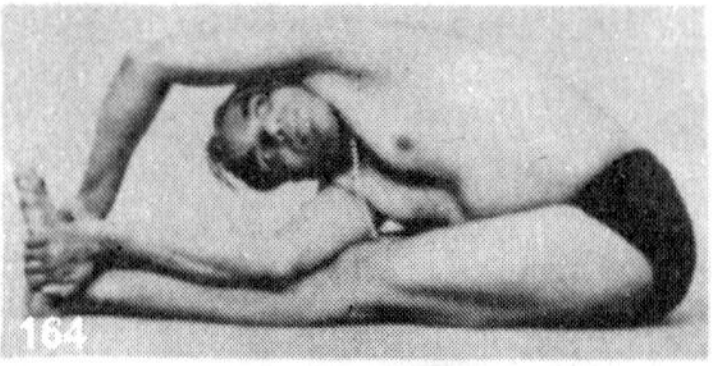

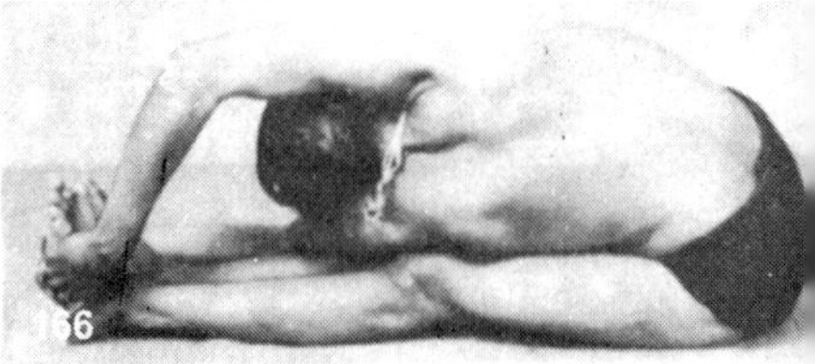

परिवृत्त पश्चिमोत्तानासन (163–166)

167. उभय पादांगुष्ठासन

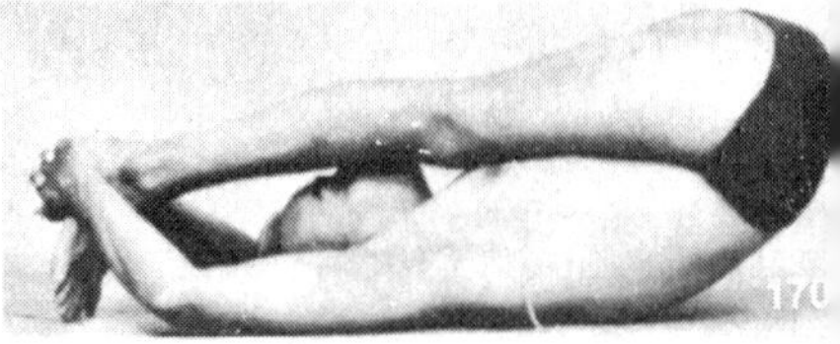

ऊर्ध्वमुख पश्चिमोत्तानासन-दोन
(169, 170)

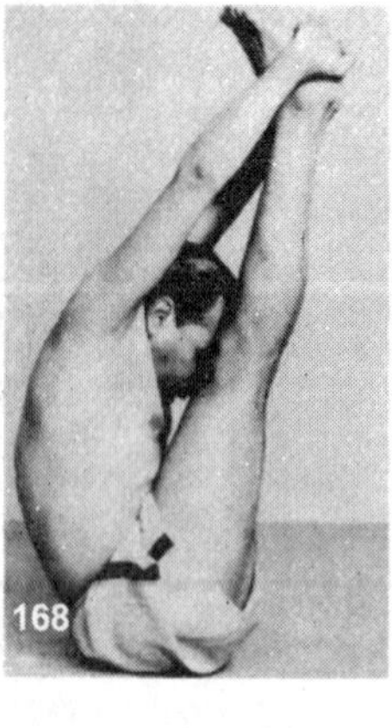

168. ऊर्ध्वमुख
पश्चिमोत्तानासन-एक

171. पूर्वोत्तानासन

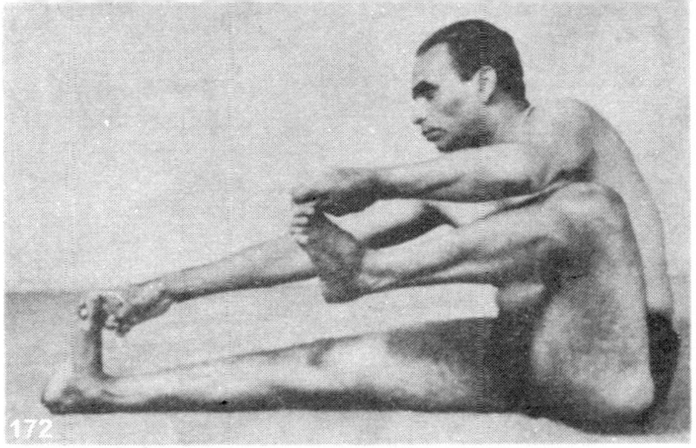

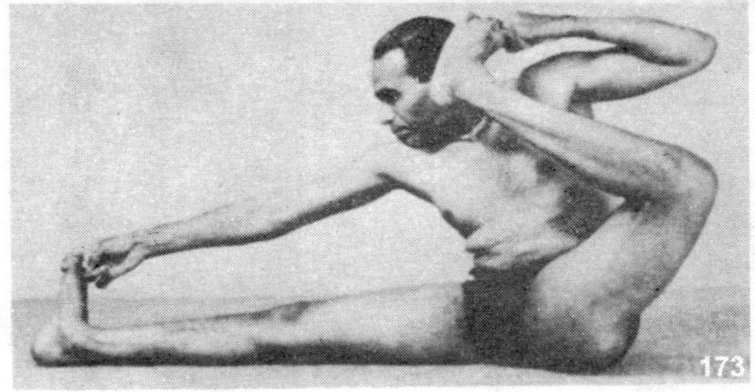

आकर्ण धनुरासन (172–175)

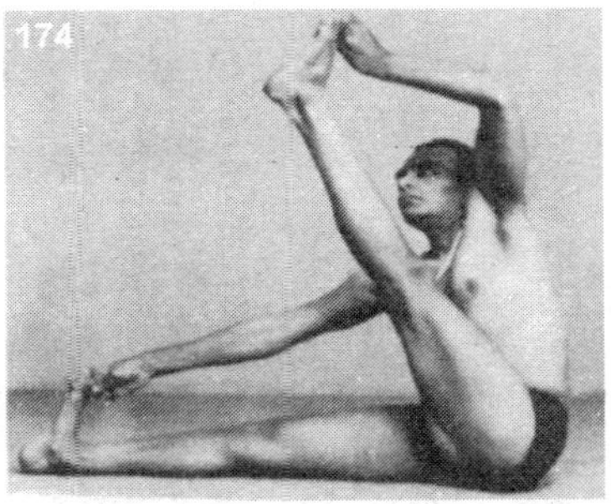

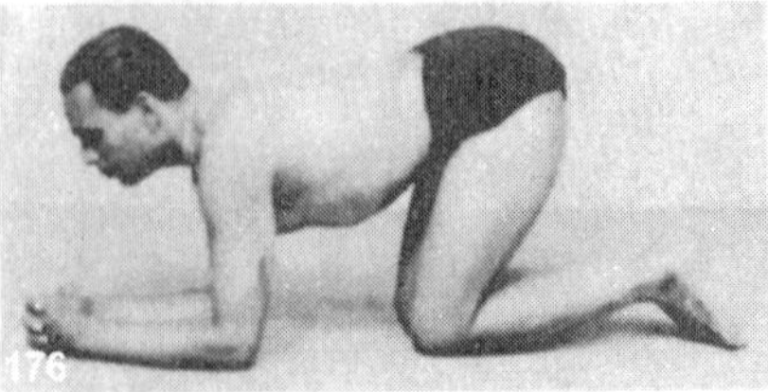
176

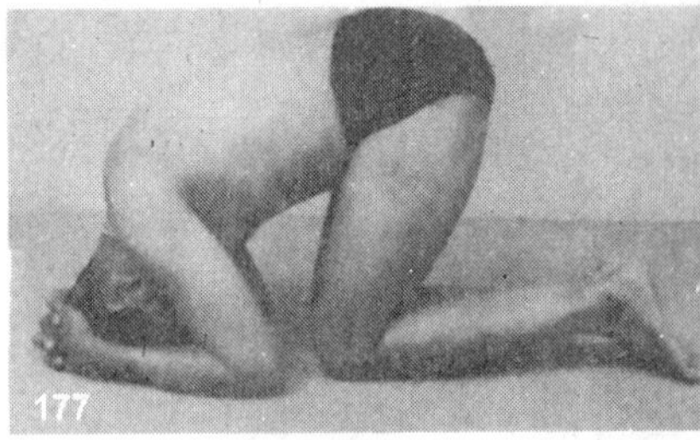
177

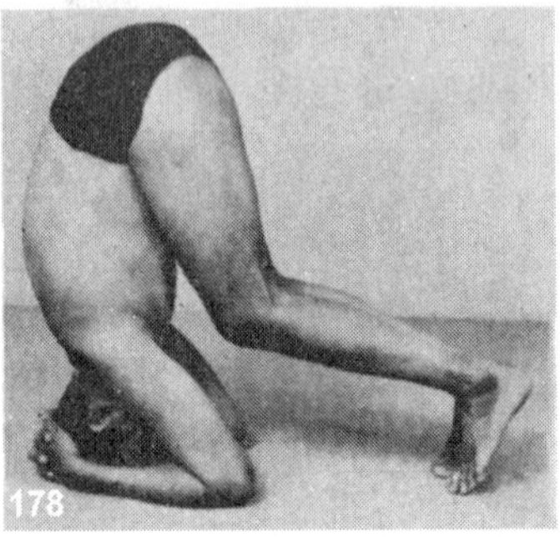
178

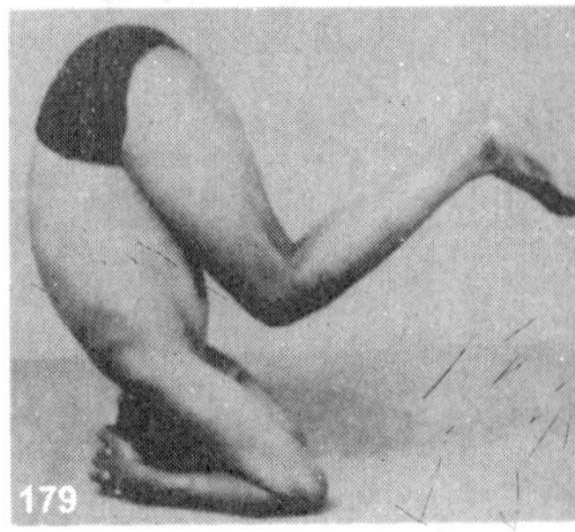
179

सालम्ब शीर्षासन–एक (176–187)

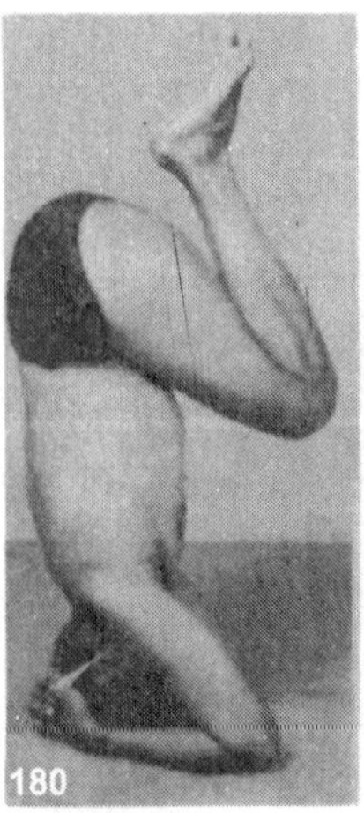
180

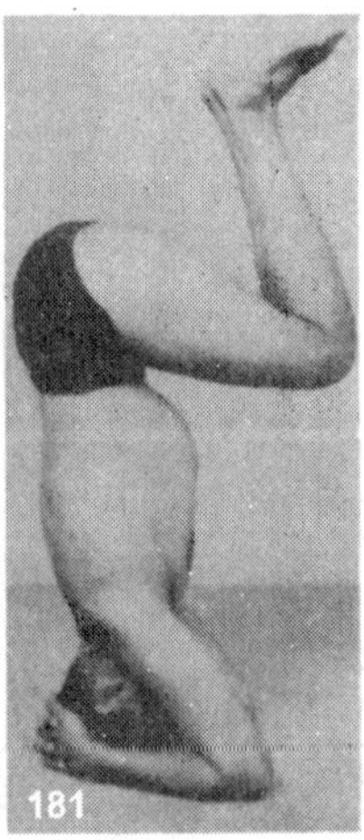
181

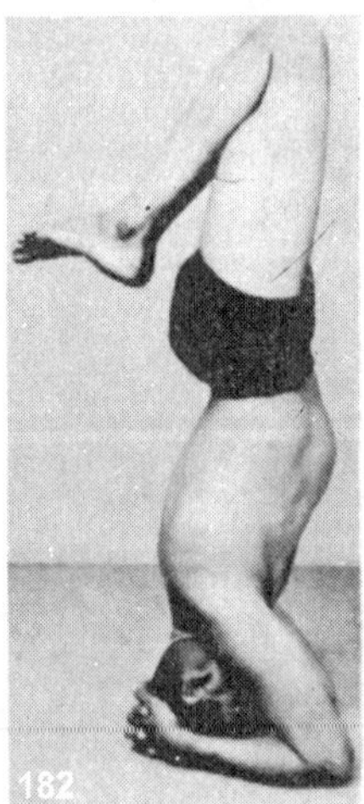
182

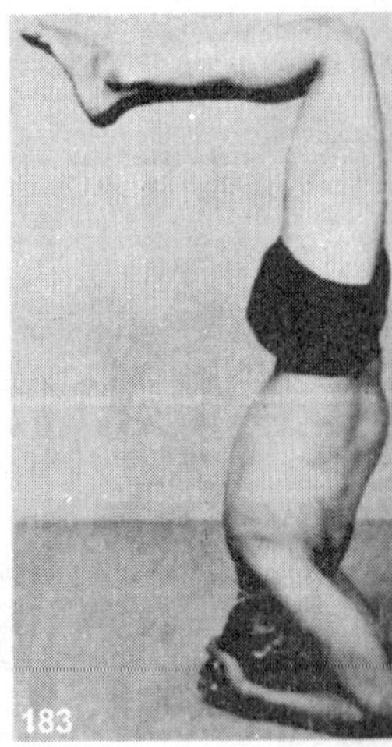
183

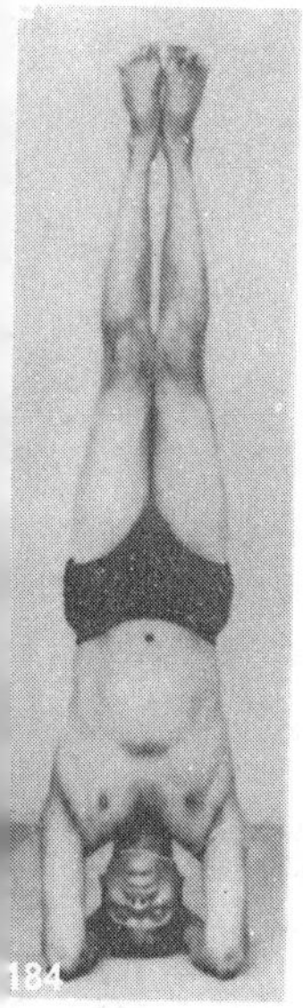

184

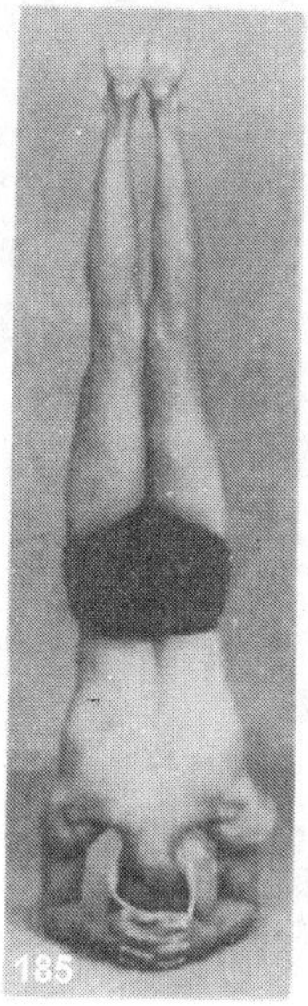

185

188

188. ऊर्ध्व दण्डासन

189

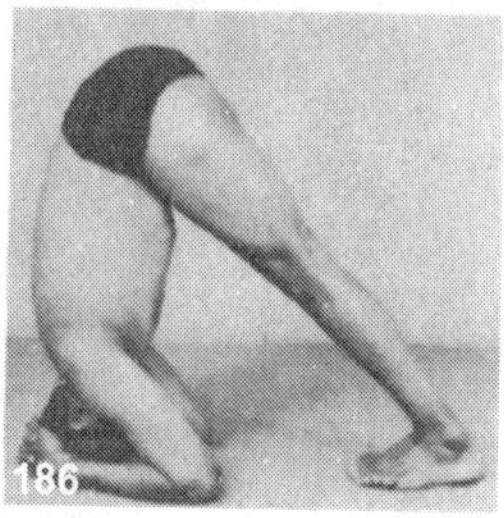

186

ालम्ब शीर्षासन-एक (189–191)

87

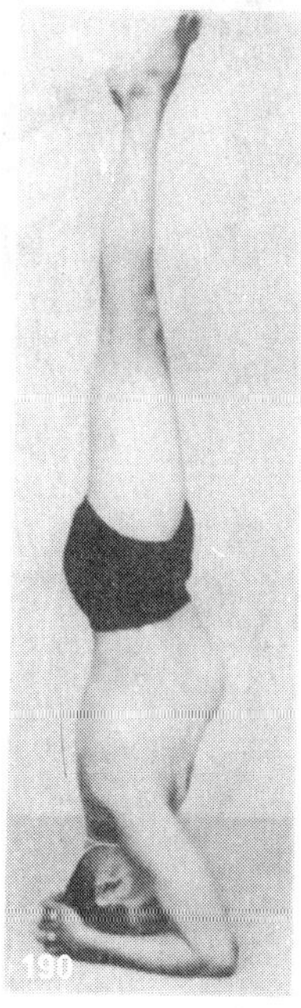

190

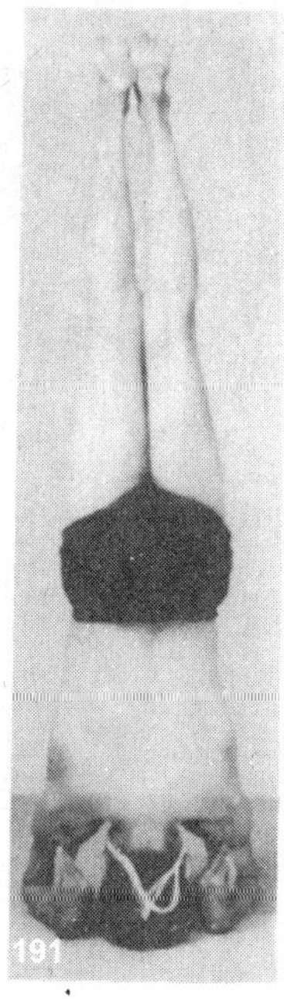

191

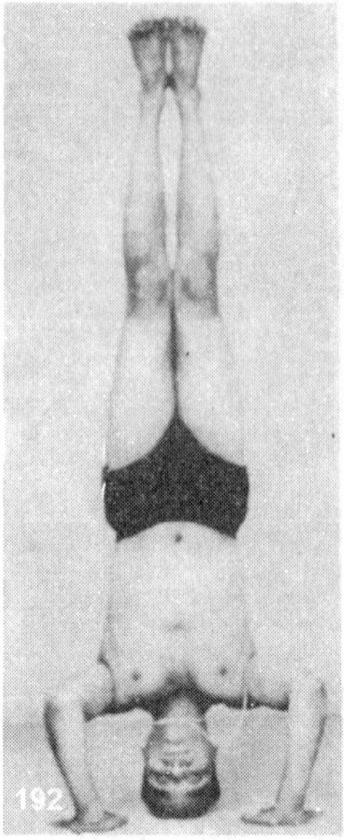

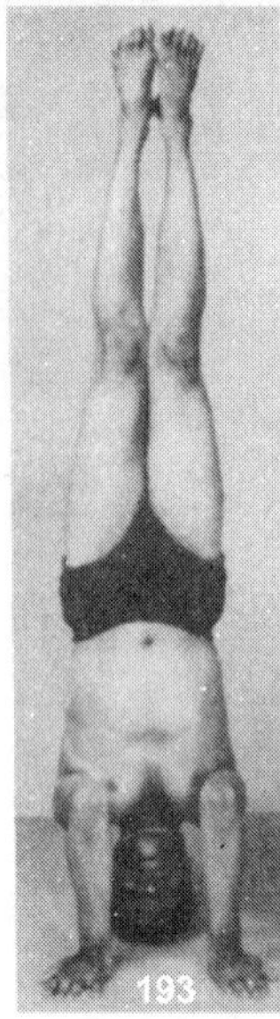

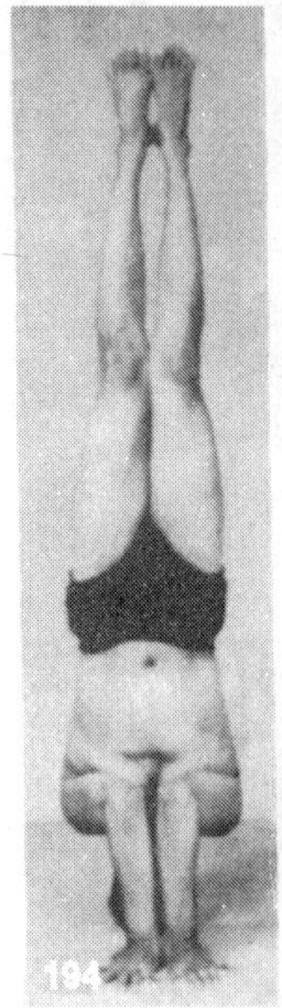

192. सालम्ब शीर्षासन-दोन

सालम्ब शीर्षासन-तीन (193–197)

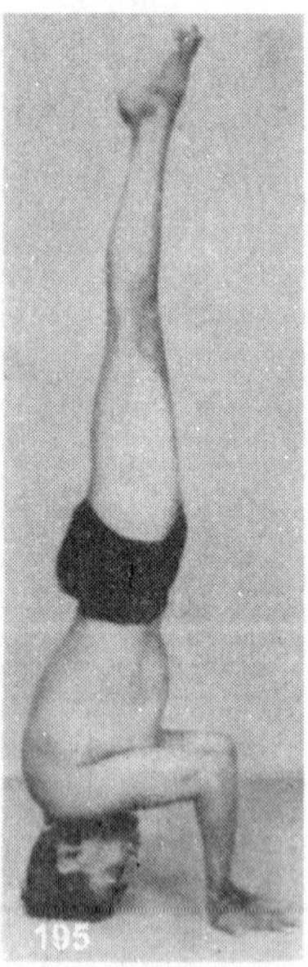

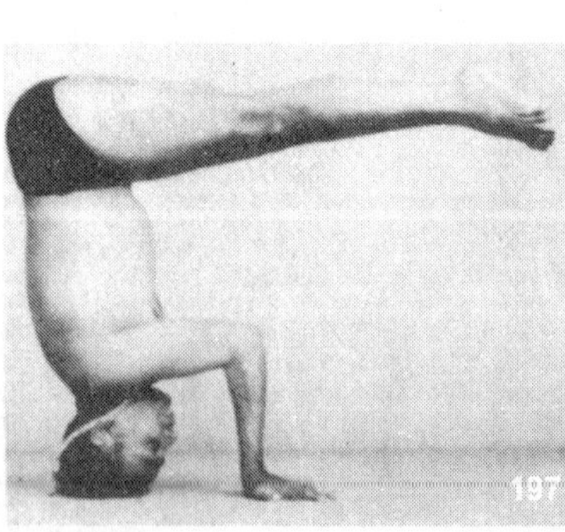

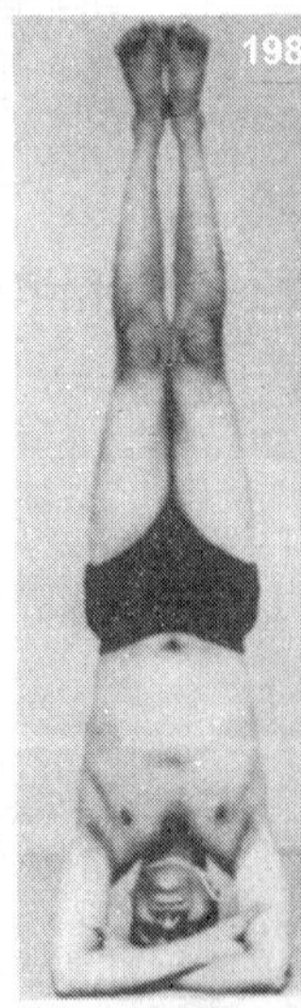

198. बद्धहस्त शीर्षास

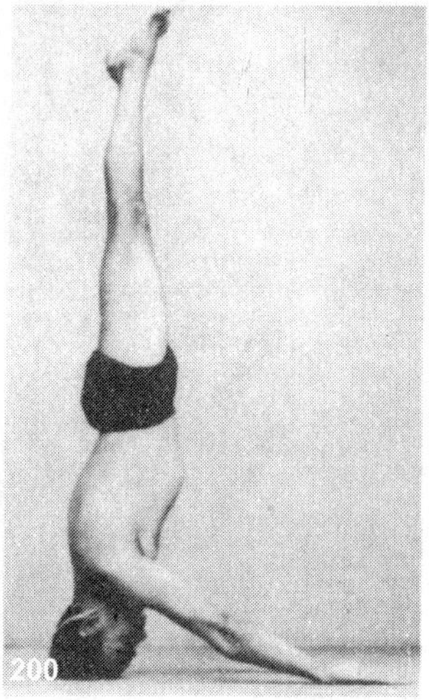

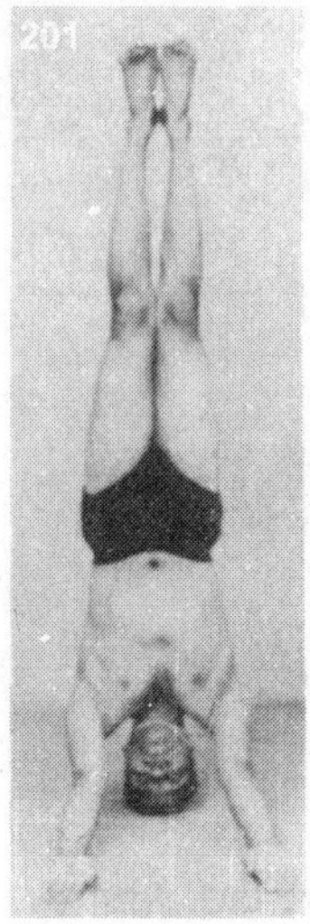

मुक्तहस्त शीर्षासन (199–201)

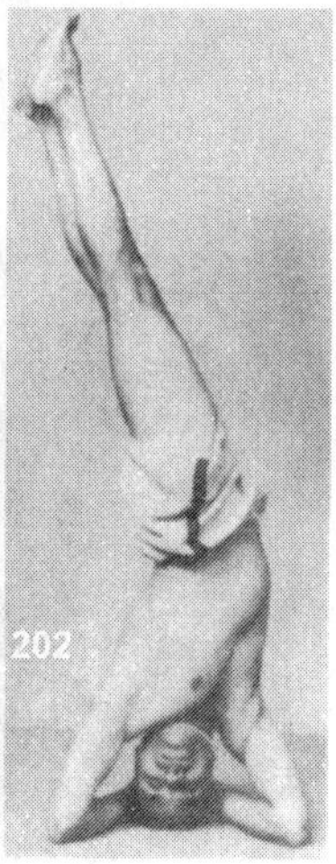

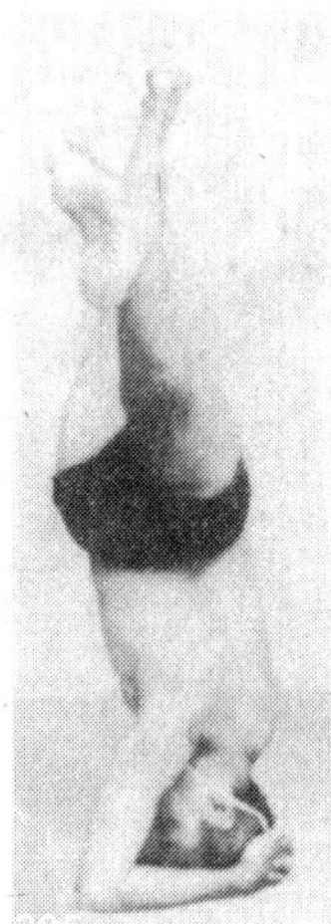

पार्श्व शीर्षासन (202, 203)

परिवृत्तैकपाद शीर्षासन (204–207)

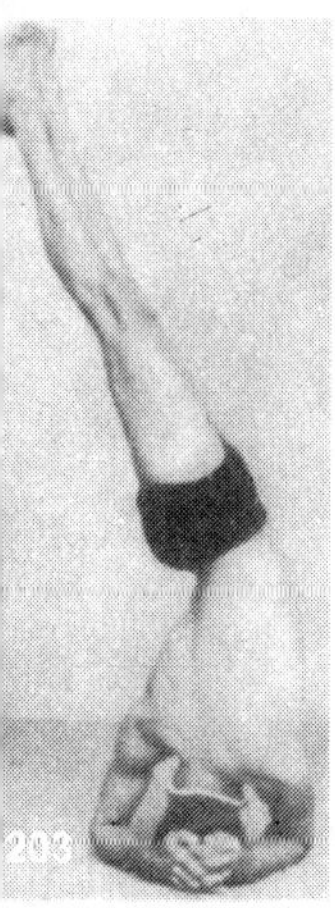

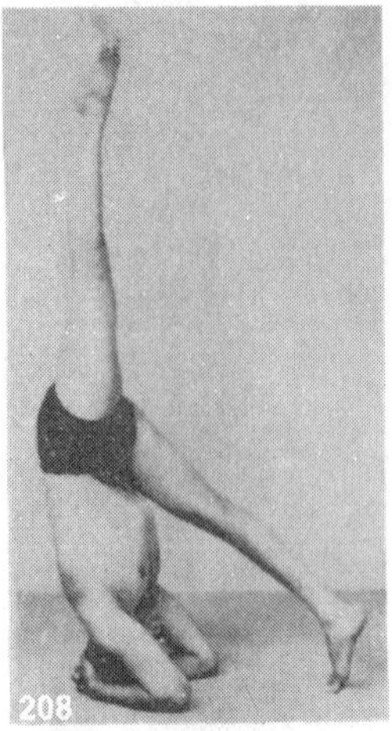

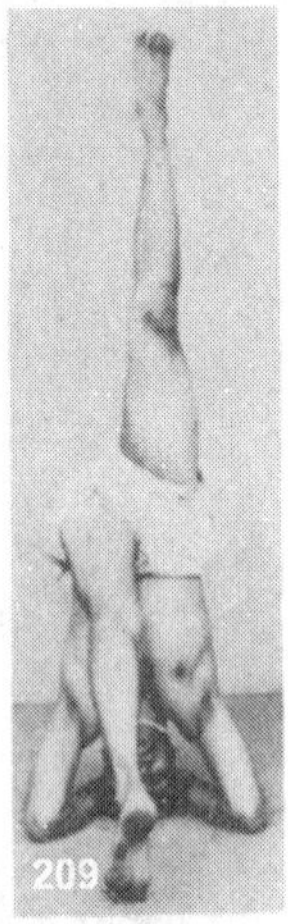

210. पार्श्वैकपाद शीर्षा

एकपाद शीर्षासन (208, 209)

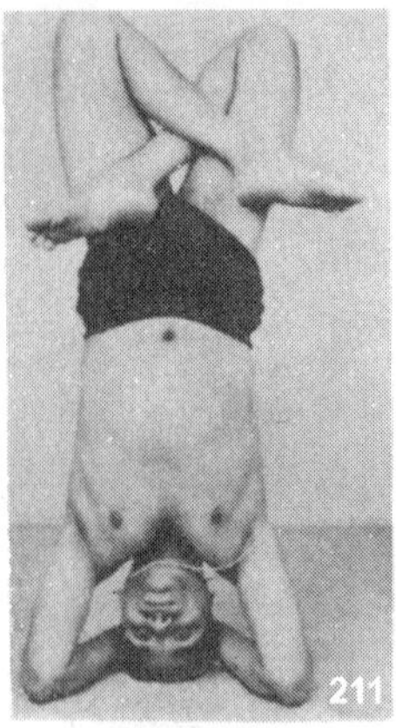

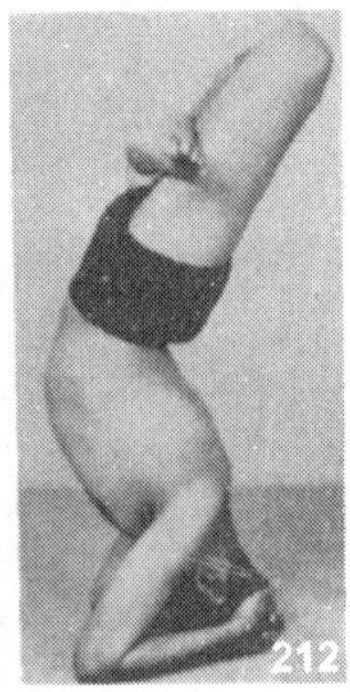

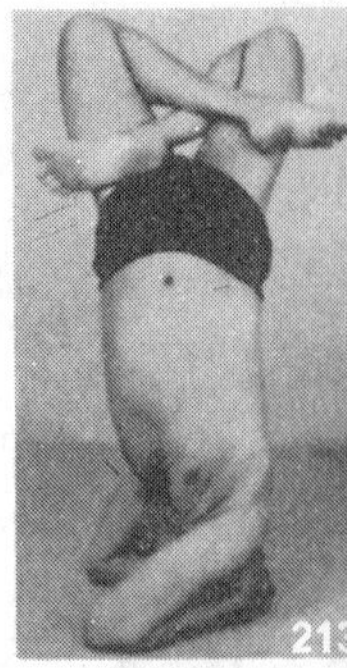

ऊर्ध्व पद्मासनयुक्त शीर्षासन
(211, 212)

पार्श्व ऊर्ध्व पद्मासनयुक्त शीर्षासन (213–216)

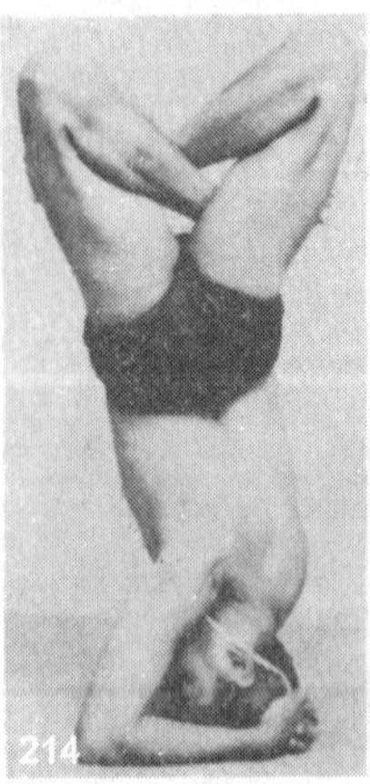

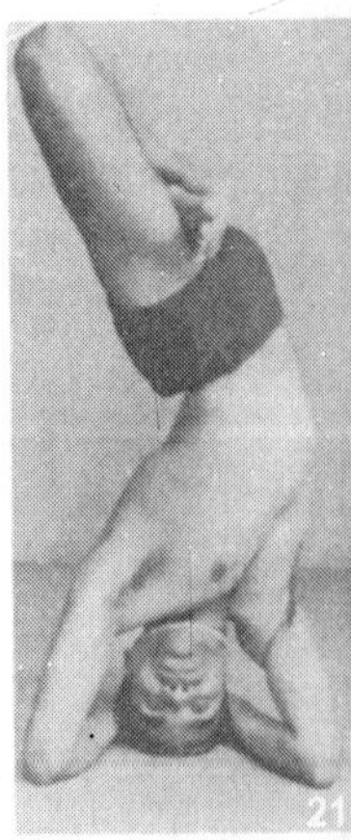

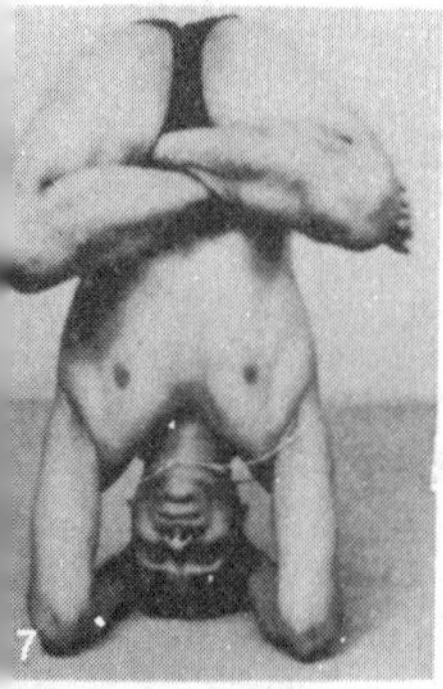

पिंडासनयुक्त शीर्षासन (217, 218)

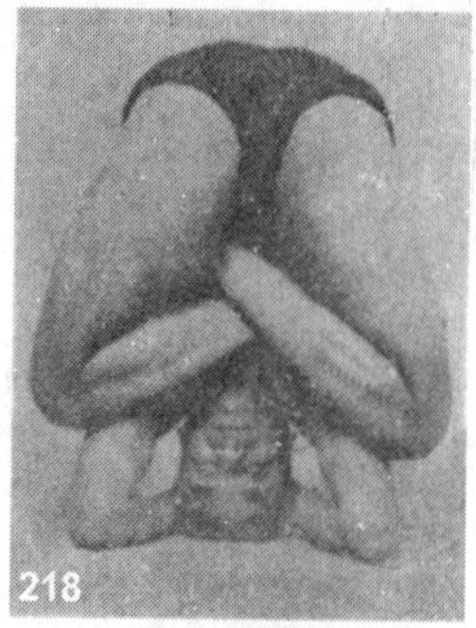

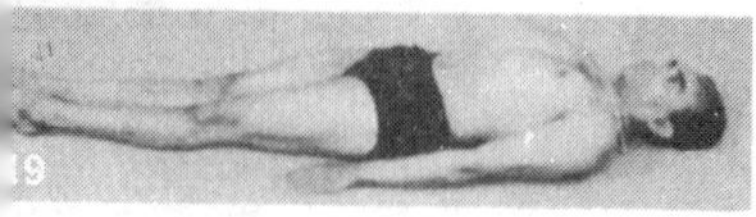

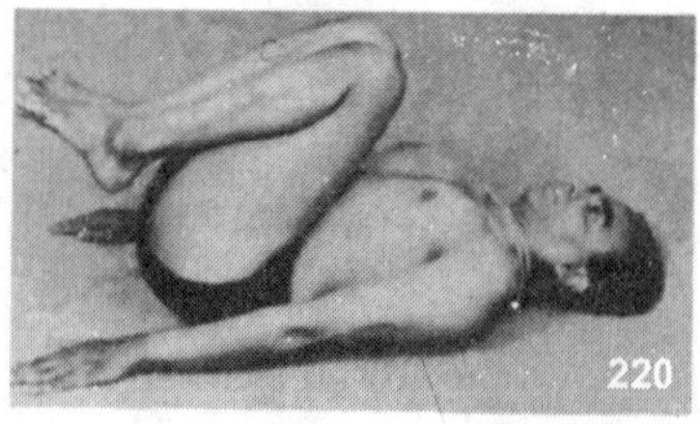

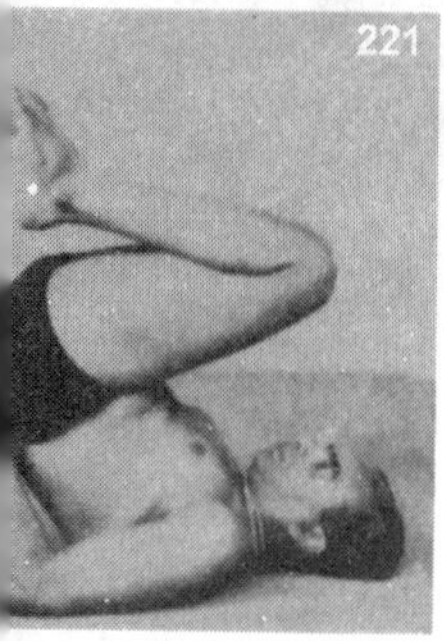

सालम्ब सर्वांगासन–एक (219–225)

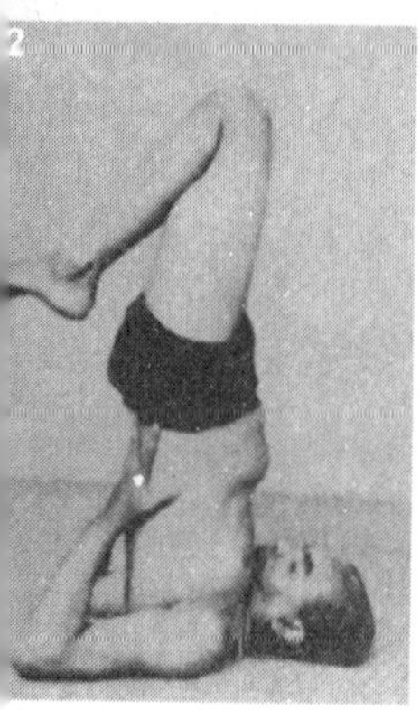

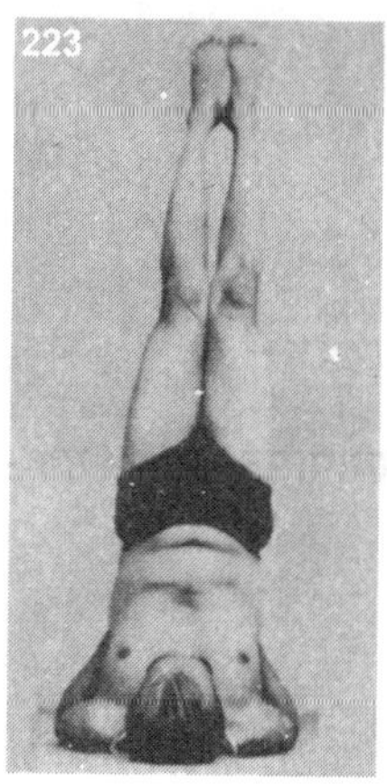

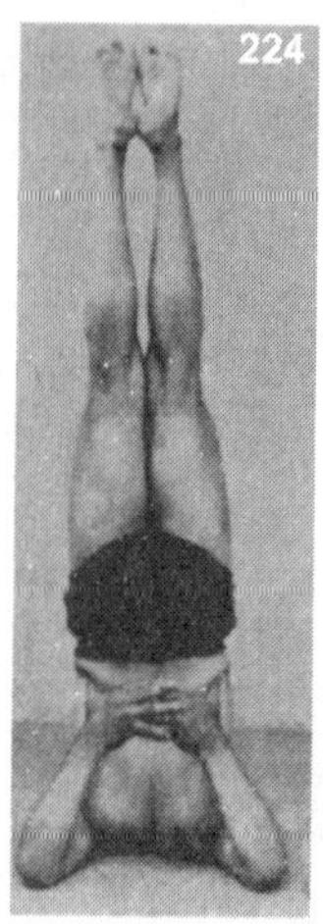

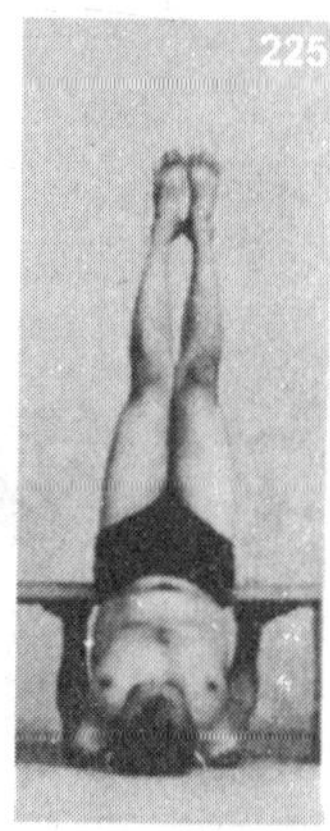

226

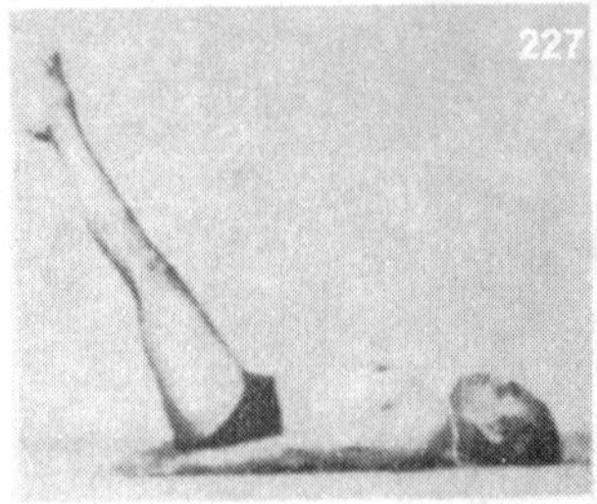

227

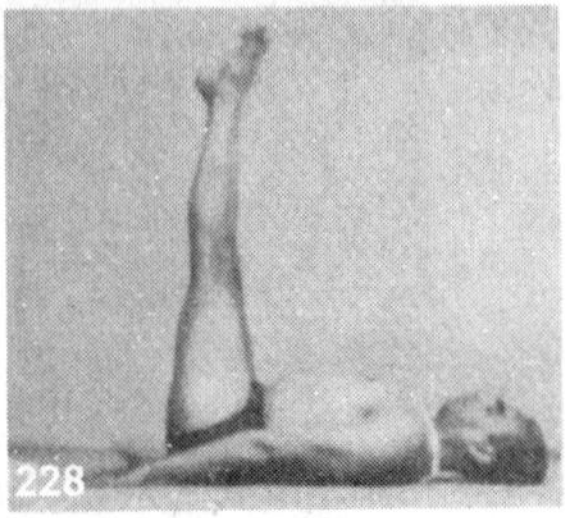

228

229

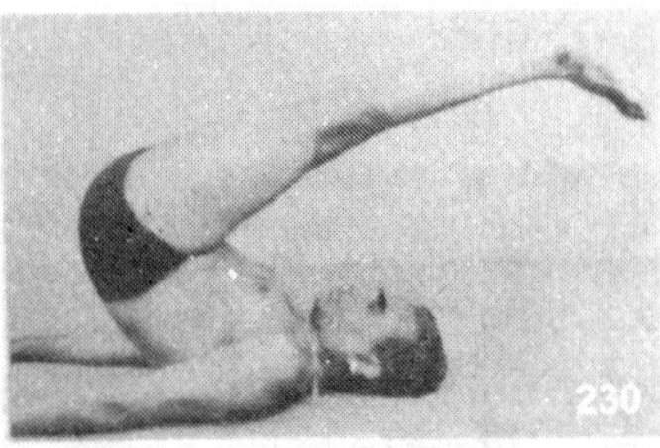

230

231

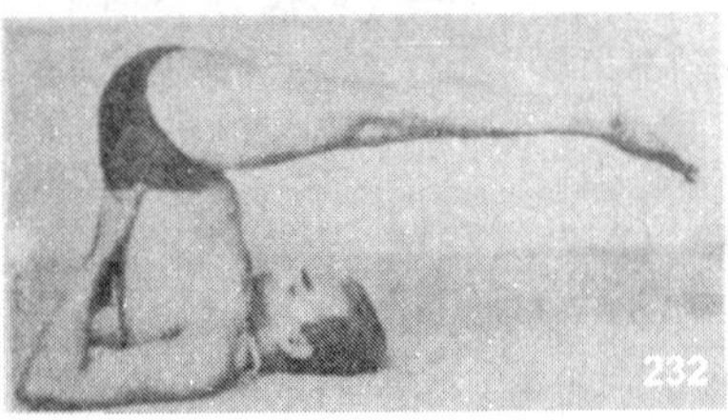

232

233

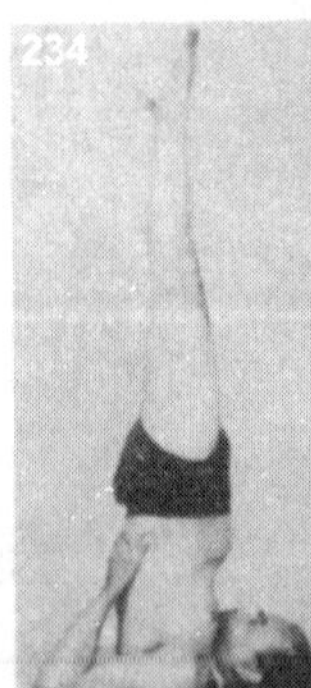

234

सालम्ब सर्वांगासन–एक (226–234)

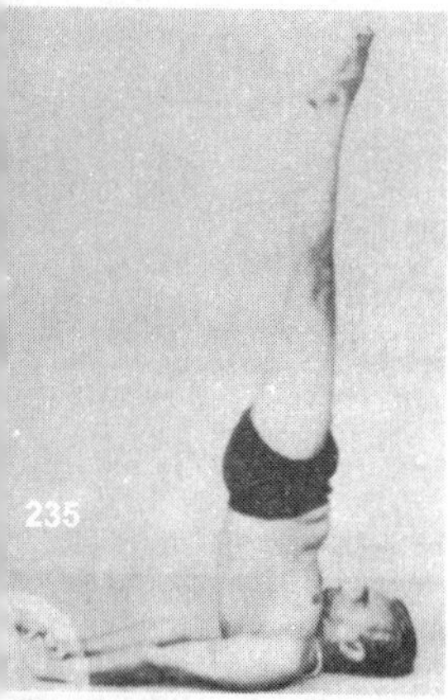

235. सालम्ब सर्वांगासन–दोन

236. निरालम्ब सर्वांगासन–एक

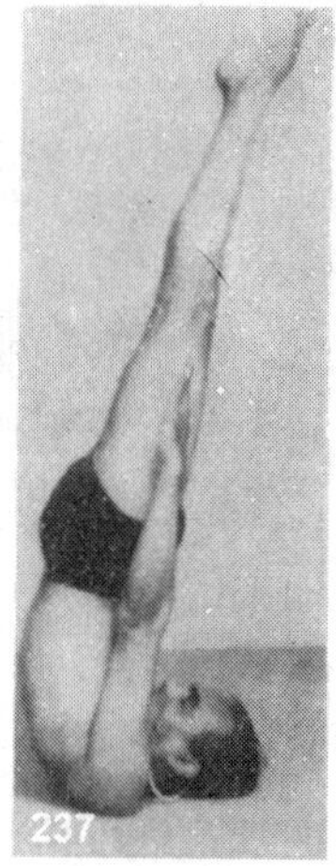

237. निरालम्ब सर्वांगासन–दोन

हलासन (238–244)

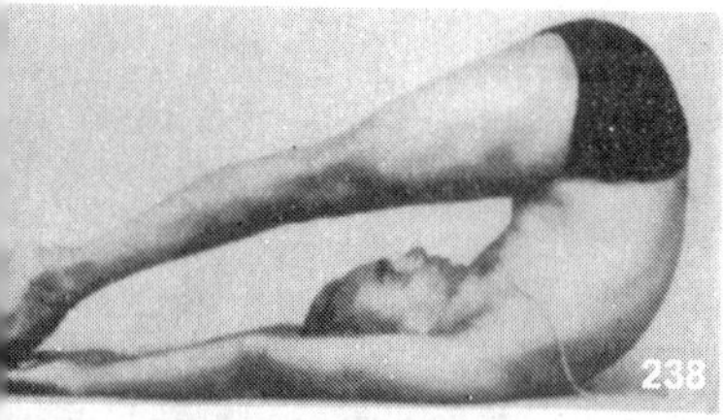

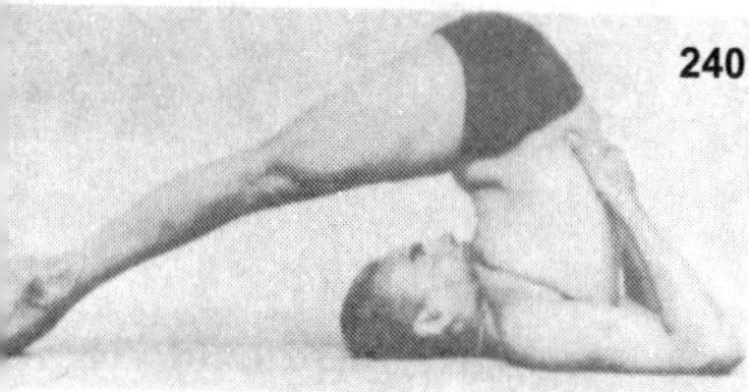

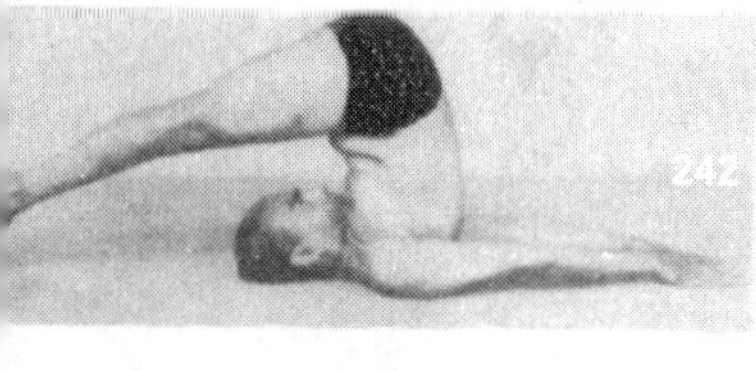

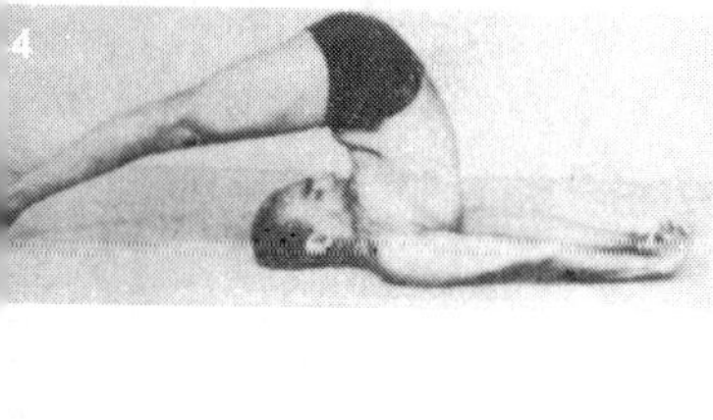

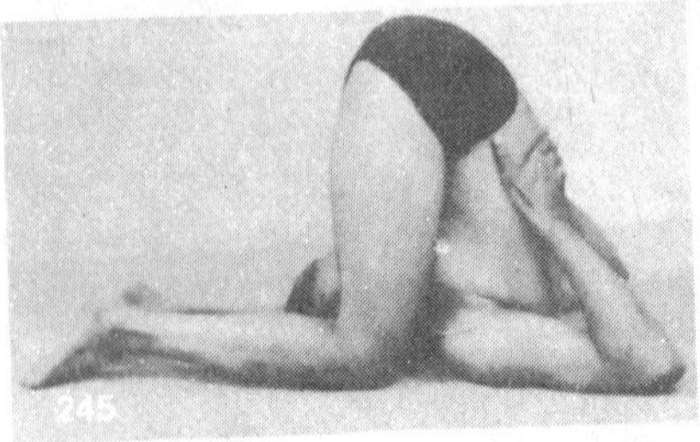

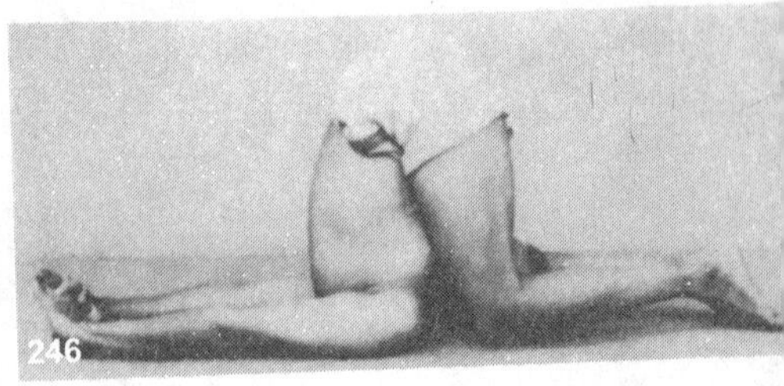

कर्णपीडासन (245, 246)

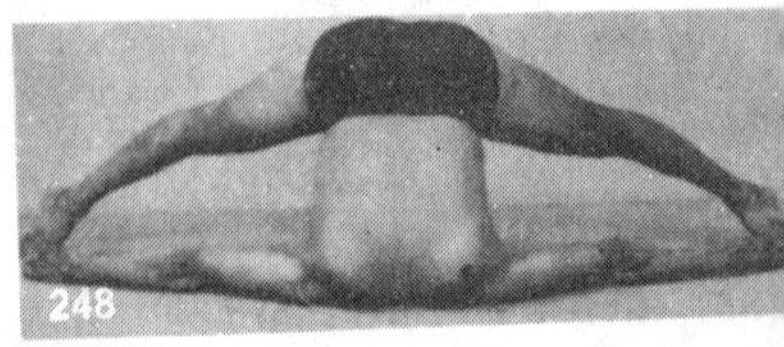

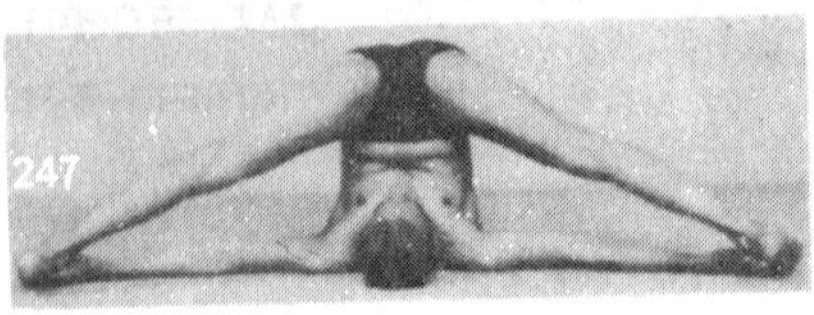

सुप्त कोणासन (247, 248)

249. पार्श्व हलासन

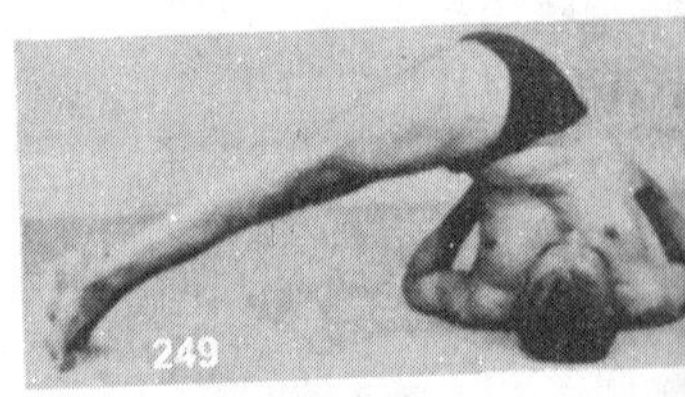

250. एकपाद सर्वांगासन

251. पार्श्वैकपाद सर्वांगार

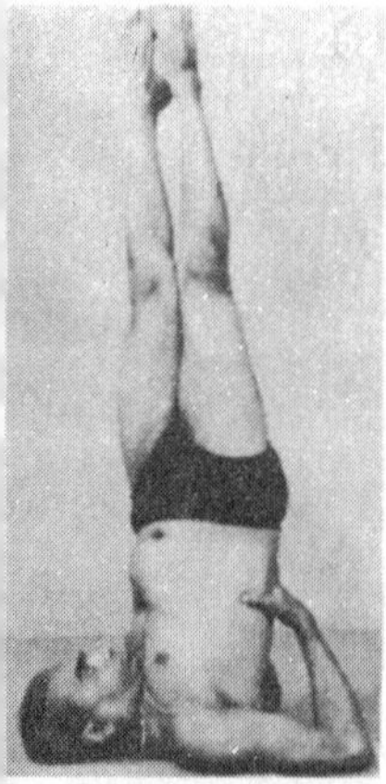

पार्श्व सर्वांगासन
(252–255)

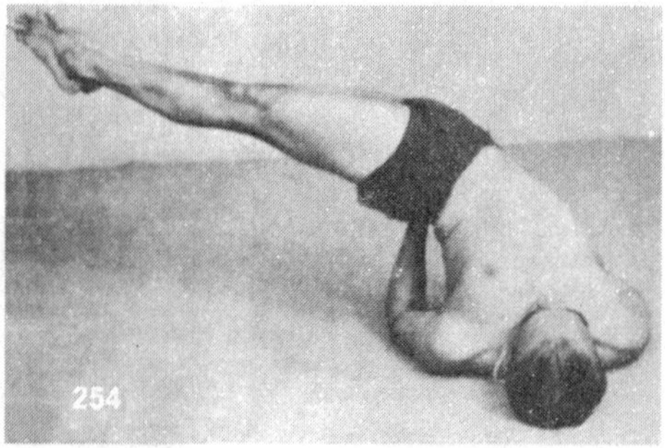

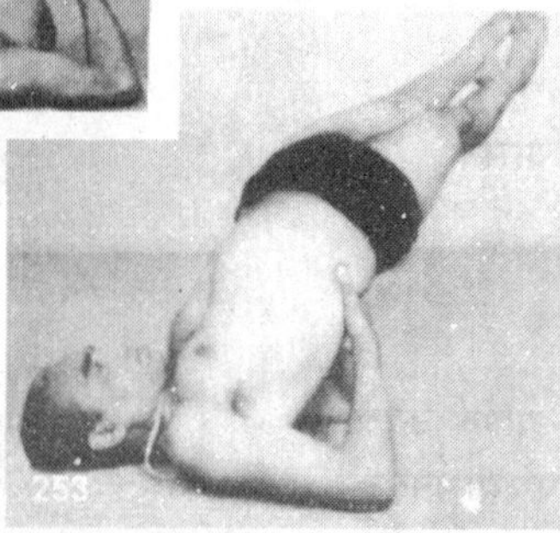

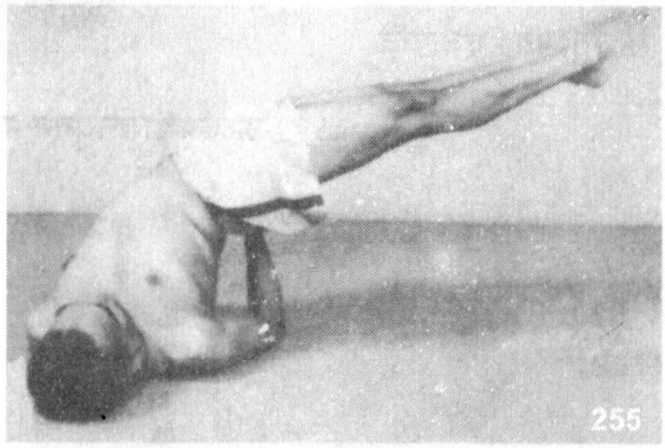

सेतुबन्ध सर्वांगासन–उत्तान मयूरासन (256–259)

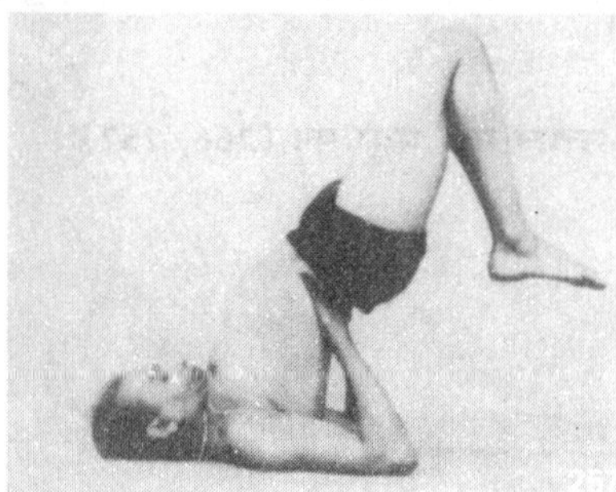

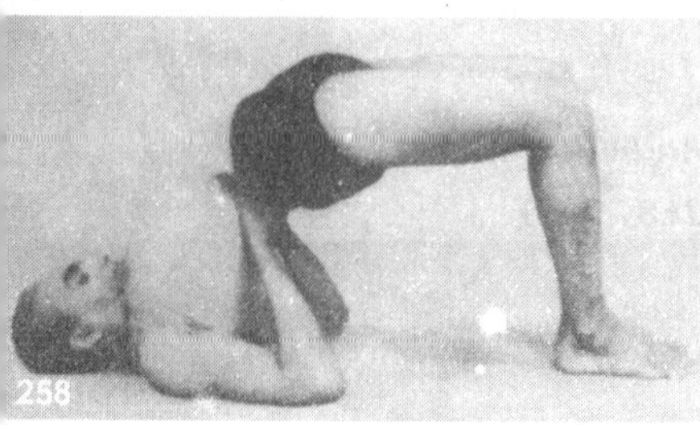

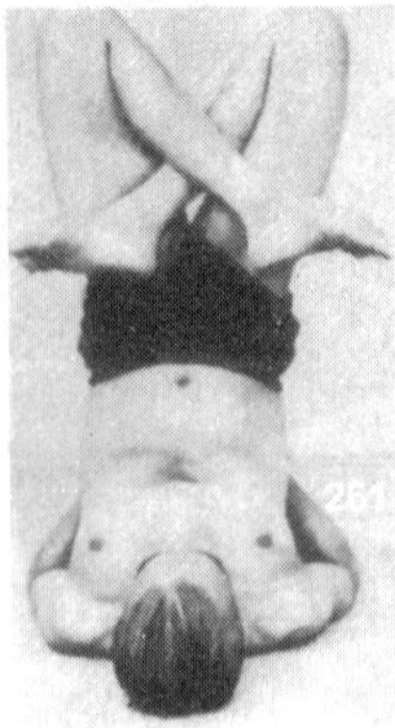

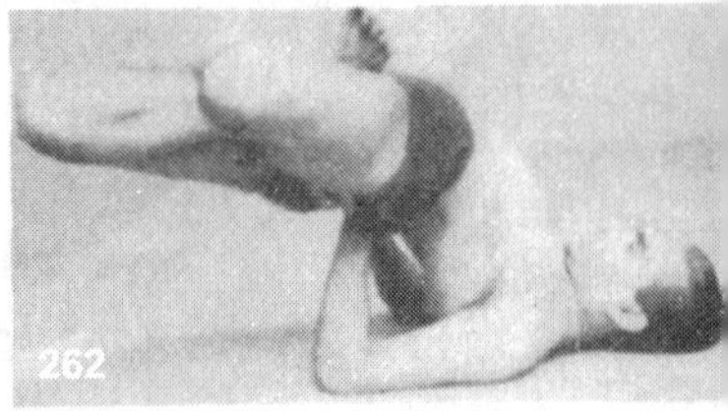

260. एकपाद सेतुबन्ध सर्वांगासन–एकपाद

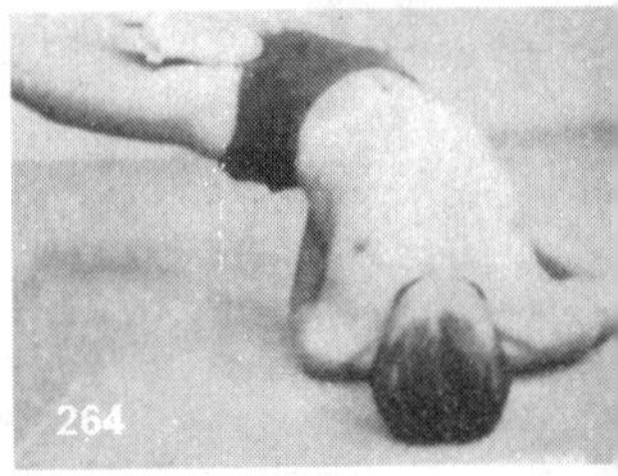

261. ऊर्ध्वपद्मासनयुक्त सर्वांगासन

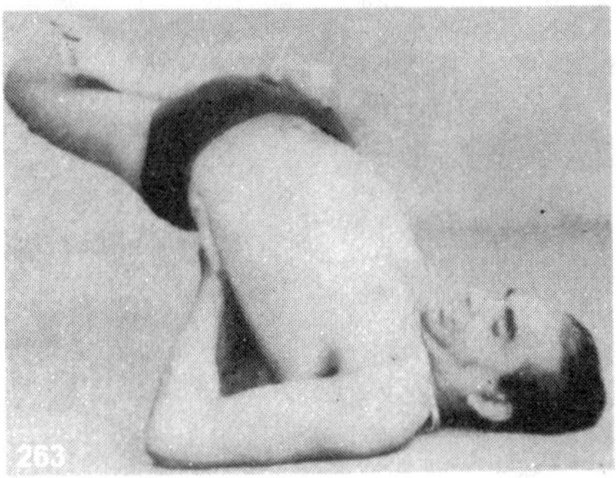

पार्श्व ऊर्ध्व पद्मासनयुक्त सर्वांगासन (262–265)

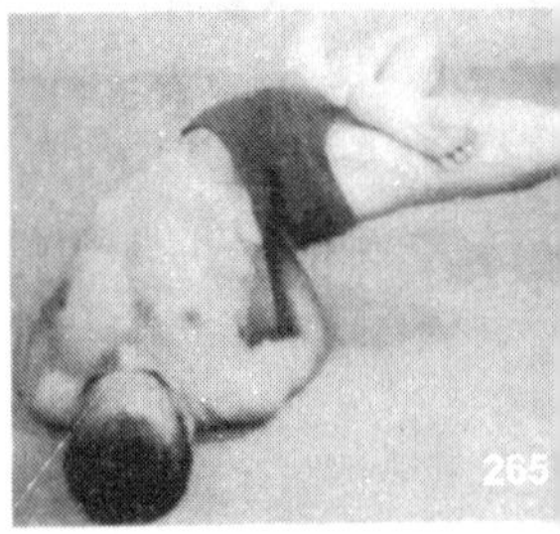

उत्तान पद्म मयूरासन (266, 267)

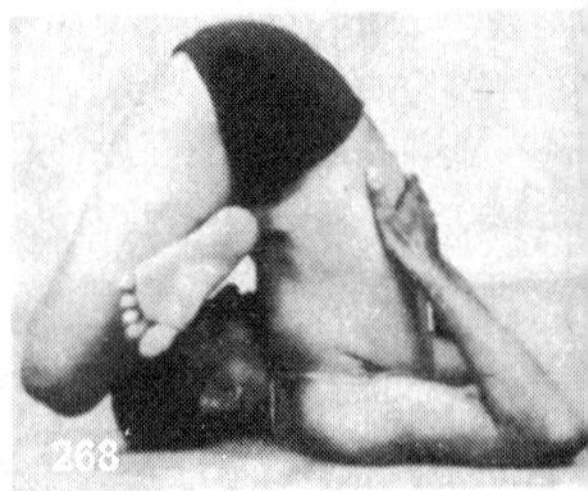

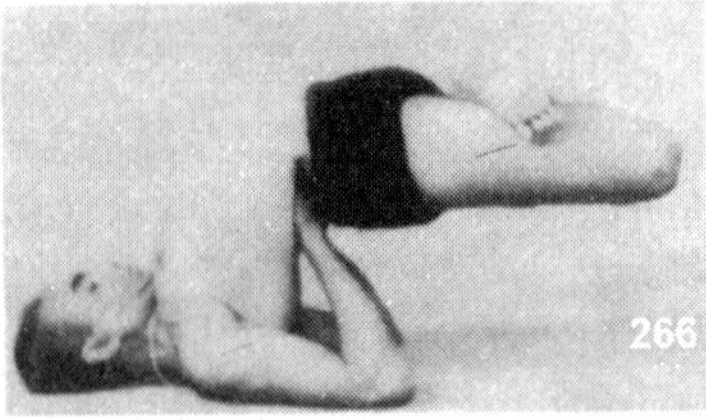

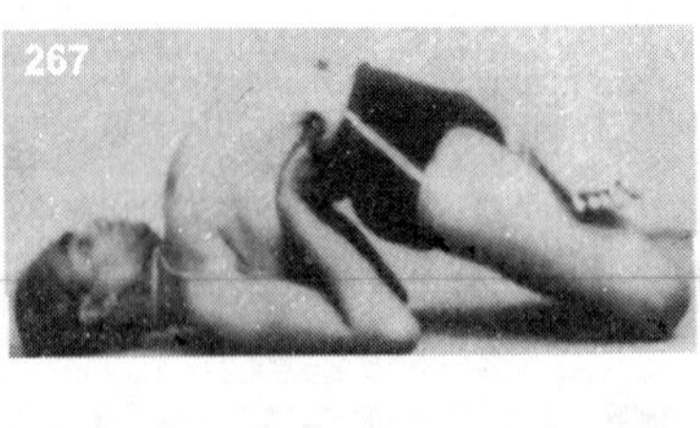

पिंडासनयुक्त सर्वांगासन (268, 269)

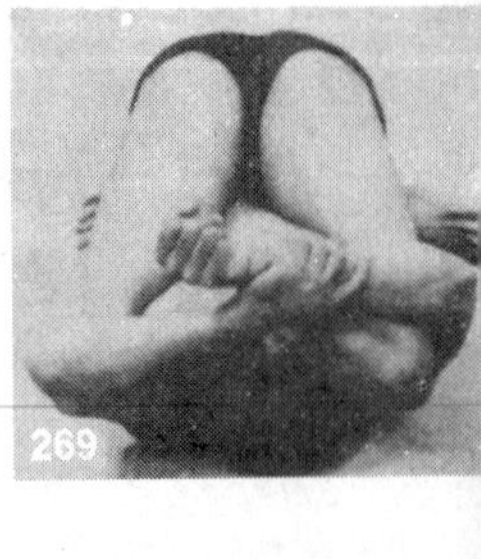

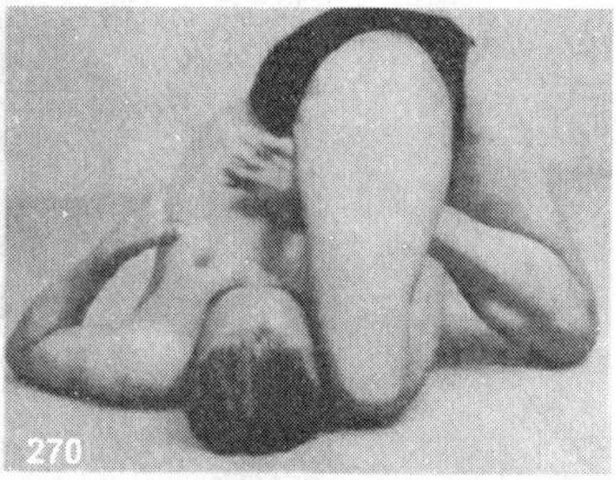

270

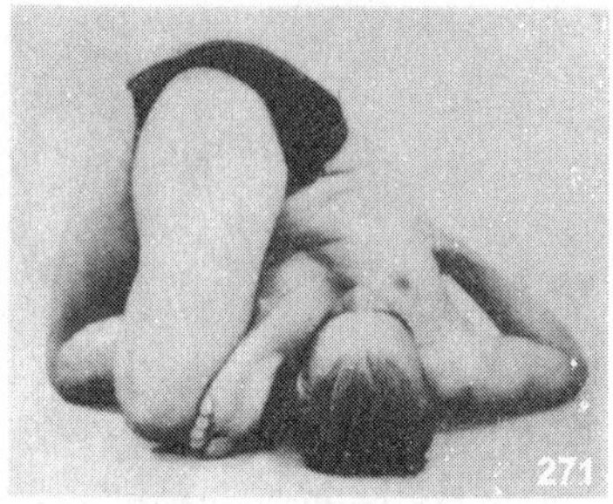

271

पार्श्व पिंडासनयुक्त सर्वांगासन (270, 271)

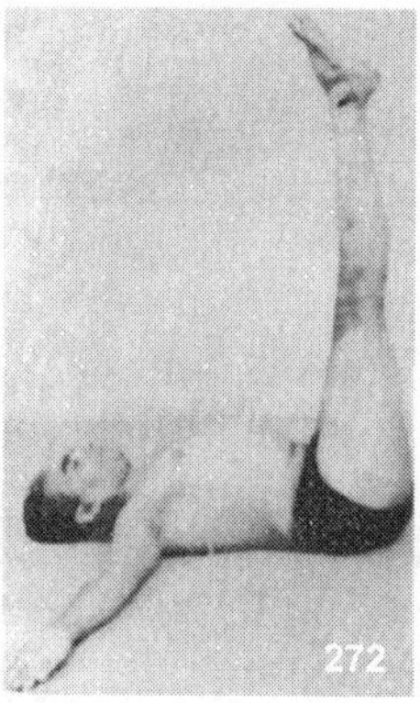

272

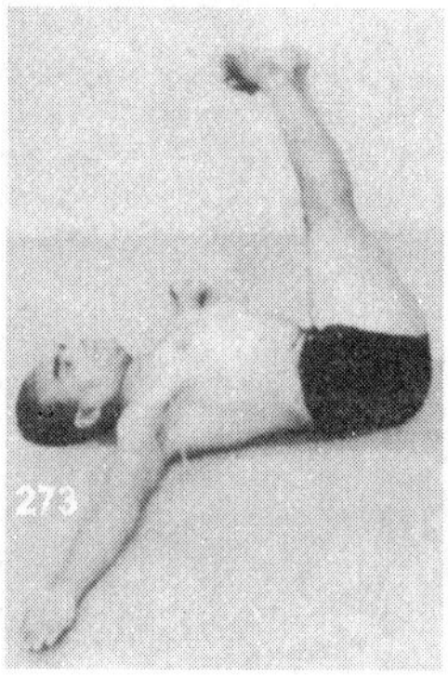

273

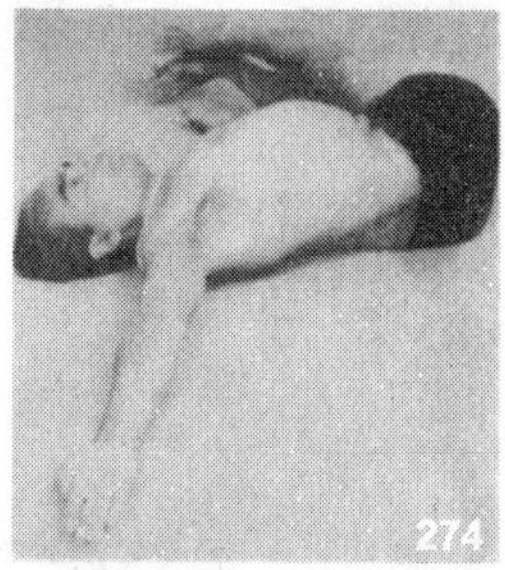

274

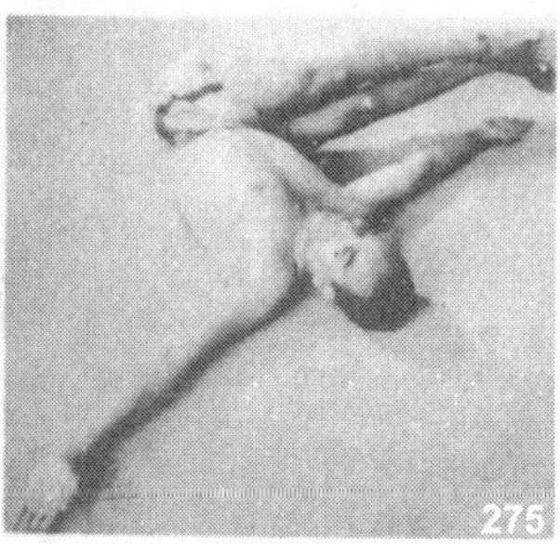

275

जठर परिवर्तनासन (272–275)

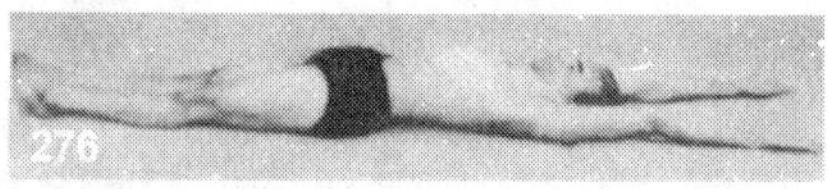

276

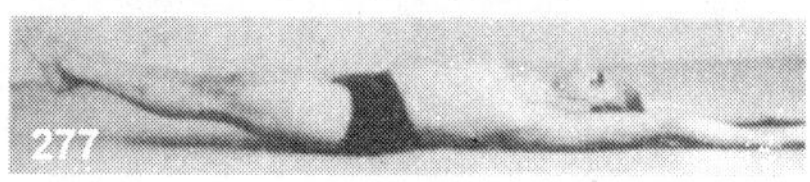

277

ऊर्ध्व प्रसारित पादासन (276–279)

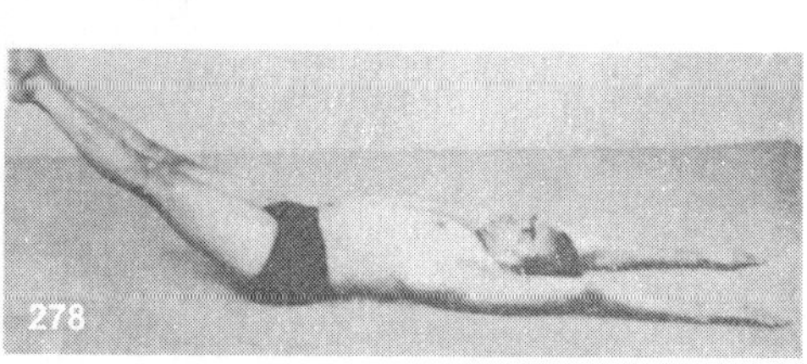

278

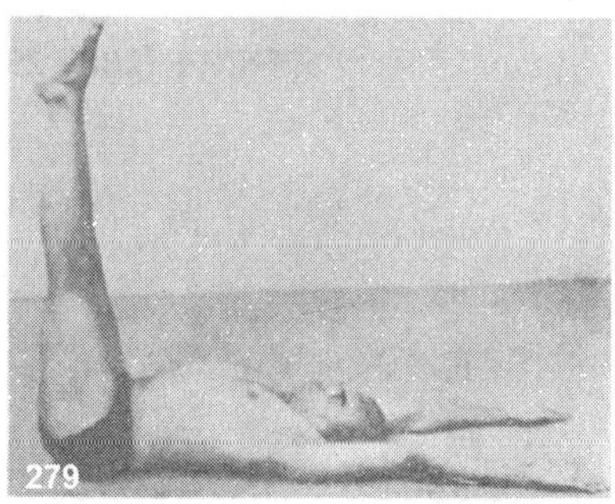

279

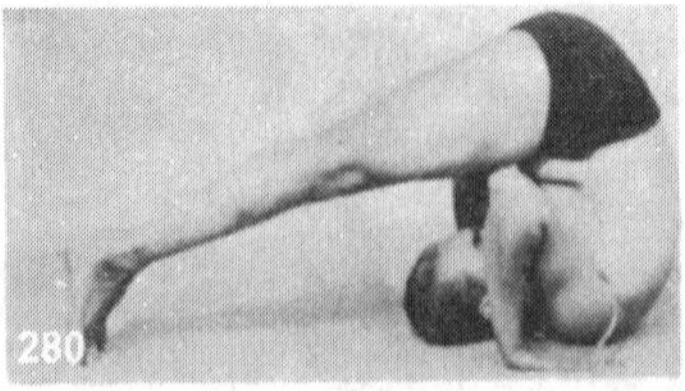

280

चक्रासन (280–283)

281

282

283

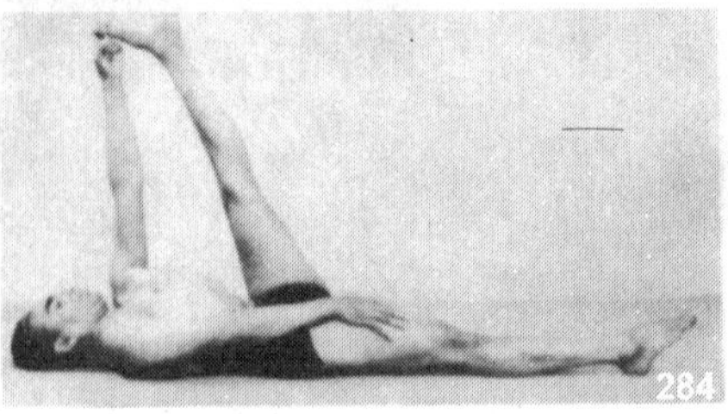

284

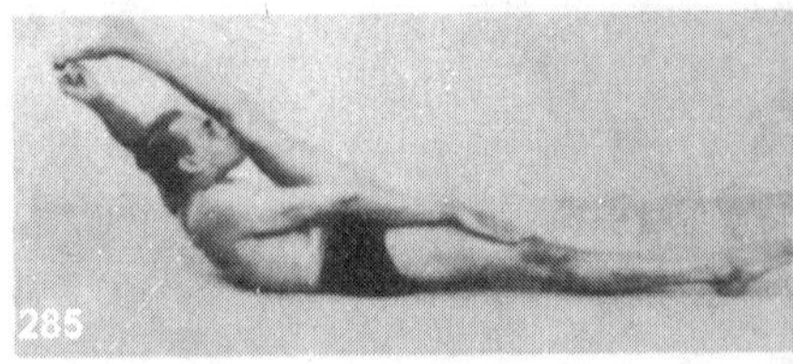

285

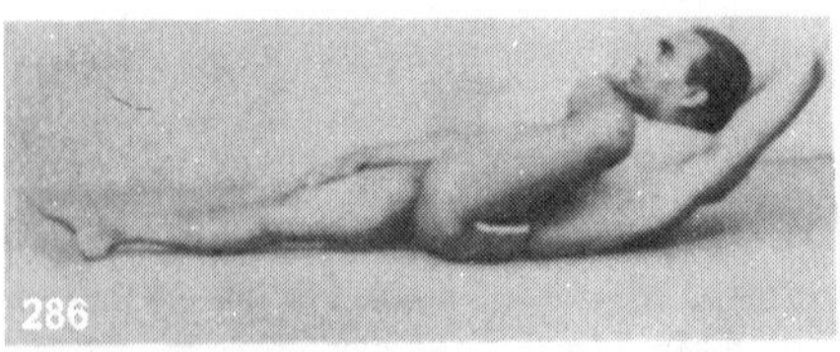

286

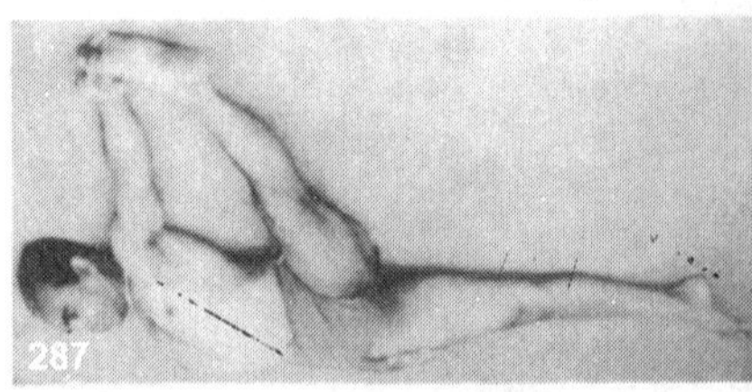

287

सुप्त पादांगुष्ठासन (284–287)

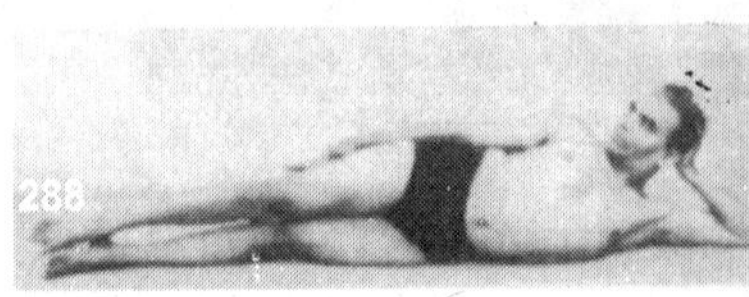

288

अनन्तासन (288–290)

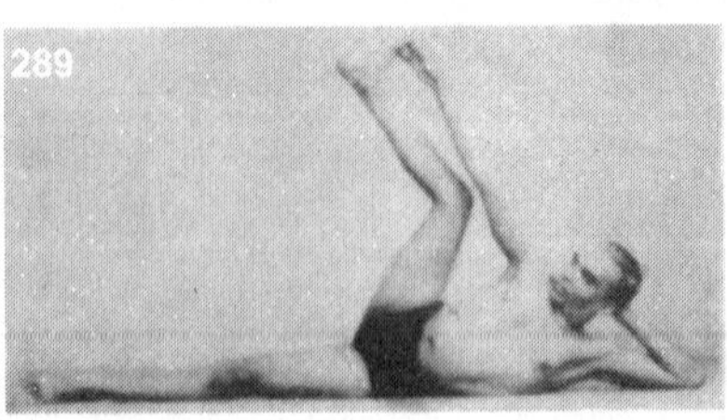

289

290

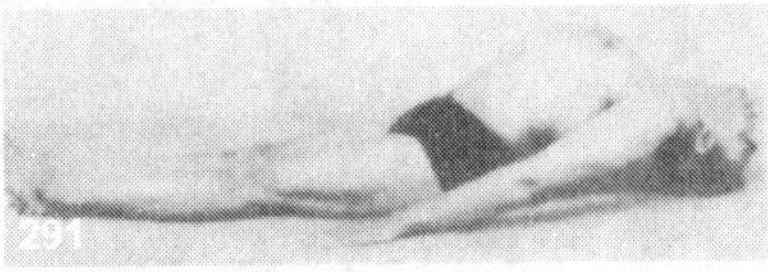

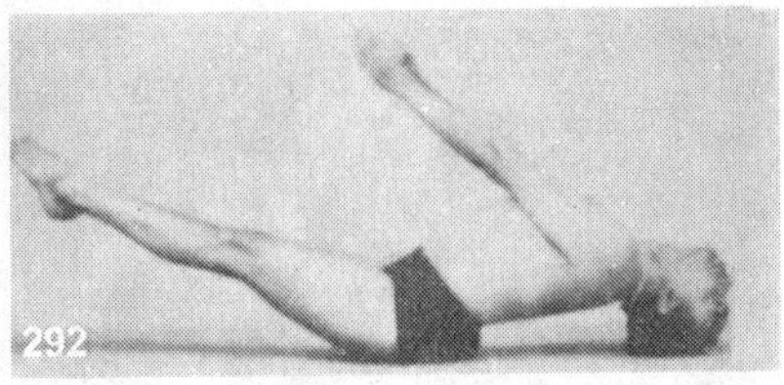

उत्तानपादासन (291, 292)

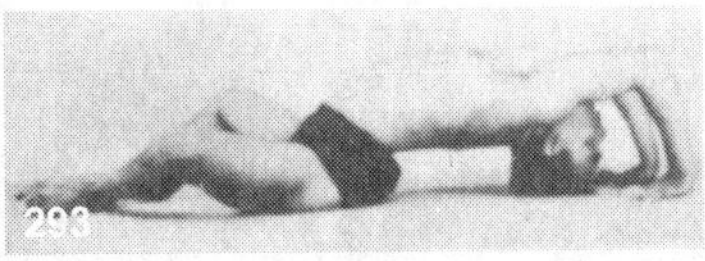

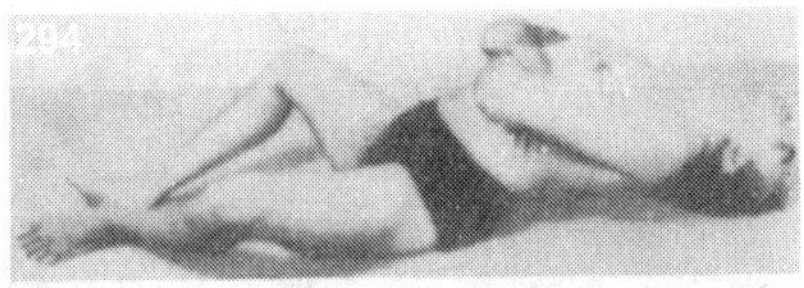

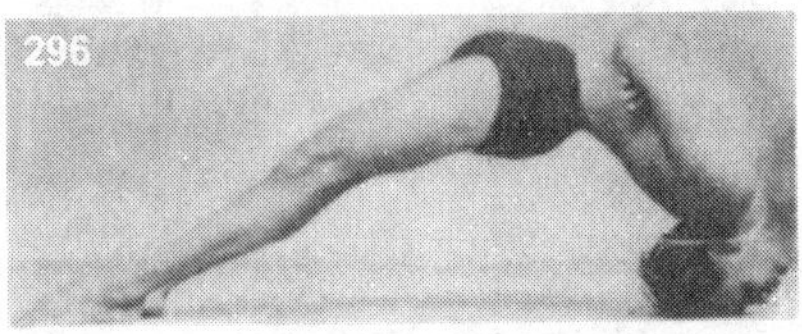

सेतुबंधासन (293–296)

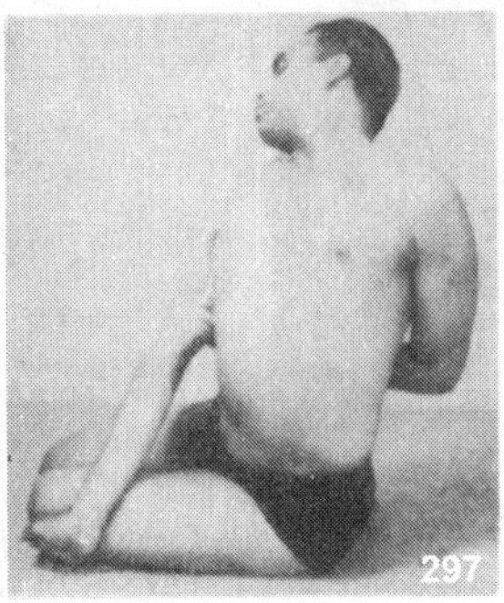

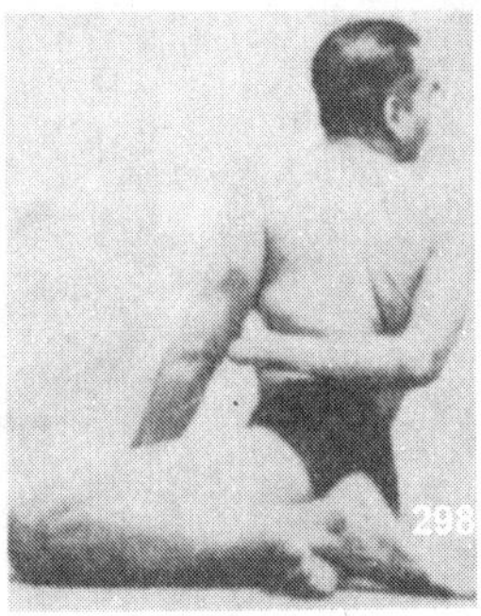

भारद्वाजासन–एक (297, 298)

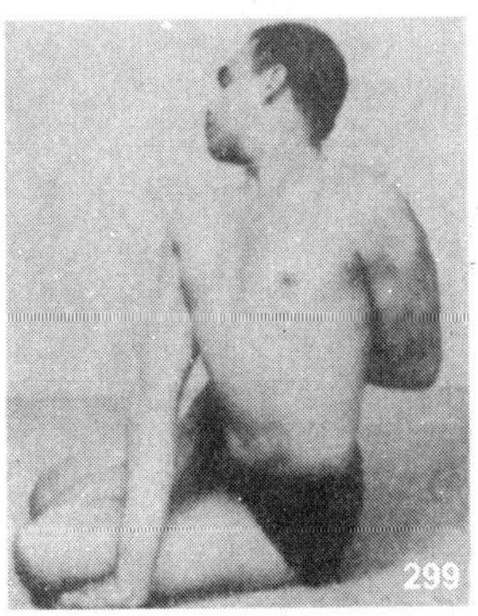

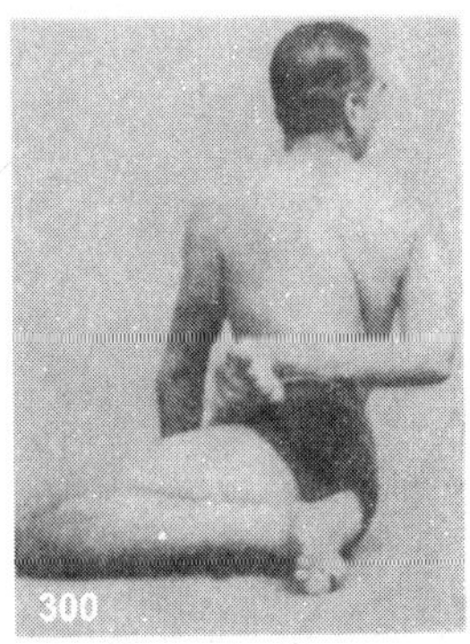

भारद्वाजासन–दोन (299, 300)

301

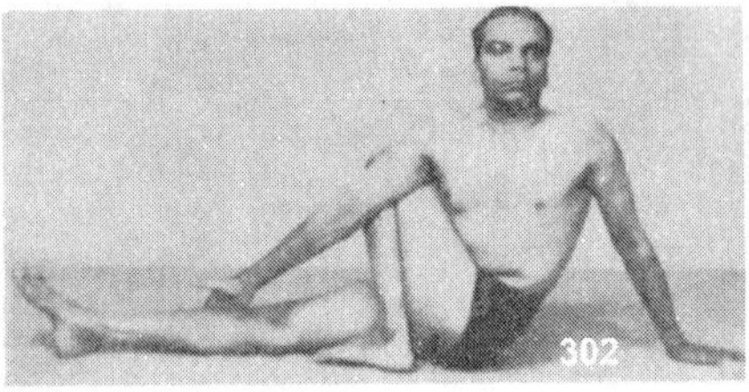

302

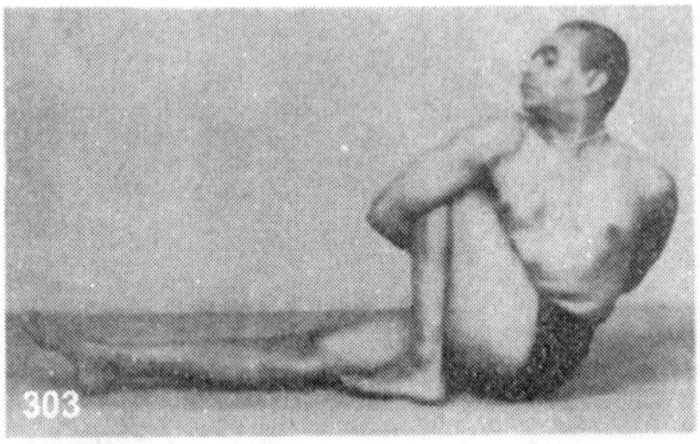

303

304

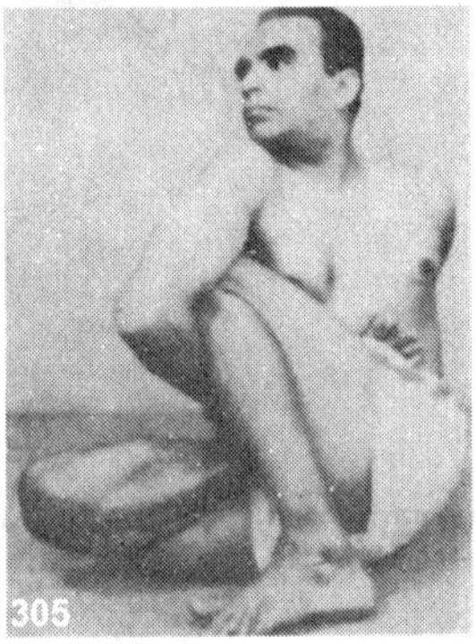

305

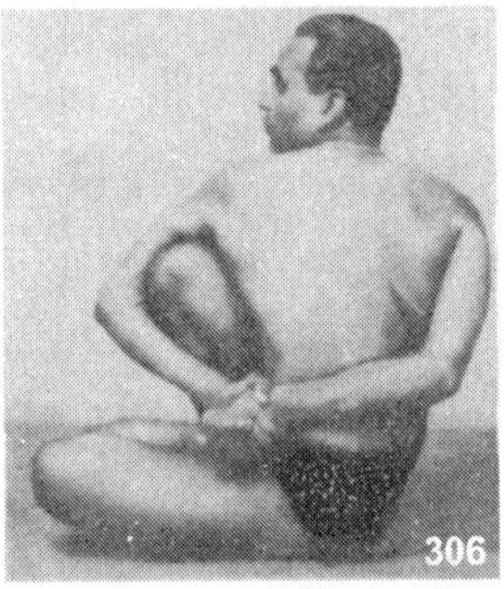

306

मरीच्यासन-तीन (301–304)

मरीच्यासन-चार (305, 306)

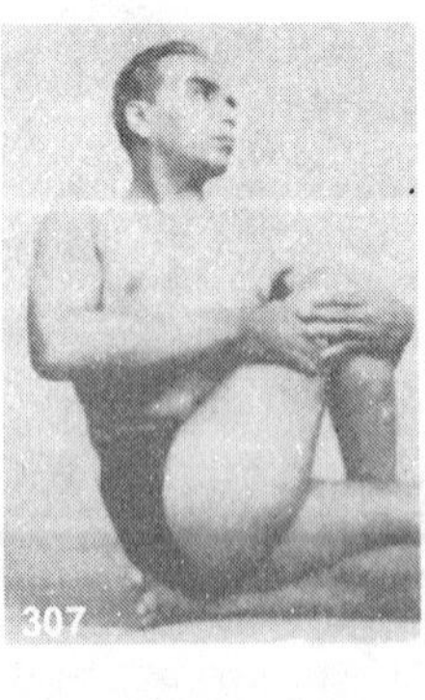

307

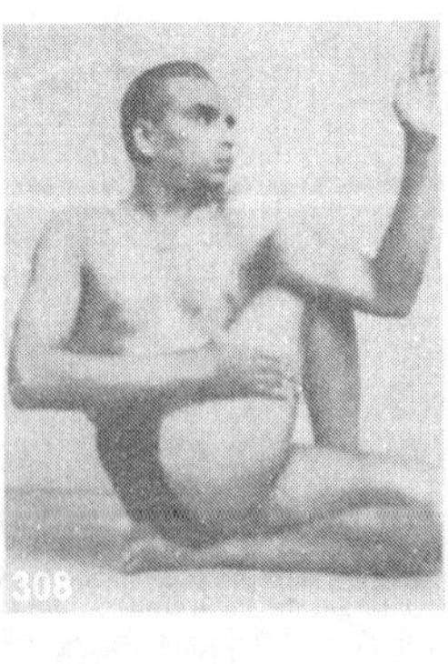

308

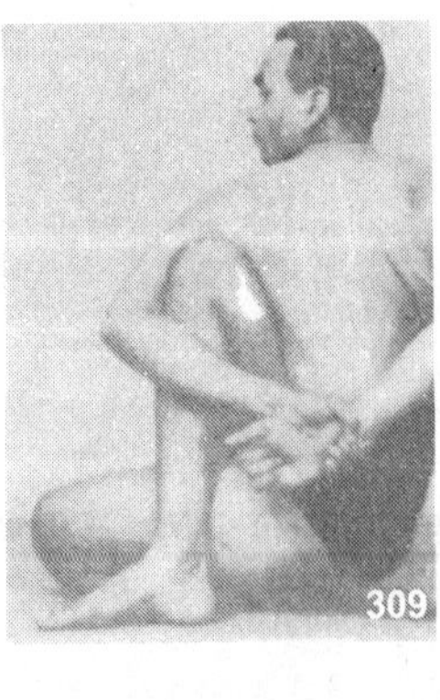

309

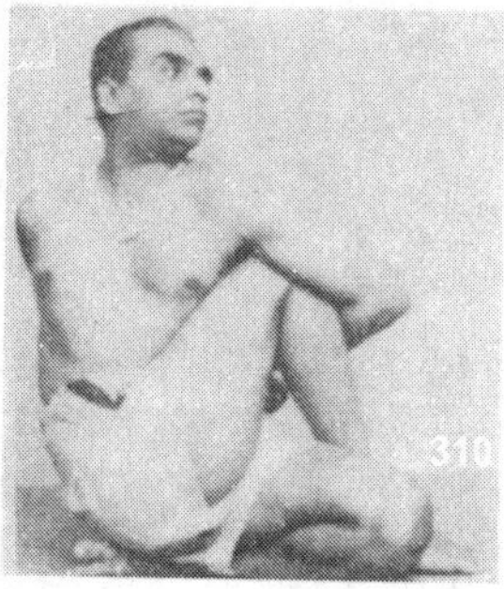
310

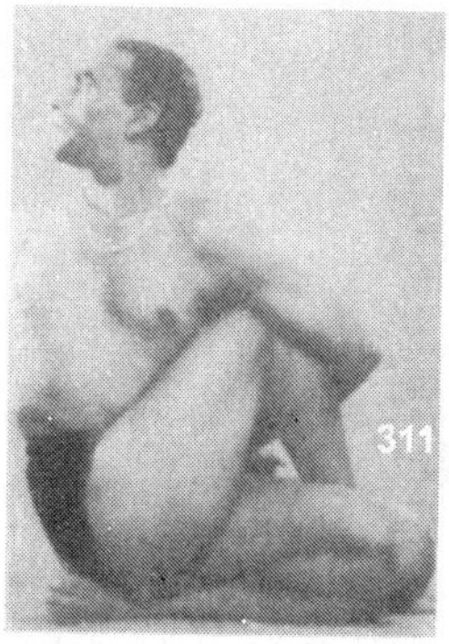
311

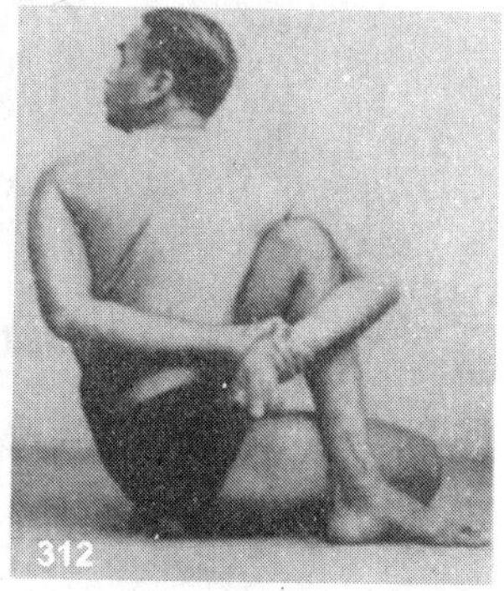
312

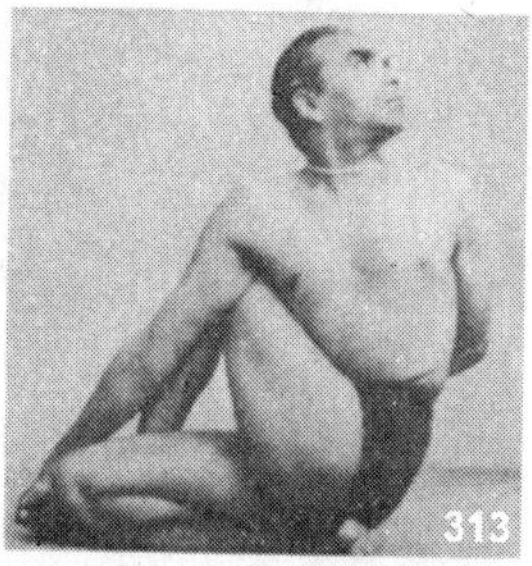
313

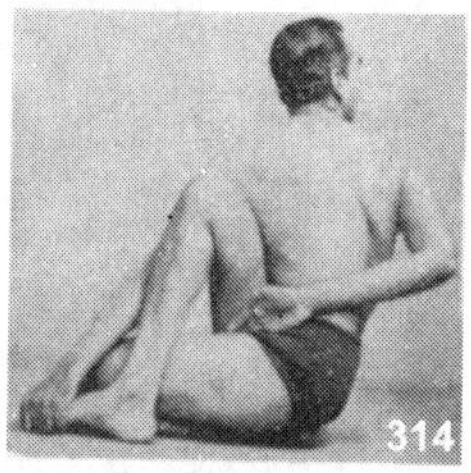
314

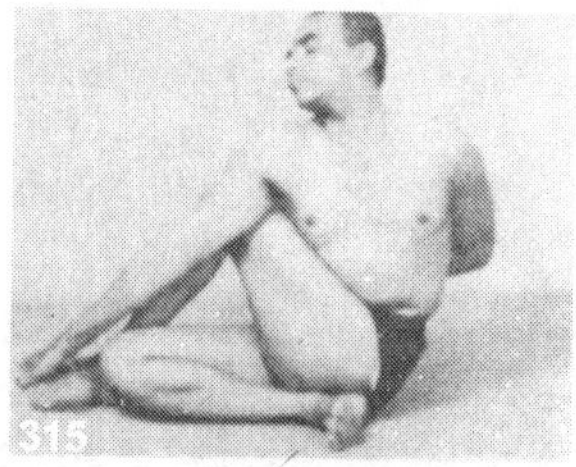
315

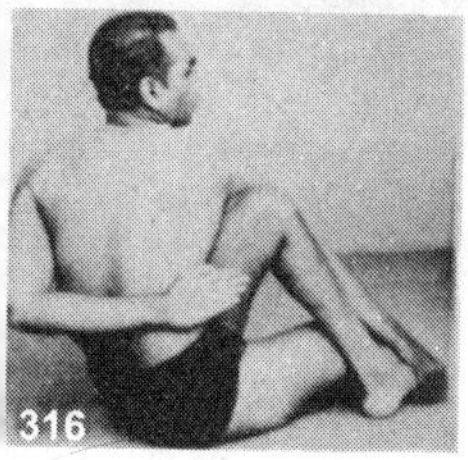
316

अर्ध मत्स्येंद्रासन-एक (307–316)

मालासन-एक (317–321)

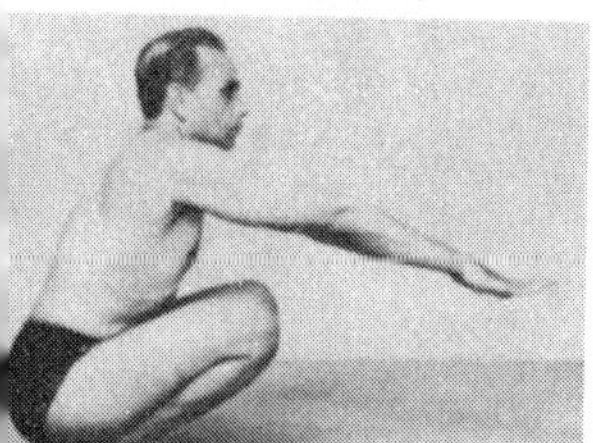
317

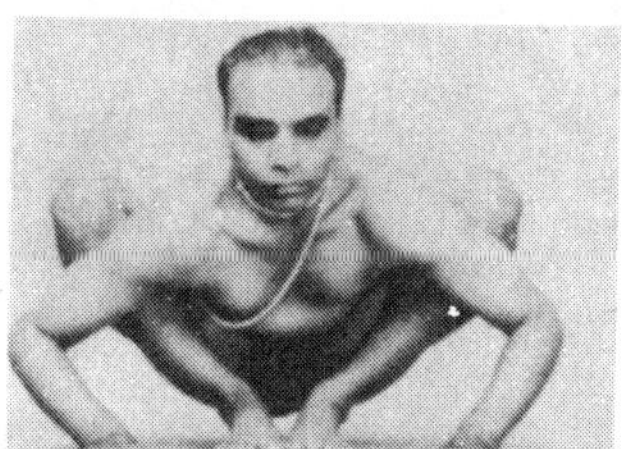
318

319

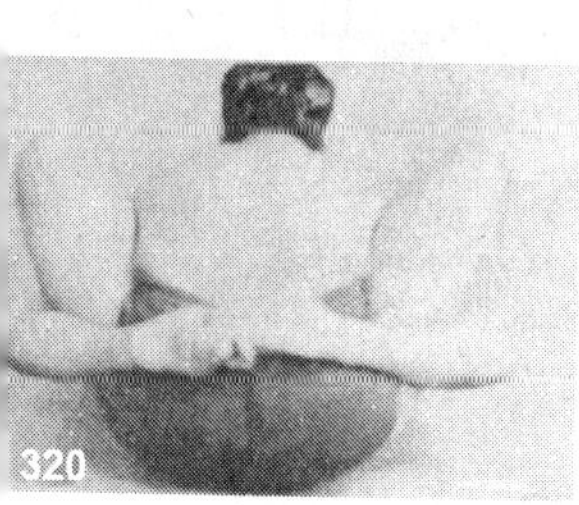
320

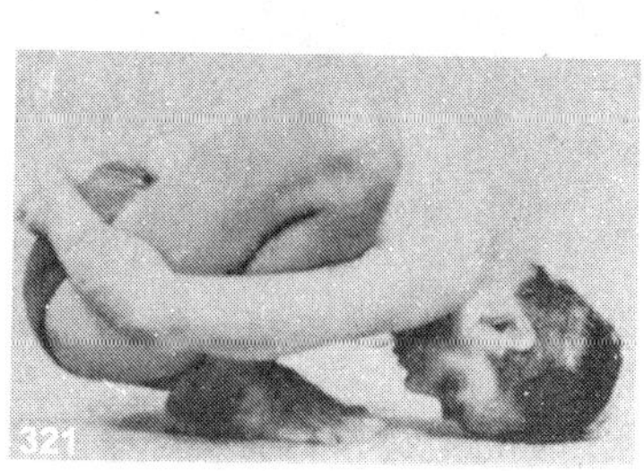
321

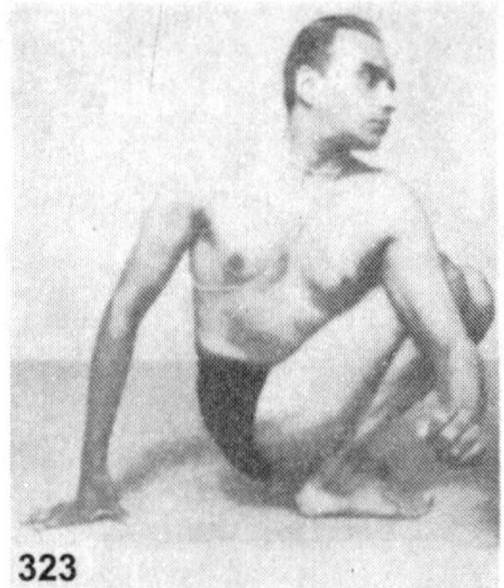

322. मालासन दोन

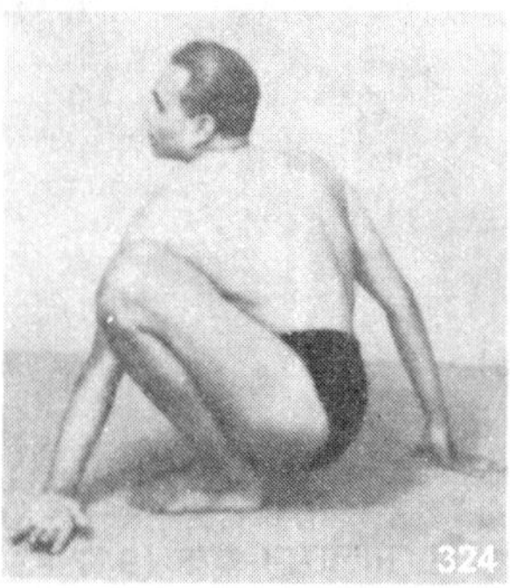

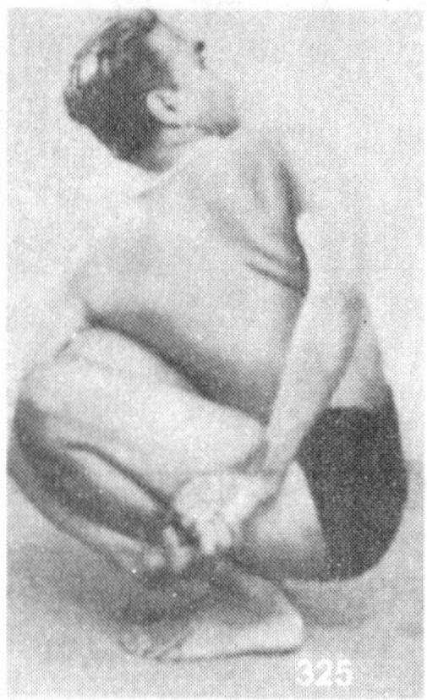

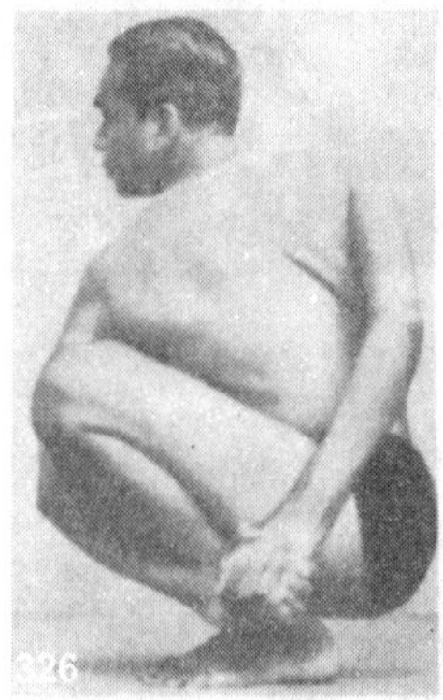

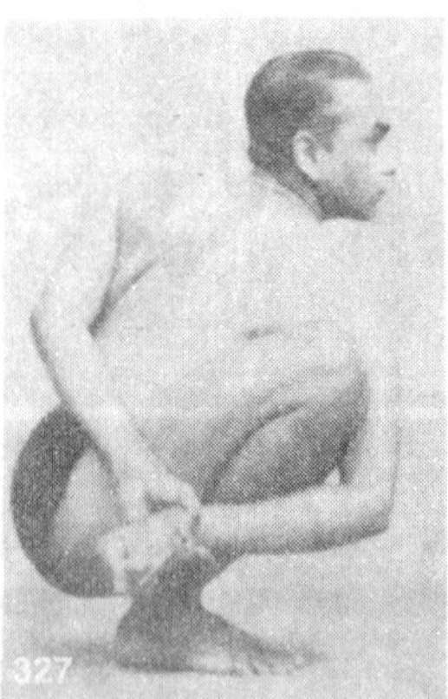

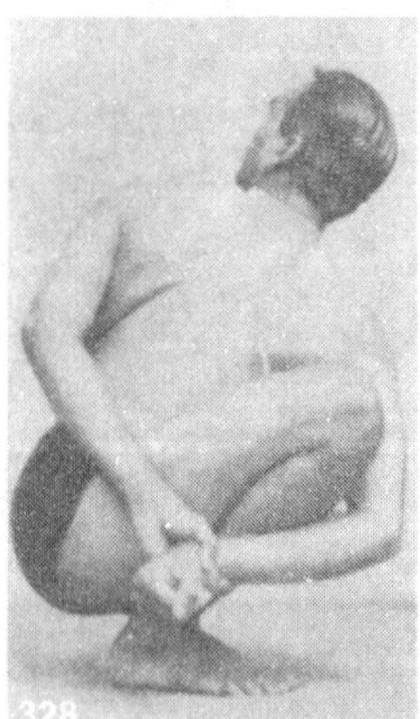

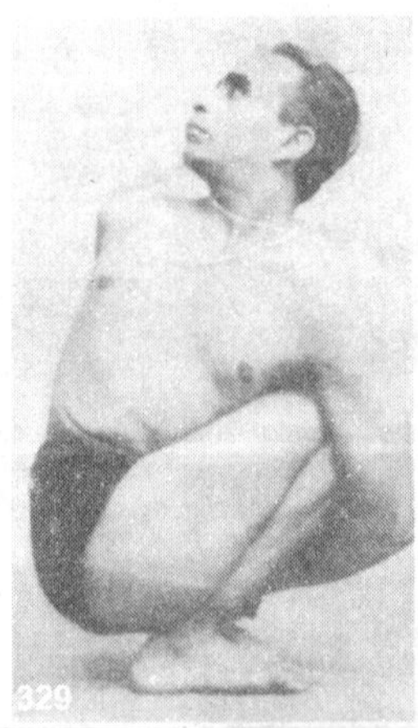

पाशासन (323–329)

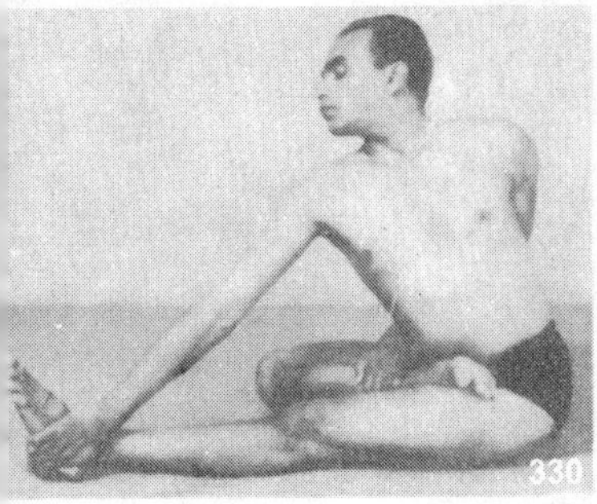

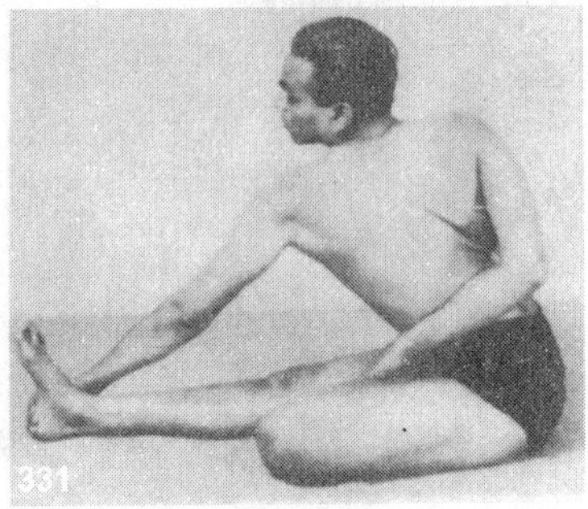

(330, 331)

अर्ध मत्स्येंद्रासन-दोन

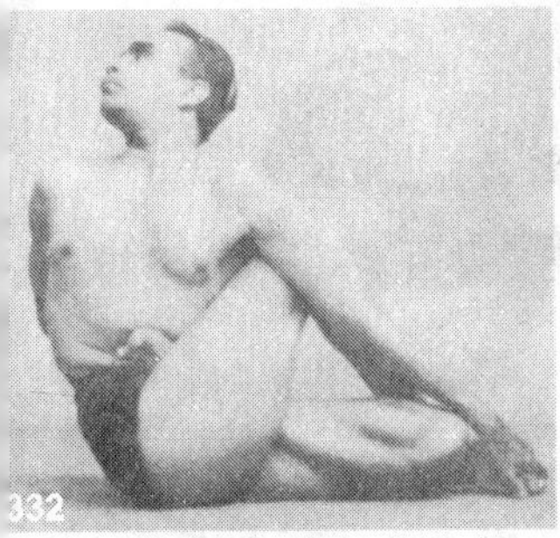

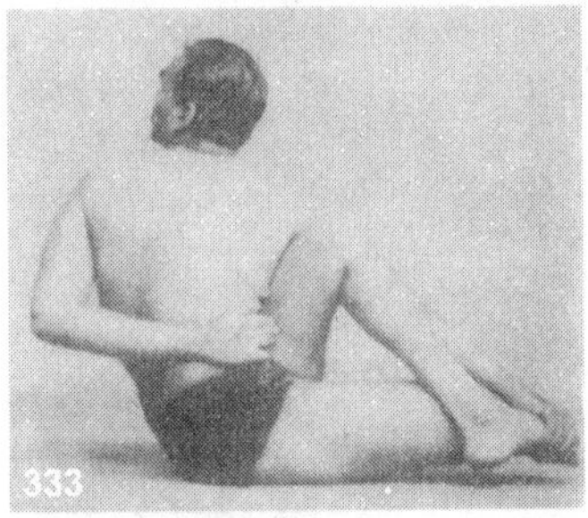

अर्ध मत्स्येंद्रासन-तीन
(332, 333)

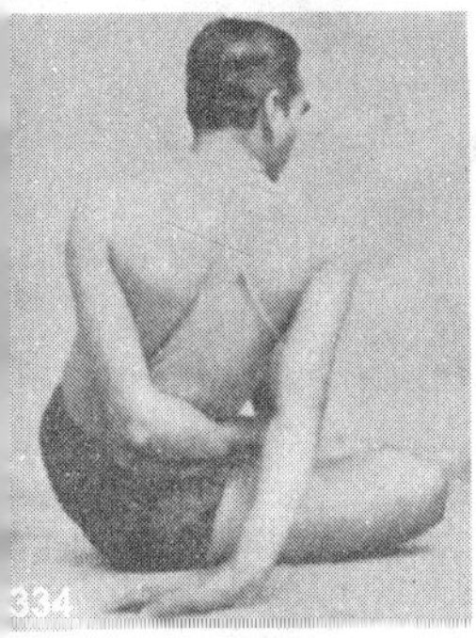

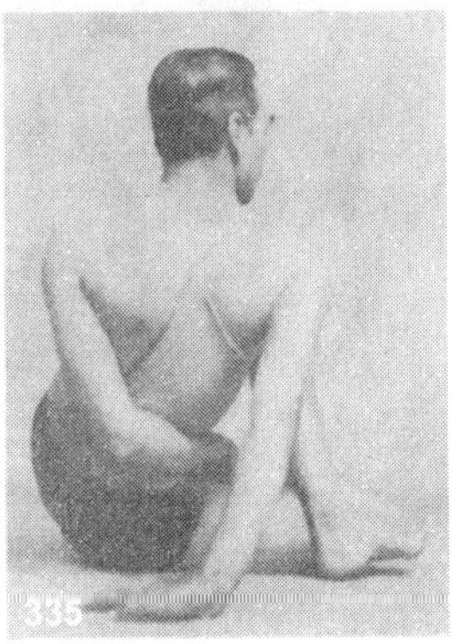

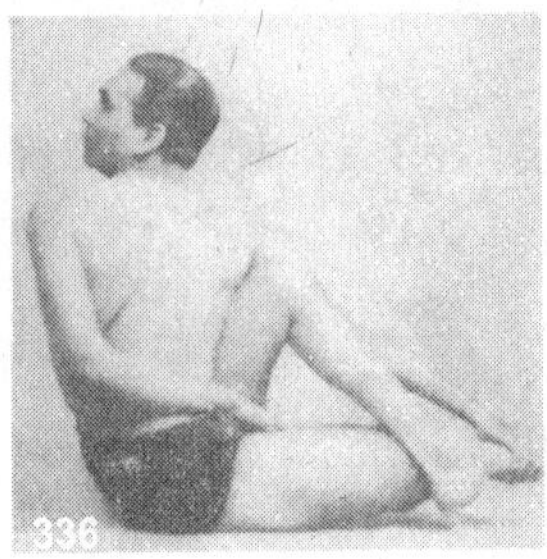

परिपूर्ण मत्स्येंद्रासन
(334–339)

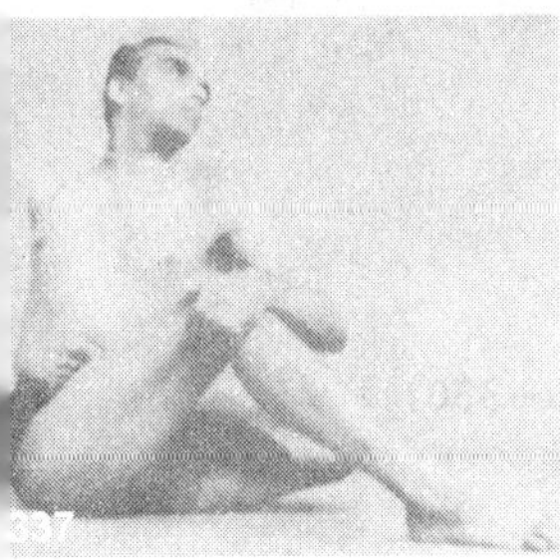

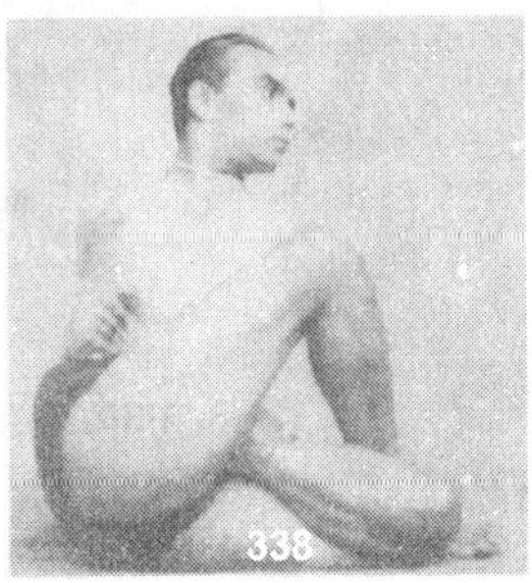

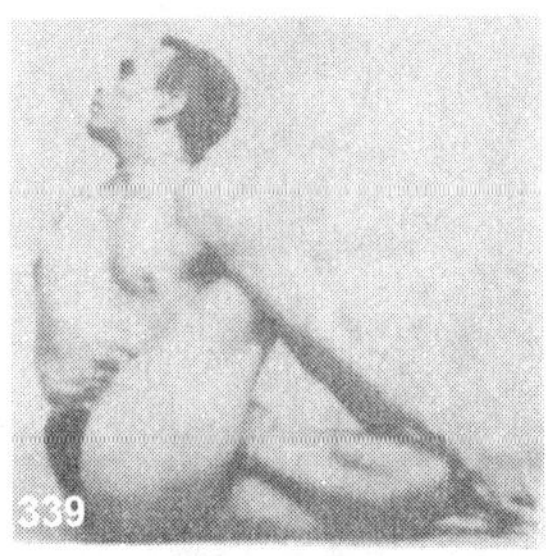

अष्टावक्रासन (340–343)

344. एकहस्त भुजासन

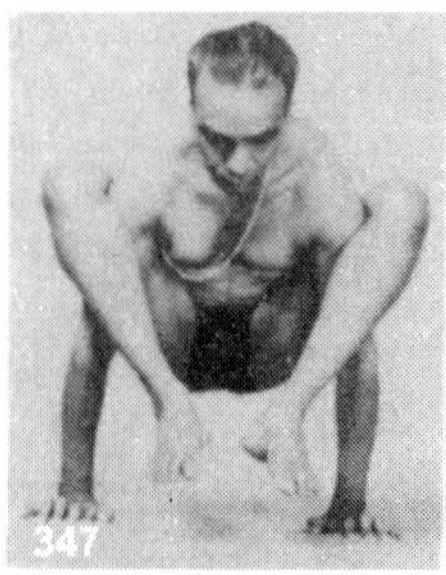

345. द्विहस्त भुजासन

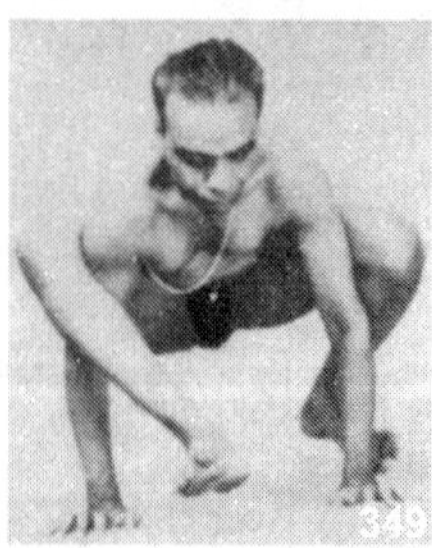

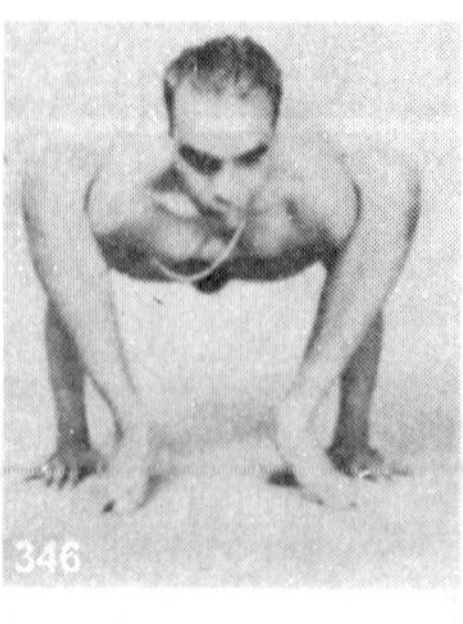

भुजपीडासन (346–350)

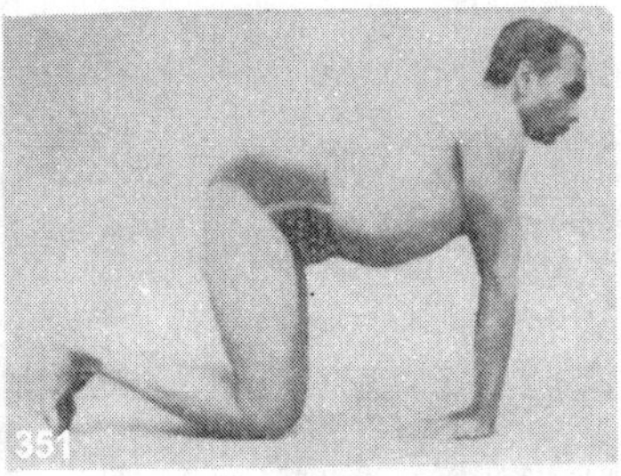

मयूरासन (351–354)

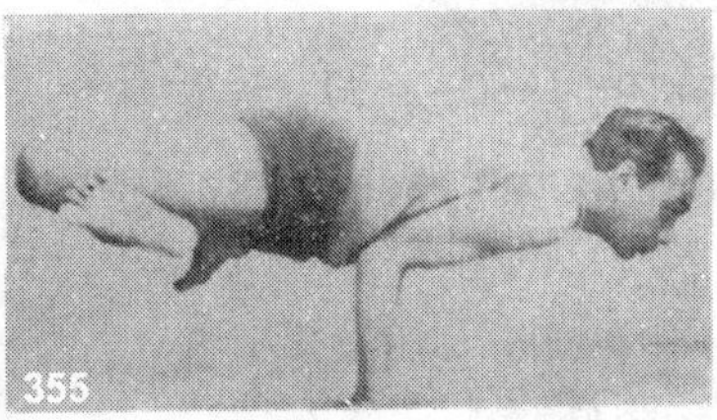

355. पद्म मयूरासन

356. हंसासन

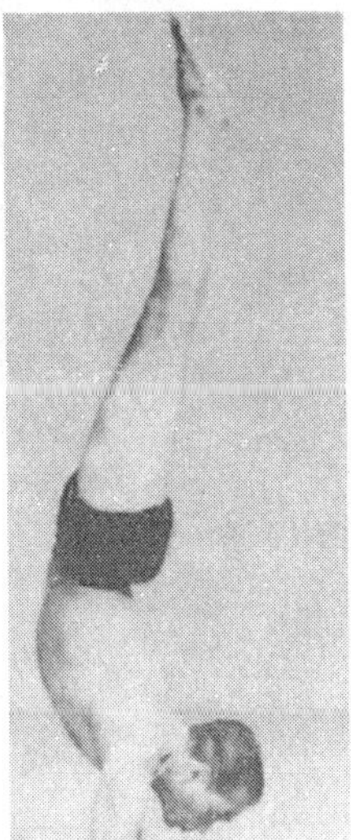

357. पिच्छ मयूरासन

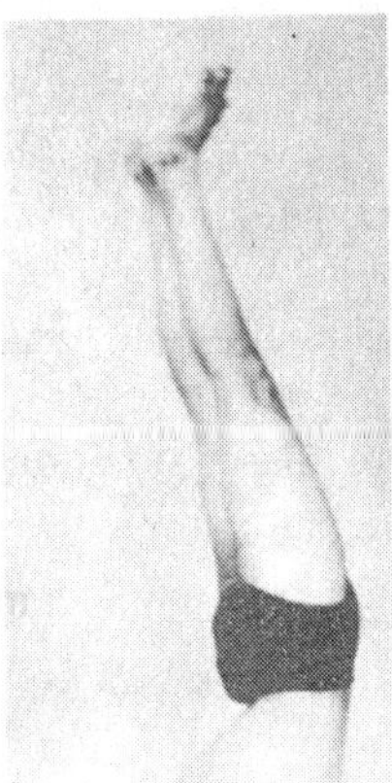

358. शयनासन

359. अधोमुख वृक्षासन

360

361

362

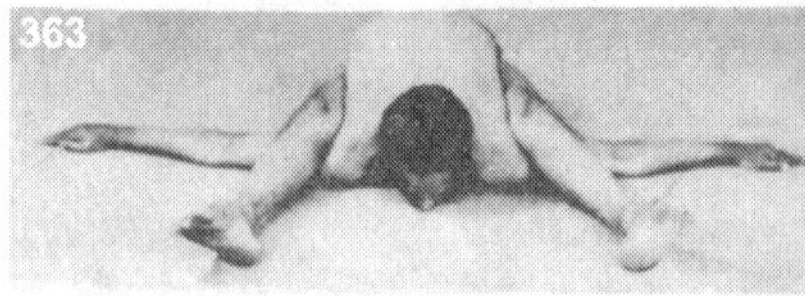

363

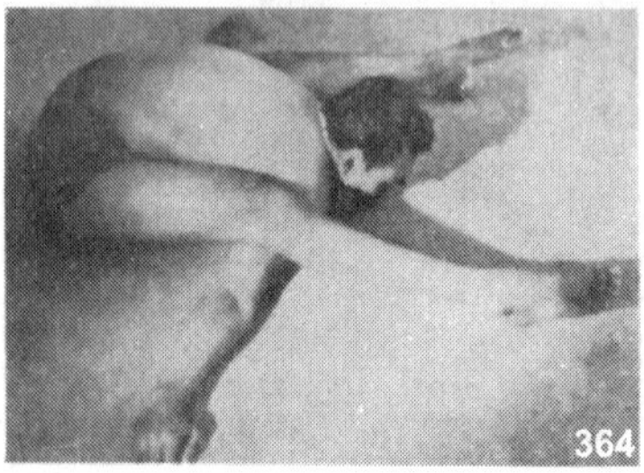

364

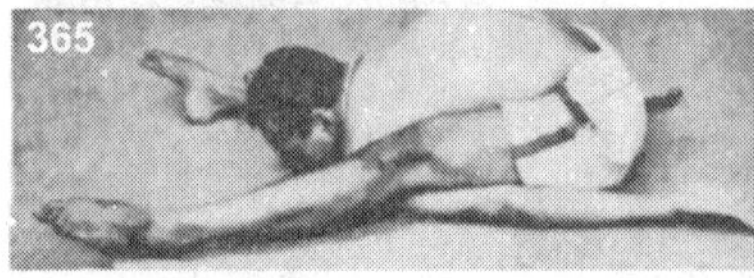

365

कूर्मासन (360–365)

सुप्त कूर्मासन (366–368)

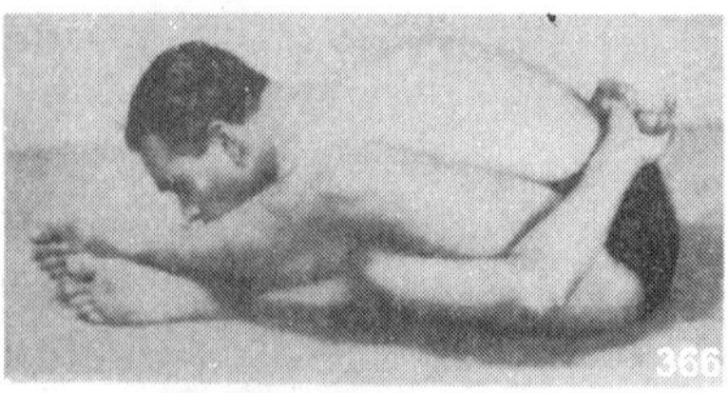

366

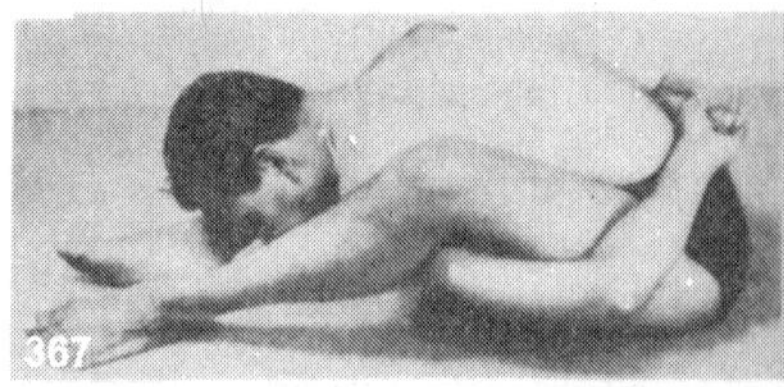

367

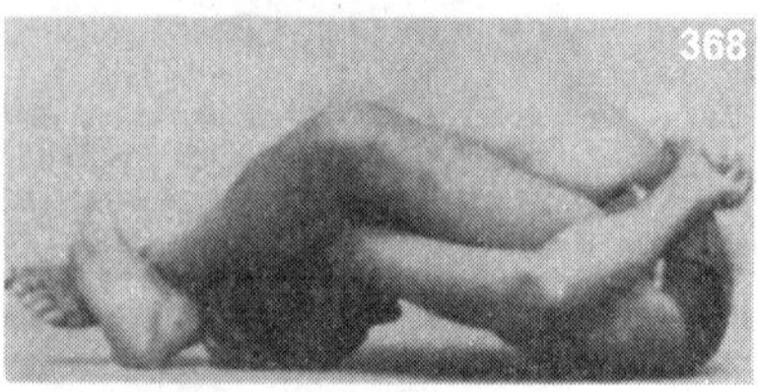

368

369

एकपाद शीर्षासन (369–371)

370

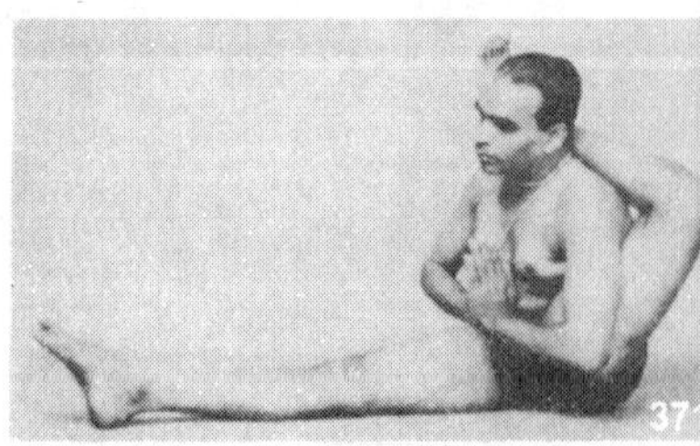

371

372. स्कन्दासन

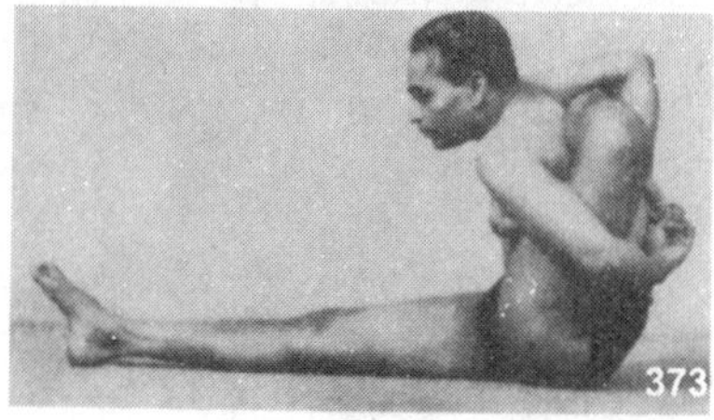

373. बुद्धासन

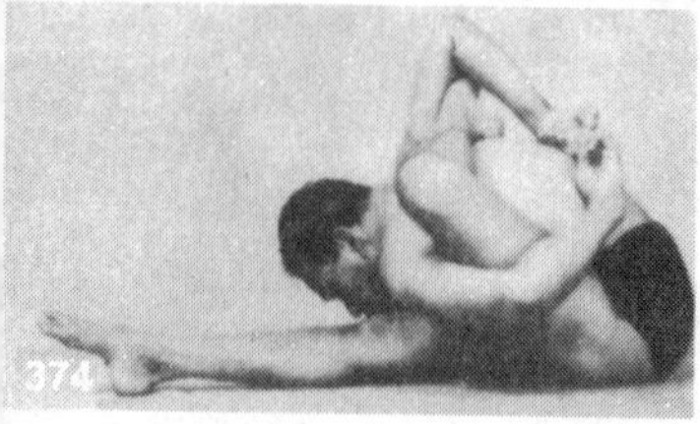

374. कपिलासन

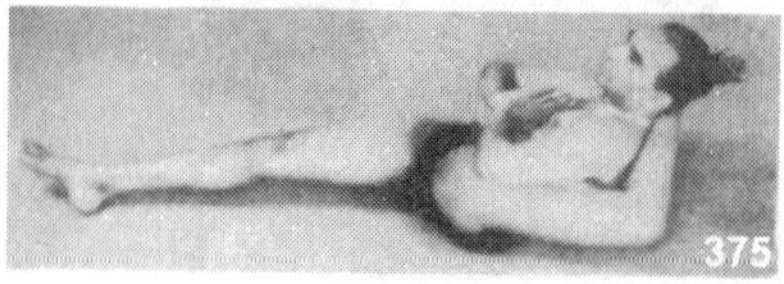

375. भैरवासन

कालभैरवासन (376–378)

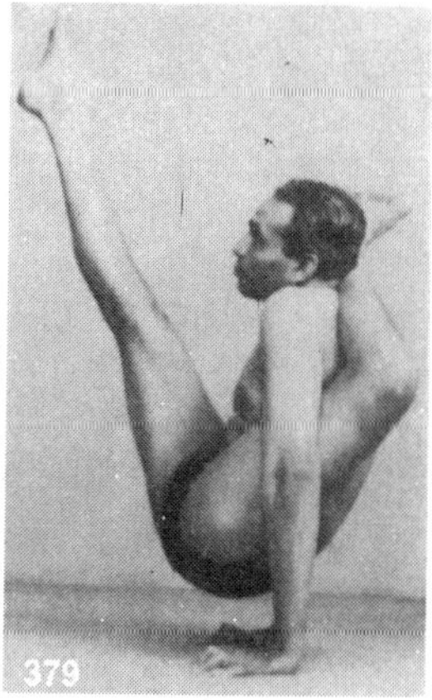

चकोरासन (379, 380)

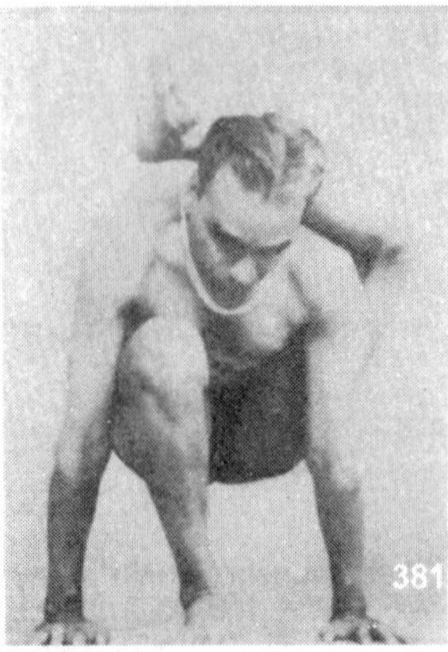

381

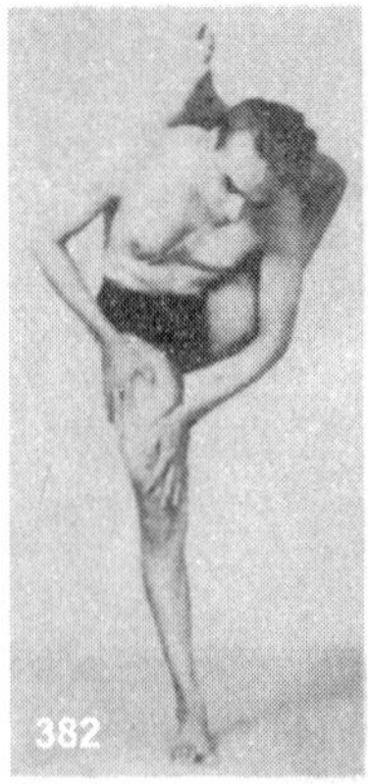

382

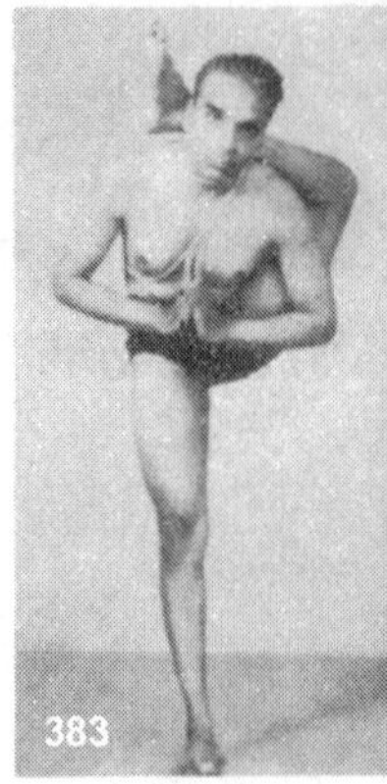

383

दुर्वासासन (381–383)

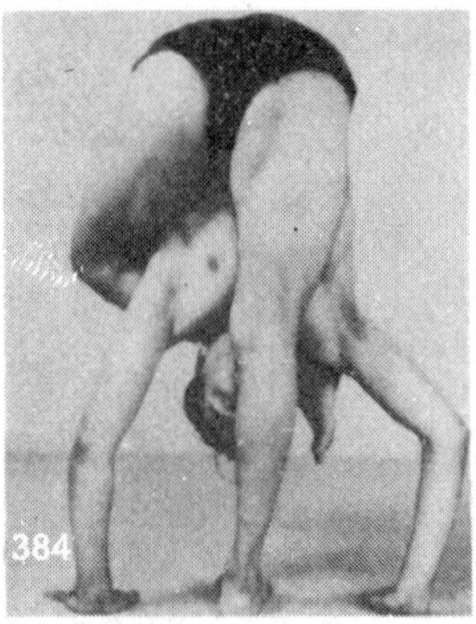

384

रुचिकासन (384, 385)

विरंच्यासन-एक (386, 387)

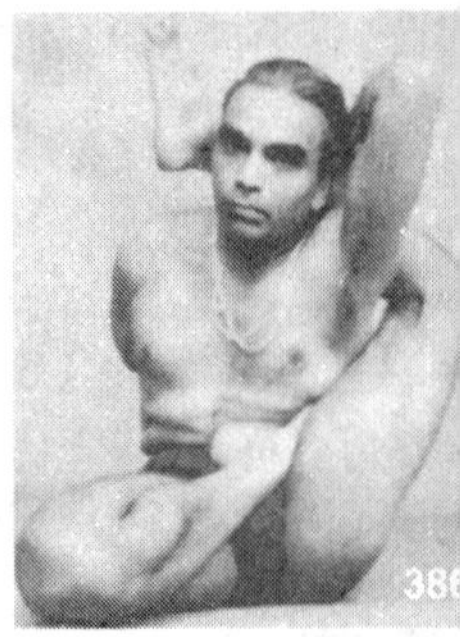

386

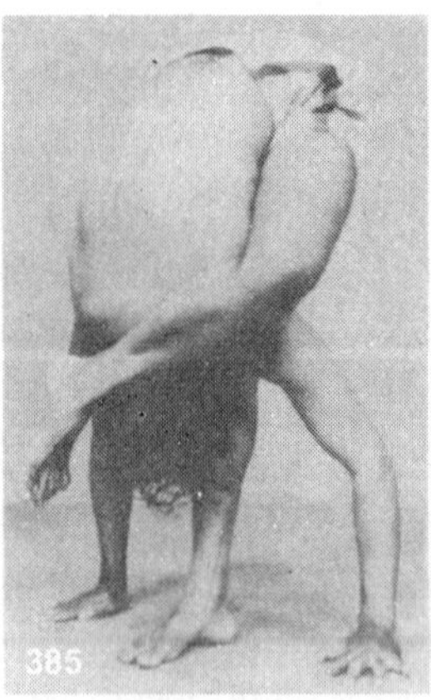

385

388. विरंच्यासन-दोन

388

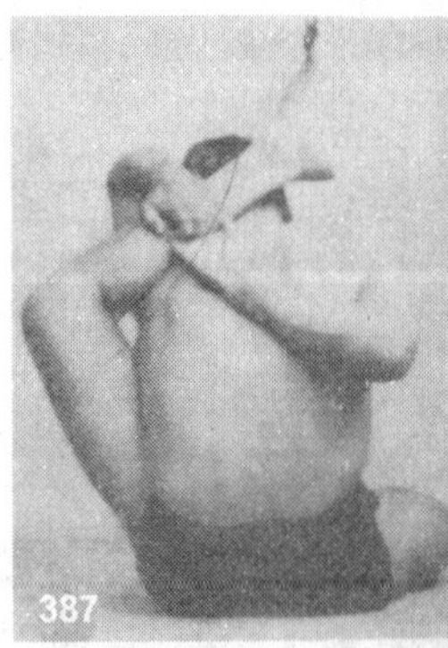

387

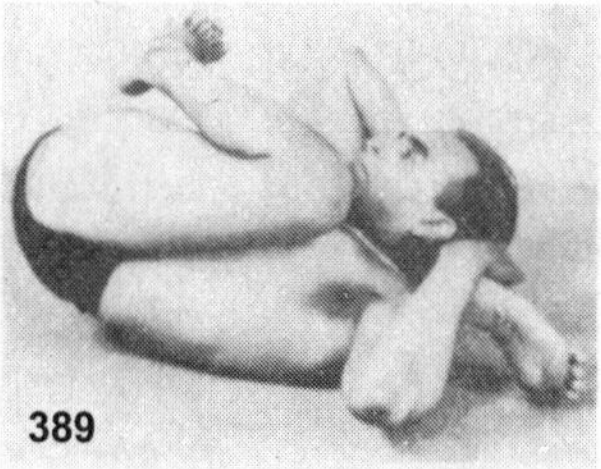
389

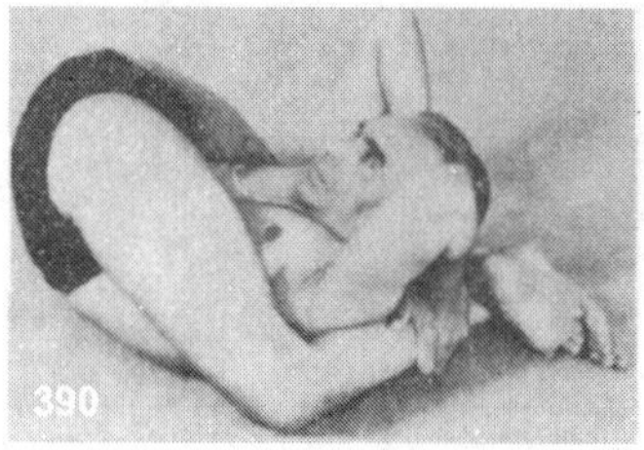
390

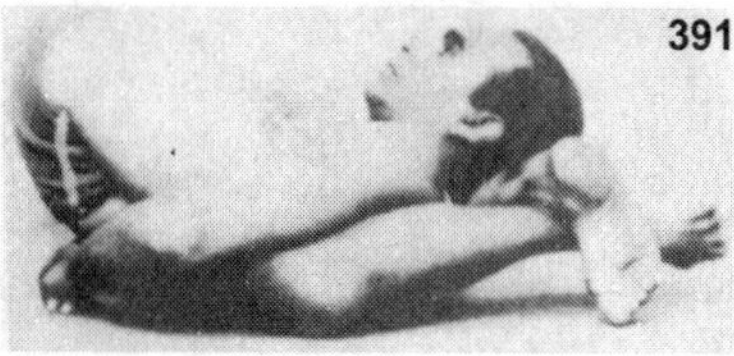
391

योगनिद्रासन (389–391)

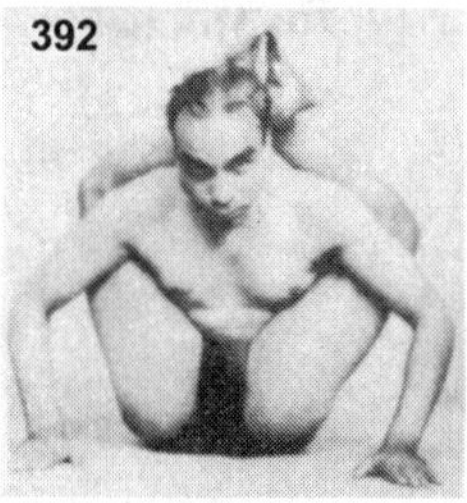
392

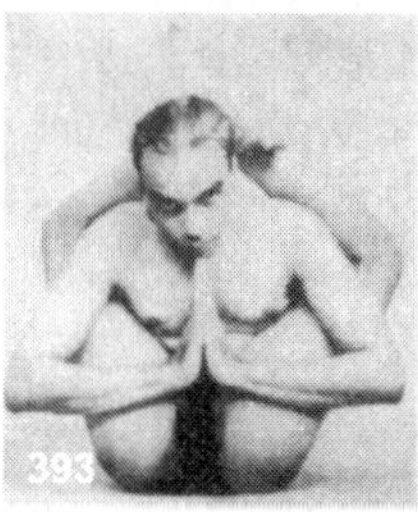
393

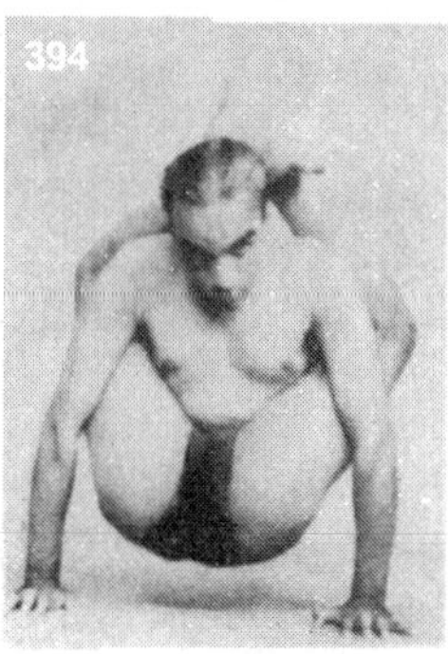
394

द्विपाद शीर्षासन (392–394)

395

395. टिट्टिभासन

396

397

398

वशिष्ठासन (396–398)

399

कश्पपासन
(399, 400)

401

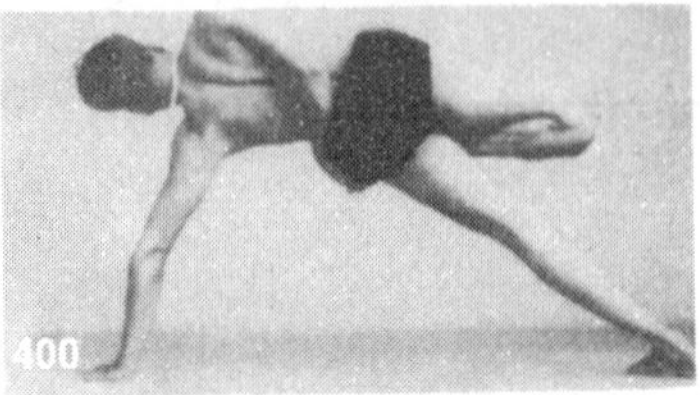
400

402

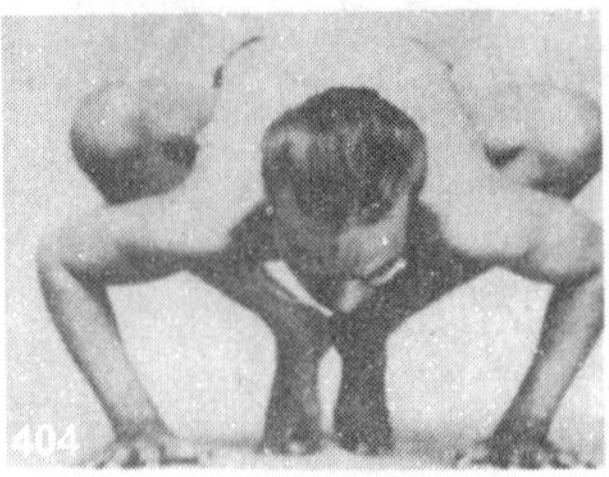
404

403

विश्वामित्रासन
(401–403)

बकासन (404–410)

405

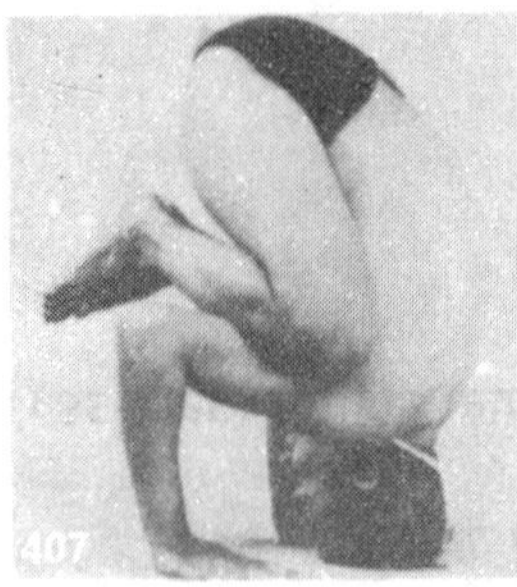
407

409

406

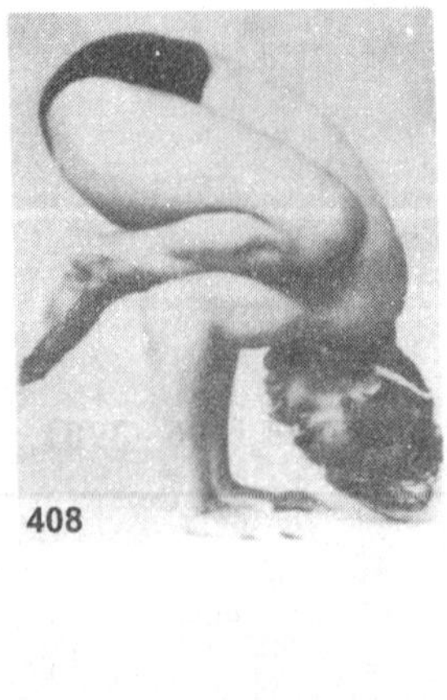
408

410

411

पार्श्व बकासन (411, 412)

412

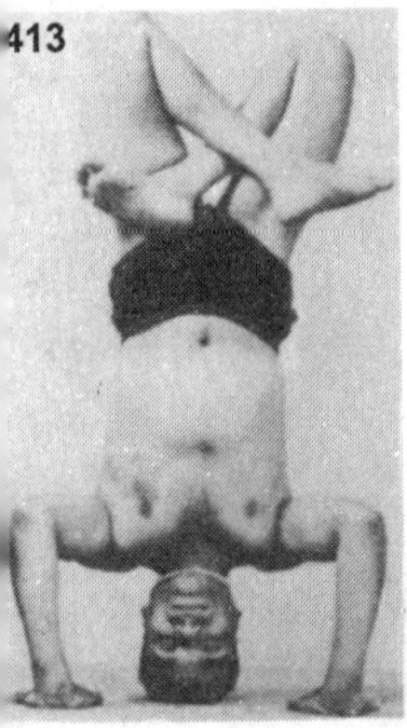
413

414

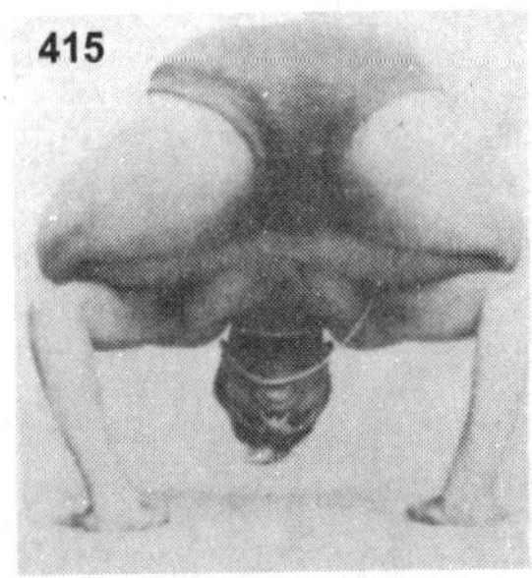
415

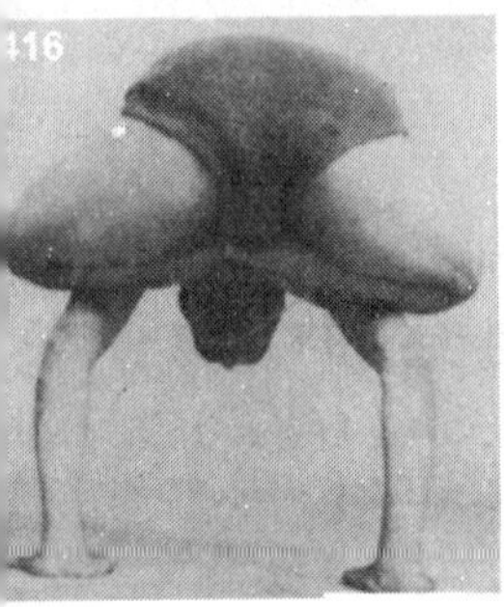
416

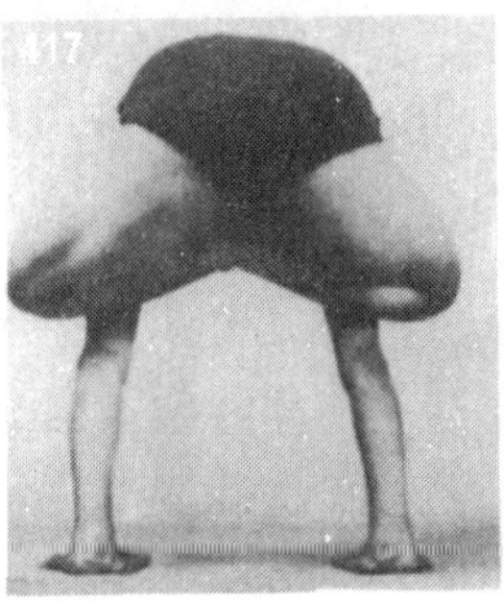
417

418

ऊर्ध्व कुक्कुटासन (413–419)

419

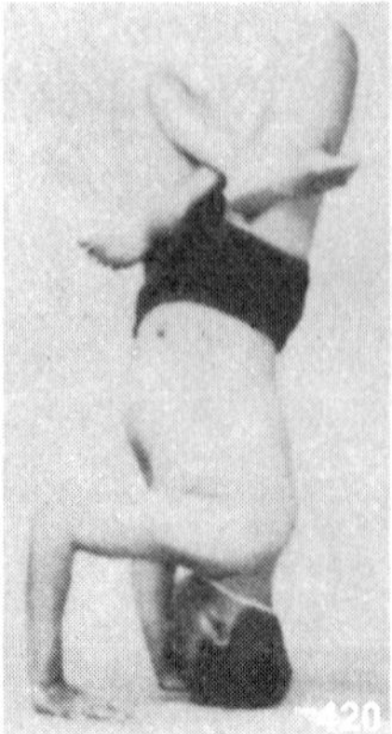
420

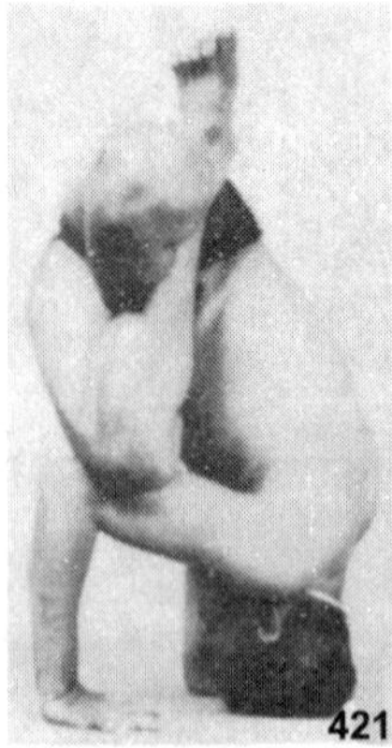
421

422

423

424

424 A

425

425 A

पार्श्व कुक्कुटासन (420–425 A

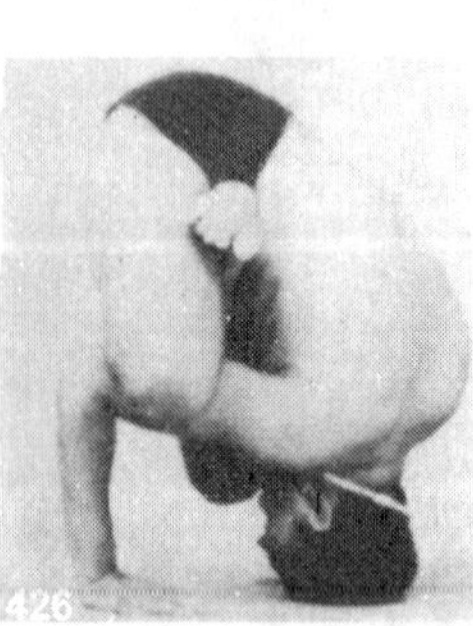
426

427

428

गालवासन (426–428)

एकपाद गालवासन (429–433)

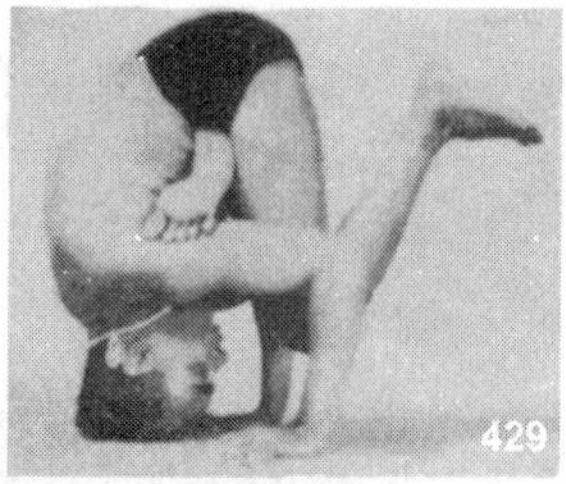

429

430

431

432

433

434

435

436

437

द्विपाद कौण्डिण्यासन (434–438)

438

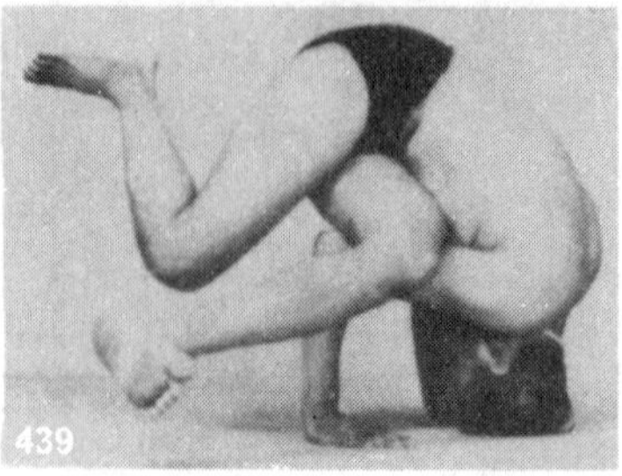

439

440

441

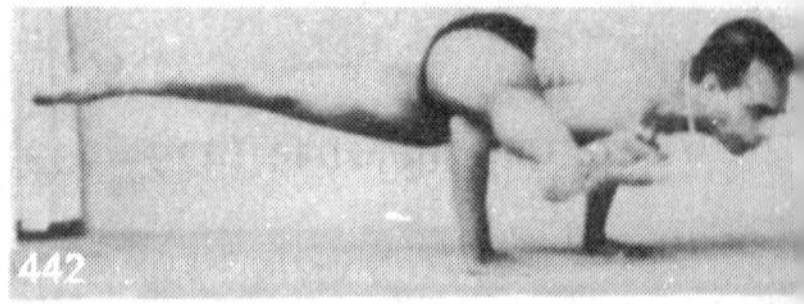

442

443

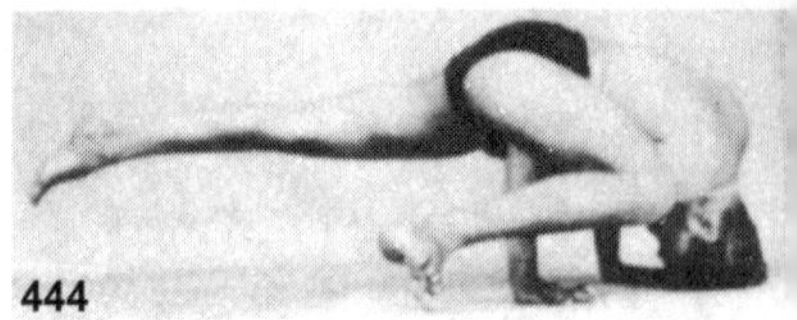

444

एकपाद कौण्डिण्यासन-एक (439–441

एकपाद कौण्डिण्यासन-दोन (442–444

447. एकपाद बकासन–एक (445–447)

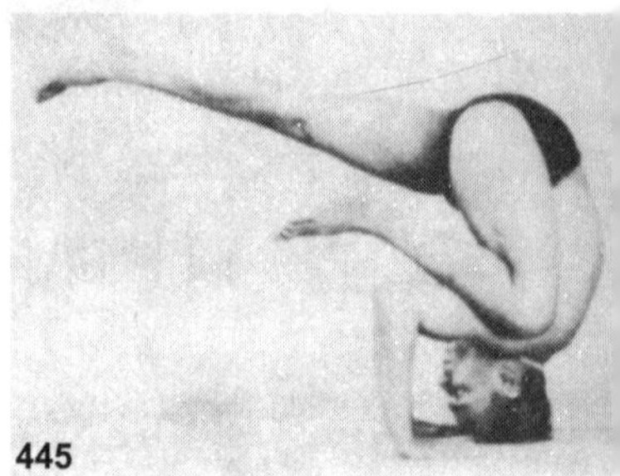

445

446

447

448

449

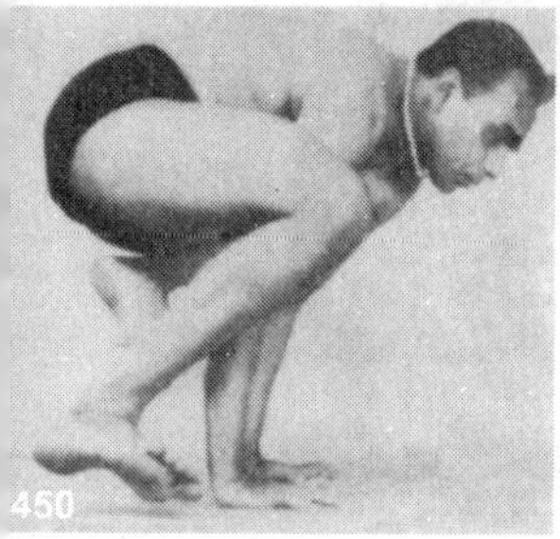

450

451

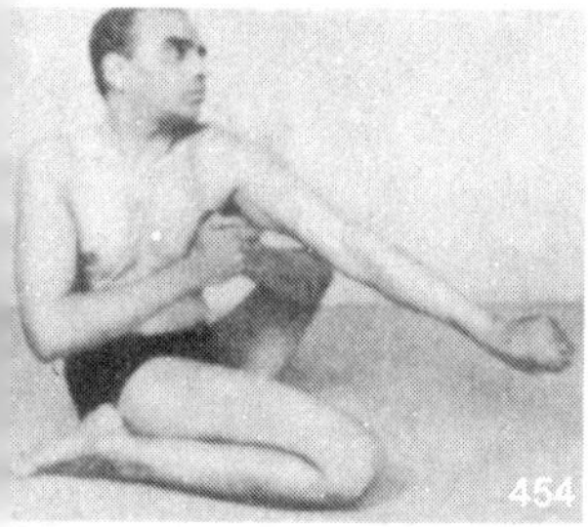

454

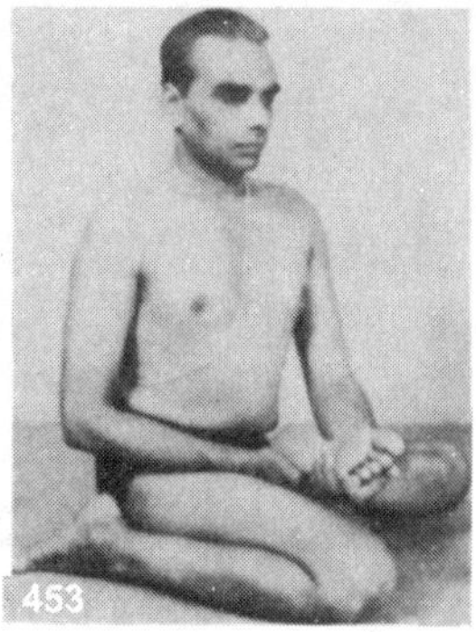

453

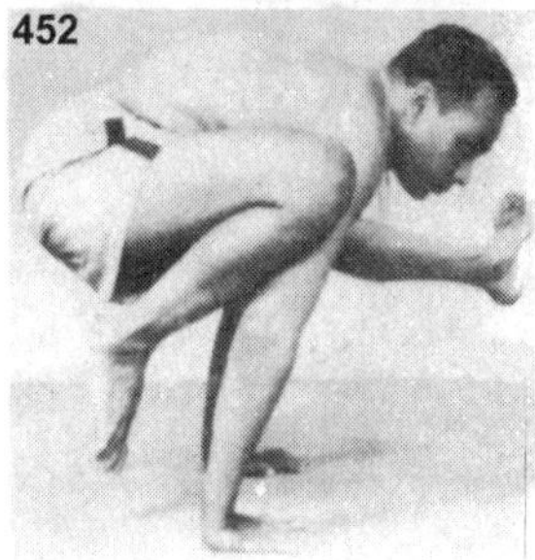

452

द बकासन–दोन (448–452)

गदण्डासन (453–456)

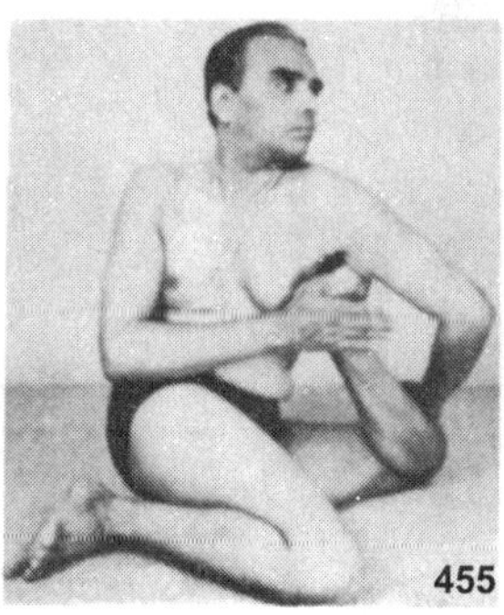

455

456

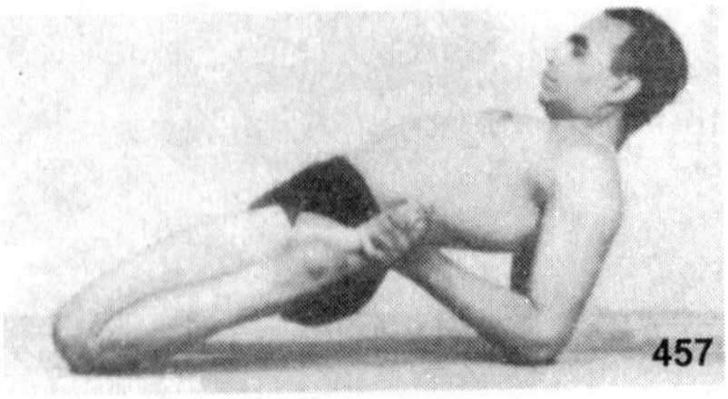

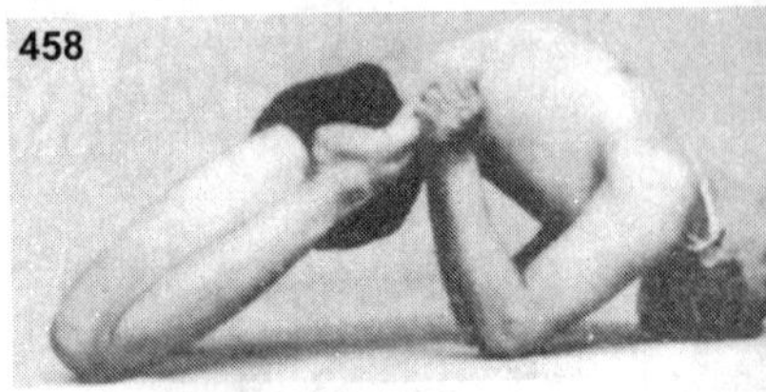

सुप्त भेकासन (457, 458)

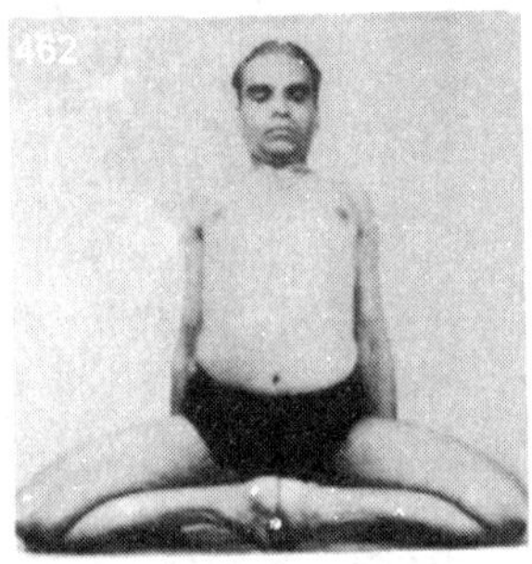

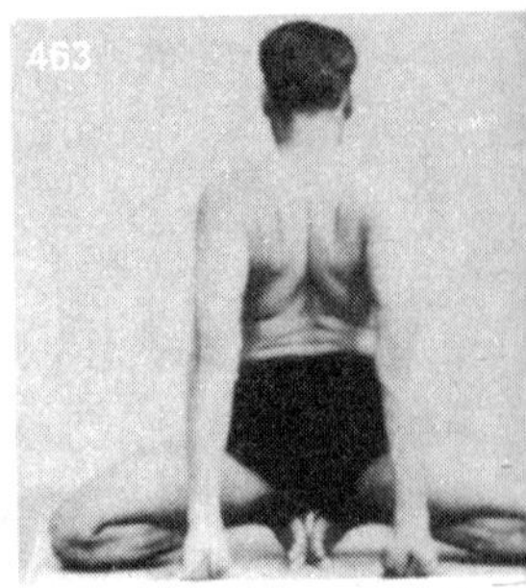

मूलबंधासन (459–463)

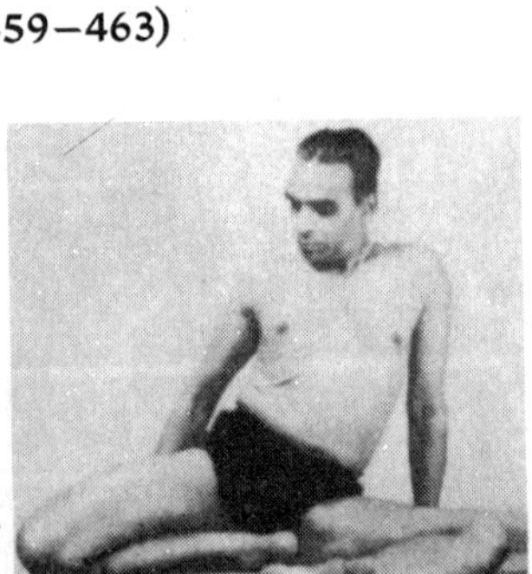

वामदेवासन-एक (464, 465)

. वामदेवासन-दोन

466

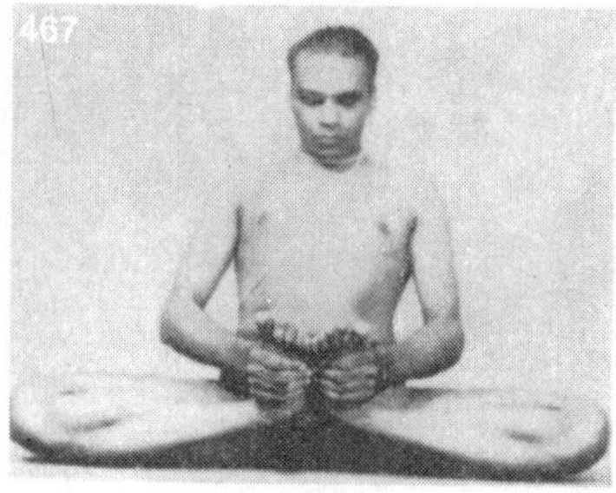
467

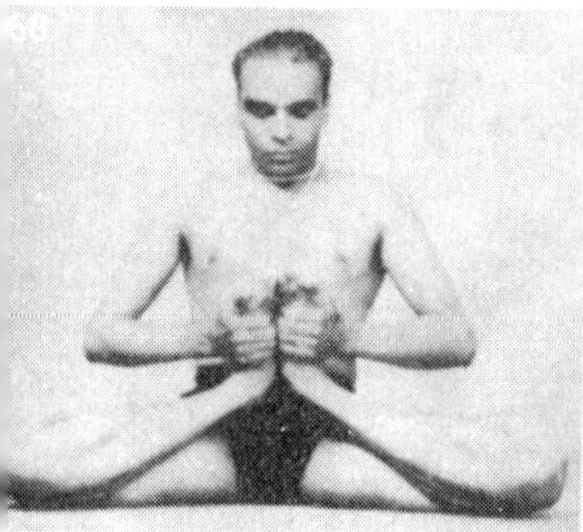

469

471

471 A

कंदासन (467–471-ब)

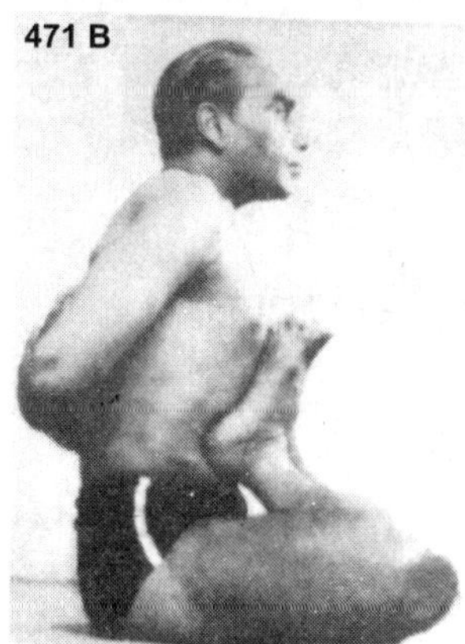
471 B

472

473

474

475

476

476A

हनुमानासन (472–476-अ)

477

477. समकोणासन

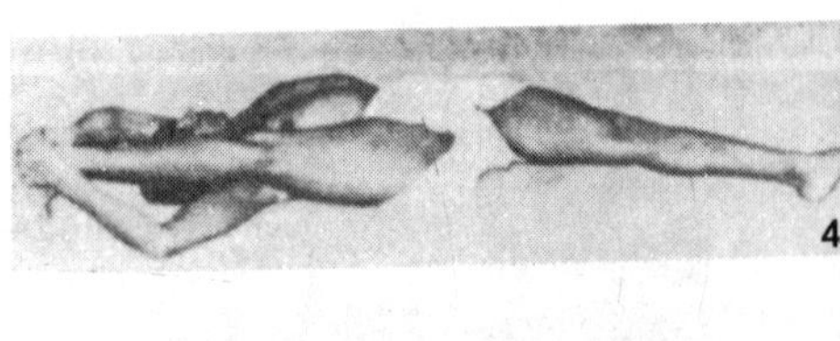

478. सुप्त त्रिविक्रमासन

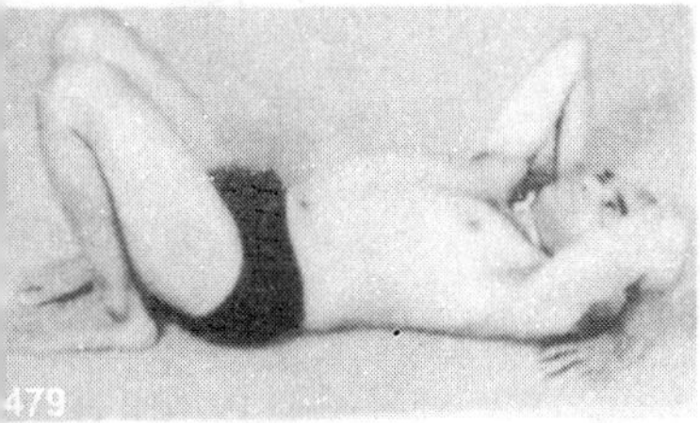

479

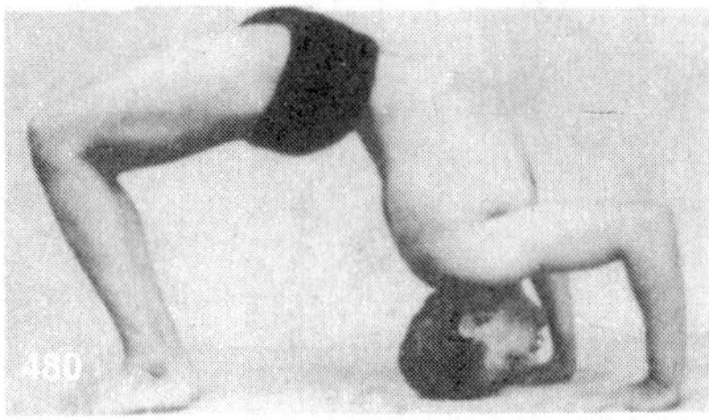

480

481

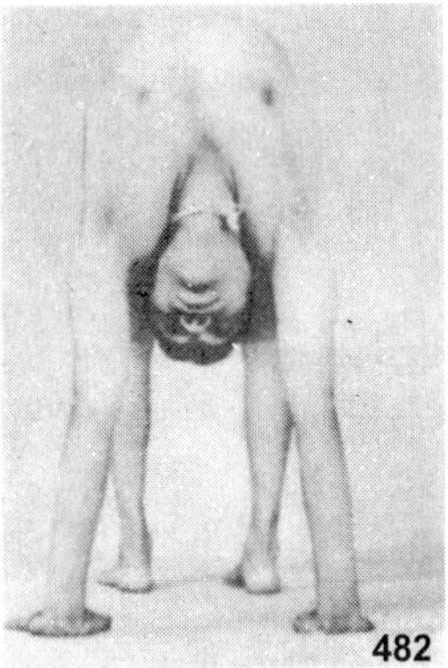

482

ऊर्ध्व धनुरासन-एक (479–482)

ऊर्ध्व धनुरासन-दोन (483–487)

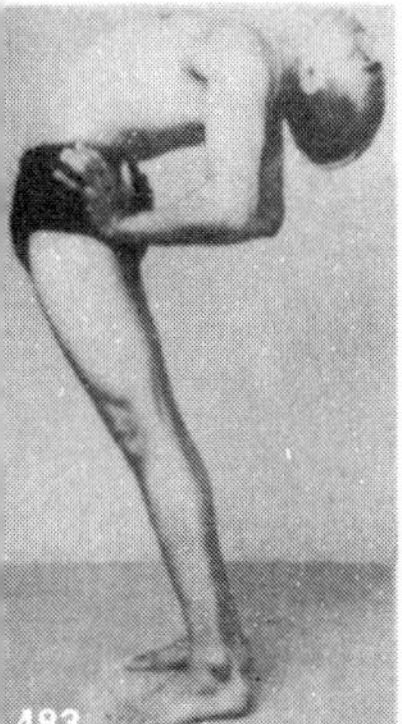

483

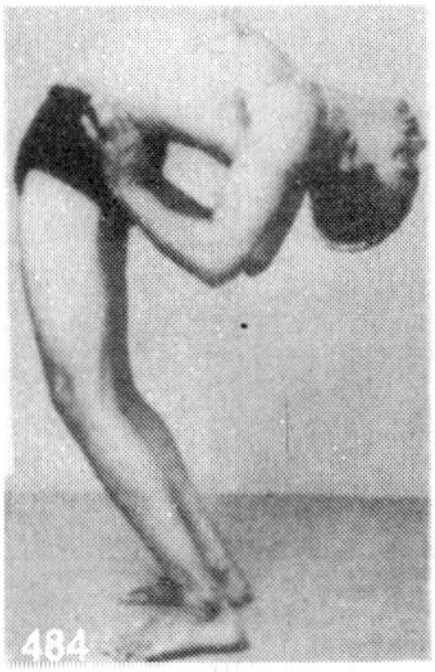

484

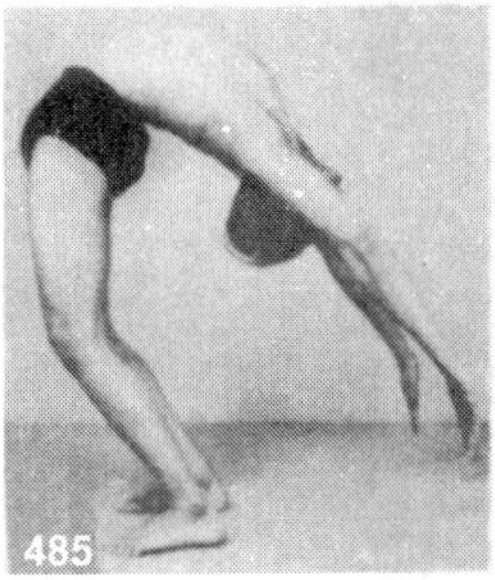

485

486

487

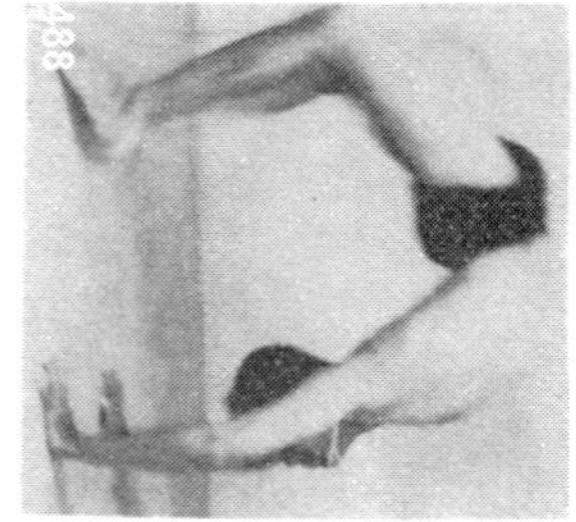

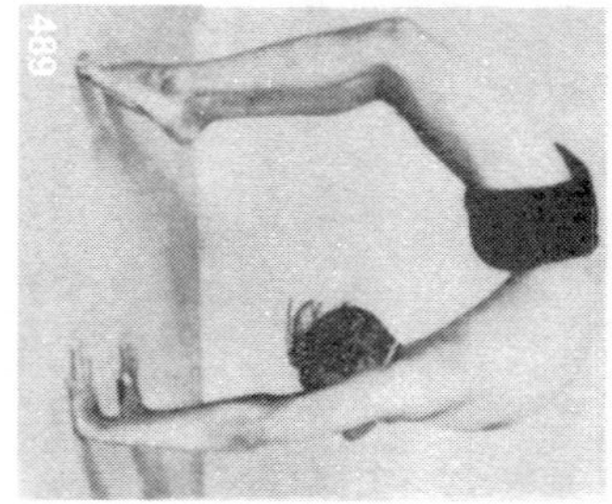

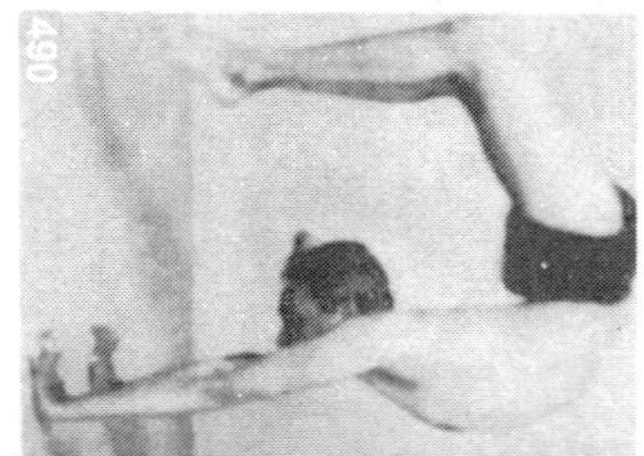

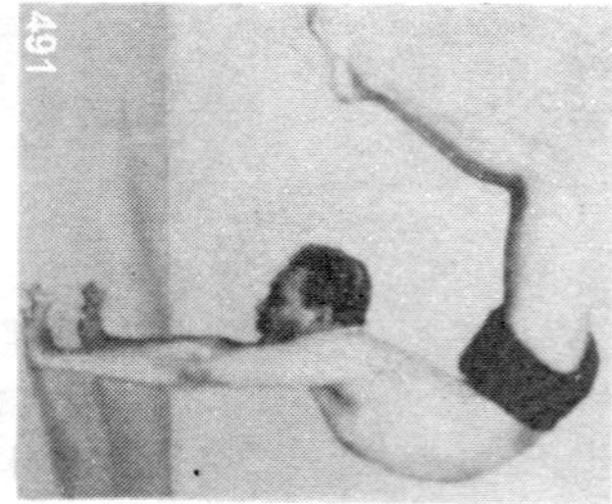

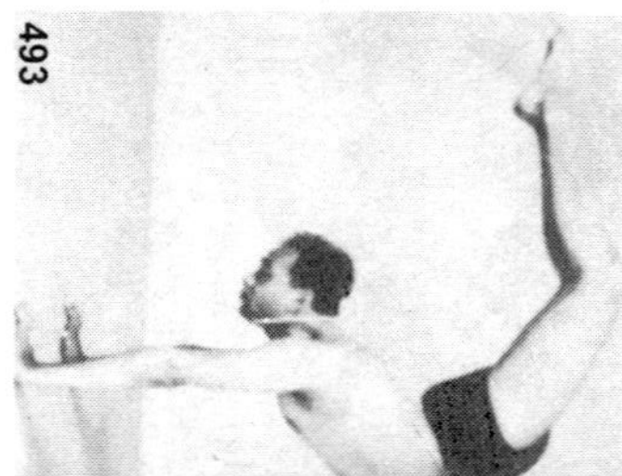

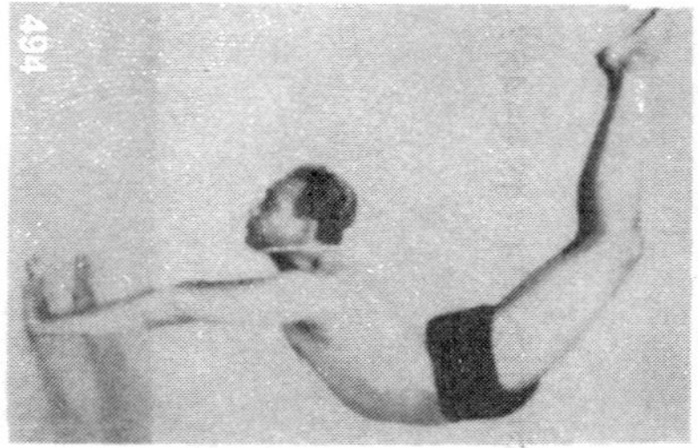

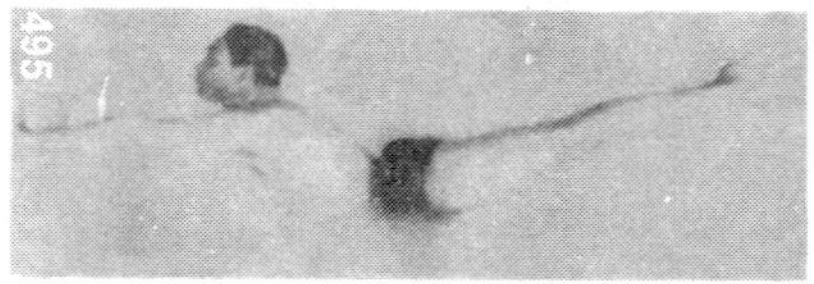

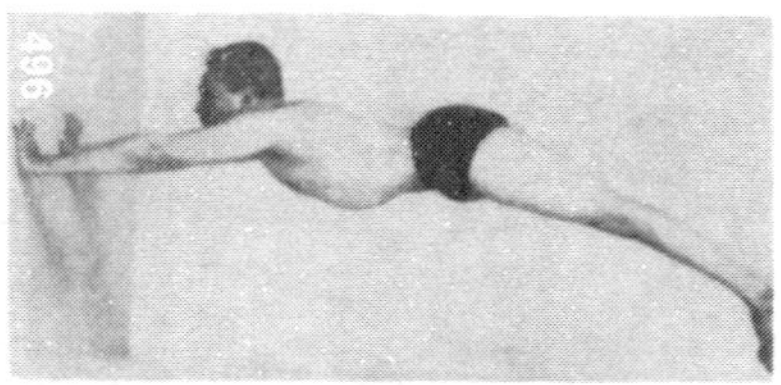

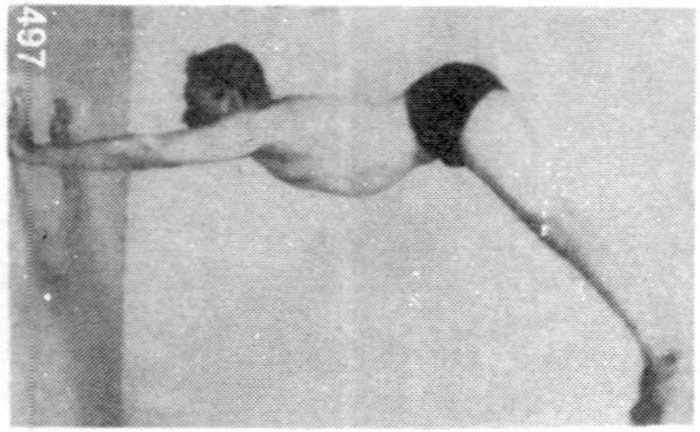

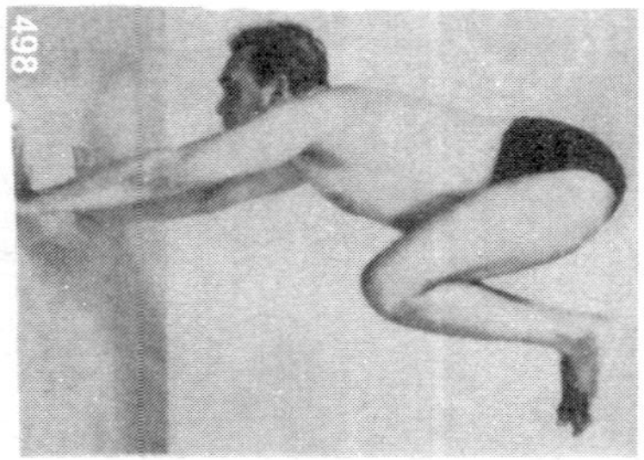

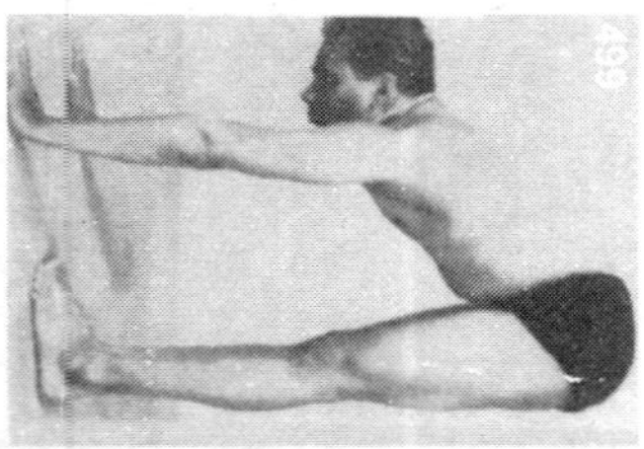

विपरीत चक्रासनयुक्त ऊर्ध्व धनुरासन
(488–499)

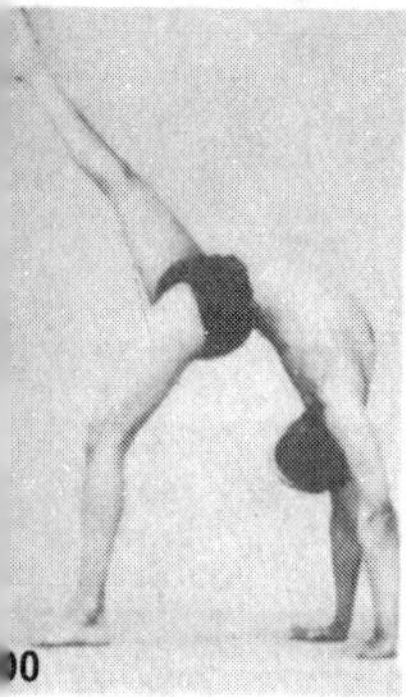

00

501

502

एकपाद ऊर्ध्व धनुरासन (500-502)   कपोतासन (503-512)

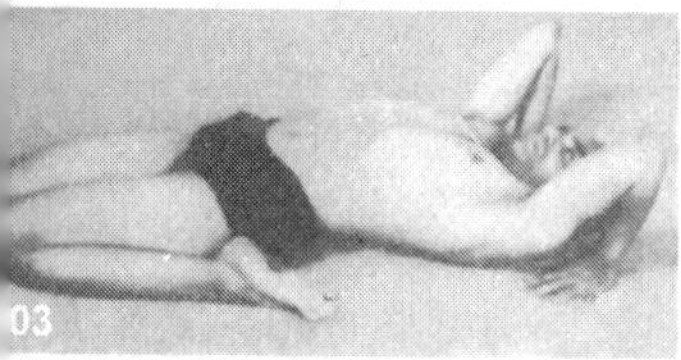

03

504

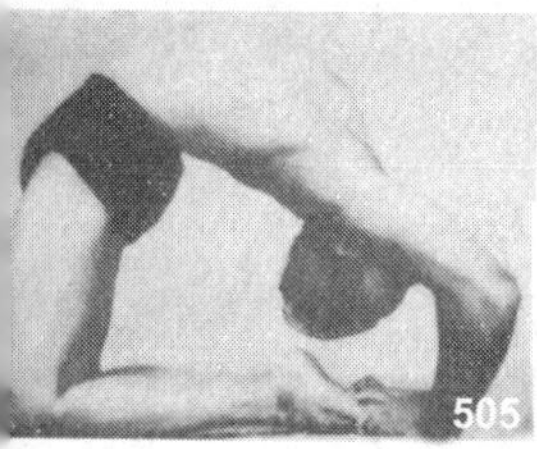

505

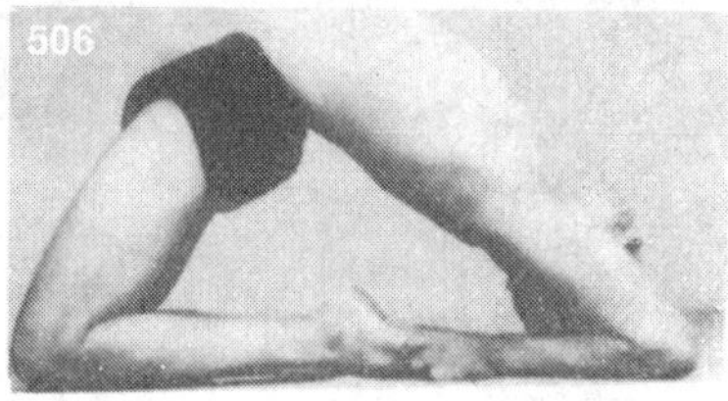

506

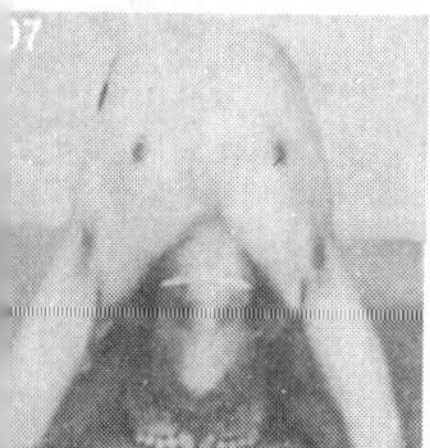

07

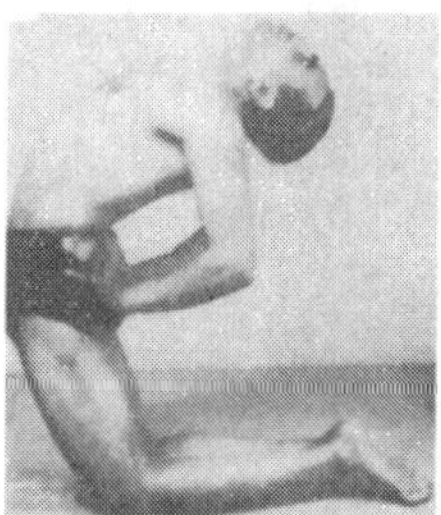

508

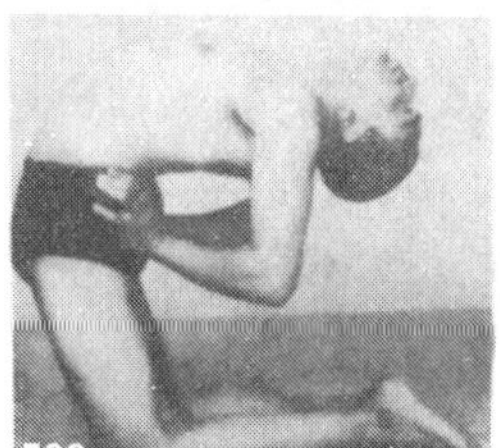

509

510

511

512

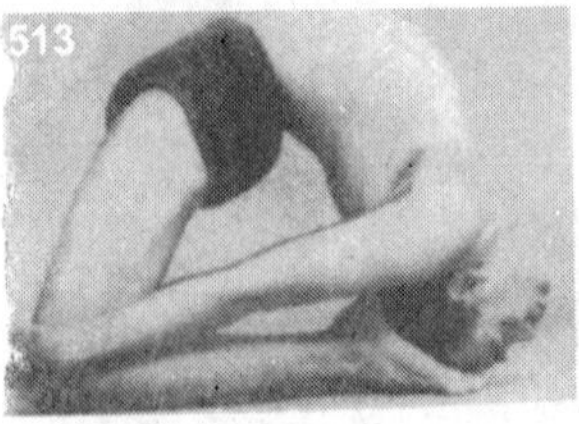

513. लघु वज्रासन

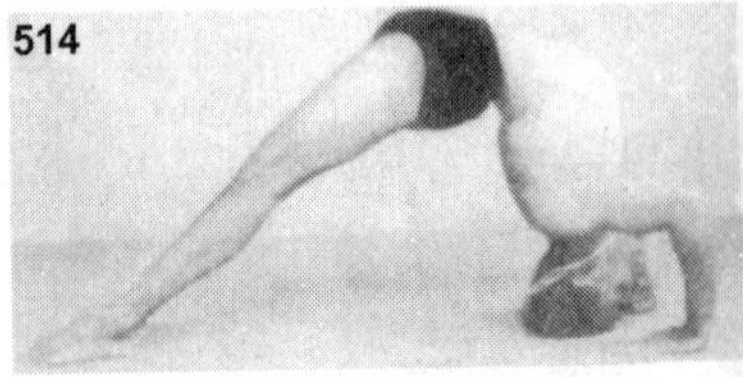

द्विपाद विपरीत दण्डासन (514–520)

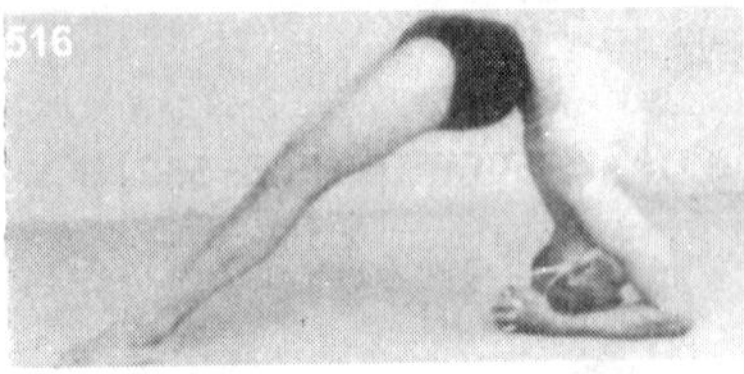

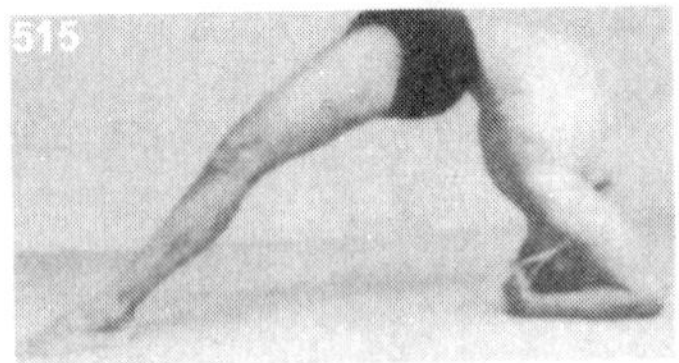

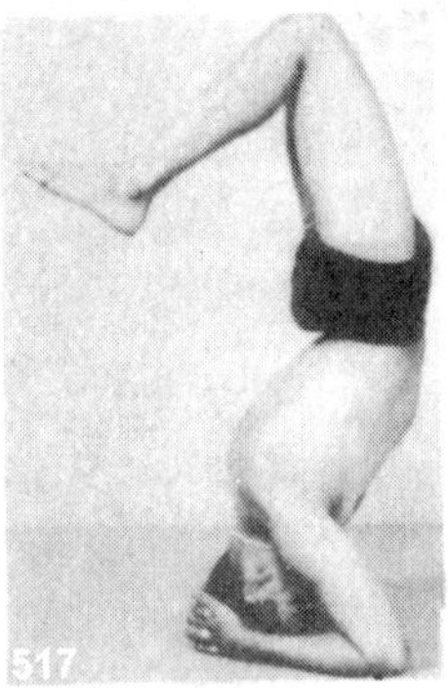

21. एकपाद विपरीत दण्डासन-एक

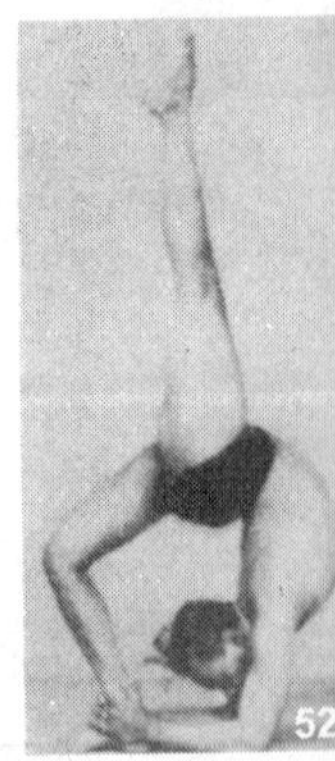

एकपाद विपरीत दण्डासन-दोन (522, 52

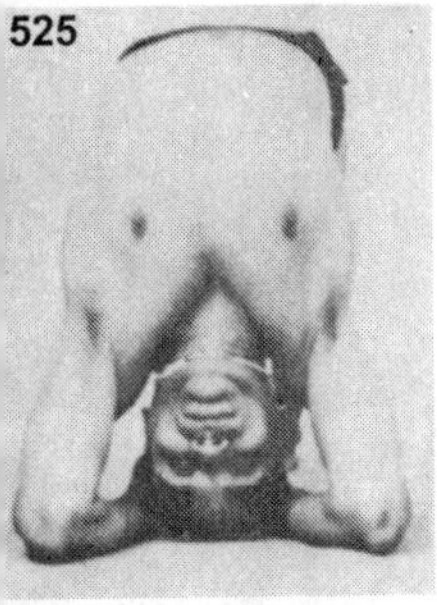
525

526

527

528

529

530

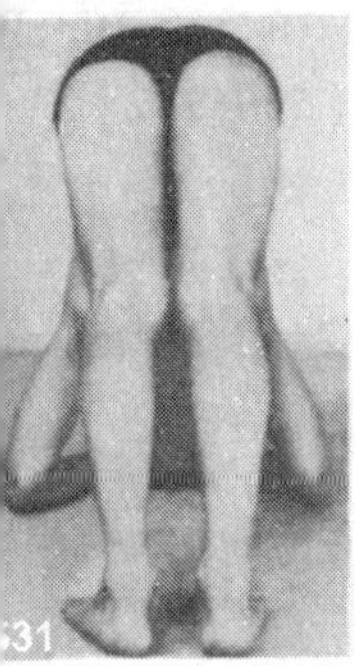
531

532

533

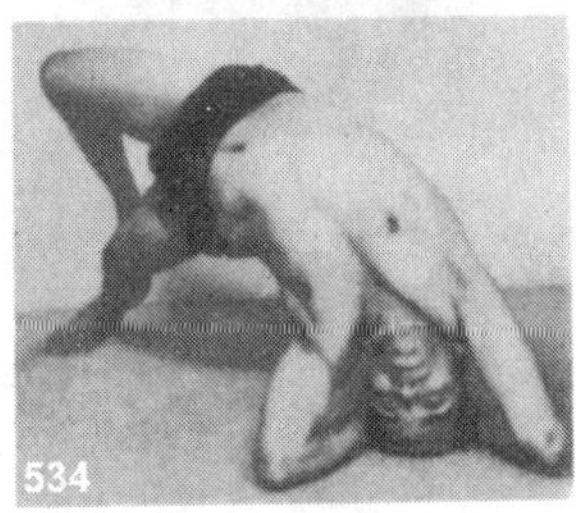
534

535

मण्डलासन (525–535)

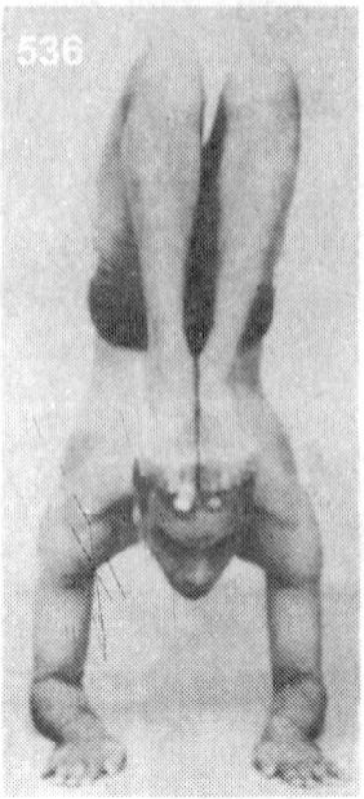

538. वृश्चिकासन-दो

वृश्चिकासन-एक (536, 537)

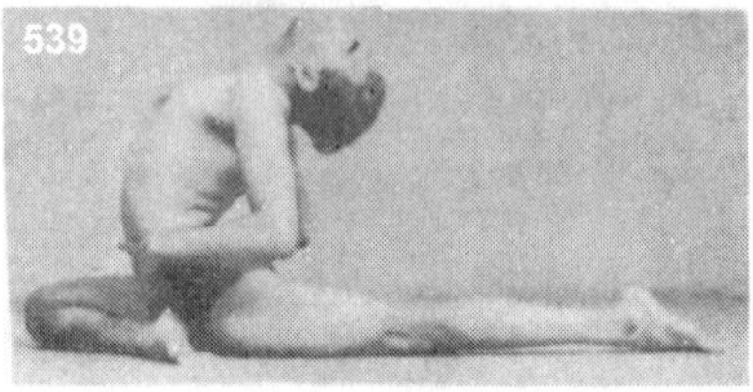

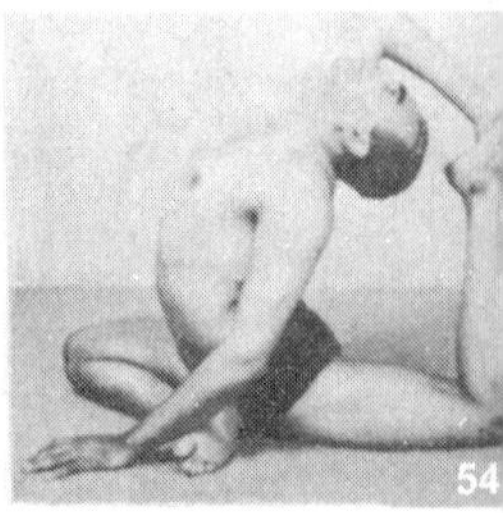

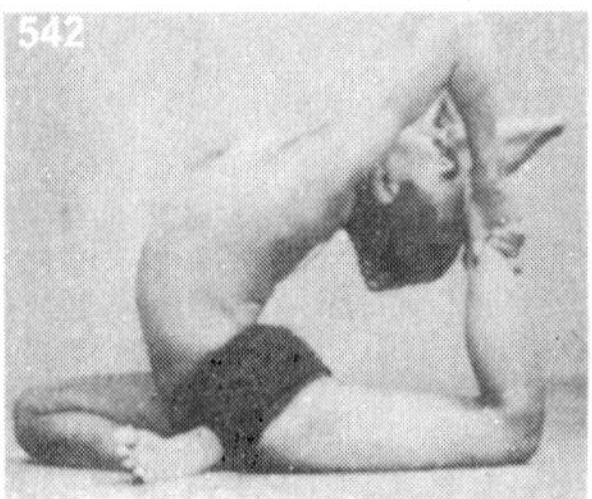

एकपाद राजकपोतासन-ए
(539–542)

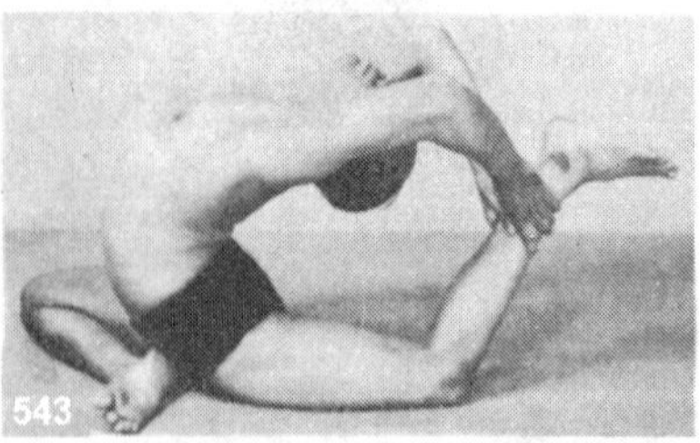

545. एकपाद राजकपोतासन-दो

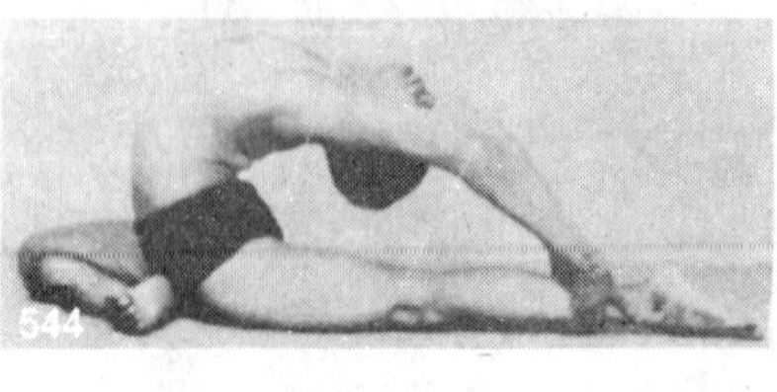

बालखिल्यासन (543, 544)

46. एकपाद राजकपोतासन-तीन

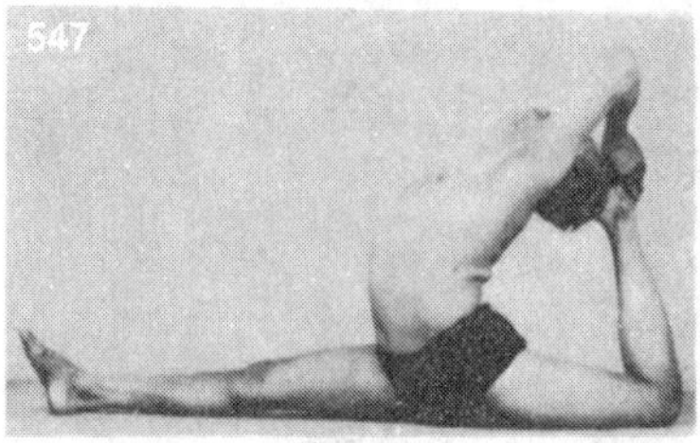

547. एकपाद राजकपोतासन-चार

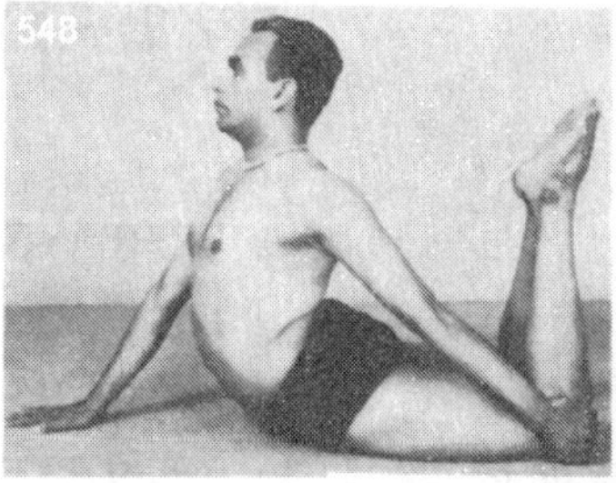

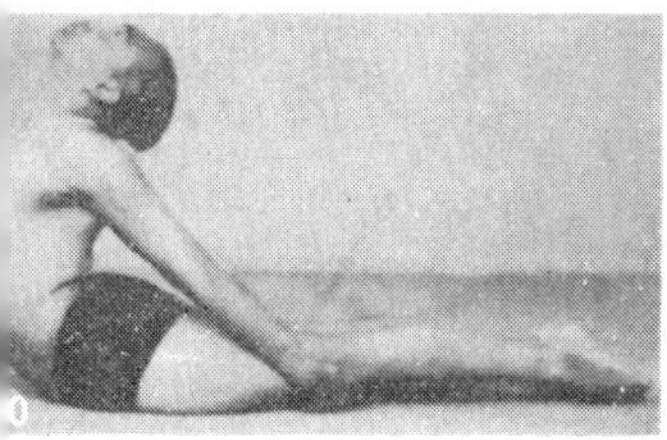

भुजङ्गासन-दोन (548–550)

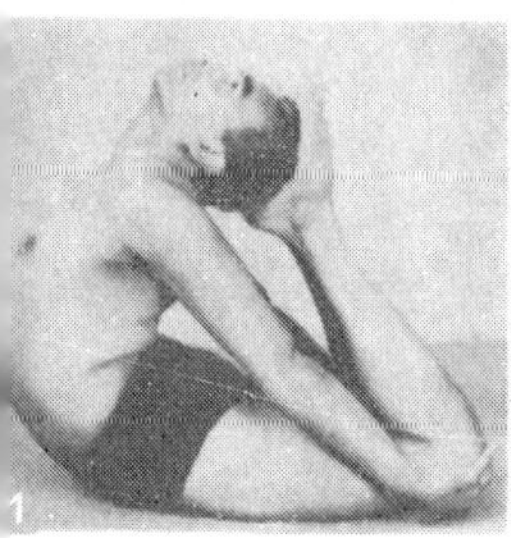

राजकपोतासन (551, 552)

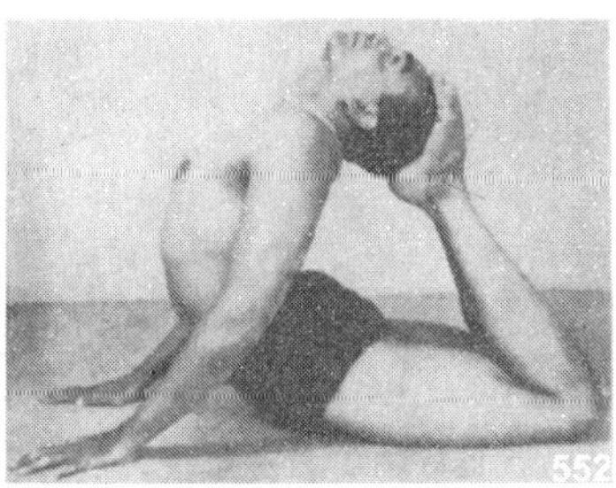

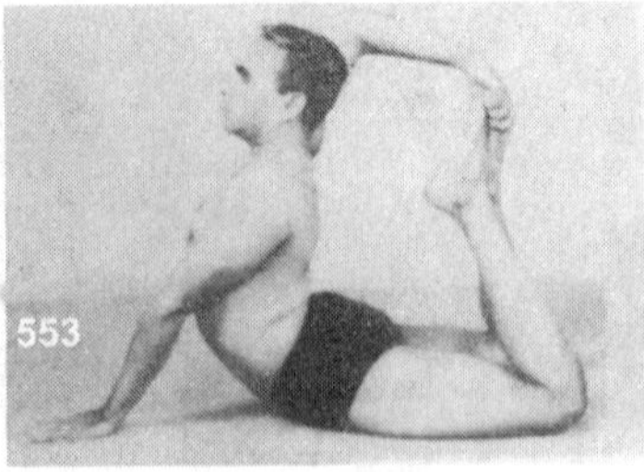
553

554

556

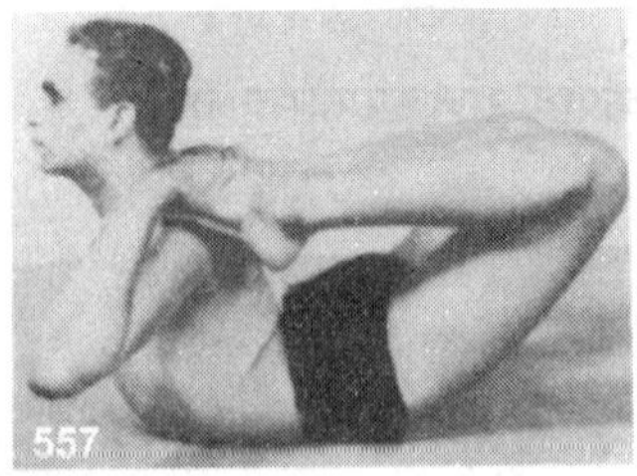
557

पादांगुष्ठ धनुरासन
(553–557)

555

घेरण्डासन-एक (558–563)

558

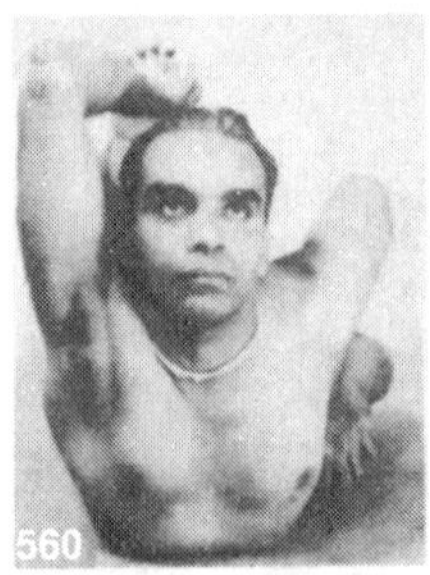
560

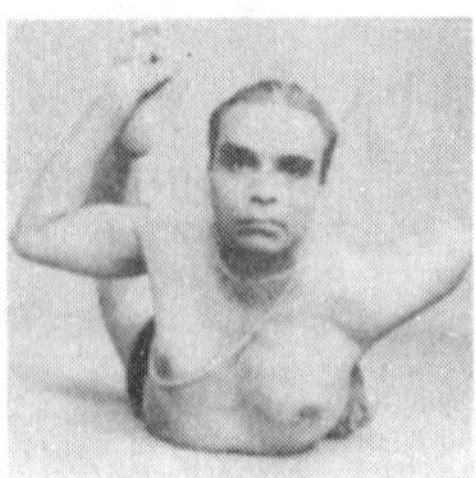
559

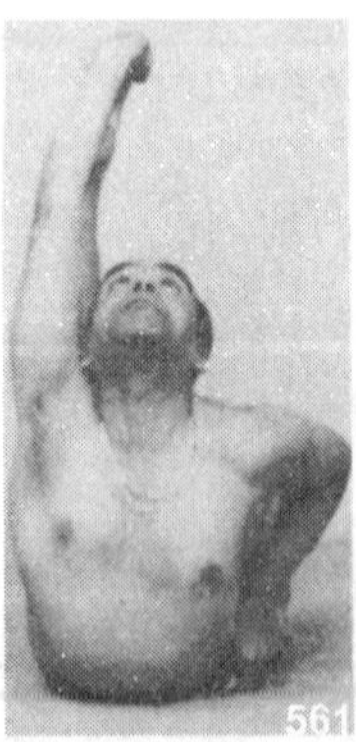
561

562

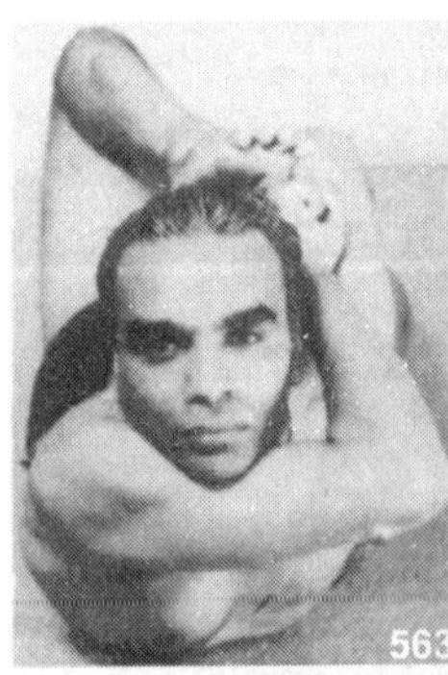
563

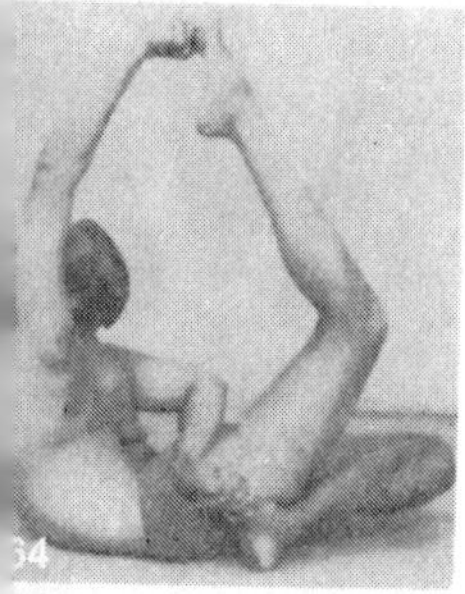

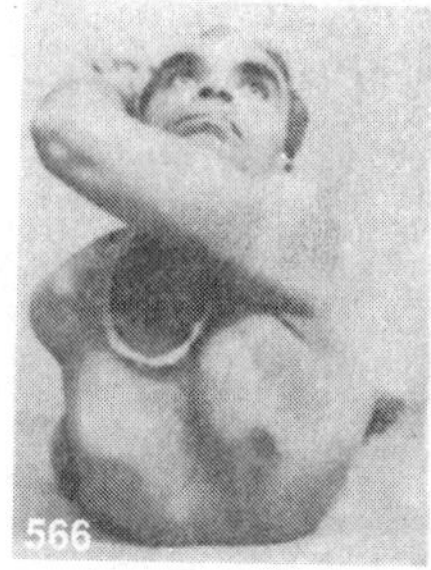

घेरण्डासन-दोन (564–566)

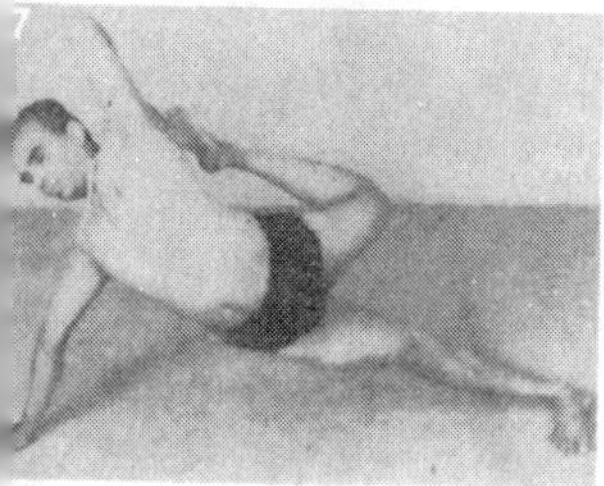

567. कपिंजलासन

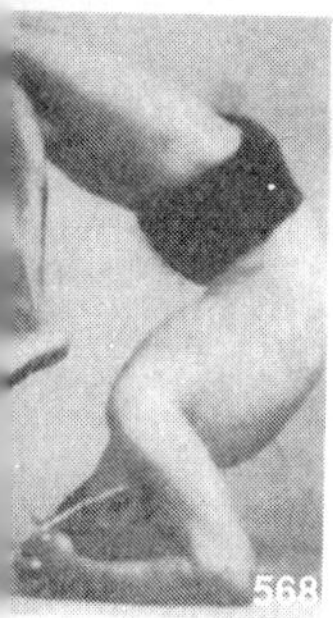

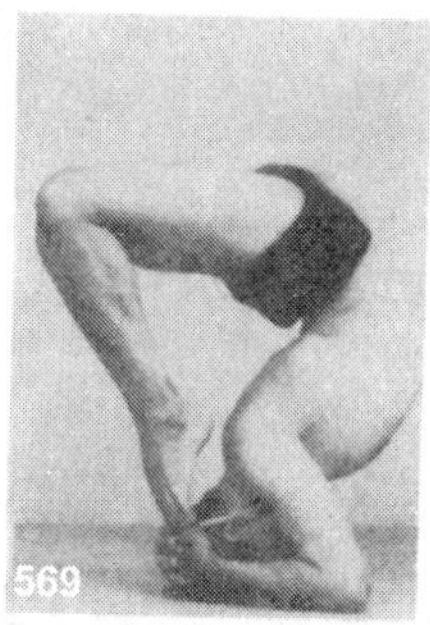

शीर्ष पादासन (568–570)

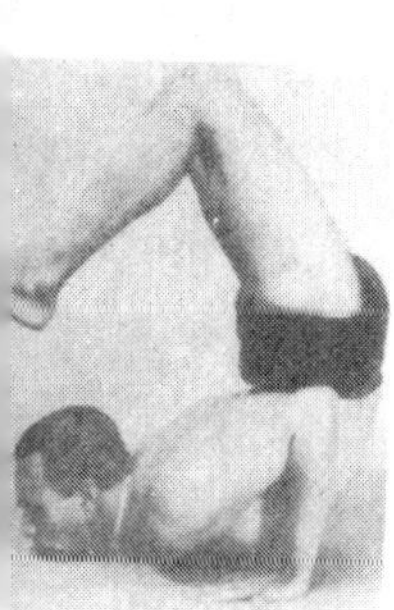

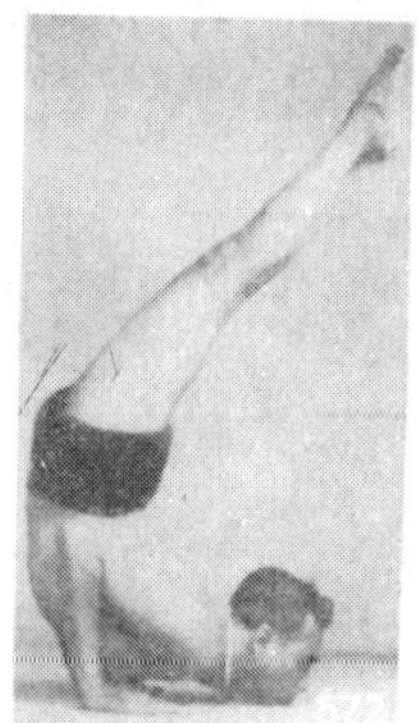

गण्डभेरुण्डासन (571–573)

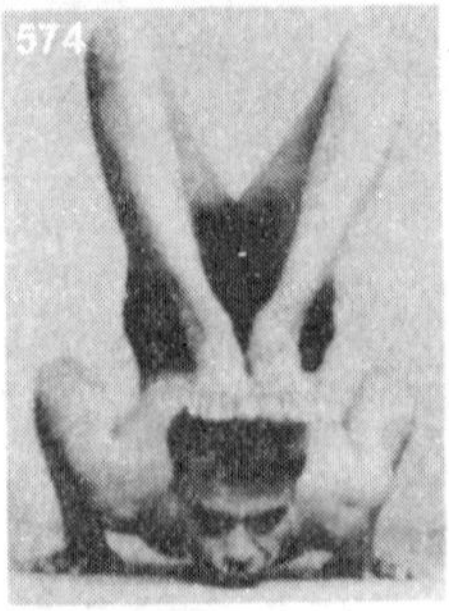

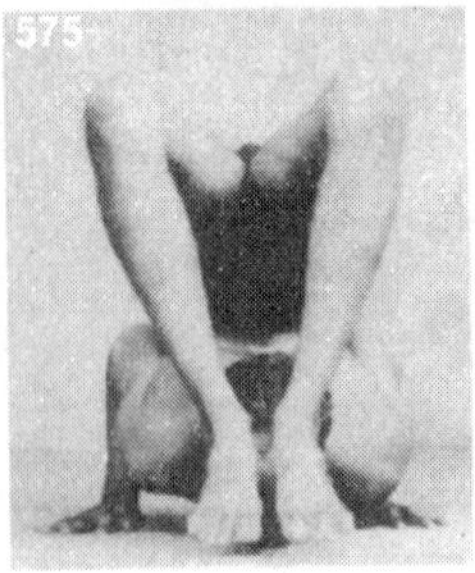

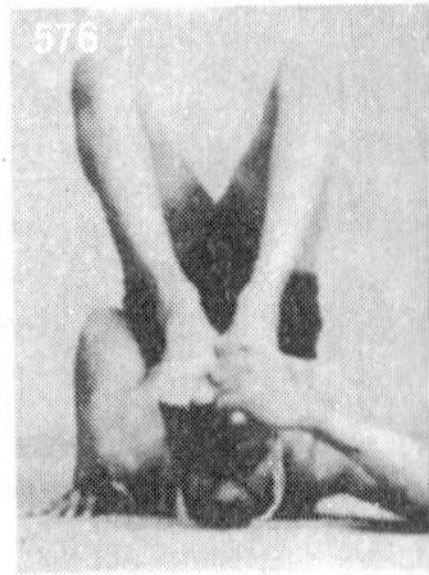

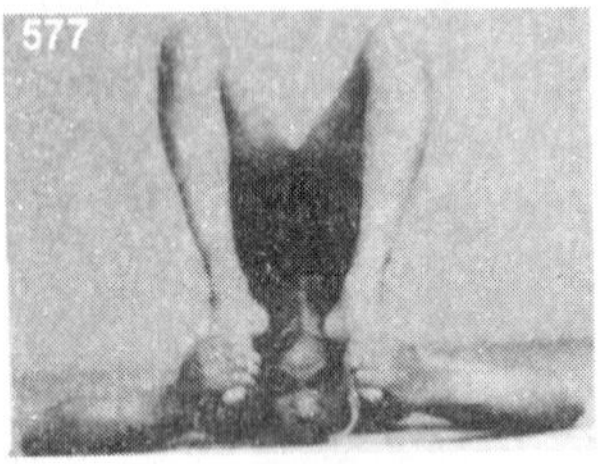

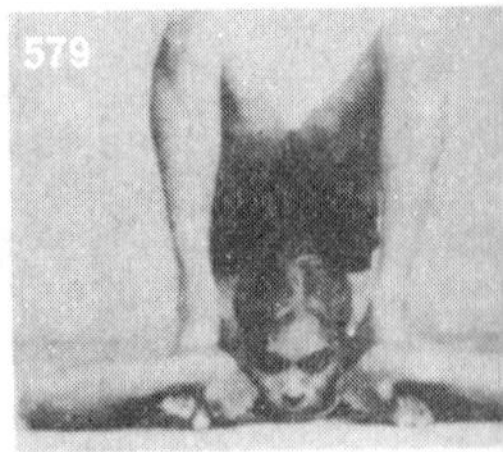

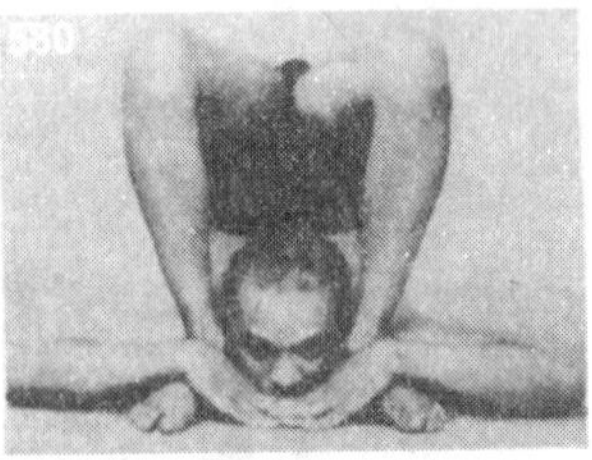

गण्डभेरुडासन (574–583)

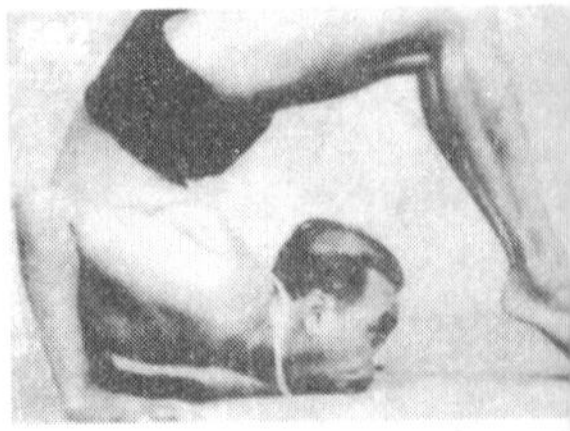

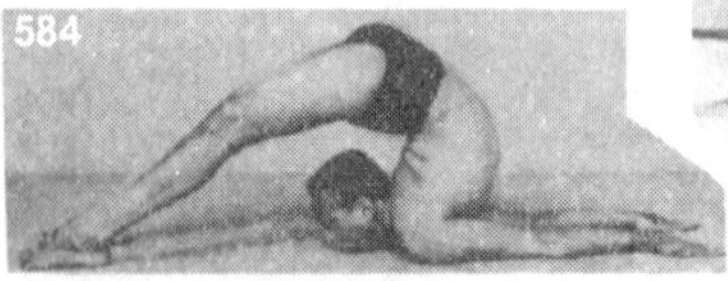

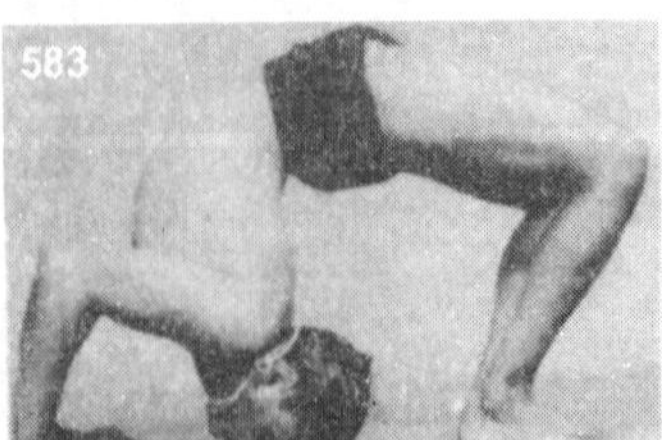

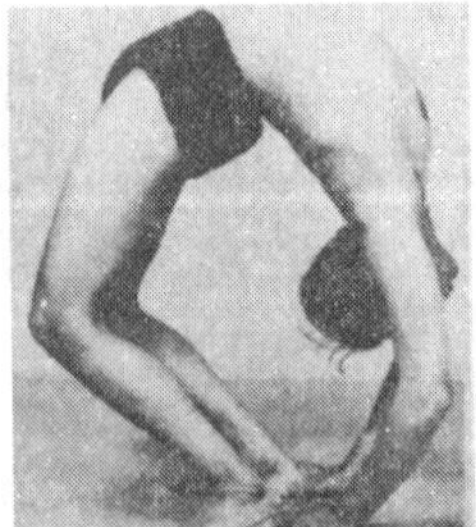

584. विपरीत शलभासन

त्र्यंग मुखोत्तानासन (585, 586)

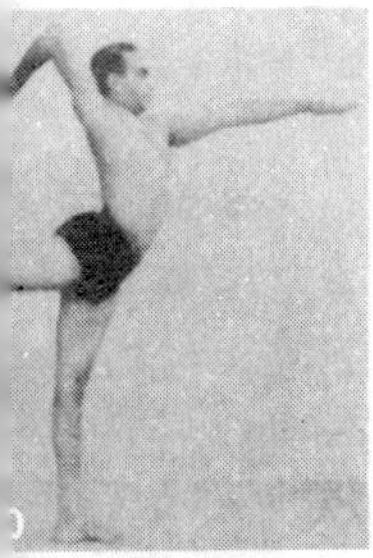

ाजासन (587–591अ)

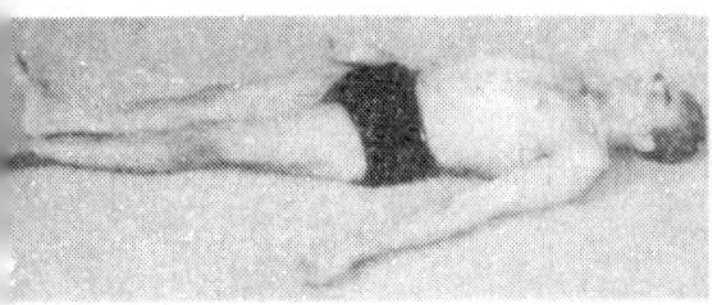

92. शवासन

उड्डीयान बन्ध (593, 594)

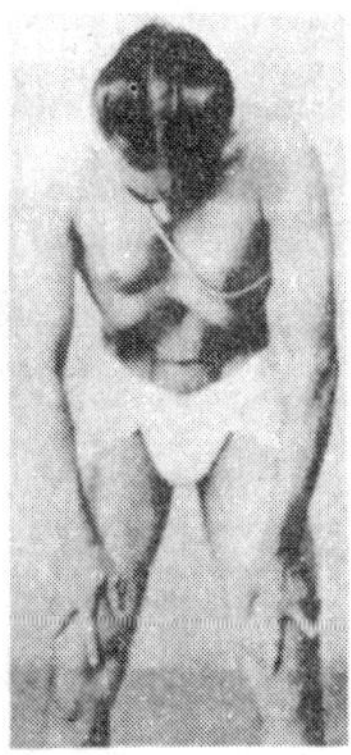

नौली
(595, 596)

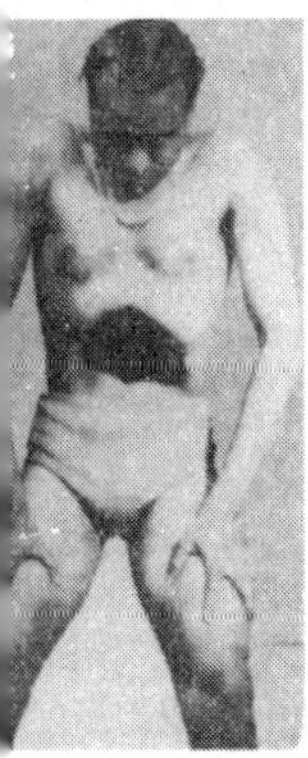

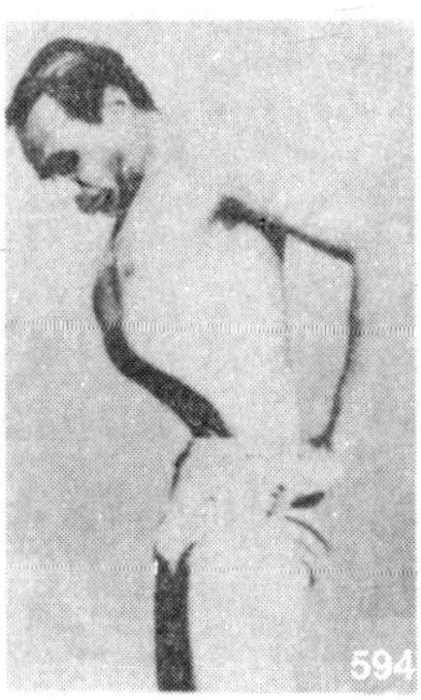

597

598

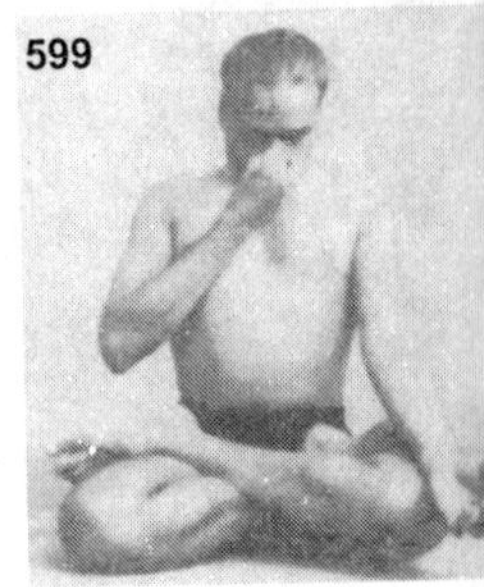
599

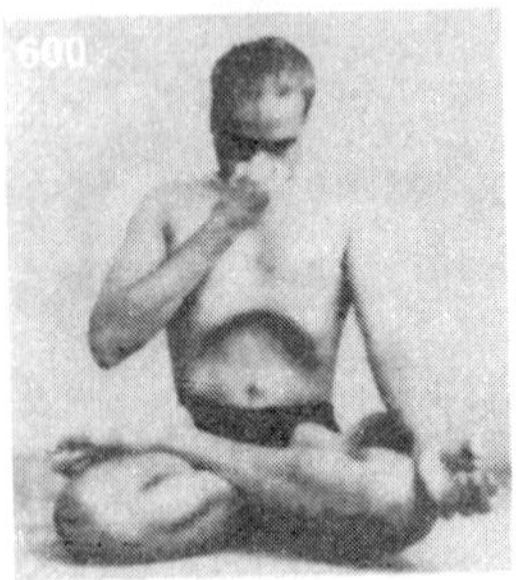
600

प्राणायाम (597–601)

597. उज्जायी

सूर्यभेदन (598, 599)

601. शीतली

601

602. ध्यान

602